U0438779

国家古籍整理出版专项资助项目

中国古典文学读本丛书典藏

中国古代戏剧选

[上]

宁希元 宁恢 选注

人民文学出版社

图书在版编目（CIP）数据

中国古代戏剧选：全2册/宁希元，宁恢选注．—北京：人民文学出版社，2017（2021.6重印）
（中国古典文学读本丛书典藏）
ISBN 978-7-02-012823-5

Ⅰ.①中… Ⅱ.①宁…②宁… Ⅲ.①古典戏剧——剧本—作品集中国 Ⅳ.①I230

中国版本图书馆CIP数据核字（2017）第115348号

责任编辑　徐文凯　张梦笔
装帧设计　陶　雷
责任印制　王重艺

出版发行　人民文学出版社
社　　址　北京市朝内大街166号
邮政编码　100705

印　　刷　三河市鑫金马印装有限公司
经　　销　全国新华书店等

字　　数　610千字
开　　本　880毫米×1230毫米　1/32
印　　张　30.625　插页2
印　　数　5001—7000
版　　次　2003年7月北京第1版
印　　次　2021年6月第2次印刷

书　　号　978-7-02-012823-5
定　　价　80.00元(共两册)

如有印装质量问题,请与本社图书销售中心调换。电话:010-65233595

目 录

前言 1

关汉卿
　感天动地窦娥冤 1
　赵盼儿风月救风尘 40
　关大王独赴单刀会 66

白　朴
　裴少俊墙头马上 96
　唐明皇秋夜梧桐雨 130

杨显之
　临江驿潇湘秋夜雨 165

王实甫
　四丞相高会丽春堂 199

马致远
　破幽梦孤雁汉宫秋 227
　西华山陈抟高卧 254

李直夫
　便宜行事虎头牌 286

郑廷玉
　看钱奴买冤家债主 317

1

纪君祥

    赵氏孤儿大报仇　361

康进之

    梁山泊李逵负荆　401

石君宝

    鲁大夫秋胡戏妻　429

孟汉卿

    张孔目智勘魔合罗　456

尚仲贤

    洞庭湖柳毅传书　493

郑光祖

    迷青琐倩女离魂　519

    醉思乡王粲登楼　550

秦简夫

    东堂老劝破家子弟　593

无名氏

    风雨像生货郎旦　637

无名氏

    朱太守风雪渔樵记　667

无名氏

    包待制陈州粜米　712

朱有燉

    清河县继母大贤　751

康　海
　　中山狼　771
冯惟敏
　　僧尼共犯　794
徐　渭
　　狂鼓史渔阳三弄　814
　　雌木兰替父从军　827
王　衡
　　真傀儡　840
孟称舜
　　桃花人面　852
吴伟业
　　通天台　879
杨潮观
　　汲长孺矫诏发仓　909
　　寇莱公思亲罢宴　922
唐　英
　　面缸笑　933

前　言

　　自金、元以来，戏剧在中国古典文学发展史上，因其剧目浩繁，剧情异彩纷呈，占有着重要的地位，是研究古典文学不容忽视的一个领域。由于杂剧中的《西厢记》，明清传奇中的《牡丹亭》、《长生殿》、《桃花扇》等，人民文学出版社业已陆续单行整理问世，而且还将继续出版他种，因此本书所选专门着眼于元明清以来杂剧之名篇。以往的戏剧选本，往往合杂剧、传奇于一编，为了照顾各个剧本在篇幅上的大体平衡，一般采取选折、选出的办法。这样，即使所选尽为各剧的精华，但一个完整的剧本，既经割裂，难免伤筋动骨、支离破碎。现在，人民文学出版社采取长剧单行，短剧合编的办法，分别出版，相辅而行，使古代戏剧之精华，大小长短，毕现于世，各发其彩。我们双方很快地达成了共识，确定本书只选杂剧，这是需要向读者说明的。

　　杂剧之选，自应以元人所作之北杂剧为冠冕。元代立国，虽不及百年，而杂剧特为一代之盛，在中国文学史上，占有相当重要的光彩的一页，所谓"唐诗、宋词、元曲"的评赞，就充分说明了这个问题。据不完全统计，有元一代杂剧作家八十馀人，所作杂剧七百馀种，现存一百六十二种，可见其繁荣的情况。元杂剧的出现，标志着中国古代戏剧的成熟和定型：一本四折的结构体制，展现了戏剧冲突从发生、发展到转折、收场的完整过程，使故事发展显得跌宕起伏，有头有尾；不同宫调的套曲的组合，用以写景抒情，交代事件，大大强化了演出的戏剧效果；末、旦、净、杂等行当的确立，更进一步促进了表演艺术向纵深发展；而一人主唱的表演方式，虽有相当的缺陷，但由于突出了男、女主角，对后世以生、旦为主的传奇，也不能不产生相当的影响。元杂剧的内容，非常广泛，题材多样化；或直接反映现实，或取材于史传、传说与神话。举凡家庭爱情、公案断狱、拔刀赶棒、仙佛神鬼,乃至忠奸斗争、农民起义、民族矛盾、朝代兴亡等等,莫不可以入戏。而且,应该指出,剧中的主人公,除以往文学作品中的帝王将相、才子佳人外,更多的是出身于社会下层的小人物,诸如妓女、丫鬟、童养媳、穷书生、乞丐、艺人、草莽英雄、绿林好汉等等,莫不应有尽有。不少作家,从不同的角度,对当时社会的黑暗,官吏的残暴,进行了大胆的抨击,热情的歌颂了人民的反抗和斗争,反映了人民的愿望,塑造了一个又一个鲜明生动的艺术形象,写出了一本又一本传世的名作。这里面,既有轻松欢快的喜剧,也有震撼人心的悲剧,还有融悲喜剧之情于一体的正剧。从风格上来讲,起于勾栏瓦舍的元杂剧,大多以本色当行见长,比较符合市民的审美情趣,显得朴质自然,通俗易晓。正如王国维所说:"写情则沁人心脾,写景则在人耳目,述事则如其口出。"即使以文彩见长的一些作家,也能于秾丽中显自然之色,雅中见俗,俗不伤雅,与专以典雅见长的文人之作,大异其趣。中国古代戏剧发展至元杂剧,可以说是众体皆备,名家辈出,争奇斗胜,各极其妙。因此,《中国古代戏剧》的编选,不能不以元杂剧为重点。作为"元剧四大家"的关汉卿、白朴、马致远、郑光祖的中心地位自然要予以突出,各选二或三剧;以"花间美人"著称的王实甫,其《西厢记》已单行问世,我们另选了他的《丽春堂》入集,以见其感慨苍凉的一面。另外,为了使选本能反映出元杂剧的基本面貌,对不同时期、不同风格、不同题材的剧作,只要是名篇,也都尽量入选。这样,从总体上看,重点的突出,加上面的照顾,元杂剧共入选十四家二十二本,约为全书三分之二之数。看来这个比数还是比较合理的。

　　明、清两代,舞台上盛行的主要的是以南曲为主的传奇。特别是明中叶以后,传奇风靡南北,杂剧失去了演出的机会,相比之下,益显衰落。据傅惜华先生《明代杂剧全目》、《清代杂剧全目》两书所记,自明初至清代乾隆五百年间,得作家三百馀人,杂剧八百种,似乎还可以与元人争一日之雄,但细案之,则实有不少的差异。明初作家,如《太和正音谱》所录谷子敬、贾仲明诸人,大多由元入明,虽以北曲擅场,牢守元剧旧法,然所作多无可取。稍后,宗室朱有燉,作杂剧三十一种,然其内容,或点缀太平,或歌功颂德,而尤多神仙道化、风花雪月之作,今取其差强人意者《继母大贤》一种,以见明初杂剧之所就。自此以后,文人所作,寥寥无几,北杂剧之命运,若断若续。直到嘉靖年间,康海之《中山狼》,冯惟敏之《僧尼共犯》两剧,在北杂剧衰败声中,独放异彩。前者以寓言的形式,抨击忘恩负义之徒,妙含哲理而又富有强烈的讽刺意味;后者反宗教禁欲主义,以雅笔写俗境,俗不伤雅。两剧抗衡并驱,足与元人所作媲美,实为明代前期杂剧之代表。

　　明代后期,即嘉靖以后,由于昆腔的兴起,传奇大行于世,一般演员多习南曲,风声所变,北化为南。这时的杂剧作家,已不大会用北曲写作,所作或南北互用,或纯用南,实际上是一种传奇化的短剧,即戏剧史上所谓的"南杂剧"。南杂剧之于北杂剧,除了使用南曲以外,在体制上完全打破了元人一本四折的限制。或仅一折,一气呵成;或依剧情发展之需要,分作数折,少则二三,多至八九,篇幅伸缩,极为自由。惟在唱法上,仍多保留了元杂剧一人主唱的习惯,这大概由于是短剧、主角一人的缘故。杂剧体制的变异,是适应当时舞台演出的创举,这种新体制杂剧的确立,完成于明代后期,是明人的创造和贡献,从古代戏剧演变来说,它是一个极为重要的环节。因而,这一时期出现了不少主要从事杂剧写作的作家,一些传奇作家也兼写杂剧。一度沉寂的杂剧,至是复又飘然而起,出现于戏剧舞台之上。在杂剧的传奇化过程中,青藤山人徐渭实开风气之先。他的《四声猿》,以十出的篇幅分写四个故事,四剧合为一本,影响至为深远。清代张韬之《续四声猿》、桂馥之《后四声猿》,都是合四剧为一本的仿作。今特选其《狂鼓史》、《雌木兰》两剧,作为明代后期杂剧的代表。另外,王衡之《真傀儡》,讽刺世俗,感慨殊深;孟称舜之《桃花人面》,描写爱情,刻画入微,都是明后期杂剧中之力作,一并入选。

入清之后,杂剧一变,文人之作,趋于典雅纯正,去元剧之本色当行益远。郑振铎先生在《清人杂剧初集序》中说:"尝观清代三百年间之剧本,无不力求超脱凡蹊,屏绝鄙俚。故失之雅,失之弱,容或有之。若失之鄙野,则可免讥矣。"认为明代文人剧,"风格每落尘凡,语调时杂嘲谑。""纯正之文人剧,其完成当在清代。"实为公允持平之论。清代文人剧,很少能够上演于舞台,只能欣赏于案头,盖作者原本不为演出而作。在这里,戏的意义多被淡化,而戏剧创作也被异化为一般的文学写作,作家之写剧本和他们写辞作赋并无什么本质的区别,以此被论者讥为案头剧。但其中却有不少佳作,特别是明、清易代之际,作家身丁丧乱,山河变异,故国沦亡,往往借古抒怀,以沉郁悲愤之词,写历史兴亡之感,为人们所重视。今选清初名诗人吴伟业之《通天台》,作为案头剧的代表,以供读者赏析。雍正、乾隆年间,风气稍变,渐又注重舞台演出,文人剧的创作,更显活跃之势。杨潮观《吟风阁杂剧》三十二种,其《罢宴》一出,淋漓慷慨,音态感人。相传某大吏偶观此剧,有感亦为之罢宴。稍后,唐英《古柏堂传奇》十七种,虽声誉不及前人,然所作多为梆子腔小戏之改编,《面缸笑》一剧,谑而不虐,尤富舞台效果。自是以后,虽然仍有不少作家进行杂剧的写作,然豪气渐消,殊乏新意,故本书所选,亦断止清代乾隆年间,以杨、唐所作为殿。由于篇幅的限制,明、清两代不能过滥,不能如元剧之点面兼顾,只能以时代为序,突出三五重点,意在联点为线,略显杂剧演变之轨迹。总计明、清合选九家十一本,约占全书三分之一的篇幅。

古代戏剧遗产浩如烟海,以杂剧而论,清代乾隆以前历代所作现存者仍有五百六十七种,其中清人所作约近半数。本书所入选者仅三十余种,元、明尚差如人意,清代部分则略感局促,沧海遗珠,势所难免,只好请诸君谅之。

关于本书的校理,首先是底本的选择问题。戏剧、小说一类的古书,在流传过程中,往往会出现不同的刻本或翻刻本,各本之间在文字上多少都有一些出入。我们所选取的,主要是在读者中比较通行的、学术界公认的前人选本,如臧晋叔的《元曲选》、沈泰的《盛明杂剧》等。清代杂剧尽量采用近人的整理本,如胡忌先生的《吟风阁杂剧》、周育德先生的《古柏堂戏曲集》等。凡是入选的剧本,均利用他本,作了一点文字是正的工作,如有重要改动,都在注文中说明,以便读者复按,这里不再细说。另外,底本确实有误,又有其他可靠旁证资料足以纠正其误者,亦酌情予以改正。如马致远《陈抟高卧》底本第一折〔金盏儿〕曲:"到这戌字上呵水成形,火长生,避乖龙大小运今年并。"隐然预言五代时周之灭汉,以及后来赵宋之代周,有一定的神秘色彩。根据古代五行家五德相生的说法,历史的变迁,王朝的更替,都是所谓的木、火、土、金、水五行相生,周而复始的结果。宋太祖赵匡胤立国后,于建隆元年(960)三月壬戌"定国运以火德王,色尚赤,腊用戌。"其根据是"国家受禅于周,周木德,木生火,合以火德王。"宋既以火德承运,故上推五代之周为木,汉为水,晋为金,唐为土,而黜朱梁为闰统。这自然是为了肯定自己是"奉天承运"的正统,才这样安排的。如果不联系史事,就很难发现曲文中"水成形"之"水"字,实为"木"字之形误,如不改正,则〔金盏儿〕一曲不知所云矣。此一字之误,关系全文之例。又如郑廷玉《看钱奴》第一折,灵派侯叙东岳大帝出身一段,全文二百馀字,经查,节自元无名氏《三教源流搜神大全》之东岳条,虽文字详略不同,但实可改正杂剧传本若干错误。如"群仙之祖"当为"群山之祖";"天地之子"当为"天帝之子"之类。这些都是明显的错误,自可利用他书加以改正。但另外还有一种情况,即根据旁证,明知其误,却又不便改动者。如尚仲贤《柳毅传书》第二折,洞庭龙王上云:"今日时当卓午,我听太阳道士讲《道德经》未完"数句,出于唐人小说《柳毅传》,原作"与太阳道士讲《火经》"。并说:"道士,乃人也。人以火为神圣,发一灯可燎阿房。"观此,知其为拜火教明矣。"太阳道士",即拜火教道士。后世不知,误以"太阳"为道士之道号。于是,拜火教之《火经》,遂变为道教之圣典《道德经》了。这个误解,可能是唐中叶以来拜火教势力衰歇以后,民间艺人在演说过程中的误解,似乎不能独怪于尚仲贤一人,故仍保留原文,仅在注文中作必要的说明,以便读者参考。总之,旁证的采用,必须慎之再慎,不可乱改,以免自误误人。

最后,谈谈作者简介、剧本说明和具体注释问题。作者简介,我们力求简要,侧重于其戏剧创作和在戏剧史上的地位、影响等等,一般不作过多的考证。明、清两代的一些曲家,生平资料虽多,其成就又不仅仅限于戏剧,但因为本书是戏剧选本,所以对他们的简介也只着重于曲。入选各剧的说明,一律放在注释的第一条。因为全文已选,故省去内容提要,只简要说明该剧之思想意义、艺术成就等等,有时也略略涉及本事,概以三百字为限。至于剧本正文的注释,考虑到戏剧语词中的典故俗语,重见叠出,是一个比较普遍的现象。如果一一逐条作注,势将不胜其烦;但如不点破,又无法排除阅读中的疑难。为了解决这个矛盾,同时为了避免注文的繁复,我们采取这样的办法:凡以前各剧已经注释过的词条,如果再次出现,则视其难易程度,或略而不注,或只述大意,或简释后再注明参见某剧某注。这样的处理,可能不免会有一些重注的现象,但却便于读者。这是需要说明的。本书在注释过程中,尽量注意采用时贤研究成果,如有关小说、戏曲语词之专书,以及一些戏剧选本,概在参考之列。其间,得益于王季思先生《中国戏曲选》、徐沁君先生《元曲四大家名剧选》者尤多,在此特为表出。惟以往有关论作,多半着意于语词之训诂,对戏剧中出现的大量俗语,包括成语、谚语、歇后语等,往往忽而不讲。其实,俗语多阅世之言,最能反映一个时代人民之心理情感,其确切含义亦当于全句或兼顾上下文求之,不可任意择取其中单词作个别之解释。如纪君祥《赵氏孤儿》第二折公孙杵臼罢职归农后,在太平庄上过着"苦庄三顷地,扶手一张锄"的种地生涯。二语本元时俗语,其见于元曲者,多用于对官员之处分。元刊《薛仁贵》第一折作"饱庄(刨种)三顷地,扶手一张锄。"明《金貂记》附刊本《敬德不伏老》第一折作"苦耕三顷地,持着一张犁。"据此,则"苦庄"二字当为"苦种"之误。刨种、苦耕、苦种,都指种田苦役而说。《元典章》卷四十七刑部军官"侵盗官钱配役"条规定,犯者如赔偿不起,罚去配役。"他每根底,交担着粮食步行的交种田去者。"即指此而说。选注者不察,只就"苦庄"二字为解,或云"占有",或云"苦盖茅草的庄屋",显然不够妥切。又如杨潮观《汲长孺矫诏发仓》,老驿丞云:"你说生姜树上生,我也只得依你说。"亦本宋人俗语,随声附和的意思。《宋元学案·百源学案》(下)引程颐语录云:邵尧夫临终时,只是谐谑。某往视之,因警之曰:"尧夫平生所学,今日无事否?"气微不能答。次日见之,却有声如丝发来大。答曰:"你道生姜树上生,我亦只得依你说。"又刘克庄诗云:"人道生姜树上生,不应一世也随声。"可见其意。而选注者仅据"生姜树上生"一语为说,解曰:"比喻性情固执的人"。凡此,我们都尽可能的求取旁证,照顾上下文义,以期得到一个比较稳妥的解释。总之,俗语的解说,应该着眼于全句整体意义的通达,不可孤立地就单词为说。由于俗语多为白话,容易为人们所忽略,故特申说如上。

最后需说明的是,本书元剧参校各本,注释中多用简名,具体如下:
①元刊本:《元刊杂剧三十种》。
②顾曲斋本:明顾曲斋刊本《古杂剧》。
③古名家本:明龙峰徐氏刊本《古名家杂剧》。
④息机子本:明息机子刊本《杂剧选》。

7

⑤脉望馆赵钞本:明赵美琦脉望馆钞校本《古今杂剧》。
⑥继志斋本:明继志斋刊本《元明杂剧》。
⑦《柳枝集》:明孟称舜编选《古今名剧合选·柳枝集》。
⑧《酹江集》:明孟称舜编选《古今名剧合选·酹江集》。

以上各种,皆见于《古本戏曲丛刊》第四集。

本书在编写过程中,从选题、选目到体例的确定,始终得到人民文学出版社古典部有关同志热心的帮助。特别是责任编辑杨华同志,接稿后又细心代为磨勘一过,重新查对原书,并提出不少中肯的意见,纠正了原稿中的一些疏忽,在此一并表示衷心的感谢。由于水平所限,书中一切疏漏、不当之处,仍希海内学者正之。

一九九九年六月于兰州

关汉卿

关汉卿,号已斋叟,大都(今北京)人。约生于十三世纪初,卒于元成宗大德年间(1297—1307)。幼年时期,可能赶上蒙古灭金(1234),入元以后,作过"太医院尹"这样的小吏,晚年到过杭州。关汉卿是元代最杰出的戏曲家,钟嗣成《录鬼簿》将其列于群英之首;贾仲明补作挽词,更进一步肯定其"梨园领袖"、"编修帅首"、"杂剧班头"的历史地位。他是一位集编、导、演于一身的全面的戏曲家,生平所作杂剧六十馀种,现存十八种(其中个别剧本的作者问题,尚有争议)。其悲剧《窦娥冤》,喜剧《救风尘》,史剧《单刀会》等,都是脍炙人口的名篇,代表着元杂剧的最高成就,几百年来,始终上演不衰。

感天动地窦娥冤[1]

楔 子[2]

(卜儿蔡婆婆上[3],诗云)花有重开日,人无再少年。不须长富贵,安乐是神仙。老身蔡婆婆是也,楚州人氏[4],嫡亲三口儿家属。不幸夫主亡逝已过,止有一个孩儿,年长八岁。俺娘儿两个,过其日月。家中颇有些钱财。

这里一个窦秀才,从去年问我借了二十两银子,如今本利该银四十两。我数次索取,那窦秀才只说贫难,没得还我。他有一个女儿,今年七岁,生得可喜,长得可爱,我有心看上他,与我家做个媳妇,就准了这四十两银子,岂不两得其便。他说今日好日辰,亲送女儿到我家来。老身且不索钱去,专在家中等候。这早晚窦秀才敢待来也。(冲末扮窦天章引正旦扮端云上[5],诗云)读尽缥缃万卷书[6],可怜贫杀马相如[7];汉庭一日承恩召,不说当垆说子虚。小生姓窦,名天章,祖贯长安京兆人也[8]。幼习儒业,饱有文章;争奈时运不通[9],功名未遂。不幸浑家亡化已过,撇下这个女孩儿,小字端云,从三岁上亡了他母亲,如今孩子儿七岁了也。小生一贫如洗,流落在这楚州居住。此间一个蔡婆婆,他家广有钱物;小生因无盘缠[10],曾借了他二十两银子,到今本利该对还他四十两。他数次问小生索取,教我把甚么还他?谁想蔡婆婆常常着人来说,要小生女孩儿做他儿媳妇。况如今春榜动,选场开[11],正待上朝取应[12],又苦盘缠缺少。小生出于无奈,只得将女孩儿端云送与蔡婆婆做儿媳妇去。(做叹科[13],云)嗨!这个那里是做媳妇?分明是卖与他一般。就准了他那先借的四十两银子,分外但得些少东西,勾小生应举之费,便也过望了。说话之间,早来到他家门首。婆婆在家么?(卜儿上,云)秀才,请家里坐,老身等候多时也。(做相见科。

窦天章云）小生今日一径的将女孩儿送来与婆婆，怎敢说做媳妇，只与婆婆早晚使用。小生目下就要上朝进取功名去，留下女孩儿在此，只望婆婆看觑则个[14]。（卜儿云）这等，你是我亲家了。你本利少我四十两银子，兀的是借钱的文书，还了你；再送与你十两银子做盘缠。亲家，你休嫌轻少。（窦天章做谢科，云）多谢了婆婆。先少你许多银子，都不要我还了，今又送我盘缠，此恩异日必当重报。婆婆，女孩儿早晚呆痴，看小生薄面，看觑女孩儿咱。（卜儿云）亲家，这不消你嘱咐，令爱到我家，就做亲女儿一般看承他，你只管放心的去。（窦天章云）婆婆，端云孩儿该打呵，看小生面则骂几句；当骂呵，则处分几句[15]。孩儿，你也不比在我跟前，我是你亲爷，将就的你；你如今在这里，早晚若顽劣呵，你只讨那打骂吃。儿唻！我也是出于无奈。（做悲科，唱）

【仙吕赏花时】我也只为无计营生四壁贫，因此上割舍得亲儿在两处分。从今日远践洛阳尘[16]，又不知归期定准，则落的无语暗消魂。（下）

（卜儿云）窦秀才留下他这女孩儿与我做媳妇儿，他一径上朝应举去了。（正旦做悲科，云）爹爹，你直下的撇了我孩儿去也[17]！（卜儿云）媳妇儿，你在我家，我是亲婆，你是亲媳妇，只当自家骨肉一般。你不要啼哭，跟着老身前后执料去来[18]。（同下）

3

〔1〕《窦娥冤》：正如王国维所说，这是一本"即列之于世界大悲剧中，亦无愧色"的古典悲剧。剧本前两折，主要用现实主义的手法，通过窦娥的无辜受戮，反映了元代社会的黑暗和吏治的腐败，激发起观众"恐惧与怜悯之情"；后两折则突出主人公永不妥协的性格，特别是第三折，更是全剧的高潮。窦娥负屈含冤，抢地呼天，满腔愤恨，滚滚而来，直可惊天地而泣鬼神。临刑前所发的三桩誓愿，更是浪漫主义的奇想，使全剧的思想和艺术，升华到一个新的高度。结尾描写的清官平反冤狱的情节，则更多的反映了作者对他的主人公的深切的同情，当然也有一定的局限。《窦娥冤》据《元曲选》本校注，个别地方则参校古名家本。

〔2〕楔(xiē歇)子：元杂剧通常于一本四折外，加用楔子以交代人物或联系剧情。其用于剧首者，起序幕的作用。如本剧楔子，交代了主人公的身世，剧中人物的关系，以及故事的社会背景等等。楔子如用于两折之间，则为过场戏，用以推动剧情之转换。

〔3〕卜儿：即婆儿。在剧中扮演老妇人的角色。

〔4〕楚州：宋楚州山阳郡，今江苏淮安。

〔5〕冲末：元杂剧中正末以外的重要男角，多在开场时出场。

〔6〕缥缃：书卷的代称。缥，淡青色的绸子；缃，浅黄色的绸子。古人多用来作书囊或书袋，故云。

〔7〕马相如：西汉辞赋家司马相如。早年家贫，作客临邛，以琴声打动富商卓王孙的孀女卓文君，一起私奔。后在成都卖酒，文君当垆，相如涤器。不久，因所作《子虚赋》为汉武帝所赏识，召见为官。

〔8〕京兆：本指汉代长安及其附近地方，这里指京都。

〔9〕争奈：即怎奈。

〔10〕盘缠：路费。这里指日常生活开销。

〔11〕春榜动，选场开：指考试临近的意思。唐、宋进士考试例在春季，故称春榜。选场，即试场。

〔12〕上朝取应:进京应考。
〔13〕科:元杂剧演出,称动作、表情或舞台效果为科,南戏作介。
〔14〕看觑则个:即照顾一点。则个,语尾助词,无义。
〔15〕处分:这里指叮咛、吩咐。
〔16〕洛阳:泛指京都。
〔17〕直下的:竟然舍得。下的,忍心的意思。
〔18〕执料:照料、照应。

第 一 折

(净扮赛卢医上[1],诗云)行医有斟酌,下药依《本草》[2];死的医不活,活的医死了。自家姓卢,人道我一手好医,都叫做赛卢医,在这山阳县南门开着生药局。在城有个蔡婆婆,我问他借了十两银子,本利该还他二十两;数次来讨这银子,我又无的还他。若不来便罢,若来呵,我自有个主意。我且在这药铺中坐下,看有甚么人来?(卜儿上,云)老身蔡婆婆。我一向搬在山阳县居住,尽也静办[3]。自十三年前窦天章秀才留下端云孩儿与我做儿媳妇,改了他小名,唤做窦娥。自成亲之后,不上二年,不想我这孩儿害弱症死了[4]。媳妇儿守寡,又早三个年头,服孝将除了也。我和媳妇儿说知,我往城外赛卢医家索钱去也。(做行科,云)蓦过隅头[5],转过屋角,早来到他家门首。赛卢医在家么?(卢医云)婆婆,家里来。(卜儿云)我这两个银子长远了,你还了我

5

罢。(卢医云)婆婆,我家里无银子,你跟我庄上去取银子还你。(卜儿云)我跟你去。(做行科)(卢医云)来到此处,东也无人,西也无人,这里不下手,等甚么?我随身带的有绳子。兀那婆婆,谁唤你哩?(卜儿云)在那里?(做勒卜儿科。孛老同副净张驴儿冲上[6],赛卢医慌走下。孛老救卜儿科)(张驴儿云)爹,是个婆婆,争些勒杀了[7]。(孛老云)兀那婆婆,你是那里人氏?姓甚名谁?因甚着这个人将你勒死?(卜儿云)老身姓蔡,在城人氏,止有个寡媳妇儿,相守过日。因为赛卢医少我二十两银子,今日与他取讨。谁想他赚我到无人去处,要勒死我,赖这银子。若不是遇着老的和哥哥呵,那得老身性命来。(张驴儿云)爹,你听的他说么?他家还有个媳妇哩。救了他性命,他少不得要谢我;不若你要这婆子,我要他媳妇儿,何等两便,你和他说去。(孛老云)兀那婆婆,你无丈夫,我无浑家,你肯与我做个老婆,意下如何?(卜儿云)是何言语!待我回家,多备些钱钞相谢。(张驴儿云)你敢是不肯,故意将钱钞哄我?赛卢医的绳子还在,我仍旧勒死了你罢。(做拿绳科。)(卜儿云)哥哥,待我慢慢地寻思咱。(张驴儿云)你寻思些甚么?你随我老子,我便要你媳妇儿。(卜儿背云[8])我不依他,他又勒杀我。罢罢罢,你爷儿两个随我到家中去来。(同下)(正旦上,云)妾身姓窦,小字端云,祖居楚州人氏。我三岁上亡了母亲,七岁上离了父亲。俺父亲将我嫁与蔡婆婆为儿媳妇,改名窦娥。至十七岁与夫成亲;不幸丈夫亡化,可早三年光景,我今二十岁也。这南门外有个赛卢医,他少俺婆婆银子,本利该二十两,数次索取不还,今日俺婆婆亲自索取去了。窦娥也,你这命好苦也呵!(唱)

【仙吕点绛唇】满腹闲愁,数年禁受[9],天知否?天若是知我情由,怕不待和天瘦[10]。

【混江龙】则问那黄昏白昼,两般儿忘餐废寝几时休?大都来昨宵梦里[11],和着这今日心头。催人泪的是锦烂熳花枝横绣闼[12],断人肠的是剔团䦧月色挂妆楼[13]。长则是急煎煎按不住意中焦,闷沉沉展不彻眉尖皱,越觉的情怀冗冗,心绪悠悠。

(云)似这等忧愁,不知几时是了也呵!(唱)

【油葫芦】莫不是八字儿该载着一世忧[14],谁似我无尽头!须知道人心不似水长流。我从三岁母亲身亡后,到七岁与父分离久。嫁的个同住人,他可又拔着短筹[15];撇的俺婆妇每都把空房守,端的个有谁问[16],有谁瞅?

【天下乐】莫不是前世里烧香不到头,今也波生招祸尤[17]?劝今人早将来世修。我将这婆侍养,我将这服孝守,我言词须应口。

(云)婆婆索钱去了,怎生这早晚不见回来?(卜儿同孛老、张驴儿上)(卜儿云)你爷儿两个且在门首,等我先进去。(张驴儿云)奶奶,你先进去,就说女婿在门首哩。(卜儿见正旦科)(正旦云)奶奶回来了,你吃饭么?

(卜儿做哭科,云)孩儿也,你教我怎生说波!(正旦唱)

【一半儿】为甚么泪漫漫不住点儿流?莫不是为索债与人家惹争斗?我这里连忙迎接慌问候,他那里要说缘由。(卜儿云)羞人答答的,教我怎生说波!(正旦唱)则见他一半儿徘徊一半儿丑[18]。

(云)婆婆,你为甚么烦恼啼哭那?(卜儿云)我问赛卢医讨银子去,他赚我到无人去处,行起凶来,要勒死我。亏了一个张老并他儿子张驴儿,救得我性命。那张老就要我招他做丈夫,因这等烦恼。(正旦云)婆婆,这个怕不中么!你再寻思咱:俺家里又不是没有饭吃,没有衣穿,又不是少欠钱债,被人催逼不过;况你年纪高大,六十以外的人,怎生又招丈夫那?(卜儿云)孩儿也,你说的岂不是,但是我的性命全亏他这爷儿两个救的。我也曾说道:待我到家,多将些钱物,酬谢你救命之恩。不知他怎生知道我家里有个媳妇儿,道我婆媳妇又没老公,他爷儿两个又没老婆,正是天缘天对。若不随顺,他依旧要勒死我。那时节我就慌张了,莫说自己许了他,连你也许了他。儿也,这也是出于无奈。(正旦云)婆婆,你听我说波。(唱)

【后庭花】避凶神要择好日头,拜家堂要将香火修;梳着个霜雪般白鬏髻,怎将这云霞般锦帕兜[19]?怪不的女大不中留[20]。你如今六旬左右,可不道到中年万事休!旧恩爱一笔勾,新夫妻两意投,枉教人笑破口。

（卜儿云）我的性命都是他爷儿两个救的,事到如今,也顾不得别人笑话了。（正旦唱）

【青哥儿】你虽然是得他、得他营救,须不是笋条、笋条年幼[21],划的便巧画蛾眉成配偶[22]?想当初你夫主遗留[23],替你图谋,置下田畴,早晚羹粥,寒暑衣裘;满望你鳏寡孤独,无捱无靠,母子每到白头。公公也,则落得干生受[24]!

（卜儿云）孩儿也,他如今只待过门,喜事匆匆的,教我怎生回得他去?（正旦唱）

【寄生草】你道他匆匆喜,我替你倒细细愁:愁则愁兴阑删咽不下交欢酒,愁则愁眼昏腾扭不上同心扣,愁则愁意朦胧睡不稳芙蓉褥。你待要笙歌引至画堂前[25],我道这姻缘敢落在他人后。

（卜儿云）孩儿也,再不要说我了,他爷儿两个都在门首等候,事已至此,不若连你也招了女婿罢。（正旦云）婆婆,你要招你自招,我并然不要女婿。（卜儿云）那个是要女婿的!争奈他爷儿两上自家捱过门来,教我如何是好?（张驴儿云）我们今日招过门去也。帽儿光光,今日做个新郎;袖儿窄窄,今日做个娇客[26]。好女婿,好女婿,不枉了,不枉了。（同孛老入拜科）（正旦做不礼科,云）兀那厮,靠后!（唱）

【赚煞】我想这妇人每休信那男儿口,婆婆也,怕没的贞心儿自守,到今日招着个村老子[27],领着个半死囚。(张驴儿做嘴脸科[28],云)你看我爷儿两个这等身段,尽也选得女婿过,你不要错过了好时辰,我和你早些儿拜堂罢。(正旦不礼科,唱)则被你坑杀人燕侣莺俦[29]。婆婆也,你岂不知羞!俺公公撞府冲州,挣扎的铜斗儿家缘百事有[30]。想着俺公公置就,怎忍教张驴儿情受[31]?(张驴儿做扯正旦拜科,正旦推跌科,唱)兀的不是俺没丈夫的妇女下场头!(下)

(卜儿云)你老人家不要恼躁,难道你有活命之恩,我岂不思量报你?只是我那媳妇儿气性最不好惹的,既是他不肯招你儿子,教我怎好招你老人家?我如今拚的好酒好饭养你爷儿两个在家,待我慢慢的劝化俺媳妇儿;待他有个回心转意,再作区处。(张驴儿云)这歪剌骨[32]!便是黄花女儿[33],刚刚扯的一把,也不消这等使性,平空的推了我一交,我肯干罢!就当面赌个誓与你:我今生今世不要他做老婆,我也不算好男子。(词云)美妇人我见过万千向外[34],不似这小妮子生得十分念赖[35];我救了你老性命死里重生,怎割舍得不肯把肉身陪待?(同下)

〔1〕赛卢医:战国时名医扁鹊,姓秦名越人,家于卢,人称卢医。元杂剧中称庸医为赛卢医,是一种打诨的叫法。

〔2〕《本草》:我国古代一本记载药物种类、性能的医学著作。

〔3〕静办:安静、清闲。

〔4〕弱症:即肺痨,因肺部虚损而逐渐死亡,故称弱症。

〔5〕隅头:拐弯的地方。

〔6〕孛老:宋元市语称老头儿为孛老。

〔7〕争些:差点儿。

〔8〕背云:戏剧术语。演员在舞台上背着别的角色的独白,以便向观众作必要的表述,来展示自己的内心活动,叫背云,也叫背白。

〔9〕禁受:忍受,忍耐。

〔10〕"天若是"二句:用宋秦观〔水龙吟〕词"天还知道,和天也瘦"句。

〔11〕大都来:大抵。

〔12〕绣闼(tà 踏):绣房。指窦娥自己的绣房。

〔13〕剔团圞(luán 峦):滴溜儿圆。剔,形容圆的副词。团圞,即圆。

〔14〕八字儿:古时以一个人出生的时间(年、月、日、时),根据所值天干和地支排列成八字,推测其祸福。这是一种迷信观念。

〔15〕拔着短筹:比喻短命。筹,古代计数工具,上面刻有数字。拔着短筹,就是抽到数字小的筹码。

〔16〕端的个:真的个。个,助词,无义。

〔17〕今也波生:即今生。也波,是为了行腔需要所加的有字无义的衬字。

〔18〕"一半儿"句:徘徊,犹疑不前。丑,羞惭。一半儿……一半儿……,是〔一半儿〕曲的尾句定格。

〔19〕云霞般锦帕兜:指盖在新娘头上的红绸帕。兜,兜头盖着。

〔20〕女大不中留:民间谚语有"蚕老不中留,人老不中留,女大不中留"之说,见《李逵负荆》第三折。

〔21〕笋条:竹根上生出的嫩芽,比喻年轻。

〔22〕划(chǎn 产)的:平白无故的。

〔23〕遗留:这里指遗言,遗愿。

〔24〕干生受:白辛苦。生受,受苦,受累。

〔25〕笙歌引至画堂前:指结婚的喜乐场面,即用音乐把新人引到堂前成礼。

〔26〕"帽儿光光"四句:宋元时赞喝新郎的套语。娇客,对女婿的爱称。

〔27〕村老子:粗野的老头子,骂人的话。

〔28〕做嘴脸科:脸上做怪相。

〔29〕燕侣莺俦:比喻美好的配偶。

〔30〕铜斗儿家缘:殷实的家业。铜斗,量器,形容稳固可靠,略如现代汉语中的"铁饭碗"。

〔31〕情受:承受。

〔32〕歪剌骨:贱骨头,骂人的话。

〔33〕黄花女儿:未婚女子,处女。

〔34〕向外:以外。

〔35〕悖(bèi贝)赖:泼赖,形容妇女凶狠泼辣。

第 二 折

(赛卢医上,诗云)小子太医出身,也不知道医死多人,何尝怕人告发,关了一日店门?在城有个蔡家婆子,刚少的他二十两花银,屡屡亲来索取,争些撚断脊筋[1]。也是我一时智短,将他赚到荒村,撞见两个不识姓名男子,一声嚷道:"浪荡乾坤,怎敢行凶撒泼,擅自勒死平民!"吓得我丢了绳索,放开脚步飞奔。虽然一夜无事,终觉失精落魂;方知人命关天关地,如何看做壁上灰尘。从今改过行业,要得灭罪修因[2],将以前医死的性命,一个个都与他一卷超度的经文。小子赛卢医的便是。只为要赖蔡婆婆二十两银子,赚他到荒僻去处,正待勒死他,谁想遇见两个汉子,救了他去。若是再来讨债时节,教我怎生见他?常言道的好:三十六计,走为上计。喜得我是孤身,又无家小连累;不若收拾了细软行李,打个包儿,悄悄的躲到别处,另做营生,岂不干净?(张驴儿上,云)自家张驴儿。可奈那窦娥百般的不肯随顺我;如今那老婆子害病,我讨服毒药,与他吃了,药死那老婆子,这小妮子好歹做我的老婆。(做行科,云)且住,城里人耳目广,口舌多,倘见我讨毒药,可不嚷出事来?我前日看见南门外有个药铺,此处冷静,正好讨药。(作行科,叫云)太医哥哥,我来讨药的。(赛卢医云)你讨甚么药?(张驴儿云)我讨服毒药。(赛卢医云)谁敢合毒药与你[3]?这厮好大胆也!(张驴儿云)你真个不肯与我药么?(赛卢医云)我不与你,你就怎地我?(张驴儿做拖卢云)好呀,前日谋死蔡婆婆的,不是你来?你说我不认的你哩!我拖你见官去。(赛卢医做慌科,云)大哥,你放我,有药有药。(做与药科。张驴儿云)既然有了药,且饶你罢。正是:"得放手时须放手,得饶人处且饶人。"(下)(赛卢医云)可不悔气!刚刚讨药的这人,就是救那婆子的。我今日与了他这服毒药去了,以后事发,越越

要连累我;趁早儿关上药铺,到涿州卖老鼠药去也[4]。(下)

(卜儿上,做病伏几科)(孛老同张驴儿上,云)老汉自到蔡婆婆家来,本望做个接脚[5],却被他媳妇坚执不从。那婆婆一向收留俺爷儿两个在家同住,只说"好事不在忙",等慢慢里劝转他媳妇;谁想那婆婆又害起病来。孩儿,你可曾算我两个的八字,红鸾天喜几时到命哩[6]?(张驴儿云)要看什么天喜到命!只赌本事,做得去,自去做。(孛老云)孩儿也,蔡婆婆害病好几日了,我与你去问病波。(做见卜儿问科,云)婆婆,你今日病体如何?(卜儿云)我身子十分不快哩。(孛老云)你可想些甚么吃?(卜儿云)我思量些羊肚儿汤吃。(孛老云)孩儿,你对窦娥说,做些羊肚儿汤与婆婆吃。(张驴儿向古门云[7])窦娥,婆婆想羊肚儿汤吃,快安排将来。(正旦持汤上,云)妾身窦娥是也。有俺婆婆不快,想羊肚汤吃,我亲自安排了与婆婆吃去。婆婆也,我这寡妇人家,凡事也要避些嫌疑,怎好收留那张驴儿父子两个?非亲非眷的,一家儿同住,岂不惹外人谈议?婆婆也,你莫要背地里许了他亲事,连我也累做不清不洁的。我想这妇人心好难保也呵!(唱)

【南吕一枝花】他则待一生鸳帐眠,那里肯半夜空房睡;他本是张郎妇,又做了李郎妻。有一等妇女每相随,并不说家克计[8],则打听些闲是非;说一会不明白打凤的机关[9],使了些调虚器捞龙的见识。

【梁州第七】这一个似卓氏般当垆涤器[10],这一个似孟光般举案齐眉[11],说的来藏头盖脚多伶俐!道着难晓,做出才知。旧恩忘却,新爱偏宜;坟头上土脉犹湿,架儿上又换新衣。那里有奔丧处哭倒长城[12]?那里有浣纱时甘投大水[13]?那里有上山来便化顽石[14]?可悲,可耻!妇人家直恁的无仁义,多淫奔,少志气;亏杀前人在那里,更休说本性难移。

(云)婆婆,羊肚汤做成了,你吃些儿波。(张驴儿云)等我拿去。(做接尝科,云)这里面少些盐醋,你去取来。(正旦下)(张驴儿放药科)(正旦上,云)这不是盐醋?(张驴儿云)你倾下些。(正旦唱)

【隔尾】你说道少盐欠醋无滋味,加料添椒才脆美。但愿娘亲早痊济,饮羹汤一杯,胜甘露灌体,得一个身子平安倒大来喜[15]。

(孛老云)孩儿,羊肚汤有了不曾?(张驴儿云)汤有了,你拿过去。(孛老将汤云)婆婆,你吃些汤儿。(卜儿云)有累你。(做呕科,云)我如今打呕,不要这汤吃了,你老人家吃罢。(孛老云)这汤特做来与你吃的,便不要吃,也吃一口儿。(卜儿云)我不吃了,你老人家请吃。(孛老吃科)(正旦唱)

【贺新郎】一个道你请吃,一个道婆先吃,这言语听也难听,我可是气也不气!想他家与咱家有甚的亲和戚?怎不记旧日夫妻情意,也曾有百纵千随[16]!婆婆也,你莫不为黄金浮世宝,白发故人稀[17],因此上把旧恩情全不比新知契?则待要百年同墓穴,那里肯千里送寒衣。

(孛老云)我吃下这汤去,怎觉昏昏沉沉的起来?(做倒科)(卜儿慌科,云)你老人家放精神着,你挣扎着些儿。

(做哭科,云)兀的不是死了也!(正旦唱)

【斗虾蟆】空悲戚,没理会,人生死,是轮回[18]。感着这般病疾,值着这般时势;可是风寒暑湿,或是饥饱劳役;各人症候自知,人命关天关地;别人怎生替得,寿数非干今世。相守三朝五夕,说甚一家一计。又无羊酒缎匹,又无花红财礼[19];把手为活过日,撒手如同休弃。不是窦娥忤逆,生怕傍人论议。不如听咱劝你,认个自家悔气。割舍得一具棺材停置,几件布帛收拾。出了咱家门里[20],送入他家坟地。这不是你那从小儿年纪指脚的夫妻[21]。我其实不关亲,无半点恓惶泪。休得要心如醉,意似痴,便这等嗟嗟怨怨,哭哭啼啼。

(张驴儿云)好也罗!你把我老子药死了,更待干罢!

(卜儿云)孩儿,这事怎了也?(正旦云)我有什么药?在那里?都是他要盐醋时,自家倾在汤儿里的。(唱)

【隔尾】这厮搬调咱老母收留你[22],自药死亲爷待要唬吓谁?(张驴儿云)我家的老子,倒说是我做儿子的药死了,人也不信。(做叫科,云)四邻八舍听着:窦娥药杀我家老子哩。(卜儿云)罢么,你不要大惊小怪的,吓杀我也。(张驴儿云)你可怕么?(卜儿云)可知怕哩。(张驴儿云)你要饶么?(卜儿云)可知要饶哩。(张驴儿云)你教窦娥随顺了我,叫我三声的的亲亲的丈夫,我便饶了他。(卜儿云)孩儿也,你随顺了他罢。(正旦云)婆婆,你怎说这般言语!(唱)我一马难将两鞍鞴[23]。想男儿在日,曾两年匹配,却教我改嫁别人,其实做不得。

(张驴儿云)窦娥,你药杀了俺老子,你要官休?要私休?(正旦云)怎生是官休?怎生是私休?(张驴儿云)你要官休呵,拖你到官司,把你三推六问[24],你这等瘦弱身子,当不过拷打,怕你不招认药死我老子的罪犯!你要私休呵,你早些与我做了老婆,倒也便宜了你。(正旦云)我又不曾药死你老子,情愿和你见官去来。(张驴儿拖正旦、卜儿下)

(净扮孤引祗候上,诗云)我做官人胜别人,告状来的要金银;若是上司当刷卷[25],在家推病不出门。下官楚州太守桃杌是也[26]。今早升厅坐衙,左右,喝撺厢[27]。(祗候幺喝科)(张驴儿拖正旦、卜儿上,云)告状告状。(祗候云)拿过来。(做跪见。孤亦跪科,云)请起。(祗候云)相公,他是告状的,怎生跪着他?(孤云)你不知道,但来告状的,就是我衣食父母。(祗候幺喝科。孤云)那个是原告?那个是被告?从实说来。(张驴儿云)小人是原告张驴儿,告这媳妇儿,唤做窦娥,合毒药下在羊肚汤儿里,药死了俺的老子。这个唤做蔡婆婆,就是俺的后母。望大人与小人做主咱。(孤云)是那一个下的毒药?(正旦云)不干小妇人事。(卜儿云)也不干老妇人事。(张驴儿云)也不干我事。(孤云)都不是,敢是我下的毒药来?(正旦云)我婆婆也不是他后母,他自姓张,我家姓蔡。我婆婆因为与赛卢医索钱,被他赚到郊外,勒死我婆婆,却得他爷儿两个救了性命。因此我婆婆收留他爷儿两个在家,养膳终身,报他的恩德。谁知他两个倒起不良之心,冒认婆婆做了接脚,要逼勒小妇人做他媳妇。小妇人元是有丈夫的,服孝未满,坚执不从。适值我婆婆患病,着小妇人安排羊肚儿汤吃。不知张驴儿那里讨得毒药在身,接过汤来,只说少些盐醋,支转小妇人,暗地倾下毒药。也是天幸,我婆婆忽然呕吐,不要汤吃,让与他老子吃,才吃的几口,便死了。与小妇人并无干涉。只望大人高抬明镜,替小妇人做主咱!(唱)

【牧羊关】大人你明如镜,清似水,照妾身肝胆虚实。那羹本五味俱全,除了外百事不知。他推道尝滋味,吃下去便昏迷。不是妾讼庭上胡支对[28],大人也,却教我平白地说甚的?

(张驴儿云)大人详情:他自姓蔡,我自姓张。他婆婆不招俺父亲接脚,他养我父子两个在家做甚么?这媳妇年纪儿虽小,极是个赖骨顽皮,不怕打的。(孤云)人是贱虫,不打不招。左右,与我选大棍子打着。(祗候打正旦,三次喷水科)(正旦唱)

【骂玉郎】这无情棍棒教我捱不的。婆婆也,须是你自做下,怨他谁？劝普天下前婚后嫁婆娘每，都看取我这般傍州例[29]。

【感皇恩】呀！是谁人唱叫扬疾[30]，不由我不魄散魂飞。恰消停，才苏醒，又昏迷。捱千般打拷，万种凌逼。一杖下，一道血，一层皮。

【采茶歌】打的我肉都飞，血淋漓，腹中冤枉有谁知！则我这小妇人，毒药来从何处也？天那，怎么的覆盆不照太阳晖[31]！

（孤云）你招也不招？（正旦云）委的不是小妇人下毒药来。（孤云）既然不是，你与我打那婆子。（正旦忙云）住住住，休打我婆婆，情愿我招了罢，是我药死公公来。（孤云）既然招了，着他画了伏状[32]，将枷来枷上，下在死囚牢里去。到来日判个斩字，押赴市曹典刑。（卜儿哭科，云）窦娥孩儿，这都是我送了你性命，兀的不痛杀我也！（正旦唱）

【黄钟尾】我做了个衔冤负屈没头鬼，怎肯便放了你好色荒淫漏面贼[33]！想人心不可欺，冤枉事天地知，争到头，竞到底，到如今待怎的？情愿认药杀公公，与了招罪。婆婆也，我若是不死呵，如何救得你？（随祗候押下）

（张驴儿做叩头科，云）谢青天老爷做主！明日杀了窦娥，才与小人的老子报的冤。（卜儿哭科，云）明日市曹中杀窦娥孩儿也，兀的不痛杀我也！（孤云）张驴儿、蔡婆婆，都取保状，着随衙听候。左右，打散堂鼓，将马来，

回私宅去也。(同下)

〔1〕撚(niǎn捻)断:即撺断,这里指频繁的催迫。
〔2〕灭罪修因:佛教语,意谓减灭今生的罪过,修造来世的福因。
〔3〕合:调合配制。
〔4〕涿(zhuō卓)州:今河北涿州。
〔5〕接脚:寡妇再婚之夫叫接脚夫、接脚婿。
〔6〕红鸾天喜:旧日迷信说法,认为命里有红鸾星高照,主婚姻成就。天喜,吉日。指日支和月建相合,如寅月戌日,卯月亥日,都是天喜之日,主喜事降临。
〔7〕古门:舞台的上下门,又称鬼门。
〔8〕家克计:即克家计的倒文,指持家之道。
〔9〕打凤的机关:与下句"捞龙的见识"一样,都指安排圈套,诱人受骗上当。
〔10〕当垆涤器:汉司马相如和卓文君的故事,见本剧楔子注释〔7〕。
〔11〕举案齐眉:东汉时梁鸿、孟光夫妇相敬如宾,吃饭时,孟光把食案高举齐眉,表示敬重。案,有脚的小托盘。
〔12〕哭倒长城:传说秦始皇时杞梁筑长城,劳累而死。其妻孟姜女千里送寒衣,伏尸大哭,哭倒了长城。
〔13〕浣纱时甘投大水:春秋时,伍子胥从楚国逃往吴国,途中饥饿,乞食于浣纱女。临别时,叮咛其不要暴露自己的行踪,女子为自明心迹,毅然投江而死,表明自己的忠诚。
〔14〕上山来便化顽石:即望夫石的故事。传说古代有一个妇人,日日登山,盼望丈夫归来,久之竟化为石。见南朝宋刘义庆《幽明录》。
〔15〕倒大来:即多大来,十分的。来,语助词。

〔16〕百纵千随:多次的纵任和顺依,这里指对妻子的爱宠。

〔17〕"你莫不为"二句:是说黄金为世俗所爱,而从小到老的朋友却是很少的。这里是讥讽蔡婆为了贪图眼前利益,却忘了与前夫的恩爱。

〔18〕轮回:佛教认为,人死之后,根据其生前善恶,或转世为人,或堕为畜牲,如车轮旋转,循环不已。

〔19〕"又无"二句:羊酒缎匹,花红财礼,皆宋元时男方送给女方的订婚礼物。

〔20〕"割舍得"三句:自王国维《宋元戏曲考》引文误断为"割舍得一具棺材,停置几件衣帛,收拾出了咱家门里"后,多以误传误,今依王季思先生校本改正。

〔21〕指脚的夫妻:即结发夫妻。

〔22〕搬调:搬弄,调唆。

〔23〕一马难将两鞍鞴(bèi贝):"一马不被两鞍,一女不嫁二夫"宋元俗语,本文出此。鞴,同被,披覆的意思。

〔24〕三推六问:多次反复的推勘审问。

〔25〕刷卷:清查案卷。

〔26〕桃杌:"梼杌"的谐言,指野兽。传说中的古代四凶之一。颛顼氏有子,不可教训,不知话言。告之则顽,舍之则嚣;傲狠明德,以乱天常,天下之民谓之梼杌。见《左传》文公十八年。剧本以此喻残暴的官员。

〔27〕喝撺(cuàn窜)厢:元时官署衙前设小箱,收纳诉讼文字。官吏升厅理事,衙役两旁高喝,"在衙人马平安!抬书案!"吏员即把箱中诉状检出呈上,叫"喝撺箱"。撺,移动和开启的意思。

〔28〕胡支对:胡乱的支撑、应付。

〔29〕傍州例:别的地方的判例,引申为样子,榜样。

21

〔30〕唱叫扬疾:这里是大声吆喝的意思。

〔31〕覆盆不照太阳晖:倒扣的瓦盆,阳光照不进去,比喻衙门的暗无天日。

〔32〕伏状:认罪的状词。

〔33〕漏面贼:即陋面贼,面目丑陋,可憎。

第 三 折

(外扮监斩官上[1],云)下官监斩官是也。今日处决犯人,着做公的把住巷口[2],休放往来人闲走。(净扮公人,鼓三通、锣三下科)(刽子磨旗[3]、提刀,押正旦带枷上)(刽子云)行动些,行动些,监斩官去法场上多时了。(正旦唱)

【正宫端正好】没来由犯王法,不提防遭刑宪,叫声屈动地惊天!顷刻间游魂先赴森罗殿,怎不将天地也生埋怨。

【滚绣球】有日月朝暮悬,有鬼神掌著生死权。天地也,只合把清浊分辨,可怎生糊突了盗跖颜渊[4]。为善的受贫穷更命短,造恶的享富贵又寿延。天地也,做得个怕硬欺软,却元来也这般顺水推船。地也,你不分好歹何为地?天也,你错勘贤愚枉做天!哎,只落得两泪涟涟。

(刽子云)快行动些,误了时辰也。(正旦唱)

【倘秀才】则被这枷纽的我左侧右偏,人拥的我前合后偃,我窦娥向哥哥行有句言[5]。(刽子云)你有甚么话说?(正旦唱)前街里去心怀恨,后街里去死无冤,休推辞路远。

（刽子云）你如今到法场上面，有甚么亲眷要见的，可教他过来，见你一面也好。（正旦唱）

【叨叨令】可怜我孤身只影无亲眷，则落得吞声忍气空嗟怨。（刽子云）难道你爷娘家也没的？（正旦云）止有个爹爹，十三年前上朝取应去了，至今杳无音信。（唱）早已早十年多不睹爹爹面。（刽子云）你适才要我往后街里去，是什么主意？（正旦唱）怕则怕前街里被我婆婆见。（刽子云）你的性命也顾不得，怕他见怎的？（正旦云）俺婆婆若见我披枷带锁赴法场餐刀去呵，（唱）枉将他气杀也么哥，枉将他气杀也么哥[6]。告哥哥，临危好与人行方便！

（卜儿哭上科，云）天那，兀的不是我媳妇儿！（刽子云）婆子靠后。（正旦云）既是俺婆婆来了，叫他来，待我嘱付他几句话咱。（刽子云）那婆子，近前来，你媳妇要嘱付你话哩。（卜儿云）孩儿，痛杀我也！（正旦云）婆婆，那张驴儿把毒药放在羊肚儿汤里，实指望药死了你，要霸占我为妻。不想婆婆让与他老子吃，倒把他老子药死了。我怕连累婆婆，屈招了药死公公，今日赴法场典刑。婆婆，此后遇着冬时年节，月一十五，有瀽不了的浆水饭[7]，瀽半碗儿与我吃；烧不了的纸钱，与窦娥烧一陌儿[8]，则是看你死的孩儿面上！（唱）

【快活三】念窦娥葫芦提当罪愆[9]，念窦娥身首不完全，念窦娥从前已往干家缘，婆婆也，你只看窦娥少爷无娘面。

【鲍老儿】念窦娥伏侍婆婆这几年，遇时节将碗凉浆奠；你去那受刑法尸骸上烈些纸钱[10],只当把你亡化的孩儿荐。(卜儿哭科,云)孩儿放心,这个老身都记得。天那,兀的不痛杀我也!(正旦唱)婆婆也,再也不要啼啼哭哭,烦烦恼恼,怨气冲天。这都是我做窦娥的没时没运,不明不暗,负屈衔冤。

(刽子做喝科,云)兀那婆子靠后,时辰到了也。(正旦跪科)(刽子开枷科)(正旦云)窦娥告监斩大人,有一事肯依窦娥,便死而无怨。(监斩官云)你有甚么事?你说。(正旦云)要一领净席,等我窦娥站立;又要丈二白练,挂在旗枪上[11]。若是我窦娥委实冤枉,刀过处头落,一腔热血休半点儿沾在地下,都飞在白练上者。(监斩官云)这个就依你,打甚么不紧[12]。(刽子做取席站科,又取白练挂旗上科)(正旦唱)

【耍孩儿】不是我窦娥罚下这等无头愿[13],委实的冤情不浅;若没些儿灵圣与世人传,也不见得湛湛青天。我不要半星热血红尘洒,都只在八尺旗枪素练悬。等他四下里皆瞧见,这就是咱苌弘化碧[14],望帝啼鹃[15]。

(刽子云)你还有甚的说话,此时不对监斩大人说,几时说那?(正旦再跪科,云)大人,如今是三伏天道[16],若窦娥委实冤枉,身死之后,天降三尺瑞雪,遮掩了窦娥尸首。(监斩官云)这等三伏天道,你便有冲天的怨气,也召不得一片雪来,可不胡说!(正旦唱)

【二煞】你道是暑气暄,不是那下雪天,岂不闻飞霜六月因邹衍[17]？若果有一腔怨气喷如火，定要感的六出冰花滚似绵[18]，免着我尸骸现；要甚么素车白马[19]，断送出古陌荒阡！

（正旦再跪科，云）大人，我窦娥死的委实冤枉，从今以后，着这楚州亢旱三年[20]！（监斩官云）打嘴！那有这等说话！（正旦唱）

【一煞】你道是天公不可期，人心不可怜，不知皇天也肯从人愿。做甚么三年不见甘霖降？也只为东海曾经孝妇冤[21]，如今轮到你山阳县。这都是官吏每无心正法，使百姓有口难言。

（刽子做磨旗科，云）怎么这一会儿天色阴了也？（内做风科，刽子云）好冷风也！（正旦唱）

【煞尾】浮云为我阴，悲风为我旋，三桩儿誓愿明题遍。（做哭科，云）婆婆也，直等待雪飞六月，亢旱三年呵，（唱）那其间才把你个屈死的冤魂这窦娥显。

（刽子做开刀，正旦倒科）（监斩官惊云）呀，真个下雪了，有这等异事！（刽子云）我也道平日杀人，满地都是鲜血，这个窦娥的血都飞在那丈二白练上，并无半点落地，委实奇怪。（监斩官云）这死罪必有冤枉。早两桩儿应验了，不知亢旱三年的说话，准也不准？且看后来如何。左右，也不必等待雪晴，便与我抬他尸首，还了那蔡婆婆去罢。（众应科，抬尸下）

[1] 外：即外末，是正末以外的次要角色，相当于南戏之付末。

〔2〕做公的:即公人,差役。

〔3〕磨旗:挥动旗子。

〔4〕"可怎生"句:为什么把盗跖和颜渊这两类人都分辨不清。跖,传说中的春秋战国时期起义军的领袖,被统治者诬为大盗。颜渊,是孔子的弟子,被儒家尊为大贤。糊突,这里是颠倒的意思。

〔5〕哥哥行(háng杭):即哥哥前。行,指示方位词。

〔6〕"枉将他"二句:也么哥,又作也波哥、也末哥,表示感叹的语气词。〔叨叨令〕曲,此二句必重,并在句尾加"也么哥"三字。

〔7〕㳫(jiǎn减):泼,倒。这里指祭奠时浇奠酒浆。

〔8〕一陌(bǎi百)儿:陌,通"佰",古时一百钱称陌。这里指一百个纸钱。

〔9〕葫芦提:糊里糊涂的意思。

〔10〕烈:烧化。

〔11〕旗枪:杆上装有枪头的旗子。

〔12〕打甚么不紧:即有什么要紧。

〔13〕无头愿:没有头脑、没有根据的誓愿。

〔14〕苌(cháng常)弘化碧:《庄子·外物》:"苌弘死于蜀,藏其血,三年而化为碧。"苌弘,传说中的周朝忠臣,后被杀,血化为玉。碧,碧玉。

〔15〕望帝啼鹃:望帝是古代传说中蜀王杜宇,禅位于其相开明,归隐西山。后变为杜鹃鸟,日夜哀鸣。见《华阳国志·蜀志》。

〔16〕三伏:旧历以夏至后第三个庚日为初伏,第四庚日为中伏,立秋后初庚之日为末伏。三伏,是一年中最热的日子。

〔17〕飞霜六月因邹衍:战国时,邹衍事燕惠王,尽忠,左右潜之,王系之狱。衍仰天而哭,时值夏天,天为之降霜。典见《太平御览》卷十四引《淮南子》。后常用此事代表冤狱。

〔18〕六出冰花:即雪花,其结晶为六瓣。

〔19〕素车白马:古人送葬时乘的车马。

〔20〕亢旱:久旱,大旱。

〔21〕东海曾经孝妇冤:汉时东海郡有一孝妇,孝顺婆婆,后遭诬陷被郡守枉判死刑,郡中因之枯旱三年。新郡守至,于定国为之鸣冤,平反其狱,天立大雨。史见《汉书·隽疏于薛平彭传》。本剧第四折也有此故事的叙述。

第 四 折

(窦天章冠带引丑张千、祇从上,诗云)独立空堂思黯然,高峰月出满林烟;非关有事人难睡,自是惊魂夜不眠。老夫窦天章是也。自离了我那端云孩儿,可早十六年光景。老夫自到京师,一举及第,官拜参知政事[1]。只因老夫廉能清正,节操坚刚,谢圣恩可怜,加老夫两淮提刑肃政廉访使之职[2],随处审囚刷卷,体察滥官污吏,容老夫先斩后奏。老夫一喜一悲:喜呵,老夫身居台省[3],职掌刑名,势剑金牌,威权万里;悲呵,有端云孩儿,七岁上与了蔡婆婆为儿媳妇,老夫自得官之后,使人往楚州问蔡婆婆家,他邻里街坊道,自当年蔡婆婆不知搬在那里去了,至今音信皆无。老夫为端云孩儿,啼哭的眼目昏花,忧愁的须发斑白。今日来到这淮南地面,不知这楚州为何三年不雨?老夫今在这州厅安歇。张千,说与那州中大小属官,今日免参,明日早见。(张千向古门云)一应大小属官,今日免参,明日早见。(窦天章云)张千,说与那六房吏典[4],但有合刷照文卷,都将来,待老夫灯下看几宗波。(张千送文卷科,窦天章云)张千,你与我掌上灯。你每都辛苦了,自去歇息罢。我唤你便来,不唤你休来。(张千点灯,同祗从下)(窦天章云)我将这文卷看几宗咱。"一起犯人窦娥,将毒药致死公公。……"我才看头一宗文卷,就与老夫同姓;这药死公公的罪名,犯在十恶不赦[5],俺同姓之人也有不畏法度的。这是问结了的文书,不看他罢,我将这文卷压在底下,别看一宗咱。(做打呵欠科,云)不觉的一阵昏沉上来,皆因老夫年纪高大,鞍马劳困之故。待我搭伏定书案,歇息些儿咱。(做睡科。魂旦上[6],唱)

【双调新水令】我每日哭啼啼守住望乡台[7],急煎煎把仇人等待,慢腾腾昏地里走,足律律旋风中来[8]。则被这雾锁云埋,撺掇的鬼魂快[9]。

(魂旦望科,云)门神户尉不放我进去[10]。我是廉访使窦天章女孩儿,因我屈死,父亲不知,特来托一梦与他咱。(唱)

【沉醉东风】我是那提刑的女孩,须不比现世的妖怪,怎不容我到灯影前,却拦截在门楻外[11]?(做叫科,云)我那爷爷呵!(唱)枉自有势剑金牌,把掩这屈死三年的腐骨骸,怎脱离无边苦海?

(做入见哭科,窦天章亦哭科,云)端云孩儿,你在那里来?(魂旦虚下)(窦天章做醒科,云)好是奇怪也!老夫才合眼去,梦见端云孩儿,恰便似来我跟前一般;如今在那里?我且再看这文卷咱。(魂旦上,做弄灯科)(窦天章云)奇怪,我正要看文卷,怎生这灯忽明忽灭的?张千也睡着了,我自己剔灯咱。(做剔灯,魂旦翻文卷科。窦天章云)我剔的这灯明了也,再看几宗文卷。"一起犯人窦娥,药死公公。……"(做疑怪科,云)这一宗文卷,我为头看过,压在文卷底下,怎生又在这上头?这几时问结了的,还压在底下,我别看一宗文卷波。(魂旦再弄灯科。窦天章云)怎么这灯又是半明半暗的?我再剔这灯咱。(做剔灯。魂旦再翻文卷科。窦天章云)我剔的这灯明了,我另拿一宗文卷看咱。"一起犯人窦娥,药死公公。……"呸!好是奇怪!我才将这文书分明压在底下,刚剔了这灯,怎生又翻在面上?莫不是楚州后厅里有鬼么?便无鬼呵,这桩事必有冤枉。将这文卷再压在底下,待我另看一宗如何?(魂旦又弄灯科。窦天章云)怎生这灯又不明了?敢有鬼弄这灯?我再剔一剔去。(做剔灯科。魂旦上,做撞见科。窦天章举剑击桌科,云)呸!我说有鬼!兀那鬼魂,老夫是朝廷钦差带牌走马肃政廉访使,你向前来,一剑挥之两段。张千,亏你也睡的着,快起来,有鬼有鬼。兀的不吓杀老夫也!(魂旦唱)

【乔牌儿】则见他疑心儿胡乱猜,听了我这哭声儿转惊骇。哎,你个窦天章直恁的威风大,且受你孩儿窦娥这一拜[12]。

（窦天章云）兀那鬼魂，你道窦天章是你父亲，"受你孩儿窦娥拜"，你敢错认了也？我的女儿叫做端云，七岁上与了蔡婆婆为儿媳妇。你是窦娥，名字差了，怎生是我女孩儿？（魂旦云）父亲，你将我与了蔡婆婆家，改名做窦娥了也。（窦天章云）你便是端云孩儿？我不问你别的，这药死公公是你不是？（魂旦云）是你孩儿来。（窦天章云）嗏声！你这小妮子，老夫为你啼哭的眼也花了，忧愁的头也白了，你划地犯下十恶大罪，受了典刑！我今日官居台省，职掌刑名，来此两淮审囚刷卷，体察滥官污吏；你是我亲生之女，老夫将你治不的，怎治他人？我当初将你嫁与他家呵，要你三从四德：三从者，在家从父，出嫁从夫，夫死从子；四德者，事公姑，敬夫主，和妯娌，睦街坊。今三从四德全无，划地犯了十恶大罪。我窦家三辈无犯法之男，五世无再婚之女；到今日被你辱没祖宗世德，又连累我的清名。你快与我细吐真情，不要虚言支对。若说的有半厘差错，牒发你城隍祠内[13]，着你永世不得人身，罚在阴山永为饿鬼。（魂旦云）父亲停嗔息怒，暂罢狼虎之威，听你孩儿慢慢的说一遍咱。我三岁上亡了母亲，七岁上离了父亲，你将我送与蔡婆婆做儿媳妇。至十七岁与夫配合，才得两年，不幸儿夫亡化，和俺婆婆守寡。这山阳县南门外有个赛卢医，他少俺婆婆二十两银子。俺婆婆去取讨，被他赚到郊外，要将婆婆勒死；不想撞见张驴儿父子两个，救了俺婆婆性命。那张驴儿知道我家有个守寡的媳妇，便道："你婆儿媳妇既无丈夫，不若招我父子两个。"俺婆婆初也不肯，那张驴儿道："你若不肯，我依旧勒死你。"俺婆婆惧怕，不得已含糊许了。只得将他父子两个领到家中，养他过世。有张驴儿数次调戏你女孩儿，我坚执不从。那一日俺婆婆身子不快，想羊肚儿汤吃，你孩儿安排了汤。适值张驴儿父子两个问病，道："将汤来我尝一尝。"说："汤便好，只少些盐醋。"赚的我去取盐醋，他就暗地里下了毒药。实指望药杀俺婆婆，要强逼我成亲。不想俺婆婆偶然发呕，不要汤吃，却让与老张吃，随即七窍流血药死了。张驴儿便道："窦娥药死了俺老子，你要官休？要私休？"我便道："怎生是官休？怎生是私休？"他道："要官休，告到官司，你与俺老子偿命；若私休，你便与我做老婆。"你孩儿便道："好马不鞴双鞍，烈女不更二夫。我至死不与你做媳妇，我情愿和你见官去。"他将你孩儿拖到官中，受尽三推六问，吊拷绷扒[14]，便打死孩儿，也不肯认。怎当州官见你孩儿不认，便要拷打俺婆婆；我怕婆婆年老，受刑不起，只得屈认了。因此押赴法场，将我典刑。你孩儿对天发下三桩誓愿：第一桩，要丈二白练挂在旗枪上，若系冤枉，刀过头落，一腔热血休滴在地下，都飞在白练上；第二桩，现今三伏天道，下三尺瑞雪，遮掩你孩儿尸首；第三桩，着他楚州大旱三年。果然血飞上白练，六月下雪，三年不雨，都是为你孩儿来。（诗云）不告官司只告天，心中怨气口难言。防他老母遭刑宪，情愿无辞认罪愆。三尺琼花骸骨掩，一腔鲜血练旗悬；岂独霜飞邹衍屈，今朝方表窦娥冤。（唱）

【雁儿落】你看这文卷曾道来不道来，则我这冤枉要忍耐如何耐？我不肯顺他人，倒着我赴法场；我不肯辱祖上，倒把我残生坏。

【得胜令】呀，今日个搭伏定摄魂台[15]，一灵儿怨哀哀。父亲也，你现掌着刑名事，亲蒙圣主差。端详这文册，那厮乱纲常当合败。便万剐了乔才[16]，还道报冤仇不畅怀。

（窦天章做泣科，云）哎！我那屈死的儿，则被你痛杀我也！我且问你：这楚州三年不雨，可真个是为你来？（魂旦云）是为你孩儿来。（窦天章云）有这等事！到来朝我与你做主。（诗云）白头亲苦痛哀哉，屈杀了你个青春女孩。只恐怕天明了，你且回去，到来日我将文卷改正明白。（魂旦暂下）（窦天章云）呀，天色明了也。张千，我昨日看几宗文卷，中间有一鬼魂来诉冤枉。我唤你好几次，你再也不应，直恁的好睡那。（张千云）我小人两个鼻子孔一夜不曾闭，并不听见女鬼诉什么冤状，也不曾听见相公呼唤。（窦天章做叱科，云）嗯！今早升厅坐衙，张千，喝撺厢者。（张千做幺喝科，云）在衙人马平安，抬书案！（禀云）州官见。（外扮州官入参科）（张千云）该房吏典见。（丑扮吏入参见科）（窦天章问云）

你这楚州一郡,三年不雨,是为着何来?(州官云)这个是天道亢旱,楚州百姓之灾,小官等不知其罪。(窦天章做怒云)你等不知罪么!那山阳县有用毒药谋死公公犯妇窦娥,他问斩之时曾发愿道:"若是果有冤枉,着你楚州三年不雨,寸草不生",可有这件事来?(州官云)这罪是前升任桃州守问成的,现有文卷。(窦天章云)这等糊突的官也着他升去!你是继他任的,三年之中可曾祭这冤妇么?(州官云)此犯系十恶大罪,元不曾有祠,所以不曾祭得。(窦天章云)昔日汉朝有一孝妇守寡,其姑自缢身死,其姑女告孝妇杀姑,东海太守将孝妇斩了。只为一妇含冤,致令三年不雨。后于公治狱,仿佛见孝妇抱卷哭于厅前。于公将文卷改正,亲祭孝妇之墓,天乃大雨。今日你楚州大旱,岂不正与此事相类?张千,分付该房签牌下山阳县,着拘张驴儿、赛卢医、蔡婆婆一起人犯,火速解审,毋得违误片刻者。(张千云)理会得。(下)(丑扮解子押张驴儿[17]、蔡婆婆同张千上,禀云)山阳县解到审犯听点。(窦天章云)张驴儿。(张驴儿云)有。(窦天章云)蔡婆婆。(蔡婆婆云)有。(窦天章云)怎么赛卢医是紧要人犯不到?(解子云)赛卢医三年前在逃,一面着广捕批缉拿去了[18],待获日解审。(窦天章云)张驴儿,那蔡婆婆是你的后母么?(张驴儿云)母亲好冒认的?委实是。(窦天章云)这药死你父亲的毒药,卷上不见有合药的人,是那个的毒药?

（张驴儿云）是窦娥自合就的毒药。（窦天章云）这毒药必有一个卖药的医铺。想窦娥是个少年寡妇，那里讨这药来。张驴儿，敢是你合的毒药么？（张驴儿云）若是小人合的毒药，不药别人，倒药死自家老子？（窦天章云）我那屈死的儿呀，这一节是紧要公案，你不自来折辩，怎得一个明白？你如今冤魂却在那里？（魂旦上，云）张驴儿，这药不是你合的，是那个合的？（张驴儿做怕科，云）有鬼有鬼，撮盐入水，太上老君，急急如律令，敕[19]！（魂旦云）张驴儿，你当日下毒药在羊肚儿汤里，本意药死俺婆婆，要逼勒我做浑家。不想俺婆婆不吃，让与你父亲吃，被药死了。你今日还敢赖哩！（唱）

【川拨棹】猛见了你这吃敲材[20]，我只问你这毒药从何处来？你本意待暗里栽排，要逼勒我和谐，倒把你亲爷毒害，怎教咱替你耽罪责[21]！

（魂旦做打张驴儿科）（张驴儿做避科，云）太上老君急急如律令，敕！大人说这毒药必有个卖毒药的医铺，若寻得这卖药的人来和小人折对，死也无词。（丑扮解子解赛卢医上，云）山阳县续解到犯人一名赛卢医。（张千喝云）当面。（窦天章云）你三年前要勒死蔡婆婆，赖他银子，这事怎么说？（赛卢医叩头科，云）小的要赖蔡婆婆银子的情是有的，当被两个汉子救了，那婆婆并不曾死。（窦天章云）这两个汉子你认的他叫做什么名姓？（赛卢医云）小的认便认得，慌忙之际可不曾问的他名姓。(窦天章云)现有一个在阶下,你去认来。(赛卢医做下认科,云)这个是蔡婆婆。(指张驴儿云)想必这毒药事发了。(上云)是这一个,容小的诉禀:当日要勒死蔡婆婆时,正遇见他爷儿两个,救了那婆婆去。过得几日,他到小的铺中讨服毒药。小的是念佛吃斋人,不敢做昧心的事,说道:"铺中只有官料药[22],并无什么毒药。"他就睁着眼道:"你昨日在郊外要勒死蔡婆婆,我拖你见官去。"小的一生最怕的是见官,只得将一服毒药与了他去。小的见他生相是个恶的,一定拿这药去药死了人,久后败露,必然连累。小的一向逃在涿州地方,卖些老鼠药。刚刚是老鼠被药杀了好几个,药死人的药,其实再也不曾合。(魂旦唱)

【七弟兄】你只为赖财,放乖,要当灾。(带云)这毒药呵,(唱)原来是你赛卢医出卖张驴儿买,没来由填做我犯由牌[23],到今日官去衙门在。

(窦天章云)带那蔡婆婆上来!我看你也六十外人了,家中又是有钱钞的,如何又嫁了老张,做出这等事来?(蔡婆婆云)老妇人因为他爷儿两个救了我的性命,收留他在家养膳过世。那张驴儿常说要将他老子接脚进来,老妇人并不曾许他。(窦天章云)这等说,你那媳妇就不该认做药死公公了。(魂旦云)当日问官要打俺婆婆,我怕他年老受刑不起,因此咱认做药死公公,委实是屈招个!(唱)

【梅花酒】你道是咱不该,这招状供写的明白。本一点孝顺的心怀,倒做了惹祸的胚胎。我只道官吏每还覆勘,怎将咱屈斩首在长街!第一要素旗枪鲜血洒,第二要三尺雪将死尸埋,第三要三年旱示天灾,咱誓愿委实大。

【收江南】呀,这的是衙门从古向南开,就中无个不冤哉!痛杀我娇姿弱体闭泉台[24],早三年以外,则落的悠悠流恨似长淮。

(窦天章云)端云儿也,你这冤枉我已尽知,你且回去。待我将这一起人犯并原问官吏另行定罪,改日做个水陆道场[25],超度你生天便了。(魂旦拜科,唱)

【鸳鸯煞尾】从今后把金牌势剑从头摆,将滥官污吏都杀坏,与天子分忧,万民除害。(云)我可忘了一件,爹爹,俺婆婆年纪高大,无人侍养,你可收恤家中,替你孩儿尽养生送死之礼,我便九泉之下,可也瞑目。(窦天章云)好孝顺的儿也!(魂旦唱)嘱付你爹爹,收养我奶奶。可怜他无妇无儿,谁管顾年衰迈!再将那文卷舒开,(带云)爹爹也,把我窦娥名下,(唱)屈死的于伏罪名儿改[26]。(下)

(窦天章云)唤那蔡婆婆上来,你可认的我么?(蔡婆婆云)老妇人眼花了,不认的。(窦天章云)我便是窦天章。适才的鬼魂,便是我屈死的女孩儿端云。你这一行人听我下断:张驴儿毒杀亲爷,奸占寡妇,合拟凌迟[27],押赴市曹中钉上木驴[28],剐一百二十刀处死。升任州守桃杌并该房吏典,刑名违错,各杖一百,永不叙用。赛卢医不合赖钱,勒死平民;又不合修合毒药,致伤人命,发烟障地面[29],永远充军。蔡婆婆我家收养。窦娥罪改正明白。(词云)莫道我念亡女与他灭罪消愆,也只可怜见楚州郡大旱三年。昔于公曾表白东海孝妇,果然是感召得灵雨如泉。岂可便推诿道天灾代有,竟不想人之意感应通天。今日个将文卷重行改正,方显得王家法不使民冤。

题目[30] 秉鉴持衡廉访法[31]

正名　感天动地窦娥冤

〔1〕参知政事:元代中书省及各行省均设参知政事,从二品,为宰相之副。

〔2〕肃政廉访使:原名提刑按察使,至元二十八年(1291)改,正三品,掌管地方吏治得失及刑狱诸事。

〔3〕台省:指御史台和中书省。因肃政廉访使属御史台,参知政事属中书台。

〔4〕六房吏典:即吏、户、礼、兵、刑、工六个部门的吏员。

〔5〕十恶不赦:指谋反、谋大逆等永不赦免的罪名。

〔6〕魂旦:剧中扮演女鬼的角色。

〔7〕望乡台:迷信说法,阴间有望乡台,亡魂到此,可以望见阳世的家人。

〔8〕足律律:旋风急速飞转的拟声词。

〔9〕撺掇:催促,推动。

〔10〕门神户尉:古代习俗,门上贴神像,左为门丞,右为户尉,总曰门神,用以驱邪。通常画的是唐代秦琼和尉迟恭的像。

〔11〕门桯(tīng厅):门槛。

〔12〕且受你孩儿窦娥这一拜:"你孩儿"三字原作"我",现依王季思先生校本据下文窦天章白改。

〔13〕牒发:用公文解送。

〔14〕吊拷绷扒:即扒去衣服,用绳子捆绑,吊在梁上,进行拷打。

〔15〕摄魂台:迷信说法,阴间镇摄死者魂魄的场所。

〔16〕乔才:犹云坏东西,贼坯。乔,宋、元时口语詈词,恶劣的意思。

〔17〕解子:押解犯人的差人。

〔18〕广捕:到处搜捕。

〔19〕"有鬼有鬼"四句:这里是在模仿道士驱鬼时所念的符法咒语。道士作法时,在屋内边洒盐水,以消灭鬼魂,一边念着"太上老君,急急如律令,敕"的话语。太上老君,指老子,传说中的道家之祖。

〔20〕吃敲材:该死的家伙。元代杖杀叫敲。

〔21〕耽:承担。

〔22〕官料药:官府允许公开出售的药物。

〔23〕犯由牌:写明犯人罪状的牌子。

〔24〕泉台:坟墓。

〔25〕水陆道场:迷信者请和尚为死者设斋,供奉鬼神及水陆众生,以超度其亡魂。

〔26〕于伏:古名家本墨校作"招伏",当改正。

〔27〕凌迟:古代的一种酷刑,即剐刑,一刀刀的慢慢宰割,使犯人受尽痛苦而死。

〔28〕木驴:固定犯人手足的木制刑具,执行死刑时使用。

〔29〕烟障地面:烟障,即烟瘴,烟雾和瘴气。指西南边远地区。

〔30〕题目:元杂剧结尾,例用四句或两句对语,来概括全剧内容。前面的叫题目,后面的叫正名,即此剧剧名。

〔31〕秉鉴持衡:鉴,镜子;衡,秤。封建官吏常标榜自己明如镜,平如秤,办事公平。

赵盼儿风月救风尘[1]

第 一 折

(冲末扮周舍上)(诗云)酒肉场中三十载,花星整照二十年;一生不识柴米价,只少花钱共酒钱。自家郑州人氏,周同知的孩儿周舍是也[2]。自小上花台做子弟[3]。这汴梁城中[4],有一歌者,乃是宋引章。他一心待嫁我,我一心待娶他,争奈他妈儿不肯。我今做买卖回来,今日特到他家去,一来去望妈儿,二来就提这门亲事,多少是好。(下)
(卜儿同外旦上,云)老身汴梁人氏,自身姓李,夫主姓宋,早年亡化已过。止有这个女孩儿,叫做宋引章。俺孩儿拆白道字[5],顶真续麻[6],无般不晓,无般不会。有郑州周舍,与孩儿作伴多年,一个要娶,一个要嫁,只是老身谎彻梢虚[7],怎么便肯?引章,那周舍亲事,不是我百般板障[8],只怕你久后自家受苦。(外旦云)奶奶,不妨事,我一心则待要嫁他。(卜儿云)随你,随你!(周舍上,云)自家周舍,来此正是他门首,只索进去。(做见科)(外旦云)周舍,你来了也!(周舍云)我一径的来问亲事,母亲如何?(外旦云)母亲许了亲事也。(周舍云)我见母亲去。(卜儿做见科)(周舍云)母亲,我一径的来问这亲事哩。(卜儿云)今日好日辰,我许了你,则休欺负俺孩儿。(周舍云)我并不敢欺负大姐。母亲,把你那姊妹弟兄都请下者,我便收拾来也。(卜儿云)大姐,你在家执料,我去请那一辈儿老姊妹去来。(周舍诗云)数载间费尽精神,到今朝才许成亲。(外旦云)这都是天缘注定。(卜儿云)也还有不测风云。(同下)

(外扮安秀实上,诗云)刘蕡下第千年恨[9],范丹守志一生贫[10];料得苍天如有意,断然不负读书人。小生姓安,名秀实,洛阳人氏。自幼颇习儒业,学成满腹文章,只是一生不能忘情花酒。到此汴梁,有一歌者宋引章,和小生作伴。当初他要嫁我来,如今却嫁了周舍。他有个八拜交的姐姐,是赵盼儿,我去央他劝一劝,有何不可。赵大姐在家么?(正旦扮赵盼儿上,云)妾身赵盼儿是也。听的有人叫门,我开门看咱。(见科,云)我道是谁,原来是妹夫。你那里来?(安秀实云)我一径的来相烦你。当初姨姨引章要嫁我来,如今却要嫁周舍,我央及你劝他一劝。(正旦云)当初这亲事不许你来?如今又要嫁别人,端的姻缘事非同容易也呵!(唱)

【仙吕点绛唇】妓女追陪,觅钱一世。临收计,怎做的百纵千随,知重咱风流婿[11]。

【混江龙】我想这姻缘匹配,少一时一刻强难为。如何可意?

怎的相知？怕不便脚搭着脑杓成事早[12]，怎知他手拍着胸脯悔后迟！寻前程，觅下稍，恰便是黑海也似难寻觅。料的来人心不问，天理难欺。

【油葫芦】姻缘簿全凭我共你？谁不待拣个称意的？他每都拣来拣去百千回。待嫁一个老实的，又怕尽世儿难成对；待嫁一个聪俊的，又怕半路里轻抛弃。遮莫向狗溺处藏，遮莫向牛屎里堆[13]，忽地便吃了一个合扑地[14]，那时节睁着眼怨他谁！

【天下乐】我想这先嫁的还不曾过几日，早折的容也波仪[15]、瘦似鬼，只教你难分说、难告诉、空泪垂！我看了些觅前程俏女娘，见了些铁心肠男子辈，便一生里孤眠，我也直甚颏[16]！

　　（云）妹夫，我可也待嫁个客人，有个比喻。（安秀实云）喻将何比？（正旦唱）

【那吒令】待装个老实，学三从四德；争奈是匪妓，都三心二意。端的是那里是三梢末尾[17]？俺虽居在柳陌中、花街内，可是那件儿便宜？

【鹊踏枝】俺不是卖查梨，他可也逗刀锥[18]。一个个败坏人伦，乔做胡为。（云）但来两三遭，不问那厮要钱，他便道："这弟子敲馒儿哩[19]。"（唱）但见俺有些儿不伶俐，便说是女娘家要哄骗东西。

【寄生草】他每有人爱为娼妓，有人爱作次妻。干家的干落得淘闲气[20]，买虚的看取些羊羔利[21]，嫁人的早中了拖刀计[22]。他正是:"南头做了北头开,东行不见西行例[23]"。
(云)妹夫,你且坐一坐,我去劝他。劝的省时,你休欢喜;劝不省时,休烦恼。(安秀实云)我不坐了,且回家去等信罢。大姐留心者。(下)(正旦做行科,见外旦云)妹子,你那里人情去?(外旦云)我不人情去,我待嫁人哩。(正旦云)我正来与你保亲。(外旦云)你保谁?(正旦云)我保安秀才。(外旦云)我嫁了安秀才呵,一对儿好打莲花落[24]。(正旦云)你待嫁谁?(外旦云)我嫁周舍。(正旦云)你如今嫁人,莫不还早哩?(外旦云)有甚么早不早!今日也大姐,明日也大姐,出了一包儿脓[25]。我嫁了,做一个张郎家妇,李郎家妻,立个妇名,我做鬼也风流的。(正旦唱)

【村里迓鼓】你也合三思而行,再思可矣。你如今年纪小哩,我与你慢慢的别寻个姻配。你可便宜,只守着铜斗儿家缘家计[26]。也是你羊姐姐把衷肠话劝妹妹,我怕你受不过男儿气息。

(云)妹子,那做丈夫的做不的子弟[27],做子弟的做不的丈夫。(外旦云)你说我听咱。(正旦唱)

【元和令】做丈夫的便做不的子弟,他终不解其意[28]。那做子弟的他影儿里会虚脾[29],那做丈夫的忒老实。(外旦云)那周舍穿着一架子衣服,可也堪爱哩。(正旦唱)那厮虽穿着几件乞螂皮[30],人伦事晓得甚的?

(云)妹子,你为甚么就要嫁他?(外旦云)则为他知重您妹子,因此要嫁他。(正旦云)他怎么知重你?(外旦云)一年四季,夏天我好的一觉响睡,他替你妹子打着扇;冬天替你妹子温的铺盖儿暖了,着你妹子歇息;但你妹子那里人情去,穿的那一套衣服,戴的那一付头面[31],替你妹子提领系、整钗镮。只为他这等知重你妹子,因此上一心要嫁他。(正旦云)你原来为这般呵。(唱)

【上马娇】我听的说就里,你原来为这的,倒引的我忍不住笑微微。你道是暑月间扇子扇着你睡,冬月间着炭火煨,那愁他寒色透重衣。

【游四门】吃饭处,把匙头挑了筋共皮;出门去,提领系,整衣袂,戴插头面整梳篦。衡一味是虚脾[32],女娘每不省越着迷。

【胜葫芦】你道这子弟情肠甜似蜜,但娶到他家里,多无半载周年相弃掷,早努牙突嘴,拳椎脚踢,打的你哭啼啼。

【幺篇】恁时节"船到江心补漏迟",烦恼怨他谁?事要前思免后悔。我也劝你不得,有朝一日,准备着搭救你块望夫石[33]。

(云)妹子,久以后你受苦呵,休来告我。(外旦云)我便有那该死的罪,我也不来央告你。(周舍上,云)小的每,把这礼物摆的好看些。(正旦云)来的敢是周舍?那厮不言语便罢,他若但言,着他吃我几嘴好的。(周舍云)那壁姨姨敢是赵盼儿么?(正旦云)然也。(周舍云)请姨姨吃些茶饭波。(正旦云)你请我?家里饿皮脸也[34],揭了锅儿底,窨子里秋月——不曾见这等食[35]!(周舍云)央及姨姨,保门亲事。(正旦云)你着我保谁?(周舍云)保宋引章。(正旦云)你着我保宋引章那些儿?保他那针指油面,刺绣铺房,大裁小剪,生儿长女?(周舍云)这歪刺骨好歹嘴也。我已成了事,不索央你。(正旦云)我去罢。(做出门科)(安秀实上,云)姨姨,劝的引章如何?(正旦云)不济事了也。(安秀实云)这等呵,我上朝求官应举去罢。(正旦云)你且休去,我有用你处哩。(安秀实云)依着姨姨说,我且在客店中安下,看你怎么发付我。(下)(正旦唱)

【赚煞】这妮子是狐魅人女妖精,缠郎君天魔祟[36]。则他那裤儿里休猜做有腿[37],吐下鲜红血则当做苏木水[38]。耳边休采那等闲食,那的是最容易剜眼睛嫌的,则除是亲近着他便欢喜。(带云)着他疾省呵,(唱)哎,你个双郎子弟[39],安排下金冠霞帔[40]。(带云)一个夫人来到手儿里了。(唱)却则为三千张茶引[41],嫁了冯魁。(下)

(周舍云)辞了母亲,着大姐上轿,回咱郑州去来。(诗云)才出娼家门,便作良家妇。(外旦诗云)只怕吃了良家亏,还想娼家做。(同下)

[1]《救风尘》:写封建社会地位最微贱的妓女,如何利用追欢卖笑的风月手段,斗倒凶狠狡诈的市井恶棍,解救自己同伴的感人的故事。这是一个歌颂性的喜剧,在揭露鞭打反面人物卑污灵魂和虚弱本质的同

45

时，更以满腔的热情，歌颂了正面人物舍己为人的崇高品质和聪明机智的美好形象，是崇高与卑污、正义与邪恶的较量。全剧的喜剧性冲突贯穿始终，笔调轻松明快，使观众从笑声中去憎恨那黑暗的恶势力，同情那些被侮辱、被损害的小人物。其最大特色，在于它不是以巧合和误会等常用的喜剧手法来开展戏剧冲突，而是按照生活的逻辑，从人物性格出发，构成一个又一个的令人捧腹的喜剧情节，是古典喜剧中难得的奇葩。解放后经过了不少地方剧的改编和演出，说明其不朽的艺术生命力。现据《元曲选》本校注。

〔2〕同知：官名，正六品，元时散府诸州所设之副职，协助长官处理行政事务。

〔3〕上花台做子弟：花台，指妓院；子弟，指嫖客。

〔4〕汴梁：北宋都城，今河南开封。

〔5〕拆白道字：宋元时的一种文字游戏。将一个汉字拆开来说，如宋黄庭坚《两同心》词："你共人女边著子，争知我门里挑心。"即拆"好"、"闷"二字为说。

〔6〕顶真续麻：即顶针续麻，宋元时的文字游戏。后句首字必用前句末字，如此连续成文，以显其才华。当时文人、官妓尤擅此。如无名氏《小桃红》云："断肠人寄断肠词，词写心间事。事到头来不由自。自寻思……"

〔7〕谎彻梢虚：以谎话来支吾、搪塞。

〔8〕板障：即屏风，引申为障碍、阻挡。

〔9〕刘贲(fén 坟)下第：唐人刘贲于大和二年(828)举贤良对策，劝皇帝诛杀权奸，考官以其言语激切，不敢录取。后代诗文多用此事作为考试落第的典故。

〔10〕范丹守志：东汉人范丹家贫，多次辞官不就，以卖卜为生，以保持自己甘愿清苦的志向。

〔11〕风流婿:原作"风流媚",据古名家本改正。

〔12〕脚搭着脑杓成事早:形容快跑时脚跟几乎碰着后脑杓,比喻性急求成。

〔13〕"遮莫"二句:意谓不管你躲到什么肮脏的地方。遮莫,尽管,不论。

〔14〕合扑地:向前扑地倒下,即俗语所说之狗吃屎。

〔15〕折的:折磨得。

〔16〕直甚颡:值什么鸟(diǎo钌)。鸟,通"屌",骂人的话。

〔17〕三梢末尾:指收场,结局。

〔18〕"俺不是"二句:是说即使自己真诚待他,他仍要斤斤计较。卖查梨,以次充好,骗人之意。"查梨"似梨而味酸。刀锥,指微末小利。

〔19〕这弟子敲镘儿:弟子,指妓女。敲镘儿,即"敲竹杠",敲诈钱财。古代铜钱有花纹的一边叫镘。镘儿,指钱。

〔20〕干(gàn矸)家的:干办家缘的,即"成家的"。

〔21〕羊羔利:元代的一种高利贷,放债的借出钱财,一年后加倍收回本利。

〔22〕拖刀计:古代战斗术语,诈败拖刀而走,乘人不备,又突然砍杀过来。引申作圈套、陷阱。

〔23〕"南头"二句:民间谚语,是说不接受前人失败的教训,重蹈覆辙。

〔24〕好打莲花落:只好去做乞丐。宋、元时乞丐行乞时,多唱这种小曲,故云。

〔25〕"今日也大姐"三句:大姐,谐音"大疖",所以下文说出了一包脓。

〔26〕铜斗儿:形容家业的殷实富厚。参见《窦娥冤》第一折注释〔30〕。

〔27〕那做丈夫的做不的子弟:原脱"不"字,据下文〔元和令〕曲补。

〔28〕他终不解其意:原脱此句,据古名家杂剧本补。

〔29〕虚脾:虚情假意。

〔30〕蛇螂皮:漂亮的外衣。屎蛇螂虽有黑亮的外壳,却专在粪便中讨生活。

〔31〕头面:妇女的首饰。

〔32〕衠(zhūn 谆):纯粹、整个儿。

〔33〕望夫石:古代传说故事,见《窦娥冤》第二折注释〔14〕。

〔34〕饿皮脸:当作"饿破脸"。《王粲登楼》第四折正末云:"枕着青石板睡,饿破你那脸也。"可证。

〔35〕"窨(yìn 印)子里秋月"二句:是说地窖里面出月亮,不曾见过这样的食(事)。窨子,即地窖。

〔36〕天魔祟:即天魔怪。佛教传说天上魔王波旬,专门用天魔女去诱惑修道之人。

〔37〕裤儿里休猜做有腿:承上文,既是女妖精、天魔怪,自然裤子里不会长着人腿。

〔38〕苏木水:用苏木的皮、茎所煎制的红色染料。

〔39〕双郎:指双渐。宋、元时勾栏里流传的书生双渐和妓女苏小卿的故事。二人本相亲相爱,当双渐赴京赶考时,茶商冯魁乘机用三千茶引把小卿买回家去,途经镇江金山寺,小卿题诗于寺壁,表示对双渐的思念。双渐中举后,为临川县令,经金山见诗,便乘船追赶,二人终于结为夫妇。

〔40〕金冠霞帔:古时受过朝廷封号的官员妻子的服装。

〔41〕茶引:茶商交税后的凭证。有此,才可从事茶叶的购销活动。

第 二 折

(周舍同外旦上,云)自家周舍是也。我骑马一世,驴背上失了一脚[1]。我为娶这妇人呵,整整磨了半截舌头,才成得事。如今着这妇人上了轿,我骑了马,离了汴京,来到郑州。让他轿子在头里走,怕那一般的舍人说:"周舍娶了宋引章。"被人笑话。则见那轿子一晃一晃的,我向前打那抬轿的小厮,道:"你这等欺我!"举起鞭子就打。问他道:"你走便走,晃怎么?"那小厮道:"不干我事,奶奶在里边不知做甚么?"我揭起轿帘一看,则见他精赤条条的在里面打筋斗。来到家中,我说:"你套一床被我盖。"我到房里,只见被子倒高似床。我便叫:"那妇人在那里?"则听的被子里答应道:"周舍,我在被子里面哩。"我道:"在被子里面做甚么?"他道:"我套绵子,把我翻在里头了。"我拿起棍来,恰待要打,他道:"周舍,打我不打紧,休打了隔壁王婆婆。"我道:"好也,把邻舍都翻在被里面!"(外旦云)我那里有这等事?(周舍云)我也说不得这许多。兀那贱人,我手里有打杀的,无有买休卖休的[2]。且等我吃酒去,回来慢慢的打你。(下)(外旦云)不信好人言,必有恓惶事。当初赵家姐姐劝我不听,果然进的门来,打了我五十杀威棒,朝打暮骂,怕不死在他手里。我这隔壁有个王货郎,他如今去汴梁做买卖,我写一封书捎将去,着俺母亲和赵家姐姐来救我。

若来迟了,我无那活的人也。天那,只被你打杀我也!（下）

（卜儿哭上,云）自家宋引章的母亲便是。有我女孩儿从嫁了周舍,昨日王货郎寄信来,上写着道:"从到他家,进门打了五十杀威棒。如今朝打暮骂,看看至死,可急急央赵家姐姐来救我。"我拿着书去与赵家姐姐说知,怎生救他去。引章孩儿,则被你痛杀我也!（下）（正旦上,云）自家赵盼儿。我想这门衣饭,几时是了也呵!（唱）

【商调集贤宾】咱这几年来待嫁人心事有,听的道谁揭债,谁买休。他每待强巴劫深宅大院[3],怎知道摧折了舞榭歌楼[4]?一个个眼张狂似漏了网的游鱼,一个个嘴卢都似跌了弹的斑鸠[5]。御园中可不道是栽路柳,好人家怎容这等娼优。他每初时间有些实意,临老也没回头。

【逍遥乐】那一个不因循成就,那一个不顷刻前程,那一个不等闲间罢手[6]。他每一做一个水上浮沤[7],和爷娘结下不厮见的冤仇,恰便似日月参辰和卯酉[8],正中那男儿机彀。他使那千般贞烈,万种恩情,到如今一笔都勾。

（卜儿上,云）这是他门首,我索过去。（做见科,云）大姐,烦恼杀我也!（正旦云）奶奶,你为什么这般啼哭?（卜儿云）好教大姐知道,引章不听你劝,嫁了周舍。进门去打了五十杀威棒,如今打的看看至死,不久身亡。姐姐,怎生是好?（正旦云）呀!引章吃打了也。（唱）

【金菊香】想当日他暗成公事,只怕不相投。我作念你的言词[9],今日都应口。则你那去时,恰便似去秋。他本是薄幸的班头[10],还说道有恩爱、结绸缪[11]。

【醋葫芦】你铺排着鸳衾和凤帱,指望效天长共地久;蓦入门知滋味便合休。几番家眼睁睁打干净待离了我这手[12]。(带云)赵盼儿,(唱)你做的个见死不救,可不羞杀这桃园中杀白马,宰乌牛[13]?

(云)既然是这般呵,谁着你嫁他来?(卜儿云)大姐,周舍说誓来。(正旦唱)

【幺篇】那一个不碜可可道横死亡[14]?那一个不实丕丕拔了短筹[15]?则你这亚仙子母老实头[16]。普天下爱女娘的子弟口,(带云)奶奶,不则周舍说谎也,(唱)那一个不指皇天各般说咒?恰似秋风过耳早休休!

(卜儿云)姐姐,怎生搭救引章孩儿?(正旦云)奶奶,我有两个压被的银子[17],咱两个拿着买休去来。(卜儿云)他说来:"则有打死的,无有买休卖休的。"(正旦寻思科,做与卜耳语科,云)则除是这般。(卜儿云)可是中也不中?(正旦云)不妨事,将书来我看。(卜递书科,正旦念云)"引章拜上姐姐并奶奶:当初不信好人之言,果有恓惶之事。进得他门,便打我五十杀威棒。如今朝打暮骂,禁持不过[18]。你来的早,还得见我;来得迟呵,不能勾见我面了。只此拜上。"妹子也,当初谁叫你做这事来!(唱)

【幺篇】想当初有忧呵同共忧,有愁呵一处愁。他道是残生早晚丧荒丘，做了个游街野巷村务酒[19]。你道是百年之后，(云)妹子也，你不道来——"这个也大姐，那个也大姐，出了一包脓；不如嫁个张郎妇，李郎妻，(唱)立一个妇名儿做鬼也风流"？

(云)奶奶，那寄书的人去了不曾？(卜儿云)还不曾去哩。(正旦云)我写一封书寄与引章去。(做写科，唱)

【后庭花】我将这知心书亲自修[20]，教他把天机休泄漏。传示与休莽戆收心的女[21]，拜上你浑身疼的歹事头[22]。(带云)引章，我怎的劝你来？(唱)你好没来由，遭他毒手，无情的棍棒抽，赤津津鲜血流，逐朝家如暴囚[23]，怕不将性命丢！况家乡隔郑州，有谁人相睬瞅，空这般出尽丑。

(卜儿哭科，云)我那女孩儿那里打熬得过！大姐，你可怎生的救他一救？(正旦云)奶奶，放心！(唱)

【柳叶儿】则教你怎生消受，我索合再做个机谋。把这云鬟蝉鬓妆梳就，(带云)还再穿上些锦绣衣服。(唱)珊瑚钩，芙蓉扣，扭捏的身子儿别样娇柔。

【双雁儿】我着这粉脸儿搭救你女骷髅，割舍的一不做二不休，拼了个由他咒也波咒。不是我说大口，怎出得我这烟月手[24]！

(卜儿云)姐姐，到那里仔细着。(哭科，云)孩儿，则被你烦恼杀了我也！(正旦唱)

【浪里来煞】你收拾了心上忧，你展放了眉间皱，我直着"花叶不损觅归秋"[25]。那厮爱女娘的心见的便似驴共狗[26]，

52

卖弄他玲珑剔透。(云)我到那里,三言两句,肯写休书,万事具休;若是不肯写休书,我将他掐一掐,拈一拈,搂一搂,抱一抱,着那厮通身酥,遍体麻。将他鼻凹儿抹上一块砂糖,着那厮舔又舔不着,吃又吃不着。赚得那厮写了休书,引章将的休书来,淹的撇了。我这里出了门儿,(唱)可不是一场风月,我着那汉一时休。(下)

〔1〕骑马一世,驴背上失了一脚:指内行人也会吃亏上当。

〔2〕买休卖休:男女双方离异,由女方付给男方钱物而分手的叫买休;相反,由男方主动将女方转移给他人而得到钱物的叫卖休。

〔3〕巴劫:巴结。

〔4〕舞榭歌楼:这里指舞榭歌楼中被摧折的妓女。

〔5〕跌了弹的斑鸠:即打破蛋的斑鸠,无以为计,所以鼓都着嘴。弹,即明代以后通行的"蛋"字。

〔6〕"那一个"三句:因循成就,指草率成婚;顷刻前程,指短暂的夫妻关系;等闲间罢手,指随便分手。

〔7〕水上浮沤:水面上浮起的气泡,比喻很快破灭。

〔8〕日月参辰和卯酉:天文上日月不会同时出现,参星和辰星永不相见,卯和酉也是两个对立的时辰,连用三个对立的比喻,说明永不相见的决心。

〔9〕作念:挂怀念叨。

〔10〕薄幸的班头:即薄情儿郎的领袖。

〔11〕结绸缪(móu牟):指结成恩爱夫妻。绸缪,紧缠密绕,引申为缠绵的意思。

〔12〕打干净:"打干净球儿"一语之省,比喻置身事外。

〔13〕桃园中杀白马,宰乌牛:刘、关、张桃园结义故事,见《三国志平话》。

〔14〕碜(chěn 黔)可可:凄惨可怕,令人毛骨悚然。

〔15〕实丕丕:实实在在的。

〔16〕亚仙子母:指宋引章及其母亲。亚仙,即唐人白行简小说《李娃传》的妓女李娃,元杂剧中多称李亚仙。

〔17〕压被的银子:私房钱。

〔18〕禁持不过:被折磨的受不了。

〔19〕游街野巷村务酒:乡村的劣质酒,只好游街拽巷在偏僻的地方叫卖,比喻身价一落千丈。野巷,当为"拽巷"之假,与"游街"义同。村务,村酒店。

〔20〕知心书:原本作"情书",据古名家杂剧本改。

〔21〕"传示"句:即传信于宋引章,叫她收起天真的心性,不要莽撞行事。

〔22〕歹事头:倒霉鬼。

〔23〕暴囚:即报囚,判死刑后等待执行的囚犯。

〔24〕烟月手:即风月手段。

〔25〕花叶不损觅归秋:俗语,好去好回的意思。

〔26〕心见:心思见解。

第 三 折

(周舍同店小二上,诗云)万事分已定,浮生空自忙;无非花共酒,恼乱我心肠。店小二,我着你开着这个客店,我那里希罕你那房钱养家;不问官妓私科子[1],只等有好的来你客店里,你便来叫我。(小二云)我知道,只是你脚头乱,一时间那里寻你去?(周舍云)你来粉房里寻我[2]。(小二云)粉房里没有呵?(周舍云)赌房里来寻。(小二云)赌房里没有呵?(周舍云)牢房里来寻。(下)(丑扮小闲挑笼上,诗云)钉靴雨伞为活计,偷寒送暖作营生;不是闲人闲不得,及至得了闲时又闲不成。自家张小闲的便是。平生做不的买卖,止是与歌者姐姐每叫些人,两头往来,传消寄信都是我。这里有个大姐赵盼儿,着我收拾两箱子衣服行李,往郑州去。都收拾停当了,请姐姐上马。(正旦上,云)小闲,我这等打扮,可冲动得那厮么?(小闲做倒科)(正旦云)你做甚么哩?(小闲云)休道冲动那厮,这一会儿连小闲也酥倒了。(正旦唱)

【正宫端正好】则为他满怀愁,心间闷,做的个进退无门。那婆娘家一涌性无思忖[3],我可也强打入迷魂阵。

【滚绣球】我这里微微的把气喷,输个姓因[4],怎不教那厮背槽抛粪[5]!更做道普天下无他这等郎君。想着容易情忒献勤[6],几番家待要不问;第一来我则是可怜见无主娘亲,第二来是我"惯曾为旅偏怜客"[7],第三来也是我自己贪杯惜醉人。到那里呵也索费些精神。

(云)说话之间,早来到郑州地方了。小闲,接了马者。且在柳阴下歇一歇咱。(小闲云)我知道。(正旦云)小闲,咱闲口论闲话:这好人家好举止,恶人家恶家法。(小闲云)姐姐,你说我听。(正旦唱)

【倘秀才】县君的则是县君[8],妓人的则是妓人。怕不扭捏着身子蓦入他门;怎禁他使数的到支分,背地里暗忍[9]。

【滚绣球】那好人家将粉扑儿浅淡匀,那里像咱干茨腊手抢着粉[10];好人家将那篦梳儿慢慢地铺鬓[11],那里像咱解了那襻胸带下颏上勒一道深痕[12]。好人家知个远近,觑个向顺,衡一味良人家风韵;那里像咱们恰便是空房中锁定个猢狲:有那千般不实乔躯老[13],有万种虚嚣歹议论,断不了风尘。

(小闲云)这里一个客店,姐姐好住下罢。(正旦云)叫店家来。(店小二见科)(正旦云)小二哥,你打扫一间干净房儿,放下行李。你与我请将周舍来,说我在这里久等多时也。(小二云)我知道。(做行叫科,云)小哥在那里?(周舍上,云)店小二,有什么事?(小二云)店里有个好女子请你哩。(周舍云)咱和你就去来。(做见科,云)是好一个科子也。(正旦云)周舍,你来了也。(唱)

【幺篇】俺那妹子儿有见闻,可有福分,抬举的个丈夫俊上添俊,年纪儿恰正青春。(周舍云)我那里曾见你来?我在客火里[14],你弹着一架筝,我不与了你个褐色䌷缎儿[15]?(正旦云)小的,你可见来?(小闲云)不曾见他有甚么褐色䌷缎儿。(周舍云)哦,早起杭州散了,赶到陕西客火里吃酒。我不与了大姐一分饭来?(正旦云)小的每,你可见来?(小闲云)我不曾见。(正旦唱)你则是忒现新,忒忘昏[16],

56

更做道你眼钝。那唱词话的有两句留文[17]:"咱也曾武陵溪畔曾相识,今日佯推不认人[18]。"我为你断梦劳魂。

(周舍云)我想起来了,你敢是赵盼儿么?(正旦云)然也。(周舍云)你是赵盼儿,好,好!当初破亲也是你来。小二,关了店门,则打这小闲。(小闲云)你休要打我。俺姐姐将着锦绣衣服,一房一卧来嫁你[19],你倒打我?(正旦云)周舍,你坐下,你听我说。你在南京时[20],人说你周舍名字,说的我耳满鼻满的,则是不曾见你。后得见你呵,害的我不茶不饭,只是思想着你。听的你娶了宋引章,教我如何不恼?周舍,我待嫁你,你却着我保亲!(唱)

【倘秀才】我当初倚大呵妆儇主婚[21],怎知我嫉妒呵特故里破亲?你这厮外相儿通疏就里村[22]!你今日结婚姻,咱就肯罢论。

(云)我好意将着车辆、鞍马、奁房来寻你,你划地将我打骂[23]?小闲,拦回车儿,咱家去来。(周舍云)早知姐姐来嫁我,我怎肯打舅舅?(正旦云)你真个不知道?你既不知,你休出店门,只守着我坐下。(周舍云)休说一两日,就是一两年,您儿也坐的将去。(外旦上,云)周舍两三日不家去,我寻到这店门首,我试看咱。原来是赵盼儿和周舍坐哩。兀那老弟子不识羞,直赶到这里来。周舍,你再不要来家,等你来时,我拿一把刀子,你拿一把刀子,和你一递一刀子戳哩[24]。(下)(周舍取

棍科,云)我和你抢生吃哩[25]！不是奶奶在这里,我打杀你。(正旦唱)

【脱布衫】我更是的不待饶人,我为甚不敢明闻;肋底下插柴自隐[26],怎见你便打他一顿?

【小梁州】可不道一夜夫妻百夜恩,你可便息怒停嗔。你村时节背地里使些村,对着我合思忖:那一个双同叔打杀俏红裙[27]?

【幺篇】则见他恶哏哏摸按着无情棍,便有火性的不似你个郎君。(云)你拿着偌粗的棍棒,倘或打杀他呵,可怎了?(周舍云)丈夫打杀老婆,不该偿命。(正旦云)这等说,谁敢嫁你?(背唱)我假意儿瞒,虚科儿喷[28],着这厮有家难奔。妹子也,你试看咱风月救风尘。

(云)周舍,你好道儿[29]。你这里坐着,点的你媳妇来骂我这一场。小闲,拦回车儿,咱回去来。(周舍云)好奶奶,请坐。我不知道他来;我若知道他来,我就该死。(正旦云)你真个不曾使他来?这妮子不贤惠,打一棒快球子[30],你舍的宋引章,我一发嫁你。(周舍云)我到家里就休了他。(背云)且慢着,那个妇人是我平日间打怕的,若与了一纸休书,那妇人就一道烟去了。这婆娘他若是不嫁我呵,可不弄的尖担两头脱[31]?休的造次,把这婆娘摇撼的实着。(向旦云)奶奶,你孩儿肚肠是驴马的见识。我今家去把媳妇休了呵,奶奶,你把肉吊窗儿放下来[32],可不嫁我,做的个尖担两头脱。

58

奶奶,你说下个誓着。(正旦云)周舍,你真个要我赌咒?你若休了媳妇,我不嫁你呵,我着堂子里马踏杀,灯草打折臁儿骨[33]。你逼的我赌这般重咒哩!(周舍云)小二,将酒来。(正旦云)休买酒,我车儿上有十瓶酒哩。(周舍云)还要买羊。(正旦云)休买羊,我车上有个熟羊哩。(周舍云)好好好,待我买红去。(正旦云)休买红,我箱子里有一对大红罗。周舍,你争甚么那?你的便是我的,我的就是你的。(唱)

【二煞】则这紧的到头终是紧,亲的原来只是亲。凭着我花朵儿身躯,笋条儿年纪[34],为这锦片儿前程,倒赔了几锭儿花银。拚着个十米九糠[35],问什么两妇三妻!受了些万苦千辛,我着人头上气忍,不枉了一世做郎君。

【黄钟尾】你穷杀呵甘心守分捱贫困,你富呵休笑我饱暖生淫惹议论。您心中觑个意顺[36],但休了你这眼下人,不要你钱财使半文,早是我走将来自上门。家业家私待你六亲,肥马轻裘待你一身,倒贴了奁房和你为眷姻。(云)我若还嫁了你,我不比那宋引章,针指油面、刺绣铺房、大裁小剪,都不晓得一些儿的。(唱)我将你写了的休书正了本[37]。(同下)

〔1〕私科子:又作"私窝子",指暗娼。
〔2〕粉房:妓女称粉头,粉房指妓院。
〔3〕一涌性:一时冲动。
〔4〕输个姓因:送个音信。徐沁君《元曲四大家名剧选》曰:"姓因,

疑是信音的借字。"此说可取,今从。

〔5〕背槽抛粪:牛马吃饱后背向槽头撒粪。比喻忘恩负义。

〔6〕忒献勤:过分讨好。

〔7〕惯曾为旅偏怜客:与下句"自己贪杯惜醉人",都是比喻同病相怜的成语。

〔8〕县君:唐、宋以来官宦人家妇女的封号。

〔9〕"怎禁他"二句:怎么受得了他家里奴仆们指指点点,只好暗中忍受。使数的,奴仆、佣人。到,倒。支分,支使,这里是指点的意思。

〔10〕干茨腊:即干支剌,干巴巴的。

〔11〕铺鬓:整理鬓发,使其平顺。

〔12〕襻(pàn 判)胸带:古代妇女梳头时从顶门勒到下巴的带子。

〔13〕乔躯老:怪模样。宋、元市语称身体为躯老。乔,假装,引申作坏、怪。

〔14〕客火:即客伙。《中山诗话》:"南方贾人各以火自名。一火,犹一部也。"

〔15〕䌷缎:即绸缎。元代文书"绸"字多写作"䌷"。

〔16〕忒现新,忒忘昏:形容喜新厌旧。现新,即伈新;忘昏,"昏忘"之倒文。

〔17〕唱词话的:说唱词话的艺人。词话,说唱艺术的一种,说一段故事,唱一段词文。

〔18〕"咱也曾"二句:指的是东汉刘晨、阮肇入山采药,遇二仙女于武陵溪畔的故事,典出《幽明录》。

〔19〕一房一卧:文指满房妆奁。卧具,引申为全副嫁妆。

〔20〕南京:指汴梁,即今河南开封。金代后期以此为南京,元初称南京路。

〔21〕妆㑃:装乖弄巧。

〔22〕通疏:聪明通脱。

〔23〕划地:平白无故的。

〔24〕戳:原本误作"截",据古名家杂剧本改。

〔25〕我和你抢生吃:难道和你抢生肉来吃,承上文"一递一刀子"而说。

〔26〕肋底下插柴自隐:歇后语,肋骨间插木柴,虽然痛苦,只好自忍。自隐,古名家杂剧本作"自忍",一音之转。

〔27〕双同叔:即热爱妓女苏小卿的书生双渐。

〔28〕虚科:虚假的手段。

〔29〕道儿:诡计,圈套。

〔30〕打一棒快球子:宋、元时打球的术语,即干脆点,痛快点。

〔31〕尖担两头脱:歇后语,两头落空的意思。尖担,两头削尖的扁担,常用以担挑柴草一类东西。

〔32〕肉吊窗儿放下来:闭起眼睛,不加理睬。肉吊窗,眼皮。

〔33〕堂子里马踏杀,灯草打折臁(lián 廉)儿骨:这是两句根本不可能兑现的誓语。上句古名家本杂剧《罗李郎》第一折作"塘子里洗澡马踏死。"语意较明确,唯塘子当作"堂子",指混堂,即浴室。臁儿骨,即小腿骨。

〔34〕笋条儿年纪:以竹根之嫩芽比喻年轻。

〔35〕十米九糠:即好的少,坏的多。比喻不管好坏,不问利害。

〔36〕意顺:即意向,意势。

〔37〕正了本:够了本,不吃亏之意。"正"同"挣";本,指本钱。

第 四 折

(外旦上,云)这些时周舍敢待来也。(周舍上,见科)

61

（外旦云）周舍，你要吃甚么茶饭？（周舍做怒科，云）好也，将纸笔来，写与你一纸休书，你快走。（外旦接休书不走科，云）我有甚么不是，你休了我？（周舍云）你还在这里？你快走！（外旦云）你真个休了我？你当初要我时怎么样说来？你这负心汉，害天灾的！你要去，我偏不去。（周舍推出门科）（外旦云）我出的这门来。周舍，你好痴也！赵盼儿姐姐，你好强也！我将着这休书，直至店中寻姐姐去来。（下）（周舍云）这贱人去了，我到店中娶那妇人去。（做到店科，叫云）店小二，恰才来的那妇人在那里？（小二云）你刚出门，他也上马去了。（周舍云）倒着他道儿了。将马来，我赶将他去。（小二云）马揣驹了[1]。（周舍云）鞁骡子。（小二云）骡子漏蹄[2]。（周舍云）这等，我步行赶将他去。（小二云）我也赶他去。（同下）

（旦同外旦上）（外旦云）若不是姐姐，我怎能勾出的这门也！（正旦云）走，走，走！（唱）

【双调新水令】笑吟吟案板似写着休书，则俺这脱空的故人何处[3]？卖弄他能爱女、有权术，怎禁那得胜葫芦说到有九千句[4]。

（云）引章，你将那休书来与我看咱。（外旦付休书）（正旦换科，云）引章，你再要嫁人时，全凭这一张纸是个照证，你收好者！（外旦接科）（周舍赶上，喝云）贱人，那里去？宋引章，你是我的老婆，如何逃走？（外旦云）周舍,你与了我休书,赶出我来了。(周舍云)休书上手模印五个指头,那里四个指头的是休书?(外旦展看,周夺咬碎科)(外旦云)姐姐,周舍咬碎我的休书也[5]。(旦上救科)(周舍云)你也是我的老婆。(正旦云)我怎么是你的老婆?(周舍云)你吃了我的酒来。(正旦云)我车上有十瓶好酒,怎么是你的?(周舍云)你可受我的羊来。(正旦云)我自有一只熟羊,怎么是你的?(周舍云)你受我的红定来。(正旦云)我自有大红罗,怎么是你的?(唱)

【乔牌儿】酒和羊,车上物;大红罗,自将去。你一心淫滥无是处,要将人白赖取。

(周舍云)你曾说过誓嫁我来。(正旦唱)

【庆东原】俺须是卖空虚,凭着那说来的言咒誓为活路[6]。(带云)怕你不信呵。(唱)遍花街请到娼家女,那一个不对着明香宝烛[7],那一个不指着皇天后土,那一个不赌着鬼戮神诛?若信这咒盟言,早死的绝门户。

(云)引章妹子,你跟将他去。(外旦怕科,云)姐姐,跟了他去就是死。(正旦唱)

【落梅风】则为你无思虑忒模糊,(周舍云)休书已毁了,你不跟我去待怎么?(外旦怕科)(正旦云)妹子,休慌莫怕!咬碎的是假休书。(唱)我特故抄与你个休书题目[8],我跟前现放着这亲模。(周舍夺科)(正旦唱)便有九头牛也拽不出去。

（周扯二旦科，云）明有王法，我和你告官去来。（同下）
（外扮孤引张千上，诗云）声名德化九重闻[9]，良夜家家不闭门；雨后有人耕绿野，月明无犬吠花村[10]。小官郑州守李公弼是也。今日升起早衙，断理些公事。张千，喝撺箱。（张千云）理会的。（周舍同二旦、卜儿上）（周叫云）冤屈也！（孤云）告甚么事？（周舍云）大人可怜见，混赖我媳妇。（孤云）谁混赖你的媳妇？（周舍云）是赵盼儿设计混赖我媳妇宋引章。（孤云）那妇人怎么说？（正旦云）宋引章是有丈夫的，被周舍强占为妻。昨日又与了休书，怎么是小妇人混赖他的？（唱）

【雁儿落】这厮心狠毒，这厮家豪富，衡一味虚肚肠，不踏着实途路。

【得胜令】宋引章有亲夫，他强占作家属。淫乱心情歹，凶顽胆气粗。无徒[11]！到处里胡为做。现放着休书，望恩官明鉴取[12]。

（安秀实上，云）适才赵盼儿使人来说："宋引章已有休书了，你快告官去，便好娶他。"这里是衙门首，不免高叫道：冤屈也！（孤云）衙门外谁闹？拿过来！（张千拿入科，云）告人当面。（孤云）你告谁来？（安秀实云）我安秀实，聘下宋引章，被郑州周舍强夺为妻，乞大人做主咱。（孤云）谁是保亲？（安秀实云）是赵盼儿。（孤云）赵盼儿，你说宋引章原有丈夫，是谁？（正旦云）正是这安秀才。（唱）

【沽美酒】他幼年间便习儒,腹隐着九经书[13];又是俺共里同村一处居,接受了钗环财物,明是个良人妇。

（孤云）赵盼儿,我问你,这保亲的委是你么?（正旦云）是小妇人。（唱）

【太平令】现放着保亲的堪为凭据,怎当他抢亲的百计亏图[14]?那里是明婚正娶,公然的伤风败俗!今日个诉与、太府、做主,可怜见断他夫妻完聚。

（孤云）周舍,那宋引章明明有丈夫的,你怎生还赖是你的妻子?若不看你父亲面上,送你有司问罪。您一行人听我下断:周舍杖六十,与民一体当差[15];宋引章仍归安秀才为妻;赵盼儿等宁家住坐[16]。（词云）只为老虔婆爱贿贪钱[17],赵盼儿细说根源;呆周舍不安本业,安秀才夫妇团圆。（众叩谢科）（正旦唱）

【收尾】对恩官一一说缘故,分剖开贪夫怨女;面糊盆再休说死生交[18],风月所重谐燕莺侣[19]。

  题目 安秀才花柳成花烛
  正名 赵盼儿风月救风尘

〔1〕揣驹:怀驹。

〔2〕漏蹄:马骡等牲口蹄上的一种病,初发时蹄上有白粉,病重时溃烂成洞,难以行走。

〔3〕脱空的故人:指周舍。脱空,说谎,弄虚作假。

〔4〕"卖弄他"二句:尽管他有玩弄女性的手腕,怎禁得住我这张巧嘴。能爱女,有权术,指玩弄女性的手腕。得胜葫芦,指自己一张能说会

道的嘴巴。葫芦,嘴。

〔5〕咬碎:原作"咬了",依上下文改。

〔6〕活路:谋生的手段。

〔7〕明香宝烛:即名香宝烛。

〔8〕休书题目:指抄给宋引章的假休书。题目,这里作"副本"讲。

〔9〕九重:指皇帝,朝廷。古代天子住处有九重门,故云。

〔10〕"雨后"二句:宋魏庆之《诗人玉屑》卷十一引此二语,谓前辈诗,赞其"思清句雅,又见令之教化仁爱,民乐于耕耨,且无盗贼之警也。"元剧中多将其用于官员之上场诗。

〔11〕无徒:本作"无图",指无图籍之人,引申为无赖、恶棍。

〔12〕明鉴取:即明鉴,明察。取,语助无义。

〔13〕九经书:泛指各类经书,形容读书很多,知识广博。

〔14〕亏图:图谋亏人、害人。

〔15〕与民一体当差:和老百姓一样的出差役。元代官员及其子弟享有免除差役的特权,周舍因犯罪,受到取消这种特权的处分。

〔16〕宁家住坐:法律术语,即回家安份守己的过日子。

〔17〕老虔婆:老贼婆。宋、元时对老年妇女的贱称。

〔18〕面糊盆:比喻糊涂人。

〔19〕风月所:本指妓院,这里泛指情场。

关大王独赴单刀会[1]

第 一 折

(冲末鲁肃上[2],云)三尺龙泉万卷书[3],皇天生我意何如？山东宰相山西将[4],彼丈夫兮我丈夫[5]。小官姓鲁,名肃,字子敬,见在吴王麾下为中大夫之职。想当日俺主公孙仲谋占了江东[6];魏王曹操占了中原;蜀王刘备占了西川。有我荆州,乃四冲用武之地,保守无虞,分天下为鼎足之形。想当日周瑜死于江陵[7],小官为保,劝主公以荆州借与刘备,共拒曹操。主公又以妹妻刘备[8]。不料此人外亲内疏,挟诈而取益州,遂并汉中,有霸业兴隆之志。我今欲取索荆州,料关公在那里镇守,必不肯还我。今差守将黄文,先设下三计,启过主公,说:关公韬略过人[9],有兼并之心,且居国之上游,不如取索荆州。今据长江形势,第一计:趁今日孙刘结亲,已为唇齿[10],就江下排宴设乐,修一书以贺近退曹兵,玄德称主于汉中[11],赞其功美,邀请关公江下赴会为庆,此人必无所疑。若渡江赴宴,就于饮酒席中间,以礼取索荆州。如还,此为万全之计;倘若不还,第二计:将江上应有战船,尽行拘收,不放关公渡江回去。淹留日久,自知中计,默然有悔,诚心献还。更不与呵,第三计:壁衣内暗藏甲士[12],酒酣之际,击金钟为号,伏兵尽举,擒住关公,囚于江下。此人是刘备股肱之臣,若将荆州复还江东,则放关公还益州;如其不然,主将既失,孤兵必乱,乘势大举,觑荆州一鼓而下,有何难哉!虽则三计已定,先交黄文请的乔公来商议则个[13]。(正末乔公上,云)老夫乔公是也。想三分鼎足已定,曹操占了中原,孙仲谋占了江东,刘玄德占了西蜀。想玄德未济时,曾问俺东吴家借荆州为本,至今未还。鲁子敬常有索取之心,沉疑未发。今日令人来请老夫,不知有甚事,须索走一遭去[14]。我想汉家天下,谁想变乱到此也呵!(唱)

【仙吕点绛唇】俺本是汉国臣僚。汉皇软弱,兴心闹,惹起那五处兵刀,并董卓,诛袁绍[15]。

【混江龙】止留下孙、刘、曹操,平分一国作三朝。不付能河清海晏[16],雨顺风调;兵器改为农器用,征旗不动酒旗摇[17]。军罢战,马添膘;杀气散,阵云消[18];为将帅,作臣僚;脱金甲,着罗袍;则他这帐前旗卷虎潜竿,腰间剑插龙归鞘[19];人强马壮,将老兵骄。

(云)可早来到也。左右报伏去,道乔公来了也。(卒子报云)报的大夫得知:有乔公来到了也。(鲁云)道有请。(卒云)老相公,有请。(末见鲁,云)大夫今日请老夫来,有何事干?(鲁云)今日请老相公,别无甚事;商量取索荆州之事。(末云)这荆州断然不可取。想关云长好生勇猛,你索荆州呵,他弟兄怎肯和你甘罢?(鲁云)他弟兄虽多,兵微将寡。(末唱)

【油葫芦】你道他弟兄虽多兵将少。(云)大夫,你知博望烧屯那一事么[20]?(鲁云)小官不知。老相公试说者。(末唱)赤紧的将夏侯惇先困了[21]。(云)这隔江斗智你知么[22]?(鲁云)隔江斗智,小官知便知道,不得详细。老相公试说者。(末唱)则他那周瑜、蒋干是布衣交,那一个股肱臣诸葛施韬略[23],亏杀那苦肉计黄盖添粮草[24]。(云)赤壁鏖兵[25],那场好厮杀也!(鲁云)小官知道。老相公再说一遍者。(末云)烧折弓弩如残苇,燎尽旗旛似乱柴。半明半暗花腔鼓,横着扑着伏兽牌。带鞍带辔烧死马,有袍有铠死尸骸。哀哉百万曹军败,个个难逃水火灾!(唱)那军多半向火内烧,三停在水上漂[26]。若不是天教有道伐无道,这其间吴国尽属曹。

(鲁云)曹操英雄智略高,削平僭窃篡刘朝。永安宫里擒刘备[27],铜雀宫中锁二乔[28]。(末唱)

【天下乐】你道是"铜雀春深锁二乔",这三朝恰定交,不争咱一日错便是一世错[29]。(鲁云)俺这里有雄兵百万,战将千员,量他到的那里!(末唱)你则待要行霸道,你待要起战讨?(鲁云)我料关云长年迈,虽勇无能。(末唱)你休欺负关云长年纪老。

(云)收西川一事,我说与你听。(鲁云)收西川一事,我不得知。你试说一遍。(末唱)

【那吒令】收西川白帝城[30],将周瑜来送了。汉江边张翼德,将尸骸来当着。船头上鲁大夫,几乎间唬倒。你待将荆州地面来争,关云长听的闹,他可便乱下风雹。

(鲁云)他便有甚本事?(末唱)

【鹊踏枝】他诛文丑逞粗躁,刺颜良显英豪[31]。他去那百万军中,他将那首级轻枭[32]。(鲁云)想赤壁之战,我与刘备有恩来。(末唱)那时间相看的是好,他可便喜孜孜笑里藏刀。

（鲁云）他若与我荆州，万事罢论；若不与荆州呵，我将他一鼓而下。（末云）不争你举兵呵，（唱）

【寄生草】幸然是天无祸[33]，是咱这人自招，全不肯施恩布德行王道，怎比那多谋足智雄曹操，你须知南阳诸葛应难料。（鲁云）他若不与呵，我大势军马，好歹夺了荆州。（末唱）你则待千军万马恶相持，全不想生灵百万遭残暴。

（鲁云）小官不曾与此人相会。老相公你细说，关公威猛如何？（末云）想关云长，但上阵处，凭着他坐下马、手中刀、鞍上将，有万夫不当之勇。（唱）

【金盏儿】他上阵处赤力力三绺美髯飘[34]，雄赳赳一丈虎躯摇，恰便似六丁神簇捧定一个活神道[35]。那敌军若是见了，唬的他七魄散，五魂消。（云）你若和他厮杀呵，（唱）你则索多披上几副甲，䐶穿上几层袍[36]。便有百万军，当不住他不剌剌千里追风骑[37]；你便有千员将，闪不过明明偃月三停刀[38]。

（鲁云）老相公不知：我有三条妙计，索取荆州。（末云）是那三条妙计？（鲁云）第一计：趁今日孙、刘结亲，以为唇齿，就于江下排宴设乐，作书一封，以贺近退曹兵；玄德称主于汉中，赞其功美。邀请关公江下赴会为庆，此人必无所疑。若渡江赴宴，就于饮酒中间，以礼索取荆州。如还，此为万全之计。如不还，第二计：将江上应有战船，尽行拘收，不放关公回还。淹留日久，自知中

70

计,默然有悔,诚心献还。更不与呵,第三条计:壁衣内暗藏甲士,酒酣之际,击金钟为号,伏兵尽举,擒住关公,囚于江下。此人乃是刘备股肱之臣,若将荆州复还江东[39],则放关公归益州;如其不然,主将既失,孤兵必乱,领兵大举,乘机而行,觑荆州一鼓而下,有何难哉!这三条决难逃。(末云)休道是三条计,就是千条计,也近不的他。(唱)

【金盏儿】你道是"三条计决难逃",一句话不相饶,使不的武官粗惨文官狡。(鲁云)关公酒性如何?(末唱)那汉酒中劣性显英豪,圪塔的揪住宝带[40],没揣的举起钢刀[41]。(鲁云)我把岸边战船拘了。(末唱)你道是岸边厢拘了战船?(云)他若要回去呵,(唱)你则索水面上搭座浮桥[42]。

(鲁云)老相公不必展转议论,小官自有妙策神机。乘此机会,荆州不可不取也。(末云)大夫,你这三条计,比当日曹公在灞陵桥上三条计如何[43]?到了出不的关云长之手。(鲁云)小官不知。老相公试说一遍,我听者。(末唱)

【尾声】曹丞相将送路酒手中擎,饯行礼盘中托,没乱杀侄儿和嫂嫂[44]。曹孟德心多能做小[45]。关云长善与人交,早来到灞陵桥,险唬杀许褚、张辽。他勒着追风骑,轻轮动偃月刀。曹操有千般计较,则落的一场谈笑。(云)关云长道:丞相勿罪,某不下马了也。(唱)他把那刀尖儿斜挑锦征袍。(下)

（鲁云）黄文，你见乔公说关公如此威风，未可深信。俺这江下有一贤士，复姓司马，名徽，字德操[46]。此人与关公有一面之交，就请司马先生为伴客，就问关公平昔知勇谋略，酒中德性如何。黄文，就跟着我去司马庵中相访一遭去。（下）

〔1〕《单刀会》：是历史剧，却充满民间英雄传奇色彩，可能缘于宋、元讲史。事件单纯而其绚丽多彩，慷慨激越之调，贯穿始终。其为关羽立传，手法多变。前两折关羽并未出场，通过乔玄、司马徽的一再渲染，其英勇绝伦之概，已呼之欲出。第三折则写关羽明知山有虎，偏向虎山行的勇气和决心。第四折为全剧高潮，偏于赴会途中，关羽面对滔滔江水，高唱"大江东去"，抒发英雄壮怀。单刀会上，慑伏鲁肃，大义凛然。巧妙脱身后，又面对江上清风明月，满怀胜利的喜悦，在轻蔑的嘲笑中向鲁肃告别。全剧至此戛然而止，而馀韵无穷，堪为观止。此剧后两折，昆曲改名《训子》、《刀会》，几百年来，上演不衰。现据明脉望馆赵钞本校注，并以元刊本参校。

〔2〕鲁肃：三国时东吴名臣，字子敬，临淮东城（今安徽定远）人。曾为赞军校尉，协助周瑜在赤壁大破曹军。周瑜死后，代领吴军。古典小说、戏剧里，说他是吴国的中大夫，故称鲁大夫。

〔3〕三尺龙泉：皆指宝剑。《汉书·高帝纪》（下）："吾以布衣提三尺取天下。"又，龙泉，宝剑名，见《晋书·张华传》。

〔4〕"山东"句：《汉书·赵充国·辛庆忌传（赞）》："秦、汉以来，山东出相，山西出将。"山，此指华山。

〔5〕彼丈夫兮我丈夫：《孟子·滕文公》："彼丈夫也，我丈夫也，吾

何畏彼哉?"语出此。

〔6〕孙仲谋:即吴大帝孙权,字仲谋。

〔7〕周瑜死于江陵:周瑜为东吴名将,赤壁之役,以少击众,大破曹军,死于去江陵(今湖北江陵)途中。

〔8〕主公又以妹妻刘备:赤壁战后,刘备为荆州牧,孙权"进妹固好"。见《三国志·蜀志·先主传》。妻(qì气),这里作动词,嫁给。

〔9〕韬略:指用兵谋略。古兵书有《六韬》、《三略》,简称韬略。

〔10〕唇齿:"唇亡齿寒"之意。比喻互相依赖的关系。

〔11〕玄德称主于汉中:刘备于建安二十四年(219)自立为汉中王。玄德,刘备的字。

〔12〕壁衣:挂在墙上的大幅帐幔。

〔13〕乔公:即乔玄。三国时其二女嫁孙策、周瑜,即大乔、小乔。乔,古作"桥"。

〔14〕须索:即须得、须要。

〔15〕并董卓,诛袁绍:董卓,字仲颖。汉灵帝时为并州牧。何进欲诛宦官,召卓带兵入京,后卓专断朝政,引起天下大乱,为王允、吕布所杀。袁绍,字本初。汉末割据北方一带,为冀州牧,小说、戏曲中称为冀王。后为曹操所灭。

〔16〕不付能:也作"不甫能","刚刚,刚才"的意思。"不"为发语词,用以加强语气。

〔17〕征旗不动酒旗摇:唐高骈《写怀二首》:"如今暗与心相约,不动征旗动酒旗。"酒旗,酒店悬于店前的旗子,以招引顾客。

〔18〕阵云消:原作"阵云高",据元刊本改。

〔19〕"帐前"二句:宋僧惠崇《上殿前戴太保诗》:"剑静龙归匣,旗闲虎绕竿。"见吴处厚《青箱杂记》卷九。虎,指军旗上所画虎、豹一类的图案。龙,指宝剑。

73

〔20〕博望烧屯:刘备屯兵于新野,曹操派夏侯惇来攻,诸葛亮用火攻之计,大破曹军于博望。见《三国志平话》。又元无名氏《博望烧屯》杂剧,亦演此事。

〔21〕赤紧的:即实在的,当真的。

〔22〕隔江斗智:赤壁之战时,曹操派蒋干以故人关系,过江劝周瑜息兵,结果被周瑜所骗,导致曹军大败。见《三国志平话》。

〔23〕诸葛:即刘备军师诸葛亮,字孔明。琅琊阳都(今山东沂南)人。

〔24〕黄盖:字公覆。吴将,赤壁之战献火攻计,诈降曹操,乘机火烧曹营,为战争胜利创造了条件。

〔25〕鏖(áo 敖)兵:苦战,激战。

〔26〕三停:十分之三,三成。

〔27〕永安宫:刘备于章武二年(222)伐吴失败后,退归鱼复,改鱼复曰永安。次年,病死于永安宫。见《三国志·先主传》。这里是用后来的事作为描写的材料。永安,今四川奉节县地。

〔28〕"铜雀"句:唐杜牧《赤壁》诗句,"宫中"原作"春深"。曹操于邺城建铜雀台,是赤壁之战以后的第二年(建安十五年冬)的事情。《三国志平话》说,曹操准备在打败东吴后,把大乔、小乔掳去,置于铜雀台。

〔29〕不争:如其,只为。

〔30〕白帝城:在四川奉节县东白帝山上。

〔31〕"诛文丑"二句:文丑、颜良都是袁绍大将,据《三国志平话》,二人皆为关羽所杀。

〔32〕枭(xiāo 嚣):斩首示众。这里指杀头。

〔33〕幸然是:本来是。

〔34〕赤力力:微风摆动的样子。

〔35〕六丁神:民间传说中的火神。

〔36〕賸(shèng 圣):元刊本作"剩",与上句"多"字同义互文。

〔37〕不剌剌:形容快马奔驰的声音。

〔38〕偃月三停刀:半月形的长柄大刀。三停刀,刀身占整个刀(包括刀柄)全长的三分之一。

〔39〕复还:原脱"还"字,据上文补。

〔40〕圪塔的:一下子,形容动作很快。

〔41〕没揣的:突然的,不可遮拦的。

〔42〕浮桥:将船只或木筏联接于水面,上铺木板,以便通行,叫浮桥。

〔43〕灞陵桥:在今陕西西安东,这里泛指送别的地方。据《三国志平话》,当关羽护送嫂嫂和侄儿阿斗离开许昌时,三次辞别,曹操避而不见,遂不辞而走。张辽献计,在灞陵桥两边设伏以擒关羽,终以失败告终。

〔44〕没乱杀:烦恼极了。

〔45〕心多能做小:心眼很多,能伏低做小。

〔46〕司马徽:字德操,号水镜,汉末颍川阳翟(今河南禹县)人。有知人之明,荐诸葛亮、庞统于刘备。

第 二 折

(正末扮司马徽领道童上。末云)贫道复姓司马,名徽,字德操,道号水鉴先生。想汉家天下,鼎足三分。贫道自刘皇叔相别之后,又是数载。贫道在此江下结一草庵,修行办道[1],是好幽哉也呵!(唱)

【正宫端正好】本是个钓鳌人,到做了扶犁叟[2],笑英布、彭越、韩侯[3]。我如今紧抄定两只拿云手,再不出麻袍袖[4]。【滚绣球】我则待要聚村叟,会诗友。受用的活鱼新酒,问甚么瓦钵磁瓯。推台不换盏[5],高歌自捆手[6];任从他阴晴昏昼,醉时节衲被蒙头。我向这矮窗睡彻三竿日,端的是傲杀人间万户侯,自在优游。

(云)道童,门首觑者,看有甚么人来。(道童云)理会的。(鲁肃上,云)可早来到也,接了马者。(见道童科,鲁云)道童,先生有么?(童云)俺师父有。(鲁云)你去说:鲁子敬特来相访。(童云)你是紫荆[7]?你和那松木在一答里。我报师父去。(见末,云)师父弟子孩儿[8]。(末云)这厮怎么骂我?(童云)不是骂。师父是师父,弟子是徒弟,就是孩儿一般。师父弟子孩儿。(末云)这厮泼说!有谁在门首?(童云)有鲁子敬特来相访。(末云)道有请。(童云)理会的。(童出见鲁,云)有请。(鲁见末科)(末云)稽首[9]。(鲁云)区区俗冗,久不听教。(末云)数年不见,今日何往?(鲁云)小官无事不来,特请先生江下一会。(末云)贫道在此江下修行,方外之士[10],有何德能,敢劳大夫置酒张筵?(唱)

【倘秀才】我又不曾垂钓在磻溪岸口[11],大夫也,我可也无福吃你那堂食玉酒[12];我则待溪山学许由[13]。(云)大夫请我呵,再有何人?(鲁云)别无他客;只有先生故友寿亭侯关云长一人[14]。(末唱)你道是旧相识寿亭侯,和咱是故友。

（云）若有关公，贫道风疾举发[15]，去不的！去不的！（鲁云）先生初闻鲁肃相邀，慨然许诺。今知有关公，力辞不往，是何故也？想先生与关公有一面之交，则是筵间劝几杯酒。（末唱）

【滚绣球】大夫，你着我筵前劝几瓯，那汉劣性怎肯道折了半筹[16]？（鲁云）将酒央人，终无恶意。（末唱）你便休题安排着酒肉，他怒时节目前见鲜血交流。你为汉上九座州，我为筵前一醉酒。（云）大夫，你和贫道，（唱）咱两个都落不的完全尸首。（鲁云）先生是客，怕做什么？（末唱）我做伴客的少不的和你同病同忧。（鲁云）我有三条计取索荆州。（末唱）只为你千年勋业三条计，我可甚"一醉能消万古愁[17]"，题起来魂魄悠悠。

（鲁云）既然是先生故友，同席饮酒何妨？（末云）大夫既坚意要请云长，若依的贫道两三桩儿，你便请他；若依不得，便休请他。（鲁云）你说来，小官听者。（末云）依着贫道说：云长下的马时节，（唱）

【倘秀才】你与我躬着身将他来问候。（云）你依的么？（鲁云）关云长下的马来，我躬着身问候。不打紧，也依的。（末唱）大夫你与我跪着膝，连忙的劝酒。饮则饮、吃则吃、受则受。道东呵你随着东去，说西呵你顺着西流。（云）这一桩儿最要紧也。（唱）他醉了呵你索与我便走。

（鲁云）先生，关公酒后，德性如何？（末唱）

【滚绣球】他尊前有一句言[18],筵前带二分酒。他酒性躁不中撩斗[19],你则绽口儿休题着索取荆州[20]。(鲁云)我便索荆州有何妨?(末云)他听的你索荆州呵,(唱)他圆睁开丹凤眸,轻舒出捉将手。他将那卧蚕眉紧皱,五云山烈火难收[21]。他若是玉山低趄你安排着走[22],他若是宝剑离匣准备着头,枉送了你那八十一座军州[23]。

(鲁云)先生不须多虑。鲁肃料关公勇有馀而智不足。到来日我壁间暗藏甲士,擒住关公,便插翅也飞不过大江去。我待要先下手为强。(末云)大夫,量你怎生近的那关云长?(唱)

【倘秀才】比及你东吴国鲁大夫仁兄下手,则消得西蜀国诸葛亮先生举口,奏与那有德行仁慈汉皇叔。那先生抚琴霜雪降,弹剑鬼神愁,则怕你急难措手。

(鲁云)我观诸葛亮也小可[24],除他一人,也再无用武之人。(末云)关云长他弟兄五个[25],他若是知道呵,怎肯和你甘罢。(鲁云)可是那五个?(末唱)

【滚绣球】有一个黄汉升猛似彪,有一个赵子龙胆大如斗,有一个马孟起他是个杀人的领袖。有一个莽张飞虎牢关立伏了十八路诸侯[26]。骑一匹闭月乌[27],使一条丈八矛,他在那当阳坂有如雷吼,喝退了曹丞相一百万铁甲貔貅[28]。他瞅一瞅漫天尘土桥先断,喝一声拍岸惊涛水逆流。那一火怎肯干休!

(鲁云)先生若肯赴席呵,就与关公一会何妨?(末云)

大夫,不中,不中!休说贫道不曾劝你。(唱)

【尾声】我则怕刀尖儿触抹着轻撇了你手[29],树叶儿提防打破我头。关云长千里独行觅二友[30],匹马单刀镇九州。人似巴山越岭彪,马跨翻江混海兽。轻举龙泉杀车胄[31],怒扯昆吾坏文丑[32]。麾盖下颜良剑标了首,蔡阳英雄立取头[33]。这一个躲是非的先生决应了口[34],那一个杀人的云长,(云)稽首!(唱)我更怕他下不的手。(末下)

　　(道童云)鲁子敬,你愚眉肉眼,不识贫道。你要取索荆州,不来问我。关云长是我酒肉朋友,我交他两只手送与你那荆州来。(鲁云)道童,你师父不去,你去走一遭去罢。(童云)我下山赴会,走一遭去,我着老关两手送你那荆州。(唱)

【隔尾】我则待拖条藜杖家家走[35],着对麻鞋处处游。(云)我这一去,(唱)恼犯云长歹事头[36],周仓哥哥快争斗[37],轮起刀来劈破了头,唬的我恰便似缩了头的乌龟则向那汴河里走[38]。(下)

　　(鲁云)我听那先生说了这一会,交我也怕上来了。我想,三条计已定了,怕他怎的?黄文,你与我持这一封请书,直至荆州,请关公去来,着我知道,疾去早来者。(下)

　　〔1〕修行办道:修养身心,研习道术。
　　〔2〕"本是个"二句:是说自己本来要求取高官显位,如今反倒隐居务农。钓鳌人,指有远大抱负的人。鳌,传说中的海中大龟或大鳖,典见

《列子·汤问》。

〔3〕英布、彭越、韩侯:即汉初三王,功成不退,先后为刘邦所杀。韩侯,即韩信。详见《史记》各传。

〔4〕"紧抄定"二句:是说自己紧紧藏起拿云的手段,再也不过问世事。拿云手,自致于青云之上,喻志向远大。唐李贺《致酒行》:"少年心事当拿云"。麻袍,指平民的衣服。

〔5〕"推台"句:即不用交杯换盏,一杯接一杯的喝酒。台,台盘,盛放食物的器皿。

〔6〕掴(guó 国)手:拍手。

〔7〕紫荆:原作"子敬",据赵钞本王校改。这里是道童取笑打趣语,所以才说"和那松木在一答里"。

〔8〕师父弟子孩儿:古代称徒弟为弟子,元代呼妓女亦为弟子。这里有意打诨,与师父连呼,意为师父是婊子养的。

〔9〕稽首:叩首,磕头。这里是道士行礼时的口语,只是拱拜。

〔10〕方外:世外,世俗之外。

〔11〕磻(pán 盘)溪:水名,在陕西宝鸡东南,北流入渭。传说姜太公未遇文王前,隐居垂钓于此。后辅佐武王伐纣,建立周朝。

〔12〕堂食玉酒:唐代宰相办公的地方叫政事堂,为宰相准备的饭食叫堂食。玉酒,美酒。

〔13〕许由:一作许繇,传说中的古代隐士。据说尧准备让帝位于许由,他听说后逃到箕山脚下种田;尧又请他作九州长,他因不愿听到这话,就到颍水边去洗自己的耳朵。

〔14〕寿亭侯:关羽于白马斩颜良后,汉献帝封其为汉寿亭侯,小说、戏曲中误作"寿亭侯"。

〔15〕风疾:风痹之症,患者手足麻木不仁,难以动止。

〔16〕半筹:半点儿。筹,古代计数的工具。半筹,最小的数字。

〔17〕一醉能消万古愁:唐翁绶《咏酒》诗:"百年莫惜千回醉,一盏能消万古愁。"

〔18〕尊前:酒席之前。尊,同"樽",酒杯。

〔19〕不中撩斗:不可以挑弄。撩斗,挑弄、逗引。

〔20〕绽(zhàn战)口儿:闭上嘴。绽,本指衣缝开裂。这里是缝补的意思,见《急就篇》二。又,元刊本作"挂口儿",同义。

〔21〕五云山:当依元刊本作"五蕴山"。佛教认为人的思想情感由色、受、想、行、识等五种东西组合而成,叫五蕴。山,喻身体。全句意为感情不能控制,容易发怒。

〔22〕玉山低趄:酒醉后身体歪歪倒倒的样子。玉山,比喻身体。低趄,脚步散乱。

〔23〕八十一座军州:指东吴所占的江东土地。

〔24〕小可:一般,不足挂齿。

〔25〕弟兄五个:指关羽及下文之黄忠,字汉升;赵云,字子龙;马超,字孟起和张飞,字翼德。五人为西蜀五虎将。见《三国志平话》。

〔26〕"虎牢关"句:张飞于虎牢关力战吕布,慑伏诸路诸侯。见《三国志平话》。虎牢关,在河南荥阳汜水镇。立伏,原作"力战",据元刊本校改。

〔27〕闭月乌:当作"毕月乌",二十八宿西方白虎七宿之第五宿。这里指乌骓马。

〔28〕"他在那"二句:张飞在当阳长坂据水断桥,喝退曹兵。见《三国志》本传。《三国志平话》中更有喝断桥梁,曹兵倒退三十馀里的描写。长坂,在湖北当阳东北。貔貅(pí xiū 皮休),古代传说中的猛兽名,比喻勇猛善战的士卒。

〔29〕剺(lí离):割破,划开。

〔30〕千里独行觅二友:指关羽千里独行,离开许昌,寻找刘备和张

81

飞之事。见《三国志平话》。元无名氏有《关云长千里独行》杂剧。

〔31〕车胄:汉末徐州太守,刘备袭取徐州时,为关羽所杀。见《三国志平话》。

〔32〕昆吾:指宝剑。

〔33〕蔡阳:曹操部将。《三国志平话》叙关羽离开许昌,蔡阳领兵追赶,为羽所杀。

〔34〕应了口:说过的话得到应验。

〔35〕藜杖:用藜茎作的手杖。藜,一年生草本植物,其茎晒干后,可以为杖。

〔36〕歹事头:这里作不好对付的对头讲。

〔37〕"周仓"句:周仓,小说、戏曲中关羽的部将。快,能也,善也。

〔38〕汴河:又名汴水。古运河自河南荥阳至开封的一段,唐、宋时称汴河。

第 三 折

(正末扮关公领关平、关兴、周仓上[1],云)某姓关,名羽,字云长,蒲州解良人也[2]。见随刘玄德为其上将。自天下三分,形如鼎足:曹操占了中原;孙策占了江东;我哥哥玄德公占了西蜀。着某镇守荆州,久镇无虞。我想当初楚汉争锋,我汉皇仁义用三杰,霸主英雄凭一勇。三杰者,乃萧何、韩信、张良;一勇者,喑呜叱咤,举鼎拔山。大小七十馀战,逼霸主自刎乌江[3]。后来高祖登基,传到如今,国步艰难,一至于此!(唱)

【中吕粉蝶儿】那时节天下荒荒,恰周、秦早属了刘、项,分君臣先到咸阳[4]。一个力拔山,一个量容海,他两个一时开创。想当日黄阁乌江,一个用了三杰,一个诛了八将[5]。

【醉春风】一个短剑下一身亡,一个静鞭三下响[6]。祖宗传授与儿孙,到今日享、享。献帝又无靠无依,董卓又不仁不义,吕布又一冲一撞。

(云)某想当日,俺弟兄三人,在桃园中结义,宰白马祭天,宰乌牛祭地,不求同日生,只愿同日死。(唱)

【十二月】那时节兄弟在范阳[7],兄长在楼桑[8],关某在蒲州解良,更有诸葛在南阳[9];一时出英雄四方,结义了皇叔、关、张。

【尧民歌】一年三谒卧龙冈,却又早鼎分三足汉家邦。俺哥哥称孤道寡世无双,我关某匹马单刀镇荆襄[10]。长江,今经几战场,却正是后浪催前浪。

(云)孩儿,门首觑者,看甚么人来。(关平云)理会的。(黄文上,云)某乃黄文是也。将着这一封请书,来到荆州,请关公赴会。早来到也。左右,报复去:有江下鲁子敬,差上将拖地胆黄文,持请书在此。(平云)你则在这里者,等我报复去。(平见正末,云)报的父亲得知:今有江东鲁子敬,差一员首将,持请书来见。(正末云)着他过来。(平云)着你过去哩。(黄文见科)(正末云)兀那厮甚么人?(黄慌云)小将黄文。江东鲁子敬,差我下请书在此。(正末云)你先回去,我随后便来也。(黄文云)我出的这门来。看了关公英雄一像个神道[11]。

83

鲁子敬,我替你愁哩!小将是黄文,特来请关公。髯长一尺八,面如挣枣红[12]。青龙偃月刀,九九八十一斤,脖子里着一下,那里寻黄文?来便吃筵席,不来豆腐酒吃三钟。(下)(正末云)孩儿,鲁子敬请我赴单刀会,走一遭去。(平云)父亲,他那里筵无好会,则怕不中么?(正末云)不妨事。(唱)

【石榴花】两朝相隔汉阳江[13],上写着道"鲁肃请云长"。安排筵宴不寻常,休想道是画堂别是风光[14]。那里有凤凰杯满捧琼花酿,他安排着巴豆、砒霜[15]!玳筵前摆列着英雄将,休想肯开宴出红妆。

【斗鹌鹑】安排下打凤牢龙[16],准备着天罗地网。也不是待客筵席,则是个杀人、杀人的战场。若说那重意诚心更休想,全不怕后人讲。既然谨谨相邀,我则索亲身便往。

(平云)那鲁子敬是个足智多谋的人,他又兵多将广,人强马壮。则怕父亲去呵,落在他彀中[17]。(正末唱)

【上小楼】你道他兵多将广,人强马壮。大丈夫敢勇当先,一人拼命,万夫难当。(平云)许来大江面,俺接应的人,可怎生接应?(正末唱)你道是隔着江,起战场,急难亲傍[18];我着那厮鞠躬、鞠躬送我到船上。

(平云)你孩儿到那江东,旱路里摆着马军,水路里摆着战船,直杀一个血胡同[19]。我想来,先下手的为强。

(正末唱)

【幺】你道是先下手强,后下手殃。我一只手揪住宝带,臂展猿猱,剑掣秋霜[20]。(平云)父亲,则怕他那里有埋伏。(正末唱)他那里暗暗的藏,我须索紧紧的防。都是些狐朋狗党!(云)单刀会不去呵,(唱)小可如千里独行,五关斩将[21]。

(云)孩儿,量他到的那里?(平云)想父亲私出许昌一事,您孩儿不知,父亲慢慢说一遍。(正末唱)

【快活三】小可如我携亲侄访冀王[22],引阿嫂觅刘皇。灞陵桥上气昂昂,侧坐在雕鞍上。

【鲍老儿】俺也曾挝鼓三鼕斩蔡阳,血溅在杀场上。刀挑征袍出许昌,险唬杀曹丞相。向单刀会上,对两班文武,小可如三月襄阳[23]。

(平云)父亲,他那里雄赳赳排着战场。(正末唱)

【剔银灯】折莫他雄赳赳排着战场,威凛凛兵屯虎帐,大将军智在孙、吴上[24],马如龙人似金刚。不是我十分强,硬主张,但题起厮杀呵磨拳擦掌。

【蔓青菜】他便有快对兵,能征将[25],排戈甲,列旗枪,各分战场。我是三国英雄汉云长,端的是豪气有三千丈。

(云)孩儿,与我准备下船只,领周仓赴单刀会走一遭去。(平云)父亲去呵,小心在意者!(正末唱)

【尾声】须无那临潼会秦穆公[26],又无那鸿门会楚霸王[27],折么他满筵人列着先锋将,小可如百万军刺颜良时那一场攘[28]。(下)

(周仓云)关公赴单刀会,我也走一遭去。志气凌云贯九霄,周仓今日逞英豪。人人开弓并蹬弩,个个贯甲与披袍。旌旗闪闪龙蛇动[29],恶战英雄胆气高。假饶鲁肃千条计[30],怎胜关公这口刀!赴单刀会走一遭去也。(下)(关兴云)哥哥,父亲赴单刀会去了,我和你接应一遭去。大小三军,跟着我接应父亲去。到那里古剌剌绣彩磨旌旗[31],扑鼕鼕画鼓凯征鼙[32],齐臻臻枪刀如流水,密匝匝人似朔风疾。直杀的苦淹淹尸骸遍郊野,哭啼啼父子两分离;恁时节喜孜孜鞭敲金镫响,笑吟吟齐和凯歌回。(下)(关平云)父亲兄弟都去也,我随后接应走一遭去。大小三军,听吾将令:甲马不许驰骤,金鼓不许乱鸣,不许交头接耳,不许语笑喧哗。弓弩上弦,刀剑出鞘。十分人人敢勇[33],个个威风。我到那里:一刃刀,两刃剑,齐排雁翅;三股叉,四楞铜,耀日争光;五方旗[34],六沉枪[35],遮天映日;七稍弓[36],八楞棒,打碎天灵;九股索,红绵套,漫头便起;十分战,十分杀,显耀高强。俺这里雄兵浩浩渡长江,汉阳两岸列刀枪,水军不怕江心浪,旱军岂惧铁衣郎!关公杀入单刀会,显耀英雄战一场。匹马横枪诛鲁肃,胜如亲父刺颜良。大小三军,跟着我接应父亲走一遭去。(下)

〔1〕关平、关兴:关羽的两个儿子。

〔2〕蒲州解良:山西解县,今属运城。

〔3〕乌江:在今安徽和县东北四十里江岸的乌江浦。

〔4〕分君臣先到咸阳:意为先取咸阳者为君,后到咸阳者为臣。秦末,楚怀王与反秦诸将约,先入定关中者,王之。见《史记·高祖本纪》。

咸阳,秦都,在今陕西咸阳东北。

〔5〕"想当日"三句:是说刘邦在黄阁用了三杰,项羽于乌江诛了八将。黄阁,是汉代宰相办事的厅堂。厅门涂黄色,以区别于天子之朱门,故曰"黄阁"。项羽乌江诛八将,可能出于传说。

〔6〕静鞭:即鸣鞭,皇帝仪仗之一,上朝时甩响使人肃静,表示皇帝的威严。

〔7〕范阳:今河北涿县。

〔8〕楼桑:传说刘备出生在涿县楼桑村,在今县西南十五里。

〔9〕南阳:诸葛亮本琅玡阳都人,汉末避难,隐居南阳卧龙冈。

〔10〕荆襄:荆州、襄阳一带。

〔11〕一像:一概像,全像。

〔12〕挣枣红:形容关羽脸色像枣子一样通红。

〔13〕汉阳江:指长江中游与汉水相汇的一段。今属武汉。

〔14〕画堂别是风光:与本曲末句"开宴出红妆",都是苏轼〔满庭芳〕词句。

〔15〕巴豆、砒霜:中药中两种巨毒药名。

〔16〕打凤牢龙:安排圈套,诱人上当。牢龙,元刊本作"捞龙"。

〔17〕彀(gòu够)中:本指射箭所达到的有效范围,引申为圈套。

〔18〕亲傍:即近傍,接近的意思。

〔19〕血胡同:即血巷子,血路。

〔20〕"臂展"二句:伸出猿猱一样的长臂,拔出秋霜一样的利剑。猿、猱,前肢皆长而敏捷。秋霜,指宝剑寒光森人,如秋天之严霜。

〔21〕"小可如"二句:是说单刀会,比起千里独行,五关斩将,是微不足道的。

〔22〕冀王:指袁绍。刘备兵败投袁绍时,关羽曾前往找寻。

〔23〕三月襄阳:刘备在荆州依附刘表,刘表部将蒯越、蔡瑁于三月

三日在襄阳城外设宴,请刘备赴会,准备将其杀害。刘备知其阴谋后,借故逃走。见《三国志平话》。

〔24〕孙、吴:古代军事家孙武和吴起。

〔25〕〔蔓青菜〕他便有快对兵,能征将:此十二字原本脱缺,据元刊本补。

〔26〕临潼会:传说秦穆公欲称霸诸侯,假周天子之命,令十七国诸侯各带宝物一件,赴临潼斗宝。会上,秦穆公为楚国大将伍员仗剑制服,答应与各国和好。元明间无名氏有《十八国临潼斗宝》杂剧一本,即演此事。临潼,在今陕西西安东。

〔27〕鸿门会:项羽破幽谷关,驻军鸿门,刘邦亲自前往拜会,项羽留宴意欲杀之,楚将项庄舞剑,意在沛公,后刘邦借故逃走。见《史记·项羽本纪》。鸿门,在临潼县东。

〔28〕攘:扰攘。这里指交战时的混乱情况。

〔29〕龙蛇:指旗帜上所画的动物图像。

〔30〕假饶:即使。

〔31〕古剌剌:即胡剌剌,挥动旗帜的声音。

〔32〕扑鼕鼕:击鼓声。

〔33〕十分:赵钞本王校云:"此下似有脱文。"

〔34〕五方旗:代表东、西、南、北、中五个方位的旗帜。

〔35〕六沉枪:即绿沉枪,枪杆深绿色。

〔36〕七稍弓:即漆稍弓,一种硬弓。

第 四 折

(鲁肃上,云)欢来不似今朝,喜来那逢今日。小官鲁子敬是也。我使黄文持书去请关公,欣喜许今日赴会,荆襄地合归还俺江东。英雄甲士已暗藏壁衣之后,令人江上相候,见船到便来报我知道。

(正末关公引周仓上,云)周仓,将到那里也?(周云)来到大江中流也。(正末云)看了这大江,是一派好水也呵!(唱)

【双调新水令】[1]大江东去浪千叠,引着这数十人驾着这小舟一叶。又不比九重龙凤阙,可正是千丈虎狼穴。大丈夫心别[2],我觑这单刀会似赛村社[3]。

(云)好一派江景也呵!(唱)

【驻马听】水涌山叠,年少周郎何处也[4]?不觉的灰飞烟灭。可怜黄盖转伤嗟。破曹的樯橹一时绝,鏖兵的江水犹然热,好教我情惨切!(云)这也不是江水,(唱)二十年流不尽的英雄血!

(云)却早来到也,报复去。(卒报科)(做相见科)(鲁云)江下小会,酒非洞里之长春[5],乐乃尘中之菲艺。猥劳君侯屈高就下[6],降尊临卑,实乃鲁肃之万幸也。(正末云)量某有何德能,着大夫置酒张筵,既请必至。(鲁云)黄文,将酒来。二公子满饮一杯。(正末云)大夫饮此杯。(把盏科)(正末云)想古今咱这人过日月好疾也呵!(鲁云)过日月是好疾也。光阴似骏马加鞭,浮世似落花流水。(正末唱)

【胡十八】想古今立勋业,那里也舜五人汉三杰[7]?两朝相隔数年别,不付能见者,却又早老也。开怀的饮数杯。(云)

将酒来。(唱)尽心儿待醉一夜。

(把盏科)(正末云)你知"以德报德,以直报怨"么[8]?(鲁云)既然将军言"以德报德,以直报怨",借物不还者谓之怨。想君侯文武全材,通练兵书,习《春秋》、《左传》,济拔颠危,匡扶社稷,可不谓之仁乎?待玄德如骨肉,觑曹操若仇雠,可不谓之义乎?辞曹归汉,弃印封金,可不谓之礼乎?坐服于禁,水淹七军[9],可不谓之智乎?且将军仁义礼智俱足,惜乎止少个"信"字,欠缺未完。再若得全个"信"字,无出君侯之右也。(正末云)我怎生失信?(鲁云)非将军失信,皆因令兄玄德公失信。(正末云)我哥哥怎生失信来?(鲁云)想昔日玄德公败于当阳之上,身无所归,因鲁肃之故,屯军三江夏口[10]。鲁肃又与孔明同见我主公,即日兴师拜将,破曹兵于赤壁之间。江东所费巨万,又折了首将黄盖。因将军贤昆玉无尺寸地[11],暂借荆州以为养军之资;数年不还。今日鲁肃低情曲意,暂取荆州,以为救民之急;待仓廪丰盈,然后再献与将军掌领。鲁肃不敢自专,君侯台鉴不错[12]。(正末云)你请我吃筵席来那,是索荆州来?(鲁云)没、没、没,我则这般道。孙刘结亲以为唇齿,两国正好和谐。(正末唱)

【庆东原】你把我真心儿待,将筵宴设,你这般攀今览古,分甚枝叶?我根前使不着你"之乎者也"、"诗云子曰",早该豁口截舌[13]!有意说孙刘,你休目下番成吴越[14]!

（鲁云）将军原来傲物轻信！（正末云）我怎么傲物轻信？（鲁云）当日孔明亲言：破曹之后，荆州即还江东。鲁肃亲为担保。不思旧日之恩，今日恩变为仇，犹自说"以德报德，以直报怨"。圣人道："信近于义，言可复也[15]。""去食去兵，不可去信"[16]。"大车无輗，小车无軏，其何以行之哉[17]？"今将军全无仁义之心，枉作英雄之辈。荆州久借不还，却不道"人无信不立[18]！"（正末云）鲁子敬，你听的这剑界么[19]？（鲁云）剑界怎么？（正末云）我这剑界，头一遭诛了文丑，第二遭斩了蔡阳。鲁肃呵，莫不第三遭到你也？（鲁云）没、没，我则这般道来。（正末云）这荆州是谁的？（鲁云）这荆州是俺的。（正末云）你不知，听我说。（唱）

【沉醉东风】想着俺汉高皇图王霸业，汉光武秉正除邪，汉王允将董卓诛，汉皇叔把温侯灭[20]。俺哥哥合情受汉家基业[21]。则你这东吴国的孙权，和俺刘家却是甚枝叶[22]？请你个不克己先生自说！

（鲁云）那里甚么响？（正末云）这剑界二次也。（鲁云）却怎么说？（正末云）这剑按天地之灵，金火之精，阴阳之气，日月之形。藏之则鬼神遁迹，出之则魑魅潜踪。喜则恋鞘沉沉而不动，怒则跃匣铮铮而有声。今朝席上，倘有争锋。恐君不信，拔剑施呈。吾当摄剑[23]，鲁肃休惊。这剑果有神威不可当，庙堂之器岂寻常！今朝索取荆州事，一剑先交鲁肃亡。（唱）

【雁儿落】则为你三寸不烂舌,恼犯我三尺无情铁。这剑饥餐上将头,渴饮仇人血。

【得胜令】则是条龙向鞘中蛰[24],虎在坐间蹑[25]。今日故友每才相见,休着俺弟兄每相间别[26]。鲁子敬听者:你心内休乔怯[27],畅好是随邪[28],休怪我十分酒醉也。

(鲁云)臧宫动乐[29]。(臧宫上,云)天有五星,地攒五岳。人有五德,乐按五音。五星者:金、木、水、火、土。五岳者:常、恒、泰、华、嵩。五德者:温、良、恭、俭、让。五音者:宫、商、角、徵、羽[30]。(甲士拥上科)(鲁云)埋伏了者。(正末击案,怒云)有埋伏也无埋伏?(鲁云)并无埋伏。(正末云)若有埋伏,一剑挥之两段!(做击案科)(鲁云)你击碎菱花[31]。(正末云)我特来破镜[32]!(唱)

【搅筝琶】却怎生闹炒炒军兵列?休把我当拦者!(云)当着我的,呵呵!(唱)我着他剑下身亡,目前流血。便有那张仪口、蒯通舌[33],休那里躲闪藏遮。好生的送我到船上者,我和你慢慢的相别。

(鲁云)你去了倒是一场伶俐。(黄文云)将军,有埋伏哩。(鲁云)迟了我的也。(关平领众将上,云)请父亲上船,孩儿每来迎接哩。(正末云)鲁肃,休惜殿后[34]。(唱)

【离亭宴带歇指煞】我则见紫袍银带公人列,晚天凉风冷芦花谢,我心中喜悦。昏惨惨晚霞收,冷飕飕江风起,急飐飐云帆扯[35]。承管待,承管待。多承谢,多承谢。唤梢公慢者,缆解开岸边龙,船分开波中浪,棹搅碎江中月。正欢娱有甚进退,且谈笑不分明夜。说与你两件事先生记者:百忙里趁不了老兄心,急且里倒不了俺汉家节[36]。(并下)

　　题目　孙仲谋独占江东地
　　　　　请乔公言定三条计
　　正名　鲁子敬设宴索荆州
　　　　　关大王独赴单刀会

〔1〕〔双调新水令〕:和以下〔驻马听〕二曲,化用宋苏轼〔念奴娇〕《赤壁怀古》词句,表现关羽抚今思昔的英雄胸怀。

〔2〕心别:心志与众不同。这里指刚烈而说。

〔3〕赛村社:农村里的迎神赛会,常有社火表演。

〔4〕年少周郎:赤壁破曹时,周瑜为吴军都督,年仅三十四岁。

〔5〕洞里之长春:神仙洞府的仙酒。长春,酒名。

〔6〕君侯:关羽封汉寿亭侯,故尊称君侯。

〔7〕舜五人:《论语·泰伯》:"舜有臣五人而天下治。"五人,为禹、稷、契、皋陶、伯益。

〔8〕以德报德,以直报怨:二语出《论语·宪问》。是说无论别人对自己是好是坏,都应以正直之道待他。德,恩惠。直,公平正直。

〔9〕坐服于禁,水淹七军:事在建安二十四年(219),关羽攻樊城,曹操派于禁率大军解围。时逢秋季大雨,禁所统七军皆没,禁乃降羽。见《三国志·关羽传》。

〔10〕三江夏口:三江,即今湖北鄂城之三江口镇。夏口,城名,在湖北武昌西黄鹄山上。

〔11〕贤昆玉:对别人弟兄的敬称。据说晋代陆机、陆云弟兄生于华亭,并有才名,人比之昆冈出玉。后世称人弟兄为昆玉,或出于此。

〔12〕台鉴:请求别人作出决定的客气说法。台,对人的敬称。鉴,鉴裁,处理。

〔13〕豁口截舌:把嘴巴割开,舌头截掉,此指住嘴。

〔14〕吴越:春秋时吴国和越国为世仇,经常发生战争。

〔15〕"圣人道"三句:圣人,指孔子。语出《论语·学而》,意为讲信用就符合道义,只有讲信用的人说的话才可兑现。复,复言,实践诺言。

〔16〕去食去兵,不可去信:《论语·颜渊》载,子贡问治国之事。孔子说宁可没有粮食,没有军队,也不可丢掉信用。

〔17〕"大车无輗(ní 倪)"三句:语出《论语·为政》。輗、軏(yuè月),皆指车辕前端与横木衔接处穿孔的活塞。没有輗、軏,就无法套住牲口,使车子行走。

〔18〕人无信不立:亦见《论语·颜渊》。人,原作"民"。

〔19〕剑界:当作"剑戒"。元代俗语,是说宝剑自鸣,使人警戒。元王恽有《剑界》一文,可以参考。

〔20〕温侯:吕布杀董卓后,封号温侯,后为曹操、刘备所擒杀。

〔21〕情受:承受。

〔22〕枝叶:枝节,关系。

〔23〕"吾当"句:吾当,第一人称代词。元曲中多于皇帝或神灵的自称。关羽自称吾当,可见他在人们心目中的地位。摄剑,拔出宝剑。

〔24〕蛰:隐藏。

〔25〕趐(xué 穴):往来盘旋。

〔26〕间别:分手,绝裂。

〔27〕乔怯:害怕。

〔28〕随邪:歪邪,不正经。这是关羽装醉的话。

〔29〕臧宫:剧中虚构的人名。

〔30〕宫、商、角、徵(zhǐ 止)、羽:王季思先生注曰:"羽是关羽名讳,鲁肃命臧宫动乐,念到羽字,甲士拥上,这显然是个暗号,并表示对关羽的不敬。"此说甚是。

〔31〕菱花:指镜子。因古代铜镜背面多刻有菱花图形,故以代指。

〔32〕破镜:语带双关,"镜"字与子敬的"敬"字同音,暗指鲁肃。

〔33〕张仪口、蒯(kuǎi)通舌:张仪,战国时魏人,游说诸侯连横事秦。蒯通,楚汉相争时谋士,韩信用其计平定齐地。

〔34〕殿后:行军时后面的部队,用以掩护全军。这里是打趣鲁肃在自己身后起了掩护的作用。

〔35〕急飐飐:风吹船帆急速摆动的样子。

〔36〕急且里:即急切里,急迫之间。

白　朴

　　白朴(1226—1306后)，字仁甫，又字太素，号兰谷，祖籍隩州(今山西河曲)。父白华，金枢密院判官。白朴八岁时(1234)即遭亡国之变，苍皇失母，幸得父友元好问的抚养，始免于难。这件事情给他幼小的心灵留下不可医治的创伤，以致"终身有满目山川之叹"。入元以后，移家真定(今河北正定)。中统初(1260)，辞史天泽之荐，不愿出仕。元军灭宋时，曾随军南下，又一次目睹一个王朝的覆灭，感慨益深。晚年卜居建康，与遗老游，颇多伤今吊古之作。白朴是元代重要的戏剧家之一，对元杂剧的发展，作出不少的贡献。生平所作杂剧十五种，现存《墙头马上》、《梧桐雨》、《东墙记》三种。散曲存小令三十七首，套数四套。词有《天籁集》。

裴少俊墙头马上[1]

第 一 折

(冲末扮裴尚书引老旦扮夫人上，诗云)满腹诗书七步才，绮罗衫袖拂香埃[2]；今生坐享荣华福，不是读书那里来。老夫工部尚书裴行俭是也[3]。夫人柳氏，孩儿少俊。方今唐高宗即位仪凤三年,自去年驾幸西御园,见花木狼藉,不堪游赏;奉命前往洛阳,不问权豪势要之家,选拣奇花异卉,和买花栽子[4],趁时栽接。为老夫年高,奏过官里,教孩儿少俊承宣驰驿[5],代某前去。自新正为始,得了六日宣限[6],那的是老夫有福处。少俊三岁能言,五岁识字,七岁草字如云,十岁吟诗应口,才貌两全,京师人每呼为"少俊",年当弱冠[7],未曾娶妻,不亲酒色。如今差他出去公干,万无一失。教张千伏侍舍人[8],在一路上休教他胡行,替俺买花栽子去来。(下)(外扮李总管上,云)老夫姓李,双名世杰,乃李广之后,当今皇上之族。嫡亲三口儿,夫人张氏,有女孩儿小字千金,年方一十八岁;尤善女工,深通文墨,志量过人,容颜出世。老夫前任京兆留守,因讽谏则天[9],谪降洛阳总管。老夫当初曾与裴尚书议结婚姻,只为宦路相左,遂将此事都不提起了。如今左司家勾唤我[10],今日便行,留下夫人与孩儿紧守闺门,待我回来,另议亲事,未为迟也。(下)(正末扮裴舍人引张千上,云)小生是工部尚书舍人裴少俊。自三岁能言,五岁识字,七岁草字如云,十岁吟诗应口,才貌两全,京师人每呼为"少俊"。年当弱冠,未曾娶妻,惟亲诗书,不通女色。承宣驰驿,前来洛阳,不问权豪势要之家,名园佳圃,选拣奇花,和买花栽子,就用铺车装送[11],来日起程。今日乃三月初八日,上巳节令[12],洛阳王孙士女,倾城玩赏。张千,咱每也同你看去来！（下）（正旦扮李千金领梅香上，云）妾身李千金是也。今日是三月上巳，良辰佳节。是好春景也呵！（梅香云）小姐，观此春天，真好景致也！（正旦云）梅香，你觑着围屏上才子佳人，士女王孙，是好华丽也。（梅香云）小姐，佳人才子为甚都上屏障？非同容易也呵！（正旦唱）

【仙吕点绛唇】往日夫妻，凤缘仙契。多才艺，倩丹青写入屏围，真乃是画出个蓬莱意。

（梅香云）小姐看这围屏，有个主意，梅香猜着了也：少一个女婿哩！（正旦唱）

【混江龙】我若还招得个风流女婿，怎肯教费工夫学画远山眉[13]！宁可教银缸高照[14]，锦帐低垂，菡萏花深鸳并宿[15]，梧桐枝隐凤双栖[16]。这千金良夜，一刻春宵[17]，谁管我衾单枕独数更长，则这半床锦褥枉呼做鸳鸯被！（梅香云）等老相公回来呵，寻一门亲事，可不好也。（正旦唱）流落的男游别郡，耽阁的女怨深闺[18]。

（梅香云）小姐这几日越消瘦了。（正旦唱）

【油葫芦】我为甚消瘦春风玉一围[19]，又不曾染病疾，近新来宽褪了旧时衣！（梅香云）夫人道：小姐不快时，少做女工，胜服汤药[20]。（正旦唱）害的来不疼不痛难医治，吃了些好茶好饭无滋味；似舟中载倩女魂[21]，天边盼织女期。这些时困腾腾每日家贪春睡，看时节针线强收拾。

【天下乐】我可便提起东来忘了西。（梅香云）昨日几家来问

98

亲,小姐不语怎么?(正旦唱)咱萱堂又觑着面皮[22]。至如个穷人家女孩儿到十六七,或是谁家来问亲,那家来做媒,你教女孩儿羞答答说甚的?

(梅香云)今日上巳,王孙士女,宝马香车,都去郊外玩赏去了;咱两个去后花园内看一看来。(正旦云)梅香,将着纸墨笔砚,咱去来。(做行科)(正旦唱)

【那吒令】本待要送春向池塘草萋,我且来散心到荼蘼架底,我待教寄身在蓬莱洞里。蹙金莲红绣鞋[23],荡湘裙鸣环珮,转过那曲槛之西。

【鹊踏枝】怎肯道负花期,惜芳菲。粉悴胭憔,他绿暗红稀[24],九十日春光如过隙,怕春归又早春归。

【寄生草】柳暗青烟密,花残红雨飞[25]。这人人和柳浑相类:花心吹得人心碎,柳眉不转蛾眉系。为甚西园陡恁景狼藉,正是东君不管人憔悴[26]!

【幺篇】榆散青钱乱,梅攒翠豆肥。轻轻风趁蝴蝶队,霏霏雨过蜻蜓戏,融融沙暖鸳鸯睡。落红踏践马蹄尘,残花酝酿蜂儿蜜[27]。

(裴舍骑马引张千上,云)方信道洛阳花锦之地,休道城中有多少名园,(做点花本科,云)你觑这一所花园。(做见旦惊科,云)一所花园,呀!一个好姐姐!(正旦见末科,云)呀!一个好秀才也!(唱)

【金盏儿】兀那画桥西,猛听的玉骢嘶。便好道杏花一色红千里[28],和花掩映美容仪。他把乌靴挑宝镫,玉带束腰围;

99

真乃是能骑高价马,会着及时衣[29]。

（正末云）你看他雾鬓云鬟,冰肌玉骨;花开媚脸,星转双眸。只疑洞府神仙,非是人间艳冶。（梅香云）小姐,你听来。（正旦唱）

【后庭花】休道是转星眸上下窥,恨不得倚香腮左右偎。便锦被翻红浪[30],罗裙作地席。（梅香云）小姐休看他,倘有人看见……（正旦唱）既待要暗偷期,咱先有意,爱别人可舍了自己。

（梅香云）小姐,你却顾盼他,他可不顾盼你哩!（张千上,云）舍人,休要惹事,咱城外去看来。（做催科）（裴舍云）四目相觑,各有眷心;从今已后,这相思须害也。（张千做催打马科,云）舍人,去罢!（裴舍云）如此佳丽美人,料他识字,写个简帖儿嘲拨他[31]。张千,将纸笔来,看他理会的么。（做写科,云）张千,将这简帖儿与那小姐去。（张千云）舍人使张千去,若有人撞见,这顿打可不善也。（裴舍云）我教你:有人若问呵,则说俺买花栽子,不妨事。若见那小姐,说俺舍人教送与你。（张千云）舍人,我去。（裴舍云）那小姐喜欢,你便招手唤我,我便来;若是抢白,你便摆手,我便走。（张千云）我知道。（做见旦科,云）小姐,你这后花园里有卖花栽子么?（梅香云）这里花栽子谁要买?（张千云）俺那舍人要买。（做招手,裴舍望科,云）谢天地,事已谐矣!（梅香做叫科,云）小姐,那两个人拿过一张儿纸来,不知写甚么,小姐看咱!(正旦做念诗科,云)只疑身在武陵游,流水桃花隔岸羞;咫尺刘郎肠已断,为谁含笑倚墙头[32]。梅香,将纸笔来。(做写科,云)梅香,我央你咱,你勿阻我。将这一首诗送与那舍人。(梅香云)小姐,教我送这诗与谁去也?诗中意怎生?见那秀才道甚的?则怕有人撞见怎了?(正旦云)好姐姐,你与我走一遭去!(梅香云)你往常打我骂我,今日为甚的央我,着我寄与谁?(正旦唱)

【幺篇】你道是情词寄与谁,我道来新诗权作媒。我映丽日墙头望,他怎肯袖春风马上归!怕的是外人知,你便叫天叫地。哎,小梅香好不做美。

(梅香云)这简帖我送与老夫人去。(正旦云)梅香,我央及你,要告老夫人呵,可怎了!(梅香云)你慌么?(正旦云)可知慌哩。(梅香云)你怕么?(正旦云)可知怕哩。(梅香云)我逗你耍哩。(正旦云)则被你唬杀我也。(梅香送裴舍科,云)俺小姐上复舍人,看这首诗咱。(裴舍看科,诗云)深闺拘束暂闲游,手拈青梅半掩羞。莫负后院今夜约,月移初上柳梢头[33]。千金作。这小姐有倾城之态,出世之才,可为囊箧宝玩。(梅香云)俺小姐道来:今夜后园中赴期,休得失信。(裴舍云)张千,俺打那里过去?(张千云)跳墙过去。(梅香转向旦云)小姐,他待跳墙来也。(正旦唱)

【赚煞】这一堵粉墙儿低,这一带花阴儿密。与你个在客的刘郎说知:虽无那流出胡麻香饭水,比天台山到径抄直[34];莫疑迟,等的那斗转星移,休教这印苍苔的凌波袜儿湿[35]。将湖山困倚,把角门儿虚闭,这后花园权作武陵溪。(下)

(裴舍云)惭愧,这一场喜事,非同小可。只等的天晚,便好赴约去也!(诗云)偶然间两相窥望,引逗的春心狂荡。今夜里早赴佳期,成就了墙头马上。(下)

〔1〕《墙头马上》:此剧与关汉卿的《拜月亭》、王实甫的《西厢记》、郑光祖的《倩女离魂》,合称为元杂剧中的四大爱情剧。本事出于唐代白居易的乐府《井底引银瓶》。白居易写诗的目的原是"止淫奔也",白朴却充分肯定了叛逆者冲决封建网罗的反抗行为,从而大大提高了剧本的思想意义。和一般悱恻缠绵的爱情剧相比,本剧风格尤显泼辣奔放,语言明快流丽;特别是女主角李千金的自择配偶,私奔出走,敢于面对面地和封建礼教势力展开激烈的抗争,更是古代戏曲中所仅见者。其刚毅倔强的性格,宛如一枝战胜春寒的出墙红杏,在黑暗的封建社会中,发出了一道耀眼的光辉,给人们带来春天的信息。本剧以《元曲选》本校注,并以《柳枝集》本参校。

〔2〕"绮罗"句:化用唐昭宗《巫山一段云》"袖罗斜举动埃尘"句意。香埃,即香尘。

〔3〕裴行俭:字守约,唐代绛州闻喜(今属山西运城地区)人。高宗时,曾任吏部侍郎、礼部尚书等职。剧本仅袭取其名,并非真的历史人物。

〔4〕和买花栽子:即平价购买花苗。和买,官府购物,与百姓公平交易的意思。

〔5〕承宣驰驿:奉皇帝之命兼程而去。元代下诏,五品以上称宣。

驰驿,元代各地均有驿站,官员外出,沿途驿站负责供应饮食和马匹。

〔6〕"自新正"二句:谓自正月、元旦,得到六天的期限。

〔7〕弱冠:年近二十。古代男子二十岁时行冠礼,故云。

〔8〕舍人:本官名。宋、元时多用以称官宦人家子弟。

〔9〕则天:即武则天,唐高宗皇后,颇预朝政。高宗死后,自立为圣神皇帝,改国号周,是为武周。

〔10〕左司:元中书省置左右二司,各置郎中二员,正五品。

〔11〕铺车:驿站之车。原本误作"一车",据《柳枝集》本改正。

〔12〕上巳节令:古代以三月上旬巳日为上巳节,男女出城踏青,置酒河曲,沐于水,以除不祥。

〔13〕学画远山眉:用汉张敞为妻子画眉的故事。又刘向《西京杂记》卷二说卓文君姣好,"眉色如望远山"。

〔14〕银缸:即银釭,银灯。

〔15〕菡萏(hàn dàn 旱旦):荷花。

〔16〕"梧桐"句:化用唐杜甫《秋兴八首》之八"碧梧栖老凤凰枝"句。

〔17〕千金良夜,一刻春宵:宋苏轼《春夜》诗:"春宵一刻直千金,花有清香月有阴。"

〔18〕"流落的"二句:谓男女不能及时婚配。

〔19〕消瘦春风玉一围:意为腰肢瘦减很多。金元好问〔鹧鸪天〕:"何时重解香罗带,细看春风玉一围。"围,约为两手拇指和食指合拢的圆周长度。

〔20〕胜:即剩,多也。

〔21〕倩女魂:出唐陈玄祐《离魂记》传奇。元郑光祖有《倩女离魂》杂剧。

〔22〕萱堂:指母亲。古代母亲住北堂,多植萱草,取忘忧之义,故以

103

萱堂称母。

〔23〕蹙(cù促)金莲:移动脚步。蹙,踏也。金莲,指妇女之纤足。南朝齐东昏侯尝凿金为莲花以帖地,使潘妃行其上,曰步步生莲。典出此。

〔24〕绿暗红稀:叶子肥了,花儿少了。

〔25〕红雨:指落花。唐李贺《将进酒》:"况是青春日将暮,桃花乱落如红雨。"

〔26〕东君:春神。

〔27〕残花酝酿蜂儿蜜:用元初胡祗遹〔阳春曲〕《春景》句。

〔28〕杏花一色红千里:此引宋苏轼《送张师厚赴殿试》诗:"一色杏花红十里,新郎归去马如飞。"

〔29〕"能骑"二句:元剧习语,即惯骑宝马,会着时衣,打扮时髦的意思。

〔30〕锦被翻红浪:宋柳永〔凤栖梧〕词有"酒力渐浓春思荡,鸳鸯绣被翻红浪"之句。

〔31〕嘲拨:嘲戏、撩拨。

〔32〕"只疑"四句:此诗牵合晋陶渊明《桃花源记》之武陵(今湖南常德一带)奇境,与《神仙传》中,刘晨、阮肇在天台山桃花溪边遇仙女成配的故事为一事,作为恋爱典故使用。

〔33〕月移初上柳梢头:化用宋朱淑贞〔生查子〕"月上柳梢头,人约黄昏后"词意。

〔34〕"虽无那"二句:意为虽然没有胡麻饭从溪水流出招引刘郎,但比天台山路儿倒抄直好走。胡麻香饭,胡麻炊成的饭。后以胡麻饭表示仙人的食物。天台山,相传刘郎在此遇仙。典出《神仙传》。

〔35〕凌波袜:泛指美人之袜。魏曹植《洛神赋》:"凌波微步,罗袜生尘。"

第 二 折

（夫人同老旦嬷嬷上[1]，云）老身是李相公夫人。相公左司家唤的去了，不见回来。今日老身东阁下探妗子回来，身子有些不快。天色晚也，梅香，绣房中道与小姐，休教她出来。嬷嬷，收拾前后，我歇息去也。（下）（裴舍上，云）我回到这馆驿安下，心中闷倦，那里有心去买花栽子，巴不得天晚了也！我如今与小姐赴期去来。（下）（正旦同梅香上，云）今日因去后园中看花，墙头见了那生，四目相视，各有此心，将一个简帖儿约今夜来赴期。我回到绣房中。梅香，不知夫人睡去也不曾？（梅香云）我去看来。（下）（正旦做睡，梅香推科，云）小姐，小姐！（正旦醒科，云）我正好做梦哩。（梅香云）你梦见甚么来？（正旦唱）

【南吕一枝花】睡魔缠缴得慌[2]，别恨禁持得煞[3]。离魂随梦去，几时得好事奔人来？一见了多才，口儿里念，心儿里爱，合是姻缘簿上该[4]。则为画眉的张敞风流，掷果的潘郎稔色[5]。

（梅香云）今夜好歹来也，则管里作念的眼前活现。（正旦唱）

【梁州第七】早是抱闲怨时乖运蹇[6]，又添这害相思月值年灾[7]。（带云）休道是我，（唱）天若知道和天也害[8]。

(云)梅香,这早晚多早晚也[9]?(梅香云)是申牌时候了[10]。(正旦唱)几时得月离海峤[11]?才则是日转申牌!(梅香云)小姐,日头下去了,一天星月出来了。(正旦唱)怕露惊宿鸟,风弄庭槐。看银河斜映瑶阶,都不动纤细尘埃。月也,你本细如弓一半儿蟾蜍[12],却休明如镜照三千世界[13],冷如冰浸十二瑶台[14]。禁炉瑞霭[15],把剔团圞明月深深拜:你方便,我无碍。深拜你个嫦娥不妒色,你敢且半霎儿雾锁云埋。

(梅香云)这场事也非容易哩!(正旦唱)

【牧羊关】待月帘微簌,迎风户半开[16]。你看这场风月规划。(梅香云)怎生规划?(正旦云)你与我接去!(梅香云)怕他不来,倒教我去接他!(正旦唱)就着这风送花香,云笼月色。(梅香云)小姐,为什么着我接他去?(正旦唱)你道为甚着你个丫鬟迎少俊?我则怕似赵旱送曾哀[17]。(梅香云)这里线也似一条直路,怕他迷了道儿?(正旦唱)你道芳径直如线,我道侯门深似海[18]。

(梅香云)你两个头目自说话来。(正旦唱)

【骂玉郎】相逢正是花溪侧,也须穿短巷过长街。(梅香云)到那里便唤你来。(正旦唱)又不比秦楼夜宴金钗客,这的担着利害。把你那小性格且宁耐[19]。

【感皇恩】咱这大院深宅,幽砌闲阶,不比操琴堂、沽酒舍、看书斋[20]。(梅香云)迟又不是,疾又不是,怎生可是?(正旦唱)教你轻分翠竹,款步苍苔,休惊起庭鸦喧,邻犬吠,怕院公来。

（梅香云）小姐，这来时可着多早晚也？（正旦唱）

【采茶歌】把粉墙儿挨，角门儿开，等夫人烧罢夜香来。月色朦胧天色晚，鼓声才动角声哀[21]。

（梅香云）我说与你，夫人已睡了也，一准不来了。今夜嬷嬷又在前面守着库房门哩。天色晚了，我点上灯，就接姐夫去。（裴舍引张千上，云）张千，休大惊小怪的，你只在墙外等着。（做跳墙见科，云）梅香，我来了也。（梅香云）我说去。小姐，姐夫来了也。你两个说话，我门首看着。（裴舍云）小生是个寒儒，小姐不弃，小生杀身难报。（正旦云）舍人则休负心。（唱）

【隔尾】我推粘翠靥遮宫额[22]，怕绰起罗裙露绣鞋。我忙忙扯的鸳鸯被儿盖。翠冠儿懒摘，画屏儿紧挨，是他撒滞殢把香罗带儿解[23]。

（嬷嬷上，云）这早晚，小姐房里有人说话？在窗下听咱。呀！果然有人，我去觑破他[24]。（梅香云）小姐，吹灭了灯，嬷嬷来也！（嬷嬷云）吹灭了灯！我听的多时了也，你待走那里去？（裴舍同旦做跪科。正旦云）是做下来也，怎见父母！奶奶可怜见，你放我两个私走了罢，至死也不敢忘你！（嬷嬷云）兀的是不出嫁的闺女，教人营勾了身躯[25]，可又随着他去。这汉子是谁家的？（裴舍云）小生是客寄书生，乞容宽恕！（嬷嬷云）俺这里不是赢奸买俏去处[26]！（正旦唱）

107

【红芍药】他承宣驰驿奉官差,来这里和买花栽;又不是瀛州、方丈接蓬莱,远上天台[27]。比画眉郎多气概,骤青骢踏断章台[28]。(嬷嬷云)都是这梅香小奴才勾引来的!(正旦唱)枉骂她偷寒送暖小奴才[29],要这般当面抢白?

(嬷嬷云)不是这奴胎是谁?(正旦唱)

【菩萨梁州】是这墙头掷果裙钗,马上摇鞭狂客[30]。说与你个聪明的奶奶:送春情是这眼去眉来。(嬷嬷云)好可羞也那不羞!眼去眉来,倒与真奸真盗一般。教官司问去!(正旦唱)则这女娘家直恁性儿乖,我待舍残生还却鸳鸯债,也谋成不谋败。是今日且停嗔,过后改,怎做的奸盗拿获!

(嬷嬷云)你看上这穷酸饿醋甚么好[31]?(正旦唱)

【牧羊关】龙虎也招了儒士[32],神仙也聘与秀才[33],何况咱是浊骨凡胎。一个刘向题倒西岳灵祠,一个张生煮滚东洋大海。却待要宴瑶池七夕会,便银汉水两分开。委实这乌鹊桥边女,舍不得斗牛星畔客[34]。

(嬷嬷云)家丑事不可外扬。兀那汉子,我将你拖到官中,不道的饶了你哩[35]!(裴舍云)嬷嬷,你要了我买花栽子的银子,教梅香唤将我来。咱就和你见官去来!(正旦唱)

【三煞】不肯教一床锦被权遮盖[36],可不道九里山前大会垓[37],绣房里血泊浸尸骸。解下这搂带裙刀[38],为你逼的我紧也,便自伤残害,颠倒把你娘来赖。(梅香云)你要他这秀才的银子,教我去唤将他来。便见夫人也则实说。(嬷嬷云)夫人也不信。(正旦唱)你则是拾的孩儿落的摔[39],你待致命图财?

【二煞】我怎肯掩残粉泪横眉黛,倚定门儿手托腮,山长水远几时来?且休说度岁经年,只一夜冰消瓦解,恁时节知他是和尚在钵盂在[40]?他凭着满腹文章七步才,管情取日转千阶[41]。

(嬷嬷云)亲的则是亲。若夫人变了心,可不枉送我这老性命?我如今和你商量,随你拣一件做:第一件且教这秀才求官去,再来娶你;不着,嫁了别人。第二件就今夜放你两个走了,等这秀才得了官,那时依旧来认亲。(正旦云)嬷嬷,只是走的好!(唱)

【黄钟尾】他折一枝丹桂群儒骇[42],"怎肯十谒朱门九不开"[43]。(嬷嬷云)若以后泄漏出些风声,枉坏了一世前程,拆散了一双佳配。常言道:一岁使长百岁奴[44]。我耽着利害放你,则要一路上小心在意者!(正旦云)母亲年高,怎生割舍?(嬷嬷云)夫人处有我在此,你自放心去罢!(正旦同裴谢科。正旦唱)不是我敢为非敢作歹,他也有风情有手策,你也会圆成会分解,我也肯过从肯耽待。便锁在空房嫁在乡外,你道父母年高老迈,哪里有女孩儿共爷娘相守到头白!女孩儿是你十五岁寄居的堂上客[45]。(同裴舍、梅香下)

(嬷嬷云)他每去也。若夫人问时,说个谎,道不知怎生走了。料夫人必然不敢声扬。等待他日后再来认亲,也未迟哩。(下)

〔1〕嬷嬷:对乳母的通称。

〔2〕缠缴:纠缠。

〔3〕禁持:约束,拘束。

〔4〕姻缘簿:唐代传奇故事。韦固于宋城见一老人月下检书,即世上所有应行婚配男女之名册、曰婚牍,也就是常人所说的姻缘簿。见唐李复言《续幽怪录》卷四《定婚店》。

〔5〕潘郎稔(rěn荏)色:晋人潘岳美姿仪,少时常挟弹出洛阳道,妇女遇之者,皆连手萦绕,投之以果,遂满车而归。见《晋书》本传。本句与上句皆为夸奖舍漂亮。稔色,容貌美好。

〔6〕时乖运蹇:背时不走运。蹇,跛足,引申作困顿。

〔7〕月值年灾:年头和月份不利,多灾多难。这里形容相思得厉害。

〔8〕天若知道和天也害:化用宋秦观〔水龙吟〕"天还知道,和天也瘦"之句。

〔9〕这早晚多早晚:这会儿是什么时候。早晚,这里是时候、时间的意思。

〔10〕申牌:下午三时至五时。古代一昼夜分为十二个时辰,合为现在的二十四小时。

〔11〕海峤:近海多山的处所,指月亮升起的地方。

〔12〕细如弓一半儿蟾蜍(chán chú 禅除):指一弯新月。蟾蜍,癞蛤蟆。传说月中有蟾蜍,故用以指月。

〔13〕三千世界:佛家语,即整个世界。

〔14〕十二瑶台:神话中神仙所居之地,在昆仑山。晋王嘉《拾遗记》卷十谓山对七星之下,出碧海之中,上有九层。"旁有瑶台十二,各广千步,皆五色玉为台基。"

〔15〕禁炉瑞霭:香炉内升起袅袅轻烟。禁炉,宫禁里的香炉,极言香炉的名贵。瑞霭,祥瑞的烟气。

〔16〕"待月"二句:在月下等待,帘儿微卷,门儿半开。簌(sù素),卷帘的声音。唐元稹《会真记》:"待月西厢下,迎风户半开。"

〔17〕赵呆送曾哀:宋代谚语有"赵老送灯台,一去不回来。"此用其意。送曾哀,当为"送灯台"之音误。见宋欧阳修《归田录》卷二。原意说鲁班的徒弟赵巧用自己仿造的灯台送给龙王,结果一去不返。在此本句意为担心裴少俊迷路。

〔18〕侯门深似海:唐崔郊《赠去婢》诗:"侯门一入深似海,从此萧郎是路人。"

〔19〕宁耐:忍耐。

〔20〕"不比"句:操琴堂、沽酒舍、看书斋,指歌楼、酒店、书房等可以随便出入的地方。

〔21〕鼓声才动角声哀:唐杜甫《阁夜》诗:"五更鼓角声悲壮。"这里指夜深人静之时。

〔22〕推粘翠靥(yè夜)遮宫额:含羞掩面的意思。翠靥,古代妇女用的面花儿。宫额,即额头。因粘贴翠靥之妆起于宫庭,故称宫额。

〔23〕撒滞殢(tì替):撒赖,纠缠。

〔24〕觑破:这里是识破、说破的意思。

〔25〕营勾:勾引。

〔26〕赢奸买俏:又作"迎奸买俏",指诱买奸情。

〔27〕"又不是"二句:既不是虚无缥缈的海外神山的海客,也不是传说中天台山的仙人。意为他是现实生活中的活人。

〔28〕"比画眉郎"二句:以张敞画眉、走马章台二事,比喻裴少俊的风韵。《汉书·张敞传》说他无威仪,下朝以后,走马章台街,"使御史驱,自以便面拊马。"章台,汉代长安一条繁华的街道。

〔29〕偷寒送暖:指暗中在男女之间拉拢牵线。

〔30〕"是这"二句:上句李千金自指。掷果,见本折注释〔5〕。下句

111

指裴少俊。

〔31〕穷酸饿醋:宋元俗语,讥笑、讽刺读书人的语词。

〔32〕"龙虎"句:取自民间流传的龙女嫁与儒生事,即下文"张生煮滚东洋大海",元李好古有《张生煮海》杂剧。虎女事,金无名氏有《崔韬逢雌虎》诸宫调,今佚。本事出唐薛用弱《集异记》。

〔33〕"神仙"句:神仙也有嫁与书生的。当指下文"刘向题倒西岳灵祠"一事。传说山东刘向赴京赶考,行至西岳华山一庙,见娘娘塑像甚美,题诗戏之。神归,怒甚,欲追杀之;及见其风姿,乃幻化楼阁,招之为婿。元张时起有《沉香太子劈华山》杂剧,今佚。

〔34〕"却待要"四句:古代神话牛郎织女七夕相会故事。乌鹊桥边女,传说农历七月七日夜,织女欲渡天河,使乌鹊为桥以渡之。斗牛星畔客,斗、牛,二十八宿(xiù 秀)中的二宿。牛宿中包括牵牛、织女二星。这里专指牛郎。

〔35〕不道的:不会、不见得。

〔36〕一床锦被权遮盖:宋元成语,指用好看的东西把丑恶的事情暂时遮盖。

〔37〕九里山前大会垓:秦末楚汉相争时,在九里山前的垓下大战,迫项羽自刎于乌江。这里是形容乱子若闹得很大,就不可开交。

〔38〕裙刀:妇女佩带于裙上的常用小刀。

〔39〕拾的孩儿落的摔:即不是自己的孩子不知爱惜。比喻无切身关系,随心处置。

〔40〕和尚在钵盂在:即人在物在。这里是反用其义。

〔41〕日转千阶:一日之间几次升迁,即不断加官晋级。

〔42〕折一枝丹桂:喻科举及第。《晋书·郤诜传》自谓"举贤良对策,为天下第一,犹桂林之一枝,昆山之片玉。"

〔43〕十谒朱门九不开:句出宋李观《题处州直厅壁》:"十谒朱门九

不开,利名渊薮且徘徊。自知不是封侯骨,夜夜江山入梦来。"本句与上句均说裴少俊博学多才,不用去求门路。

〔44〕一岁使长百岁奴:年纪虽小,总是主人;年纪虽大,总是奴才。宋元时奴仆称主人为使长或侍长。

〔45〕"女孩儿"句:古代女子十五岁而笄(jī鸡,头发插簪子),便可出嫁,所以说十五岁的女孩子不过是寄居在娘家的客人。

第 三 折

(裴尚书上,云)自从少俊去洛阳买花栽子回来,今经七年。老夫常是公差,多在外,少在里。且喜少俊颇有大志,每日只在后花园中看书,直等功名成就,方才取妻。今日是清明节令,老夫待亲自上坟去,奈畏风寒,教夫人和少俊替祭祖去咱。(下)(裴舍引院公上,云)自离洛阳,同小姐到长安七年也。得了一双儿女:小厮儿叫做端端,女儿唤做重阳;端端六岁,重阳四岁,只在后花园中隐藏,不曾参见父母。皆是院公伏侍,连宅下人也不知道。今日清明节令,父亲畏风寒,我与母亲郊外坟茔中祭奠去。院公,在意照顾,怕老相公撞见。(院公云)哥哥,一岁使长百岁奴。这宅中谁敢提起个李字。若有一些差失,如同那赵盾便有灾难,老汉就是灵辄扶轮[1],王伯当与李密叠尸[2],为人须为彻。休道老相公不来,便来呵,老汉凭四方口[3],调三寸舌,也说将回去。我这是蒯文通、李左车[4]。哥哥,你放心,倚着我

113

呵,万丈水不教泄漏了一点儿。(裴舍云)若无疏失,回家多多赏你。(下)(正旦引端端、重阳上,云)自从跟了舍人来此呵,早又七年光景,得了一双儿女。过日月好疾也呵!(唱)

【双调新水令】数年一枕梦庄蝶[5],过了些不明白好天良夜。想父母关山途路远,鱼雁信音绝[6]。为甚感叹咨嗟,甚日得离书舍?

【驻马听】凭男子豪杰,平步上万里龙庭双凤阙;妻儿真烈,合该得五花官诰七香车[7]。也强如带满头花、向午门左右把状元接[8],也强如挂拖地红、两头来往交媒谢[9]。今日个改换别,成就了一天锦绣佳风月[10]。

(云)我掩上这门,看有甚人来此。(院公持扫帚上,云)哥哥祭奠去了,嫂嫂跟前回复去咱。(见科,云)嫂嫂,舍人祭奠去了。院公特地说与嫂嫂得知。(正旦云)院公,可要在意者,则怕老相公撞将来。(院公云)老汉有句话敢说么。今日清明节,有甚节令酒果,把些与老汉吃饱了,只在门首坐着,看有甚的人来。(旦与酒肉吃科,院公云)夜来两个小使长把墙头上花都折坏了,今日休教出来,只教书房中耍,则怕老相公撞见。(正旦唱)

【乔牌儿】当拦的便去拦,我把你个院公谢。想昨日被棘针都把衣袂扯,将孩儿指尖儿都挝破也。

(端端云)奶奶,我接爹爹去来。(正旦云)还未来哩!(唱)

【幺篇】便将球棒儿撇,不把胆瓶藉[11]。你哥哥[12]这其间未是他来时节,怎抵死的要去接?

(院公云)我门口去吃了一瓶酒,一分节食,觉一阵昏沉。倚着湖山睡些儿咱!(端端打科)(院公云)谑杀人也小爷爷!你要到房里耍去。(又睡科,重阳打科)(院公云)小奶奶,女孩家这般劣!(又睡科,二人齐打介)(院公云)我告你去也,快书房里去!(裴尚书引张千上,云)夫人共少俊祭奠去了,老夫心中闷倦,后花园内走一遭去,看孩儿做下的功课咱。(见院公云)这老子睡着了。(做打科,院公做醒,着扫帚打科,云)打你娘。那小厮……(做见慌科,尚书云)这两个小的是谁家?(端端云)是裴家。(尚书云)是那个裴家?(重阳云)是裴尚书家。(院公云)谁道不是裴尚书家花园。小弟子还不去[13]!(重阳云)告我爹爹奶奶说去。(院公云)你两个采了花木,还道告你爹爹奶奶去?跳起你公公来也,打你娘!(两人走科,院公云)你两个不投前面走,便往后头去?(二人见旦科,云)我两人接爹爹去,见一老爹,问是谁家的。(正旦云)孩儿也,我教你休出去,兀的怎了!(尚书做意科[14],云)这两个小的不是寻常之家。这老子其中有诈,我且到堂上看来。(正旦唱)

【豆叶儿】接不着你哥哥,正撞见你爷爷。魄散魂消,肠慌腹热,手脚獐狂去不迭。相公把拄杖掂详[15],院公把扫帚支吾,孩儿把衣袂掀者。

115

（尚书云）咱房里去来。（到书房。正旦掩门科）（尚书云）更有谁家个妇人？（院公云）这妇人折了俺花，在这房内藏来。（正旦唱）

【挂玉钩】小业种把槛门掩上些，道不的跳天撅地十分劣[16]。被老相公亲向园中撞见者，唬的我死临侵地难分说[17]。（尚书云）拿的芙蓉亭上来。（正旦唱）氲氲的脸上羞[18]，扑扑的心头怯；喘似雷轰，烈似风车[19]。

（院公云）这妇人折了两朵儿花，怕相公见，躲在这里，合当饶过教家去。（正旦云）相公可怜见，妾身是少俊的妻室。（尚书云）谁是媒人，下了多少钱财？谁主婚来？（旦做低头科）（尚书云）这两个小的是谁家？（院公云）相公不合烦恼合欢喜。这的是不曾使一分财礼，得这等花枝般媳妇儿，一双好儿女。合做一个大筵席。老汉买羊去，大嫂请回书房里去者。（尚书怒科，云）这妇人决是娼优酒肆之家！（正旦云）妾是官宦人家，不是下贱之人。（尚书云）噤声！妇人家共人淫奔，私情来往，这罪过逢赦不赦。送与官司问去，打下你下半截来。（正旦唱）

【沽美酒】本是好人家女艳冶，便待要兴词讼，发文牒，送到官司遭痛决[20]。人心非铁，逢赦不该赦？

【太平令】随汉走怎说三贞九烈，勘奸情八棒十挟[21]。谁识他歌台舞榭，甚的是茶房酒舍。相公便把贱妾、拷折、下截，并不是风尘烟月。

（尚书云）则打这老汉，他知情。（张千云）这个老子，从来会勾大引小。（院公云）相公，七年前舍人哥哥买花栽子时，都是这厮搬大引小，着舍人刁将来的。（张千云）老子攀下我来也。（尚书云）是了，敢这厮也知情？（正旦唱）

【川拨棹】赛灵辄，䞍文通，李左车，都不似季布喉舌[22]。王伯当尸叠，更做道向人处无过背说。是和非须辩别。

（尚书云）唤的夫人和少俊来者。（夫人、裴舍上，见科）
（尚书云）你与孩儿通同作弊，乱我家法。（夫人云）老相公，我可怎生知道？（尚书云）这的是你后园中七年做下功课。我送到官司，依律施行者。（裴舍云）少俊是卿相之子，怎好为一妇人，受官司凌辱，情愿写与休书便了。告父亲宽恕。（正旦唱）

【七弟兄】是那些、劣憋[23]、痛伤嗟，也时乖运蹇遭磨灭，冰清玉洁肯随邪[24]，怎生的拆开我连理同心结！

（尚书云）我便似八烈周公[25]，俺夫人似三移孟母[26]。都因为你个淫妇，枉坏了我少俊前程，辱没了我裴家上祖。兀那妇人你听者！你既为官宦人家，如何与人私奔？昔日无盐采桑于村野[27]，齐王车过见了，欲纳为后同车，而无盐曰：不可，禀知父母，方可成婚；不见父母，即是私奔。呸！你比无盐败坏风俗。做的个男游九郡，女嫁三夫[28]。（正旦云）我则是裴少俊一个。（尚书怒云）可不道"女慕贞洁，男效才良"[29]；"聘则为妻，奔则

117

为妾"[30]。你还不归家去！（正旦云）这姻缘也是天赐的。（尚书云）夫人，将你头上玉簪来。你若天赐的姻缘，问天买卦，将玉簪向石上磨做了针儿一般细。不折了，便是天赐姻缘；若折了，便归家去也。（正旦唱）

【梅花酒】他毒肠狠切，丈夫又软揣些些[31]，相公又恶噷噷乖劣，夫人又叫丫丫似蝎蜇。你不去望夫石上变化身[32]，筑坟台上立个碑碣[33]。待教我谩懒懒，愁万缕、闷千叠，心似醉、意如呆，眼似瞎、手如瘸，轻拈掇、慢拿捻。

【收江南】呀！珰叮当搪做了两三截。有鸾胶难续玉簪折[34]，则他这夫妻儿女两离别。总是我业彻[35]，也强如参辰日月不交接。

（尚书云）可知道玉簪折了也，你还不肯归家去？再取一个银壶瓶来，将着游丝儿系住，到金井内汲水。不断了，便是夫妻；瓶坠簪折，便归家去。（正旦云）可怎了也。（唱）

【雁儿落】似陷人坑千丈穴，胜滚浪千堆雪。恰才石头上损玉簪，又教我水底捞明月。

【得胜令】冰弦断便情绝[36]，银瓶坠永离别，把几口儿分两处。（尚书云）随你再嫁别人去。（正旦唱）谁更待双轮碾四辙[37]？恋酒色淫邪，那犯七出的应拼舍[38]；享富贵豪奢，这守三从的谁似妾。

（尚书云）既然簪折瓶坠，是天着你夫妻分离。着这贼丑生与你一纸休书[39]，便着你归家去。少俊，你只今日便与我收拾琴剑书箱,上朝求官应举去。将这一儿一女收留在我家。张千,便与我赶离了门者!(下)(裴舍与旦休书科)(正旦云)少俊!端端!重阳!则被你痛杀我也!(唱)

【沉醉东风】梦惊破情缘万结,路迢遥烟水千叠。常言道有亲娘有后爷,无亲娘无疼热。他要送我到官司,逞尽豪杰。多谢你把一双幼女痴儿好觑者,我待信拖拖去也[40]。

(云)端端、重阳儿也!你晓事些儿个,我也不能够见你了也!(唱)

【甜水令】端端共重阳,他须是你裴家枝叶。孩儿也!啼哭的似痴呆,这须是我子母情肠厮牵厮惹,兀的不痛杀人也。

【折桂令】果然人生最苦是离别。方信道花发风筛,月满云遮[41]。谁更敢倒凤颠鸾,撩蜂剔蝎,打草惊蛇。坏了咱墙头上传情简帖,折开咱柳阴中莺燕蜂蝶。儿也咨嗟,女又拦截。既瓶坠簪折,咱义断恩绝。

(张千云)娘子,你去了罢!老相公便着我回话哩。

(正旦云)少俊,你也须送我归家去来。(唱)

【鸳鸯煞】休把似残花败柳冤仇结,我与你生男长女填还彻。指望生则同衾,死则共穴。唱道题柱胸襟,当垆的志节[42]。也是前世前缘,今生今业。少俊呵,与你干驾了会香车[43],把这个没气性的文君送了也!(下)

(裴舍云)父亲,你好下的也。一时间将俺夫妻子父分离,怎生是好?张千,与我收拾琴剑书箱,我就上朝取应

119

去。一面瞒着父亲,悄悄送小姐回到家中,料也不妨。（诗云）正是:石上磨玉簪,欲成中央折;井底引银瓶,欲上丝绳绝[44]。两者可奈何,似我今朝别;果若有天缘,终当做瓜葛。（下）

〔1〕"如同那"二句:事见《左传》宣公二年。晋灵公欲杀大臣赵盾,盾逃出,灵公武士灵辄因赵盾曾救过自己,倒戈相助,帮他脱险。民间传说中更敷衍为灵辄一手扶轮,一手策马,救出赵盾。见元纪君祥《赵氏孤儿》杂剧。

〔2〕王伯当与李密叠尸:李密本隋末瓦岗寨义军领袖,降唐后又叛逃,兵败被杀。王伯当为李密部将,亦同时死之。元无名氏《四马投唐》杂剧,写李密死于山涧,王伯当跳涧自杀,两尸叠于一起。

〔3〕四方口:游说四方之口,犹云江湖口。

〔4〕蒯文通、李左车:均秦汉间辩士。蒯文通即蒯通,见《单刀会》第四折注释〔33〕。李左车曾说陈余攻韩信,后为韩信谋取燕地。

〔5〕梦庄蝶:庄子梦化蝴蝶,甚乐。梦醒后不知是自己梦为蝴蝶?还是蝴蝶梦为自己。见《庄子·齐物论》。本句则说几年的生活像梦一样过去。

〔6〕"关山"二句:似用宋秦观〔鹧鸪天〕词意:"一春鱼雁无消息,千里关山劳梦魂。"

〔7〕五花官诰七香车:古代朝廷封赠命妇的官诰,用金花五色绫纸书写,叫五花官诰。七香车,车上缀有各种香料的香囊,出游时芳香满路。

〔8〕满头花:金元时妇女盛妆时则戴满头花。全句意为胜过招状元为婿。

〔9〕拖地红:古代女子结婚时身上所披的红帔。全句意为也用不

着教媒人两头说合。

〔10〕"今日个"二句:是说自己改换了另一种结婚方式,即由互相爱慕成就了美满姻缘。别,别致,另一种。

〔11〕"便将"二句:责备小孩随便把玩具一扔,把花瓶也打破了。球棒儿,打球的棒子。胆瓶,长颈胆形花瓶。藉,爱惜。

〔12〕你哥哥:指孩子的父亲。宋元时,母亲对孩子称其父为哥哥。

〔13〕小弟子:即小弟子孩儿,骂人语。

〔14〕做意科:亦作"做意儿",即做某种表情、姿态或动作,表示对事件的反应。

〔15〕掂详:估计、端详。

〔16〕道不的:说不的,说不尽。

〔17〕死临侵地:死呆呆地。临侵,语助词。

〔18〕氲氲(yūn 晕):脸上泛起红晕。

〔19〕烈似风车:心情紧张如风车之急转。

〔20〕痛决:严厉的处分。

〔21〕"随汉走"二句:三贞九烈,极言妇女之贞烈。三、九,表示多数,起强调的作用。八棒十挟,指多次严刑拷打。

〔22〕季布:楚人,项羽部将,以任侠著名,重然诺。楚人有"得黄金百斤,不如得季布一诺"的谚语。见《史记》本传。全句是说只有季布言而有信。

〔23〕劣憋(biē 鳖):粗鲁,暴躁。

〔24〕随邪:不正派,无主见,引申为淫邪放荡的意思。

〔25〕八烈周公:周公,姬旦,周文王子。制定周代礼乐制度,封建统治者视之为圣人。八烈,不详。

〔26〕三移孟母:孟子的母亲为了培养儿子学礼习儒,曾因住家环境三次迁居,终使孟子成为大儒,是封建社会贤母的典型。见汉刘向《列女

传》卷一。

〔27〕无盐采桑:战国时齐无盐邑有丑女钟离春,四十未嫁,自谒齐宣王,陈国之弊政,王纳为后。又有宿瘤女采桑东郭,齐闵王出游见之,命载后车。女曰使妾不受父母之教而随大王,是奔女也。俱见《列女传》卷六。杂剧合用其事,融为一人。

〔28〕男游九郡,女嫁三夫:骂人的话,是说男的到处流窜,女的多次嫁人。后句是裴尚书的正意。九、三,亦泛指其多。

〔29〕"女慕贞洁"二句:出《千字文》。

〔30〕"聘则为妻"二句:出《礼记·内则》。

〔31〕软揣:软弱,无用。

〔32〕望夫石上便化身:用唐胡曾咏史诗《望夫石》"一上青山便化身"句。望夫石,见《窦娥冤》第二折注释〔14〕。

〔33〕筑坟台:用赵五娘罗裙包土,为公婆修筑坟台故事。

〔34〕鸾胶:传说汉武帝时,西海国献鸾胶,胶固可续断弦。后世因称续娶再婚为续弦。

〔35〕业彻:作孽到了尽头。

〔36〕冰弦:古代名琴,因以冰蚕丝作琴弦,故名冰弦。

〔37〕双轮碾四辙:比喻一女嫁二夫。

〔38〕七出:封建社会丈夫遗弃妻子的七种借口,即无子、淫佚、不事舅姑、口舌、盗窃、妒忌、恶疾。凡有其一者,即可休弃。

〔39〕贼丑生:即贼畜生。这里指裴少俊。

〔40〕信拖拖:慢吞吞地。

〔41〕"花发"二句:花正开,风来筛;月正圆,云来遮。喻世间美好事物易遭摧残。

〔42〕"唱道"二句:上句是说裴少俊有司马相如的远大抱负,下句李千金自许有卓文君的非凡志趣。题柱,传说司马相如过成都升仙桥

时,曾在桥柱上题写:"不乘高车驷马,不过此桥"的誓言。当垆,用卓文君事。见《窦娥冤》楔子注释[7]。

〔43〕干驾了会香车:亦用卓文君事,谓白做了一场夫妻。传说卓文君与司马相如一起驾香车私奔。

〔44〕"石上"四句:用白居易《井底引银瓶》诗句意。

第 四 折

（正旦引梅香上,云）自从裴少俊将我休弃了,回到洛阳,父母双亡,遗下几个使数和那宅舍庄田[1],依还的享用富贵不尽;则是撇下一双儿女,又未知少俊应举去得官也不曾？好伤感人也！（唱）

【中吕粉蝶儿】帘卷虾须[2],冷清清绿窗朱户,闪杀我独自离居。落可便想金枷,思玉锁,风流的牢狱[3]。（内作鸟鸣科）（唱）谁叫你飞出巴蜀,叫离人不如归去[4]！

【醉春风】家万里梦蝴蝶,月三更闻杜宇[5]。则兀那墙头马上引起欢娱,怎想有这场苦,苦！都则道百媚千娇,送的人四分五落,两头三绪[6]。

（裴舍上,诗云）亲捧丹书下九重,路人争识五花骢[7];想来全是文章力,未必家门积善功。小官裴少俊,自从上朝取应,一举状元及第,就除洛阳县尹之职。来到这洛阳城,我且换了衣服,跟寻我那李千金小姐去。问人来,则这里便是李总管家府门首。兀的不是梅香,小姐在家么？（梅香见科,云）我则做不知。我这里有甚么小姐?这个汉子不达时务,你这里立地[8],我家去也。(见旦科,云)你欢喜也,姐夫在门首。(正旦云)这妮子又胡说[9]。果然是他,你看他穿着甚么衣服哩?(梅香云)他穿着秀才的衣服。小姐,真个我不说谎。(正旦云)可怎生穿着秀才衣服?(唱)

【满庭芳】长安应举,羞归故里,懒睹乡间。他那里谈天口喷珠玉[10],一划的者也之乎[11]。他那三昧手能修手模,读五车书会写休书[12];教斋长休题柱[13],想他人有怨语,兀的不笑杀汉相如。

(裴舍云)梅香进去了就不出来,我自过去。(做见旦科,云)小姐,间别无恙!今日还来寻你,依旧和你相好,重做夫妻。(正旦云)裴少俊,你是说甚么话!(唱)

【普天乐】你待结绸缪,我怕遭刑狱;我人心似铁,他官法如炉。你娘并无那子母情,你爷怎肯相怜顾?问的个下惠先生无言语[14]。他道我更不贤达败坏风俗。怎做家无二长[15],男游九郡,女嫁三夫!

(裴舍云)小姐,我如今得了官也。我父亲致仕闲居,我特来认你,我就在此处为县尹。(正旦唱)

【迎仙客】你封为三品官,列着八椒图[16];你父亲告致仕却离了京兆府。吏部里注定迁移,户部里革罢了俸禄;枉教他遥授着尚书[17],则好教管着那普天下姻缘簿。

(裴舍云)我则今日就搬将行李来。(正旦云)我这里住不的!(唱)

【石榴花】常言道"好客不如无"[18],抢出去又何如,我心中意气怎消除!你是窨付、负与、何辜[19],既为官怎脸上无羞辱!(裴舍云)我与你是儿女夫妻,怎么不认我?(正旦唱)你道我不识亲疏,虽然是眼中没的珍珠处[20],也须知略辨个贤愚。

(裴舍云)这是我父亲之命,不干我事。(正旦唱)

【斗鹌鹑】一个是八烈周公,一个是三移孟母。我本是好人家孩儿,不是娼人家妇女;也是行下春风望夏雨[21]。待要做眷属,枉坏了少俊前程,辱没了你裴家上祖。

(裴舍云)小姐,你是个读书聪明的人,岂不闻:"子甚宜其妻,父母不悦,出。子不宜其妻,父母曰:是善事我。则行夫妇之礼焉,终身不衰[22]。"(正旦云)裴少俊,你是不知,听我说与你咱。(唱)

【上小楼】恁母亲从来狠毒,恁父亲偏生嫉妒。治国忠直,操守廉能,可怎生做事糊突?幸得个鸾凤交,琴瑟谐,夫妻和睦,不似你裴尚书替儿嫌妇。

(尚书引夫人、端端、重阳上,云)老夫裴尚书。我问人来,这便是李总管家府里。听的少俊孩儿得了官,授本处县尹,媳妇儿不肯认他。我引着两个孩儿同老夫人,可早来到也。左右,报复去,道裴尚书在于门首。(祗候报科)(裴舍云)呀,父亲在门首,我接去。父亲,你孩儿得了官也,授本处县尹。媳妇不肯相认,道我当初休了他来。(尚书云)孩儿在那里?(见旦科,云)儿也,谁知道你是李世杰的女儿,我当初也曾议亲来,谁知道你暗合姻缘,你可怎生不说你是李世杰的女儿,我则道你是优人娼女。我如今和夫人、两个孩儿牵羊担酒,一径的来替你陪话,可是我不是了。左右,将酒来,你满饮此一杯。(正旦唱)

【幺篇】他把酒盏儿擎,我便把认字儿许。(夫人云)你看我的面皮,我替你抬举的两个孩儿偌大也[23],你认了俺者。(端端、重阳云)奶奶,你认了俺者!(正旦唱)赤紧的陶母熬煎[24],曾参错见[25],太公跋扈[26]。一个儿,一个女,都一时啼哭。(带云)哎!儿,则被你想杀我也!(唱)须是俺断不了子母肠肚。

(尚书云)哎,你认了我罢。(正旦云)你休了我,我断然不认!(尚书云)你既不认,引着孩儿回去。(端端、重阳悲云)奶奶你好狠也,则被你痛杀我也!你若不认,要我两个性命怎的?我两个死了罢!(正旦云)我待不认来呵,不干你两个事,罢,罢,罢!我认了罢!公公婆婆,你受儿媳几拜。(尚书云)既是孩儿认了,将酒来,我与你庆喜。你满饮一杯者!(正旦拜受科)(唱)

【十二月】这是你自来的媳妇,今日参拜公姑。索甚擎壶执盏,又怕是定计铺谋。猛见了玉簪银瓶,不由我不想起当初。
【尧民歌】呀,只怕簪折瓶坠写休书。(尚书云)孩儿,旧话休提。(正旦唱)他那里做小伏低劝芳醑[27],将一杯满饮醉模糊。(裴舍云)小姐,须索欢喜咱。(正旦唱)有甚心情笑欢娱？蹀也波蹰,贼儿胆底虚,又怕似赶我归家去。

（尚书云）孩儿也,您当初等我来问亲可不好？你可瞒着我私奔来宅内,你又不说是李世杰女儿。（正旦云）父亲,自古及今,则您孩儿私奔哩？（唱）

【耍孩儿】告爹爹奶奶听分诉,不是我家丑事将今喻古。只一个卓王孙气量卷江湖[28],卓文君美貌无如[29]。他一时窃听《求凰》曲[30],异日同乘驷马车,也是他前生福。怎将我墙头马上,偏输却沽酒当垆！

【煞尾】今日个五花诰准应言,七香车谈笑取。愿普天下姻眷皆完聚,荷着万万岁当今圣明主[31]。

（尚书云）今日夫妻团圆,杀羊造酒,做庆喜的筵席。（诗云）从来女大不中留,马上墙头亦好逑[32];只要姻缘天配合,何必区区结彩楼[33]。

　　题目　李千金月下花前
　　正名　裴少俊墙头马上

〔1〕使数:奴仆。

〔2〕虾须:帘子的流苏。唐陆畅《咏帘》:"劳将素手卷虾须,琼室流光更缀珠。"

〔3〕"落可便"三句:落可便,发语词,无义。金枷、玉锁,比喻儿女。无名氏《焚儿救母》第二折:"儿女是金枷玉锁。"全句意为为儿为女进入了风流罪孽的牢狱。

〔4〕"谁叫你"二句:杜鹃鸣声似在说"不如归去"。传说是古代蜀国国王杜宇魂魄所化,故云"飞出巴蜀"。后世称杜鹃为杜宇。见《华阳

国志·蜀志》。

〔5〕"家万里"二句:唐崔塗《春夕》诗:"蝴蝶梦中家万里,子规枝上月三更。"

〔6〕两头三绪:心绪杂乱痛苦。

〔7〕五花骢:将马鬃剪成五瓣花形,即五花马。宋时,新进士唱名后,赐前三名绿袍丝鞭,骏马快行,走马跨街。见《武林旧事》卷二。

〔8〕立地:站着。

〔9〕妮子:元人呼婢女为妮子。

〔10〕谈天口喷珠玉:即谈天说地,出口珠玉。

〔11〕"一划的"句:即一味地咬文嚼字。一划,一味,一派。者也之乎,讥讽书生说话文绉绉的。

〔12〕"三昧手"二句:意为虽有三昧之手却只会按指印;书读的不少只学会了写休书。三昧手,指书画高手。三昧,奥妙,诀窍。

〔13〕"教斋长"句:意为既未作官且休题柱。斋长,宋太学有二十斋,每斋设斋长一人,后转为秀才之通称。题柱,司马相如事。见本剧第三折注释〔42〕。

〔14〕下惠先生:即战国时鲁人柳下惠,曾夜宿郭门,遇一无家可归的女子,怕其受冻,抱之同衣而不乱;后世遂作为不贪女色的典型。这里是讥刺裴少俊的反语。

〔15〕家无二长:语出《礼记·坊记》。

〔16〕八椒图:古代富贵人家门上的螺形装饰物。神话谓龙生九子,其一为椒图,形如螺蛳,好闭口,故以为门饰,取谨藏之义。

〔17〕遥授:元代官员致仕时,例加散官一级,遥授一职,以荣显其身。见《元典章》卷十一致仕。

〔18〕好客不如无:好,读去声。即爱客不如无客。与当时俗语"好事不如无事",义近。

〔19〕你是窨付、负与、何辜:意为你试思量,负我、我有何罪!是,同"试";与,同"予",皆同音借用。窨付,暗暗思量的意思。

〔20〕眼中没的珍珠处:即有眼无珠。处,这里作语气词用,相当于"呵"。

〔21〕行下春风望夏雨:比喻作好事,得好报。宋陈师道《后山谈丛》卷二引此谚,作"行得春风有夏雨。"并说"春之风数,为夏之雨数,大小急缓亦如之。"

〔22〕"子甚宜其妻"八句:见《礼记·内则》,略有异字。

〔23〕抬举:照料,抚养。

〔24〕陶母熬煎:晋陶侃早年家境孤贫,其母湛氏,纺绩供子交游。客来,曾剪发以易酒肴,以供宾客。事见《世说新语·贤媛》及《晋书·列女传》。这里指裴夫人。熬煎,谓其无故相煎。

〔25〕曾参错见:孔子弟子曾参是有名的孝子。这里指裴少俊,埋怨他错误地写了休书。

〔26〕太公跋扈:不详。这里指裴行俭。跋扈,暴戾专横,此句指其逼子休妻,拆散了美满姻缘。

〔27〕芳醑:美酒。

〔28〕卓王孙气量卷江湖:卓王孙为卓文君的父亲,临邛富豪。当文君和司马相如私奔时,他虽然很生气,但终能听人劝告,分奴婢、钱财与文君,使归成都,买田宅,为富人。见《史记·司马相如列传》。气量卷江湖,即气量如湖海之大。

〔29〕无如:无比。

〔30〕《求凰》曲:即《凤求凰》曲。相传司马相如曾弹此曲以悦文君,因曲中有"凤兮凤兮归故乡,遨游四海求其凰"而得名。

〔31〕荷着:感荷,承受的。

〔32〕好逑:好的配偶。《诗经·周南·关雎》:"窈窕淑女,君子

好述。"

〔33〕结彩楼：结彩楼抛绣球，古代富贵人家择婿的一种方式，小说、戏曲中多有涉及。

唐明皇秋夜梧桐雨[1]

楔　子

（冲末扮张守珪引卒子上[2]，诗云）坐拥貔貅镇朔方[3]，每临塞下受降王。太平时世辕门静，自把雕弓数雁行。某姓张，名守珪，见任幽州节度使[4]。幼读儒书，兼通韬略，为藩镇之名臣，受心膂之重寄。且喜近年以来，边烽息警，军士休闲。昨日奚、契丹部擅杀公主[5]，某差捉生使安禄山率兵征讨[6]，不见来回话。左右，辕门前觑着，等来时报复我知道。（卒云）理会的。（净扮安禄山上，诗云）躯干魁梧胆力雄，六番文字颇皆通。男儿若遂平生志，柱地撑天建大功[7]。自家安禄山是也。积祖以来，为营州杂胡，本姓康氏。母阿史德，为突厥觋者[8]，祷于轧荦山战斗之神而生某。生时有光照穹庐，野兽皆鸣，遂名为轧荦山。后母改嫁安延偃，乃随安姓，改名安禄山。开元年间，延偃携某归国，遂蒙圣恩，分隶张守珪部下。为某通晓六蕃言语，膂力过人,现任捉生讨击使。昨因奚、契丹反叛,差我征讨。自恃勇力深入,不料众寡不敌,遂致丧师。今日不免回见主帅,别作道理。早来到府门首也。左右,报复去,道有捉生使安禄山来见。(卒报科)(张守珪云)着他进来。(安禄山做见科)(张守珪云)安禄山,征讨胜败如何?(安禄山云)贼众我寡,军士畏怯,遂至败北。(张守珪云)损军失机,明例不宥。左右,推出去,斩首报来。(卒推出科)(安禄山大叫云)主帅不欲灭奚、契丹耶?奈何杀壮士!(张守珪云)放他回来。(安禄山回科)(张守珪云)某也惜你骁勇,但国有定法,某不敢卖法市恩,送你上京,取圣断,如何?(安禄山云)谢主帅不杀之恩。(押下)(张守珪云)安禄山去了也。(诗云)须知生杀有旗牌[9],只为军中惜将才;不然斩一胡儿首,何用亲烦圣断来。(下)(正末扮唐玄宗驾,旦扮杨贵妃,引高力士、杨国忠、宫娥上)(诗云)高祖乘时起晋阳,太宗神武定封疆。守成继统当兢业,万里江山拱大唐[10]。寡人唐玄宗是也。自高祖神尧皇帝起兵晋阳,全仗我太宗皇帝,灭了六十四处烟尘,一十八家擅改年号[11],立起大唐天下。传高宗、中宗,不幸有宫闱之变[12],寡人以临淄郡王,领兵靖难,大哥哥宁王[13],让位于寡人。即位以来,二十馀年,喜的太平无事。赖有贤相姚元之、宋璟、韩休、张九龄[14],同心致治,寡人得遂安逸。六宫嫔御虽多,自武惠妃死后[15],无当意者。

去年八月中秋,梦游月宫,见嫦娥之貌,人间少有。昨寿邸杨妃[16],绝类嫦娥,已命为女道士;既而取入宫中,策为贵妃,居太真院。寡人自从太真入宫,朝歌暮宴,无有虚日。高力士,你快传旨排宴,梨园子弟奏乐[17],寡人消遣咱。(高力士云)理会的。(外扮张九龄押安禄山上)(诗云)调和鼎鼐理阴阳[18],位列鹓班坐省堂[19];四海承平无一事,朝朝曳履侍君王[20]。老夫张九龄是也,南海人氏。早登甲第,荷圣恩直做到丞相之职。近日边帅张守珪,解送失机蕃将一人,名安禄山。我见其身躯肥矮,语言利便,有许多异相。若留此人,必乱天下。我今见圣人,面奏此事。早来到宫门前也。(入见科)(云)臣张九龄见驾。(正末云)卿来有何事?(张九龄云)近日边臣张守珪解送失机蕃将安禄山,例该斩首,未敢擅便,押来请旨。(正末云)你引那蕃将来我看。(张九龄引安禄山见科,云)这就是失机蕃将安禄山。(正末云)一员好将官也。你武艺如何?(安禄山云)臣左右开弓,一十八般武艺,无有不会;能通六蕃言语。(正末云)你这等肥胖,此胡腹中何所有?(安禄山云)惟有赤心耳。(正末云)丞相,不可杀此人,留他做个白衣将领[21]。(张九龄云)陛下,此人有异相,留他必有后患。(正末云)卿勿以王夷甫识石勒[22],留着怕做甚么?兀那左右,放了他者。(做放科)(安禄山起,谢云)谢主公不杀之恩。(做跳舞科)(正末云)这是甚么？（安禄山云）这是胡旋舞[23]。（旦云）陛下,这人又矬矮[24],又会舞旋,留着解闷倒好。（正末云）贵妃,就与你做义子,你领去。（旦云）多谢圣恩。（同安禄山下）（张九龄云）国舅,此人有异相,他日必乱唐室,衣冠受祸不小。老夫老矣,国舅恐或见之,奈何？（杨国忠云）待下官明日再奏,务要屏除为妙。（正末云）不知后宫中为什么这般喧笑？左右,可去看来回话。（宫娥云）是贵妃娘娘与安禄山做洗儿会哩[25]。（正末云）既做洗儿会,取金钱百文,赐他做贺礼。就与我宣禄山来,封他官职。（宫娥拿金钱下）（安禄山上,见驾科,云）谢陛下赏赐,宣臣那厢使用？（正末云）宣卿来不为别,卿既为贵妃之子,即是朕之子,白衣不好出入宫掖[26],就加你为平章政事者[27]。（安禄山云）谢了圣恩。（杨国忠云）陛下,不可,不可！安禄山乃失律边将,例当处斩,陛下免其死足矣。今给事宫庭,已为非宜,有何功勋,加为平章政事！况胡人狼子野心,不可留居左右。望陛下圣鉴。（张九龄云）杨国忠之言,陛下不可不听。（正末云）你可也说的是。安禄山,且加你为渔阳节度使[28],统领蕃汉兵马,镇守边廷,早立军功,不次升擢。（安禄山云）感谢圣恩。（正末云）卿休要怨寡人,这是国家典制,非轻可也呵。（唱）

【仙吕端正好】则为你不曾建甚奇功,便教你做元辅[29],满朝中都指斥銮舆[30]。眼见的平章政事难停住,寡人待定夺些别官禄。

【幺篇】且着你做节度渔阳去,破强寇永镇幽都[31]。休得待国家危急才防护;常先事设权谋,收猛将,保皇图,分铁券,赐丹书[32],怎肯便辜负了你这功劳簿。(同下)

(安禄山云)圣人回宫去了也[33]。我出的宫门来。叵耐杨国忠这厮[34],好生无礼,在圣人前奏准,着我做渔阳节度使,明升暗贬。别的都罢,只是我与贵妃有些私事,一旦远离,怎生放的下心。罢罢罢!我这一去,到的渔阳,练兵秣马,别作个道理。正是:画虎不成君莫笑,安排牙爪好惊人。(下)

[1]《梧桐雨》:自白居易《长恨歌》问世以后,宋元诗词、小说、戏曲,题咏、敷衍杨妃故事及天宝遗事者颇多,而以白朴此剧最为出色。故事情节,虽不出《长恨歌》之所叙,但实有重大的发展。特别是第四折,取白诗"秋雨梧桐叶落时"一句之意,演为长篇,极力抒写唐明皇失势废居后迟暮衰颓的心情和无法排解的悲哀。昔日繁华,今日孤凄,在夜雨秋风中,所闻所见,无不惊魂破梦,助恨添愁。曲辞极悱恻缠绵之至。写景抒情,浑然一体;词源滂沛,而又不作过分雕饰;意境清新,浑朴自然,实为元杂剧中文彩派之力作,为历来曲论家所称许。现以《元曲选》本校注,并以他本参校。

[2]张守珪:陕州河北人。开元二十至二十七年间(732—739)历任幽州节度使、营州都督、河北节度副大使,新、旧《唐书》有传。

[3]"坐拥"句:貔貅(pí xiū 皮休),古代传说中的猛兽,比喻勇士。朔方,北方。

[4]幽州:唐时幽州辖境,约当今北京、天津及河北部分地区。

〔5〕奚、契丹部擅杀公主:天宝四载(745),契丹首领李怀节杀静乐公主,奚王李延宠杀宜芳公主,先后叛唐。见《新唐书·玄宗纪》。奚和契丹,都是北方少数民族。奚族分布在饶乐水(今内蒙西拉木伦河)流域;契丹族分布在今辽河上游一带。

〔6〕捉生使安禄山:唐营州柳城奚族人。张守珪为范阳节度使时,以安禄山、史思明为捉生将。玄宗时为平卢、范阳、河东三镇节度使。天宝十四载起兵叛乱,先后攻陷洛阳、长安,建国号燕,自称雄武皇帝。至德二年(757)为其子安庆绪所杀。

〔7〕"躯干魁梧"四句:原本无,据古名家本、继志斋本、顾曲斋本补。六蕃,泛指营州所属突厥、奚、契丹、靺鞨诸府州之东胡部族。

〔8〕觋(xí习):替人祷祝鬼神的人。一般以女巫为巫,男巫为觋。

〔9〕旗牌:军中担任传递号令的小吏。这里指军法、军纪。

〔10〕"高祖乘时"四句:原本无,据古名家本、继志斋本、顾曲斋本补。高祖,指李渊,隋末为太原留守。大业十三年(617)起兵晋阳,攻入长安,建立唐朝。死后谥高祖神尧大圣大光孝皇帝。太宗,即李世民。

〔11〕"灭了"二句:泛指隋末各处农民起义和地主武装集团,如窦建德、王世充、刘黑闼、李密等,大半为李世民所灭。

〔12〕宫闱之变:景龙四年(710),唐中宗被皇后韦氏毒死,韦后临朝称制。临淄郡王李隆基(即玄宗)起兵,尽灭韦族,拥立其父旦即位,是为睿宗。

〔13〕宁王:睿宗长子李宪。

〔14〕姚元之、宋璟、韩休、张九龄:皆开元时名相。姚善应变,成天下之务;宋务守成,持天下之正;韩性方直,不务进趋;张直言敢谏,为天下所许。

〔15〕武惠妃:玄宗之妃,死于开元二十五年(737)。

〔16〕寿邸杨妃:杨贵妃初为玄宗第十八子寿王李瑁之妃,后玄宗夺

媳为妇,天宝四载,册之为贵妃。寿邸,寿王府。

〔17〕梨园子弟:唐玄宗曾选坐部伎子弟三百馀人及宫女数百人,于梨园教习歌舞,称皇帝梨园子弟。

〔18〕调和鼎鼐理阴阳:言宰相之治国,如鼎鼐之调和五味,阴阳四时都很燮调,不失其序。

〔19〕"位列"句:鹓班,指朝官的行列,亦作鹓行。省堂,宰相大臣议事的厅堂,即中书省。

〔20〕曳履:拖着鞋子,缓步行走。

〔21〕白衣将领:受处分后解除官职的将领。

〔22〕王夷甫识石勒:后赵石勒,羯族,年十四,随人行贩洛阳,倚上东门而啸,王衍见而异之,向从人说:听此小胡啸声,有奇志,恐将为天下之患。典见《晋书·载记》。王夷甫,即王衍,西晋大臣。

〔23〕胡旋舞:天宝末年,自西域康居国传入,急转如风,故名。

〔24〕矬矮:北方方言以身材短矮为矬。

〔25〕洗儿会:唐宋时风俗,婴儿出生三日或满月,集会亲友,为儿洗身,称洗儿会。

〔26〕宫掖:宫庭。掖,掖庭,嫔妃所居之地。

〔27〕平章政事:官名。其地位略次于宰相。

〔28〕渔阳:即范阳,辖今北京东南一带地区。

〔29〕元辅:宰相。以其辅佐天子而为众臣之首,故称元辅。

〔30〕指斥銮舆:即指责天子。銮舆,本为皇帝的车驾,此用作帝王代称。

〔31〕幽都:唐幽州幽都县,在今北京。这里泛指幽州。

〔32〕分铁券,赐丹书:皇帝赐给功臣铁券丹书,使其世代永保爵禄,若犯死罪,可以赦免。因其以丹嵌书于铁券之上,故名。

〔33〕圣人:臣子对皇帝的敬称。

〔34〕叵耐：即不可忍耐，可恨。

第 一 折

（旦扮贵妃引宫娥上，云）妾身杨氏，弘农人也〔1〕。父亲杨玄琰，为蜀州司户〔2〕。开元二十二年，蒙恩选为寿王妃。开元二十八年八月十五日，乃主上圣节，妾身朝贺，圣上见妾貌类嫦娥，令高力士传旨度为女道士，住内太真宫，赐号太真。天宝四年，册封为贵妃，半后服用〔3〕，宠幸殊甚。将我哥哥杨国忠，加为丞相〔4〕，姊妹三人封做夫人〔5〕，一门荣显极矣。近日边庭送一蕃将来，名安禄山，此人猾黠，能奉承人意，又能胡旋舞。圣人赐与妾为义子，出入宫掖。不期我哥哥杨国忠，看出破绽，奏准天子，封他为渔阳节度使，送上边庭。妾心中怀想，不能再见，好是烦恼人也。今日是七月七夕，牛女相会，人间乞巧令节〔6〕。已曾分付宫娥，排设乞巧筵在长生殿〔7〕，妾身乞巧一番。宫娥，乞巧筵设定不曾？（宫娥云）已完备多时了。（旦云）咱乞巧则个。（正末引宫娥挑灯拿砌末上〔8〕，云）寡人今日朝回无事，一心只想着贵妃。已今在长生殿设宴，庆赏七夕。内使，引驾去来。（唱）

【仙吕八声甘州】朝纲倦整，寡人待痛饮昭阳，烂醉华清〔9〕。却是吾当有幸〔10〕，一个太真妃倾国倾城〔11〕。珊瑚枕上两意足，翡翠帘前百媚生；夜同寝，昼同行，恰似鸾凤和鸣〔12〕。

（带云）寡人自从得了杨妃，真所谓朝朝寒食，夜夜元宵也[13]。（唱）

【混江龙】晚来乘兴，一襟爽气酒初醒。松开了龙袍罗扣，偏斜了凤带红鞓[14]。侍女齐扶碧玉辇[15]，宫娥双挑绛纱灯。顺风听，一派箫韶令[16]。（内作吹打喧笑科）（正末云）是那里这等喧笑？（宫娥云）是太真娘娘在长生殿乞巧排宴哩。（正末云）众宫娥，不要走的响，待寡人自看去。（唱）多咱是胭娇簇拥，粉黛施呈。

【油葫芦】报接驾的宫娥且慢行，亲自听，上瑶阶那步近前楹。悄悄蹙蹙款把纱窗映[17]，扑扑簌簌风飐珠帘影。我恰待行，打个呓挣[18]，怪玉笼中鹦鹉知人性，不住的语偏明。

（内作鹦鹉叫云）万岁来了，接驾。（旦惊云）圣上来了！
（做接驾科）（正末唱）

【天下乐】则见展翅忙呼万岁声，惊的那娉婷将銮驾迎[19]。一个晕庞儿画不就，描不成。行的一步步娇，生的一件件撑[20]，一声声似柳外莺。

（云）卿在此做甚么？（旦云）今逢七夕，妾身设瓜果之会，问天孙乞巧哩[21]。（正末看科，云）排设的是好也。（唱）

【醉中天】龙麝焚金鼎，花萼插银瓶[22]，小小金盆种五生[23]，供养着鹊桥会丹青幛[24]，把一个米来大蜘蛛儿抱定[25]。搀夺尽六宫宠幸，更待怎生般智巧心灵。

（正末与旦砌末科，云）这金钗一对，钿盒一枚[26]，赐与

卿者。(旦接科,云)谢了圣恩也。(正末唱)

【金盏儿】我着绛纱蒙,翠盘盛,两般礼物堪人敬,趁着这新秋节令赐卿卿。七宝金钗盟厚意,百花钿盒表深情。这金钗儿教你高耸耸头上顶,这钿盒儿把你另巍巍手中擎。

(旦云)陛下,这秋光可人,妾待与圣驾亭下闲步一番。

(正末做同行科)(唱)

【忆王孙】瑶阶月色晃疏棂,银烛秋光冷画屏[27]。消遣此时此夜景,和月步闲庭,苔浸的凌波罗袜冷[28]。

(云)这秋景与四时不同。(旦云)怎见的与四时不同?(正末云)你听我说。(唱)

【胜葫芦】露下天高夜气清[29],风掠得羽衣轻[30],香惹丁东环佩声。碧天澄净,银河光莹,只疑是身在玉蓬瀛[31]。

(旦云)今夕牛郎织女相会之期,一年只是得见一遭,怎生便又分离也?(正末唱)

【金盏儿】他此夕把云路凤车乘,银汉鹊桥平。不甫能今夜成欢庆,枕边忽听晓鸡鸣,却早离愁情脉脉,别泪雨泠泠。五更长叹息,则是一夜短恩情。

(旦云)他是天宫星宿,经年不见,不知也曾相忆否?(正末云)他可怎生不想来!(唱)

【醉扶归】暗想那织女分,牛郎命[32],虽不老,是长生;他阻隔银河信杳冥,经年度岁成孤另。你试向天宫打听,他决害了些相思病。

(旦云)妾身得侍陛下,宠幸极矣;但恐容貌日衰,不得

似织女长久也！（正末唱）

【后庭花】偏不是上列着星宿名，下临着尘世生；把天上姻缘重，将人间恩爱轻。各办着真诚[33]，天心必应，量他每何足称。

（旦云）妾想牛郎织女，年年相见，天长地久，只是如此，世人怎得似他情长也！（正末唱）

【金盏儿】咱日日醉霞觥，夜夜宿银屏；他一年一日见把佳期等。若论着多多为胜，咱也合赢。我为君王犹妄想，你做皇后尚嫌轻；可知道斗牛星畔客，回首问前程[34]。

（旦云）妾蒙主上恩宠无比，但恐春老花残，主上恩移宠衰，使妾有龙阳泣鱼之悲[35]，班姬题扇之怨[36]，奈何！（正末云）妃子，你说那里话！（旦云）陛下，请示私约，以坚终始。（正末云）咱和你去那处说话去。（做行科）（唱）

【醉中天】我把你半弹的肩儿凭[37]，他把个百媚脸儿擎。正是金阙西厢叩玉扃[38]，悄悄回廊静。靠着这招彩凤、舞青鸾、金井梧桐树影[39]，虽无人窃听，也索悄声儿海誓山盟。

（云）妃子，朕与卿尽今生偕老，百年以后，世世永为夫妇。神明鉴护者！（旦云）谁是盟证？（正末唱）

【赚煞尾】长如一双钿盒盛，休似两股金钗另；愿世世姻缘注定。在天呵做鸳鸯常比并，在地呵做连理枝生[40]。月澄澄银汉无声，说尽千秋万古情。咱各办着志诚，你道谁为显证，有今夜度天河相见女牛星。（同下）

〔1〕弘农:郡名,治所在今河南灵宝北。

〔2〕司户:唐制,各州设司户参军事,主管民户。

〔3〕半后服用:贵妃位居皇后之下,所以舆服减于皇后。

〔4〕"哥哥杨国忠"句:杨国忠于天宝十一载为右丞相。

〔5〕"姊妹三人"句:杨贵妃有姊三人,皆有才貌。大姨为韩国夫人,三姨为虢国夫人,八姨为秦国夫人,出入宫掖,倾动天下。

〔6〕乞巧:古代风俗,妇女于农历七月七日牛郎织女相会之夜,结彩楼,穿七孔针,陈瓜果于庭,向织女乞求智巧,谓之"乞巧"。

〔7〕长生殿:唐华清宫殿名。

〔8〕砌末:戏曲术语,道具。这里指金钗和钿盒。

〔9〕"痛饮"二句:均指对杨贵妃的迷恋。昭阳,指汉成帝宠妃赵飞燕所住的昭阳殿,后世因之作为皇妃宫闱的通称。华清,唐温泉宫,在陕西临潼之骊山,天宝六载,扩建为华清宫,有华清池,为唐玄宗游乐之所。

〔10〕吾当:即我,元曲中多作为帝王自称。参见《单刀会》第四折注释〔23〕。

〔11〕倾国倾城:比喻绝代佳人。《汉书·外戚传》李延年歌:"北方有佳人,绝世而独立。一顾倾人城,再顾倾人国。"

〔12〕鸾凤和鸣:鸾鸟和凤凰一起飞鸣,喻夫妇和谐。

〔13〕"朝朝寒食"二句:是说日日夜夜都在寻欢作乐,像过节一样。

〔14〕红鞓(tīng 汀):红色皮带。

〔15〕碧玉辇:皇帝所乘饰以美玉的车子。

〔16〕箫韶令:泛指宫庭细乐。箫韶,相传为舜时之乐。令,乐曲。

〔17〕悄悄蹙蹙:蹑手蹑脚的样子。

〔18〕吃挣:也作"意挣",寒噤、发怔。

〔19〕娉婷:形容女子姿态美好。这里指杨贵妃。

〔20〕撑:漂亮。《董西厢》卷一:"便是月殿里姮娥也没恁地撑。"

141

〔21〕天孙:即织女星。传说织女为天帝之孙。

〔22〕"龙麝"二句:即香焚金鼎,花插银瓶。龙,龙涎香。麝,麝香。

〔23〕种五生:七夕之前,用小瓷器浸种小麦、绿豆等,使之生芽,以供养牵牛神,称为五生盆。

〔24〕幛(zhèng 正):同"帧",画幅。

〔25〕"把一个"句:乞巧之俗,以瓜果供养织女星,如有蜘蛛结网其上,即为得巧。

〔26〕钿盒:用金、银、介壳镶嵌的盒子。

〔27〕银烛秋光冷画屏:用唐杜牧《秋夕》诗句。

〔28〕凌波罗袜:美人所穿之袜。魏曹植《洛神赋》:"凌波微步,罗袜生尘。"

〔29〕露下天高夜气清:用唐杜甫《夜》诗句,夜气,原作"秋气"。

〔30〕羽衣:道士所穿的用鸟羽制成的衣服。杨贵妃一度为女道士,故云。

〔31〕玉蓬瀛:海外仙境。蓬莱、瀛洲,都是海中神山,仙人所居。

〔32〕织女分,牛郎命:"分"、"命"二字互文,同义,均指命运而说。

〔33〕各办着真诚:宋元习语。宋胡铨《玉音问答》:"只是办着一片至诚心去,自有许多好处。"办着,本着,准备着。

〔34〕"斗牛星畔客"二句:杨贵妃因感牛郎、织女而问,唐玄宗才说她"问前程"。前程,元曲中多指姻缘、结果而说。斗牛星畔客,见《墙头马上》第二折注释〔34〕。

〔35〕龙阳泣鱼之悲:战国时,魏安釐王男宠龙阳君钓鱼而泣,王问何故,龙阳君对王说:始得鱼时很喜,后来钓的多了,就把先钓的鱼丢了。天下美色很多,都想得到王的爱宠;我害怕也会像被丢的鱼一样,被王忘记,所以很伤心。见《战国策·魏策四》。

〔36〕班姬题扇之怨:汉成帝宠婕妤班氏,后班婕妤被谗失意,作

《团扇歌》,以秋扇见弃,喻君恩中断之意。

〔37〕半軃:半垂。这里是歪斜的意思。

〔38〕金阙西厢叩玉扃(jiōng 坰):用唐白居易《长恨歌》原句。金阙玉扃,极言宫庭之华丽。扃,指门户。

〔39〕"招彩凤"句:传说凤凰非梧桐不栖,所以用彩凤、青鸾作为梧桐的修饰语。

〔40〕"在天呵"二句:引《长恨歌》:"七月七日长生殿,夜半无人私语时;在天愿作比翼鸟,在地愿为连理枝。"喻夫妻恩爱之情。

第 二 折

(安禄山引众将上,云)某安禄山是也。自到渔阳,操练蕃汉人马,精兵见有四十万,战将千员。如今明皇年已昏眊[1],杨国忠李林甫播弄朝政[2];我今只以讨贼为名,起兵到长安,抢了贵妃,夺了唐朝天下,才是我平生愿足。左右,军马齐备了么?(众将云)都齐备了。(安禄山云)着军政司先发檄一道[3],说某奉密旨讨杨国忠等。随后令史思明领兵三万[4]先取潼关,直抵京师,成大事如反掌耳。(众将云)得令。(安禄山云)今日天晚,明日起兵。(诗云)统精兵直指潼关,料唐家无计遮拦;单要抢贵妃一个,非专为锦绣江山。(同下)(正末引高力士,郑观音抱琵琶,宁王吹笛,花奴打羯鼓,黄幡绰执板[5],捧旦上)(正末云)今日新秋天气,寡人朝回无事,妃子学得霓裳羽衣舞[6],同往御园中沉香亭

下[7]，闲耍一番。早来到也。你看这秋来风物，好是动人也呵。（唱）

【中吕粉蝶儿】天淡云闲，列长空数行征雁。御园中夏景初残，柳添黄，荷减翠，秋莲脱瓣。坐近幽阑，喷清香玉簪花绽。

（带云）早到御园中也。虽是小宴，倒也整齐。（唱）

【叫声】共妃子喜开颜，等闲，等闲，御园中列肴馔。酒注嫩鹅黄[8]，茶点鹧鸪斑[9]。

【醉春风】酒光泛紫金钟，茶香浮碧玉盏。沉香亭畔晚凉多，把一搭儿亲自拣、拣。粉黛浓妆，管弦齐列，绮罗相间。

（外扮使臣上，诗云）长安回望绣成堆，山顶千门次第开。一骑红尘妃子笑，无人知是荔枝来[10]。小官四川道差来使臣，因贵妃娘娘好啖鲜荔枝，遵奉诏旨，特来进鲜。早到朝门外了。宫官，通报一声，说四川使臣来进荔枝。（做报科）（正末云）引他进来。（使臣见驾科，云）四川道使臣进贡荔枝。（正末看科，云）妃子，你好食此果，朕特令他及时进来。（旦云）是好荔枝也。（正末唱）

【迎仙客】香喷喷味正甘，娇滴滴色初绽；只疑是九重天滴来人世间。取时难，得后悭；可惜不近长安，因此上教驿使把红尘践[11]。

（旦云）这荔枝颜色娇嫩，端的可爱也。（正末唱）

【红绣鞋】不则向金盘中好看，便宜将玉手擎餐；端的个绛纱笼罩水晶寒[12]。为甚教寡人醒醉眼，妃子晕娇颜，物稀也人见罕。

（高力士云）陛下，酒进三爵，请娘娘登盘演一回霓裳之舞。（正末云）依卿奏者。（正旦做舞）（众乐搋掇科[13]）（正末唱）

【快活三】嘱咐你仙音院莫怠慢[14]，道与你教坊司要迭办[15]。把个太真妃扶在翠盘间，快结束，宜妆扮。

【鲍老儿】双撮得泥金衫袖挽，把月殿里霓裳按。郑观音琵琶准备弹，早搭上鲛绡襻[16]；贤王玉笛，花奴羯鼓，韵美声繁；宁王锦瑟[17]，梅妃玉箫[18]，嘹亮循环。

【古鲍老】屹刺刺撒开紫檀[19]，黄幡绰向前手拍板。低低的叫声玉环，太真妃笑时花近眼。红牙筯趁五音击着梧桐案[20]，嫩枝柯犹未干，更带着瑶琴音泛。卿呵，你则索出几点琼珠汗。

（旦舞科）（正末唱）

【红芍药】腰鼓声干，罗袜弓弯；玉佩丁东响珊珊，即渐里舞觯云鬟。施呈你蜂腰细，燕体翻，作两袖香风拂散。（带云）卿倦也，饮一杯酒者。（唱）寡人亲捧杯玉露甘寒，你可也莫得留残，拚着个醉醺醺直吃到夜静更阑[21]。

（旦饮酒科）（净扮李林甫上，云）小官李林甫是也，见为左丞相之职。今早飞报将来，说安禄山反叛，军马浩大，不敢抵敌，只得见驾。（做见驾科）（正末云）丞相有何事这等慌促？（李林甫云）边关飞报，安禄山造反，大势军马杀将来了。陛下，承平日久，人不知兵，怎生是好？

145

（正末云）你慌做甚么？（唱）

【剔银灯】止不过奏说边庭上造反，也合看空便，觑迟疾紧慢；等不的俺筵上笙歌散，可不气丕丕冒突天颜？那些个齐管仲郑子产[22]，敢待做假忠孝龙逢比干[23]？

（李林甫云）陛下，如今贼兵已破潼关，哥舒翰失守逃回[24]，目下就到长安了。京城空虚，决不能守，怎生是好？（正末唱）

【蔓菁菜】险些儿慌杀你个周公旦[25]。（李林甫云）陛下，只为女宠盛，谗夫昌，惹起这刀兵来了。（正末唱）你道我因歌舞坏江山，你常好是占奸[26]，早难道羽扇纶巾笑谈间，破强虏三十万[27]。

（云）既贼兵压境，你众官计议，选将统兵，出征便了。（李林甫云）如今京营兵不满万，将官衰老，如哥舒翰名将尚且支持不住，那一个是去得的？（正末唱）

【满庭芳】你文武两班，空列些乌靴象简[28]，金紫罗襕[29]。内中没个英雄汉，扫荡尘寰。惯纵的个无徒禄山，没揣的撞过潼关[30]，先败了哥舒翰。疑怪昨宵向晚，不见烽火报平安。

（云）卿等有何计策，可退贼兵？（李林甫云）安禄山部下蕃汉兵马四十馀万，皆是一以当百，怎与他拒敌？莫若陛下幸蜀[31]，以避其锋，待天下兵至，再作计较。（正末云）依卿所奏。便传旨收拾，六宫嫔御，诸王百官，明日早起，幸蜀去来。（旦作悲科，云）妾身怎生是

146

好也！（正末唱）

【普天乐】恨无穷，愁无限，争奈仓卒之际，避不得蓦岭登山。銮驾迁[32]，成都盼，更那堪泸水西飞雁[33]，一声声送上雕鞍。伤心故园，西风渭水，落日长安[34]。

（旦云）陛下，怎受的途路之苦？（正末云）寡人也没奈何哩！（唱）

【啄木儿尾】端详了你上马娇，怎支吾蜀道难[35]！替你愁那嵯峨峻岭连云栈[36]；自来驱驰可惯，几程儿捱得过剑门关[37]？（同下）

〔1〕昏眊(mào冒)：昏聩糊涂。
〔2〕杨国忠李林甫播弄朝政：杨国忠以裙带关系而为相，史书说他蒲博无行，所为多不法；李林甫为相十九年，口蜜腹剑，嫉贤害能。
〔3〕军政司：负责掌管军事行政的机关。
〔4〕史思明：营州突厥胡人，从安禄山为乱。禄山死后，自立为大燕皇帝，后被其子史朝义所杀。
〔5〕"郑观音"四句：郑观音，玄宗宫人，善弹琵琶。宁王李宪，善吹横笛。花奴，汝南王李琎小名，擅长羯鼓；羯鼓由西域传入，形如漆桶，两手持杖叩击。黄幡绰，当时有名的乐师，善拍板。
〔6〕霓裳羽衣舞：唐宫廷乐舞，本为西域乐舞，开元时由西凉节度使杨敬述进献，凡十二遍。见宋王灼《碧鸡漫志》。
〔7〕沉香亭：在唐宫苑中。
〔8〕鹅黄：酒名。《方舆胜揽》："鹅黄乃汉州酒名，蜀中无能及者。"唐杜甫《舟前小鹅儿》："鹅儿黄似酒，对酒爱新鹅。"
〔9〕鹧鸪斑：福建所产的一种茶碗，上有花纹如鹧鸪斑点。宋秦观

〔满庭芳〕《咏茶》:"香泉溅乳,金缕鹧鸪斑。"

〔10〕"长安回望"四句:用唐杜牧《过华清宫》绝句。

〔11〕"可惜不近长安"二句:由宋欧阳修咏荔枝〔浪淘沙〕词"可惜天教生处远,不近长安"、"只有红尘无驿使"等句化出。

〔12〕绛纱笼罩水晶寒:形容荔枝壳红肉白。亦由欧阳修上词"绛纱囊里水晶丸"化出。

〔13〕众乐撺掇科:即诸乐齐奏。亦作"撺断",宋元戏曲音乐术语。

〔14〕仙音院:指皇家音乐机关。蒙古汗国设仙音院,元建立后改"玉宸院"。

〔15〕教坊司:唐代管领乐工、教习歌舞的机关。元代亦有教坊司。

〔16〕鲛绡襻:丝织的带子。鲛绡,传说中鲛人所织的绢。

〔17〕宁王:原作"寿宁",今据《雍熙乐府》卷六所录本曲改。

〔18〕梅妃:唐玄宗妃子江采苹,因喜爱梅花,号梅妃,能吹白玉笛,作惊鸿舞。杨贵妃入宫后失宠。

〔19〕屹剌剌撒开紫檀:屹剌剌,即各剌剌,象声词。紫檀,用红木制成的拍板。

〔20〕红牙筯趁五音击着梧桐案:即用牙筯拨动琴弦,发出五音协调的旋律。五音,指宫、商、角、徵、羽。梧桐案,指桐木制作的琴。

〔21〕"你可也莫得留残"二句:用宋黄庭坚〔西江月〕"杯行到手莫留残,不道月斜人散"词意。

〔22〕齐管仲郑子产:管仲,名夷吾,曾帮助齐桓公成为春秋时第一个霸主。子产,即公孙侨,春秋时郑国有名的政治家。

〔23〕龙逄比干:龙逄,即关龙逄,相传为夏朝的忠臣;比干,相传为商朝的忠臣,皆因劝谏昏君而死。

〔24〕哥舒翰:突厥人,唐朝名将。安禄山叛乱时,率兵二十万守潼关,因受杨国忠猜忌,被逼出战,兵败被俘,京师震动。

〔25〕周公旦:周文王子姬旦,曾佐武王灭纣。武王死,成王年幼,周公摄政,为周朝宰辅。

〔26〕常好是占奸:即真个的奸诈机巧。常好是,亦作"畅好是",真正、真个的意思。占奸,即奸诈、奸佞。

〔27〕"羽扇纶巾"二句:用宋苏轼〔念奴娇〕《赤壁怀古》词意。纶巾,青丝头巾。

〔28〕乌靴象简:黑色的朝靴,象牙作的笏板。

〔29〕金紫罗襕:古代官员的公服,有紫襕、绯襕、绿襕之分,各随品级而定。襕,上下衣相连的服装。

〔30〕没揣的:突然地、想不到。

〔31〕幸蜀:到蜀地巡幸。幸,皇帝出行。

〔32〕銮驾:皇帝的车子。

〔33〕浐水:源出陕西蓝田西南秦岭山中,北流至西安东入灞水。

〔34〕西风渭水,落日长安:唐贾岛《忆江上吴处士》诗:"秋风生渭水,落叶满长安。"

〔35〕"端详了"二句:〔上马娇〕,为〔双调〕曲牌名;《蜀道难》,古乐府题名。此处巧妙作对。

〔36〕连云栈:从陕西通往蜀中的艰险栈道。

〔37〕剑门关:在四川剑阁北,峭壁中断,形似剑门。

第 三 折

(外扮陈玄礼上[1],诗云)世受君恩统禁军[2],天颜喜怒得先闻。太平武备皆无用,谁料狂胡起战尘。某右龙武将军陈玄礼是也。昨因逆胡安禄山倡乱,潼关失守。昨日宰臣会议,大驾暂幸蜀川,以避其锋。今早飞报说,贼兵离京城不远。圣主令某统领禁军护驾,军马点就多时,专候大驾起行。(正末引旦及杨国忠、高力士并太子、扈驾郭子仪、李光弼上[3])(正末云)寡人眼不识人,致令狂胡作乱。事出急迫,只得西行避兵,好伤感人也呵!(唱)

【双调新水令】五方旗招飐日边霞[4],冷清清半张銮驾。鞭倦袅,镫慵踏,回首京华,一步步放不下。

(带云)寡人深居九重,怎知闾阎贫苦也[5]!(唱)

【驻马听】隐隐天涯,剩水残山五六搭;萧萧林下,坏垣破屋两三家。秦川远树雾昏花,灞桥衰柳风潇洒[6]。煞不如碧窗纱,晨光闪烁鸳鸯瓦[7]。

(众扮父老上,云)圣上,乡里百姓叩头。(正末云)父老有何话说?(众云)宫阙,陛下家居;陵寝,陛下祖墓;今舍此欲何之?(正末云)寡人不得已,暂避兵耳。(众云)陛下既不肯留,臣等愿率子弟,从殿下东破贼,取长安。若殿下与至尊皆入蜀,使中原百姓,谁为之主?(正末云)父老说的是。左右,宣我儿近前来者。(太子做见科)(正末云)众父老说,中原无主,留你东还,统兵杀贼。就令郭子仪、李光弼为元帅,后军分拨三千人,跟你回去,你听我说。(唱)

【沉醉东风】父老每忠言听纳,教小储君专任征伐[8]。你也合分取些社稷忧,怎肯教别人把江山霸,将这颗传国宝你行留下。(太子云)儿子只统兵杀贼,岂敢便登天位?(正末唱)剿除了贼徒,救了国家,更避甚称孤道寡[9]?

（太子云）既为国家重事,儿子领诏旨,率领郭子仪、李光弼回去也。（做辞驾科）（众军不行科）（正末唱）

【庆东原】前军疾行动,因甚不进发?（众军呐喊科）一行人觑了皆惊怕。嗔忿忿停鞭立马,恶噷噷披袍贯甲[10],明飐飐掣剑离匣[11],齐臻臻雁行班排[12],密匝匝鱼鳞似亚[13]。

（陈玄礼云）众军士说：国有奸邪,以致乘舆播迁[14];君侧之祸不除,不能敛戢众志[15]。（正末云）这是怎么说?（唱）

【步步娇】寡人呵万里烟尘,你也合嗟呀;就势儿把吾当唬。国家又不曾亏你半掐[16],因甚军心有争差。问卿咱,为甚不说半句儿知心话?

（陈玄礼云）杨国忠专权误国,今又与吐蕃使者交通[17],似有反情,请诛之以谢天下。（正末唱）

【沉醉东风】据着杨国忠合该万剐,斗的个禄山贼乱了中华。是非寡人股肱难弃舍[18],更兼与妃子骨肉相牵挂;断遣尽枉展污了五条刑法[19]。把他剥了官职,贬做穷民,也是阵杀。允不允,陈玄礼将军鉴察。

（众军怒喊科）（陈玄礼云）陛下,军心已变,臣不能禁止,如之奈何?（正末云）随你罢。（众杀杨国忠科）（正末唱）

【雁儿落】数层枪,密匝匝,一声喊,山摧塌。原来是陈将军号令明,把杨国忠施行罢。

(众军仗剑拥上科)(正末唱)

【拨不断】语喧哗,闹交杂,六军不进屯戈甲。把个马嵬坡簇合沙[20],又待做甚么?唬的我战钦钦遍体寒毛乍[21]。吃紧的军随印转,将令威严;兵权在手,主弱臣强。卿呵,则你道波,寡人是怕也那不怕?

(云)杨国忠已杀了,您众军不进,却为甚的?(陈玄礼云)国忠谋反,贵妃不宜供奉,愿陛下割恩正法。(正末唱)

【搅筝琶】高力士,道与陈玄礼休没高下,岂可教妃子受刑罚?他见请受着皇后中宫[22],兼踏着寡人御榻。他又无罪过,颇贤达;须不似周褒姒举火取笑[23],纣妲己敲胫觑人[24]。早间把他个哥哥坏了,总便有万千不是,看寡人也合饶过他,一地胡拿。

(高力士云)贵妃诚无罪,然将士已杀国忠,贵妃在陛下左右,岂敢自安。愿陛下审思之。将士安,则陛下安矣。(正末唱)

【风入松】止不过凤箫羯鼓间琵琶,忽剌剌扳撒红牙;假若更添个六幺花十八[25],那些儿是败国亡家。可知道陈后主遭着杀伐,皆因唱后庭花[26]。

(旦云)妾死不足惜,但主上之恩,不曾报得。数年恩爱,教妾怎生割舍?(正末云)妃子,不济事了,六军心变,寡人自不能保。(唱)

【胡十八】似恁地对咱,多应来变了卦。见俺留恋着他,龙泉三尺手中拿,便不将他刺杀,也将他吓杀。更问甚陛下,大古是知重俺帝王家[27]?

（陈玄礼云）愿陛下早割恩正法。（旦云）陛下,怎生救妾身一救?（正末云）寡人怎生是好!（唱）

【落梅风】眼儿前不甫能栽起合欢树[28],恨不得手掌里奇擎着解语花[29],尽今生翠鸾同跨。怎生般爱他看待他,怎下的教横拖在马嵬坡下!

（陈玄礼云）禄山反逆,皆因杨氏兄妹;若不正法,以谢天下,祸变何时得消?望陛下乞与杨氏,使六军马踏其尸,方得凭信。（正末云）他如何受的?高力士,引妃子去佛堂中,令其自尽,然后教军士验看。（高力士云）有白练在此。（正末唱）

【殿前欢】他是朵娇滴滴海棠花[30],怎做得闹荒荒亡国祸根芽?再不将曲弯弯远山眉儿画,乱松松云鬓堆鸦。怎下的碜磕磕马蹄儿脸上踏[31]!则将细袅袅咽喉掐,早把条长搀搀素白练安排下。他那里一身受死,我痛煞煞独力难加。

（高力士云）娘娘去罢,误了军行。（旦回望科,云）陛下好下的也!（正末云）卿休怨寡人!（唱）

【沽美酒】没乱杀,怎救拔?没奈何,怎留他?把死限俄延了多半霎,生各支勒杀,陈玄礼闹交加。

（高力士引旦下）（正末唱）

【太平令】怎的教酩子里题名单骂[32],脑背后着武士金瓜。教几个卤莽的宫娥监押,休将那软款的娘娘惊唬。你呀,见

153

他,问咱,可怜见唐朝天下。

（高力士持旦衣上,云）娘娘已赐死了,六军进来看视。

（陈玄礼率众马践科）（正末做哭科,云）妃子,闪杀寡人也呵!（唱）

【三煞】不想你马嵬坡下今朝化,没指望长生殿里当时话。

【太清歌】恨无情卷地狂风刮,可怎生偏吹落我御苑名花。想他魂断天涯,作几缕儿彩霞。天那,一个汉明妃远把单于嫁,止不过泣西风泪湿胡笳[33];几曾见六军厮践踏,将一个尸首卧黄沙?

（正末做拿汗巾哭科,云）妃子不知那里去了?止留下这个汗巾儿,好伤感人也!（唱）

【二煞】谁收了锦缠联窄面吴绫袜[34],空感叹这泪斑斓拥项鲛绡帕。

【川拨棹】痛怜他不能够水银灌玉匣[35],又没甚彩嫚宫娃,拽布拖麻,奠酒浇茶。只索浅土儿权时葬下,又不及选山陵将墓打。

【鸳鸯煞】黄埃散漫悲风飒,碧云黯淡斜阳下;一程程水绿山青,一步步剑岭巴峡。唱道感叹情多[36],恓惶泪洒,早得升遐[37],休休却是今生罢。这个不得已的官家,哭上逍遥玉骢马。（同下）

〔1〕陈玄礼:唐玄宗时宦官,侍卫军将领,封右龙武将军。

〔2〕禁军:皇帝的侍卫军。唐代侍卫军分作南北衙,南衙称卫兵,北衙称禁军。

〔3〕郭子仪、李光弼：郭子仪，华州郑县人，安史之乱时，任朔方节度使。李光弼，营州柳城契丹族人，时任河东节度使。二人皆为平定安史之乱的名将。

〔4〕五方旗：古代天子出行，建五方旗，旗上画青龙、白虎、朱雀、玄武和黄龙，代表东、西、南、北、中。

〔5〕闾阎：里巷之门。这里指普通百姓。

〔6〕"秦川"二句：上句写前途之渺茫，后句写惜别之苦情。秦川，泛指陕西关中一带。灞桥，在长安东灞水上，自汉以来为送别之地，又名销魂桥。

〔7〕"煞不如"二句：是说城外景物荒凉，远不如宫中的碧窗鸳瓦。鸳鸯瓦，两两成对的瓦。

〔8〕储君：指太子李亨。

〔9〕称孤道寡：指即位作皇帝。孤、寡，皆为皇帝的谦称，自谦为少德之人。

〔10〕恶噷（xīn 辛）噷：恶狠狠。

〔11〕明飐（diū 丢）飐：亮晃晃的样子。

〔12〕雁行班排：形容众军整整齐齐，如雁行般的排列。

〔13〕亚：同"压"，这里是挨挤的意思。

〔14〕乘舆播迁：乘舆，皇帝坐的车子，这里代指皇帝。播迁，流离迁徙。

〔15〕敛戢（jí 极）：约束、止息。

〔16〕半掐：半点儿。

〔17〕"今又与"句：据《新唐书·杨国忠传》：会吐蕃使者有请于国忠，众大呼曰："国忠与吐蕃谋反！"即杀国忠。吐蕃，唐时居住于青海、西藏一带的少数民族。

〔18〕"是非"句：即并不因为他是我的大臣才难以舍弃他。股

肱(gōng工):股,大腿;肱,手臂从肘到腕的部分。引申为帝王所依赖的重臣。

〔19〕"断遣尽"句:即使将他杀了也玷污了国家刑法。断遣,法律术语,谓依罪判刑。五条刑法,指笞、杖、徒、流、死。

〔20〕把个马嵬坡簇合沙:马嵬坡,在陕西兴平西北。簇合沙,即包围,围困。沙,语助无义。

〔21〕寒毛乍:寒毛竖起,极度恐惧的情态。

〔22〕"他见请受"句:是说贵妃现在正享有皇后的尊严。中宫,皇后的住处。

〔23〕周褒姒举火取笑:周幽王宠爱妃子褒姒性不喜笑。幽王为了讨她欢心,点起烽火,诸侯闻警,飞兵来救而无寇,褒姒因之大笑。

〔24〕纣妲己敲胫觑人:殷纣王的宠妃妲己,阴狠妖媚,助纣为虐,曾看见一个老人冬天赤脚过河,惊其不怕寒冷,就派人抓住,敲开他的小腿,检验其骨髓。

〔25〕六幺花十八:原本脱六字,今补。六幺,唐大曲名,又作"绿腰"。花十八,为大曲六幺中的一段,前后各十八拍,外加四花拍,所以叫花十八。详见宋王灼《碧鸡漫志》。

〔26〕"陈后主"二句:南朝陈后主叔宝,荒于酒色,自作《玉树后庭花》之曲,让后宫美人歌之,历来视为亡国之音。

〔27〕大古是:大概是,总算是。

〔28〕合欢树:又名"夜合树",其叶至夜即合,故名。

〔29〕奇擎着解语花:奇擎,举着,举起。解语花,指杨贵妃。唐玄宗尝于太液池赏千叶白莲,指杨妃谓贵戚曰:"不及我解语花。"见五代王仁裕《开元天宝遗事》。

〔30〕海棠花:宋僧惠洪《冷斋夜话》卷一引《太真外传》,谓玄宗召杨妃于沉香亭,适困酒未醒,扶掖而至,鬓乱钗横,笑曰:"岂是妃子醉,直

海棠睡未足耳。"

〔31〕碜磕磕:也作"碜可可",使人恐怖、凄惨的样子。

〔32〕酪子里:暗地里。这里是无端的意思。

〔33〕"汉明妃"二句:用昭君和番的故事。胡笳,古代北方少数民族的木管乐器。

〔34〕"谁收了"句:据说杨妃受死之日,马嵬老媪得锦袜一只,遇过客,一玩百钱,前后获钱无数。

〔35〕水银灌玉匣:古代贵族死后,以水银灌玉匣,置棺中,以保护尸体。

〔36〕唱道:正是,真正是。常用于〔鸳鸯煞〕第五句开首,用以总结全折之内容。

〔37〕升遐:指帝王之死。此指杨妃。

第 四 折

(高力士上,云)自家高力士是也。自幼供奉内宫,蒙主上抬举,加为六宫提督太监[1]。往年主上悦杨氏容貌,命某取入宫中,宠爱无比,封为贵妃,赐号太真。后来逆胡称兵,伪诛杨国忠为名,逼的主上幸蜀。行至中途,六军不进,右龙武将军陈玄礼奏过杀了国忠,祸连贵妃。主上无可奈何,只得从之,缢死马嵬驿中。今日贼平无事,主上还国,太子做了皇帝;主上养老,退居西宫,昼夜只是想贵妃娘娘。今日教某挂起真容,朝夕哭奠,不免收拾停当,在此伺候咱。(正末上,云)寡人自幸蜀还京,太子破了逆贼,即了帝位。寡人退居西宫养老,每日

157

只是思量妃子,教画工画了一轴真容供养着,每日相对,越增烦恼也呵!(做哭科)(唱)

【正宫端正好】自从幸西川,还京兆[2],甚的是月夜花朝。这半年来白发添多少?怎打迭愁容貌[3]?

【幺篇】瘦岩岩不避群臣笑[4],玉叉儿将画轴高挑;荔枝花果香檀桌,目觑了伤怀抱。

(做看真容科)(唱)

【滚绣球】险些把我气冲倒,身谩靠,把太真妃放声高叫,叫不应雨泪嚎咷。这待诏[5],手段高,画的来没半星儿差错。虽然是快染能描,画不出沉香亭畔回鸾舞[6],花萼楼前上马娇[7],一段儿妖娆。

【倘秀才】妃子呵,常记得千秋节华清宫宴乐[8],七夕会长生殿乞巧,誓愿学连理枝比翼鸟;谁想你乘彩凤,返丹霄[9],命夭。

(带云)寡人越看越添伤感,怎生是好?(唱)

【呆骨朵】寡人有心待盖一座杨妃庙,争奈无权柄谢位辞朝!则俺这孤辰限难熬[10],更打着离恨天最高[11]。在生时同衾枕,不能够死后也同棺椁。谁承望马嵬坡尘土中,可惜把一朵海棠花零落了。

(带云)一会儿身子困乏。且下这亭子去闲行一会咱。(唱)

【白鹤子】挪身离殿宇,信步下亭皋[12],见杨柳袅翠蓝丝,芙蓉拆胭脂萼。

【幺】见芙蓉怀媚脸[13],遇杨柳忆纤腰[14]。依旧的两般儿点缀上阳宫[15],他管一灵儿潇洒长安道。

【幺】常记得碧梧桐阴下立,红牙筯手中敲;他笑整缕金衣[16],舞按霓裳乐。

【幺】到如今翠盘中荒草满,芳树下暗香消。空对井梧阴,不见倾城貌。

（做叹科,云）寡人也怕闲行,不如回去来。（唱）

【倘秀才】本待闲散心追欢取乐,倒惹的感旧恨天荒地老[17]。怏怏归来凤帏悄,甚法儿,捱今宵？懊恼！

（带云）回到这寝殿中,一弄儿助人愁也[18]。（唱）

【芙蓉花】淡氤氲串烟袅[19],昏惨剌银灯照[20];玉漏迢迢,才是初更报。暗觑清宵,盼梦里他来到。却不道口是心苗[21],不住的频频叫。

（带云）不觉一阵昏迷上来,寡人试睡些儿。（唱）

【伴读书】一会家心焦躁,四壁厢秋虫闹[22]。忽见掀帘西风恶,遥观满地阴云罩。俺这里披衣闷把帏屏靠,业眼难交[23]。

【笑和尚】原来是滴溜溜绕闲阶败叶飘[24],疏剌剌刷落叶被西风扫,忽鲁鲁风闪得银灯爆,厮琅琅鸣殿铎[25],扑簌簌动朱箔[26],吉丁当玉马儿向檐间闹[27]。

（做睡科,唱）

【倘秀才】闷打颏和衣卧倒[28],软兀剌方才睡着[29]。（旦上云）妾身贵妃是也,今日殿中设宴,宫娥,请主上赴席咱。

159

(正末唱)忽见青衣走来报[30],道太真妃将寡人邀、宴乐。

(正末见旦科,云)妃子,你在那里来?(旦云)今日长生殿排宴,请主上赴席。(正末云)吩咐梨园子弟齐备着。(旦下)(正末做惊醒科,云)呀,原来是一梦。分明梦见妃子,却又不见了。(唱)

【双鸳鸯】斜觯翠鸾翘[31],浑一似出浴的旧风标[32],映着云屏一半儿娇[33]。好梦将成还惊觉,半襟情泪湿鲛绡[34]。

【蛮姑儿】懊恼,窨约[35]。惊我来的又不是楼头过雁,砌下寒蛩[36],檐前玉马,架上金鸡,是兀那窗儿外梧桐上雨潇潇。一声声洒残叶,一点点滴寒梢,会把愁人定虐[37]。

【滚绣球】这雨呵,又不是救旱苗,润枯草,洒开花萼,谁望道秋雨如膏。向青翠条,碧玉梢,碎声儿刿剥,增百十倍歇和芭蕉[38]。子管里珠连玉散飘千颗,平白地瀽瓮翻盆下一宵,惹的人心焦。

【叨叨令】一会价紧呵,似玉盘中万颗珍珠落;一会价响呵,似玳筵前几簇笙歌闹;一会价清呵,似翠岩头一派寒泉瀑;一会价猛呵,似绣旗下数面征鼙操[39]。兀的不恼杀人也么哥!兀的不恼杀人也么哥!则被他诸般儿雨声相聒噪。

【倘秀才】这雨一阵阵打梧桐叶凋,一点点滴人心碎了。柱着金井银床紧围绕[40],只好把泼枝叶做柴烧,锯倒。

(带云)当初妃子舞翠盘时,在此树下;寡人与妃子盟誓时,亦对此树。今日梦境相寻,又被他惊觉了。(唱)

【滚绣球】长生殿那一宵,转回廊说誓约。不合对梧桐并肩斜靠,尽言词絮絮叨叨。沉香亭那一朝,按霓裳舞六幺,红牙筯击成腔调,乱宫商闹闹吵吵。是兀那当时欢会栽排下,今日凄凉厮凑着,暗地量度。

（高力士云）主上,这诸样草木,皆有雨声,岂独梧桐?
（正末云）你那里知道!我说与你听者。（唱）

【三煞】润濛濛杨柳雨,凄凄院宇侵帘幕;细丝丝梅子雨,装点江干满楼阁;杏花雨红湿阑干[41],梨花雨玉容寂寞[42];荷花雨翠盖翩翩,豆花雨绿叶萧条。都不似你惊魂破梦,助恨添愁,彻夜连宵。莫不是水仙弄娇,蘸杨柳洒风飘[43]。

【二煞】味味似喷泉瑞兽临双沼[44],刷刷似食叶春蚕散满箔。乱洒琼阶,水传宫漏,飞上雕檐,酒滴新槽。直下的更残漏断,枕冷衾寒,烛灭香消。可知道夏天不觉,把高凤麦来漂[45]。

【黄钟煞】顺西风低把纱窗哨,送寒气频将绣户敲,莫不是天故将人愁闷搅!前度铃声响栈道[46],似花奴羯鼓调,如伯牙水仙操[47]。洗黄花润篱落,渍苍苔倒墙角,渲湖山漱石窍,浸枯荷溢池沼;沾残蝶粉渐消,洒流萤焰不着;绿窗前促织叫,声相近雁影高,催邻砧处处捣[48],助新凉分外早。斟量来这一宵,雨和人紧厮熬,伴铜壶点点敲[49],雨更多泪不少。雨湿寒梢,泪染龙袍,不肯相饶,共隔着一树梧桐直滴到

161

晓。(下)
　　　题目　　安禄山反叛兵戈举
　　　　　　　陛玄礼拆散鸾凰侣
　　　正名　　杨贵妃晓日荔枝香
　　　　　　　唐明皇秋夜梧桐雨

〔1〕六宫提督太监:总管皇帝后宫的太监。六宫,泛指后妃所居的宫院。
〔2〕京兆:指长安。
〔3〕打迭:打点,收拾。
〔4〕瘦岩岩:瘦骨硗磳的样子。
〔5〕待诏:以技艺供奉朝廷的人员,随时待皇帝宣诏,称待诏。这里指画工。
〔6〕回鸾舞:六朝舞曲。
〔7〕花萼楼前上马娇:花萼楼,即花萼相辉楼,在兴庆宫,是唐玄宗和诸王弟兄游乐之所。"上马娇",世传杨妃图像的一种。宋楼钥《题杨妃上马图》诗:"金鞍欲上故徐徐,想见华清被宠初。"
〔8〕千秋节:唐玄宗生于八月五日、开元十七年,群臣上表以此日为千秋节。
〔9〕乘彩凤,返丹霄:比喻杨妃死去如乘凤仙去。丹霄,天空。
〔10〕孤辰:孤寡不吉的日子。往日星命家以天干和地支相配计时,每旬中多出的地支,称为孤辰,主孤寡。
〔11〕离恨天:佛教传说中的三十三天,以离恨天为最高。元曲中多用为男女相思烦恼之语。
〔12〕亭皋:水边的平地。亭,平。皋,水边之地。
〔13〕"见芙蓉"句:用白居易《长恨歌》"芙蓉如面柳如眉"诗意。
〔14〕"遇杨柳"句:白居易姬人樊素善歌,小蛮善舞,有诗曰:"樱桃

樊素口,杨柳小蛮腰。"见唐孟棨《本事诗·事感》二。

〔15〕上阳宫:在东都洛阳。这里泛指宫苑。

〔16〕缕金衣:指刺金绣缕的舞衣。

〔17〕天荒地老:天地也变得荒凉衰老。唐李贺《致酒行》:"无荒地老无人识。"

〔18〕一弄儿:一派,一片。

〔19〕"淡氤氲(yīn yūn 因缊)"句:氤氲,烟气蒸腾上升的样子。串烟,又作"篆烟",檀香盘曲回旋如篆字。

〔20〕昏惨剌:昏暗,惨淡。剌为语助。

〔21〕口是心苗:宋、元习语,即言为心声,口里说的就是心里想的。

〔22〕四壁厢:四边。壁厢,边,面,泛指某一方位。

〔23〕业眼:作孽的眼睛。业,佛家语,偏指恶孽、罪孽。

〔24〕滴溜溜:及下文的"疏剌剌"、"忽鲁鲁"、"厮琅琅"、"扑簌簌"、"吉丁当",皆为象声词。

〔25〕殿铎:宫殿中悬挂的铃铎。

〔26〕朱箔:即珠箔,用珠子穿成的帘子。

〔27〕玉马儿:房檐下悬挂的玉片儿,风吹时叮当作响。

〔28〕闷打颏:闷淹淹地。打颏,亦作"打孩",语助词。

〔29〕软兀剌:软摊摊地。兀剌,语助词。

〔30〕青衣:古代贱者之服,这里指侍女。

〔31〕翠鸾翘:妇女头饰,似翠鸟之长尾。

〔32〕出浴的旧风标:指从前华清池赐浴时的风韵。

〔33〕映着云屏一半儿:唐李商隐《为有》:"为有云屏无限娇"。谓其半掩云屏,益显其娇。云屏,云母屏风。

〔34〕鲛绡:这里泛指薄的丝织品。

〔35〕窨(yìn 印)约:思量,忖度。

〔36〕寒蛩(qióng 穷)：蟋蟀。

〔37〕定虐：打搅，扰害。

〔38〕增百十倍歇和芭蕉：承上，谓雨打芭蕉的声音百十倍的胜过雨打林梢。歇和，现代汉语作"歇乎"，厉害、猛烈的意思。

〔39〕征鼙：战鼓。

〔40〕金井银床：指围护梧桐树的栏干。金、银，极言其精美；栏干，其形四角或八角，故以井、床为喻。旧解为井栏、井架均不确。

〔41〕阑干：纵横貌。

〔42〕"梨花雨"句：用白居易《长恨歌》"玉容寂寞泪阑干，梨花一枝春带雨"句。

〔43〕"水仙弄娇"二句：水仙，女神。联系下文，当指南海观音，俗传观音手持杨柳，洒甘露于人间，敦煌画卷中已有此类画。

〔44〕"㕸(chuáng 床)㕸"句：是说水声㕸㕸，就像喷泉似地从瑞兽口中流入池塘。瑞兽，池边的石兽。

〔45〕高凤麦来漂：东汉人高凤，少为书生，专心读书，昼夜不息。一次家里晒麦，让他看守。时天暴雨，把麦子都漂走了，而他却不知道。见《后汉书·逸民传》。

〔46〕前度铃声响栈道：唐玄宗避难入蜀时，过斜谷，霖雨连日，于栈道中，闻铃声隔山相应，其声哀然，因采其声为〔雨霖铃〕曲。"前"字原无，今据脉望本补。

〔47〕伯牙水仙操：周代伯牙精于琴艺。相传他在东海蓬莱，闻海水汩没，山林窅冥，又听群鸟悲鸣之声，乃制〔水仙操〕曲以寄哀。见《琴苑要录》。

〔48〕砧(zhēn 真)：捣衣石。

〔49〕铜壶：即铜漏，古代计时器。

杨显之

杨显之,生卒年代不详。大都人。元代前期重要杂剧家。钟嗣成《录鬼簿》卷上说他和"关汉卿莫逆之交,凡有文辞,与公较之,号杨补丁是也。"贾仲明挽词称他为"前辈老先生",说"王元鼎师叔敬,顺时秀伯父称。"可见他在当日曲家和戏曲艺人心目中的地位。生平所作杂剧八种,今存仅《临江驿潇湘秋夜雨》和《郑孔目风雪酷寒亭》两种,都是写家庭悲欢变化的,富有浓厚的生活气息,风格朴素,是元杂剧中本色派的名作。

临江驿潇湘秋夜雨[1]

楔 子

(末扮张天觉同正旦翠鸾领兴儿上[2],诗云)一片心悬家国恨,两条眉锁庙廊谋。总为浮云能蔽日,长安不见使人愁[3]。老夫姓张名商英,字天觉。叨中甲第以来[4],累蒙擢用。谢圣恩可怜,官拜谏议大夫之职。为因高俅、杨戬、童贯、蔡京苦害黎庶[5],老夫秉性忠直,累谏不从,圣人着老夫江州歇马[6]。我夫人不幸早年亡过,止留下一个女孩儿,小字翠鸾,长年一十八岁,未曾许聘他人。老夫自离了朝门,一路辛苦,到此淮河渡也。限次紧急,兴儿,与我唤将排岸司来者[7]!(兴儿云)理会的。(净扮排岸司上,诗云)腿上无毛嘴有髭,星驰电走不违时。沿河两岸常巡哨,以此加为排岸司。小官排岸司的便是。驿亭中大人呼唤,不知有甚事,须索走一遭去。老叔[8],报复去,道有排岸司来了也。(兴儿报科)(张天觉云)着他过来。(兴儿云)着过去。(做见科)(净云)大人唤排岸司有何分付?(张天觉云)排岸司,老夫奉圣人的命,将着家小,前往江州歇马;限次紧急,你不预备下船只,可不误了我的期限?好打!则今日我就要开船也。(净云)大人,这淮河神灵,比别处神灵不同,祭礼要三牲金银钱纸。烧了神符,若欢喜方可开船;若不欢喜,狂风乱起,浪滚波翻,那一个敢开!请问大人,不知可曾祭过神道不曾?(正旦云)这等,爹爹与他些钱钞,早些安排祭礼去。(张天觉云)孩儿,你不知,老夫是国家正臣,他是国家正神,何必要什么祭礼!岂不闻非其鬼而祭之,谄也[9]。(诗云)宋国非强楚,清淮异汨罗[10]。全凭忠信在,一任起风波。排岸司,快与我开了船者!(净云)船便开,倘若有些不测,只不要抱怨我。(做开船科)(兴儿云)呀!风浪起了,怎么好?怎么好?水渰了船也,救人!救人!(张天觉下)(净救正旦科,云)我救了这小姐也,再救那大人去。(下)(正旦云)翠鸾好险也！爹爹好苦也！这淮河里翻了船,多亏排岸司救了我的性命,尚不知我的爹爹生死若何？排岸司打捞去了,单留妾身在此,可怎了也！(外扮孛老上[11],见正旦科,云)兀那女子,你是何方人氏,姓甚名谁,你说与我听咱。(正旦云)妾身乃张天觉的女孩儿,小字翠鸾,长年一十八岁。因爹爹往江州歇马,来到这淮河渡,不听排岸司言语,不曾祭祀,开到中流,果然风浪陡作,翻了船。若不是排岸司救了我呵,那得这性命来。(孛老云)看这女子,也不是受贫的人,他乃官宦之家。我陪你在此等一等,若是你那做官的尚在,我送你去还他便了。(正旦云)怎么等了许久,那排岸司还不见来？我身上一来禁不过这湿衣服,二来天色渐晚,爹爹又不知下落；天呵,兀的不害杀我也！(孛老云)姐姐,我是这淮河边打渔的,叫做崔文远,家里离此不远。姐姐,你若肯与我做个义女儿,且在我家中住下,等日后寻见你那做官的,我着你子父每再得团圆。你意下如何？(正旦云)那壁老的若不弃嫌呵,我情愿与你做个女儿。(孛老云)既是这等,你就跟我家中去来。(正旦云)这些时不知我那爹爹在那里也呵！(唱)

【仙吕端正好】我恰才沉没这急流中,挣的到河滩上,只看我这湿渌渌上下衣裳。若不是渔翁肯把咱恩养,(带云)天那,(唱)这泼性命休承望[12]。(同下)

〔1〕《潇湘雨》：这是一本著名的婚变剧,故事内容不外一般文人弃

妻的格套,但女主人公勇于反抗、斗争的性格,却在同类题材的剧本中显出异样的光彩。第三折是全剧的高潮,遍体鳞伤、披枷带锁、负屈含冤的女主人公,在解差的怒喝声中,顶风冒雨,在痛苦中挣扎;风声、雨声,和女主人公的哀号之声,打成一片,眼泪更压倒了秋雨,不能不激起观众的巨大同情。第四折馆驿,张天觉、兴儿、驿丞、解子和女主人公翠鸾,反复用"词云"的形式互相埋怨,很富有戏剧性,可能受到前代说唱文学的影响。金院本中有《张天觉》一目,不知是否即为此剧所本? 今据《元曲选》本校注。

〔2〕张天觉:张商英,字天觉,号无尽居士。四川新津人。宋徽宗时历官尚书右仆射、中书侍郎,曾贬官衡州。《宋史》有传。

〔3〕"总为"二句:用唐李白《登金陵凤凰台》诗句。浮云,喻朝中奸邪。长安,泛指京都。

〔4〕甲第:科举考试列名第一等。

〔5〕高俅、杨戬(jiǎn俭)、童贯、蔡京:宋徽宗时四个权奸,相互勾结,狼狈为奸,招致靖康之变,给人民带来极大的苦难。

〔6〕江州:今江西九江。

〔7〕排岸司:管理河防和渡口的小吏。

〔8〕老叔:这里是对官员亲随的敬称。

〔9〕"非其鬼"二句:出《论语·为政》。是说不是自己应该祭祀的鬼神却去祭他,就是献媚。

〔10〕"宋国"二句:是说宋朝不是战国时的楚国,淮河也不是屈原自沉时的汨(mì秘)罗江。汨罗江,在湖南东北。

〔11〕孛老:戏曲角色名,在剧中扮老年男子。

〔12〕休承望:即休指望。

第 一 折

(张天觉领兴儿上,诗云)船过淮河渡,心忙去路催。岂知风浪起,揽下一天悲[1]。老夫张天觉是也。不听排岸司之言,到于中流,翻了船只,我那翠鸾女孩儿不知去向;我欲待亲自去寻来,限次又紧,着老夫左右两难,如何是好!如今沿途留下告示,如有收留小女翠鸾者,赏他花银十两。待到了江州,再遣人慢慢跟寻,又作道理。我那翠鸾孩儿,则被你痛杀我也!(下)(孛老上,云)欢来不似今朝,喜来那逢今日[2]。老汉崔文远的便是。自从探俺兄弟回来,见一个女孩儿,乃是张天觉大人的小姐。他父亲往江州歇马去,来到这淮河渡,不信排岸司之言,不曾祭献神道,便开了船,到这半途中,刮起大风,涌起波浪,将这船掀翻了。今他父亲不知所在。这个女孩儿也是有缘,我认他做了个义女。他自到我家来,倒也亲热,一家无二,每日前后照顾,再不嫌贫弃贱,也是老汉阴功所积。今日不出去打渔,在家中闲坐,看有甚么人来。(冲末扮崔甸士上,诗云)黄卷青灯一腐儒[3],九经三史腹中居。他年金榜题名后,方信男儿要读书。小生姓崔名通,字甸士。祖居河南人氏。幼习儒业,颇看诗书。受十年苦苦孜孜,博一任欢欢喜喜。小生如今上朝取应去,到此淮河渡。这里有个崔文远,他是俺爹爹的亲兄,顺便须探望他去。这就是伯父门首,待我叫一声:门里有人么!(孛老云)是谁唤门,我开了这门。(问科云)是那个?(崔甸士云)小侄是崔甸士,因上朝取应去,特来拜辞伯父。(孛老云)孩儿,请家里来。你父亲安康么？（崔甸士云）托赖伯父安康哩。（孛老云）你休便要去，且在我家里住几日。（崔甸士云）多谢伯父。（孛老云）你曾娶妻来么？（崔甸士云）上告伯父，古人有云：先功名而后妻室。小侄还不曾娶妻哩。（孛老云）我想这崔甸士是个有文才的，久已后必然为官。我有心将翠鸾孩儿聘与他为妻，未知他意下如何。待我唤他出来，和我侄儿厮见，我自有个主意。翠鸾孩儿，你出来。（正旦上，云）妾身翠鸾的便是。自从与父亲相别，并无音信，多亏了这崔老的认我做义女儿，他将我似亲女一般看待。我在这里怕不打紧[4]，知我那爹爹在于何处也呵！（唱）

【仙吕点绛唇】举目生愁、父亲别后、难根究。这一片悠悠[5]，可也还留得残生否！

【混江龙】若不是渔翁搭救，险些儿趁一江春水向东流[6]。我如今偷挨岁月，爹爹呵知他在何处沉浮。则我这一寸心怀千古恨、两条眉锁十分忧。多谢那老父恩临厚[7]，不将我似世人看待，直做个亲女收留。

（做见科，云）父亲呼唤翠鸾，有何分付？（孛老云）孩儿，我有个侄儿唤做崔甸士，他为进取功名去，路打我门首经过，来拜别我。你如今过去，与他相见咱。（正旦云）理会的。（孛老云）侄儿不知，我近新认了个义女儿，叫做翠鸾，特特唤他出来[8]，与你相见一面，你也好前后出入行走。（崔甸士云）伯父请过妹子来，小生与他相见咱。(孛老云)翠鸾孩儿,你过来把体面与哥哥相见者。(正旦做见科,云)哥哥万福。(崔甸士云)一个好女子也。(正旦唱)

【油葫芦】则见他抄定攀蟾折桂手[9],(崔甸士云)妹子,恕生面少拜识。(正旦唱)待趋前还褪后[10],我则索慌忙施礼半含羞。(崔甸士云)妹子,小生有缘得此一见。(正旦唱)则见他身儿俊俏庞儿秀。(崔甸士云)妹子,小生此后又不知何时重会哩。(正旦唱)则见他性儿温润情儿厚。且休夸潘安貌欠十分,子建才非八斗[11]。单只是白凉衫稳缀着鸳鸯扣[12],上下无半点儿不风流。

(崔甸士云)妹子,小生一来探望伯父,二来便辞别应举去也。(正旦唱)

【天下乐】则愿的早夺词场第一筹,文优福亦优[13]。宴琼林是你男儿得志秋。标题的名姓又香,打扮的体态又佾[14],准备着插宫花饮御酒。

(孛老云)老夫偌大年纪,别无一人,止有这个女孩儿未曾招嫁。我想侄儿聪明俊俏,有心待将这女孩儿与我侄儿为妻,我试问他咱。甸士,你曾娶妻来么?(崔甸士云)小生并未娶妻,伯父只管问我怎的?(孛老云)老夫偌大年纪,止有这个女孩儿。我见你堂堂人物,聪慧风流,久已后必然为官;我要招你为婿,久后送老汉入土,也有些光彩。甸士,便好道淑女可配君子[15],你心下如何?(崔甸士云)谨依尊命,多谢了伯父。(正旦云)

171

父亲救得我性命勾了,又要替我成就这亲事怎的?
(唱)

【醉中天】才救出淮河口,又送上楚峰头[16]。(做背哭科,云)俺那父亲呵,(唱)生死茫茫未可求,怎便待通媒媾。(孛老云)我儿,你怎么不答应我一句儿。姻缘,姻缘,事非偶然。我也须不误了你。(正旦唱)虽然道姻缘不偶,我可一言难就[17],有多少雨泣云愁。

(孛老云)我儿,这个是喜事,怎么倒哭起来!快不要这等,我看的那侄儿满腹文章,一定是做官的,故此将你许配了他。常言道女大不中留,你见那家女孩儿养老在家里的!你只依着我,就今日两边行一个礼,承认了吧。(正旦唱)

【金盏儿】元来他敬儒流,意绸缪[18],可甚么是非只为多开口,倒道我女大不中留。他分明亲许出,着我怎抬头。虽然俺心下有[19],我须是脸儿羞。

(孛老扯旦末行礼科,云)则今日好日辰,成合了这门亲事。侄儿,你与我便上朝求官应举去,得一官半职,回来改换家门。则是休忘了我的恩念。(正旦云)多谢父亲。则怕崔秀才此一去,久后负了人也。(崔甸士云)小生若负了你呵,天不盖,地不载,日月不照临。(正旦云)秀才也,你去则去,频频的捎个书信回来。(崔甸士云)小生知道,你放心者。(正旦唱)

【赚煞】则他这胸臆卷江淮,宝剑辉星斗。是俺那父亲匹配

172

下鸾交凤友[20]。想着你千里关山独自个走,则今宵有梦难投。你若到至公楼占了鳌头[21],则怕你金榜无名誓不休。莫便要心不应口,早做了背亲忘旧。(带云)崔秀才也,(唱)休着我倚柴门凝望断不归舟。(下)

(崔甸士云)则今日辞别了伯父,便索长行也。(做拜别科)(李老云)侄儿,则愿你早早成名,带挈我翠鸾孩儿做个夫人县君也。(诗云)成就良姻顷刻间,明春专望锦衣还。(崔甸士诗云)嫦娥自是贪年少,何怕蟾宫不许攀[22]。(同下)

〔1〕一天:即满天的、天大的。
〔2〕"欢来"二句:戏曲常语,多作上场诗用,亦见《虎头牌》第三折。
〔3〕黄卷青灯:喻书生攻读时的清苦生活。宋陆游《客愁》诗:"苍颜白发入衰境,黄卷青灯空苦心。"
〔4〕不打紧:不要紧,没关系。
〔5〕悠悠:深思,忧思。《诗经·邶风·终风》:"莫往莫来,悠悠我思。"
〔6〕一江春水向东流:用南唐后主李煜〔虞美人〕词句。
〔7〕恩临:一作"恩念",见本折下文。都是恩情、恩德的意思。
〔8〕特特:特地、特意。
〔9〕攀蟾折桂:传说月中有蟾蜍和桂树,因以攀蟾折桂、蟾宫折桂喻科举登第。
〔10〕褪(tùn 屯去声):退后。
〔11〕"且休夸"二句:潘安,即晋潘岳,字安仁,美姿仪,有掷果盈车的故事。小说、戏曲中多称潘郎或潘安。参见《墙头马上》第二折注释

〔5〕。子建,即三国时诗人曹植,字子建,有文才。南朝宋谢灵运说天下共有才一石,曹植独得八斗。

〔12〕白凉衫:南宋时士大夫的便服,即白色衫。

〔13〕文优福亦优:宋元成语,也作"文齐福亦齐"。是说文章优秀,运气也不错。

〔14〕俏(chǎo 炒):漂亮,美好。

〔15〕淑女可配君子:《诗经·周南·关雎》:"窈窕淑女,君子好逑。"是说美丽温柔的女子,是君子的好配偶。

〔16〕楚峰头:用巫山神女故事。这里指婚姻之事。巫山在楚地,故云楚峰。

〔17〕一言难就:一言难尽。

〔18〕绸缪(móu 谋):情意殷勤的意思。

〔19〕心下有:有,指男女间情爱的默契。宋王寀〔蝶恋花〕词:"应是春来初觉有,丹青传得厌厌瘦。"又元无名氏〔中吕·四换头〕曲:"从他别后,满眼风光总是愁。实心儿有,须索禁受。"

〔20〕鸾交凤友:指美好的伴侣、配偶。

〔21〕至公楼占了鳌头:科举得中状元,旧称独占鳌头。因引见时,状元地位稍前,正当殿阶正中石上镌刻升龙及巨鳌处,故云。至公楼,即至公堂,科举考试之大堂。

〔22〕"嫦娥"二句:宋无名氏〔鹧鸪天〕贺状元词:"时人莫讶登科早,自是嫦娥爱少年。"这里化用其意。

第 二 折

(净扮试官领张千上,诗云)皆言桃李属春官,偏我门墙另一般[1]。何必文章出人上,单要金银满秤盘。小官姓赵名钱,有一班好事的就与我起个表德[2],唤做孙李。今年轮着我家掌管主司考卷。我清耿耿不受民钱,干剥剥只要生钞[3]。目下有一举子,姓崔名通字甸士,揎过卷子[4],拟他第一。只是我还未曾复试。左右,与我唤将崔秀才来者。(崔甸士上,云)小生崔通,揎过卷子。今场贡主呼唤[5],须索走一遭去。(张千报科,云)报大人得知,崔秀才到了也。(试官云)着他过来。(张千云)着过去。(做见科)(崔甸士云)大人呼唤小生,不知为何?(试官云)你虽然揎过卷子,未曾复试你,你识字么?(崔甸士云)我做秀才,怎么不识字。大人,那个鱼儿不会识水。(试官云)那个秀才祭丁处不会抢馒头吃[6]。我如今写个字你识,东头下笔西头落,是个甚么字?(崔甸士云)是个一字。(试官云)好,不枉了中头名状元,识这等难字。我再问你会联诗么?(崔甸士云)联得。(试官云)河里一只船,岸上八个拽。你联将来。(崔甸士云)若还断了弹[7],八个都吃跌。(试官云)好、好,待我再试一首。一个大青碗,盛的饭又满。(崔甸士云)相公吃一顿,清晨饱到晚。(试官云)好秀才,好秀才!看了他这等文章,还做我的师父哩。张千,你问这秀才有婚无婚。(张千云)相公问你,有婚无婚。(崔甸士云)有婚是怎生,无婚是怎生?(张千云)相公,他问有婚是怎生,无婚是怎生。(试官云)若有婚,着他秦川做知县去[8]。若无婚,我家中有一百八岁小姐与他为妻。(张千云)敢是一十八岁?(试官云)是一十八岁。(张千云)秀才,俺相公说你若有婚,着你秦川做知县去。若无婚,有一小姐招你为婿。(崔甸士云)住者,等我寻思波。(背云)我伯父家那个女子,又不是亲养的,知他那里讨来的,我要他做甚么。能可瞒昧神祇[9],不可坐失机会。(回云)小生实未娶妻。(试官云)既然无妻,我招你做女婿。张千,着梅香在那灶窝里拖出小姐来。(张千云)理会的。(搽旦上,诗云)今朝喜鹊噪,定是姻缘到。随他走个乞儿来,我也只是呵呵笑。妾身是今场贡官的女孩儿。父亲呼唤,须索见去。(做见科,云)父亲,唤你孩儿为着何事?(试官云)唤你来别无他事,我与你招一个女婿。(搽旦云)招了几个。(试官云)只招了一个,你看一看好女婿么?(崔甸士云)好媳妇[10]。(试官云)好丈人么?(崔甸士云)好丈人。(试官觑张千科,云)好丈母么?(张千云)不敢。(试官云)崔甸士,我今日除你秦川县令,和我女儿一同赴任去。我有一个小曲儿唤做〔醉太平〕,我唱来与你送行者。(唱)

【醉太平】只为你人材是整齐,将经史温习,联诗猜字尽都知,因此上将女孩儿配你。这幞头呵除下来与你戴只[11],(做除幞头科)这罗襕呵脱下来与你穿只[12],(做脱罗襕科)弄的来身儿上精赤条条的。(云)张千,跟着我来。(唱)我去那堂子里把个澡洗。(下)

（崔甸士云）小姐，我与你则今日收拾了行程，便索赴任走一遭去。（诗云）拜辞他桃李门墙，趱行程水远山长。（搽旦诗云）不须办幞头袍笏，便好去幺喝撺箱[13]。（同下）（正旦上云）妾身翠鸾的便是，自从崔老的认我做义女儿，他有个侄儿是崔甸士，就将我与他侄儿为妻。他侄儿上朝取应去了，可早三年光景，说他得了秦川县令。他也不来取我，如今奉崔老的言语，着我收拾盘缠，直至秦川寻崔甸士走一遭去。他也少不的要看侄儿，就随后来看我。（叹科）嗨，我想这秀才们好是负心也呵！（唱）

【南吕一枝花】不甫能蟾宫折桂枝，金阙蒙宣赐。则道是洞房花烛夜，金榜可兀的挂名时[14]。我为你撇吊了家私，远远的寻途次，恨不能五六里安个堠子[15]，我看了些洒红尘秋雨的这丝丝，更和这透罗衣金风瑟瑟。

【梁州】我则见舞旋旋飘空的这败叶，恰便似红溜溜血染胭脂，冷飕飕西风了却黄花事。看了些林梢掩映，山势参差。走的我口干舌苦，眼晕头疵[16]。我可也把不住抹泪揉眵[17]，行不上软弱腰肢。我我我，款款的兜定这鞋儿，是是是，慢慢的按下这笠儿，呀呀呀，我可便轻轻的拽起这裙儿。我想起亏心的那厮，你为官消不得人伏侍？你忙杀呵写不得那半张纸？我也须有个日头儿见你时，好着我仔细寻思。

（云）可早来到秦川县了也，我问人咱。（做向古门问科，云）敢问哥哥，那里是崔甸士的私宅？（内云）则前面那个八字墙门便是。(正旦云)哥哥,我寄着这包袱儿在这里,我认了亲眷呵,便来取也。(内云)放在这里不妨事,你自去。(正旦云)门上有人么,你报复去,道有夫人在于门首。(祗从云)兀那娘子,你敢差走了,俺相公自有夫人哩。(正旦云)你道什么?(祗从云)俺相公自有夫人哩。(正旦唱)

【牧羊关】兀的是闲言语,甚意思,他怎肯道节外生枝。我和他离别了三年,我怎肯半星儿失志[18]。我则道他不肯弃糟糠妇,他原来别寻了个女娇姿。只待要打灭了这穷妻子[19]。呀、呀、呀!你畅好是负心的崔甸士。

(云)哥哥,你只与我通报一声。(祗从报科,云)告的相公知道,门首有夫人到了也。(搽旦云)兀那厮,你说什么哩?(祗从云)有相公的夫人在于门首。(搽旦云)他是夫人,我是使女?(崔甸士云)这厮敢听左了[20]。夫人,你休出去,只在这里伺候,待我看他去来。(正旦做见讫科,云)崔甸士,你好负心也。怎生你得了官,不着人来取我。(搽旦云)好也啰,你道你无媳妇,可怎生又有这一个来?我则骂你精驴禽兽,兀的不气杀我也!(做呕气科)(崔甸士云)夫人息怒,这个是我家买到的奴婢。为他偷了我家的银壶台盏,他走了,我一向寻他不着。他今日自来投到,岂不是飞蛾扑火,自讨死吃的。左右,拿将下去,洗剥了与我打着者[21]!(祗从做拿,旦不伏科)(正旦唱)

【隔尾】我则待妇随夫唱和你调琴瑟[22]，谁知你再娶停婚先有个泼贱儿。（搽旦怒云）你这天杀的，他倒骂我哩。（崔甸士云）左右，还不扯下去打呀。（正旦唱）倒将我横拖竖拽离阶址。（带云）崔甸士，（唱）你须记的那时亲设下誓词。（崔甸士云）胡说，我有什么誓词！（正旦唱）你说道不亏心不亏心，把天地来指。

（崔甸士云）左右，你道他真个是夫人那，不与我拿翻，不与我洗剥，不与我着实打，你须看我老爷的手段，着你一个个充军。（连做拍案，祗从拿倒打科）（正旦唱）

【哭皇天】则我这脊梁上如刀刺，打得来青间紫。嗖嗖的雨点下，烘烘的疼半时。怎当他无情无情的棍子，打得来连皮彻骨，夹脑通心，肉飞筋断，血溅魂消。直着我一疼来一疼来一个死。我只问你个亏心甸士，怎揣与我这无名的罪儿？

（崔甸士云）你要乞个罪名么？这个有。左右，将他脸上刺着"逃奴"二字，解往沙门岛去者[23]。（祗从云）理会的。（正旦唱）

【乌夜啼】你这短命贼，怎将我来胡雕刺[24]，迭配去别处官司[25]。世不曾见这等跷蹊事，哭的我气噎声丝。诉不出一肚嗟咨，想天公难道不悲慈。只愿得你嫡亲伯父登时至，两下里质对个如何是，看你那能牙利齿，说我甚过犯公私？

（崔甸士云）左右，便差个能行快走的解子，将这逃奴解到沙门岛。一路上则要死的，不要活的。便与我解将去。（正旦云）崔甸士，你好狠也！（唱）

179

【黄钟煞】休休休,劝君莫把机谋使,现现现,东岳新添一个速报司[26]。你你你,负心人信有之,咱咱咱,薄命妾自不是。快快快,就今日逐离此,行行行,可怜见只独自。细细细,心儿里暗忖思,苦苦苦,业身躯怎动止?管管管,少不的在路上停尸。(做悲科,唱)哎哟天那!但不知那塌儿里把我来磨勒死!(同解子下)

（搽旦云）相公,莫非是你的前妻?敢不中么?不如留他在家,做个使用丫头,也省的人谈论。(崔甸士云)夫人不要多心,我那里有前妻来。(搽旦云)他适才说等你嫡亲伯父来,要和你面对,这怎么说?(崔甸士云)是我有个亲伯父,叫做崔文远。这原是我伯父家丫头,卖与我的。你看他模样倒也看的过,只是手脚不好要做贼。我前日到处寻不着他,今日自来寻我,怎么饶的他过。如今这一去遇秋天阴雨,棒疮发呵,他也无那活的人也。咱和你后堂中饮酒去来。(诗云)幸今朝捉住逃奴,迭配去必死中途。(搽旦诗云)他若果然是前时妻小,倒不如你也去一搭里当夫[27]。(同下)

〔1〕"皆言"二句:唐刘禹锡《宣上人远寄和礼部王侍郎放榜后诗因而继和》:"一日声名遍天下,满城桃李属春官。"语出此。桃李,喻天下英才。春官,指礼部主管官员。门墙,指老师的门庭。

〔2〕表德:字、号、绰号的通称。

〔3〕生钞:新币、现钞。

〔4〕揎过卷子:交上了考卷。

〔5〕贡主:主持贡举的主考官。

〔6〕祭丁:即丁祭。旧时祭祀孔子,于每年阴历二月、八月上旬丁日举行,故曰祭丁。

〔7〕弹(tán谈):即弹子,牵引船只的绳子。宋周密《齐东野语》卷二十舟人称谓有据条:"以牵船之索曰'弹子'。"

〔8〕秦川:金、元皆无此建置,疑为虚构地名。

〔9〕能可:宁可。

〔10〕好媳妇:此白与上文不相对应,似有脱误。

〔11〕幞头:官员所戴的头巾。幞头起于后周,后来有直脚、局脚、交脚、朝天、顺风诸式。

〔12〕襕:即襕衫,一种上下衣相连的服装,圆领大袖,下施横襕为裳,腰间有襞积。宋时进士、国子生及州县生通服之。

〔13〕幺喝撺箱:即坐堂问案。撺箱,官府受理词讼投放诉状的箱子。参见《窦娥冤》第二折注释〔27〕。

〔14〕"则道是"二句:出宋人夸人得意诗,原文为:"久旱逢甘雨,他乡遇故知。洞房花烛夜,金榜挂名时。"见宋洪迈《容斋四笔》卷八。花烛,指婚礼。

〔15〕堠子:路旁标记里程的土堆。五里单堠,十里双堠。唐韩愈《路傍堠》诗:"堆堆路傍堠,一双复一只。"

〔16〕眼晕头疵(cī慈):眼晕头昏。疵,小毛病,引申作小小不适。本折韵用"支思",顾曲斋本作"庇",则误入"齐微"。

〔17〕眵(chī痴):眼屎。

〔18〕失志:有失分寸,即差错。

〔19〕打灭:抛弃,打杀。

〔20〕听左:听错,差听。左,相反。

〔21〕洗剥:剥去衣服。

〔22〕琴瑟：两种乐器名，比喻夫妇和好。《诗经·小雅·常棣》："妻子好合，如鼓瑟琴。"

〔23〕沙门岛：在山东蓬莱东北大海中，是宋代流放犯人的地方。

〔24〕胡雕剌：胡雕乱剌。指上文面上刺字而说。

〔25〕"迭配"句：即发配到别处吃官司。

〔26〕"东岳"句：东岳泰山，道教传说主管人间生死、贵贱、祸福之神，总管七十二司。速报司主管现时报应诸事，或谓由包公所掌。

〔27〕当夫：当差，服差役。这里语意双关，夫，亦指丈夫。

第 三 折

（张天觉领兴儿、祇从上，诗云）一去江州三见春，断肠回首泪沾巾；凄凉唯有云端月，曾照当时离散人[1]。老夫张天觉，自与我孩儿翠鸾在淮河渡翻船之后，可早又三年光景也。谢圣恩可怜，道老夫廉能清正，节操坚刚，常怀报国之心，并无于家之念[2]，加老夫天下提刑廉访使，敕赐势剑金牌，先斩后闻。这圣意无非着老夫体察滥官污吏，审理不明词讼。老夫虽然衰迈，岂敢惮劳！但因想我翠鸾孩儿，忧愁的须鬓斑白，两眼昏花，全然不比往日了。我几年间着人随处寻问，并没消耗。时遇秋天，怎当那凄风冷雨，过雁吟虫[3]。眼前景物，无一件不是牵愁触闷的。兴儿，兀的不天阴下雨了也。行动些！（诗云）一自做朝臣，区区受苦辛。乡园千里梦，鞍马十年尘。亲儿生失散，祖业尽飘沦。正值秋天暮，偏令客思殷。你看那洒洒潇潇雨,更和这续续断断云,黄花金兽眼,红叶火龙鳞。山势嵯峨起,江声浩荡闻。家僮倦前路,一样欲销魂。兴儿,前面到那里也?(兴儿云)老爷,前至临江驿不远了。(张天觉云)若到临江驿,老夫权且驻下者。正是,长江风送客,孤馆雨留人[4]。(同下)(正旦带枷锁同解子上,云)好大雨也!(诗云)我本是香闺少女,可怜见无人做主。遭迭配背井离乡,正逢着淋漓骤雨。哥哥,你只管里将我来棍棒临身,不住的拷打,难道你的肚肠能这般硬,再也没那半点儿慈悲的?(做悲科)天啊,天啊!我委实的衔冤负屈也啊!(唱)

【黄钟醉花阴】忽听的摧林怪风鼓,更那堪瓮滗盆倾骤雨[5]!耽疼痛,捱程途,风雨相催,雨点儿何时住?眼见的折挫杀女娇姝,我在这空野荒郊,可着谁做主。

(解子云)快行动些,这雨越下的大了也。(正旦唱)

【喜迁莺】淋的我走投无路,知他这沙门岛是何处酆都[6]!长吁气结成云雾,行行里着车辙把腿陷住[7],可又早闪了胯骨。怎当这头直上急簌簌雨打[8],脚底下滑擦擦泥淤。

(正旦做跌倒科)(解子云)你怎么跌倒了来?(正旦云)哥哥,这里滑。(解子云)千人万人走都不跌,偏你走便跌倒了?我如今走过去,滑呵,万事罢论。若不滑呵,我将你两条腿打做四条腿。(解子走跌倒科,云)快扶我起来。兀那女子,你往那边儿走,这里有些滑。(正

旦唱)

【出队子】好着我急难移走,淋的来无是处[9]。我吃饭时晒干了旧衣服,上路时又淋湿我这布裹肚,吃交时掉下了一个枣木梳[10]。

(解子云)你又怎的?(正旦云)掉了我枣木梳儿也。(解子云)掉了罢,到前面另买个梳子与你。(正旦云)哥哥,你寻一寻,到前面你也要梳头哩。(解子云)你也是个害杀人的。(做脚踏科,云)这个想是了,我就这水里把泥洗去了。如今有了梳子,你快行动些。(正旦唱)

【幺篇】我心中忧虑,有三桩事我命卒。(解子云)可是那三桩事?你说我听。(正旦唱)这云呵他可便遮天映日,闭了郊墟;这风呵恰便似走石吹沙,拔了树木;这雨呵他似箭杆悬麻[11],妆助我十分苦[12]。

(解子云)你走便走,不走我打你也。(正旦云)哥哥,(唱)

【山坡羊】则愿你停嗔息怒,百凡照觑。怎便精唇泼口[13],骂到有三十句!这路崎岖,水萦纡,急的我战钦钦不敢望前去。况是棒疮发怎支吾,刚挪得半步。(带云)哥哥,你便打杀我呵。(唱)你可也没甚福!

(解子云)你休要多嘴多舌,如今秋雨淋漓,一日难走一日,快与我行动些。(正旦唱)

【刮地风】则见他努眼撑睛大叫呼[14],不邓邓气夯胸脯[15]。

我湿淋淋只待要巴前路,哎!行不动我这打损的身躯。(解子喝科,云)还不走哩!(正旦唱)我捱一步又一步何曾停住,这壁厢那壁厢有似江湖。则见那恶风波,他将我紧当处[16]。问行人踪迹消疏[17],似这等白茫茫野水连天暮,(带云)哥哥也,(唱)你着我女孩儿怎过去?

(解子云)你又怎的?(正旦云)哥哥,这般水深泥泞,我怎生走的过去!望哥哥可怜见,扶我一扶过去。(解子云)则被你定害杀我也!我扶将你过去。我问你,你怎生是他家梅香?你将他家金银偷的那里去了?他如今着我害你的性命哩,你可实对我说。(正旦云)我那里是他家梅香,偷了金银走来!(唱)

【四门子】告哥哥一一言分诉,那官人是我的丈夫,我可也说的是实又不是虚。寻着他指望成眷属,他别娶了妻道我是奴,我委实的衔冤负屈。

(解子云)这等说起来,是俺那做官的不是。如今我也饶不得你,快行动些。(正旦唱)

【古水仙子】他他他,忒狠毒,敢敢敢,昧己瞒心将我图[18]。你你你,恶狠狠公隶监束,我我我,软揣揣罪人的苦楚。痛痛痛,嫩皮肤上棍棒数,冷冷冷,铁锁在项上拴住。可可可,干支刺送的人活地狱[19],屈屈屈,这烦恼待向谁行诉!(带云)哥哥,(唱)来来来,你是我的护身符。

(解子云)天色晚了也。快行动些,寻一个宵宿的去处。(正旦唱)

【随尾】天与人心紧相助[20]。只我这啼痕向脸儿边厢聚。(带云)天那,天那!(唱)眼见的泪点儿更多如他那秋夜雨!(同下)

　　[1] "凄凉"二句:与唐李白《苏台怀古》"只今唯有西江月,曾照吴王宫里人"句式相同,唯李诗为怀古,此为怀人。
　　[2] 于家:即为家、为己。
　　[3] 吟虫:蟋蟀。
　　[4] 长江风送客,孤馆雨留人:二句为唐代诗人贾岛佚句。
　　[5] 瓮㵎(jiǎn 剪)盆倾:形容大雨之猛,如缸倒盆翻。㵎,泼水。
　　[6] 酆(fēng 风)都:迷信说法中的冥府、地狱。
　　[7] 行行里:走着走着。
　　[8] 头直上:头顶上。
　　[9] 无是处:束手无策,无法可想。
　　[10] 吃交:跌交,摔倒。
　　[11] 箭杆悬麻:形容骤雨如射人的箭,乱挂的麻。
　　[12] 妆助:妆点,相助。
　　[13] 精唇泼口:即精唇破口,喻开口骂人,爱说粗话。
　　[14] 努眼撑睛:即瞪眼张睛,怒视。
　　[15] 不邓邓:即扑腾腾,怒气填胸的样子。
　　[16] 紧当处:紧紧地拦阻住。当,通"挡"。
　　[17] 消疏:稀少。
　　[18] 图:亏图,谋害的意思。
　　[19] 干支剌:平白无故地、活生生地。
　　[20] 天与人心紧相助:谓天有凄风苦雨,人有莫大的冤屈,苍天与人心相互影响,更使人难以忍受。

第 四 折

(净扮驿丞上,诗云)往来迎送不曾停,廪给行粮出驿丞[1]。管待钦差犹自可,倒是亲随伴当没人情[2]。小可是临江驿的驿丞。昨日打将前路关子来[3],道廉访使大人在此经过,不免打扫馆驿干净,大人敢待来也。(孛老上云)老汉崔文远的便是。自从着我女儿翠鸾寻找我那侄儿崔甸士去了,音信皆无;我亲到秦川县,看我那女儿去。天色晚了也,又下着这般大雨,我且在这馆驿里寄宿一夜,明日早行。(驿丞见科,云)兀那老头儿,你做甚么?(孛老云)雨大的紧,前路又没去处,这馆驿中不问那里,胡乱借我宿一夜,明日绝早便去。(驿丞云)老头儿你不知道,如今接待廉访大人,休要大惊小怪的,你去那厨房檐下歇宿去。(孛老云)多谢了。(下)(张天觉引兴儿、祗从上,云)老夫张天觉。来到这临江驿也,兴儿,你莫不身上着雨来么?(兴儿云)老爷,这般大雨,身上衣服都湿透了也。(张天觉云)既然是这等,我且在馆驿里避雨咱。(驿丞接科,云)小的是临江驿驿丞,在此迎接,请大人公馆中安歇。(张天觉云)兴儿,我一路上鞍马劳顿,我权且歇息,休要着人大惊小怪的。若惊觉老夫睡呵,我只打你。便与我分付去。(兴儿云)理会的。兀那驿丞,我分付你:大人歇

187

息,不许着人大惊小怪;若打醒了睡[4],要打我哩。分付你去。(驿丞云)这个我知道。(解子同正旦上)(正旦云)解子哥哥,这一天雨都下在俺两个身上也。(解子云)这大雨若淋杀你呵,我也倒省些气力,这沙门岛好少路儿哩。(正旦云)哥哥,这风雨越大了也。(唱)

【正宫端正好】雨如倾,敢则是风如扇,半空里风雨相缠。两般儿不顾行人怨,偏打着我头和面。

【滚绣球】当日个近水边,到岸前,怎当那风高浪卷!则俺这两般儿景物凄然,风刮的似箭穿,雨下的似瓮瀽。看了这风雨呵委实的不善,也是我命儿里惹罪招愆[5]。我只见雨淋淋写出潇湘景,更和这云淡淡妆成水墨天[6]。只落的两泪涟涟!

(解子云)你休烦恼,我和你到临江驿寄宿去来。(做叫门科,云)馆驿子开门来!(驿丞云)又是那一个,我开开这门。这弟子孩儿好大胆也,廉访使大人在这里歇息。你只在门外;你若大惊小怪的,我就打折你那腿!我关上这门。(解子云)可不是悔气,原来有廉访使大人在这里,俺休要大惊小怪的。我脱了这衣服,我自家扭扭干。(做脱衣科,云)呀!袖儿里还有个烧饼,待我吃了罢。(正旦云)哥哥,你吃什么哩?(解子云)我吃烧饼哩!(正旦云)哥哥,你与我些儿吃波。(解子云)我但是吃东西,你便讨吃。也罢,我与你些儿吃。(正旦云)哥哥,你多与我些儿吃波。(解子云)一个烧饼我与

你些儿吃,你嫌少,没的我都与你吃了罢[7]!(正旦唱)
【伴读书】我这里告解子且消遣[8],我肚里饥难分辩。只他这风风雨雨强将程途来践,走的我筋舒力尽浑身战,一身疼痛十分倦。我我我立盹行眠[9]。

【笑和尚】我我我捱一夜似一年。我我我埋怨天,我我我敢前生罚尽了凄凉愿。我我我哭干了泪眼,我我我叫破了喉咽。来来来哥哥、我怎把这烧饼来咽!

(做哭科,云)哎呀,天也!我便在这里,不知我那爹爹在那里也!(张天觉云)翠鸾孩儿,兀的不痛杀我也!我恰才合眼,见我那孩儿在我面前一般,正说当年之事,不知是甚么人惊觉我这梦来。皆因我日暮年高,梦断魂劳[10],精神惨惨,客馆寥寥。又值深秋天道,景物萧条;江城夜永,刁斗声焦[11];感人凄切,数种煎熬;寒蛩唧唧,塞雁叨叨;金风淅淅,疏雨潇潇;多被那无情风雨,着老夫不能合眼。我正是闷似湘江水,涓涓不断流[12];又如秋夜雨,一点一声愁。我恰才分付兴儿,休要大惊小怪的。这厮不小心,惊觉老夫睡,该打这厮也。(兴儿云)我分付他那驿丞了,他不小心,我打这厮去。(做打驿丞科,云)兀那厮!我分付来,休要大惊小怪的,惊觉老爷睡。倒要打我,我只打你!(驿丞云)大叔休打,你自睡去。都是这门外的解子来,我开开这门,我打这厮去。(做打解子科,云)兀那解子!我着你休大惊小怪的,你怎生啼啼哭哭,惊觉廉访大人。恰才那伴当,他便

189

打我,我只打你!(解子云)都是这死囚!(词云)这大古里是那孟姜女千里寒衣[13],是那赵贞女罗裙包土[14]。便哭杀帝女娥皇也,谁许你洒泪去滴成斑竹[15]!(正旦词云)告哥哥不须气扑,我冤枉事谁行诉与。从今后忍气吞声,再不敢号咷痛哭。爹爹也,兀的不想杀我也!(张天觉云)翠鸾孩儿,只被你痛杀我也!恰才与我那孩儿数说当年淮河渡相别之事,不知是甚么人惊觉我这梦来。(词云)一者是心中不足,二者是神思恍惚。恰合眼父子相逢,正数说当年间阻。忽然的好梦惊回,是何处凄凉如许?响玎珰铁马鸣金,只疑是冷飕飕寒砧捣杵[16],错猜做空阶下蛩絮西窗,遥想道长天外雁归南浦[17]。我沉吟罢仔细听来,原来是唤醒人狂风骤雨。我对此景无个情亲[18],怎不教痛心酸转添凄楚!孩儿也你如今在世为人,还是他身归地府?也不知富贵荣华,也不知遭驱被掳[19]!白头爷孤馆里思量,天那,我那青春女在何方受苦!我分付兴儿来,你休要大惊小怪的,可怎生又惊觉老夫。(做打兴儿科)(兴儿云)老爷休打我,都是那驿丞可恶。(出见驿丞科,云)兀那驿丞!我着你休大惊小怪的,你怎生又惊觉老爷的睡来。(词云)我将你千叮万嘱,你偏放人长号短哭。如今老爷要打的我在这壁厢叫道阿呀,我也打的你在那壁厢叫道老叔。(驿丞云)都是这门外边的解子,我开开这门,打那厮。兀那厮,兀那解子!我再三的分付你,休要大惊小怪的,你又惊觉廉访大人的睡来,你这弟子孩儿!(词云)虽然是被风雨淋淋渌渌,也不合故意的喃喃笃笃。他伴当若打了我一鞭,我也就拷断你娘的脊骨。(解子词云)只听的高声大语,开门看如狼似虎。想必你不经出外,早难道惯曾为旅[20]。你也去访个因由,要打我好生冤屈。不争那带长枷、横铁锁、愁心泪眼的臭婆娘,惊醒了他这驰驿马、挂金牌、先斩后闻的老宰辅;比及俺忍着饥、担着冷、讨憎嫌、受打拷、只管里棍棒临身,倒不如汤着风、冒着雨、离门楼、赶店道、别寻个人家宵宿[21]。(正旦词云)隔门儿苦告哥哥,听妾身独言肺腑。但肯发慈悲肚肠,就是我生身父母。且休提一路上千辛万苦,只脚底水泡儿不知其数。悬麻般骤雨淋漓,急箭似狂风乱鼓。定道是馆驿里好借安存,谁想你恶哏哏将咱赶出。便要去另觅个野店村庄,黑洞洞知他何方甚所?若不是逢豺虎送我残生,必然的埋葬在江鱼之腹。顷刻间便撞起响珰珰山寺晓钟,且容咱权避这淅零零潇湘夜雨。(张天觉云)天色明了也。兴儿,你去门首看是甚么人闹这一夜,与我拿将过来!(做拿解子、正旦,见旦认科,云)兀的不是我爹爹!(张天觉云)兀的不是翠鸾孩儿!这三年你在那里来,你为什么披枷带锁的?(正旦做哭科,云)爹爹不知。自从孩儿离了爹爹,有个崔老的救了我,他认我做义女。他有个侄儿是崔通,就着他与你孩儿做了女婿。他进取功名去,做了秦川县令。因他不来取我,有崔老的言语,着我寻他去。不想他别娶了妻房,说我是逃奴,将我迭配沙门岛去,一路上只要死的,不要活的,幸得今日遇着爹爹。爹爹也,怎生与你孩儿做主咱！(张天觉云)快开了枷锁者！那厮这等无礼,左右那里,速去秦川县与我拿将崔通来！(正旦云)爹爹,他在秦川为理,若差人拿他,也出不的孩儿这口气,须是我领着祗从人,亲自拿他走一遭去。正是:常将冷眼看螃蟹,看你横行得几时。(同祗从下)(崔甸士上,云)小官崔通是也。前日那一个女人,本等是我伯父与我配下的妻子[22],被我生各支拷做逃奴,解他沙门岛去,已曾分付解子,着他一路上只要死的,不要活的,怎么去了好几日,也还不见来回话？我那夫人只管将这桩事和我吵闹不了。(做惊科,云)怎么我这眼连跳又跳的,想是夫人又来合气了。(正旦领祗从上,云)可早来到秦川县也,左右,打开门进去！(做见科,云)兀的不是崔通！左右,与我拿住者！(崔甸士云)奇怪,你每是那里来的？(祗从云)廉访使大人勾你哩！(正旦云)崔通,今日我也有见你的时节么！左右,与我剥去了冠带,好生锁着。(崔甸士云)小娘子可怜见,可不道夫乃妇之天也[23]。(正旦唱)

【快活三】我揪将来似死狗牵,兀的不夫乃妇之天。任凭你心能机变口能言,(带云)去来,(唱)到俺老相公行说方便。

(崔甸士云)我早知道是廉访使大人的小姐,认他做夫人可不好也。(正旦云)左右,还有一个泼妇,也与我去拿出来。(祇从拿搽旦上科)(搽旦云)我也是官宦人家小姐,怎把我做烧火的一般这等扯扯拽拽,你岂不晓得妇人有事,罪坐夫男。这都是崔通做出来的,干我甚事!(正旦怒云)左右,与我一并锁了。(搽旦云)且不要啰唣,俺父亲做官,专好唱〔醉太平〕的小曲儿,我也学的会唱。小姐,待我唱与你听。(唱)

【醉太平】我道你是聪明的卓氏[24],我道你是俊俏西施;怎肯便手零脚碎窃金赀[25],这都是崔通来妄指。(正旦云)左右,与我快锁了者。(搽旦云)呵哟,我戴凤冠霞帔的夫人是好锁的!待我来。(除凤冠科,唱)解下了这金花八宝凤冠儿,(脱霞帔科,唱)解下这云霞五彩帔肩儿;都送与张家小姐妆台次,我甘心倒做了梅香听使。

(正旦云)左右,都锁押了,带他见俺爹爹去来。(下)(张天觉上,云)自从孩儿亲拿崔通去了,怎生许久还不见到?(正旦押崔甸士、搽旦上科,云)爹爹,我拿将那两个贼丑生来了也。(张天觉云)那厮敢这等无礼,待老夫写表申朝,问他一个交结贡官,停妻再娶,纵容泼妇,枉法成招大大的罪名;一面竟将他两个押赴通衢[26],杀坏了者!(孛老慌上,云)不知什么人大惊小怪的,我试看咱。(做认科,云)兀的不是翠鸾孩儿,你在那里来?(正旦云)呀,父亲!我认崔通去,他别娶了一个,倒说我是逃奴,将我迭配沙门岛去,肯分的遇着我

193

爹爹[27]。如今要将他杀坏了也。(孛老劝科,云)小姐,怎生看老汉的面上,饶了他这性命。小姐意下如何?(正旦唱)

【鲍老儿】他是我今世仇家宿世里冤,恨不的生把头来献。(崔甸士云)伯父,你与我劝一劝波,我如今情愿休了那媳妇,和小姐重做夫妻也。(孛老云)小姐,你只饶了他者。(正旦唱)我和他有甚恩情相顾恋?待不沙又怕背了这恩人面。只落的嗔嗔忿忿,伤心切齿,怒气冲天。

(正旦引孛老见张科,云)爹爹,这个便是救我命的崔文远,看恩人面上,连崔通也饶了他罢。(张天觉云)那崔通怎好饶的?(孛老云)老相公,你小姐元是我崔文远明婚正配,许与侄儿崔通的,如今情愿休了那媳妇,与小姐重做夫妻,可不好也。(张天觉云)孩儿,你意下如何?(正旦云)这是孩儿终身之事,也曾想来。若杀了崔通,难道好教孩儿又招一个!只是把他那妇人脸上,也刺泼妇两字,打做梅香,伏侍我便了。(张天觉云)这也说的有理。左右,将那厮拿过来,看崔文远面上,饶免死罪!将恩人请至老夫家中,养赡到老;小姐还与崔通为妻;那妇人也看他父亲赵礼部面上,饶了刺字,只打做梅香,伏侍小姐。(搽旦哭,云)一般的父亲,一般的做官,偏他这等威势,俺父亲一些儿救我不得!我老实说,梅香便做梅香,也须是个通房[28];要独占老公,这个不许你的。(张天觉云)左右,将冠带来还了崔通,待他与小姐成亲之后,仍到秦川做官去者。(正旦、崔甸士俱冠带,搽旦扮梅香,伏侍拜见科)(张天觉云)我儿昔日在淮河渡分散之时,谁想有今日也。(正旦唱)

【货郎儿】想着淮河渡翻船的这灾变,也是俺那时乖运蹇;定道是一家大小丧黄泉。排岸司救了咱性命,崔老的与我配了姻缘,今日呵谁承望父子和夫妻两事儿全。

(崔甸士云)天下喜事,无过父子完聚,夫妇团圆。容小官杀羊造酒,做个庆贺的筵席,与岳父大人把一杯者。

(做奉酒科)(正旦唱)

【醉太平】不争你亏心的解元,又打着我薄命的婵娟。险些儿做乐昌镜破不团圆[29],干受了这场罪谴。爹爹呵另巍巍稳掌着森罗殿[30],崔通呵喜孜孜还归去秦川县,我翠鸾呵生剌剌硬踹入武陵源,也都是苍天可怜。

【尾煞】从今后鸣琴鼓瑟开欢宴,再休提冒雨汤风苦万千,抵多少待得鸾胶续断弦[31]。把背飞鸟纽回成交颈鸳,隔墙花攀将做并蒂莲。你若肯不负文君头白篇[32],我情愿举案齐眉共百年[33]。也非俺只记欢娱不记冤,到底是女孩儿的心肠十分样软。

(张天觉云)当初失却渡淮船,父子飘流限各天。消息经年终杳杳,肝肠无日不悬悬。已知衰老应难会,犹喜神明暗自怜。渔父偶收为义女,崔生乍见结良缘。从来好事多磨折,偏遇奸谋惹罪愆。苦誓一心同蜀郡[34],远寻千里到秦川。剑沉龙浦还重合[35],镜剖鸾台复再圆[36]。秉烛今宵更相照,相逢或恐梦魂前[37]。
　　题目　淮河渡波浪石尤风[38]
　　正名　临江驿潇湘秋夜雨

　　[1] 廪(lǐn凛)给行粮:廪给,官府供给的粮食;行粮,指旅途所用的干粮。这里指驿站所供应的酒、肉、面、米等。详见《元史·兵志·站赤》。
　　[2] 亲随伴当没人情:亲随、伴当,皆指贴身伏侍官员的佣人。人情,即情面。
　　[3] 关子:即关文,官府间相互通报情况的文书。
　　[4] 打醒了睡:即打搅了睡。
　　[5] 惹罪招愆(qiān千):招惹来过错、罪过。
　　[6] "我只见"二句:是说淋淋雨水,淡淡云雾,妆点成一幅惨淡的潇湘暮雨图。
　　[7] 没的:难道。
　　[8] 消遣:即消停,忍耐、从容的意思。
　　[9] 立盹行眠:站着或走着,都在打盹入睡,形容极度疲劳的样子。
　　[10] 梦断魂劳:在睡梦中魂魄不能安宁。
　　[11] 刁斗:古代军中用具,以铜为之,受一斗,白天用以煮饭,夜间敲击以备警戒。
　　[12] "我正是"二句:是说愁闷如湘江之水,在源源不断地流着。传说古代舜的二妃娥皇、女英,舜死后在湖南湘水边哭吊,后为湘水之神。又,南唐后主李煜〔虞美人〕词:"问君能有几多愁,恰似一江春水向东流",当化用此意。
　　[13] 孟姜女千里寒衣:古代民间传说故事,出汉刘向《列女传》,演变至唐代已有送寒衣的情节。敦煌曲子词〔捣练子〕:"孟姜女,杞良妻,

一去烟(燕)山更不归。造得寒衣无人送,不免自家送征衣。"

〔14〕赵贞女罗裙包土:即赵五娘罗裙包土为公婆造墓故事,早期南戏已有《赵贞女蔡二郎》之目,当起于南宋。详见《琵琶记》。

〔15〕"便哭杀"二句:古代神话谓舜南巡不反,葬于苍梧之野,舜妃娥皇、女英痛哭不已,泪下沾竹,竹悉成斑。见南朝梁任昉《述异记》。斑竹,紫竹,上有紫色或灰褐色斑点,亦名湘妃竹。

〔16〕寒砧(zhēn 针)捣杵(chǔ 处):寒秋时的捣衣之声。砧,捣衣石。杵,捣衣棒棰。

〔17〕雁归南浦:南浦,泛指江河的南岸,古代诗词中多用为送别之处。屈原《九歌·河伯》:"送美人兮南浦。"南朝梁江淹《别赋》:"送君南浦,伤之如何。"今雁归而人不归,岂不更感悲痛。

〔18〕情亲:即"亲情"之倒文,指亲眷、亲人。

〔19〕遭驱被掳:被人掠卖,沦为奴仆之意。金、元称奴仆为驱丁或驱口。

〔20〕"想必你"二句:意为不常出外,不知作客的难处。宋元俗谚:"在家不会迎宾客,出路方知少主人",又"惯曾为旅偏怜客,自己贪杯惜醉人",取义于此。

〔21〕宵宿:夜宿,过夜的地方。宵,夜晚。

〔22〕本等:本来,原来。

〔23〕夫乃妇之天:出《仪礼·丧服传》:"夫者,妻之天也。"以天地之序,比附伦常关系。天是至高的尊称,故以称夫,这是封建意识。

〔24〕卓氏:即司马相如的妻子卓文君。

〔25〕手零脚碎:谓手脚不干净,爱偷东西。

〔26〕通衢(qú 渠):指市区的大路口。衢,四通八达的道路。

〔27〕肯分:恰恰,凑巧。

〔28〕通房:又作"收房",可以与男主人同居的使女。

〔29〕乐昌镜破:喻夫妇离散。南朝陈太子舍人徐德言,娶后主妹乐昌公主,时陈政方乱,德言恐国破后夫妻不能相保,因破镜为二,各持一半,以为他日重合之信。及陈亡,妻果没入杨素家。德言辗转入京,见有老人卖破镜,因出半镜合之并作诗一首。乐昌得知,悲泣不食。杨素感其情义,即召德言,还其妻。见唐孟棨《本事诗·情感》。

〔30〕另巍巍:庄重威严的样子。

〔31〕鸾胶续断弦:传说海上有凤麟洲,上有仙人,能以凤啄麟角合煎作胶,可续断弦,叫鸾胶。见汉东方朔《海内十洲记》。又,古以琴瑟喻夫妇,故称妻死为断弦,再娶为续弦。

〔32〕文君头白篇:即《白头吟》。汉刘歆《西京杂记》卷三:"司马相如将聘茂陵人女为妾,卓文君作《白头吟》以绝,相如乃止。"

〔33〕举案齐眉:形容夫妇相敬如宾。参见《窦娥冤》第二折注释〔11〕。

〔34〕同蜀郡:是说自己的心情和蜀郡卓文君一样的贞烈。

〔35〕"剑沉龙浦"句:《晋书·张华传》:曹焕得丰城剑,一献张华,一自佩。死后,其子带剑过延平津,剑忽飞出,沉入水中。使人打捞,见二龙各长数丈,始知为宝剑所化。

〔36〕镜剖鸾台:即徐德言与乐昌公主破镜重圆的故事。鸾台,指镜台。

〔37〕"秉烛今宵"二句:化用宋晏幾道〔鹧鸪天〕"今宵剩把银釭照,犹恐相逢是梦中"词意。

〔38〕石尤风:顶头风,逆风。传说石氏之女嫁尤郎。尤为商出外,久不归,妻思念成疾,临亡叹曰:"吾恨不能阻其行,以致于此。今凡有商旅远行,吾当作大风为天下妇人阻之。"后因称逆风为石尤风。

王实甫

　　王实甫，名德信，大都人。约与关汉卿同时，生平事迹不详。明初贾仲明为王实甫的《凌波仙》曲所撰吊词说："风月营密匝匝列旌旗，莺花寨明飚飚排剑戟，翠红乡雄赳赳施谋智。"可见他和当日的歌妓演员实有密切的关系。另外，《雍熙乐府》卷十四录其散套〔商调集贤宾〕《退隐》中说："百年期六分甘到手，数支干周遍又从头"。"想着那红尘黄阁昔年羞，到如今白发青衫此地游"。知他六十岁时已隐退不仕。生平所作杂剧十四种，现存《西厢记》、《破窑记》、《丽春堂》三种，《贩茶船》、《芙蓉亭》二种仅存佚曲。其杂剧多为爱情戏，风格华美清丽，富有诗的意境，是元杂剧中文彩派的代表，在戏剧史上有着深远的影响。

四丞相高会丽春堂[1]

第 一 折

　　（冲末扮押宴官引祗从上，诗云）小帽虬头裹绛纱[2]，征袍砌就雁衔花[3]。花根本艳公卿子，虎体鹓班将相家[4]。老夫完颜女真人氏，小字徒单克宁，祖居莱州人也[5]。幼年善骑射,有勇略。曾为山东路兵马都总管,行军都统。后迁枢密院副使,兼知大兴府事,官拜右丞相。老夫受恩甚厚,以年老乞归田里,圣人言曰:"朕念众臣之功,无出卿右者[6]。"今拜左丞相之职。时遇蕤宾节届[7],奉圣人的命,但是文武官员都到御园中赴射柳会[8]。老夫为押宴官,射着者有赏,射不着者无赏。老夫在此久等,这早晚官人每敢待来也。(正末引属官上,云)老夫完颜女真人氏,小字乐善。老夫幼年跟随郎主[9],南征北讨,东荡西除,多有功劳汗马。谢圣恩可怜,官拜右丞相,领大兴府事,正授管军元帅之职。今日五月端午,蕤宾节令,奉圣人命,都着俺文武官员,御园中赴射柳会。圣人着左丞相徒单克宁为押宴官。想老夫幼年间苦争恶战,得到今日,非同容易也呵!(唱)

【仙吕点绛唇】破房平戎,灭辽取宋,中原统。建四十里金铺[10],率万国来朝贡。

【混江龙】端的是走轮飞鞚,车如流水马如龙[11]。绮罗香里,箫鼓声中,盛世黎民歌岁稔,太平圣主庆年丰。正遇着蕤宾节届,今日个宴赏群公。光禄寺酝江酿海,尚食局炮凤烹龙;教坊司趋跄妓女,仙音院整理丝桐[12],都一时向御苑来供奉。恰便似众星拱北,万水朝东。

(带云)是好一座御园也。(唱)

【油葫芦】则见贝阙蓬壶一望中[13],从地涌。看了这五云楼阁日华东[14],恰似那访天台误入桃源洞[15],端的便往扬州移得琼花种[16]。胜太平独秀岩,冠神龙万寿峰[17]。则他这云间一派箫韶动,不弱似天上蕊珠宫[18]。

【天下乐】可正是气压山河百二雄[19],元也波戎,将军校统。宰臣每为头儿又尽忠,文官每守正直武将每建大功,到今日可也乐升平好受用。

（云）令人报复去,道某家来了也。（祗从报科云）有四丞相来了也。（押宴官云）道有请。（见科）（押宴官云）老丞相,今奉圣人的命,教俺文武官员,今日赴射柳会。左右那里,都摆布下了也未?（祗从云）都摆布了也。（净扮李圭上,诗云）幼年习兵器,都夸咱武艺;也会做院本[20],也会唱杂剧。要饱一只羊,好酒十瓶醉。听的去厮杀,躲在帐房睡。某普察人氏[21],姓李名圭,见为右副统军使。我这官不为那武艺上得的,为我唱得好,弹得好,舞得好。今日是蕤宾节令,圣人的命,着俺大小官员赴射柳会,到那里我便射不着呵,也有我的赏赐。可早来到也,令人报复去,道我李监军来了也。（祗从报科）（押宴官云）着过来。（李圭见科,云）老大人,小子李圭来了也。（押宴官云）李监军,你来了也。我奉圣人的命,在此押宴。左右那里,将这圣人赐来的锦袍玉带,若射着的,将这锦袍玉带赏与他,先饮酒;射不着的,则饮酒无赏。（祗从云）理会得。（押宴官云）老丞相,圣人前日分付操练的军马如何?（正末云）大人,数日前分付老夫操练的军马都有了也。（押宴官云）如

今有那几员上将？（正末唱）

【那吒令】俺如今要取讨呵有普察副统，要辨真呵有得满具中，要做准呵有完颜内奉[22]。非是咱卖蕴藉，夸强勇，端的是结束威风。

【鹊踏枝】衲袄子绣挦绒[23]，兔鹘碾玉玲珑[24]。一个个跃马扬鞭，插箭弯弓。他每那祖宗是斑斓的大虫，料想俺将门下无犬迹狐踪。

（押宴官云）老丞相先射。（正末云）您官人每那个先射？（李圭云）老丞相勿罪，小官先射。（押宴官云）你若射着，这锦袍玉带便与你。（李圭做射不中科，云）我本射着了，我这马眼叉，走了箭也。（押宴官云）李副统，你不中，靠后。老丞相请射。（正末云）老夫射来，孩儿先领马者。（做射中，众呐喊擂鼓科）（正末唱）

【赏花时】万草千花御园东，簌翠偎红彩绣中，满地绿茸茸。更打着军兵簇拥，可兀的似锦胡同。

【胜葫芦】不剌剌引马儿先将箭道通，伸猿臂揽银鬃，靶内先知箭有功。忽的呵弓开秋月，扑的呵箭飞金电，脱的呵马过似飞熊。

【幺篇】俺只见一缕垂杨落晓风。（押宴官云）老丞相射中三箭也。将过那锦袍玉带来，送与老丞相。令人将酒来，老丞相满饮一杯。（正末唱）人列绣芙蓉，翠袖殷勤捧玉钟，赢的这千花锦段，万宝金带，扑却醉颜红[25]。

（押宴官云）老丞相再饮一杯。（正末做醉科）（李圭云）

我也吃一杯。(押宴官云)老丞相,今日吃酒已散。圣人的命,教您这管军元帅,明日都到香山赏玩[26],排有筵宴,管待你咱。(正末云)感谢圣恩。大人,老夫酒够了也。(押宴官云)老丞相再饮几杯。(正末唱)

【赚煞】公吏紧相随,虞候忙扶捧[27],休落后了一行步从。得胜归来喜笑浓,气昂昂志卷长虹。饮千钟满面春风,回首金銮紫雾重。趷登登催着玉骢[28],笑吟吟袖窝着丝鞚,(做上马科)(押宴官云)老丞相慢慢的行。(正末唱)我可便醉醺醺扶出御园中。(下)

(押宴官云)你众人每都散罢。令人将马来,我回圣人的话去也。(下)(李圭云)大人,俺回去也。(出科)羞杀人!我为副将军,一连三箭无一箭中的,将锦袍玉带都着四丞相赢将去了,怎么气的过!这也容易,他说道明早叫俺这几个管军的元帅,都到香山赏玩,安排筵宴管待俺。圣人赐与我的一领八宝珠衣,明日穿到香山去,我与四丞相不射箭,和他打双陆[29],将我这八宝珠衣,赌他那锦袍玉带,他必然输与我也。我若赢了他呵,便是我平生之愿。(诗云)我一生好唱曲,弓马原不熟;明日到香山,只与他赌双陆。(下)

[1]《丽春堂》:本剧演金代故事,主人公完颜乐善,即金世宗第四子豫王永成,故称"四丞相"(《录鬼簿》作"四大王")。明昌二年(1191),因坐率军民围猎解职、奉表谢罪时,章宗手诏戒曰:"昔东平乐善,能成不朽之名;梁孝奢淫,卒致忧疑之悔。"后即以乐善居士自号。章

宗即位后曾对诸王叔多所猜忌,郑王永蹈、镐王永中,先后被诛,故剧中人物表现出颇多忧愤疑惧之语。"赌双陆"一节,显与唐薛用弱《集异记》所记名相狄仁杰与武则天幸臣张昌宗赌赛集翠裘相类,或即由此生发,敷衍成篇。本剧风格本色简淡,情节并不曲折,但人物形象,栩栩如生。近人吴梅评曰:"绝无文气,而气焰自非可及",并非过誉。今以《元曲选》本校注,个别字句则用他本参校。

〔2〕小帽虬(qiú 求)头:龙头样的小帽。虬,龙的一种,无角。

〔3〕雁衔花:《货郎旦》杂剧第四折作"雁衔芦",指袍上所绣之雁衔芦花的图样。

〔4〕"花根"二句:本意是说花的艳丽,虎的文彩,皆出自本体,不待外求。此用以比喻官员子弟生来就有富贵的命运。虎体鹓班,亦作"虎体元斑"。

〔5〕"老夫"三句:完颜女真人氏,即金国女真人氏。金以完颜氏立国,故云。徒单克宁,本名习显。其先金源县人,后徙置猛安于山东,遂占籍莱州。历仕世宗、章宗两朝,官至太傅兼尚书令。《金史》有传。

〔6〕"朕念"二句:见《金史》徒单克宁本传。

〔7〕蕤(ruí 绥)宾节:即农历五月五日端阳节。蕤宾,古乐十二律之第七律,因律历相配,蕤宾在五月,故为五月代称。

〔8〕射柳会:辽金旧俗,于每年重五拜天之后,举行射柳会。先于球场植柳枝两行,射者以尊卑为序,驰马以箭射之,断柳者为胜,否则为负。见《金史·礼志》(八)。

〔9〕郎主:古代北方少数民族对其君主的敬称。有时,奴婢称主人也叫郎主。

〔10〕四十里金铺:这里指燕京,即今日之北京。金自海陵天德三年(1151)增扩燕京,贞元元年(1153),迁都于此,改名中都。

〔11〕车如流水马如龙:用宋司马光《次韵和复古春日五绝句》之二

原句:"车如流水马如龙,花市相逢咽不通。"

〔12〕"光禄寺"四句:光禄寺,掌管皇室祭品、膳食、酒宴诸事;尚食局,专管皇帝膳食;教坊司,管理女乐;仙音院,管理乐工。参见《梧桐雨》第二折注释〔14〕。

〔13〕贝阙蓬壶:本指神仙所居之地,此喻皇家宫苑的富丽堂皇。屈原《九歌·河伯》:"紫贝阙兮珠宫。"言河伯所居之龙宫水府,是以紫贝、珍珠为饰的宫阙。蓬壶,即蓬莱,传说中海外三神山之一。

〔14〕五云楼阁日华东:化用金章宗《宫中》绝句:"五云金碧拱朝霞,楼阁峥嵘帝子家。"

〔15〕"访天台"句:刘晨、阮肇天台遇仙故事。参见《墙头马上》第一折注释〔32〕。

〔16〕扬州移得琼花种:扬州后土祠有琼花一株,天下无二本,色微黄而有香,为世上少有之奇卉,不可移植。见宋周密《齐东野语》卷十七。

〔17〕"胜太平独秀岩"二句:宋徽宗修艮岳,历数年始成,有二巨石,一曰"玉京独秀太平岩",一曰"神运万岁峰"。

〔18〕蕊珠宫:道家传说天上上清宫有蕊珠宫,为神仙所居。

〔19〕山河百二:泛指山河险固之地。

〔20〕院本:金元时流行的古代戏曲,演出形式较元杂剧为简,以滑稽调笑为主。

〔21〕普察人氏:女真氏族之一,汉姓为李。

〔22〕"取讨呵"三句:普察副统,当指右副统军使李圭。得满具中、完颜内奉,不见于史传。取讨,疑指征讨。辨真、做准,语意不详。

〔23〕衲袄子绣挼绒:战袍上绣满绒花。衲袄,指征衣、战袍。

〔24〕兔鹘碾玉玲珑:束带上镶满宝玉。金人称束带为"兔鹘",用玉、金或犀象骨角镶饰。兔鹘,本是一种白色的猎鹰,因束带上多刻有鹘

捕鹅、兔一类的图文,故以兔鹘指束带。见《金史·舆服志》(下)。

〔25〕"翠袖"二句:首末二句用宋晏几道〔鹧鸪天〕词句:"彩袖殷勤捧玉钟,当年拚却醉颜红。"

〔26〕香山:指金章宗行宫之地,金主夏日避暑尝游幸于此。在今北京西北郊。

〔27〕虞候:这里指侍从。

〔28〕跋登登:马蹄声。

〔29〕双陆:古代博戏的一种,其玩法今已失传。

第 二 折

(押宴官引祗从上,云)老夫左丞相是也。昨日在御园中射柳已过,今日在此香山设宴,着老夫仍旧做押宴官,这早晚官人每敢待来也。(正末上,云)昨日在御园中射柳,今日在香山设宴,须索走一遭,是好香山也呵。(唱)

【中吕粉蝶儿】山势崔巍,倚晴岚数层金碧[1],照皇都一片琉璃[2]。端的个路盘桓,山掩映,堆蓝叠翠。俺这里伫立丹梯[3],则见那广寒宫在五云乡内[4]。

【醉春风】堪写在画图中,又添入诗句里。则我这紫藤兜轿趁着浓阴[5],直等凉些儿个起、起。受用足万壑清风,半阶凉影,一襟爽气。

(云)可早来到也。令人报复去,道某家来也。(祗从报科)(押宴官云)有请。(见科)(押宴官云)老丞相,昨

日再饮几杯去也好。(正末云)大人,老夫昨日沉醉,多有失礼也。(唱)

【迎仙客】不知几时节离御苑,多早晚出庭闱[6],不记得是谁人扶下这白玉梯。(押宴官云)老丞相昨日也不曾饮甚么酒。(正末唱)怎当他酬酢处两三巡,揭席时五六杯[7],醉的我将宫锦淋漓。莫不我触犯尊严罪。

(押宴官云)老丞相请坐,则有李圭不曾来,着人觑者,若来时报复知道。(李圭上,云)小官李圭,我今日就穿着这八宝珠衣,和四丞相打双陆,那锦袍玉带必然输与我。可早来到也,接了马者,令人报复去,道有李圭来了也。(祗从报见科)(李圭云)大人、老丞相。昨日恕罪,可不是我射不着,我那马眼生,他躲一躲,把我那箭擦过去了。(押宴官云)你也说不过。老丞相,李监军,您众官们听者,我非私来,奉圣人的命,如今八方宁静,四海晏然,五谷丰登,万民乐业,俺文武官僚,同享太平之福。昨日在御园中射柳,今日教您这管军元帅在此香山,一者饮宴,二者教您游赏取乐,随你官人每手谈博戏[8],盘桓一会,慢慢的饮酒。(正末云)比及饮酒呵,我等且博戏一会咱。(李圭云)住住住。老丞相,我与你打一会儿双陆。(正末云)你要和我打双陆?好波,我和你打。(李圭云)老丞相,这般打无兴,可赌些利物。(押宴官云)你二位,老夫奉圣人的命,在此押宴,则许你作欢取乐,不许你闹吵争竞,但有搅扰者,着老夫便奏知圣人,决无轻恕。(李圭云)谁敢吵闹。我将这圣人赐与我的八宝珠衣为赌赛,老丞相,你将甚么配的我这八宝珠衣。(正末云)是好一领袍也。(唱)

【红绣鞋】金彩凤玲珑翡翠,绣蟠龙璎珞珠玑[9],他怎生下工夫达着俺那大人机[10]。则俺那仁慈的明圣主,掌一统锦华夷[11],可则是平安了十万里。

(李圭云)老丞相,你将什么配得我这八宝珠衣的。(正末云)要配得过那八宝珠衣,孩儿,将先王赐与我的那剑来。(卒子做拿剑科)(李圭云)苦也,他怎么拿出那件来!老丞相,这剑有甚好处?(正末云)怎生我这这剑不好。(唱)

【上小楼】且休说白虹贯日[12],青龙藏地[13]。这剑比那太阿无光,镆铘无神,巨阙无威[14],你可休将他小觑的轻微不贵,端的个有吹毛风力[15]。

(云)这剑上立了多少大功,你那珠衣怎比的我这剑?(李圭云)你这剑也不值钱。(正末云)你不知,这剑先帝赐与我的。(李圭云)老丞相,虽然如此,我这珠衣是无价之宝哩。(正末唱)

【幺篇】你的是无价宝,则我的也不是无名器。是祖宗遗留,兄弟相传,辈辈承袭。(李圭云)老丞相,则怕我如今一回双陆,赢了你这剑可怎了。(正末唱)饶你便会泛迟,快打疾,能那能递[16],怎赢的俺这三辈儿齐天福气[17]。

(李圭输科,云)色不顺,不是我输了。(押宴官云)老丞

相赢了也。(正末唱)

【满庭芳】这都是托赖着大人的虎势,赢的他急难措手。打的他马不停蹄,做色数唤点儿皆随意[18]。(李圭云)我可生晦气,这色儿不顺。(正末云)你昨日也说马眼叉哩,(唱)不比你射柳处也推着马眼迷奚[19]。(押宴官云)李监军,你输了这翡翠珠衣也。老丞相,你饶他一掷波。(正末唱)我若不觑大人面皮,直赢的他与我跟随。(李圭云)你说这大话,赢的我跟随。我和你如今别赌些利物,看那个赢那个输。(正末云)我如今再和你打,饶你一掷。(唱)饶先递。(李圭云)我怎么要你饶!(正末唱)则你那赤瓦不剌强嘴[20],兀自说兵机。

(押宴官云)你两个便再打一会。(李圭云)恰才我翡翠珠衣输与他了。我如今再打一会,若输了的,抹一个黑脸。(正末云)我待不和你打,你输了你忍不的这口气。料着我便输了呵,他便怎敢抹我个黑脸。我再和你打。(李圭云)也罢,我若赢了呵,搽他个黑脸,也出了这场气。咱打来。(正末唱)

【石榴花】紫云堆里月如眉,几点晓星稀,岸滑霜冷玉尘飞。已抛下二掷,似啄木寻食。从来那撚无凝滞,疾局到底便宜[21]。(李圭云)这一盘是我赢了。(正末唱)我见他那头盘里打一个无梁意[22]。(李圭云)你这马不得到家,可不输了。(正末云)则我要一个幺六。(做喝科)(李圭云)你喝幺六就是幺六,这骰子是你的骨头做的。(正末唱)口喝着个幺六是赢的。

（李圭云）可知叫不出，是你输了。（正末唱）

【斗鹌鹑】这本是贱骨无知，怎肯便应声也那做美，不争我连胜连赢，却教你越羞越耻。也是我不合单行强出了底，便输呵怕甚的。虽然是作耍难当[23]，怎敢失了尊卑道理。

（云）呀，我输了也。（李圭云）你输了，将墨来搽脸。（末怒做拂双陆科，云）李圭，你是甚么人，敢如此无礼！（李圭云）一言为定，原说道输了的搽黑脸。（押宴官云）你两个休得吵闹，有圣人的命在此。（正末唱）

【耍孩儿】这泼徒怎敢将人戏。你托赖着谁人气力。（李圭云）难道我托赖你的气力？（正末唱）睁开你那驴眼可便觑着阿谁，我更歹杀者波是将相的苗裔。大人呵尚兀自高擎着玉液来酬我，你待浓蘸着霜毫敢抹谁！这厮也不称你那元戎职。（李圭云）什么这厮那厮，只管骂谁。（正末云）我不敢骂你，敢打你。（做打科，唱）我则待一拳两脚，打的他似土如泥。

（李圭云）好也，打下我两个门牙来也。（押宴官云）你两个不得无礼！你既是大臣，怎敢不尊上命。（李圭云）大人可怜见，昨日射柳是他赢了锦袍玉带，今日打双陆，又赢了我翡翠珠衣。我恰才赢了他，他就不许我抹黑脸，咱须是赌赛哩。（押宴官云）你都回去。（正末唱）

【尾声】我与那左丞相是兄弟，我和你须叔侄。若不为圣人

210

言怕搅了香山会,我不打你这泼无徒可也放不过你。(下)

（押宴官云）不想四丞相将李圭殴打,搅了筵宴,老夫不敢欺隐,须回圣人话去。(诗云)则为李监军素性疏狂,香山会搅乱非常。也不是我有心私向,从实的奏与君王。(下)

〔1〕"倚晴岚"句:指依山而建的重重宫殿。晴岚,晴日中的山林雾气。金碧,宫殿涂金施碧,绚丽辉煌。

〔2〕"照皇都"句:用琉璃砖瓦建造的宫殿,闪闪发光,反照着壮丽的京都。

〔3〕丹梯:这里指登山的石级。

〔4〕"则见那"句:这里指香山绝顶之楼阁掩映在彩云中。广寒宫,月中仙宫。

〔5〕兜轿:两人抬的软轿,略如后世的滑杆。

〔6〕庭闱:父母住处。这里指宫庭。

〔7〕揭席:即撤席、散席。酒宴结束时劝人饮酒叫上马杯儿。

〔8〕手谈博戏:古代称围棋为手谈。博戏,六博一类的游戏。

〔9〕"金彩凤"二句:赞八宝珠衣上的彩凤和蟠龙,全用翡翠和珍珠镶成。翡翠,一种宝石,以金碧而透明者为上。璎珞,用珠玉穿成的饰品。

〔10〕达着俺那大人机:即合着俺那大人的心机。达,达知,揣摩。

〔11〕锦华夷:锦绣河山。

〔12〕白虹贯日:谓宝剑寒光四射,像白色的长虹直贯白日。传说战国时聂政剑刺韩傀时,白虹贯日。见《战国策·魏策四》。

〔13〕青龙藏地:谓宝剑化龙入地而去。用丰城剑化龙入水典。见《晋书·张华传》。

〔14〕"太阿"三句:太阿、镆铘、巨阙,都是古代宝剑的名字。

〔15〕吹毛风力:谓宝剑锋利无比,吹毛可断。

〔16〕"饶你便会泛迟"三句:打双陆时,双方掷骰进子,争先赌快。泛、打、那、递,都是当日双陆术语。能那能递,即挪子进子。

〔17〕三辈儿齐天福气:即世世代代洪福齐天。乐善自其父世宗即位,至其侄章宗在位,已历三世,故云。

〔18〕做色数唤点儿:做色数,三只骰子点儿所凑成的种种花色。唤点儿,即呼幺喝六,呼唤自己所期望的点数。

〔19〕迷奚:也作"瞇瞜"、"迷希"。两眼半合的样子。这里是视觉模糊不清的意思。

〔20〕赤瓦不剌:亦作"赤瓦不剌海",女真语,敲杀,打杀。这里是该打的意思。

〔21〕"紫云堆里月如眉"七句:叙双陆对局中的花色变化情况,唯今不能确解。

〔22〕无梁:疑为双陆术语,语意未详。

〔23〕作耍难当:作耍、难当,均为游戏、戏耍的意思。元曲中二词多有连文为用者,如《㑳梅香》三折〔秃厮儿〕曲:"请学士休心劳意攘,俺小姐则是作耍难当。"

第 三 折

(外扮孤上,诗云)声名德化九天闻,长夜家家不闭门。雨后有人耕绿野,月明无犬吠荒村[1]。小官完颜女真人氏,自幼跟随郎主,多有功勋。今除小官在此济南府为府尹。近闻京师有四丞相,因打李圭,如今贬在济南府歇马[2]。想小官幼年间都是四丞相手里操练成的，不料今日到俺这里。这四丞相每日则在溪边钓鱼饮酒，我知他平日好歌舞，小官今日载着酒肴，携一歌妓，直至溪边与四丞相解闷，走一遭去。（下）（左相上，云）变幻者浮云，无定者流水。君看仕路间，升沉亦如此。自从四丞相打了李圭，圣人见怒，贬去济南府歇马去了。不想圣人思起此人往日功劳，又值草寇作乱，今奉圣人命，着老夫遣使臣星夜赶到济南府，取四丞相还朝，依旧为官。左右，说与去的使命，小心在意，疾去早来。（下）（正末拿渔竿上，云）自从香山会被李圭所奏，圣人见怒，贬在济南府闲住。老夫每日饮酒看山，好是快活也呵。（唱）

【越调斗鹌鹑】闲对着绿树青山，消遣我烦心倦目。潜入那水国渔乡，早跳出龙潭虎窟。披着领箬笠蓑衣，隄防他斜风细雨。长则是琴一张、酒一壶，自饮自斟、自歌自舞。

【紫花儿序】也不学刘伶荷锸[3]，也不学屈子投江[4]；且做个范蠡归湖[5]。绕一滩红蓼，过两岸青蒲。渔夫，将我这小小船儿棹将过去，惊起那几行鸥鹭。似这等乐以忘忧，胡必归欤？

（云）我暂停短棹[6]，看一派好景致也。（唱）

【小桃红】水声山色两模糊，闲看云来去。则我怨结愁肠对谁诉？自踌躇，想这场烦恼都也由咱取。感今怀古，旧荣新辱，都装入酒葫芦[7]。

（云）家童,将渔竿来者。（孤引旦儿上,云）此女子乃有名歌妓,小字琼英,谈谐歌舞,无不通晓。今日将着酒肴,直到溪边,与老丞相脱闷,走一遭去。琼英,你到那里,好生追欢作乐,务要丞相喜欢。来到这里,左右人远避者。唤着你,你便来；不唤你,你休来。兀的不是老丞相在那里钓鱼哩。（旦儿云）咱则在他背后立着,看这老丞相钓鱼。（正末唱）

【金蕉叶】撑到这芦花密处,款款将船儿缆住。见垂柳风摇翠缕,荡的这几朵儿荷花似舞。

【调笑令】我向这浅处,扭定身躯。呀,慢慢的将钓儿我便垂将下去,银丝界破波文绿[8],可怎生浮蟟儿不动纤须[9]？（旦儿云）老爷好快活也。（正末做回头科,唱）我这里回头猛然觑艳姝,可知道落雁沉鱼[10]。

（孤云）小可闻知老丞相在此,特来与老丞相脱闷。将酒来,琼英,你唱一曲者。（旦儿云）理会的。（做唱科）（正末唱）

【秃厮儿】可人意清歌妙舞,酬吾志美酒鲜鱼。则这春风一枝花解语[11],似出塞美人图,可便妆梳[12]。

【圣药王】乐有馀,饮未足,樽前无酒典衣沽[13]；倒玉壶,听金缕[14],直吃的满身花影倩人扶。我可也不让楚三闾[15]。

（孤云）想老丞相在京时,那般画阁兰堂,锦裯绣褥,香车宝马,歌儿舞女,那般受用快活。今日在此闲居,索是忧闷也。（正末唱）

【麻郎儿】昨日个深居华屋,今日个流窜荒墟[16]。冷落了歌儿舞女,空闲了宝马香车。

【幺篇】知他是断与、甚处、外府。则落的绕青山十里平湖,驾一叶扁舟睡足,抖擞着绿蓑归去[17]。

（孤云）老丞相也则一时间在此闲居,久后圣人还有任用。（正末云）府尹,你不知,老夫为官,不如在此闲居也。（唱）

【东原乐】纵得山林趣[18],惯将礼法疏[19],顿忘了马上燕南旧来路。如今拣溪山好处居,为甚么懒归去,被一片野云留住[20]。

【绵搭絮】也无那采薪的樵子,耕种的农夫,往来的商贾,谈笑的鸿儒[21]。做伴的茶药琴棋笔砚书。秋草人情即渐疏[22],出落的满地江湖,我可也钓贤不钓愚[23]。

【络丝娘】到今日身无所如,想天公也有安排我处[24]。可不道吕望严陵自千古[25],这便算的我春风一度。

（孤云）老丞相,再饮一杯。（旦儿云）妾与老丞相把一杯咱。（做递酒科）（使命上云）小官天朝使命,为四丞相贬在济南府歇马,如今草寇作乱,奉圣人的命,着小官直往济南府,取他回朝。今日到此处,说他在河边钓鱼,不在家中,一径寻来,兀的不是四丞相。左右,接了马者。四丞相,听圣人的命。（孤云）老丞相,天朝使命至也。（正末做跪科）（使命云）圣人的命,将你前项罪尽皆饶免。今因草寇作乱,着你星夜还朝,将你那在先手下操练过的头目每选拣几个,收捕草寇。若收伏了时,依旧着你为右丞相之职。望阙谢恩者。(正末拜谢科)(使命云)老丞相,恭喜贺喜。(正末云)官人每鞍马上驱驰,辛苦了也。(使命云)小官索回圣人话去。老丞相不必延迟,早早建功,以慰圣意。(正末云)官人稳登前程。(使命云)左右的,将马来,则今日便回京师去也。(下)(孤云)小官说是么,今日果来宣取老丞相,复还旧职也。(正末云)我去呵,我则放不过李圭那匹夫。

(孤云)老丞相,量那李圭,何足道哉!(正末唱)

【拙鲁速】我今日赴京都,见銮舆[26]。也不是我倚仗着功劳,敢喝金吾[27],其实的瞒不过这近御[28]。我去处便去,那一个闲人敢言语!那无徒,甚的是通晓兵书,他怎敢我跟前我跟前无怕惧。

(孤云)老丞相临行,有甚么话分付小官者?(正末唱)

【幺篇】我如今上路途,你听我再嘱付。则要你抚恤军卒,爱惜民户,兄弟和睦,伴当宾伏[29]。从今一去,有的文书,申到区区,再也不用支吾[30],你跟前你跟前敢做主。

(孤云)老丞相若到朝中,必然重用也。(正末云)我去之后,则是辜负了这派好景也。(唱)

【收尾】则我这好山好水难将去,待写入丹青画图。白日里对酒赏无休,到晚来挑灯看不足。(下)

(孤云)不想天朝使命来,还取的四丞相往京师去了。琼英!(旦儿云)有。(孤云)我与你将酒肴整备,再到

十里长亭,与丞相送行,走一遭去。(诗云)香山设宴逞粗豪,久矣闲居更入朝。不知此去成功后,李圭头上可能饶。(下)

〔1〕"声名德化"四句:此元曲中官员上场诗之套语,出前人旧作。参见《救风尘》第四折注释〔9〕、〔10〕。

〔2〕歇马:官员到贬谪处居住叫歇马。意同小住,暂住。

〔3〕刘伶荷锸(chā 叉):刘伶,晋沛国人。字伯伦,与阮籍、嵇康等合称"竹林七贤"。具老庄思想纵酒放达,常乘鹿车,携酒一壶,使人荷锸相随,说:"死便埋我。"荷锸,背负铁锹。

〔4〕屈子投江:战国时楚国诗人屈原,遭人谗毁,放逐江南。因见国内政治腐败,无力挽救,自投汨罗江而死。见《史记》本传。

〔5〕范蠡归湖:春秋时越国大夫范蠡,辅佐越王勾践灭吴复国。后因见勾践为人,可共患难而不可共安乐,乃去越入齐,以经商致富。见《史记·越王勾践世家》。"归湖"事,出于民间传说。元赵明道有《陶朱公范蠡归湖》杂剧,今存曲词一折,写范蠡灭吴后,一家三口遨游五湖故事。

〔6〕短棹(zhào 兆):小舟。

〔7〕"感今怀古"三句:即把古今成败、荣辱,凡人世间所有的烦恼,都用酒去消融罢。

〔8〕界破:分开,划破。

〔9〕浮蚂儿:一名浮子,附在钓丝中部的钓具,多用苇荻、竹、木制成。垂钓时浮子漂于水面,鱼上钩时即下沉。

〔10〕落雁沉鱼:《庄子·齐物论》:"毛嫱、丽姬,人之所美也。鱼见之深入,鸟见之高飞。"后世改为落雁沉鱼,用以形容美女。

〔11〕春风一枝花解语:指歌妓琼英。五代王仁裕《开元天宝遗事》

(下):太液池有千叶白莲盛开,唐明皇与贵戚赏之,众人叹羡不置。明皇指贵妃曰:"争如我解语花。"后世因以解语花比喻美人。

〔12〕"似出塞"二句:如昭君出塞的打扮。宋人有《明妃出塞图》,胡妆,手持琵琶。可便,亦作"落可便",用于句中者为衬字;用于句首者为发语词,皆无义。

〔13〕樽前无酒典衣沽:化用唐杜甫《曲江》诗句:"朝回日日典春衣,每日江头尽醉归。"典,典当、抵押。

〔14〕金缕:曲调名。宋苏轼《台头寺送宋希元》诗:"日夜更歌金缕曲,他时莫忘角弓篇。"

〔15〕楚三闾:指古代诗人屈原,在楚国曾任三闾大夫。

〔16〕"昨日个"二句:用三国时魏曹植《箜篌引》"生在华屋处,零落归山丘"诗意,言盛时不再,富贵终衰。华屋,彩绘之屋。

〔17〕"驾一叶扁舟"二句:元白贲小令〔鹦鹉曲〕《渔父》云:"浪花中一叶扁舟,睡煞江南烟雨。"又"觉来时满眼青山,抖擞绿蓑归去。"本剧〔麻郎儿·幺篇〕所咏,实由此出。抖擞,震动的意思。

〔18〕山林趣:隐居山林的乐趣。

〔19〕礼法疏:撇开礼仪法度。指与讲求礼法之人疏远。

〔20〕为甚么懒归去,被一片野云留住:宋初隐士陈抟,太宗时赐号希夷先生,手书谢表云:"九重仙诏,休教丹凤衔来;一片野心,已被白云留住。"语当出此。

〔21〕鸿儒:大濡,泛指博学的人。

〔22〕秋草人情即渐疏:谓世事人情往来像秋草一样的日渐萧疏。

〔23〕"出落的"二句:杜甫《秋兴》八首之七:"关塞极天唯鸟道,江湖满地一渔翁。"又,民间传说,姜太公用直钩钓鱼,人问其故,曰:"钓弦不钓鱼"。此处合用二事。

〔24〕想天公也有安排我处:用白贲〔鹦鹉曲〕《渔父》句:"算从前错

怨天公,甚也有安排我处。"参见本折注释〔17〕。

〔25〕吕望严陵:周姜太公吕望(尚)垂钓于磻溪(在今陕西宝鸡),汉严陵(子陵)垂钓于浙江桐庐富春江上。二处皆有钓台,为后人凭吊处。

〔26〕銮舆:天子的车驾,借指皇帝。

〔27〕金吾:汉置金吾,掌管京城戒备,禁人夜行。

〔28〕近御:宫庭内趋使之近臣。

〔29〕伴当:这里指伙伴、同僚。

〔30〕支吾:搪塞、应付的意思。

第 四 折

(老旦扮夫人上,诗云)花有重开日,人无再少年;一从夫主去,皓月几回圆。老身完颜女真人氏,夫主是四丞相。因与李圭在香山饮会吵闹,圣人见怒,将俺丞相汗马功劳一旦忘了,贬在济南府闲住。今因草寇作乱,圣人遣使命去济南府取他去了。使命昨日来说,道俺老丞相今日下马。下次小的每[1],便安排酒食茶饭,伺候丞相回来。(使命领众官上,云)小官天朝使命,奉圣人的命,着我往济南府取四丞相。小官先回来复命圣人,着众官人都到他宅上接待。这早晚四丞相敢待来也。左右,接了马者。报复与老夫人知道,说俺众官人都在门首。(左右报科云)老夫人,众官人每都在门外。(夫人云)有请。(出见科)(夫人云)众官人每,为何到此?

（使命云）老夫人,恭喜贺喜。某等非是私来,奉圣人的命,着众官每都来接待老丞相。（夫人云）众官人每,里面请坐。（使命云）老夫人,俺这里安排酒果,都在门外等待,想四丞相只在早晚来也。（正末引家僮持钓竿上,云）老夫自谪济南歇马,倒也清闲自在。今奉圣人的命,宣我还朝,收捕草寇。暗想俺这为官的,好似翻掌也呵。（唱）

【双调五供养】我觑了这穷客程,旧行装,我可甚么衣锦还乡！（家僮云）这里比那济南不同。（正末唱）我恰离了这云水窟[2],早来到是非场。你与我弃了长竿,抛了短棹,我又怕惹起风波千丈。我这里凝眸望,元来是文官武职,一划地济济跄跄[3]。

（众官接科云）老丞相,贺万千之喜。（正末云）众公卿每,间别无恙也。（唱）

【乔木查】自别来间阔,幸得俱无恙。这里是土长根生父母邦,怎将咱流窜在济南天一方？这些时怎不凄凉！

（众官云）左右,将酒来。老丞相,满饮一杯。一壁厢虎儿赤那[4],都着与我动乐者！（做作乐科）（正末唱）

【一锭银】玉管轻吹引凤凰[5],馀韵尚悠扬。他将那阿那忽腔儿合唱[6],越感起我悲伤。

【相公爱】泪滴千行与万行,那一日不登楼长望[7]。我平也波常,何曾道离故乡,那一日离的我这心儿上。

（众官云）老丞相请。（正末云）众官人每请。（正末与

夫人见,打悲科)(夫人云)相公,今日圣恩取你回朝,为何又烦恼?(正末云)夫人,教我怎生不烦恼!(唱)

【醉娘子】刚道不思量,教人越悽惶。我家里撇下一个红妆,守着一间空房,如何教我不思量。

【金字经】早是人寂寞,更那堪更漏长。点点声声被他滴断肠。到晓光[8],到晓光,便道他不断肠,又被这家私上横枝儿有一万桩[9]。

(夫人云)自从老相公去后,俺一家儿每日则是烦恼,望老相公回来。(正末唱)

【山石榴】夫人也,我则道你一身亡,全家丧。三百口老小添悲怆,我怕你断送了别头项[10]。

(夫人云)老相公,当初一日,是你的不是也。谢圣恩可怜,还取你来家,实是万千之喜。(正末唱)

【幺篇】平白地这一场,从天降,想也不想。谁承望,夫人也谁承望,又到俺这前厅上。

(众官云)老夫人,去取的新衣服与老丞相换了者。(夫人云)下次孩儿每,将那相公旧日穿的衣服来。(杂当云)衣服在此。(夫人云)请老相公换了者。(正末云)夫人,这是几时做的衣服?(夫人云)老相公,是你旧时穿的衣服。(正末云)是呵。(唱)

【落梅风】这山字领缘何慢[11]?(夫人云)老相公,兀的带。(正末唱)玉兔鹘因甚长[12]?(夫人云)都是你旧时穿的。(正末唱)待道是我旧衣服怎生虚儴[13]?(云)夫人,将镜儿来。(夫人云)镜儿在此。(正末云)我试照咱。(唱)我这里对青镜猛然见我两鬓霜,哎!可怎生不似我旧时形像。

(夫人云)孩儿每,一壁厢安排茶饭来。(左相上云)小官是左丞相。奉圣人命,去四丞相宅上加官赐赏,走一遭去。可早来到也,左右,接了马者,四丞相听圣人的命。(正末同夫人安排香案科)(唱)

【雁儿落】你与我拂绰了白象床,整顿了销金帐[14];高擎着鹦鹉杯[15],满捧着羊羔酿[16]。

【得胜令】准备着翠袖舞霓裳,却又早丹诏下茅堂。未见真龙面,先闻宝篆香。托赖着君王,高力士休拦挡。我若不斟量,又只怕李太白贬夜郎[17]。

(使命上,云)听圣人的命:因你有功在前,将你的罪犯尽皆饶免。如今取你回朝,本要差你破除草寇,不想草寇听的你回,都来投降了。圣人大喜,教你依旧统军,复你右丞相之职。赐你黄金千两,香酒百瓶,就在丽春堂大吹大擂,做一个庆喜的筵席。望阙谢恩者。(正末叩谢科)(左相同众官云)老丞相贺喜。(正末唱)

【风流体】我则道官封做、官封做一字王[18],位不过、位不过头厅相[19];想着老无知、老无知焉敢当。(左相云)老丞相,你受了官职者,何必太谦。(正末唱)哎!怎比的你左丞相、左丞相洪福量。

【古都白】愿陛下圣寿无疆,顿首诚惶,谑的我手儿脚儿忙也波忙。俺如今托赖着君王,可怜我疏狂,直来到宅上,死生应难忘。

【唐兀歹】端的是万万载千秋圣主昌,地久天长。老臣怎敢道不谦让,可是当也波当。

（左相云）老丞相,今日众官人都在此,圣人着李圭到丞相跟前负荆请罪,丞相休记前仇。（正末云）老夫怎敢。（左相云）既然如此,教李圭来见老丞相。（李圭负荆上见科,云）老丞相,是李圭不是,今来负荆请罪。（正末云）呀,元帅请起。（李圭云）老丞相不分付起来,李圭敢起？（正末唱）

【搅筝琶】他背着些粗荆杖,（众官云）请老丞相责罚他几下。（正末唱）谁敢道先打后商量。（李圭云）都因那一日与老丞相射柳时的冤仇。（正末唱）且休说百步穿杨[20],我和你先打一盘无梁[21]。从今后你也要安详,我也不夸强。（李圭云）老丞相打我几下,倒着我放下心者。（正末唱）休慌,我若是手梢儿在你身上荡,（李圭云）老丞相打几下怕怎么？（正末云）不中。（唱）又只怕惹起风霜。

（云）李圭,既然圣人饶了,我和你也不记旧仇。（左相云）好,将酒来,我与你一位把一杯,做一个和合者[22]。（夫人云）老相公稳便,我着那歌儿舞女来伏待老相公。（正末云）夫人,你执壶,我与众官每把一杯酒。左右,动起细乐者。（唱）

【沽美酒】舞蹁跹翠袖长,击鼍鼓奏笙簧[23]。高髻云鬟宫样妆[24],金钗列数行。欢声动,一座丽春堂。

【太平令】歌金缕清音嘹亮,品銮箫余韵悠扬。大筵会公卿宰相,早先声把烟尘扫荡。从今后四方,八荒,万邦,齐仰贺当今皇上。

　　(左相诗云)在香山作耍难当,圣人怒谪贬他方。念功臣重加宣召,依然的衣锦还乡。

　　　　题目　李监军大闹香山会
　　　　正名　四丞相高宴丽春堂

〔1〕下次小的每:即下面的仆役、佣人。

〔2〕云水窟:云水弥漫之地,多指隐者所居之处。

〔3〕一划地济济跄跄:是说官员们排列有序,庄严恭敬地等候。一划地,即一派的,一味的。济济,众多貌。跄跄,步趋有节奏的样子。

〔4〕虎儿赤:蒙古语,奏乐的人。《元史·兵志》(二):"奏乐者曰虎儿赤。"

〔5〕玉管轻吹引凤凰:用萧史吹箫引凤的故事。传说春秋时萧史,善吹箫,作凤鸣,秦穆公以女弄玉妻之。一夕吹箫,引来凤凰,与弄玉乘之升天而去。见《列仙传》(上)。这里泛指欢乐的乐曲。玉管,指箫、管一类的乐器。

〔6〕阿那忽:又名阿忽令,女真歌曲名。

〔7〕登楼长望:汉末时王粲避西京之乱,到荆州依靠刘表,不被重用。一日,登当阳县城楼,纵目四望,有感而作《登楼赋》,有句云:"虽信美而非吾土兮,曾何足以少留。"后人遂用此表现强烈的思乡情绪和怀才不遇之感。

〔8〕晓光:早晨的阳光,指天亮。

〔9〕横枝儿:比喻不相干的人事干扰。

〔10〕断送了别头项：言葬送了性命。别，别致，与众不同。引申为古懒，执拗。宋赵令畤《侯鲭录》引杨朴妻诗："今日捉将官里去，这回断送老头皮。"当本此意。

〔11〕山字领缘何慢：山字领，饰有山字形花边的衣领。慢，怠慢、迟缓，引申为松缓、漫长。

〔12〕玉兔鹘：玉带。兔鹘，白色猎鹰。金人以其名贵，用以称玉带。

〔13〕虚儾(nàng 齉)：空虚宽大。

〔14〕销金帐：洒金或金线装饰的帐子。

〔15〕鹦鹉杯：即海螺盏，出广南（今两广地区）。海螺经琢磨后，用金或银镶足，作酒杯，曰鹦鹉杯。见明曹昭《格古要论》六。

〔16〕羊羔酿：即羊羔酒。《事物绀珠》："羊羔酒出汾州，色白莹，饶风味。"

〔17〕"高力士休拦挡"三句：传说李白在长安供奉翰林时，应召赋《清平调辞》三首，使高力士脱靴，杨贵妃捧砚，因为两人所忌恨，进谗，赶出长安，后贬置夜郎。元王伯成有《李白贬夜郎》杂剧，演此故事。

〔18〕一字王：金、元封王者，以一字为贵，如赵、豫、鲁、冀等，称一字王。

〔19〕头厅相：指宰相，元中书省设右丞相、左丞相各一员，正一品，银印。头厅，即政事堂，宰相议政之所。

〔20〕百步穿杨：言射箭的技术很高。春秋时楚将养由基善射，曾百步外射柳叶，百发百中。见《史记·周本纪》。

〔21〕打一盘无梁：语意双关。表面上是说打双陆（参见本剧第二折注释〔22〕），实际上是说往事再莫提起。无梁，"无梁斗"之省，元人歇后语，休提的意思。

〔22〕和合：这里指和解、调停。

〔23〕鼍(tuó 陀)鼓：用鼍龙皮蒙的鼓。

225

〔24〕高髻云鬟宫样妆：用唐刘禹锡《赠李司空妓》绝句原句。高髻，高绾的发髻。云鬟，发鬟如云。

马致远

马致远(约1250—1321年后),号东篱,大都人。早年生活于大都,前后约二十年曾热中于功名,自称"九重天,二十年,龙楼凤阁都曾见。"可始终未能如愿,依然"困煞中原一布衣"。中年以后,流落江南,屈沉下僚,做过江浙省务提举一类的小官,前后又约二十年:"世事饱谙多,二十年飘泊生涯。"晚年时退隐田园,过着"红尘不向门前惹"的闲散生活。生平所作杂剧约十三种,现存七种,以《汉宫秋》最为出名。其散曲有今人所辑《东篱乐府》一卷。马致远在当日曲坛享有崇高的声誉,贾仲明许为"曲状元";朱权更推其作品"若神凤飞鸣于九霄,岂可与凡鸟共语哉!"可见其在人们心目中的地位。

破幽梦孤雁汉宫秋[1]

楔 子

(冲末扮番王引部落上,诗云)毡帐秋风迷宿草,穹庐夜月听悲笳[2]。控弦百万为君长,款塞称藩属汉家[3]。某乃呼韩耶单于是也[4]。久居朔漠,独霸北方。以射猎为生,攻伐为事。文王曾避俺东徙,魏绛曾怕俺讲和[5]。

獯鬻猃狁[6]，逐代易名；单于可汗[7]，随时称号。当秦汉交兵之时，中原有事；俺国强盛，有控弦甲士百万。俺祖公公冒顿单于，围汉高帝于白登七日[8]。用娄敬之谋，两国讲和，以公主嫁俺国中[9]。至惠帝、吕后以来，每代必循故事，以宗女归俺番家。宣帝之世，我众兄弟争立不定，国势稍弱。今众部落立我为呼韩耶单于，实是汉朝外甥。我有甲士十万，南移近塞，称藩汉室。昨曾遣使进贡，欲请公主，未知汉帝肯寻盟约否？今日天高气爽，众头目每向沙堤射猎一番，多少是好。正是：番家无产业，弓矢是生涯。（下）（净扮毛延寿上，诗云）为人雕心鹰爪[10]，做事欺大压小；全凭谄佞奸贪，一生受用不了。某非别人，毛延寿的便是。见在汉朝驾下，为中大夫之职。因我百般巧诈，一味谄谀，哄的皇帝老头儿十分欢喜，言听计从。朝里朝外，那一个不敬我，那一个不怕我。我又学的一个法儿，只是教皇帝少见儒臣，多昵女色[11]，我这宠幸，才得牢固。道犹未了，圣驾早上。（正末扮汉元帝引内官宫女上，诗云）嗣传十叶继炎刘[12]，独掌乾坤四百州。边塞久盟和议策，从今高枕已无忧。某，汉元帝是也。俺祖高皇帝奋布衣，起丰沛，灭秦屠项[13]，挣下这等基业，传到朕躬，已是十代。自朕嗣位以来，四海晏然，八方宁静。非朕躬有德，皆赖众文武扶持。自先帝晏驾之后，宫女尽放出宫去了。今后宫寂寞，如何是好？（毛延寿云）陛下，田舍翁多收十斛麦，尚欲易妇[14];况陛下贵为天子,富有四海。合无遣官遍行天下[15],选择室女,不分王侯宰相军民人家,但要十五以上,二十以下者,容貌端正,尽选将来,以充后宫,有何不可?(驾云)卿说的是,就加卿为选择使,赍领诏书一通,遍行天下刷选[16]。将选中者各图形一轴送来,朕按图临幸。待卿成功回时,别有区处。(唱)

【仙吕赏花时】四海平安绝士马,五谷丰登没战伐,寡人待刷室女选宫娃[17]。你避不的驱驰困乏,看那一个合属俺帝王家。(下)

　　[1]《汉宫秋》:这是元杂剧中有名的历史故事剧,以写昭君被迫和番与汉元帝对她的痛苦思念为契机,反映了宋金时期中原民族的屈辱和苦难,寄托着作者无限的感慨和忧伤。清人焦循《剧说》卷五说:"元明以来,作昭君杂剧者有四家,马东篱《汉宫秋》一剧,可称绝调。"与别的元曲家相比,马致远在注重舞台特性方面,可能不算十分"当行";但他特别着意于唱词的创造,用诗的语言,对人物的内心世界,作委婉细致的刻画。不少曲词都写得声情并茂,感人至深。如本剧第四折,全剧高潮已过,偏能于人物下场前,借孤雁之哀鸣,写元帝之悲伤,雁我之情,化为一体,颇能打动观众心弦,与《梧桐雨》之结尾,实有异曲同工之妙。现以《元曲选》本校注,并用他本参校。

　　[2]"毡帐"二句:互文见义。穹庐,即毡帐,游牧民族君长所住的帐幕。

　　[3]"控弦"二句:写匈奴势力强大而又臣服汉朝。控弦,指弓箭手。款塞,直抵边塞。

　　[4]呼韩耶单于:于汉宣帝二年(前52)归附西汉,率部南迁近塞。

229

汉元帝以宫人王昭君赐嫁于他,和汉朝保持了六七十年的和好关系。见《汉书·匈奴传》。

〔5〕"文王"二句:文王,当为太王之误。太王古公亶父为戎狄所侵,东迁岐山之下。魏绛,春秋时晋国大夫,曾劝晋悼公与戎人讲和。

〔6〕獯鬻狎狁(xūn yùxiǎn yǔn 熏育险允):古代北方民族名,有戎、狄之称,数易其名,至汉代即匈奴。

〔7〕单于可汗:古代北方民族首领,有时称单于,有时称可汗。

〔8〕"俺祖公公"二句:公元前200年,汉高祖亲率军抗击匈奴,被冒顿(mò dú 莫独)单于围困于白登山(今山西大同东北)七日,后用陈平计,方可突围。史称"白登之围"。

〔9〕"用娄敬之谋"三句:指白登之围后,娄敬向高祖献和亲之计。事见《汉书·郦陆朱刘叔孙传》。

〔10〕雕心鹰爪:比喻心狠手辣。鹰爪,原本误作"雁爪",今改。按:元无名氏《关云长千里独行》第三折,有"他待使些雕心鹰爪"句;《马援挝打聚兽牌》第一折有"雕心鹰爪无恩义"句,据改。

〔11〕少见儒臣,多昵女色:这本是唐代宦官仇士良对他的心腹说过的一段话。见《新唐书·宦者列传》。

〔12〕嗣传十叶继炎刘:自汉高祖至汉元帝,实只七代,十叶,举成数而说。汉朝自称因火德而王,故称炎刘。

〔13〕"奋布衣"三句:略叙汉朝开国皇帝刘邦事迹。刘邦出身低微,从沛县的丰邑(今江苏铜山西北)起兵,消灭秦国,打败项羽,建立汉室天下。

〔14〕"田舍翁"二句:这是唐代许敬宗迎合唐高宗欲立武则天为皇后时所说的话。见《新唐书·许敬宗传》。

〔15〕合无:何不。

〔16〕刷选:挑选。

〔17〕室女：未出嫁的女子。

第 一 折

（毛延寿上，诗云）火块黄金任意挝[1]，血海王条全不怕[2]；生前只要有钱财，死后那管人唾骂。某毛延寿，领着大汉皇帝圣旨，遍行天下，刷选室女，已选勾九十九名；各家尽肯馈送，所得金银，却也不少。昨日来到成都秭归县[3]，选得一人，乃是王长者之女，名唤王嫱，字昭君。生得光彩射人，十分艳丽，真乃天下绝色。争奈他本是庄农人家，无大钱财；我问他要百两黄金，选为第一。他一则说家道贫穷，二则倚着他容貌出众，全然不肯。我本待退了他，（做忖科，云）不要倒好了他。眉头一纵，计上心来。只把美人图点上些破绽，到京师，必定发入冷宫，教他受苦一世。正是：恨小非君子，无毒不丈夫。（下）（正旦扮王嫱引二宫女上，诗云）一日承宣入上阳[4]，十年未得见君王；良宵寂寂谁来伴，惟有琵琶引兴长[5]。妾身王嫱，小字昭君，成都秭归人也。父亲王长者，平生务农为业。母亲生妾时，梦月光入怀，复坠于地，后来生下妾身。年长一十八岁，蒙恩选充后宫。不想使臣毛延寿，问妾身索要金银，不曾与他，将妾影图点破，不曾得见君王，现今退居永巷[6]。妾身在家颇通丝竹[7]，弹得几曲琵琶；当此夜深孤闷之时，我试理一曲消遣咱。（做弹科）（驾引内官提灯上，云）某汉元帝，

自从刷选室女入宫,多有不曾宠幸,煞是怨望咱。今日万几稍暇,不免巡宫走一遭,看那个有缘的得遇朕躬也呵。(唱)

【仙吕点绛唇】车碾残花,玉人月下,吹箫罢[8]。未遇宫娃,是几度添白发!

【混江龙】料必他珠帘不挂,望昭阳一步一天涯[9];疑了些无风竹影,恨了些有月窗纱。他每见弦管声中巡玉辇[10],恰便似斗牛星畔盼浮槎[11]。(旦做弹科)(驾云)是那里弹的琵琶响?(内官云)是。(正末唱)是谁人偷弹一曲,写出嗟呀?(内官云)快报去接驾。(驾云)不要。(唱)莫便要忙传圣旨,报与他家。我则怕乍蒙恩把不定心儿怕[12],惊起宫槐宿鸟,庭树栖鸦。

(云)小黄门[13],你看是那一宫的宫女弹琵琶,传旨去教他来接驾,不要惊谎着他。(内官报科,云)兀那弹琵琶的,是那位娘娘?圣驾到来,急忙迎接者!(旦趋接科)(驾唱)

【油葫芦】恕无罪,吾当亲问咱。这里属那位下[14]?休怪我不曾来往乍行踏。我特来填还你这泪揾湿鲛绡帕,温和你露冷透凌波袜[15]。天生下这艳姿,合是我宠幸他。今宵画烛银台下,剥地管喜信爆灯花[16]。

(云)小黄门,你看那纱笼内烛光越亮了,你与我挑起来看咱。(唱)

【天下乐】和他也弄着精神射绛纱[17],卿家,你觑咱,则他那瘦岩岩影儿可喜杀。(旦云)妾身早知陛下驾临,只合远接;接驾不早,妾该万死。(驾唱)迎头儿称妾身,满口儿呼陛下,必不是寻常百姓家。

(云)看了他容貌端正,是好女子也呵。(唱)

【醉中天】将两叶赛宫样眉儿画,把一个宜梳裹脸儿搽,额角香钿贴翠花[18],一笑有倾城价。若是越勾践姑苏台上见他,那西施半筹也不纳[19],更敢早十年败国亡家。

(云)你这等模样出众,谁家女子?(旦云)妾姓王,名嫱,字昭君,成都秭归县人。父亲王长者,祖父以来,务农为业。闾阎百姓,不知帝王家礼度。(驾唱)

【金盏儿】我看你眉扫黛,鬓堆鸦,腰弄柳,脸舒霞,那昭阳到处难安插,谁问你一犁两耙做生涯。也是你君恩留枕簟[20],天教雨露润桑麻[21]。既不沙[22],俺江山千万里,直寻到茅舍两三家。

(云)看卿这等体态,如何不得近幸?(旦云)妾父王长者,当初选时,使臣毛延寿索要金银,妾家贫寒无凑,故将妾眼下点成破绽,因此发入冷宫。(驾云)小黄门,你取那影图来看。(黄门取图看科)(驾唱)

【醉扶归】我则问那待诏别无话,却怎么这颜色不加搽?点得这一寸秋波玉有瑕。端的是卿眇目,他双瞎[23]?便宣的八百姻娇比并他,也未必强如俺娘娘带破赚丹青画。

(云)小黄门,传旨说与金吾卫[24],便拿毛延寿斩首报来。(旦云)陛下,妾父母在成都,见隶民籍,望陛下恩

典宽免,量与些恩荣咱。(驾云)这个煞容易。(唱)

【金盏儿】你便晨挑菜,夜看瓜,春种谷,夏浇麻,情取棘针门粉壁上除了差法[25]。你向正阳门改嫁的倒荣华[26]。俺官职颇高如村社长,这宅院刚大似县官衙。谢天地可怜穷女婿,再谁敢欺负俺丈人家!

(云)近前来,听寡人旨,封你做明妃者。(旦云)量妾身怎生消受的陛下恩宠!(做谢恩科)(驾唱)

【赚煞】且尽此宵情,休问明朝话。(旦云)陛下明朝早早驾临,妾这里候驾。(驾唱)到明日,多管是醉卧在昭阳御榻。(旦云)妾身贱微,虽蒙恩宠,怎敢望与陛下同榻?(驾唱)休烦恼,吾当且是耍,斗卿来便当真假[27]。恰才家辇路儿熟滑,怎下的真个长门再不踏[28]。明夜里西宫阁下,你是必悄声儿接驾,我则怕六宫人攀例拨琵琶。(下)

(旦云)驾回了也,左右且掩上宫门,我睡些去。(下)

〔1〕"火块"句,火块,原本误作"大块"。据古名家杂剧本、顾曲斋本改。挝,同"抓",同音借用。

〔2〕血海王条:即关系着性命攸关的王法。血海,佛家说法地狱中有血海骨山。这里形容关系重大。

〔3〕成都秭归县:秭归,在湖北西部,相传王昭君为秭归人。这里成都代指蜀中。

〔4〕上阳:本为唐代宫殿名,在洛阳。这里是借用上阳来说入宫之事。

〔5〕引兴长:引起很深的感慨。

〔6〕永巷:汉宫中的深巷,是囚禁妃嫔和宫女的地方。这里泛指后宫。

〔7〕丝竹:对弦管乐器的总称。这里泛指音乐。

〔8〕"玉人"二句:唐杜牧《寄扬州韩绰判官》:"二十四桥明月夜,玉人何处教吹箫?"这里化用末句。

〔9〕昭阳:汉武帝时,分后宫八区,中有昭阳殿。后来小说、戏曲常以昭阳殿为皇后所居之处。这里指皇帝经常临幸的地方。

〔10〕玉辇(niǎn 捻):皇帝的车子。

〔11〕斗牛星畔盼浮槎(chá 查):斗牛星畔,代指天河。浮槎,木筏。《荆楚岁时记》说汉代张骞曾乘槎偶然飘到天河,见到牛郎星和织女星。

〔12〕乍蒙恩把不定心儿怕:突然间受到皇帝的恩宠,心里既惊又怕。

〔13〕小黄门:汉代宫廷内有黄门令、中黄门诸官,以宦官充任。

〔14〕位下:元代臣僚称诸王、后妃、公主为位下。

〔15〕露冷透凌波袜:用唐李白《玉阶怨》"玉阶生白露,夜久侵罗袜"诗意。凌波袜,见《梧桐雨》第一折注释〔28〕。

〔16〕"剥地"句:旧日说法,蜡烛结成灯花意味着喜事将来。剥地,灯花的爆裂的声音。

〔17〕和他:连他。他,指纱笼内的烛光。

〔18〕额角香钿贴翠花:额角上插着花钿还贴着翠色的面花。香钿,即花钿。翠花,古代妇女所贴的面花。无名氏〔梧叶儿〕《十二月》之四:"新荷叶浑似面花儿,贴在芙蓉额儿。"

〔19〕"若是越勾践"二句:春秋时越王勾践于国灭后,卧薪尝胆,准备报仇,把美女西施献给吴王夫差,使其荒于酒色,不理国政。姑苏台,吴王阖闾所建,在苏州姑苏山上。半筹也不纳,即一筹莫展。

〔20〕枕簟(diàn 垫):枕席。

〔21〕天教雨露润桑麻：语带双关，既符合昭君说她家"务农为业"，又指她得到皇帝爱宠。

〔22〕既不沙：若非这样呵。沙，语助词。

〔23〕端的是卿眇(miǎo)目，他双瞎：究竟是你一眼瞎，还是他两眼都瞎？眇，偏盲，一眼瞎。

〔24〕金吾卫：汉代有执金吾，掌管京师戍卫诸事。

〔25〕情取棘针门粉壁上除了差法：即管教免掉你家的赋税差役。棘针门，农家编棘为门。粉壁，书写、张贴告示的墙壁。无名氏《还牢末》第一折："如今上司画影图形，排门粉壁，捉拿他里。"差法，即差发，元代征收赋税差役的用语。

〔26〕正阳门：宋代汴京宫城门名，即宣德门。这里借指汉宫。

〔27〕真假：偏义复词，即真。

〔28〕长门：汉武帝时，陈皇后失宠，被弃置于长门宫。

第 二 折

（番王引部落上，云）某呼韩单于，昨遣使臣款汉[1]，请嫁公主与俺；汉皇帝以公主尚幼为辞，我心中好不自在。想汉家宫中，无边宫女，就与俺一个，打甚不紧？直将使臣赶回。我欲待起兵南侵，又恐怕失了数年和好；且看事势如何，别做道理。（毛延寿上，云）某毛延寿，只因刷选宫女，索要金银，将王昭君美人图点破，送入冷宫。不想皇帝亲幸，问出端的，要将我加刑。我得空逃走了，无处投奔。左右是左右[2]，将着这一轴美人图，献于单于王，着他按图索要，不怕汉朝不与他。走了数日，来到这里,远远的望见人马浩大,敢是穹庐也。(做问科,云)头目,你启报单于王知道,说汉朝大臣来投见哩。(卒报科)(番王云)着他过来。(见科,云)你是甚么人?(毛延寿云)某是汉朝中大夫毛延寿。有我汉朝西宫阁下美人王昭君,生得绝色。前者大王遣使求公主时,那昭君情愿请行;汉主舍不的,不肯放来。某再三苦谏,说:"岂可重女色,失两国之好?"汉主倒要杀我。某因此带了这美人图,献与大王。可遣使按图索要,必然得了也。这就是图样。(进上看科)(番王云)世间那有如此女人!若得他做阏氏[3],我愿足矣。如今就差一番官,率领部从,写书与汉天子,求索王昭君,与俺和亲。若不肯与,不日南侵,江山难保。就一壁厢引控甲士,随地打猎,延入塞内,侦候动静,多少是好。(下)(旦引宫女上,云)妾身王嫱,自前日蒙恩临幸,不觉又旬月。主上昵爱过甚,久不设朝。闻的今日升殿去了,我且向妆台边梳妆一会,收拾齐整,只怕驾来好伏侍。(做对镜科)(驾上,云)自从西宫阁下,得见了王昭君,使朕如痴似醉,久不临朝。今日方才升殿,等不的散了,只索再到西宫看一看去。(唱)

【南吕一枝花】四时雨露匀,万里江山秀;忠臣皆有用,高枕已无忧。守着那皓齿星眸,争忍的虚白昼。近新来染得些症候,一半儿为国忧民,一半儿愁花病酒。

【梁州第七】我虽是见宰相,似文王施礼;一头地离明妃,早宋玉悲秋[4]。怎禁他带天香着莫定龙衣袖[5]！他诸馀可爱[6]，所事儿相投[7]；消磨人幽闷，陪伴我闲游；偏宜向梨花月底登楼，芙蓉烛下藏阄[8]。体态是二十年挑剔就的温柔，姻缘是五百载该拨下的配偶[9]，脸儿有一千般说不尽的风流。寡人乞求，他左右，他比那落伽山观自在无杨柳[10]，见一面得长寿。情系人心早晚休[11]，则除是雨歇云收。

（做望见科，云）且不要惊着他，待朕悄地看咱。（唱）
【隔尾】恁的般长门前抱怨的宫娥旧，怎知我西宫下偏心儿梦境熟[12]。爱他晚妆罢，描不成，画不就，尚对菱花自羞。（做到旦背后看科）（唱）我来到这妆台背后，原来广寒殿嫦娥，在这月明里有[13]。

（旦做见接驾科）（外扮尚书，丑扮常侍上，诗云）调和鼎鼐理阴阳，秉轴持钧政事堂[14]。只会中书陪伴食[15]，何曾一日为君王。某尚书令五鹿充宗是也[16]。这个是内常侍石显[17]。今日朝罢，有番国遣使来索王嫱和番，不免奏驾。来到西宫阁下，只索进去。（做见科，云）奏的我主得知：如今北番呼韩单于差一使臣前来，说毛延寿将美人图献与他，索要昭君娘娘和番，以息刀兵。不然，他大势南侵，江山不可保矣。（驾云）我养军千日，用军一时；空有满朝文武，那一个与我退的番兵！都是些畏刀避箭的，恁不去出力，怎生教娘娘和番？（唱）
【牧羊关】兴废从来有，干戈不肯休。可不食君禄命悬君口。太平时，卖你宰相功劳；有事处，把俺佳人递流[18]。你们干请了皇家俸,着甚的分破帝王忧?那壁厢锁树的怕弯着手,这壁厢攀栏的怕擗破了头[19]。

（尚书云）他外国说陛下宠昵王嫱,朝纲尽废,坏了国家。若不与他,兴兵吊伐。臣想纣王只为宠妲己,国破身亡,是其鉴也。（驾唱）

【贺新郎】俺又不曾彻青霄高盖起摘星楼[20];不说他伊尹扶汤[21],则说那武王伐纣。有一朝身到黄泉后,若和他留侯留侯厮遘[22],你可也羞那不羞?您卧重裀,食列鼎,乘肥马,衣轻裘。您须见舞春风嫩柳宫腰瘦,怎下的教他环珮影摇青塚月,琵琶声断黑江秋[23]!

（尚书云）陛下,咱这里兵甲不利,又无猛将与他相持,倘或疏失,如之奈何?望陛下割恩与他,以救一国生灵之命。（驾唱）

【斗虾蟆】当日个谁展英雄手,能枭项羽头,把江山属俺炎刘?全亏韩元帅九里山前战斗,十大功劳成就[24]。恁也丹墀里头,枉被金章紫绶[25];恁也朱门里头,都宠着歌衫舞袖。恐怕边关透漏,殃及家人奔骤。似箭穿着雁口,没个人敢咳嗽。吾当僝僽[26],他也他也红妆年幼,无人搭救。昭君共你每有甚么杀父母冤仇?休休,少不的满朝中都做了毛延寿!我呵,空掌着文武三千队,中原四百州;只待要割鸿沟[27]。陡恁的千军易得[28],一将难求!

（常侍云）见今番使朝外等宣。（驾云）罢罢罢!教番使临朝来。（番使入见科,云）呼韩耶单于差臣南来奏大汉皇帝:北国与南朝自来结亲和好,曾两次差人求公主不与。今有毛延寿将一美人图,献与俺单于。特差臣来,单索昭君为阏氏,以息两国刀兵。陛下若不从,俺有百万雄兵,刻日南侵,以决胜负,伏望圣鉴不错。(驾云)且教使臣馆驿中安歇去。(番使下)(驾云)您众文武商量,有策献来,可退番兵,免教昭君和番。大抵是欺娘娘软善,若当时吕后在日,一言之出,谁敢违拗!若如此,久已后也不用文武,只凭佳人平定天下便了!(唱)

【哭皇天】你有甚事疾忙奏,俺无那鼎镬边滚热油[29]。我道您文臣安社稷,武将定戈矛;您只会文武班头,山呼万岁,舞蹈扬尘,道那声诚惶顿首[30]。如今阳关路上[31],昭君出塞;当日未央宫里,女主垂旒[32]。文武每,我不信你敢差排吕太后。枉以后龙争虎斗,都是俺鸾交凤友[33]。

(旦云)妾既蒙陛下厚恩,当效一死,以报陛下。妾情愿和番,得息刀兵,亦可留名青史。但妾与陛下闺房之情,怎生抛舍也!(驾云)我可知舍不的卿哩!(尚书云)陛下割恩断爱,以社稷为念,早早发送娘娘去罢。(驾唱)

【乌夜啼】今日嫁单于,宰相休生受。早则俺汉明妃有国难投。它那里黄云不出青山岫。投至两处凝眸,盼得一雁横秋。单注着寡人今岁揽闲愁,王嫱这运添憔瘦。翠羽冠,香罗绶,都做了锦蒙头暖帽,珠络缝貂裘。

(云)卿等今日先送明妃到驿中,交付番使,待明日朕亲出灞陵桥,送钱一杯去。(尚书云)只怕使不的,惹外夷

耻笑。(驾云)卿等所言,我都依着;我的意思,如何不依?好歹去送一送。我一会家只恨毛延寿那厮!(唱)

【三煞】我则恨那忘恩咬主贼禽兽,怎生不画在凌烟阁上头[34]?紫台行都是俺手里的众公侯[35],有那桩儿不共卿谋,那件儿不依卿奏?争忍教第一夜梦迤逗[36]。从今后不见长安望北斗,生扭做织女牵牛!

(尚书云)不是臣等强逼娘娘和番,奈番使定名索取。况自古以来,多有因女色败国者。(驾唱)

【二煞】虽然似昭君般成败都皆有,谁似这做天子的官差不自由!情知他怎收那膘满的紫骅骝。往常时翠轿香兜,兀自倦朱帘揭绣,上下处要成就[37]。谁承望月自空明水自流,恨思悠悠。

(旦云)妾身这一去,虽为国家大计,争奈舍不的陛下!
(驾唱)

【黄钟尾】怕娘娘觉饥时吃一块淡淡盐烧肉,害渴时喝一杓儿酪和粥。我索折一枝断肠柳,饯一杯送路酒[38]。眼见得赶程途,趁宿头;痛伤心,重回首。则怕他望不见凤阁龙楼,今夜且则向灞陵桥畔宿。(下)

〔1〕款汉:要求和汉朝通好。款:真心诚意。
〔2〕左右是左右:反正是这样。
〔3〕阏氏(yān zhī 烟支):匈奴单于的正妻,相当汉朝的皇后。
〔4〕"我虽是见宰相"四句:我虽然像周文王那样的尊重宰相,治理朝政,但是一离开明妃,就会产生宋玉悲秋那样的愁绪。文王施礼,周文

王能礼贤下士,士以此多归之。见《史记·周本纪》。一头地,一到、等到。宋玉,战国时辞赋家,他的《九辩》中有"悲哉秋之为气也"的句子。

〔5〕"怎禁他"句:即怎么受得住明妃对我的诱惑呢。天香,国色天香之省,指昭君。着莫,沾染。

〔6〕诸馀:诸般、各样。

〔7〕所事儿:凡事、事事。

〔8〕藏阄(jiū 究):或作"藏钩",古代的一种游戏,把钩子藏在手中,让对方去猜。

〔9〕该拨:注定。

〔10〕落伽山观自在:落伽山,在浙江定海县东普陀岛上,相传为观音显迹处。观自在,即观世音,为佛教大乘菩萨之一。

〔11〕情系人心早晚休:宋元时常语,多与上句"尘随车马何年尽"连用。早晚,什么时候。

〔12〕"恁的般"二句:是说这曾在冷宫里抱怨我的旧宫娥(昭君),怎知道我现在偏心宠爱着她。长门,见本剧前折注〔28〕。此指冷宫。

〔13〕"原来"二句:用月里嫦娥,比喻镜中昭君的倩影。月明,比喻镜子。

〔14〕"调和鼎鼐"二句:比喻宰相治理国家政事。调和鼎鼐,见《梧桐雨》楔子注释〔18〕。轴,车轴;钧,制陶的转轮。政事堂,指大臣议事的议政厅堂。

〔15〕中书陪伴食:讽刺宰相在其位而不谋其政。《旧唐书·卢怀慎传》:"与紫微令姚崇对掌枢密,怀慎自以为吏道不及崇,每事皆推让之,时人谓之伴食宰相。"中书,指中书省。

〔16〕五鹿充宗:西汉人,任职少府。权臣石显党羽。

〔17〕石显:汉元帝宠信的宦官,曾任中书令。为人险诈,结党营私。

〔18〕递流:递解流放到边远地区。

〔19〕"那壁厢"二句:是说满朝文武没有一个肯为国家效忠出力。锁树,晋时,前汉国君刘聪为刘皇后建捕鹩仪殿于后庭,廷尉陈元达谏阻,刘聪要将他斩首,元达把自己锁在树上,左右曳之不能动。见《晋书·刘聪载记》。攀栏,汉成帝时,槐里令朱云请斩奸臣张禹。成帝要杀他,朱云手攀殿槛,执意苦谏。见《汉书·朱云传》。

〔20〕摘星楼:传说殷纣王宠爱妲己,为她曾建一座高楼,叫摘星楼。

〔21〕伊尹扶汤:伊尹,名挚,商汤名臣,曾佐汤灭夏桀,被尊为阿衡(宰相)。

〔22〕留侯厮觏:留侯,即汉初开国功臣张良。厮觏,相遇。

〔23〕"环珮影摇青塚月"二句:金王元节《明妃》诗:"环珮魂归青塚月,琵琶声断黑河秋。"青塚,据说昭君墓草长青,故名。墓在今内蒙呼和浩特之南。黑江,当即王诗之黑河,在内蒙,流经青塚。

〔24〕"韩元帅"二句:指汉初开国功臣韩信,曾于九里山前设下十面埋伏,逼死项羽。传说他一生为汉高祖立下明修栈道、暗度陈仓;收三秦,取关中之地;涉西河,虏魏王豹;破井陉,杀陈余及赵王歇;袭破齐历下军,击走田横等十大功劳。

〔25〕金章紫绶:丞相佩带的官印,为金印,用紫色的印带。

〔26〕儳僽(chán zhòu 蝉宙):忧愁,烦恼。

〔27〕鸿沟:楚汉相争时,刘邦和项羽曾以鸿沟为界,停战讲和。地点即今河南的贾鲁河。

〔28〕陡恁的:顿时间竟这样。

〔29〕鼎镬:古代酷刑,用鼎镬烹煮犯人。

〔30〕"您只会"四句:是说那些文武官员,只会在朝廷上装模作样,遇着实际的事却不行了。山呼万岁,一边叩头,一边高喊万岁。舞蹈,即拜舞,臣子朝见皇帝的一种仪式。诚惶顿首,臣子对皇帝的套语。

〔31〕阳关:在今甘肃敦煌西南,汉时通西域的必经之路。这里是指

出塞之路。

〔32〕"当日"二句:指吕后执政时的情形。未央宫,汉宫名。垂旒,皇冠上的垂玉。

〔33〕"枉以后"二句:是说以后遇到战争,不必作战,只靠妃子和亲就是了。

〔34〕凌烟阁:功臣阁,唐太宗曾绘二十四功臣像于此。此处借用之。

〔35〕紫台:即紫宫,汉宫名。

〔36〕梦迤逗:梦魂牵惹,指离别后对昭君的梦中思念。

〔37〕"情知他"四句:是说昭君不惯于马上生活。往日她连坐轿也懒于卷起绣帘,上下也要人扶持。情知,明知。骅骝,骏马。翠轿香兜,均指轿子。

〔38〕送路酒:送别的酒。

第 三 折

(番使拥旦上,奏胡乐科,旦云)妾身王昭君,自从选入宫中,被毛延寿将美人图点破,送入冷宫。甫能得蒙恩幸,又被他献与番王形像。今拥兵来索,待不去,又怕江山有失;没奈何将妾身出塞和番。这一去,胡地风霜,怎生消受也! 自古道:"红颜胜人多薄命,莫怨春风当自嗟[1]。"(驾引文武内官上,云)今日灞桥饯送明妃,却早来到也。(唱)

【双调新水令】锦貂裘生改尽汉宫妆,我则索看昭君画图模样。旧恩金勒短,新恨玉鞭长。本是对金殿鸳鸯[2];分飞翼怎承望!

（云）您文武百官计议,怎生退了番兵,免明妃和番者。（唱）

【驻马听】宰相每商量,大国使还朝多赐赏。早是俺夫妻悒怏,小家儿出外也摇装[3]。尚兀自渭城衰柳助凄凉[4],共那灞桥流水添惆怅。偏您不断肠,想娘娘那一天愁都撮在琵琶上。

（做下马科）（与旦打悲科）（驾云）左右慢慢唱者,我与明妃饯一杯酒。（唱）

【步步娇】您将那一曲阳关休轻放[5],俺咫尺如天样,慢慢的捧玉觞。朕本意待尊前捱些时光,且休问劣了宫商[6],您则与我半句儿俄延着唱。

（番使云）请娘娘早行,天色晚了也。（驾唱）

【落梅风】可怜俺别离重,你好是归去的忙。寡人心先到他李陵台上[7],回头儿却才魂梦里想,便休题贵人多忘。

（旦云）妾这一去,再何时得见陛下?把我汉家衣服都留下者。（诗云）正是:今日汉宫人,明朝胡地妾[8];忍着主衣裳,为人作春色[9]!（留衣服科）（驾唱）

【殿前欢】则甚么留下舞衣裳,被西风吹散旧时香。我委实怕宫车再过青苔巷[10],猛到椒房[11],那一会想菱花镜里妆,风流相,兜的又横心上[12],看今日昭君出塞,几时似苏武还乡[13]?

（番使云）请娘娘行罢,臣等来多时了也。（驾云）罢罢

罢！明妃你这一去,休怨朕躬也。(做别科,驾云)我那里是大汉皇帝！(唱)

【雁儿落】我做了别虞姬楚霸王[14],全不见守玉关征西将[15]。那里取保亲的李左车,送女客的萧丞相[16]？

(尚书云)陛下不必挂念。(驾唱)

【得胜令】他去也不沙架海紫金梁[17]？枉养着那边庭上铁衣郎。您也要左右人扶侍,俺可甚糟糠妻下堂[18]？您但提起刀枪,却早小鹿儿心头撞。今日央及煞娘娘,怎做的男儿当自强[19]！

(尚书云)陛下,咱回朝去罢。(驾唱)

【川拨棹】怕不待放丝缰,咱可甚鞭敲金镫响[20]？你管燮理阴阳,掌握朝纲,治国安邦,展土开疆;假若俺高皇,差你个梅香[21],背井离乡,卧雪眠霜,若是他不恋恁春风画堂,我便官封你一字王[22]。

(尚书云)陛下不必苦死留他,着他去了罢。(驾唱)

【七弟兄】说甚么大王,不当,恋王嫱,兀良[23],怎禁他临去也回头望！那堪这散风雪旌节影悠扬,动关山鼓角声悲壮[24]。

【梅花酒】呀！俺向着这迥野悲凉,草已添黄,兔早迎霜[25]。犬褪得毛苍,人搦起缨枪,马负着行装,车运着糇粮[26],打猎起围场[27]。他他他,伤心辞汉主;我我我,携手上河梁[28]。他部从入穷荒,我銮舆返咸阳。返咸阳,过宫墙;过宫墙,绕回廊;绕回廊,近椒房;近椒房,月昏黄;月昏黄,夜生凉;夜生凉,泣寒蛩[29];泣寒蛩,绿纱窗;绿纱窗,不思量!

【收江南】呀!不思量除是铁心肠!铁心肠也愁泪滴千行。美人图今夜挂昭阳,我那里供养,便是我高烧银烛照红妆[30]。

(尚书云)陛下回銮罢,娘娘去远了也。(驾唱)

【鸳鸯煞】我只索大臣行说一个推辞谎[31],又则怕笔尖儿那火编修讲。不见他花朵儿精神,怎趁那草地里风光?唱道伫立多时,徘徊半晌,猛听的塞雁南翔,呀呀的声嘹亮,却原来满目牛羊,是兀那载离恨的毡车半坡里响。(下)

(番云引部落拥昭君上,云)今日汉朝不弃旧盟,将王昭君与俺番家和亲。我将昭君封为宁胡阏氏,坐我正宫。两国息兵,多少是好。众将士,传下号令,大众起行,望北而去。(做行科)(旦问云)这里甚地面了?(番使云)这是黑龙江,番汉交界去处;南边属汉家,北边属我番国。(旦云)大王,借一杯酒,望南浇奠,辞了汉家,长行去罢。(做奠酒科,云)汉朝皇帝,妾身今生已矣,尚待来生也。(做跳江科)(番王惊救不及,叹科,云)嗨!可惜,可惜!昭君不肯入番,投江而死。罢罢罢!就葬在此江边,号为青塚者。我想来,人也死了,枉与汉朝结下这般仇隙,都是毛延寿那厮搬弄出来的。把都儿[32],将毛延寿拿下,解送汉朝处治。我依旧与汉朝结和,永为甥舅,却不是好?(诗云)则为他丹青画误了昭君,背汉主暗地私奔;将美人图又来哄我,要索取出塞和亲。

247

岂知道投江而死,空落的一见消魂。似这等奸邪逆贼,留着他终是祸根。不如送他去汉朝哈喇[33],依还的甥舅礼两国长存。(下)

〔1〕"红颜"二句:出宋欧阳修《明妃曲》。

〔2〕金殿鸳鸯:唐李白《宫中行乐词》八首之三:"玉楼巢翡翠,金殿锁鸳鸯。"剧中借来形容美满夫妻。

〔3〕摇装:古代风俗,凡远行者,选吉日出门,亲友至江边送行,行人上船后舟楫略动即返,然后另日再行出发,谓之摇装。见明姜准《岐海琐谈》。

〔4〕渭城衰柳:用唐王维《送元二使安西》"渭城朝雨浥轻尘,客色青青柳色新"诗意。渭城,在今陕西咸阳东。

〔5〕一曲阳关:王维《送元二使安西》诗有句云:"劝君更尽一杯酒,西出阳关无故人。"后人因谱作《阳关三叠》一曲,送别时唱。

〔6〕劣了宫商:音调不协,走调。宫商,指古代五声中的宫音和商音。此处泛指音律。

〔7〕李陵台:李陵是汉代名将,兵败降匈奴。李陵台在今内蒙波罗城。

〔8〕"今日"二句:用唐李白《王昭君》诗原句。

〔9〕"忍着"二句:出宋陈师道《妾薄命》二首之一。春色,原作"春妍"。

〔10〕青苔巷:指昭君以前所住的冷宫长巷。

〔11〕椒房:汉代皇后所居处,用香椒和泥涂壁。

〔12〕兜的:突然地。

〔13〕苏武还乡:苏武,汉朝使臣,出使匈奴,被拘十九年,历尽艰辛,昭帝时始得归汉。

〔14〕别虞姬楚霸王:垓下之战,霸王项羽被围,闻四面楚歌,自为诗云:"虞姬虞姬奈若何?"见《史记·项羽本纪》。别,离别。

〔15〕玉关:玉门关,古代关卡之一。在甘肃敦煌西。

〔16〕"那里取"二句:李左车是汉初有名的谋士,萧何是汉初的宰相。他们都以自己的才智为国家建功立业。而现在朝中文武大臣,却只会保亲、送女客。

〔17〕架海紫金梁:宋元俗语,比喻国家的栋梁之材。

〔18〕糟糠妻:谓贫贱时共患难的妻子。汉光武帝要把阳湖公主嫁给宋弘,要他先休掉自己的妻子,宋弘道:"贫贱之交不可忘,糟糠之妻不下堂。"见《后汉书·宋弘传》。

〔19〕男儿当自强:《神童诗》:"将相本无种,男儿当自强。"

〔20〕鞭敲金镫响:表示得胜而归的俗语。

〔21〕梅香:宋元小说戏曲对婢女的通称。

〔22〕一字王:地位最高的王位。参见《丽春堂》第四折注释〔18〕。

〔23〕兀良:语气词,无义。用于句首时,有加强语气或指示方向的作用。

〔24〕"散风雪旌节影悠扬"二句:唐杜甫《阁夜》:"五更鼓角声悲壮,三峡星河影动摇。"旌节,旌旗仪仗之类。

〔25〕兔早迎霜:兔子毛色变白。兔,原误作"色",据《词林摘艳》、《雍熙乐府》所录曲文改。

〔26〕糇粮:干粮。

〔27〕围场:设围打猎的场所。

〔28〕河梁:原为"河上桥梁",后多泛指送别处。

〔29〕寒螀(jiāng 浆):寒蝉。似蝉,体形较小。

〔30〕高烧银烛照红妆:宋苏轼《海棠》诗:"只恐夜深花睡去,故烧银烛看红妆。"

〔31〕我只索：原作"我煞"。据《酹江集》本改。

〔32〕把都儿：蒙古语，勇士或武士。

〔33〕哈喇：蒙古语，杀的意思。

第 四 折

（驾引内官上，云）自家汉元帝，自从明妃和番，寡人一百日不曾设朝。今当此夜景萧索，好生烦恼。且将这美人图挂起，少解闷怀也呵。（唱）

【中吕粉蝶儿】宝殿凉生，夜迢迢六宫人静。对银台一点寒灯，枕席间，临寝处，越显的吾当薄倖。万里龙廷[1]，知他宿谁家一灵真性[2]。

（云）小黄门，你看炉香尽了，再添上些香。（唱）

【醉春风】烧尽御炉香，再添黄串饼[3]。想娘娘似竹林寺[4]，不见半分形；则留下这个影，影。未死之时，在生之日，我可也一般恭敬。

（云）一时困倦，我且睡些儿。（唱）

【叫声】高唐梦，苦难成[5]。那里也爱卿爱卿，却怎生无些灵圣？偏不许楚襄王枕上雨云情[6]。

（做睡科）（旦上，云）妾身王嫱，和番到北地，私自逃回。兀的不是我主人！陛下，妾身来了也。（番兵上，云）恰才我打了个盹，王昭君就偷走回去了。我急急赶来，进的汉宫，兀的不是昭君！（做拿旦下）（驾醒科，云）恰才见明妃回来，这些儿如何就不见了？（唱）

【剔银灯】恰才这搭儿单于王使命,呼唤俺那昭君名姓;偏寡人唤娘娘不肯灯前应,却原来是画上的丹青。猛听得仙音院凤管鸣,更说甚箫韶九成[7]。

【蔓青菜】白日里无承应[8],教寡人不曾一觉到天明,做的个团圆梦境。(雁叫科,唱)却原来雁叫长门两三声,怎知道更有个人孤另。

(雁叫科)(唱)

【白鹤子】多管是春秋高,筋力短;莫不是食水少,骨毛轻?待去后,愁江南网罗宽;待向前,怕塞北雕弓硬。

【幺篇】伤感似替昭君思汉主,哀怨似作薤露哭田横[9],凄怆似和半夜楚歌声[10],悲切似唱三叠阳关令[11]。

(雁叫科)(云)则被那泼毛团叫的凄楚人也[12]!(唱)

【上小楼】早是我神思不宁,又添个冤家缠定。他叫得慢一会儿,紧一声儿,和尽寒更。不争你打盘旋,这搭里同声相应,可不差讹了四时节令[13]?

【幺篇】你却待寻子卿,觅李陵[14]。对着银台,叫醒咱家,对影生情。则俺那远乡的汉明妃虽然薄命[15],不见你个泼毛团,也耳根清净。

(雁叫科)(云)这雁儿呵。(唱)

【满庭芳】又不是心中爱听,大古似林风瑟瑟,岩溜泠泠[16]。我只见山长水远天如镜,又生怕误了你途程。见被你冷落了潇湘暮景[17],更打动我边塞离情。还说甚雁过留声[18],那堪更瑶阶夜永,嫌杀月儿明!

（黄门云）陛下省烦恼，龙体为重。（驾云）不由我不烦恼也。（唱）

【十二月】休道是咱家动情，你宰相每也生憎[19]。不比那雕梁燕语，不比那锦树莺鸣。汉昭君离乡背井，知他在何处愁听？

（雁叫科）（唱）

【尧民歌】呀呀的飞过蓼花汀，孤雁儿不离了凤凰城[20]。画檐间铁马响丁丁，宝殿中御榻冷清清，寒也波更，萧萧落叶声，烛暗长门静。

【随煞】一声儿绕汉宫，一声儿寄渭城，暗添人白发成衰病，直恁的吾当可也劝不省[21]。

（尚书上云）今日早朝散后，有番国差使命绑送毛延寿来，说因毛延寿叛国败盟，致此祸衅。今昭君已死，情愿两国讲和。伏候圣旨。（驾云）既如此，便将毛延寿斩首，祭献明妃。着光禄寺大排筵席，犒赏来使回去。（诗云）叶落深宫雁叫时，梦回孤枕夜相思；虽然青冢人何在，还为蛾眉斩画师。

  题目 沉黑江明妃青冢恨
  正名 破幽梦孤雁汉宫秋

〔1〕龙廷：即龙庭，古代匈奴祭天的地方。
〔2〕一灵真性：即灵性，天赋的秀灵之性。这里指昭君。
〔3〕黄串饼：即黄篆饼，谓香饼盘曲如篆字形。
〔4〕竹林寺：有影无形的意思。竹林寺本指佛教中神僧、罗汉的灵

252

境,其状若隐若现。后来各地多有类似的传说。如庐山佛手岩东北有"磐山突出,下临绝壑,潭色沉沉正黑,僧云故竹林寺也,有影无形,神圣所居。"见明桑乔《庐山纪事》。

〔5〕高唐梦,苦难成:借楚王梦游神女事,说明汉元帝苦于梦中不得与昭君相见。战国时楚宋玉《高唐赋》,叙楚襄王游云梦,望高唐宫观,说先王(怀王)梦中与巫山神女相会。神女临别时说:"妾在巫山之阳,高丘之阻。旦为朝云,暮为行雨。朝朝暮暮,阳台之下。"

〔6〕"偏不许"句:宋玉《神女赋》说,楚襄王与宋玉游于云梦之浦,使玉赋高唐之事。其夜王寝,梦与神女相遇。

〔7〕"猛听得"二句:仙音院,见《梧桐雨》第二折注释〔14〕。凤管,又名凤箫、排箫,用高低不等的小竹管编成,形如凤翅。箫韶,传说是虞舜时的乐曲。九成,演奏时九次变调。

〔8〕承应:这里指乐工演奏、伺候。

〔9〕作薤(xiè谢)露哭田横:薤露,古代送丧的挽歌,言人命短浅,如薤叶上的露水,日出即干。田横,秦末齐国贵族,曾自立为齐王,被刘邦打败后逃亡海岛。汉兴,派人招降,田横在往洛阳途中自杀。

〔10〕半夜楚歌声:《史记·项羽本纪》:"项王军壁垓下,兵少食尽,汉军及诸侯兵围之数重,夜闻汉军四面皆楚歌。"

〔11〕三叠阳关令:即《阳关三叠》,古代送别的歌曲,谱唐王维《送元二使安西》诗。

〔12〕泼毛团:对鸟兽的贬称。这里指雁。

〔13〕差讹了四时节令:大雁每年春分后飞往北方,秋分后飞往南方。这里是疑怪深秋时分,不是雁鸣之时,却听到了雁声,联系以上〔白鹤子〕及〔幺篇〕二曲,此处当以雁之哀鸣,形容昭君出塞之苦。

〔14〕寻子卿,觅李陵:苏武,字子卿。汉时出使匈奴,被拘十九年。李陵,字少卿。汉武帝时率军出击匈奴,兵败投降。

253

〔15〕薄命:原作"得命",据顾曲斋本改。

〔16〕"大古似"二句:是说雁声凄苦恼人。大古,大概。岩溜,岩山上的流水。

〔17〕冷落了潇湘暮景:是说雁儿不飞往南方,使潇湘风景冷落。"雁落平沙",为潇湘八景之一。

〔18〕雁过留声:"雁"字原脱,据《古杂剧》本补。雁过留声,人过留名,当时成语。

〔19〕生憎:讨厌,指厌听雁声。

〔20〕凤凰城:京城,京都。

〔21〕"暗添人"二句:是说明知忧思过度会使人衰老多病,也劝不回我对昭君的思念之情。直恁的,即使如此。

西华山陈抟高卧[1]

第 一 折

(冲末扮赵大舍引净扮郑恩上,诗云)志量恢弘纳百川,遨游四海结英贤。夜来剑气冲牛斗,犹是男儿未遇年[2]。自家赵玄朗是也。祖居洛阳夹马营人氏[3]。父乃洪殷,为殿前点检指挥使[4]。某生时异香三月不绝,人皆呼为香孩儿[5]。某生来颇有奇志,幼年间略读诗书,兼习枪棒[6],逢场作戏,遇博争雄。每纵酒路见不平,拔刀相助,颇生事端,因避难远游关之东西,河之南北,也结识了许多未遇的英雄。这个汉子乃是我义弟郑恩,表字子明。此人虽是性子恶劣,倒也有些慷慨粗直。某与他患难相同,功名共保,不知这运几时来到?我不免和兄弟向州桥边寻一个卖卦先生买一卦[7],可不是好也。(问郑恩科,云)兄弟,我与你到州桥边走一会何如?(郑恩云)哥哥待要上天,我就随着上天;哥哥待要探海,我就随着探海。任哥哥那里去,兄弟愿随鞭镫。(赵云)既然如此,我和你州桥边去来。(下)(正末道扮陈抟上[8],诗云)术有神功道已仙,闲来卖卦州桥边。吾徒不是贪财客,欲与人间结福缘。贫道姓陈名抟,字图南的便是。能识阴阳妙理,兼精遁甲神书[9]。因见五代间世路干戈,生民涂炭,朝梁暮晋,天下纷纷,隐居太华山中,以观时变。这几日于山顶上观见中原地分,旺气非常,当有真命治世。贫道因下山到这汴梁州桥边,开个卦肆指迷。看有甚人到来。(唱)

【仙吕点绛唇】定死知生,指迷归正,皆神应。蓍插方瓶[10],香爇雷文鼎[11]。

【混江龙】开坛讲命,六爻搜尽鬼神惊[12]。传圣人清高道业,指君子暗昧前程。袍袖拂开八卦图,掌中躔度一天星[13]。也不论冠婚宅葬,也不论出入经营。但有那辨荣枯问吉凶,买卦的心尊敬,我也则全凭圣典,不顺人情[14]。

(赵同郑上,云)兀的那壁有个卖卦的先生,咱且听他说些甚的。(正末唱)

255

【油葫芦】古圣传留《周易》经,有几人能穷究的精?诵读如坐井不能明。(带云)这《易》呵,(唱)伏羲以上无人定,仲尼之下无人省[15]。俺下的数又真,传的课又灵。待要避凶趋吉知天命,试来帘下问君平[16]。

（赵云）兄弟,好个先生也。（郑恩云）哥哥怎见的?（赵云）只消数言之间,包罗古今上下,参透阴阳表里。（郑恩云）是好先生也!咱再听他说一会者。（正末唱）

【天下乐】凭着八字从头断一生[17],丁宁,不教差半星。论旺相死囚凭五行[18]。似这般暗夺鬼神机,豫知天地情,堪教高士听。

（赵云）这么一个先生,无有人识他,咱过去买卦去来。（与末相见科,赵云）有劳先生,将我两人贱造看一看[19]。（正末作失惊科）（唱）

【醉中天】我等你呵似投吴文整,你寻我呵似觅吕先生[20]。教我空踏断草鞋双带綨[21],你君臣每元来在这搭儿相随定。这五代史里胡厮杀不曾住程,休则管埋名隐姓,却教谁救那苦恹恹天下生灵。

（赵云）这是区区的八字,先生仔细看一看,莫要容情。
（正末算科）（唱）

【后庭花】这命干是丙丁戊己庚,乾元亨利贞[22]。正是一字连珠格,三重坐禄星[23]。你休道俺不着情,不应后我敢罚银十锭,未酬劳先早陪了几瓶。

（赵云）先生向后再推一推,看我流年大运如何[24]?

（正末唱）

【金盏儿】到这戌字上呵木成形,火长生,避乖龙大小运今年并[25]。后交的丙辰一运大峥嵘,日犯空亡为将相,时逢禄马作公卿[26]。你是南方赤帝子,上应北极紫微星[27]。

（云）请二公到僻静酒肆中,闲叙数句。（赵云）先生有请!（正末云）二公先行!（入肆作接驾科,云）早知陛下到来,只合远接;接待不着,勿令见罪。（赵扯末云）先生休的呼皇道寡,倘有人知,反速罪戾。（正末云）贫道阅人多矣,平生未见此命,他日必为太平天子也!（唱）

【后庭花】黄河一旦清,东方日已明。有兴处饮醹醽千钟醉[28],没人处倒山呼万岁声。贫道呵索是失逢迎,遇着这开基真命,拚今朝醉不醒。

（赵云）先生,实不相瞒,区区见五代之乱,天下涂炭极矣,常有拨乱反治之志,奈无寸土为阶。倘皇天不没此心,成的些小基业。不知天下形势何处为可守?何处为不可守?（正末云）陛下欲知兴龙之地[29],莫如汴梁。听贫道说来便见。（唱）

【金盏儿】左关陕,右徐青,背怀孟,附襄荆[30]。用兵的形势连着唐邓[31],太行天险壮神京[32]。江山埋旺气,草木助威灵[33]。欲寻那四百年兴龙地,除是这八十里卧牛城[34]。

（郑恩云）兀那先生,你也与我算上一算。（正末唱）

【醉中天】你是五霸诸侯命,一品大臣名。干打哄胡厮哝过了半生[35]。(郑恩云)你说我是个五霸诸侯,我如何瞎了一目?(正末唱)注定你不带破多残病,命中有愁甚眼睛?兀那明朗朗群星虽盛,怎如的孤月偏明。

(赵云)请问先生高姓大名,何处仙居?今日之言,他年倘或应口,必须物色以共富贵,不敢忘也。(正末云)贫道陈抟,隐居西华山中,不求人间富贵,无烦酬谢。但愿二公保重者。(唱)

【金盏儿】投至我石枕上梦魂清,布袍底白云生。但睡呵一年半载没干净,则看您朝台暮省干功名[36]。我睡呵黑甜甜倒身如酒醉,忽喽喽酣睡似雷鸣。谁理会的五更朝马动,三唱晓鸡声。

【赚煞】治世圣人生,指日乾坤定。(赵云)天下果有平定之时,那时节拜请先生下山,共享太平之福。(正末唱)何须把山野陈抟拜请。(指郑科,唱)若久后休忘了这青眼相看旧弟兄[37],不索重酬劳卖卦先生。从今后罢刀兵,四海澄清,且放闲人看太平。我又不似出师的孔明,休官的陶令[38],则待学那钓鱼台下老严陵[39]。(并下)

[1]《陈抟高卧》:元杂剧写隐居乐道者,多杂仙佛度世之语。本剧写陈抟不乐仕进,甘心隐退,较少宗教色彩,是同类作品中最好的一种。陈抟,字图南,号扶摇子。真源人。历五代之乱,隐居于华山。周世宗时,拜谏议大夫,不就;宋太宗时,赐号希夷先生。其《归隐》诗云:"十年踪迹走红尘,回首青山入梦频。……携取琴书归旧隐,野花啼鸟一般

春。"马致远自然不是陈抟,但他一生屈沉下僚,蹉跎失志,始终找不到出路,最后只好归隐,实与陈抟之华山高卧有某些相通之处。剧中所反映的人生理想、生活情趣,与其晚年所写散曲意境格调,亦极相近,可以合看。今以《元曲选》校注,个别地方则参校他本。

〔2〕"夜来"二句:用丰城剑气故事,喻英雄将要出世。剑气,宝剑的精气,参见《丽春堂》第二折注释〔13〕。

〔3〕夹马营:即甲马营,在洛阳城东北。传说宋太祖出生于此。

〔4〕殿前点检指挥使:官名。五代后周置殿前都点检,位在都指挥使以上,入宋后废。

〔5〕"生时异香"二句:宋人传说,见《杨文公谈苑》。

〔6〕兼习:原作"兼持"。据息机子本改。

〔7〕州桥:即天汉桥,跨汴京城内汴水上,对大内御街,《东京梦华录》记之甚详。原本误作"竹桥",今改。下同。

〔8〕道扮:演剧术语,即道装,扮作道士。

〔9〕遁甲神书:疑作"遁甲神术"。遁甲,古代方士术数之一。其法以十干中之乙、丙、丁为三奇,以戊、己、庚、辛、壬、癸为六仪,分置九宫,以甲统之;视其变化,以定吉凶,故名遁甲。

〔10〕蓍(shī 失):草名,多年生草本,可入药。古人常用以占卜。

〔11〕雷文鼎:鼎,古代烹饪器。雷文,鼎面上的纹饰,略似指纹。这里指香炉。

〔12〕六爻(yáo 摇):爻,构成《易》卦的基本符号。"—"是阳爻,"--"是阴爻;每三爻合成一卦,可得八卦。两卦相重,谓之六爻,可得六十四卦。卦的变化取决于爻的变化。《易·系辞》(上):"爻者,言乎变者也。"

〔13〕掌中躔(chán 蝉)度一天星:是说从手掌中可以看出满天星斗运行的方位。躔度,日月星辰在太空运行的度次。

〔14〕全凭圣典,不顺人情:这是卖卦者的口头禅。是说完全依靠卦象来解说,决不迎合人情的好恶。圣典,这里指的是《易经》。

〔15〕"伏羲"二句:关于《易经》的成书,《汉书·艺文志》说:伏羲始画八卦;周文王演为六十四卦,并作卦辞和爻辞;以后孔子作传来解经。所谓"人更三圣",即由此出。仲尼,孔子名丘,字仲尼。

〔16〕君平:汉严遵,字君平。蜀郡人。日卖卜于成都,得百钱,足以自养,即闭肆下帘,读《老子》,人称逸民。见《汉书·王贡两龚鲍传》。

〔17〕八字:以人出生之年、月、日、时为四柱,配合干支,合为八字,加以附会,用来推算人的命运好坏。

〔18〕旺相死囚凭五行:术数家以水、火、木、金、土五行,配旺、相、死、囚、休五字,推算人的时运。如谓春三月为木旺、火相、土死、金囚、水休;夏三月为火旺、土相、金死、水囚、木休等。凡占旺相者为得时,运气好;否则为失时,诸事不宜。

〔19〕贱造:对自己生辰八字的谦称。

〔20〕"我等你呵"二句:郑廷玉《金凤钗》第一折〔金盏儿〕曲,作"如投吕先生访故友,似寻吴文政搠相知。"吴文整(政),不详。吕先生,即姜太公吕望,相传垂钓于渭水之滨,周文王出猎相遇,与语甚悦,载之同归。后佐武王伐纣,建立周朝。

〔21〕带鞓(tīng厅):系鞋的小皮带。

〔22〕"这命干"二句:命干,命的主干、本体。丙丁戊己庚,当指出生的年月日时胎,即所谓的五命之术。乾,六十四卦的首卦。元亨利贞,为乾卦原文。

〔23〕"正是"二句:都是术数用语。连珠格,赞其八字甚好,有如连珠。坐禄星,主持禄命的星宿。

〔24〕流年大运:流年,指岁月、年华。大运,一生的运气,福分。

〔25〕"戌字上"三句:预言以后到戌年将会发生王朝更替的巨变。

"木成形",原本误作"水成形",今改。按:戌,指庚戌年,为五代后汉隐帝乾祐三年(950),是年,郭威灭汉,建立后周,以木德王,故云"木成形";而以后赵匡胤所建之宋又以火德承运,隐然相生,所以又说"火长生"。"避乖龙"句,当指汉隐帝失国被害一事。乖龙,传说中的孽龙。据说乖龙因苦于行雨而到处藏匿,所以称之为避乖龙。见宋孙光宪《北梦琐言》。又,旧日术数家说,一个人如果大运和小运并在命宫,必主衰败。

〔26〕"丙辰一运"三句:丙辰,为后周世宗显德三年(956)。是年,赵匡胤拜殿前都指挥使,寻拜定国军节度使。见《宋史》本纪。曲中所云"为将相","作公卿",即指此。空亡,古代以干支纪日,十干配十二支,所馀二支,即为空亡。禄马,不详。

〔27〕"你是"二句:赤帝,南方之神,古代神话中五方帝之一。说赵匡胤是赤帝之子,是宋人妄说。《宋史·礼志》:乾德元年(963),太常博士聂崇文言:"皇帝以火德上承正统,请奉赤帝为感生帝。"《大宋宣和遗事》又说赵匡胤是火德星君下世。北极紫微星,说赵匡胤该做皇帝。《晋书·天文志》(上):"紫微垣十五星,一曰紫微,天帝之座也,天子之所居。"

〔28〕醹醁:美酒。

〔29〕兴龙之地:创立王业的基地。龙,天子的象征。

〔30〕"左关陕"四句:是说汴梁位置当天下之中,宜为国都。西为潼关、陕州(今河南陕县),东为徐州、青州(今山东益都),北为怀州、孟州(今河南沁阳、孟州),南为襄阳、荆州(今湖北一带)。

〔31〕唐邓:唐州和邓州,今河南唐河、邓县。

〔32〕"太行"句:太行山在汴梁之北,为天然之屏障。

〔33〕"江山"二句:用元好问[三奠子]词句,唯"旺气",原作"王气",指一个朝代兴旺的祥瑞之气。"草木"句,化用草木皆兵故事。东

晋时,苻坚兵败淝水,见八公山草木,皆以为晋军,大败而走。见《晋书·苻坚载记》。

〔34〕"四百年"二句:是说建业的基地就在汴梁。两宋首尾三百馀年,四百,举成数而说。又汴梁外城,方圆四十馀里,八十,为夸张之辞。卧牛城,民间对汴京的俗称。

〔35〕干打哄胡厮哝:即瞎起哄、胡乱嚷。

〔36〕朝台暮省干功名:指在官职上不断地得到升迁。台,御史台。省,中书省。

〔37〕青眼:对人喜爱或器重用青眼,表示尊重。《晋书·阮籍传》说阮籍对人能为青、白眼。

〔38〕"我又不似"二句:即不像诸葛亮那样出兵伐魏,死而后已;也不像陶渊明那样不愿为五斗米折腰,辞官而隐。

〔39〕严陵:后汉严光,字子陵。会稽余姚人。少年时与刘秀同游学,有大名。刘秀为帝后,他隐姓埋名。后被召入京,授谏议大夫,不就,退隐于富春山。后人称其钓处为严陵钓台,在今浙江桐庐县南。

第 二 折

(外扮使臣引卒子捧砌末上,云)小官党继恩是也。乃太尉党进之子。今奉官里诏书[1],将着安车蒲轮,币帛玄𫄸[2],向西华山请那陈抟先生。此系王命,不可怠慢,须索走一遭去者。(下)(正末上,云)贫道自从汴梁州桥边算了那两个君臣之命,归到山中,醒时炼药,醉时高眠,倒大快活清闲也呵[3]!(唱)

【南吕一枝花】我往常读书求进身,学剑随时混;文能匡社稷,武可定乾坤。豪气凌云,似莘野商伊尹。佐成汤救万民[4]。扫荡了海内烽尘,早扶策沟中愁困[5]。

【梁州第七】从逢着那买卦的潜龙帝王,饶了个算命的开国功臣,便即时拂袖归山隐。全不管人间甲子,单则守洞里庚申[6]。降伏尽婴儿姹女,将炼成丹汞黄银[7]。思飘飘出世离群,乐陶陶礼圣参真。想他那乱扰扰红尘内争利的愚人,更和那闹攘攘黄阁上为官的贵人[8],争如这闲摇摇华山中得道的仙人。一身,驾云,九垓八表神游尽[9],觑浮世暗中哂。坐看蟠桃几度春[10],岁月常新。

【隔尾】则与这高山流水同风韵[11],抵多少野草闲花作近邻[12]。满地白云扫不尽,你与我紧关上洞门,休放个客人,我待静倚蒲团自在盹。

（末盹睡科。使臣上,云）这些时不觉来到华山。端的是好山也。则见云台观中[13],一缕白云,上接丹霄。想必是那先生隐居的去处。我不免将金钟撞动,使那先生知道。（撞钟。末醒,接使臣科）（唱）

【牧羊关】我恰才游仙阙,谒帝阍[14],惊的我跨黄鹤飞下天门。为甚的玉节忙持,金钟煞紧？又不是纸窗明觉晓,布被暖知春[15]。惊的那梦庄周蝶飞去[16],尚古自炊黄粱锅未滚[17]。

（相见科。使臣云）下官党继恩,奉官里敕旨,领着安车蒲轮,币帛玄𬘓,敬到仙山,来请先生下山。圣人甚是怀念,望先生早些收拾行者。（正末云）贫道物外之人,无

263

心名利,望天使回朝,方便奏咱。(唱)

【红芍药】开基创业圣明君,舜德尧仁。玉帛万国尽来尊[18],一统乾坤。眼见得灭狼烟,息战氛,早则是泽及黎民。又待要招贤纳士礼殷勤,币帛降玄纁。

【菩萨梁州】特遣天臣,把贤良访问;当今至尊,重酬劳卖卦山人。虽然是前言不忘是君恩,争奈我烟霞不忆风雷信,琴鹤自有林泉分[19]。想名利有时尽,乞的田园自在身,我怎肯再入红尘[20]。

【隔尾】俺只待下棋白日闲消困,高枕清风睡杀人[21],世事无由恼方寸。则除你个继恩,使臣,方便向君王行奏得准。

(使臣云)方今圣人在上,乾坤一统,万国来宾。山间林下,并无遗贤。况先生乃天子之故人,天下之高士,自当归朝,以慰圣人之意。(正末唱)

【牧羊关】既然海岳归明主,敢放巢由作外臣[22],怎望您吊千年高冢麒麟[23]。谁待要老去攀龙[24],则不如闲来卧云。试看蓬莱寻药客,商岭采芝人[25];天下已归汉,山中犹避秦[26]。

【贺新郎】我往常鸡鸣舞剑学刘琨[27],看三卷天书,演八门五遁[28]。我也曾遍游诸国占时运,则为卖卦处逢着圣君,以此的入山来专意修真。看猿鹤知导引[29],观山水爽精神。大都来性于远习于近[30]。则这黄冠野服一道士,伴着清风明月两闲人[31]。

(使臣云)久闻先生有黄白住世之术[32],不知仙教可使

凡夫亦得闻乎?(正末云)神仙荒唐之事,此非将军所宜问也。(唱)

【牧羊关】则你这一身拜将悬金印,万里封侯守玉门。现如今际明良千载风云[33],怎学的河上仙翁,关门令尹[34]。可不道朝中随圣主,却甚的林下访闲人。既受了雨露九天恩,怎还想云霞三市隐[35]。

(使臣云)先生既如此说,何不仕于朝廷,为生民造福者。(正末唱)

【哭皇天】酒醉汉难朝觐,睡魔王怎做的宰臣?穿着这紫罗袍似酒布袋,执着这白象笏似睡馄饨[36]。若做官后每日价行眠立盹,休休休枉笑杀凌烟阁上人。有这般疏庸愚钝,孤陋寡闻。

【乌夜啼】幸然法正天心顺,索甚我横枝儿治国安民[37]?我则有住山缘,那里有为官分。乐道安贫,谁羡画戟朱门[38]。丹砂好炼养闲身,黄金不铸封侯印[39]。我其实戴不的幞头紧[40],穿不的朝衣窄[41]。倒不如我这拂黄尘的布袍,漉浑酒的纶巾[42]。

(使臣云)天恩不可辜负,请先生就车,即便行者。(正末云)既蒙天使到来,圣恩不敢违背,必须下山走一遭去也。(唱)

【黄钟煞】也不索雕轮冉冉登程进,也不索骏马骎骎践路尘[43]。既然是圣旨紧,请将军休固恳。尽教山列着屏,草展着裀,鹤看着家,云锁着门,只消的顺天风坐一片白云,煞

265

强似你那宣使乘的紫藤兜轿稳[44]。(同下)

〔1〕官里:一作"官家",对皇帝的称呼。

〔2〕"安车"二句:安车,用一马拉动的可以坐乘的小车。古代皇帝征聘贤者,往往赐乘安车。蒲轮,用蒲草包裹车轮,使之无震动的感觉。币帛,即缯帛,古人馈赠用的礼物,亦可用于祭祀。玄纁,黑色的缯帛。

〔3〕倒大:极大,十分,何等。宋赵必璩〔贺新郎〕《寿陈新渌》:"户外红尘飞不到,受人间,倒大清闲福。"

〔4〕"似莘(shēn 申)野商伊尹"二句:传说伊尹耕于有莘之野,汤王三次派人征聘,后来辅佐汤王灭了夏桀,建立商朝。参见《汉宫秋》第二折注释〔21〕。有莘,古国名,在今河南陈留东北。后有以有莘作为隐居之所一说。

〔5〕沟中愁困:指陷于苦难中的人民。《孟子·梁惠王》(下):"凶年饥岁,君之民老弱转乎沟壑,壮者散而之四方者,几千人矣。"

〔6〕"全不管"二句:人间甲子,即人间岁月。守洞里庚申,道家于庚申之日斋戒,静坐不眠,安定魂魄,认为可以避免三尸作祟。三尸,据说是人体中作祟之神,常于庚申的日子,向天帝诉说人的过失。

〔7〕"降伏尽"二句:道家炼丹,以铅为婴儿,水银为姹女。丹汞,硃砂和水银。黄银,金属名,似金而色较淡,即黄铜。

〔8〕黄阁:古代三公官署避用朱门,厅门涂黄色,以区别于天子,称黄阁。

〔9〕九垓八表:泛指极高极远的处所。九垓,即九天,天空极高处;八表,八方之外,极远的地方。

〔10〕蟠桃:传说中的仙桃。据《汉武故事》:西王母云:"此桃三千年一著子,非下土所植也。"

〔11〕高山流水同风韵:即志在高山流水。古时伯牙善琴,钟子期知

266

音。伯牙鼓琴,志在高山。子期曰:"善哉,峨峨兮若泰山。"志在流水,子期曰:"善哉,洋洋兮若江河。"见《列子·汤问》。风韵,风度、韵致。

〔12〕野草闲花:野生的不知名的花草。比喻无谓的俗客闲人。

〔13〕云台观:陈抟隐处,在华山脚下。

〔14〕"游仙阙"二句:仙阙,天帝的宫门。帝阍,天帝的守门人。

〔15〕"纸窗"二句:出唐白居易《晚寝》诗原句。

〔16〕梦庄周蝶飞去:用庄子梦中化为蝴蝶事,参见《墙头马上》第三折注释〔5〕。这里是梦醒的意思。

〔17〕"尚古自"句:唐沈既济《枕中记》:卢生于邯郸客舍,遇道士吕翁,自叹贫困,翁授之以枕,使入梦。生梦中历尽富贵荣华。及醒,主人炊黄粱尚未熟。尚古自,尚兀自。黄粱,小米。

〔18〕玉帛:瑞玉和缣帛,古代祭祀、会盟时所用的珍贵礼品。

〔19〕"争奈我"二句:谓乐爱归隐山林,不记当年风雷变化之语。烟霞,指山水胜景。琴鹤,以一琴一鹤为伴。林泉,山林泉石。

〔20〕"乞的田园"二句:金元好问《初挈家还读书山杂诗》四首之四:"乞得田园自在身,不成还更入红尘。"

〔21〕高枕清风睡杀人:同上,元好问诗原句。高枕,原作"高柳"。

〔22〕"既然"二句:前句用五代冯道《偶作》诗:"须知海岳归明主,未省乾坤陷吉人。"后句出唐白居易《游丰乐招提佛光三寺》诗:"汉容黄绮为逋客,尧放巢由作外臣。"巢由,传说中的古代隐士巢父和许由。据说尧以天下让二人,皆不受,终身不出。外臣,方外之臣,指隐者。

〔23〕吊千年高冢麒麟:即千年后供人凭吊的一个土坟。高冢麒麟,指达官贵人之高坟。麒麟,墓前石兽。唐杜甫《曲江》二首之一:"苑边高冢卧麒麟。"

〔24〕攀龙:依附帝王以取富贵功名。

〔25〕"试看"二句:寻药客,秦始皇曾差齐人徐市(一作福),率童男

267

女各三千人,乘楼船入海,寻访蓬莱诸山,求不死之药草,后不知所之。见《史记·秦始皇本纪》。采芝人,指商山四皓。秦末之乱,东园公、绮里季、夏黄公、甪里先生,同隐商山,作《采芝曲》以明志,中有"晔晔紫芝,可以疗饥"之句。见晋皇甫谧《高士传》卷中。

〔26〕"天下已归汉"二句:用唐李频《过四皓庙》诗句。避秦,晋陶渊明《桃花源记》谓有渔人进洞,见山中有人居,其人自云:先世避秦,来此绝境,不复外出。问及世事,不知有汉,无论魏晋。

〔27〕刘琨:晋中山魏昌人,字越石。与祖逖为友,相互勉励,有澄清天下之志,时俱为司州主簿。二人同寝,中夜,闻鸡鸣,逖曰:"此非恶声也。"因同起共舞(剑)。见《晋书·祖逖传》。

〔28〕"三卷天书"二句:三卷天书,道藏中有《元始五老赤书玉篇真文天书经》一种,分上中下三卷。道教徒称元始所著各书为天书,当即此书。八门,古代术数家语,以休、生、杜、景、伤、开、惊、破八字,代表八方,称八门。五遁,谓仙人能借五行(金、木、水、火、土)藏身隐遁,叫五遁。

〔29〕导引:即导气引体,古代养生术之一,指呼吸吐纳,手足屈伸,使血气流通,促进身体健康。

〔30〕性于远习于近:"远"、"近"二字似误倒。《论语·阳货》原作"性相近也,习相远也。"是说人的天性本是相近的,只因习染不同,所以相去很远。

〔31〕清风明月两闲人:宋欧阳修《会老堂口号》:"金马玉堂三学士,清风明月两闲人。"这里仅用欧阳诗后句,本意仍为清风与明月。《南史·谢譓传》:"入吾室者但有清风,对吾饮者唯当明月。"

〔32〕黄白住世之术:黄白,道家所谓炼丹化成金银的法术。住世,即住衰,延年益寿,永不衰老的法术。

〔33〕明良:君明臣良,指君臣关系很好。《尚书·益稷》:"元首明哉,股肱良哉,庶事康哉。"元首,君也;股肱,臣也。

〔34〕"怎学的"二句:河上仙翁,汉人,莫知其姓字,结草为庵于河之滨,人称河上公。据说汉文帝读老子《道德经》,有不解数事,遣人问之。见晋葛洪《神仙传》卷三。关门令尹,《列仙传》卷上谓名喜,周大夫。老子西游,喜见紫气浮关,知有真人当过,物色而得老子。因留著书。后与老子俱游流沙,不知所终。关,《初学记》卷七引《关令内传》,谓函谷关。令尹,守关之吏。

〔35〕云霞三市隐:隐于繁华的街市。云霞,即彩霞,喻城市之富丽。三市,一作"六街三市",街市的总称。《董西厢》卷一:"六街三市通车马,风流人物类京华。"

〔36〕"穿着这"二句:酒布袋,睡馄饨,自嘲为酒囊饭袋,无用之人。馄饨,又谐音"浑沌",愚昧无知。

〔37〕横枝儿:这里是局外人的意思。横枝,非主干,旁出之枝。参见《丽春堂》第四折注释〔9〕。

〔38〕画戟朱门:显贵之家,红门,门首摆列画戟,以为仪仗。戟,木制,无刃,以木架列之。

〔39〕黄金不铸封侯印:古代官员文武二品以上者,用金印。全句意为不愿随俗封侯拜相。

〔40〕幞头:参见《临江驿潇湘夜雨》第二折注〔11〕。

〔41〕坌(bèn 奔):通"笨"。

〔42〕漉浑酒的纶(guān 观)巾:用陶渊明故事。《宋书·隐逸传》:"郡将候潜,逢其酒熟,取头上葛巾漉酒,毕,还复著之。"纶巾、葛巾,皆头巾。

〔43〕"也不索"二句:冉冉,缓缓;骎骎,急迫的样子。

〔44〕兜轿:只设座位而无轿厢的软轿。

第 三 折

(赵改扮驾引侍臣上,诗云)两手揩摩新日月,一番整理旧乾坤。殿廷聚会风云气,华夏沾濡雨露恩。寡人宋太祖是也。数年之前,曾与汝南王兄弟在州桥边买卦,遇见陈抟先生,被他拨开混沌乾坤,指出太平天子。寡人临御以来,好生想他。昨差使臣物色访问,喜的他不弃寡人而来。今在寅宾馆中[1],尚未朝见。寡人欲拟其官爵,然后召他入朝,他又百般不受。且先加他道号希夷先生[2],赐鹤氅金冠玉圭[3],待朝会间,那时再作计较。黄门官领旨,去寅宾馆请那先生来者。(侍臣领旨科,下)(正末上,诗云)家舍久从方外地,布袍重惹陌头尘。道人原不求名利,名利何曾系道人?贫道陈抟,下的西岳华山,来到东京汴国,见了尘世纷纷,浮生攘攘,想我此行,实非本意也呵。(唱)

【正宫端正好】下云台,来朝会,不听的华山里鹤唳猿啼。道人非为苍生起[4],只是报圣主招贤意。

【滚绣球】俺便是那闲云自在飞,心情与世违。可又不贪名利,怎生来教天子闻知?是未发迹、卦铺里、那时节相识,曾算着他南面登基。(使臣上,云)陈先生恭喜!官里赐来衣冠道号,望阙谢恩。(正末拜谢科,唱)因此上将龙庭御宝皇宣诏[5],赐与我鹤氅金冠碧玉圭,道号希夷。

(使臣云)先生在那隐居处山野荒凉,得如俺这朝署中这般富贵么?(正末唱)

【倘秀才】俺那里草舍花栏药畦,石洞松窗竹几,您这里玉殿朱楼未为贵。您那人间千古事,俺只松下一盘棋[6],把富贵做浮云可比[7]。

（使臣云）官里一心等着先生，请先生早些入朝者。兀的又有使命到也！（驾上，立住科）（正末唱）

【滚绣球】不住的使命催，奉御逼[8]；便教咱早趋朝内，只是野人般不知个远近高低。至禁闱，上凤池，近临宝砌，列鹓鸾帘巷班齐[9]。玉阶前松摆龙蛇影[10]，金殿上风吹日月旗[11]，天仗朝仪[12]。

（见驾打稽首科[13]！唱）

【倘秀才】无那舞蹈扬尘体例，只打个稽首权充拜礼。（驾云）故人别来无恙？今蒙不弃，喜慰平生，就在殿廷赐坐，好叙间阔。（正末唱）愿陛下圣寿齐天万万岁。如今黄阁功臣在，白发故人稀，见贫道自喜。

（驾云）希夷先生，今日得见仙颜，寡人喜不自胜，愿侍同朝，以为臣民之望，不知先生意下如何？（正末云）贫道山野懒人，不愿为官。（唱）

【叨叨令】向那华山中已觅下终焉计[14]，怎生都堂内才看旁州例[15]。议公事枉损了元阳气[16]，理朝纲怕搅了安眠睡。贫道做不的官也么哥，做不的官也么哥，不要紫罗袍只乞黄绸被。

（驾云）先生如何做不的官？（正末云）听贫道说来便见。（唱）

【倘秀才】我但睡呵十万根更筹转刻，七八瓮铜壶漏水。恨不的生扭死窗前报晓鸡。休想我惜花春起早，爱月夜眠迟[17],这般的道理。

（驾云）先生若肯做官，寡人与先生选一个闲散衙门，除一个清要的官职，无案牍劳形[18]，必不妨于政事。（正末云）贫道怎做得官也呵！（唱）

【滚绣球】贫道呵爱穿的蒜落衣[19]，爱吃的藜藿食[20]。睡时节幕天席地，黑喽喽鼻息如雷，二三年唤不起。若在那省部里，取每日画不着卯历[21]。有句话对圣主先题：贫道呵贪闲身外全无事，除睡人间总不知。空教人眨眼舒眉[22]。

（驾云）先生为己则是矣；但未知大人之道。大人以四海为家，万物一体。无我无人，勿固勿必[23]。所谓君子周而不比[24]。先生当扩其独乐之怀，普其兼善之量也[25]。替寡人整理些朝纲，可不是好？（正末唱）

【倘秀才】陛下道君子周而不比，贫道呵小人穷斯滥矣[26]。俺须索志于道依于仁据于德[27]。本待用贤退不肖，怎倒做举枉错诸直[28]，更是不宜。

（驾云）先生休要推辞，似这朝中为官，却不强如山中学道也。（正末云）这为官的好处，贫道也尽知了。（唱）

【滚绣球】三千贯二千石，一品官二品职，只落的故纸上两行史记[29]，无过是重裀卧列鼎而食。虽然道臣事君以忠，君使臣以礼[30]，咳！这便是死无葬身之地，敢向那云阳市血染朝衣[31]。（带云）贫道呵，（唱）本居林下绝名利，自不合刚下山来惹是非[32]，不如归去来兮[33]。

（驾云）你说为官不好，可说那学仙的好处，与朕听者。

272

（正末唱）

【倘秀才】道有个治国治家,索分个为人为己。不患人之不己知[34]。石床绵被暖,瓦钵菜羹肥,是山人乐矣。

【三煞】身安静宇蝉初蜕[35],梦绕南华蝶正飞[36]。卧一榻清风,看一轮明月,盖一片白云,枕一块顽石。直睡的陵迁谷变[37],石烂松枯,斗转星移。长则是抱元守一,穷妙理,造玄机[38]。

【二煞】鸡虫得失何须计[39],鹏鹦逍遥各自知[40]。看蚁阵蜂衙[41],龙争虎斗,燕去鸿来,兔走鸟飞[42]。浮生似争穴聚蚁,光阴似过隙白驹[43],世人似舞瓮醯鸡[44]。便博得一阶半职,何足算,不堪题。

（驾云）先生,你有什么便宜处,也说来者。（正末唱）

【煞尾】俺那里云间太华烟霞细,鼎内还丹日月迟[45]。山上高眠梦寐稀,殿下朝元剑佩齐[46]。玉阙仙阶我曾履,王母蟠桃我曾吃。欲醉不醉酒数杯,上天下天鹤一只[47]。有客相逢问浮世,无事登临叹落晖。危坐谈玄讲《道德》,静室焚香诵《秋水》[48]。滴露研砵点《周易》,散诞逍遥不拘系。赴召离山到朝里,央及陈抟受宣敕。送上都堂入八位[49],掌管台衡总百揆[50]。御史台纲索省会[51],六部当该各详细[52]。攘攘垓垓不伶俐,是是非非无尽期,好交我战战兢兢睡不美。（下）

〔1〕寅宾馆:即客馆。寅,恭敬的意思。《尚书·尧典》:"寅宾出日。"

273

〔2〕希夷先生:《老子》:"视之不见名曰夷,听之不闻名曰希。"希夷,虚寂微妙。

〔3〕鹤氅、玉圭:鹤氅,用鸟羽编制的外衣,道者之服。玉圭,上尖下方的玉器,用于朝聘。

〔4〕非为苍生起:东晋谢安隐居东山,屡召不起。后出为桓温司马,百官送别,中丞高崧戏曰:"卿屡违朝旨,高卧东山,诸人每相与言,安石不肯出,将如苍生何?苍生今亦将如卿何?"见《晋书·谢安传》。这里借用指自己入朝,是为报主恩。苍生,百姓。起,指出仕。

〔5〕龙庭:即龙廷,朝廷。

〔6〕"人间"二句:用王质观棋故事。南朝梁任昉《述异记》:晋时樵夫王质入山伐木,见二童子弈棋,置斧旁观。童子与一物,如枣核,食之不饥。棋局未终,童子促归,回视斧柄已烂。既归,去家已数十年,亲友故旧,无复存者,因有沧桑之感。

〔7〕把富贵做浮云可比:《论语·述而》:"不义而富且贵,于我如浮云。"浮云,飘浮不定,风吹即散,喻不足关心的事物。

〔8〕奉御:官名。金代宫中有奉御十六人,掌宫廷护卫;元代侍正府设奉御二十四人,掌皇帝衣、冠、鞶、沐诸事。因掌天子供奉之事,故亦多指宦官。

〔9〕列鹓鸾:指朝官行列如鸾凤之有序。鹓,凤的一种。

〔10〕松摆龙蛇影:全句谓松枝屈曲苍劲,其影如龙蛇之形。松,原误作"风",据元刊本改。

〔11〕日月旗:皇帝仪仗中的日旗和月旗,上绘日、月之形。

〔12〕天仗朝仪:指皇帝的仪仗和朝见皇帝的礼仪。仪,原误作"衣",今改。

〔13〕稽(qǐ起)首:叩头至地。

〔14〕终焉计:终身之计。

〔15〕旁州例：别州的案例，引申为榜样、例子。

〔16〕元阳气：即元气，指人的精神、生命力的本原。

〔17〕惜花春起早，爱月夜眠迟：春花娇艳，秋月皎洁，指一年最好的季节。

〔18〕无案牍劳形：用唐刘禹锡《陋室铭》句："无丝竹之乱耳，无案牍之劳形。"案牍，官署往来文书。形，身体。

〔19〕薜落衣：隐者之服。屈原《九歌·山鬼》："若有人兮山之阿，被薜荔兮带女萝。"薜落，即"薜萝"之声转，其义出此。唐王建《山中寄及第故人》："岂知内心乖，著我薜萝裳。"

〔20〕藜藿食：粗糙的食物。藜，草名。俗名红心灰藋，初生可食。藿，豆叶，嫩时亦可食用。

〔21〕画不着卯历：古时官署卯时（早5时—7时）上班，上班时签到叫画卯。

〔22〕眈（zhān詹）眼舒眉：闭目养神，安闲自得的样子。承上文，陈抟说自己只会贪闲爱睡，若做官，不过教人懒散而已。眈，目垂貌，见《广韵》。

〔23〕无我无人，勿固勿必：《论语·子罕》："子绝四：毋意，毋必，毋固，毋我。"是说孔子没有悬空臆测、全部肯定、固执拘泥、自以为是的毛病。这里借用其义。

〔24〕君子周而不比（bì必）：语出《论语·为政》。孔颖达注："忠信为周，阿党为比。"是说君子以义相合，而无结党营私之弊。

〔25〕"先生"二句：即您应放弃个人之独善而兼济天下。《孟子·尽心》（上）："穷则独善其身，达则兼善天下。"

〔26〕小人穷斯滥矣：《论语·卫灵公》："君子固穷，小人穷斯滥矣。"是说君子处于贫困中不失其气节，小人处于贫困则无所不为。

〔27〕"俺须索"句：《论语·述而》："志于道，据于德，依于仁，游于

275

艺。"谓目标在道,根据是德,依靠唯仁,而游憩于"六艺"之中。这里取前三句。

〔28〕"本待"二句:《论语·为政》:"举直错诸枉,则民服;举枉错诸直,则民不服。"这里直用其意,即本来要举用贤人,斥退小人;怎么反把小人置于贤人之上呢! 错,通"措",放置的意思。

〔29〕故纸上两行史记:即在史书中留下几笔记载。

〔30〕臣事君以忠,君使臣以礼:见《论语·八佾》。

〔31〕云阳市:宋、元小说、戏曲中常用以指刑场。

〔32〕刚下山来惹是非:金元好问《戚夫人》诗:"无端恨杀商山老,刚出山来管是非。"刚下,即刚出,强要出来的意思。刚下,原误作"划下",据元刊本改。

〔33〕归去来兮:即回去呵。来,语助无义。晋陶渊明《归去来兮辞》:"归去来兮,田园将芜胡不归!"

〔34〕不患人之不己知:《论语·学而》:"不患人之不己知,患不知人也。"

〔35〕"身安静宇"句:静宇,清静的境界。道家修炼,有人静之法,即静处一室,排除杂念,澄神静虑,以与天神相接。蝉初蜕,喻解脱。《史记·屈原传》:"蝉蜕于浊秽,以浮游尘埃之外。"

〔36〕"梦绕南华"句:意为像庄子那样的进入梦乡。唐玄宗曾封庄周为南华真人。似用唐徐寅《初夏戏题》诗意:"青虫也学庄周梦,化作南园蛱蝶飞。"

〔37〕陵迁谷变:陵变为谷,谷变为陵,喻世事之巨变。陵,土山;谷,深沟。

〔38〕"抱元守一"三句:抱元守一,元者,一也。道家认为道生于一,一是道的本体。《老子》:"少则得,多则惑,是以圣人抱一以为天下式。"守一,即专一,也就是道家所说存思,认为天地万物乃至人身五脏各

部,都有神主之。要想入道,就要精思固守所谓的神物。妙理,精深的道理。玄机,微妙的义理。

〔39〕鸡虫得失何须计:比喻些小得失,不须计较。唐杜甫《缚鸡行》:"鸡虫得失无了时,注目寒江倚山阁。"

〔40〕鹏鷃逍遥各自知:是说大鹏和小雀,逍遥自在,各有其乐。《庄子·逍遥游》:大鹏之飞,"抟扶摇羊角而上者九万里,绝云气,负青天,然后图南,且适南冥也。斥鷃笑之曰:彼且奚适也!我腾跃而上,不过数仞而下,翱翔蓬蒿之间,此亦飞之至也。而彼且奚适也。"斥鷃,即鹌鹑。

〔41〕蚁阵蜂衙:蚂蚁群集,似兵家布阵;蜂群回巢,如衙署排班。比喻人事之纷扰。

〔42〕燕去鸿来,兔走乌飞:喻时光之飞逝。燕子和鸿雁都是候鸟。燕子春来秋去,鸿雁则春去秋来,更替轮换,知季节之变化。又神话中日中有金乌,月中有玉兔,后人因以乌、兔代日月。

〔43〕过隙白驹:比喻光阴迅速消失。《庄子·知北游》:"人生天地之间,若白驹之过隙,忽然而已。"《史记·魏豹传》:"人生一世间,如白驹过隙耳。"白驹,或以为骏马,或以为日影。隙,壁间小缝。

〔44〕舞瓮醯(xī 希)鸡:在瓮中乱飞的醯鸡。醯鸡,小虫名,即蠛蠓(mièměng 灭猛),喜乱飞,生命短促。醯,醋。

〔45〕还丹:道家炼丹之术,以九转丹再炼,复还为丹砂,就是所谓的还丹。据说服此可以白日升天。

〔46〕朝元:道士朝拜神仙。

〔47〕上天下天鹤一只:唐高骈《步虚词》:"青溪道士人不识,上天下天鹤一只。洞门深锁碧窗寒,滴露研朱点《周易》"。这里取其意境。

〔48〕"危坐"二句:谓每日端坐,读老子《道德经》,诵庄子《秋水篇》,参究道家玄妙之理。玄,《老子》:"玄之又玄,众妙之门。"

277

〔49〕八位:即八座,泛指高官。东汉至唐以六曹尚书、尚书令、仆射为八座,后世略有变化。

〔50〕"掌管"句:台衡,喻宰辅大臣。台,三台星;衡,即玉衡,北斗杓三星。皆为位于紫微帝座前之星。总百揆,总领百官。

〔51〕台纲:御史台的法度、法纪。

〔52〕六部当该:六部本管政务。六部,古代中书省分设吏、礼、户、兵、刑、工等六部。

第 四 折

(郑恩扮汝南王引色旦上[1],诗云)平生泼赖曾为盗,一运峥嵘却做官;使尽机谋常是饱,锦衣纨袴不知寒。自家郑恩,官封汝南王之职便是。某幼年间与今上圣人为八拜之交,患难相同,枪刀不避,不想今日也同享富贵。今奉官里之命,领着御酒十瓶,御膳一席,宫中美女十人,去寅宾馆,管待希夷先生。他如今尚未出朝,不免打发美女进去,安排供具,我且躲在一壁,待那先生来时,再作计较。您每好生在意者。(色旦云)理会的。(同下)(正末上,诗云)上林无兴看花开[2],春色何人送的来;处士不生巫峡梦,空烦云雨下阳台[3]。贫道陈抟,早朝见上,蒙圣人念旧待我,甚是欢喜。但是我云水之身,山林之鸟,难在这等尘凡之中也呵。(唱)

【双调新水令】半生不识晓来霜,把五更寒打在老夫头上,笑他满朝朱紫贵[4],怎如我一枕黑甜乡[5]?揭起那翠巍巍太华山光,这一幅绣帏帐。

（色旦上侍直,云）妾等官里送来,与先生作传奉[6],愿侍枕席之欢。（正末唱）

【驻马听】白酒樽傍,闲慰眼金钗十二行[7],误了我清风岭上,不翻身恶睡一千场。你则待泛桃花到处觅刘郎[8],我委实画蛾眉不会学张敞[9]。好没酌量,出家儿怎受闲魔障[10]？

（色旦妆醉戏末科,云）先生休拿出那道人铁面皮,怎么脸上和刮霜的一般？俺们都是未放的宫花,谁曾经这等折挫？望先生少要弃嫌。（正末云）你每靠后者,你怎知我出家人的道心。（唱）

【步步娇】折末胡厮缠到晨钟撞[11],休想我一点狂心荡。（色旦云）你来,我与你有句话说。（正末唱）唤陈抟有甚勾当？命不快遭逢着这火醉婆娘[12]。干误了我晚夕参圣的一炉香,半夜里观乾象[13]。

（色旦云）俺与先生奉一杯酒咱。（正末云）俺道人每从来戒酒,不用他。（色旦云）我与先生奉一杯茶,先生试尝这茶味何如？（正末云）是好茶也。（唱）

【沉醉东风】这茶呵,采的一旗半枪[14],来从五岭三湘[15]。泛一瓯瑞雪香[16],生两腋松风响,润不得七碗枯肠[17]。辜负一醉无忧老杜康[18],谁信您卢仝健忘[19]。

（云）您每各自安置,我待睡也。（做睡,色旦扯末科,云）俺每都陪先生,怎敢舍的先生孤孤恓恓凄凄冷冷的？

(正末唱)

【搅筝琶】你好是轻薄相,我又不寂寞恨更长。干把那蝶梦惊回,多管葫芦提害痒[20]。早则是卧破月昏黄,直睡到日出扶桑[21]。慌忙,猛听得净鞭三下响,又待要颠倒衣裳[22]。

(郑恩上,云)好个没理会的先生,待我自家过去。(相见科,云)下官退朝较晚,乞恕探望来迟之罪。(正末云)多谢大王不忘故旧。(郑恩云)先生好神算也。当日州桥边先生曾许我是个五霸诸侯,今日果应其言。(正末唱)

【雁儿落】曾道你官封一字王,位列头厅相。那里是有官的我预知?也则是你没眼的天将傍[23]。

(郑恩云)那宫女每好生歌舞,我奉劝先生一杯。(正末云)又教这个大王僝僽杀我也[24]。(唱)

【川拨棹】恰离高唐,躲巫娥一壁厢。客舍凄凉,仙梦悠扬,只想着邯郸道上[25],原来在佳人锦瑟傍[26]。(色旦劝酒科)(正末唱)

【七弟兄】这场,厮央,不相当。你便有粉白黛绿妆宫样,茜裙罗袜缕金裳,则我这铁卧单有甚风流况[27]。

(郑恩云)先生,圣人有云:食色性也[28]。好色之心,人皆有之。又云:吾未见好德如好色者[29]。先生独非人乎?独无人情乎?(正末唱)

【梅花酒】你可也忒莽撞,则道你燮理阴阳,却惜玉怜香,撮合山错了眼光[30]。就儿里我也仓皇,您休使着这智量,俺乐处是天堂。

(云)贫道从来贪眠,我且盹睡片时,大王休怪。(做睡科)(郑恩与色旦背云)须索如此如此。(郑作关门科,云)我把这门儿来带上者。随时且作窗前月,付与梅花自主张[31]。(下)(正末惊觉科)(唱)

【收江南】呀!你敢硬将咱送上雨云场,则待高烧银烛照红妆。出家儿心地本清凉,怎禁得直恁般闹攘?便是一千年不见也不思量。

【水仙子】我恰才神游八表放金光,礼拜三清朝玉皇[32]。不争你拽双环呀的门关上,缠杀我也瞎大王,惊的那下三山鹤梦翱翔[33]。俺只待丹鼎内降龙虎[34],谁教咱锦巢边宿凤凰,枉羞杀金殿鸳鸯。

(云)只因我轻易下山,惹起这番勾当,倒惹那山灵见笑也。(唱)

【太平令】现如今山鬼吹灯显像,野猿抢笔题墙[35];怕腐烂了芒鞋竹杖,尘没了蒲团纸帐。纵有那女娘、艳妆、洞房,早盹睡了都堂里宰相。

(郑恩上,云)天已明了,我把这门来开者。呀!好个古懒先生[36],还在那壁披衣据床,秉烛待旦哩。(正末云)大王,教你偞倖杀我也。(郑云)惭愧惭愧,我即奏官里,宫中盖一道观,使先生住持,封为一品真人。(正末唱)

【离亭宴带歇指煞】把投林高鸟西风里放,也强如衔花野鹿深宫里养。你待要加官赐赏,教俺头顶紫金冠,手挚碧玉简,身着白鹤氅。昔年旧草庵,今日新方丈[37],贫道呵除睡外别无伎俩[38]。本不是贪名利世间人,则一个乐琴书林下客,绝宠辱山中相[39]。推开名利关,摘脱英雄网,高打起南轩吊窗[40],常则是烟雨外种莲花,云台上看仙掌[41]。(下)

  题目 识真主汴梁卖课
     念故知征贤敕佐
  正名 寅宾馆天使遮留
     西华山陈抟高卧

〔1〕色旦:元杂剧角色名,多扮演年轻、活泼的女性。

〔2〕上林:秦汉时宫内有上林苑。这里指皇家园林。

〔3〕"处士不生巫峡梦"二句:宋刘斧《青琐高议》前集卷八《希夷先生传》:谓唐僖宗以宫女三人赐先生,为奏谢书。诗曰:"雪为肌体玉为腮,深谢君王送到来。处士不生巫峡梦,虚劳云雨下阳台。"

〔4〕满朝朱紫贵:指高官贵人。唐代五品以上官员,许穿红着紫。

〔5〕黑甜乡:即梦乡。睡觉甜美,叫黑甜。

〔6〕传奉:当作"专房",指可以入室近身伺候的女婢。《连环计》第三折董卓云:"我好快活也!专房,抬上果桌来,等夫人与我递一杯酒。"

〔7〕金钗十二行:这里指美女众多。

〔8〕泛桃花到处觅刘郎:用东汉人刘晨、阮肇入天台山采药,于桃花源遇仙女成婚故事。参见《救风尘》第三折注释[18]。

〔9〕画蛾眉不会学张敞:用张敞画眉典。参见《墙头马上》第一折注释[13]。

〔10〕魔障:佛家语。魔王为修行者所设的种种障碍。这里泛指扰害、波折。

〔11〕折末:尽管、任凭。

〔12〕命不快:运气不好。

〔13〕观乾象:观天象。《易·说卦》:"乾为天。"

〔14〕一旗半枪:旗枪,幼嫩的新绿茶。用带顶芽的小叶制成,因叶展如旗,芽尖似枪,故称旗枪。

〔15〕五岭三湘:泛指南方产茶地区。五岭,指湘赣粤桂边境的大庾、骑田、都庞、越城、萌渚五大山系。三湘,指湖南洞庭湖及湘江流域一带。

〔16〕瑞雪香:谓茶味醇香。宋蔡襄《茶疏》曰:"茶色贵白。"古代名茶,或名胜雪,或名银芽,或名蝉膏,或名凤髓,都在标榜茶色之白。瑞雪,也是在赞美茶叶的白净。

〔17〕"两腋松风响"二句:唐卢仝《走笔谢孟谏议新茶》诗:"一碗喉吻润,两碗破孤闷。三碗搜枯肠,唯有文字五千卷。……七碗吃不得也,唯觉两腋习习清风生。"

〔18〕杜康:古代传说中最初造酒的人。这里指酒。

〔19〕卢仝:唐范阳人,号玉川子。家贫好读书,曾作《月蚀》诗,讥讽宦官,为人所称。《新唐书·韩愈传》附有《卢仝传》。

〔20〕葫芦提害痒:即胡里胡涂地动了真情。此为陈抟指责宫女的话。痒,心痒。元曲中多作心痒难揉,本指心绪撩乱,不知如何是好。这里指宫女卖弄风情。

〔21〕扶桑:传说中的神树,日出之所。《山海经·海外东经》:"汤谷上有扶桑,十日所浴,在黑齿北,居水中,有大木,九日居下枝,一日居上枝。"

〔22〕颠倒衣裳:《诗经·齐风·东方未明》:"东方未明,颠倒衣裳;

283

颠之倒之,自公召之。"匆匆入朝的意思。

〔23〕天将傍:上天保佑、照顾的意思。傍,原误作"降",据元刊本改。

〔24〕偻㑒:折磨、烦恼。

〔25〕邯郸道上:这里指梦乡。吕翁在邯郸客舍以仙术点化卢生故事,见唐沈既济《枕中记》。

〔26〕佳人锦瑟傍:唐杜甫《曲江对雨》:"何时诏此金钱会,曾醉佳人锦瑟旁。"瑟,古代一种弦乐器。

〔27〕铁卧单:冰冷的被褥。

〔28〕食色性也:是说饮食和爱色,都是人的本性。见《孟子·告子》(上)。

〔29〕吾未见好德如好色者:见《论语·子罕》。

〔30〕撮合山:指媒人,作媒。

〔31〕"随时"二句:是说自己做个窗前月,冷眼旁观,且看陈抟怎么应付吧!按:此为小说戏曲常语,或作"闭门推出窗前月,分付梅花自主张。"

〔32〕三清:道教以玉清、太清、上清为三清,为神仙居住的仙境。

〔33〕三山:即道家所说的海外三山:蓬莱、方丈、瀛洲。

〔34〕丹鼎内降龙虎:丹鼎,炼丹之炉。道家炼丹以龙虎喻水火。唐李咸用《送李尊师归临川》诗:"坐外烟霞吟不尽,鼎中龙虎伏初驯。"

〔35〕"山鬼"二句:是说自己不在华山,山鬼也出来吹灯戏弄,野猿也在墙上乱写。显像,露出本相。

〔36〕古㦛:死板,古怪。

〔37〕方丈:本指寺院、道观的住持,此指住所。

〔38〕除睡外:原作"除外","睡"字据元刊本补。

〔39〕山中相:指隐士。南朝梁陶弘景隐居句曲山(即江苏茅山),

梁武帝礼聘不出,每有大事,辄遣人就山中谘询。时称山中宰相。

〔40〕南轩:原作"南山",依元刊本改。

〔41〕"烟雨外"二句:莲花、仙掌,都是华山山峰。

李直夫

李直夫,元前期杂剧家,女真族,德兴府(今河北怀来)住。本姓蒲察,人称"蒲察李五"。生平事迹不详,曾任湖南肃政廉访使。元明善《清河集》有赠李直夫诗二首,其《寄直夫》诗云:"岳云低接使君舟,湘水无波桂树秋。井冽自涵千古月,弦清谁写一帘秋?青枫路暗空多梦,白雁天遥不见愁。闻说匡庐当税驾,策勋殊未到沧洲。"据孙楷第先生考订,诗当作于大德末至大初,由此可略知其生活年代。生平所作杂剧十二种,现存《虎头牌》一种。另外,《邓伯道弃子留侄》一种,则仅存佚曲二支。

便宜行事虎头牌[1]

第 一 折

(旦扮茶茶引六儿上[2])([西江月]词云)自小便能骑马,何曾肯上妆台。虽然脂粉不施来,别有天然娇态。 若问儿家夫婿,腰悬大将金牌[3]。茶茶非比别裙钗,说起风流无赛。自家完颜女直人氏,名茶茶者是也。嫁的个夫主,乃是山寿马,现为金牌上千户。今日千户打围猎射去了,下次孩儿每,安排下茶饭,则怕千户来也。(冲末扮老千户同老旦上,云)老夫银住马的便是。从离渤海寨[4],行了数日,来到这夹山口子[5]。这里便是山寿马的住宅。左右,接了马者。六儿,报复去,道叔叔婶子来了也。(六儿报科)(旦云)道有请。(见科,云)叔叔婶子前厅上坐,茶茶穿了大衣服来相见[6]。(旦换衣拜科,云)叔叔婶子,远路风尘。(老千户云)茶茶,小千户那里去了?(旦云)千户打围射猎去了。(老千户云)便着六儿请小千户来,说道,有叔叔婶子,特来看他哩。(旦云)六儿,快去请千户家来。叔叔婶子且请后堂饮酒去,等千户家来也。(同下)(正末扮千户引属官踏马上,诗云)腰横辘轳剑[7],身披鹡鸰袭[8];华夷图上看[9],惟俺最风流。自家完颜女直人氏,姓王,小字山寿马,现做着金牌上千户,镇守着夹山口子。今日天晴日暖,无甚事,引着几个家将,打围射猎去咱。(唱)

【仙吕点绛唇】一来是祖父的家门[10],二来是自家的福分;悬牌印,扫荡征尘,将勇力施呈尽。

【混江龙】几回家开旗临阵,战番兵累次建功勋。怕不的赀财足备,孳畜成群。长养着百十槽冲锋的惯战马,掌管着一千户屯田的镇番军[11]。我如今欲待去消愁闷,则除是飞鹰走犬,逐逝追奔。

(六儿上,云)来到这围场中,兀的不是!爷,家里有亲眷来看你哩。(正末云)六儿,你做甚来?(六儿云)有

亲眷来了也。(正末唱)

【油葫芦】疑怪这灵鹊儿坐在枝上稳,畅好是有定准。(云)六儿,来的是什么亲眷?(六儿云)则说是亲眷,不知是谁。(正末唱)则见他左来右去,再说不出甚亲人。为甚么叨叨絮絮占着是迷丢没邓的混[12],为甚么獐獐狂狂便待要急张拘遂的褪[13]。眼脑又剔抽秃揣的慌[14],口角又劈丢扑搭的喷[15]。只见他蹅蹅忽忽身子儿无些分寸[16],觑不的那奸奸诈诈没精神。

(六儿云)待我想来。(正末唱)

【天下乐】只见他越寻思越着昏,敢三魂失了二魂[17]。(带云)我试猜波。(唱)莫不是铁哥镇抚家远探亲?(六儿云)不是。(正末唱)莫不是达鲁家老太君?(六儿云)也不是。(正末唱)莫不是普察家小舍人?(六儿云)也不是。(正末唱)莫不是叔叔婶子两口儿来访问?

(六儿云)是了!是叔叔婶子哩!(正末云)是叔叔婶子。且收了断场[18],快家去来。(下)(老千户同老旦上,云)怎么这时候千户还不见来?(旦云)小的,门首觑者,千户敢待来也。(正末上,云)接了马者。茶茶,叔叔婶子在那里?(做拜见科)(老千户云)孩儿,相别了数载,俺两口儿好生的思想你哩,今日一径的来望你也。(正末云)叔叔婶子请坐。(唱)

【醉中天】叔叔你鞍马上多劳困,婶子你程途上受艰辛。一自别来五六春,数载家无音信。则这个山寿马别无甚痛亲,我一言难尽,来探你这歹孩儿,索是远路风尘。

（老千户云）孩儿,想从小间俺两口儿怎生抬举你来[19];你如今峥嵘发达呵,你可休忘了俺两口的恩念!（正末云）叔叔婶子,你孩儿有什么不知处?（唱）

【金盏儿】我自小里化了双亲,忒孤贫,谢叔叔婶子把我来似亲儿般训,演习的武和文。我如今镇边关为元帅,把隘口统三军。我当初成人不自在,我若是自在不成人[20]。

（云）小的,一壁厢刽羊宰猪,安排筵席者。（外扮使命上,云）小官完颜女直人氏,是天朝的一个使臣。为因山寿马千户,把守夹山口子,征伐贼兵,累著功绩;圣人的命,差小官赍勅赐他。可早来到他家门首也。左右,接了马者,报复去,道有使命在于门首。（六儿报科）（正末云）装香来。（跪科）（使云）山寿马听圣人的命:为你守把夹山口子,累建奇功,加你为天下兵马大元帅,行枢密院事[21];勅赐双虎符金牌带者,许你便宜行事,先斩后闻。将你那素金牌子,但是手下有得用的人,就与他带着,替你做金牌上千户,守把夹山口子。谢了恩者。（正末谢恩科,云）相公,鞍马上劳神也!（使云）恭喜相公,得此美除[22]!（正末云）相公,吃了筵席呵去。（使云）小官公家事忙,便索回去也。（正末送科,云）相公稳登前路。（使云）请了! 正是:将军不下马,各自奔前程。（下）（正末云）小的,筵席完备未曾?（六儿云）已备下多时了也。（老千户云）夫人,恰才天朝使命,加小千户为天下兵马大元帅。我听的说道,将他那素金牌子,就着他手下得用的带了,替做千户。我想起来,我偌大年纪,也无些儿名分,甲首也不曾做一个[23]。央及小姐和元帅说一声,将那素金牌子,与我带着,就守把夹山口子去呵,不强似与了别人。(老旦云)老相公,你平生好一杯酒,则怕你失误了事。(老千户云)夫人,我若带牌子,做了千户呵,我一滴酒也不吃了。(老旦云)你道定者!(老千户云)我再也不吃了。(老旦云)既是这般呵,我对茶茶说去。(老旦见旦云)媳妇儿,我有一句话,可是敢说么?(旦云)婶子说甚话来?(老旦云)恰才那使臣言语,将双虎符金牌与小千户带了;那素金牌子,着他手下有得用的人与他带。比及与别人带了,与叔叔带了,可不好那?(旦云)婶子说的是,我就和元帅说。(旦见正末云)元帅,恰才叔叔婶子说来,你有双虎符金牌带了,那素金牌子,着你把与手下人带。比及与别人带时,不如与了叔叔,可也好也。(正末云)谁这般说来?(旦云)婶子说来。(正末云)叔叔平日好一杯酒,则怕他失误了事。(旦云)叔叔说道,他若带了牌子,做了千户呵,他一滴酒也不吃了。(正末云)既然如此,将那素金牌子来。叔叔,恰才使臣说来,如今圣人的命,着你孩儿做了兵马大元帅,勅赐与双虎符金牌,先斩后奏;这素金牌子,着你孩儿手下有得用的人,就与他带了,做金牌上千户。我想叔叔幼年多曾与国家出力来,叔叔,你带了这牌,做了上千户,可不强似与别人。(老千户云)想你手下多有得用的人,我又无甚功劳,我怎生做的这千户!(正末云)叔叔,休那般说。(唱)

【一半儿】则俺那祖公是开国旧功臣,叔父你从小里一个敢战军,这金牌子与叔父带呵也是本分。见婶子那壁意欣欣。(云)叔父,你受了这牌子者。(老千户云)我可怎么做的?(正末唱)我见他一半儿推辞一半儿肯。

(老千户云)元帅,难得你这一片好心,我受了这牌子者。(正末云)叔叔,你受了牌子,便与往日不同,索与国家出力,再休贪着那一杯儿酒也。(老千户云)你放心,我带了这牌子呵,我一点酒也不吃了。(正末云)如此恰好。(唱)

【金盏儿】我为甚么语谆谆,单怕你醉醺醺。只看那斗来粗肘后黄金印,怎辜负的主人恩[24]。但愿你扶持今社稷,驱灭旧妖氛。常言道家贫显孝子,国难识忠臣[25]。

(老千户云)我则今日到渤海寨搬了家小,便往夹山口镇守去也。(正末云)叔叔,则今日你孩儿往大兴府去[26]。叔叔去取行李,路上小心在意者。(唱)

【赚煞】则今日过关津度州郡,没揣的逢他敌人。阵面上相持赌的是狠,托赖着俺祖公是番宿家门[27]。哎,你莫因循,便只待人急偎亲,畅好道厮杀无过是咱父子军。誓将那鲸鲵来尽吞,只将这边关守紧,你可便舍一腔热血报明君。(同旦、六儿下)

（老千户云）俺侄儿去了也。则今日往渤海寨搬取家小，走一遭去。（同老旦下）

〔1〕《虎头牌》：虎头牌，虎形牌符。元制万户佩金虎符，有三珠、二珠、一珠之别。宋孟珙《蒙鞑备略·官制》："所佩金牌，第一等贵臣带。两虎相向，曰虎斗金牌。用汉字曰：天赐成吉斯汗圣旨，当便宜行事。"唯此剧实写金人旧事。李直夫或出女真贵族之后，追怀往日，歌颂先烈以国家利益为重、执法不徇私情的高尚情怀，立意非凡，发人深省。第二折又名"十七换头"（十七个曲牌），以女真乐曲歌咏女真人事，在元杂剧中实为别格，故传唱甚盛。明代曲选如《词林摘艳》、《雍熙乐府》等均录。明何良俊《曲论》推许"此等词情真语切，正当行家也。"又引友人语曰"似唐人《木兰诗》。"今据《元曲选》本校注。

〔2〕茶茶：金时女真女子多名茶茶。明朱有燉《元宫词》百首之二十六："进得女真千户女，十三娇小唤茶茶。"

〔3〕大将金牌：元制，万户、千户、百户，皆有上中下之分。千户佩金符，即金牌。

〔4〕渤海：古代东北靺鞨族所建的国名，在今松花江以南，后为辽所灭。

〔5〕夹山口子：《金史·地理志》（上）：云内州柔服县有夹山，"在城北六十里"。按：在今内蒙吐默特旗（萨拉齐）西北。辽主延禧为金兵所袭，走夹山，即此。

〔6〕大衣服：指礼服。

〔7〕辘轳剑：宝剑名。因剑柄以玉作辘轳形，故名。

〔8〕鹔鹴裘：以鹔鹴羽毛所制之裘。

〔9〕华夷图：指古代中国版图。今西安碑林有1136年宋人刻石一方，题曰《华夷图》，即当日中国之地图。

〔10〕家门:家族门阀。指依靠祖先功勋立起的家世。

〔11〕屯田的镇番军:指驻守边地,且耕且战的军队。

〔12〕迷丢没邓:迷迷糊糊。

〔13〕"獐獐狂狂"句:獐獐狂狂,即张张狂狂,手足忙乱的样子。急张拘遂,当如《薛仁贵》第三折作"急獐拘猪"。獐、猪被人拘系,自知难免一刀,所以有慌乱急迫之意。

〔14〕"眼脑"句:眼脑,眼睛。剔抽秃揣,眼珠急速转动的样子。

〔15〕"口角"句:劈丢扑搭,形容说话的声音。喷,指满嘴乱说。

〔16〕蹅蹅忽忽:这里指虚张声势、装模作样。

〔17〕三魂:道家认为人有三魂七魄。

〔18〕断场:犹云残场。场,围场,打猎的处所。

〔19〕抬举:这里是"扶养"的意思。

〔20〕"我当初"二句:成人不自在,自在不成人,宋元俗语。意即人要有成就,就不能贪图安逸,否则就不能有所成就。

〔21〕行枢密院事:枢密院派出在外代行职务的官员。《元史·百官志》(二):"国初有征伐之事,则置行枢密院"。

〔22〕美除:得到好的官职。除,除授,除去旧职,授以新官。

〔23〕甲首:也作"甲头",管事的小头目。

〔24〕主人:这里指皇帝。

〔25〕"常言道"二句:戏曲常语,亦见《楚昭公》第一折。

〔26〕大兴府:金大兴府,即今北京城西南。

〔27〕番宿家门:番宿,轮班宿卫的亲军。元代的宿卫亲军叫怯薛,分四班,每三日一更,子孙可世袭,故称番宿家门。

第 二 折

(老千户同老旦上,云)老夫自到的渤海寨,搬取了家

293

小,来到俺这庄头,见了众多亲眷,听的我做了千户,这个请我吃两瓶,那个请我吃三瓶,每日则是醉。虽然吃酒,则怕误了到任日期。有二哥哥金住马,在这庄儿上住坐。我辞了哥哥,便往夹山口子去也。(老旦云)老相公,咱在这里等者。你去辞了伯伯,早些儿来。(下)(老千户云)远远的望着,敢是哥哥来也。(正末扮金住马上,云)自家金住马的便是。我有个兄弟,是银住马。他如今做了金牌上千户,去镇守夹山口子,听的道往我这村儿前过,我无什么,买了这一瓶酒,与兄弟饯行,走一遭去。(唱)

【双调五供养】愁冗冗,恨绵绵,争奈我赤手空拳。只得问别人借了几文钱,可买的这一瓶儿村酪酒[1],待与我那第二个弟兄祖饯[2]。想着他期限迫,难留恋;可若是今番去也,知他是甚日个团圆。

(云)兀的不是我兄弟!(老千户云)兀的不是我哥哥!(见科,云)哥哥,你兄弟做了金牌上千户,如今镇守夹山口去,一径的辞哥哥来。(正末云)兄弟,我知道你做了金牌上千户,镇守夹山口子去。我无甚么,买这一瓶儿酒,与兄弟饯行。(老千户云)看你这般艰难,你那里得这钱来买酒?教哥哥费心!(正末做递酒科,唱)

【落梅风】我抹的这瓶口儿净,我斟的这盏面儿圆。(老千户做接盏科)(正末云)兄弟,且休便吃。(唱)待我望着那碧天边太阳浇奠[3]。则俺这穷人家又不会别咒愿[4],则愿的俺兄弟每可便早能勾相见。

（做浇奠，再递酒科，云）兄弟满饮一杯。（老千户云）哥哥先饮。（正末云）好波，我先吃了。兄弟饮。（老千户云）待你兄弟吃。（正末云）兄弟，再饮一杯。（老千户云）只我今日见了哥哥吃几杯酒，到的夹山口子，我一点酒也不吃了。（正末云）兄弟，你哥哥无甚么与你。（老千户云）我今日辞哥哥去，敢问哥哥要什么？（正末唱）

【阿那忽】再得我往日家缘，可敢赍发与你些个盘缠。有他这鳔接来的两根儿家竹箭，（老千户云）你兄弟收了者。（正末云）还有哩，（唱）更有条腊打来的这弓弦。

（老千户云）这两件，你兄弟正用的着哩。（正末云）兄弟，你酒要少吃，事要多知。（老千户云）请哥哥放心，我若到夹山口子去，整搠军马，隄备贼兵，我一点酒也不吃了。（正末唱）

【慢金盏】我着这苦口儿说些良言，劝你那酒莫贪，劝你那财休恋；你可便久镇着南边夹山的那峪前，统领着军健，相持的那地面。但要你用心儿把守得安然，你可便只愁升不愁贬。

（老千户云）哥哥，俺那山寿马侄儿，做着兵马大元帅，我便有些疏失，谁敢说我？（正末云）兄弟，你休那般说。（唱）

【石竹子】则俺那山寿侄儿是软善[5]，犯着的休想他便肯见怜。假若是罪当刑死而无怨，赤紧的元帅令更狠似帝王宣[6]。

295

(老千户云)想哥哥那往日也曾受用快活来。(正末唱)

【大拜门】我可也不想今朝,常记的往年,到处里追陪下些亲眷。我也曾吹弹那管弦,快活了万千。可便是大拜门撒敦家的筵宴[7]。

(老千户云)我想哥哥幼年间,穿的那等样的衣服,今日便怎生这等穷暴了[8]?(正末唱)

【山石榴】往常我便打扮的别,梳妆的善。干皂靴鹿皮绵团也似软,那一领家夹袄子是蓝腰线。

【醉娘子】则我那珍珠豌豆也似圆,我尚兀自拣择穿。头巾上砌的粉花儿现,我系的那一条玉兔鹘是金厢面[9]。

(老千户云)哥哥,你那幼年间中注模样[10],如今便怎生老的这等了。(正末唱)

【相公爱】则我那银盆也似庞儿腻粉钿,墨锭也似髭须着绒绳儿缠。对着这官员,亲将那箸筯传,等的个安筵盏[11],初巡遍。

【不拜门】则听的这者剌古笛儿悠悠聒耳喧,那驼皮鼓冬冬的似春雷健[12]。我向这筵前筵前,我也曾舞蹁跹[13]。舞罢呵谁不把咱来夸羡。

【也不啰】对着这众官员,诸亲眷,送路排筵宴,道是去也去也难留恋,甚日重相见!

(老千户悲科,云)哥哥,不知此一别,俺兄弟每再几时相见也?(正末唱)

【喜人心】今朝别后,再要相逢,则除是梦中来见;奈梦也未必肯做方便。只落的我兄弟行僝僽,婶子行熬煎,侄儿行埋怨。世事多更变,好弱难分辨。

(老千户云)哥哥,兀的不痛杀你兄弟也!(正末唱)

【醉也摩娑】则被你抛闪杀业人也波天,则被你抛闪杀业人也波天!我无卖也无那典,无吃也无那穿,一年不如一年。

(老千户云)我曾记的哥哥根前有个孩儿,唤做狗皮,他如今在那里?(正末云)我也久忘了,你又提将起来做甚的?(唱)

【月儿弯】则俺那生忿忤逆的丑生,有人向中都曾见[14]。伴着火泼男也那泼女,茶房也那酒肆,在那瓦市里穿。几年间再没个信儿传。有句话舌尖上挑着,我去那喉咙里咽。

(老千户云)俺哥哥有一句话待要说,可又不说。(正末背云)我有心待问兄弟讨一件儿衣服呵,则是难以开口,我且慢慢的说将去。兄弟,你哥哥这一年四季,春夏秋冬,煞是艰难也。(唱)

【风流体】我到那春来时、春来时和气暄;若到那夏时节、夏时节薰风遍[15];我可便最怕的、最怕的是秋暮天;更休题腊月里、腊月里飞雪片。

【忽都白】兄弟哎!我也曾有那往日的家缘,旧日的庄田,如今折罚的我无片瓦根椽,大针麻线,着甚做细米也那白面,厚绢也那薄绵。兄弟哎!你则看俺一双父母的颜面,怕到那冷时节,有甚么替换下的旧袄子儿,你便与我一领儿穿也波穿。

(老千户云)哥哥若不说呵,你兄弟怎生知道?我就着人打开驼垛[16],将一领绵团袄子来,与哥哥御寒。(正末唱)不是我絮絮叨叨,咭咭煎煎,两泪涟涟;霍不了我心头怨,趁不了我平生愿。

(老千户云)俺哥哥你往常时香毯吊挂[17],幔幪纱厨[18],那等受用,今日都在那里?(正末唱)

【唐兀歹】往常我幔幪纱厨在绣帏里眠,到如今枕着一块半头砖,土坑上、土坑上弯着片破席荐[19];畅好是恓惶也波天。

(云)兄弟,你到那里,好生整搠军马者,少饮些酒。(老千户云)哥哥你放心,如今太平天下,四海晏然,便吃几杯酒儿,有什么事?(正末云)兄弟,你休那般说。(唱)

【离亭宴煞】虽然是罢干戈绝士马无征战,你索与他演枪刀轮剑戟习弓箭。则要你坚心儿向前,你去那寨栅内莫忧愁[20],营帐内休惧怯,阵面上休劳倦。(老千户做拜辞科,云)则今日拜辞了哥哥,便索往夹山口子去也。(正末云)兄弟,你稳登前路。(老千户云)左右那里?将马来。(做上马科,云)哥哥慢慢回去。(正末唱)则你那匹马屹蹬蹬的践路途,我独自个气丕丕归庄院。(老千户云)俺哥哥你还健着哩。(正末唱)我可便强健杀者波,活的到明年后年!(老千户云)待我到那里,便来取哥哥。(正末唱)你待要重相见面皮难。(带云)兄弟!(唱)咱两个再团圆,可兀的路儿远。(下)

(老千户云)俺哥哥回去了也。则今日领着家小,便往夹山口子镇守去来。(诗云)我如今把守去夹山寨口,打点着老精神时常抖擞;料番兵无一个擅敢窥边,只管里一家儿絮叨叨劝咱不要吃酒[21]。(下)

〔1〕 村酪酒:《群音类选》录此曲作"醇糯酒",似是。

〔2〕 祖饯:以酒食为行人送别。

〔3〕 望着那碧天边太阳浇奠:崇拜太阳,是契丹、女真的习俗。契丹"好鬼而贵日,每月朔旦,东向而拜日"(《新五代史·四夷附录》)。女真族也有拜日之俗。天眷二年(1139),定朔望朝日之仪,于每月朔望之日行拜日之礼。见《大金集礼》卷四十。

〔4〕 穷人家:《词林摘艳》卷五录此曲,作"女真人",当近旧本原文。

〔5〕 软善:性格温柔善良。

〔6〕 "赤紧的"句:是说军纪森严,军令高于一切。《史记·绛侯周勃世家》:"军中闻将军令,不闻天子之诏。"赤紧的,当真、实在。

〔7〕 大拜门撒敦家的筵宴:拜门,女真婚俗,男女自由结合,有子后,"始具茶食酒数车归宁,谓之拜门,因执子婿之礼"(宋洪皓《松漠纪闻》)。撒敦,蒙古语,亲眷,亲戚。

〔8〕 穷暴:贫困、败落。

〔9〕 玉兔鹘:用玉装饰的腰带,可以佩挂腰牌、刀、剑之类。参见《丽春堂》第一折注释〔24〕。

〔10〕 中注:或作中珠。指风度、相貌而说。

〔11〕 安筵盏:客人入席后,主人取客人酒杯,一一斟满劝饮,再相揖就坐开宴,叫安筵盏,或曰安席酒。

〔12〕 "则听的"二句:女真族的乐器以鼓、笛为主。者剌古,即鹧鸪曲,高下长短如鹧鸪之声。见《大金国志》。

〔13〕 舞蹁跹:《词林摘艳》卷五录此曲作"舞四篇"。舞四篇,即舞

鹧鸪四篇,是女真族有名的歌舞。元夏伯和《青楼集》谓魏道道"勾栏内独舞鹧鸪四篇打散,自国初以来,无能继者。"即指此舞。

〔14〕中都:金海陵贞元元年(1153)自上京迁都燕京(今北京),改名中都。

〔15〕薰风:和风。指初夏时的东南风。

〔16〕驼垛:骆驼背上所负载的货驮垛子,里面通常装行李。

〔17〕香毬吊挂:香毬,香料制成的小圆球,燃之香烟缭绕。吊挂,用金银珠宝制成可悬挂的装饰物,上有龙凤花鸟璎珞等图形。

〔18〕幔幙纱厨:即帐幕和蚊帐。

〔19〕弯着:即弯跧着,指弯曲着身子睡。

〔20〕寨栅:营垒。

〔21〕一家儿:即一个家儿,一股劲儿。

第 三 折

(老千户同老旦上,云)欢来不似今朝,喜来那逢今日。自从到的这夹山口子呵,无甚事,正好吃酒。我着人去请金住马哥哥到来,谁想他已亡化过了也。今日八月十五日,是中秋节令。夫人,着下次孩儿每安排酒来,我和夫人玩月畅饮几杯。(动乐科)(杂当报云[1])老相公,祸事也,失了夹山口子也!(老千户慌科)(老旦云)老相公,我说道你少吃几钟酒,如今怎么好?(老千户云)既然这般,如今怎了?左右将披挂来,我赶贼兵去。(下)(外扮经历上云[2])小官完颜女直人士,自祖父以来,世握军权,镇守边境。争奈辽兵不时侵扰,俺祖父累累与他厮杀,结成大怨。他倒骂俺女直人野奴无姓,祖父因此遂改其名,分为七姓:乾坤宫商角徵羽。乾道那驴姓刘,坤道稳的罕姓张,宫音傲国氏姓周,商音完颜氏姓王,角音扑父氏姓李,徵音夹谷氏姓佟,羽音失米氏姓肖。除此七姓之外,有扒包包、五骨伦等,各以小名为姓[3]。自前祖父本名竹里真[4],是女真回回禄真[5]。后来收其小界,总成大功,迁此中都,改为七处。想俺祖父舍死忘生,赤心报国,今日子孙承袭,也非是容易得来的。(诗云)祖父艰辛立业成,子孙世世袭簪缨。一心只愿烽尘息,保佐皇朝享太平。某乃元帅府经历是也。如今有这把守夹山口子老完颜,每日恋酒贪杯,透漏贼兵[6],失误军期,非是小目罪犯[7];三遍将文书勾去,倒将去的人累次殴打。他倚仗是元帅的叔父,相公甚是烦恼。今番又着人勾去,不来时,直着几个关西曳剌[8],将元帅府印信文书勾去也,不怕他不来。左右,你可说与勾事的人,小心在意,疾去早回。待老完颜到时,报复某家知道。(下)(老千户领左右上,云)只因八月十五夜,失了夹山口子,第二日我马上亲率许多头目[9],复杀了一阵,将掳去的人口牛羊马匹,都夺回来了。那头目每与我贺喜再吃酒。(又吃科)(老旦云)小的每安排酒来,与老相公把个劳困盏儿。(净扮勾事人上)(见科,云)元帅有勾。(老千户喝云)兀那厮,你是什么人?(勾事人云)元帅将令,差我勾你来。(老千户云)我是元帅的叔父,你怎么敢来勾我?左右,拿下去打着者。(左右打科)(勾事人诗云)老完颜见事不深,元帅令敢不遵钦;我来勾你你倒打我,我入你老婆的心。(下)(净扮勾事人上,云)老千户有勾。(老千户喝云)兀那厮是什么人?(勾事人云)元帅将令,差我勾你来。(老千户云)咳!只我是元帅的叔父,你怎么敢来勾我?左右,与我抢出去!(左右打科)(勾事人诗云)老完颜做事太不才,倒着我湿肉伴干柴[10];我今来勾你你不去,看后头自有狠的来。(下)(外扮曳剌上,云)洒家是个关西曳剌[11],奉元帅的将令,有老完颜失误了夹山口子,差人勾去勾不来,差我勾去,可早来到也。(做见科,云)老千户,元帅将令,差人来勾你,你怎么不去?(做拿铁索套上科,诗云)老完颜心粗胆大,元帅令公然不怕;我这里不和你折证[12],到元帅府慢慢的说话。(老千户云)老夫人,这事不中了也。如今元帅府里勾将我去,我偌大年纪,那里受的这般苦楚?老夫人,与我荡一壶热酒赶的来。(下)(老旦云)似这般怎生是好?我直到元帅府里望老相公,走一遭去。(下)(正末引经历、祗候排衙上,正末唱)

【双调新水令】贺平安报偌可便似春雷[13]。你把那明丢丢剑锋与我准备。他误了限次,失了军期,差几个曳剌勾追。(云)经历,你去问镇守夹山口子的,(唱)兀那老提控到来也未[14]?

（曳剌锁老千户上，云）行动些。（老千户云）有什么事，我是元帅的叔父，怕怎么！（曳剌见经历云）把夹山口子的老完颜勾将来了也。（正末云）勾到了么？拿过来！（经历云）拿过来者。（正末云）开了他的铁锁，摘了他那牌子。（老千户做不跪科）（正末云）好无礼也呵！（唱）

【沉醉东风】只见他气丕丕的庭阶下立地，不由我不恶噷心下猜疑。（带云）我歹杀者波。（唱）我是奉着帝主宣，掌着元戎职。可怎生全没些大小尊卑。（带云）你是我所属的官呵。（唱）还待要诈耳佯聋做不知，到跟前不下个跪膝。

（云）你今日犯下正条划的罪来[15]，兀自这般倔强哩。经历，你问他为什么不跪？他若是不跪呵，安排下大棒子，先摧折他两臁骨者[16]。（经历云）理会的。（老千户云）经历，我是他的叔父，那里取这个道理来，要我跪着他？（经历云）相公的言语，道你不跪着呵，大棒子先敲折你两臁骨哩！（老千户云）我跪着便了。则着你折杀他也。（正末云）经历，着他点纸画字者[17]。（经历云）老完颜，着你点纸画字哩。（老千户云）经历，我那里省得点纸画字。（经历云）这纸上点一点，着你吃一钟酒。（老千户云）我点一点儿呵吃一钟酒，将来，将来，我直点到晚。（经历云）你画一个字者。（老千户云）画字了。（经历云）老完颜点了纸画了字也。（正末云）经历，你高高的读那状子着他听。（经历读云）责状

303

人完颜阿可,见年六十岁,无病疾,系京都路忽里打海世袭民安下女直人氏[18]。承应劳校,现统领征南行枢密院先锋都统领勾当。近蒙行院相公差遣[19],统领本官军马,把守夹山口子,防御贼兵。自合常常整搠戈甲,提备战敌。却不合八月十五晚,以带酒致彼有失,透漏贼兵过界,打破夹山口子,掳掠人民妇女牛羊马匹。今蒙行院相公勾追,自合依准前来,却不合抗拒,不行赴院,故违将令。又将差去公人,数次拷打。今具阿可合得罪犯,随供招状,如蒙依军令施行,执结是实,伏取钧旨,一主把边将闻将令而不赴者,处死。一主把边将带酒、不时操练三军者,处死。一主把边将透漏贼兵不迎敌者,处死。秋八月某日,完颜阿可状。(老千户云)这等我该死了。(做哭科)(正末唱)

【搅筝琶】咱须是关亲意,也索要顾兵机。官里着你户列簪缨,着你门排画戟,可怎生不交战,不迎敌,吃的个醉如泥。情知你便是快行兵的姜太公,齐管仲,越范蠡,汉张良[20],可也管着些甚的?枉了你哭哭啼啼。

(云)经历,将他那状子来。(经历云)有!(正末云)判个斩字,推出去斩讫报来。(经历云)理会的。左右那里,推出老完颜斩了者。(做绑出科)(老千户云)天那,如今要杀坏了我哩。怎的老夫人来与我告一告儿。(老旦慌上云)哥哥每,且住一住,我是元帅的亲婶子,待我过去告一告儿。(做见正末跪叫科)(正末云)婶子请起。(老旦云)元帅,国家正厅上,不是老身来处。想你叔叔带了素金牌子,因贪酒失了夹山口子,透漏贼兵,掳掠人民,元帅见罪,待要杀坏了。想着元帅自小里父母双亡,俺两口儿抬举的你长立成人,做偌大官位。俺两口儿虽不曾十月怀躭[21],也曾三年乳哺,也曾煨干就湿,咽苦吐甘[22]。可怎生免他项上一刀,看老身面皮,只用杖子里戒饬他后来,可不好也。(正末云)你那里知道那男子汉在外所行的勾当?(唱)

【胡十八】他则待飱酒食[23],可便恋声妓,他那里肯道把隘口退强贼,每日则是吹笛擂鼓做筵席。(老旦云)你叔叔老了也。(正末云)你道叔叔老了,他多大年纪也?(老旦云)他六十岁了。(正末唱)他恰才便六十。(云)姜太公八十岁遇文王,戊午日兵临孟水,甲子日血浸朝歌,扶立周朝八百年天下[24]。(唱)他比那伐纣的姜太公,尚兀自还少他二十岁。

(云)婶子请起。这个是军情事,饶不的。(老旦出门科,云)老相公,他断然不肯饶,怎生好那?(老千户云)老夫人,请将茶茶小姐来,着他去劝一劝可不好。(旦上,云)叔叔婶子,怎生这般烦恼呀?(老旦云)茶茶,为你叔叔带酒失了夹山口子,元帅待要杀坏了你叔叔。你怎生过去劝一劝儿可也好。(旦云)叔叔婶子,我过去,说的呵,你休欢喜;说不的呵,你休烦恼。(旦见正末科)(正末怒云)茶茶,你来这里有什么勾当那?(旦云)

305

这是讼厅上,不是茶茶来处。只想你幼年间父母双亡,多亏了叔叔婶子抬举你长成,做着偌大的官位。你待要杀坏了叔叔,你好下的。怎生看着茶茶的面,饶了叔叔可也好。(正末云)茶茶,这三重门里是你妇人家管的?谁惯的你这般粗心大胆哩?(唱)

【庆宣和】则这断事处,谁教你可便来这里?这讼厅上可便使不着你那家有贤妻[25]。(云)着他那属官每,便道叔叔犯下罪过来,可着媳妇儿来说。(唱)你这个关节儿常好道来的疾。(云)茶茶,你若不回去呵,(唱)可都枉擘破咱这面皮,面皮。

(云)快出去。(旦云)我回去则便了也。(做出门见老千户云)元帅断然不肯饶你。可不道法正天须顺,你甚的官清民自安,我可什么妻贤夫祸少。呸!也做不得子孝父心宽。(下)(老旦云)似这般如之奈何?(老千户云)经历相公,你众官人每告一告儿可不好?(经历云)且留人者。(众官跪科)(正末云)你这众属官每做甚么?(经历云)相公罚不择骨肉,赏不避仇雠,小官每怎敢唐突?但老完颜倚恃年高,耽酒误事,透漏贼兵,打破夹山口子,其罪非轻。相公幼亡父母,叔父抚育成人,此恩亦重。据小官每愚见,以为老完颜若遂明正典刑,虽足见相公执法无私,然而于国尽忠,于家不能尽孝,贤者或不然矣。(诗云)告相公心中暗约[26],将法度也须斟酌;小官每岂敢自专,望从容尊鉴不错。(正末唱)

【步步娇】则你这大小属官,都在这厅阶下跪,畅好是一个个无廉耻。他是叔父我是侄,道底来火须不热如灰[27],你是必再休提。(云)他是我的亲人,犯下这般正条款的罪过来,我尚然杀坏了,你每若有些儿差错呵,(唱)你可便先看取他这个傍州例。

(云)你们起去,饶不的。(经历出门科,云)相公不肯饶哩。(老千户云)似这般怎了也?(经历云)老完颜,你既八月十五日失了夹山口子,怎生不追他去?(老千户云)我十六日上马赶杀了一阵,人口牛羊马匹,我都夺将回来了。(经历云)既是这等,你何不早说。(见正末科,云)相公,老完颜才说他十六日上马,复杀了一阵,将人口牛羊马匹,都夺将回来了。做的个将功折罪。(正末云)既然他复杀了一阵,夺的人口牛羊马匹回来了,这等呵将功折过,饶了他项上一刀。改过状子,杖一百者。(经历云)理会的。(读状云)责状人完颜阿可,现年六十岁,无疾病,系京都路忽里打海世袭民安下女直人氏。现统征南行枢密院事先锋都统领勾当。近蒙差遣,把守夹山口子,自合谨守,整搠军士。却不合八月十五日晚,失于提备,透漏贼兵过界,侵掳人口牛羊马匹若干。就于本月十六日,阿可亲率军士,挺身赴敌,效力建功,复夺人口牛羊马匹于所侵之地,杀退贼兵,得胜回还,本合将功折过;但阿可不合带酒拒院,不依前来。应得罪犯,随状招伏。如蒙准乞,执结是实,伏取钧旨。完颜阿可状。(正末云)准状,杖一百者。(经历云)老完颜,元帅将令,免了你死罪,则杖一百。(老千户云)虽免了我死罪,打了一百,我也是个死的。相公且住一住儿,着谁救我这性命也。老夫人,咱家里有个都管,唤做狗儿,如今他在这里,央及他劝一劝儿。(做叫科)(净扮狗儿上,云)自家狗儿的便是。伏侍着这行院相公,好生的爱我。若没我呵,他也不吃茶饭;若见了我呵,他便欢喜了。不问什么勾当,但凭狗儿说的便罢了。正在灶窝里烧火,不知是谁唤我。(老千户云)狗儿,我唤你来。(做跪科,云)我央及你咱。(狗儿云)我道是谁,原来是叔叔,休拜请起。(做跌倒科,云)直当扑了脸。叔叔你有什么勾当?(老千户云)狗儿,元帅要打我一百哩。可怜见替我过去说一声儿。(狗儿云)叔叔,你放心,投到你说呵〔28〕,我昨日晚夕话头儿去了也。(老千户云)如今你过去告一告儿。(狗儿云)叔叔放心,都在我身上。(见正末科)(正末云)你来做什么?(狗儿云)我无事可也不来,想着叔叔他一时带酒,失误了军情,你要打他一百,他不疼便好。可不道大能掩小,海纳百川。看着狗儿面皮休打他;若打了他呵,我就恼也。饶了他罢。(正末唱)

【沽美酒】则见他怆懒懒的做样势〔29〕,笑吟吟的强支对。他那里口口声声道是饶过只,我这里寻思了一会,这公事岂容易。

【太平令】我将他几番家叱退,他苦央及两次三回。则管里指官画吏,不住的叫天吁地。(带云)狗儿,(唱)你可向这里,问你,莫不待替吃。(狗儿云)我替吃,我替吃。(正末云)你替吃,令人,你安排下大棒子者。(唱)我先拷的你拷的你腰截粉碎。

(云)令人,拿下去打四十。(做打科)(正末云)打了抢出去。(狗儿跌出科)(老千户云)狗儿,说的如何?(狗儿云)我的话头儿过去了也。(老千户云)你再过去劝一劝。(狗儿云)他叫我明日来。(老千户推科,云)你再过去走一遭。(见科)(正末云)你又来做什么?(狗儿云)我来吃第二顿。相公,叔叔老人家了也。看着你小时节,他怎么抬举你来。叔叔便罢了,那婶子抱着你睡,你从小里快尿[30],常是浇他一肚子。看着婶子的面皮饶了他罢。(正末云)你待替吃么?(狗儿云)我替吃,我替吃。(正末云)再打二十。(做打科)(正末云)抢出去。(狗儿跌出科)(老千户云)狗儿,你说的如何?(狗儿捧屁股科,云)我这遭过去不得了也。(老千户再推科)(狗儿云)相公,(正末云)拿下去。(狗儿慌科,云)可怜见,我狗儿再吃不得了也。(正末云)将铜铡来,切了你那驴头。(狗儿跌出科)(老千户云)你再过去劝一劝。(狗儿云)老弟子孩儿,你自挣揣去。(下)(正末云)拿过来者,替吃了多少也。(经历云)替吃了六十也。(正末云)打四十

者。(做打科,正末唱)

【雁儿落】你畅好是腕头有气力,我身上无些意。可不道厨中有热人,我共他心下无仇气。

【得胜令】打的来一棍子一刀锥,一下起一层皮。他去那血泊里难禁忍,则着俺校椅上怎坐实。他失误了军期,难道他没罪谁担罪。(云)打了多少也?(经历云)打了三十也。(正末唱)才打到三十?赤瓦不剌海[31],你也太官不威牙爪威。

(云)再打者。(经历云)断讫也,扶出去。(老千户云)老夫人,打杀我也。谁想他不可怜见我,打了这一顿,我也无那活的人也。(老旦哭云)老相公,我说什么来,我着你少吃一钟儿酒。(老千户云)老夫人,打了我这一顿,我也无那活的人了也。老夫人有热酒筛一钟儿我吃。(下)(正末云)经历,到来日牵羊担酒,与叔父暖痛去[32]。(唱)

【鸳鸯煞】你则合眠霜卧雪驱兵队,披星戴月排戈戟。你也曾对咱盟咒再不贪杯,唱道索记前言,休贻后悔。谁着你旦暮朝夕,尝吃的来醺醺醉,到今日待怨他谁。这都是你那恋酒迷歌上落得的。(众随下)

[1] 杂当:元曲中扮演不重要、无姓名的差役一类的角色。

[2] 经历:官名。金枢密院置经历一员,掌出纳文移。

[3] "分为七姓"十二句:关于金人汉姓问题,比较复杂。《金史》、《辍耕录》所记,各有出入。今人陈述有《金史拾补五种》,可以参考。

〔4〕竹里真:王季思师疑为女真语"诸移里堇"之异译。诸移里堇,部落墟砦之首领。见《金史·金国语解》。

〔5〕女真回回禄真:不详。

〔6〕透漏贼兵:因疏于防范,致使敌人乘虚而入。

〔7〕小目罪犯:无关紧要的小过错。小目,刑律中的小条目。

〔8〕曳剌:走卒、壮士、健儿。唐时回鹘语称健儿为曳落河;元曲中或作爷老。

〔9〕亲率许多头目:"亲率"二字原脱,据下文补。

〔10〕湿肉伴干柴:指受杖刑,被棍子打。

〔11〕洒家:即咱家,宋元时关西土语。

〔12〕折证:当面对证,对质。

〔13〕贺平安报偌可便似春雷:将帅升帐,官吏升堂,士卒或衙役站立两边,大声呼喝,报告平安。如《存孝打虎》第四折:"三军唱罢平安喏,紧卷旗旛不动摇。"地方衙门则多喊"在衙人马平安!"

〔14〕提控:元代万户府设有提控案牍一人,是万户府的属官。又,地方长官兼充马步弓手指挥的也称提控官。

〔15〕正条划:法律的正式条例。

〔16〕臁(lián 廉)骨:小腿骨。

〔17〕点纸画字:即点指画字,指按指印、画押。

〔18〕京都路忽里打海世袭民安:金无京都路之名,或指上京路,金之本土。忽里打海当为其属地。民安,即猛安,金千户长,官名。

〔19〕行院:行枢密院的简称,是枢密院的分支机构。

〔20〕"情知你便是"四句:意为明知你即便是善于用兵的老军师。姜太公、管仲、范蠡、张良,都是古代有名的军师。

〔21〕怀躭(dān 单):怀胎。

〔22〕"也曾"二句:形容母亲抚养婴儿的辛苦。煨干就湿,也作"偎

干就湿",是说睡觉时把干的地方让给婴儿,自己睡在湿处。咽苦吐甘,是说吃饭时,自己吃苦的,把好吃的东西让小孩吃。

〔23〕殢(tì替):留恋。

〔24〕"姜太公八十遇文王"四句:传说姜太公八十岁始遇文王于蟠溪,后被立为军师,协助武王伐纣,大会诸侯于孟津(今河南孟县南),攻破商都朝歌(今河南淇县北),建立周朝。

〔25〕家有贤妻:戏曲常语。《盆儿鬼》第一折:"家有贤妻,夫不遭横事。"《伍员吹箫》第三折:"家有贤妻,男儿不遭横事。"这里只用上句,为反说。

〔26〕喑(yīn因)约:也作"窨约",思量、忖度的意思。

〔27〕火须不热如灰:当时成语。火虽轰轰烈烈,但热量多保留在灰里。这里用来比喻叔侄关系实比一般人为近。

〔28〕投到:也作"投至",等到、及至的意思。

〔29〕怊憱憱:固执、凶狠。

〔30〕快尿:爱尿床。

〔31〕赤瓦不剌海:女真语,敲杀。参见《丽春堂》第二折注释〔20〕。

〔32〕暖痛:以酒食抚慰被打伤的人。

第 四 折

(老千户同老旦上,云)谁想山寿马做了元帅,则道怎生样看觑我,谁想道着他打了一百。老夫人,关了门者,不问谁来,只不要开门。(老旦云)老相公,打坏了也!我关上这门者。我如今闭门家里坐,还怕甚祸从天上来。(正末引旦、经历、祗从上,云)经历,今日同夫人牵羊担酒,与叔叔暖痛去来。(经历云)理会的。(正末云)可早来到叔叔门首。怎么闭着门在这里?令人,与我叫开门来。(祗从做叫门科)(正末唱)

【正宫端正好】则为他误军期遭残害[1],依国法断的明白。寻思来这期亲尊长多妨碍[2],俺今日谢罪也在宅门外。

【滚绣球】疾去波到第宅,休道是镇南边统军元帅,则说是亲眷家将羊酒安排。休道迟,莫见责,省可里便大惊小怪[3],将宅门疾快忙开;报与我那老提控叔叔先知道,则说我侄儿山寿马和茶茶暖痛来,莫得疑猜。

(云)怎么叫了这一会,还不开门?经历,你与我叫门去。(经历云)理会的。(做叫门科,云)老完颜,你开门来,俺有说的话。(老千户云)我不开门。(经历云)你真个不开门?(老千户云)我不开。(经历云)你那旧状子不曾改,还要问你罪哩!(老千户云)你再问我的罪,再打上一百罢了,我死也只不开门,随你便怎么样来。(经历云)相公,老完颜只不开门,怎生是好?(正末唱)

【伴读书】他道你结下的冤仇大,伤了他旧叔侄美情怀。一任你昨日的供招依然在,休想他低头做小心肠改。便死也只吃杯儿淡酒何伤害,到底个不伏烧埋[4]。

(云)茶茶,你叫门去。(旦做叫门科,云)叔叔婶子,我茶茶在门外,你开门来,开门来!(老旦云)想茶茶昨日也曾为你告来,是那山寿马侄儿执性不肯饶你,看茶茶

面上,开了门罢。(老千户云)他既然今日到我家来,昨日便为我再告一告儿不得?譬如我已打死了,只不要开门。(正末唱)

【笑和尚】他问我今日个一家儿为甚来,昨日个打我的可是该也那不该?把脸皮都撇在青霄外,从今后拚着个贪杯的老不才,谢了个贤慧的女裙钗。休休休,休想他便降阶的忙迎待。

(云)待我自家去。叔叔,你侄儿山寿马自在这里,你开门来。(老旦云)既然元帅亲身到此,须索开门,请他进来者。(做开门)(正末同旦、经历跪科,云)这是侄儿不是了也!(老千户云)你昨日打我这一顿,亏你有甚么面皮又来见我?(正末云)叔叔,这不干你侄儿事。(老旦云)你叔叔偌大年纪,你打他这一顿,兀的不打杀了也!(正末唱)

【川拨棹】你得要闹咳咳、闹咳咳使性窄,我须是奉着官差,法令应该。岂不知你年华老迈,故意的打你这一百。

(老千户云)我老人家被你打了这一顿,还说不干你事,倒干我事?(正末唱)

【七弟兄】你也不索左猜,右猜,既带了这素金牌,则合一心儿镇守着夹山寨。谁着你赏中秋玩月畅开怀,敢前生少欠他几盏黄汤债[5]!

【梅花酒】呀!这一场事不谐,又不是相府中台,御史西台[6],打的你肉绽也那皮开。你心下自裁划,招状上没些歪;打你的请过来,将牌面快疾抬,老官人觑明白。

（老千户云）依你说,是谁打我这一百来？（正末唱）
【收江南】呀！这的是便宜行事的那虎头牌！（老千户云）元来是军令上该打我来。（正末唱）打的你哭啼啼,湿肉伴干柴。也是你老官人合受血光灾,休道是做侄儿的忒歹。早忘了你和俺爷爷奶奶是一胞胎。

（云）茶茶,快与我杀羊荡酒来,与叔叔暖痛者。（唱）
【尾煞】将那暖痛的酒快酾,将那配酒的羔快宰,尽叔父再放出往日沉酣态。只留得你潦倒馀生,便是大古里倸[7]。

（老千户云）既是这般呵,我也不记仇恨了,只是吃酒。
（老旦云）你也记的打时节这般苦恼,少吃些儿罢。（正末云）非是我全不念叔侄恩情,也只为虎头牌法度非轻。今日个将断案从头说破,方知道忠和孝元自相成。

  题目 枢院相公大断案
  正名 便宜行事虎头牌

〔1〕残害:这里是责打的意思。
〔2〕期(jī机)亲:服丧一年的亲属。这里指叔父。期,一周年。
〔3〕省可里:或作"省可"。免得,休得要。宋苏轼〔临江仙〕《赠王友直》词:"省可清言挥玉麈,真须保器存真。"《董西厢》卷六〔错煞〕:"省可里晚眠早起,冷茶饭莫吃,好将息！"
〔4〕不伏烧埋:不服罪,不伏气。烧埋,元代法律规定,犯罪者须负责承担枉死者的烧埋费用,叫烧埋费。
〔5〕黄汤债:酒债。黄汤,黄酒。这里泛指酒。

315

〔6〕"又不是"二句：相府中台，古代称尚书省为中台。御史西台，即西御史台。唐代以御史在长安者为西台，在洛阳者为东台。这里泛指御史台。

〔7〕大古里哚：一作"大古里彩"，十分幸运的意思。大古里，特别的、十分的。

郑廷玉

郑廷玉,生卒年不详,彰德(今河南安阳)人。元杂剧前期作家,生平所作杂剧二十二种,仅次于关汉卿。今存《楚昭王疏者下船》、《包待制智勘后庭花》、《布袋和尚忍字记》、《宋上皇御断金凤钗》、《看钱奴买冤家债主》等五种。另存《崔府君断冤家债主》,一说为无名氏所作,兹存疑。郑廷玉杂剧,题材比较广泛,反映社会生活面较宽,唯思想内容比较复杂。他愤世嫉俗,揭露批判了元代社会黑暗腐败的丑恶现象,但又流露出比较浓厚的宿命论的思想。在艺术上,他是元杂剧中本色派的突出代表,人物栩栩如生,语言质朴,富有个性。《看钱奴》是他的代表作。

看钱奴买冤家债主[1]

楔 子

(正末扮周荣祖同旦儿张氏、俫儿上,云)小人汴梁曹州人氏[2],姓周名荣祖,字伯成。浑家张氏,孩儿长寿。小生先世广有家财。因祖父周奉记敬重释门,起盖一所佛院,每日看经念佛,祈保平安。至我父亲,一心只做人家。为修理宅舍,这木石砖瓦,无处取办,遂将那所佛院尽毁废了。比及宅舍工完,我父亲得了一病,百般的医药无效,人皆以为不信佛教之过。我父亲亡后,家私里外,都是小生掌把。小生学成满腹诗书,现今黄榜招贤[3],开放选场。大嫂,我待要应举走一遭去,你意下如何?(旦儿云)秀才,不知好着俺领了长寿孩儿,一路同去么?(正末云)这也使的。大嫂,有俺那祖财,携带不去,且埋在后面墙下;房廊屋舍,着行钱看守着[4]。俺和你带了孩儿,上朝取应去。但得一官半职,改换家门,可不好也!(旦儿云)既如此,便当收拾行李,随你同去则个。(正末云)大嫂,想俺祖上信佛,俺父亲偏不信佛,到今日都有报应也呵!(唱)

【仙吕赏花时】也曾将释典儒宗细讲习,无非是积善修心为第一。则俺这家豪富祖先积,他为甚施仁布德,也则要博一个孝子和贤妻。

【幺篇】可不道湛湛青天不可欺[5],举意之前悔后迟,空内有神祇。(带云)俺父亲呵,(唱)不合兴心儿拆毁,今日个客路里怨他谁!(同下)

[1]《看钱奴》:这是一部杰出的讽刺喜剧。剥去其因果报应的宗教迷信的外壳,整个剧本充满了对人民苦难的深切同情,处处闪耀着现实主义的光辉。特别可贵的是,它成功地塑造了一个为富不仁的"看钱奴"的形象,他不仅吝啬,而且虚伪、狡诈、狠毒,甚至连别人卖儿子的钱也要赖掉,简直到了灭绝人性的地步。而所有关于这个吝啬鬼丑恶灵魂

的描写,又多半通过夸张、诙谐等喜剧手法来表现,写得淋漓尽致,摄魂动魄,取得了强烈的讽刺效果。剧本结构严谨,头绪清晰,人物栩栩如生,语言朴实、辛辣,富有个性,为人们所称道。今以《元曲选》本校注,并参校他本。

〔2〕曹州:今山东菏泽。

〔3〕黄榜招贤:朝廷出榜,进行科举考试。黄榜,榜文用黄纸书写,故云。

〔4〕行钱:这里指家人,仆役。

〔5〕湛(zhàn 占)湛:高远澄清的样子。

第 一 折

(外扮灵派侯领鬼力上[1],诗云)赫奕丹青庙貌隆[2],天分五岳镇西东[3]。时人不识阴功大,但看香烟散满空。吾神乃东岳殿前灵派侯是也。想东岳泰山者,乃群山之祖,万峰之尊,天帝之孙,神灵之祚[4],在于兖州地方[5]。古有金轮皇帝,妻乃渌轮仙女,夜梦吞二日,觉而有孕。所生二子,长曰金虹氏,次曰金蝉氏。金虹氏乃东岳圣帝是也。圣帝在长白山有功[6],封为古岁太岳真人。汉明帝时封为泰山元帅,管十八地狱[7],七十四司生死之期[8]。自唐虞三代历秦汉以来,有都天府君之位。在唐武后垂拱三年七月初一日,封为东岳之神。至开元十三年,加为天齐王。宋真宗朝封为东岳天齐大生神圣帝。这的是天地循环,周而复始。便好道:

319

不孝谩烧千束纸,亏心空爇万炉香。神灵本是正直做,不受人间枉法赃。如今阳世有一人,乃是贾仁。此人在吾神庙中,埋天怨地,告诉神明,只说不怜愍他。想他今日必然又来告诉,吾神自有个显应。这早晚敢待来也。(净扮贾仁上,诗云)又无房舍又无田,每日城南窑里眠。一般带眼安眉汉,何事手中偏没钱?小可曹州人氏贾仁的便是。幼年间父母双亡,别无甚亲眷,则我单身独自。人见我十分过的艰难,都唤我做穷贾儿。想人生世间,有那等富贵奢华,吃好的,穿好的,用好的,他也是一世人。偏贾仁吃了那早起的,无那晚夕的;每日烧地眠,炙地卧,衣不遮身,食不充口,可也是一世人。天那!你也睁开眼波,兀的不穷杀贾仁也!我每日家不会做甚么营生,则是与人家挑土筑墙,和泥托坯,担水运浆,做坌工生活度日[9],到晚来在那破瓦窑中安身。今日替人家打着一堵儿墙,打起半堵儿,只为气力不加,还有半堵儿墙不曾打的。我如今困乏了,且歇一歇。这里有一所东岳灵派侯庙,我去那庙中诉我这苦楚去。天那!兀的不穷杀贾仁也!(做到庙跪科,云)我也无那香,只是捻土为香,祷告神灵可怜见。小人是贾仁,想有那等骑鞍压马,穿罗着锦,吃好的,用好的,他也是一世人。我贾仁也是一世人,偏我衣不遮身,食不充口,吃了早起的,无那晚夕的,烧地眠,炙地卧,穷杀贾仁也!上圣,但有些小富贵,我也会斋僧布施,盖寺建塔,修桥补路,惜孤念寡[10]，敬老怜贫，我可也舍的。则是圣贤可怜见。我说话中间，觉得身体有些困倦，我且在这虚檐下暂时歇息咱[11]。（做睡倒科）（灵派侯云）鬼力，与我摄过贾仁来者。（问云）兀那贾仁，你为何在吾神庙中埋天怨地，怪恨俺神灵，你主何缘故？（贾仁做拜科，云）上圣可怜见，小人怎敢埋天怨地。我想贾仁生于人世之间，衣不遮身，食不充口，吃了早起的，无那晚夕的，烧地眠，炙地卧，穷杀贾仁也！上圣可怜见，但与我些小衣禄食禄，我贾仁也会斋僧布施，盖寺建塔，修桥补路，惜孤念寡，敬老怜贫，我可也舍的。上圣，则是可怜见咱。（灵派侯云）这桩事可是增福神该管[12]。鬼力，与我唤的增福神来者。（正末扮增福神上，云）小圣增福神是也。掌管人间生死富贵高下，禄料长短之事[13]，十八地狱，七十四司。我想尘世人心迷痴，不知为善。只看那奈河潺潺，金桥之上并无一人也呵[14]。（唱）

【仙吕点绛唇】这等人轻视贫乏，不恤鳏寡。天生下，一种奸猾，将神鬼都瞒谎。

（正末云）常言道：人间私语，天闻若雷；暗室亏心，神目如电[15]。信有之也！（唱）

【混江龙】你休要虚贪声价，但存的那心田一寸是根芽[16]。不肯道甘贫守分，都则待侥幸成家。自拿着杀子杀孙笑里刀，怎留的好儿好女眼前花[17]。你则看那阳间之事，正和俺阴府无差。明明折挫，暗暗消乏。这等人动则是忘人恩、背人义、昧人心,管甚么败风俗、杀风景、伤风化!怎能勾长享着肥羊法酒[18],异锦的这轻纱?

（做见科,云）上圣呼唤小神,有何法旨?（灵派侯云）今阳世间有一贾仁,每日在吾庙中埋天怨地,怪恨俺神灵。你与我问他去!（正末云）理会的。（做问科,云）兀那贾仁,是你怪恨俺这神灵来么?（贾仁云）上圣可怜见,俺贾仁怎敢怪恨您这神灵。我则说世上有那等富贵的人,有衣穿,有食吃,又有钱钞使,他也是一个人。偏我贾仁衣不遮身,食不充口,吃了早起的,无那晚夕的,烧地眠,炙地卧,兀的不穷杀贾仁也!则怨我小人的命薄,怎敢埋天怨地?上圣可怜见,但与我些小衣禄食禄,我也会斋僧布施,盖寺建塔,修桥补路,惜孤念寡,敬老怜贫,我可也舍的。上圣,则是可怜咱。（正末云）噤声。（回云）上圣,此人平日之间,不敬天地,不孝父母,毁僧谤佛,杀生害命,当受冻饿而死。上圣管他做甚么?（灵派侯云）尊神,则怕注的他这衣禄食禄差了么?（正末唱）

【油葫芦】那一个红脸儿的阎王不是要,捏胎儿依正法,则他注生的分数几曾差。这等人向官员财主里难安插,好去那驴骡狗马里刚投下;又不曾将他去油锅里炸,又不曾将他去剑树上杀。据着那阿鼻地狱天来大[19],但得个人身体便可也不亏他。

（灵派侯云）尊神,论此等人在世,不知怎生贪财好贿,

害众成家也。(正末唱)

【天下乐】这等人何足人间挂齿牙。他前世里奢华,那一片贪财心没乱煞[20],则他油锅内见钱也去担。富了他这一辈人,穷了他那数百家。今世里受贫穷还报他。

(贾仁云)上圣休听增福神说,念小人不是这样人,也是个看经念佛,吃斋把素,行善事的人。上圣怎生可怜见,与小人些小富贵,可也好也!(正末云)你这厮平昔之间,扭曲作直,抛撒五谷,伤残物命,害众成家,你怎生能勾发迹那?(灵派侯云)尊神,此人前生抛撒净,作贱五谷。既然这等,今世冻死饿死,也不为过。(正末唱)

【那吒令】你前世里造下,今世里折罚。前世里狡猾,今世里叫化。前世里抛撒,今世里饿杀。(贾仁云)我平昔间也是个敬天地,尊法度,和兄弟,睦六亲,信佛法,礼三光[21],孝父母,不偷盗。我是个心慈好善的人,现如今吃长斋哩!上圣,但是与我些小富贵,我做本分营生买卖去也。(正末唱)你使的是造恶心,但说的是亏心话,不肯做本分生涯。

(灵派侯云)正是亏心折尽平生福,行短天教一世贫。吾神自有点检,怎瞒的过也。(正末唱)

【鹊踏枝】亏心也尽由他,造恶也怎瞒咱!上面有湛湛青天,下面有漫漫黄沙。请上圣鉴察,枉将他救拔,俺可便管他甚贫富穷达!

(贾仁云)上圣,我爷娘在时,也还奉养他好好的。从亡化之后,不知甚么缘故,颠倒一日穷一日了。我也在爷

323

娘坟上烧钱烈纸,浇茶奠酒;我这泪珠儿至今不曾干,至是一个孝顺的人。(正末云)噤声。(唱)

【寄生草】你爷娘在生时常忧饭,死了也奠甚茶?则您那泪珠儿滴尽空潇洒。漉了些浆水饭那里肯道停时霎,巴的那纸钱灰烧过无牵挂。你可便漉了那百壶浆也湿不透墓门前,浇的那千钟茶怎流得到黄泉下?

(灵派侯云)尊神,这等穷儿乍富,瞒心昧己,欺天诳地,只要损别人安自己,正是一世儿不能勾发迹的。(正末唱)

【六幺序】这人没钱时无些话,才的有便说夸,打扮似大户豪家。你看耸起肩胛,迸定鼻凹,没半点和气谦洽。每日在长街市上把青骢跨[22],只待要弄柳拈花,马儿上扭捏着身子儿诈[23],做出那般般样势,种种村沙!

【幺篇】则说街狭,更嫌人杂。把玉勒牢拿,玉鞭忙加,撺行花踏[24],喧喧哗哗,问甚么先达;那肯道攀鞍下马,直将穷民来傲慢杀。(贾仁云)上圣,我贾仁不是这等人。你但与我些小富贵,我也会和街坊,敬邻里,识尊卑,知上下。只愿上圣可怜见咱。(正末唱)他虽则消乏,也是你邻家,须索将礼数酬答。则你那自尊自贵无高下,真乃是井底鸣蛙。似这等待穷民肚量些儿大,则你那酸寒乞俭[25],怎消得富贵荣华!

(灵派侯云)尊神,据贾仁埋天怨地,正当冻死饿死,便好道天不生无禄之人,地不长无名之草。吾等体上帝好生之德,权且与他些福力咱。(正末云)既如此,待小圣看去波。(做看科,云)上圣,据着这厮正当冻死饿死。今奉上圣法旨,权且借些福力与他。看的有曹州曹南周家庄上[26],他家福力所积,阴功三辈。为他一念差池,合受折罚。我如今将那家的福力,权且借与他二十年,待到二十年后,着他双手儿交还本主便了。(灵派侯云)这个使的。(正末云)兀那贾仁!(贾仁做应科)(正末云)你本当冻死饿死,上圣可怜见,借与你些福力。今有曹州曹南周家庄上,所积阴功三辈。只因一念差池,合受折罚。我如今将那家福力权且借与你二十年,待到二十年后,你两只手儿交付还他那本主。你记者,比及你去呵,索钱的可早等着你也。(贾仁做拜谢科,云)谢上圣济拔之恩,我便做财主去也。(正末云)嗨声。(唱)

【赚煞】则你这成家子未安身,那一个破家鬼先生下。(贾仁云)我若做了财主呵,穿一架子好衣服,骑着一匹好马,去那三山骨上赠上他一鞭[27],那马不刺刺,(正末云)做甚么?(贾仁云)没,我则这般道。(正末做笑科,唱)我则是借与你那钱龙儿入家[28],有限次的光阴你权掌把。(贾仁云)上圣可怜见,不知借与我几十年?(正末唱)我则是借与你二十年仍旧还他。(贾仁云)上圣,怎么可怜见,则借得小人二十年。左右是个小字儿,高处再添上一画,借的我三十年,可也好也。(正末云)嗨声!这厮还不足哩!(唱)你还待告增加,怎知这祸福无差;贫和富都是前缘非浪假,为甚么桃花向三月奋发,菊花向九秋开罢?(带云)你道为甚么那?(唱)也则为这天公不放一时花。

(灵派侯云)兀那贾仁,据着你正当冻死饿死,吾神体上帝好生之德,权且借与你二十年福力,二十年之后,交还与那本主。便好道:善有善报,恶有恶报;不是不报,时辰未到[29]。天若不降严霜,松柏不如蒿草。神明若不报应,积善不如作恶。莫瞒天地莫瞒心,心不瞒时祸不侵;十二时中行好事,灾星变做福星临。(做挥手科,云)贾仁,你休推睡里梦里。(并下)(贾仁做醒科,云)哎呀!一觉好睡也,原来是南柯一梦。恰才圣上分明的对我说,曹州曹南周家庄上的福力,借与我二十年,我如今便做财主。财主也,知他在那里?便好道梦是心头想,信他做甚么!还有半堵墙儿不曾打的哩,我可去打那半堵墙儿去。天那,兀的不穷杀贾仁也!(下)

〔1〕"灵派侯"句:灵派侯,道教传说中东大帝属官。据说名李琚,卫州三用人。周世宗时为将有功,死后世人为之立祠。宋真宗时,封灵派侯。见元无名氏《三教源流搜神大全》。鬼力,鬼卒。

〔2〕赫奕:光采显耀。

〔3〕五岳:东岳泰山、西岳华山、南岳衡山、北岳恒山、中岳嵩山。

〔4〕"泰山者"五句:出元无名氏《三教源流搜神大全》,文字小异,原作"泰山者,乃群山之祖,五岳之宗,天帝之孙,神灵之府。"杂剧误"山"为"仙",误"帝"为"地",今改。

〔5〕兖州:古代兖州辖区较大,泰山曾在其域。惟金元间泰山皆在泰安州,即今山东泰安。

〔6〕长白山:在山东邹平南二十里,在泰山东北。晋葛洪《抱朴子》:"长白,泰山之副岳。"

〔7〕十八地狱:宗教迷信说法,谓人生时为恶,死后当入十八重地狱受苦。

〔8〕七十四司:泰山府君所管辖下的种种办事机构,主管人间善恶、祸福、因果报应诸事。

〔9〕垄(bèn奔)工:出力气的粗活。

〔10〕惜孤念寡:爱惜怜念孤儿寡母。

〔11〕虚檐:殿堂外高高卷起的飞檐。

〔12〕增福神:即增福相公。据说姓李名诡祖,日管阳间冤滞不平之事,夜判阴府枉错文案,兼管随朝三品以上官员衣饭禄料,及世人每岁分定衣食之禄。见《三教源流搜神大全》。

〔13〕禄料长短:即衣食之禄的多少。禄料,原本误作"六科",今据《三教源流搜神大全》改正。

〔14〕"只看那"二句:奈河,迷信传说地狱中的血河。据说人死之后,行善的人可从金桥、银桥上渡过,作恶的人则坠入奈河受苦。

〔15〕"人间私语"四句:见《事林广记》前集卷九《存心警语》。

〔16〕心田:即心地。佛教认为心如田地,能随缘滋生世间、出世间一切善恶诸法。又认为身口意三业中,心业最胜。心田虽仅方寸,实是善恶的根源。

〔17〕"自拿着"二句:意为狠毒阴险,必然断子绝孙。笑里刀,唐李义府外貌温和,与人说话时总是带着微笑,但一旦触犯了他,必加倾陷,人谓笑中有刀。见《旧唐书》本传。

〔18〕法酒:依官府法定规格所酿的酒,也叫官法酒。

〔19〕阿鼻地狱:佛教八热地狱之一,又名无间地狱,是地狱中品位最下、受苦最惨而永无间歇的地方。

〔20〕没乱煞:本意为心绪缭乱、着急发慌。这里是因贪财而不知所措的意思。

〔21〕三光:日、月、星。

〔22〕青骢:青白色的马。

〔23〕诈:漂亮,俊俏。元刊《薛仁贵》第四折〔太平令〕曲:"生得庞道整,身子儿诈,戴着顶象生花。"

〔24〕揎行花踏:紧行慢走。

〔25〕乞俭:乞讨的脸相。脸,北方方音读作"俭"。又作"乞穷俭相"。《金凤钗》第二折旦云:"你这等乞穷俭相,几时得长进!"

〔26〕曹南:山名,在山东曹县南八十里。

〔27〕三山骨:即髀骨。

〔28〕钱龙儿:俗谓家中见蛇,可以引来钱财,称为钱龙。

〔29〕"善有善报"四句:见《事林广记》前集卷九《存心警语》。

第 二 折

(外扮陈德甫上,诗云)耕牛无宿料,仓鼠有馀粮;万事分已定,浮生空自忙。小可姓陈,双名德甫,乃本处曹州曹南人氏。幼年间攻习诗书,颇亲文墨。不幸父母双亡,家道艰难,因此将儒业废弃,与人家做个门馆先生[1],度其日月。此处有一人是贾老员外,有万贯家财,鸦飞不过的田产物业,油磨坊,解典库,金银珠翠,绫罗段匹,不知其数。他是个巨富的财主。这里可也无人,一了他一贫如洗[2],专与人家挑土筑墙,和泥托坯,担水运浆,做垒工生活。常是吃了早起的,无那晚夕的。人都叫他做穷贾儿。也不知他福分生在那里,这几年间暴富起来,做下泼天也似家私[3]。只是那员外虽然做个财主,争奈一文也不使,半文也不用;别人的东西恨不得擘手夺将来,自己东西舍不的与人。若与人呵就心疼杀了也。小可今日正在他家坐馆,这馆也不是教学的馆,无过在他解典库里上些帐目。那员外空有家私,寸男尺女皆无。数次家常与小可说:"街市上但遇着卖的,或男或女,寻一个来与我两口儿喂眼[4]。"小可已曾分付了店小二,着他打听着,但有呵便报我知道。今日无甚事,到解典库中看看去。(下)(净扮店小二上,诗云)酒店门前三尺布[5],人来人往图主顾。做下好酒一百缸,倒有九十九缸似头醋。自家店小二的便是。俺这酒店是贾员外的。他家有个门馆先生,叫做陈德甫,三五日来算一遭帐。今日下着这般大雪,我做了一缸新酒,不供养过不敢卖,待我供养上三杯酒。(做供酒科,云)招财利市土地,俺这酒一缸胜是一缸。俺将这酒帘儿挂上,看有什么人来。(正末周荣祖领旦儿、俫儿上,云)小生周荣祖,嫡亲的三口儿家属,浑家张氏,孩儿长寿。自应举去后,命运未通,功名不遂。这也罢了,岂知到的家来,事事不如意,连我祖遗家财,埋在墙下的,都被人盗去。从此衣食艰难,只得领了三口儿去洛阳探亲,图

329

他救济。偏生这等时运,不遇而回。正值暮冬天道,下着连日大雪,这途路上好苦楚也呵!(旦儿云)秀才,似这等大风大雪,俺每行动些儿。(俫儿云)爹爹,冻饿杀我也。(正末唱)

【正宫端正好】赤紧的路难通,俺可也家何在?休道是乾坤老,山也头白。似这等冻云万里无边际,肯分的俺三口儿离乡外。

(云)大嫂,你看好大雪也。(唱)

【滚绣球】是谁人碾琼瑶往下筛[6],是谁人剪冰花迷眼界,恰便似玉琢成六街三陌,恰便似粉妆就殿阁楼台。(带云)似这雪呵!(唱)便有那韩退之蓝关前冷怎当[7],便有那孟浩然驴背上也跌下来[8]。(带云)似这雪呵!(唱)便有那剡溪中禁回他子猷访戴[9],则俺这三口儿兀的不冻倒尘埃。(做寒战科,带云)匆匆匆!(唱)眼见的一家受尽千般苦,可甚么十谒朱门九不开。委实难挨。

(旦儿云)秀才,似这般风又大,雪又紧,俺且去那里避一避,可也好也。(正末云)大嫂,俺到那酒务儿里避雪去来[10],(做见科,云)哥哥支揖。(店小二云)请家里坐吃酒去。秀才,你那里人氏?(正末云)哥哥,我那得那钱来买酒吃。小生是个穷秀才,三口儿探亲去来,不想遇着一天大雪,身上无衣,肚里无食,一径的来这里避一避儿。哥哥,怎生可怜见咱。(店小二云)那一个顶着房子走哩,你们且进来避一避儿。(正末做同进科,

云)大嫂,你看这雪越下的紧了也。(唱)

【倘秀才】饿的我肚里饥失魂丧魄,冻的我身上冷无颜落色。这雪呵偏向俺穷汉身边乱洒来。(带云)大嫂,(唱)你看雪深埋脚面,风紧透人怀,我忙将这孩儿的手揣。

(店小二做叹科,云)你看这三口儿身上无衣,肚里无食,偌大的风雪,到俺店肆中避避。那里不是积福处,我早晨间供养的利市酒三钟儿,我与那秀才钟吃。兀那秀才,俺与你钟酒吃。(正末云)哥哥,我那里得那钱钞来买酒吃。(店小二云)俺不要你钱钞,我见你身上单寒,与你钟酒吃。(正末云)哥哥说不要小生钱,则这等与我钟酒吃,多谢了哥哥。(做吃酒科,云)好酒也。(唱)

【滚绣球】见哥哥酒斟着磁盏台[11],香浓也胜琥珀。哥哥也你莫不道小人现钱多卖,问甚么新酿茅柴[12]。(带云)这酒呵!(唱)赛中山宿酝开[13],笑兰陵高价抬[14],不枉了唤做那凤城春色[15]。(带云)我饮一杯呵!(唱)恰便似重添上一件绵帛。(带云)这雪呵,(唱)似千团柳絮随风舞。(带云)我恰才咽下这杯酒去呵,(唱)可又早两朵桃花上脸来[16],便觉的和气开怀。

(旦儿云)秀才,恰才谁与你酒吃来?(正末云)是那卖酒的哥哥,见我身上单寒,可怜见与了我钟酒吃。(旦儿云)我这一会儿身上寒冷不过,你怎生问那卖酒的讨一钟酒儿与我吃,可也好也。(正末云)大嫂,羞人答答的,教我怎生问他讨酒吃?(做对店小二揖科,云)哥哥,我那浑家问我那里吃酒来,我便道:"卖酒的哥哥见我身上单寒,与了我一钟酒儿吃。"他便道:"我身上冷不过,怎生再讨得半钟酒儿吃,可也好也。"(店小二云)你娘子也要钟酒吃?来来来,俺舍这钟酒儿与你娘子吃罢。(正末云)多谢了哥哥。大嫂,我讨了一钟酒来,你吃你吃。(俫儿云)爹爹,我也要吃一钟。(正末云)儿也,你着我怎生问他讨那?(又做揖科,云)哥哥,我那孩儿道:"爹爹,你那里得这酒与奶奶吃来?"我便道:"那卖酒的哥哥又与了我一钟儿吃。"我那孩儿便道:"怎生再讨的一钟儿我吃,可也好也。"(店小二云)这等,你一发搬在俺家中住罢。(正末云)哥哥,那里不是积福处。(店小二云)来来来,俺再与你这一钟儿酒。(正末云)多谢了哥哥。孩儿,你吃你吃。(店小二云)比及你这等贫呵,把这小的儿与了人家可不好?(正末云)我怕不肯?但未知我那浑家心里何如。(店小二云)你和你那娘子商量去。(正末云)大嫂,恰才那卖酒的哥哥道:"似你这等饥寒,将你那孩儿与了人可不好?"(旦儿云)若与了人,倒也强似冻饿死了。只要那一分人家养的活,便与他去罢。(正末做见店小二云)哥哥,俺浑家肯把这个小的与了人家也。(店小二云)秀才,你真个要与人?(正末云)是,与了人罢。(店小二云)我这里有个财主要,我如今领你去。(正末云)他家里有儿子么?(店小二云)他家儿女并没一个儿哩。

（正末唱）

【倘秀才】卖与个有儿女的是孩儿命衰，卖与个无子嗣的是孩儿大采。撞着个有道理的爹娘呵，是孩儿修福来。（带云）哥哥，（唱）你救孩儿一身苦，强似把万僧斋。越显的你个哥哥敬客。

（店小二云）既是这等，你两口儿则在这里，我叫那买孩儿的人来。（做向古门叫科，云）陈先生在家么？（陈德甫上，云）店小二，你唤我做甚么？（店小二云）你前日分付我的事，如今有个秀才要卖他小的，你看去。（陈德甫云）在那里？（店小二云）则这个便是。（陈德甫做看科，云）是一个有福的孩儿也。（正末云）先生支揖。（陈德甫云）君子恕罪。敢问秀才那里人氏，姓甚名谁？因何就肯卖了这孩儿？（正末云）小生曹州人氏，姓周名荣祖，字伯成。因家业凋零，无钱使用，将自己亲儿情愿过房与人为儿[17]。先生，你可作成小生咱。（陈德甫云）兀那君子，我不要这孩儿。这里有个贾老员外，他寸男尺女皆无，若是要了你这孩儿，他有泼天也似家缘家计，久后都是你这孩儿的。你跟将我来。（正末云）不知在那里住，我跟将哥哥去。（旦儿同俫儿下）（店小二云）他三口儿跟的陈先生去了也。待我收拾了铺面，也到员外家看看去。（下）（贾仁同卜儿上，云）兀的不富贵杀我也。常言道人有七贫八富，信有之也。自家贾老员外的便是。这里也无人，自从与那一分人家打墙，

333

刨出一石槽金银来,那主人家也不知道,都被我悄悄的搬运家来,盖起这房廊、屋舍、解典库、粉房、磨房、油房、酒房,做的生意就如水也似长将起来。我如今旱路上有田,水路上有船,人头上有钱[18],那一个敢叫我做穷贾儿;皆以员外呼之。但是一件,自从有这家私,娶的个浑家也有好几年了,争奈寸男尺女皆无。空有那鸦飞不过的田产,教把那一个承领。(做叹科,云)我平昔间一文也不使,半文也不用,我可不知怎生来这么悭吝苦克。若有人问我要一贯钞呵,哎呀!就如挑我一条筋相似。如今又有一等人叫我做悭贾儿,这也不必提起。我这解典库里有一个门馆先生,叫做陈德甫,他替我家收钱取债。我数番家分付他,或儿或女寻一个来与我两口儿喂眼。(卜儿云)员外,你既分付了他,必然访得来也。(贾仁云)今日下着偌大的雪,天气有些寒冷。下次小的每,少少的酾些热酒儿来,则撕只水鸡腿儿来[19],我与婆婆吃一钟波。(陈德甫同正末、旦儿、倈儿上,云)秀才,你且在门首等着,我先过去与员外说知。(做见科,贾仁云)陈德甫,我数番家分付你,教你寻一个小的,怎这般不会干事?(陈德甫云)员外,且喜有一个小的哩。(贾仁云)有在那里?(陈德甫云)现在门首。(贾仁云)他是个甚么人?(陈德甫云)他是个穷秀才。(贾仁云)秀才便罢了,甚么穷秀才!(陈德甫云)这个员外,有那个富的来卖儿女那!(贾仁云)你教他过来我看。(陈德甫出,云)兀那秀才,你过去把体面见员外者。(正末做揖科,云)先生,你须是多与我些钱钞。(陈德甫云)你要的他多少,这事都在我身上。(正末云)大嫂,你看着孩儿,我见员外去也。(做入见科,云)员外支揖。(贾仁云)兀那秀才,你那里人氏,姓甚名谁?(正末云)小生曹州人氏,姓周名荣祖,字伯成。(贾仁云)住了。我两个眼里偏生见不的这穷厮。陈德甫,你且着他靠后些,饿虱子满屋飞哩。(陈德甫云)秀才,你依着员外靠后些,他那有钱的是这等性儿。(正末做出科,云)大嫂,俺这穷的好不气长也!(贾仁云)陈德甫,咱要买他这小的,也索要立一纸文书。(陈德甫云)你打个稿儿。(贾仁云)我说与你写:立文书人周秀才,因为无钱使用,口食不敷,难以度日。情愿将自己亲儿某人,年几岁,卖与财主贾老员外为儿。(陈德甫云)谁不知你有钱,只叫员外勾了,又要那财主两字做甚么?(贾仁云)陈德甫,是你抬举我哩。我不是财主,难道叫我穷汉?(陈德甫云)是是是,财主财主!(贾仁云)那文书后头写道:当日三面言定付价多少。立约之后,两家不许反悔;若有反悔之人,罚宝钞一千贯与不悔之人使用[20]。恐后无凭,立此文书,永远为照。(陈德甫云)是了,反悔之人罚宝钞一千贯。他这正钱可是多少[21]?(贾仁云)这个你莫要管我。我是个财主,他要的多少,我指甲里弹出来的,他可也吃不了。(陈德甫云)是是是,我与那秀才说去。(做出科,云)秀才,员外着你立一纸文书哩。(正末云)哥哥,可怎生写那?(陈德甫云)他与你个稿儿:今有过路周秀才,因为无钱使用,将自己亲儿,年方几岁,情愿卖与财主贾老员外为儿。(正末云)先生,这财主两字也不消的上文书。(陈德甫云)他要这等写,你就写了罢。(正末云)便依着写。(陈德甫云)这文书不打紧,有一件要紧,他说后面写着:如有反悔之人,罚宝钞一千贯与不反悔之人。(正末云)先生,那反悔的罚宝钞一千贯,我这正钱可是多少?(陈德甫云)知他是多少。秀才,你则放心,恰才他也曾说来,他说:我是个巨富的财主,要的多少,他指甲里弹出来的,着你吃不了哩。(正末云)先生说的是,将纸笔来。(旦儿云)秀才,咱这恩养钱可曾议定多少[22]?你且慢写着。(正末云)大嫂,恰才先生不说来,他是个巨富的财主,他那指甲里弹出来的,俺每也吃不了。则管里问他多少怎的。(唱)

【滚绣球】我这里急急的研了墨浓,便待要轻轻的下了笔划。(俫儿云)爹爹,你写甚么哩?(正末云)我儿也,我写的是借钱的文书。(俫儿云)你说借那一个的。(正末云)儿也,我写了可与你说。(俫儿云)我知道了也,你在那酒店里商量,你敢要卖了我也。(正末唱)呀!儿也,这是我不得已无如之奈。(俫儿做哭科,云)可知道无奈,则是活便一处活,死便一处死,怎下的卖了我也。(正末哭云)呀!儿也,想着俺子父的情呵,(唱)可着我斑管难抬[23]。这孩儿情性乖,是他娘肠肚摘下来。今日将俺这子父情可都撇在九霄云外,则俺这三口儿生挖扎两处分开。(旦儿云)怎下的撇了我这亲儿,兀的不痛杀我也。(正末哭唱)做娘的伤心惨惨刀剜腹,做爹的滴血簌簌泪满腮,恰便似郭巨般活把儿埋[24]。

(做写科,云)这文书写就了也。(陈德甫云)周秀才,你休烦恼。我将这文书与员外看去。(做入科,云)员外,他写了文书也,你看。(贾仁云)将来我看:"今有立文书人周秀才,因为无钱使用,口食不敷,难以度日,情愿将自己亲儿长寿,年七岁,卖与财主贾老员外为儿。"写的好,写的好!陈德甫,你则叫那小的过来,我看看咱。(陈德甫云)我领过那孩儿来与员外看。(见正末云)秀才,员外要看你那孩儿哩。(正末云)儿也,你如今过去,他问你姓甚么,你说我姓贾。(俫儿云)我姓周。(正末云)姓贾。(俫儿云)便打杀我也则姓周。(正末哭科,云)儿也。(陈德甫云)我领这孩儿过去。员外,你看好个孩儿也。(贾仁云)这小的是好一个孩儿也。我的儿也,你今日到我家里,那街上人问你姓甚么,你便道我姓贾。(俫儿云)我姓周。(贾仁云)姓贾。(俫儿云)我姓周。(做打科,云)这弟子孩儿养杀也不坚。婆婆,你问他。(卜儿云)好儿也,明日与你做花花袄子穿。有人问你姓甚么,你道我姓贾。(俫儿云)便做大红袍与我穿,我也则是姓周。(卜儿打科,云)这弟子孩儿养杀也不坚的。(陈德甫云)他父母不曾去哩,可怎么便下的打他。(俫儿叫科,云)爹爹,他每打杀我也。(正末做听科,云)我那儿怎生这等叫,他可敢打俺孩儿也。(唱)

【倘秀才】俺儿也差着一个字千般的见责。(云)那员外好狠也。(唱)那员外伸着五个指十分的便捆[25],打的他连耳通红半壁腮。说又不敢高声语,哭又不敢放声来,他则是偷将那泪揩。

(做叫科,云)陈先生,陈先生,早打发俺每去波。(陈德甫出见云)是,我着员外打发你去。(正末云)先生,天色渐晚,误了俺途程也。(陈德甫入见科,云)员外,且喜且喜,有了儿了。(贾仁云)陈德甫,那秀才去了么?改日请你吃茶。(陈德甫云)哎呀,他怎么肯去,员外还不曾与他恩养钱哩。(贾仁云)甚么恩养钱,随他与我些便罢。(陈德甫云)这个员外,他为无钱才卖这个小的,怎么倒要他恩养钱那。(贾仁云)陈德甫,你好没分晓,他因为无饭养活儿子,才卖与我。如今要在我家吃饭,我不问他要恩养钱,他倒问我要恩养钱?(陈德甫云)好说,他也辛辛苦苦养这小的,与了员外为儿,专等员外与他些恩养钱,做盘缠回家去也。(贾仁云)陈德甫,他若不肯,便是反悔之人,你将这小的还他去,教他罚一千贯宝钞来与我。(陈德甫云)怎么倒与你一千贯钞?员外,你则与他些恩养钱去。(贾仁云)陈德甫,那秀才敢不要,都是你捣鬼。(陈德甫云)怎么是我捣鬼?

（贾仁云）陈德甫，看你的面皮，待我与他些。下次小的每开库。（陈德甫云）好了，员外开库哩。周秀才，你这一场富贵不小也。（贾仁云）拿来，你兜着，你兜着。（陈德甫云）我兜着与他多少？（贾仁云）与他一贯钞。（陈德甫云）他这等一个孩儿，怎么与他一贯钞？太少。（贾仁云）一贯钞上面有许多的宝字，你休看的轻了。你便不打紧，我便似挑我一条筋哩。倒是挑我一条筋也熬了，要打发出这一贯钞，更觉艰难。你则与他去，他是个读书的人，他有个要不要也不见的。（陈德甫云）我便依着你，且拿与他去。（做出见科，云）秀才你休慌，安排茶饭哩。这个是员外打发你的一贯钞。（旦儿云）我几盆儿水洗的孩儿偌大，可怎生与我一贯钞？便买个泥娃娃儿，也买不的。（正末云）想我这孩儿呵，（唱）

【滚绣球】也曾有三年乳十月胎，似珍珠掌上抬。甚功夫养得他偌大，须不是半路里拾的婴孩。（做叹科，唱）我虽是穷秀才，他觑人太小哉。那些个公平买卖，量这一贯钞值甚钱财。（带云）员外，你的意思我也猜着你了。（陈德甫云）你猜着甚的？（正末唱）他道我贪他香饵终吞钓，我则道留下青山怕没柴。拼的个搠笔巡街[26]。

（旦儿云）还了我孩儿，我们去罢。（陈德甫云）你且慢些，我见员外去。（正末云）天色晚也，休斗小生耍。（陈德甫入科，云）员外，还你这钞。（贾仁云）陈德甫，我说他不要么。（陈德甫云）他嫌少，他说买个泥娃娃儿也买不的。(贾仁云)那泥娃娃儿会吃饭么?(陈德甫云)员外,不是这等说。那个养儿女的算饭钱来。(贾仁云)陈德甫,也着你做人哩。常言道:"有钱不买张口货。"因他养活不过,方才卖与人,我不要他还饭钱也勾了,倒要我的宝钞?我想来都是你背地里调唆他,我则问你怎么与他钞来?(陈德甫云)我说员外与你钞。(贾仁云)可知他不要哩。你轻看我这钞了。我教与你,你把这钞高高的抬着道:兀那穷秀才,贾老员外与你宝钞一贯!(陈德甫云)抬的高杀,也则是一贯钞。员外,你则快些打发他去罢。(贾仁云)罢罢罢!小的每开库,再拿一贯钞来与他。(做与钞科)(陈德甫云)员外,你问他买甚么东西哩,一贯一贯添?(贾仁云)我则是两贯,再也没的添了。(陈德甫云)我且拿与他去。秀才,你放心,员外安排茶饭哩。秀才,那头里是一贯钞,如今又添你一贯钞。(正末云)先生,可怎生只与我两贯?我几盆儿水洗的孩儿偌大,先生休斗小生耍。(陈德甫云)嗨!这都是领来的不是了。我再见员外去。(做入科,云)员外,他不肯。(贾仁云)不要闲说,白纸上写着黑字儿哩。若有反悔之人,罚宝钞一千贯与不悔之人使用。这便是他反悔,你着他拿一千贯钞来。(陈德甫云)他有一千贯时,可便不卖这小的了。(贾仁云)哦,陈德甫,你是有钱的,你买么!快领了去,着他罚一千贯钞来与我。(陈德甫云)员外,你添也不添?(贾仁云）不添！（陈德甫云）你真个不添？（贾仁云）真个不添！（陈德甫云）员外，你又不肯添，那秀才又不肯去，教我中间做人也难。便好道："君子成人之美，不成人之恶。"罢罢罢！员外，我在你家两个月，该与我两贯饭钱，我如今问员外支过，凑着你这两贯，共成四贯，打发那秀才回去。（贾仁云）哦！要支你的饭钱，凑上四贯钱，打发那穷秀才去，这小的还是我的。陈德甫，你原来是个好人。可则一件，你那文簿上写的明白，道陈德甫先借过两个月饭钱，计两贯。（陈德甫云）我写的明白了。（做出见科，云）来来来！秀才，你可休怪，员外是个悭吝苦克的人，他说一贯也不添。我问他支过两月的馆钱，凑成四贯钞，送与秀才。这的是我替他出了两贯哩，秀才休怪。（正末云）这等，可不难为了你。（陈德甫云）秀才，你久后则休忘了我陈德甫。（正末云）贾员外则与我两贯钱，这两贯是先生替他出的。这等呵，倒是先生赍发了小生也。（唱）

【倘秀才】如今这有钱的度量呵，做不的三江也那四海，便受用呵多不到十年五载。我骂你个勒揸穷民狠员外，或是有人家典段匹，或是有人家当镮钗，你则待加一倍放解[27]。

（贾仁做出瞧科，云）这穷厮还不去哩。（正末唱）

【赛鸿秋】快离了他这公孙弘东阁门樨外[28]。（旦儿云）秀才，俺今日撇下了孩儿，不知何日再得相见也。（正末云）大嫂，去罢。（唱）再休想汉孔融北海开尊待[29]。（陈德甫云）

秀才,这两贯钞是我与你的。(正末云)先生此恩,异日必当重报。(唱)多谢你范尧夫肯付舟中麦[30]。(带云)那员外呵,(唱)怎不学庞居士预放来生债[31]。(贾仁做揪住怒科,云)这厮骂我,好无礼也。(正末唱)他他他则待搯破我三思台[32]。(贾仁做推正末科,云)你这穷弟子孩儿还不走哩。(正末唱)他他他可便撅破我天灵盖。(贾仁云)下次小的每,呼狗来咬这穷弟子孩儿。(正末做怕科,云)大嫂,我与你去罢。(唱)走走走!早跳出了齐孙膑这一座连环寨[33]。

(陈德甫云)秀才休怪,你慢慢的去,休和他一般见识。

(旦儿云)秀才,俺行动些儿波。(正末唱)

【随煞】别人家便当的一周年,下架容赎解[34]。(带云)这员外呵!(唱)他巴到那五个月,还钱本利该。纳了利从头儿再取索,还了钱文书上厮混赖。似这等无仁义愚浊的却有财,偏着俺有德行聪明的嚼齑菜。这八个字穷通怎的排,则除非天打算日头儿轮到来。发背疔疮是你这富汉的灾[35],禁口伤寒着你这有钱的害[36]。有一日贼打劫火烧了您院宅,有一日人连累抄没了旧钱债,恁时节合着锅无钱买米柴,忍饥饿街头做乞丐。这才是你家破人亡见天败。(贾仁云)你这穷弟子孩儿,还不走哩。(正末云)员外,(唱)你还这等苦克瞒心骂我来,直待要犯了法遭了刑,你可便恁时节改。(同旦儿下)

(贾仁云)陈德甫,那厮去了也。他去则去,敢有些怪我。(陈德甫云)可知哩。(贾仁云)陈德甫,生受你。

本待要安排一杯酒致谢,我可也忙,不得工夫,后堂中盒子里有一个烧饼,送与你吃茶罢。(同下)

〔1〕门馆先生:本为家塾教师,这里指管帐先生。

〔2〕一了:一向,本来。

〔3〕泼天:即拍天,极言其多,其盛。宋张端义《贵耳集》卷中皎如晦请一村僧住长芦,疏云:"一公长老,生铁面皮,泼天声价。"

〔4〕喂眼:即慰眼,使眼前得到安慰。

〔5〕三尺布:这里指酒旗,酒望子。

〔6〕琼瑶:美玉,这里用以比喻雪。

〔7〕韩退之蓝关前冷怎当:唐代文学家韩愈,字退之。因谏唐宪宗迎佛骨,被贬潮州,路过蓝关(在今陕西蓝田)时,有《左迁至蓝关示侄孙湘》诗:"云横秦岭家何在,雪拥蓝关马不前。"

〔8〕孟浩然驴背上也跌下来:唐代诗人孟浩然,传说曾于风雪中骑驴吟诗。宋苏轼《大雪青州道上诗》:"又不见襄阳孟浩然,长安道上骑驴吟雪时。"元马致远有《冻吟诗踏雪寻梅》杂剧,今佚。

〔9〕剡溪中禁回他子猷访戴:晋王徽之,字子猷,住在山阴。夜大雪,景色很美,忽思剡溪友人戴安道,即命舟前往。将近戴家,忽又返回,说:"本乘兴而来,兴尽而返,何必见安道耶?"剡溪,在浙江嵊县南。

〔10〕酒务儿:小酒馆。

〔11〕磁盏台:磁酒杯。

〔12〕茅柴:劣酒。言酒味很薄,如茅柴之一燃即过。

〔13〕中山宿酝:中山老酒。又名千日酒,能使人饮后一醉千日。中山,在今河北定县一带。

〔14〕兰陵:美酒名。唐李白《客中行》诗:"兰陵美酒郁金香,玉碗盛来琥珀光。"

〔15〕凤城春色:美酒名。凤城,指京城。

〔16〕两朵桃花上脸来:喻饮酒后两颊发烧。

〔17〕过房:无子而以兄弟或他人之子为子,也叫过继。

〔18〕人头上有钱:指放债于人。

〔19〕水鸡:田鸡,青蛙。

〔20〕宝钞:元代发行的一种纸币的名称,票面上有"某某宝钞",叫宝钞。

〔21〕正钱:指成交后除去佣金等花费,卖主实际得到的钱数。

〔22〕恩养钱:对卖子女钱的委婉说法。

〔23〕斑管:指毛笔。

〔24〕郭巨般活把儿埋:古代二十四孝故事之一。晋河内人郭巨,养母至孝。时遇饥馑,每饭时,其儿常夺阿婆饭吃,遂不得饱。因与妻计议,欲杀儿存母。乃刨地三尺,拟生埋之。上天愍其孝,赐金一釜,并有文曰:"金赐孝子,官不得侵,私不得取。"见敦煌变文《孝子传》。

〔25〕掴(guāi 乖):用手掌打。

〔26〕捌笔巡街:拿着毛笔沿街为人书写,实际上是一种变相的乞讨行为。

〔27〕加一倍放解:赎当时要加收一倍的利钱。

〔28〕公孙弘东阁门桯:汉代平津侯公孙弘,官至宰相,曾开东阁之门以招揽天下之士。门桯,屋柱。

〔29〕汉孔融北海开尊待:汉末孔融为北海相,喜爱宾客,声望甚高。曾有诗曰:"坐上客恒满,尊中饮不空。"

〔30〕范尧夫肯付舟中麦:宋范纯仁,字尧夫,范仲淹次子。奉父命至姑苏运麦,船至丹阳,遇石延年,知其无钱改葬亲人,就将整船麦子送给了他。见宋惠洪《冷斋夜话》卷十。

〔31〕庞居士预放来生债:传说唐朝人庞蕴放债从不索债。一日梦

见家里牛马对话,都是前世欠债,今生转为牛马来偿还的。为此,庞蕴把家财尽沉于海,并说不敢再取来生的债务。

〔32〕三思台:胸口,心窝。

〔33〕孙膑:战国齐人,著名的军事家,善于行兵布阵。

〔34〕下架:指当财物期满后从货架上取下,准备处理。

〔35〕发背疔疮:背上出疔长疮,人多认为是绝症。

〔36〕禁口伤寒:禁口,牙关紧闭,不能说话。伤寒,中医所说寒邪外感之症,在古代也是难医的绝症。

第 三 折

(小末扮贾长寿领兴儿上,诗云)一生衣饭不曾愁,赢得人称贾半州。何事老亲能善病,教人终日皱眉头。自家贾长寿的便是。父亲是贾老员外,叫做贾仁。母亲亡化已过。靠着祖宗福德,有泼天也似的家缘家计。俺父亲则生的我一个,人口顺都唤我做钱舍。岂知俺父亲他一文也不使,半文也不用,这等悭吝的紧;俺枉叫做钱舍,不得钱在手里,不曾用的个快活。近日俺父亲染病,不能动止。兴儿,我许下东岳泰安神州烧香去,与俺父亲说知,多将些钱钞,等我去还愿。兴儿,跟着我见父亲去来。(下)(小末同兴儿扶贾仁上,云)人有四百四病[1]。哎呀,害杀我也。(做叹科,云)过日月好疾也!自从买了这小的,可早二十年光景。我便一文不使,半文不用。这小的他却痴迷愚滥,只图穿吃,看的那钱钞便土块般相似,他可不疼。怎知我多使了一个钱,便心疼杀了我也！（小末云）父亲,你可想甚么吃那？（贾仁云）我儿也,你不知我这病是一口气上得的。我那一日想烧鸭儿吃,我走到街上,那一个店里正烧鸭子,油渌渌的。我推买那鸭子,着实的挏了一把[2],恰好五个指头挏的全全的。我来到家,我说盛饭来我吃,一碗饭我咂一个指头,四碗饭咂了四个指头。我一会瞌睡上来,就在这板凳上,不想睡着了,被个狗舔了我这一个指头,我着了一口气,就成了这病。罢罢罢！我往常间一文不使,半文不用；我今病重,左右是个死人了,我可也破一破悭,使些钱。我儿,我想豆腐吃哩。（小末云）可买几百钱？（贾仁云）买一个钱的豆腐。（小末云）一个钱只买得半块豆腐,把与那个吃？兴儿,你买一贯钞罢。（贾仁云）只买十文钱的豆腐。（兴儿云）他则有五文钱的豆腐,记下帐,明日讨还罢。（贾仁云）我儿,你则依着我。（小末云）便依着父亲,只买十个钱的来。（贾仁云）我儿,恰才见你把十个钱都与那卖豆腐的了。（小末云）他还欠着我五文哩,改日再讨。（贾仁云）寄着五文,你可问他姓甚么？左邻是谁,右邻是谁？（小末云）父亲,你要问他邻舍怎的？（贾仁云）他假使搬的走了,我这五个钱问谁讨？（小末云）直是这等。父亲,你孩儿趁父亲在日,画一轴喜神[3],着子孙后代供养着。（贾仁云）我儿也,画喜神时不要画前面,则画背身儿。（小末云）父亲,你说的差了,画前面才是,可怎么画背身的?(贾仁云)你那里知道,画匠开光明[4],又要喜钱。(小末云)父亲,你也忒算计了。(贾仁云)我儿,我这病觑天远,入地近,多分是死的人了。我儿,你可怎么发送我?(小末云)若父亲有些好歹呵,您孩儿买一个好杉木棺材与父亲。(贾仁云)我的儿,不要买,杉木价高。我左右是死的人,晓的甚么杉木柳木!我后门头不有那一个喂马槽,尽好发送了!(小末云)那喂马槽短,你偌大一个身子,装不下。(贾仁云)哦,槽可短,要我这身子短,可也容易。拿斧子来,把我这身子拦腰剁做两段,折叠着,可不装下也!我儿也,我嘱付你,那时节不要咱家的斧子,借别人家的斧子剁。(小末云)父亲,俺家里有斧子,可怎么问人家借?(贾仁云)你那里知道,我的骨头硬,若使我家斧子剁卷了刃,又得几文钱钢!(小末云)直是这等。父亲,您孩儿要上庙与父亲烧香去,与我些钱钞。(贾仁云)我儿,你不去烧香罢了。(小末云)孩儿许下香愿多时了,怎好不去?(贾仁云)哦,你许下愿来,这等,与你一贯钞去。(小末云)少。(贾仁云)两贯。(小末云)少。(贾仁云)罢罢罢!与你三贯,可忒多了。我儿,这一桩事要紧,我死之后,休忘记讨还那五文钱的豆腐。(下)(兴儿云)小哥,不要听那老员外,你自去开了库,拿着十个金子,十个银子,一千贯钞,我跟着你烧香去来。(小末云)兴儿,你说的是。我开了库,取了十个金子,十个银子,一千贯

347

钞,到庙上烧香去来。(同兴儿下)(净扮庙祝上[5],诗云)官清司吏瘦,神灵庙主肥[6];有人来烧纸,则抢大公鸡。小道是东岳泰安州庙祝。明日三月二十八日,是东岳圣帝诞辰,多有远方人来烧香。我扫的庙宇干净,看有甚么人来。(正末同旦儿上,云)叫化咱,叫化咱,可怜见俺无捱无倚,无主无靠,卖了亲儿,无人养济。长街市上可有那等舍贫的爹爹奶奶呵!(唱)

【商调集贤宾】我可便区区的步行离了汴梁,(带云)这途路好远也!(唱)过了些山隐隐更和这水茫茫,盼了些州城县镇,经了些店道村坊。遥望那东岱岳万丈巅峰,怎不见泰安州四面儿墙匡?(云)婆婆,这前面不是东岳爷爷的庙哩!(唱)这不是仁安殿盖造的接上苍,掩映着紫气红光。正值他春和三月天,(带云)婆婆,(唱)早来到仙阙五云乡[7]。

【逍遥乐】这的是人间天上,烧的是御赐名香,盖的是那敕修的这庙堂。我则见不断头客旅经商,还口愿百二十行[8]。听的道是儿愿爹爹寿命长,又见那校椅上顶戴着亲娘。我这里千般感叹,万种凄惶,百样思量。

(带云)庙官哥哥,俺两口儿一径来还愿的,赶烧炷儿头香[9],暂借一坨儿田地,与我歇息咱。(庙祝云)这老人家好苦恼也,既是还香愿的,我也做些好事,你老两口儿就在这一塌儿干净处安歇,明日绝早起来,烧了头香去罢!(正末云)谢了哥哥。婆婆,我和你在此安歇,明日赶一炷头香咱。(旦儿云)佛啰,俺那长寿儿也!(小末同兴儿上,云)兴儿,你看这庙上人好不多哩!(兴儿云)小哥,咱每来迟,那前面早下的满了也。(小末云)天色已晚,我们拣个干净处安歇。兴儿,这搭儿干净处,被两口叫化的倒在这里,你打起那叫化的去。(兴儿云)兀那叫化的,你且过一壁。(正末云)你是那个?(兴儿云)这弟子孩儿,钱舍也不认的。(做打科)(正末云)哎呀,钱舍打杀我也。(庙祝云)这厮无礼,甚么钱舍?家有家主,庙有庙主,他老子那里做官来,叫做钱舍?徒弟,拿绳子来绑了他送官去。(兴儿云)庙官,你不要闹,我与你一个银子,借这坬儿田地,等俺歇息咱。(庙祝云)哦,你与我这个银子,借这里坐一坐;我正骂那老弟子孩儿,你便让钱舍这里坐一坐儿。自家讨打吃!(正末云)俺这无钱的好不气长也。(旦儿云)老的,咱每依着他那边歇罢。(正末唱)

【金菊香】这的是雕梁画栋圣祠堂,又不是锦帐罗帏你的卧房,怎这般厮推厮抢赶我在半壁厢?(兴儿云)你这老弟子孩儿,口里唠唠叨叨的,还说甚么哩?(正末唱)你你你全不顾我这鬓雪鬓霜。(云)你这厮还要打谁?婆婆,你向前着,我不信,(唱)你可便打打打打这个八十岁病婆娘?

(云)庙官哥哥,一个甚么钱舍,将俺老两口儿赶出来了。(庙祝云)他是钱舍,你两个让他些便了。俺明日要早起,自去睡也。(下)(小末云)你这老弟子孩儿,你告诉那庙官便怎的?我富汉打杀你这穷汉,只当拍杀个

苍蝇相似。（正末唱）

【醋葫芦】你道是没钱的好受亏,有钱的好使强,你和俺须同村共疃近邻庄。（兴儿云）你这叫化的还强嘴哩!（正末唱）俺也是钱里生来钱里长,怎便打的俺一个不知方向,你须不是泰安州官府到此压坛场?

（兴儿云）官便不是官,叫做钱舍。（正末云）俺这无钱的好不气长也。（旦儿云）老的,你与他争甚么,俺每将就在那边歇罢。（正末唱）

【梧叶儿】这都是俺前生业,可着俺便今世当。莫不是曾烧着甚么断头香[10]?揾不住腮边泪,挠不着心上痒,割不断俺业情肠。（带云）哎!（唱）俺那长寿儿也,我端的可便才合眼又早眠思梦想。

（贾仁扮魂子上,云）自家贾仁的便是。那正主儿来了,俺今日着他父子团圆,双手交还了罢。（做叹科,云）那小的那里知道是他的老子,这老子那里知道是他的儿子,我与他说知。兀那老子,那个不是你的儿子!（正末做认科,云）俺那长寿儿也。（小末打科）（贾仁又上,云）兀那小的,那个不是你老子!（小末做叫科,云）父亲,父亲。（正末应云）哎哎哎。（小末云）兴儿,与我打这老弟子孩儿。（兴儿云）这叫化的好无礼也。（正末云）你叫我三声父亲,我应你三声,你怎生打我那?（唱）

【后庭花】你不肯冬三月开暖堂[11],你不肯夏三月舍义浆,则你那情狠身中病,则你那心平便是海上方[12]。您爷呵,休想道得安康,稳情取无人埋葬[13],泪汪汪甚人来守孝堂,急慌慌为亲爷来献香。我痛杀杀身躯儿无倚仗,他絮叨叨还口愿都是谎。

【柳叶儿】他也似个人模人样,衒一片不本分的心肠。有一朝打在你头直上[14],天开眼无轻放,天还报有灾殃,稳情取家破人亡。

(小末云)天色明了也。兴儿,随俺烧香去来。(做上香科,云)东岳爷爷,可怜见俺父亲患病在床,但得神明保佑,指日平安;俺贾长寿情愿烧三年香,望东岳爷爷鉴察咱。(正末同旦儿打嚏科,云)阿嚏。(小末云)则愿俺的父亲无病无痛。(正末又打嚏科,云)阿嚏。(小末云)则愿俺的父亲无灾无难。(正末又打嚏科,云)阿嚏。(卜儿云)老的,咱们早些烧香去。(正末做拜科,云)东岳爷爷,则愿俺长寿儿无病无痛。(小末做打嚏科,云)阿嚏。(正末云)则愿俺长寿儿无灾无难。(小末又做打嚏科,云)阿嚏。(正末云)则愿俺长寿儿早早相见咱。(小末又做打嚏科,云)阿嚏。(兴儿上,云)阿嚏,阿嚏。(庙祝上,云)阿嚏,阿嚏。(小末云)兴儿,打那老弟子孩儿。(兴儿云)你这叫化的,快走过一边去。(正末做哭科,云)俺那长寿儿也。(唱)

【高过煞】但得见亲生儿,俺可也不似这凄惶,他他他明欺负俺无人侍养。(做哭科,云)俺那长寿儿也,(唱)想着俺长寿年来,也和他都一般家血气方刚。(带云)婆婆,(唱)则俺这受苦的糟糠[15],卖儿呵也合将咱拦当。俺可甚么养小防备老,栽树要阴凉。想着俺那忤逆的儿郎,便成人也不认的爷娘。有一日激恼了穹苍,要整顿着纲常,儿呵!你可不怕那五六月的雷声骨碌碌只在半空里响。(同旦儿下)

(小末云)兴儿,烧罢香也。随俺回家去来。(同下)

〔1〕四百四病:佛教语,泛指一切众病。

〔2〕挝(zhuā抓):这里是捏的意思。

〔3〕喜神:指人的画像。

〔4〕开光明:人像画好后,最后点睛的工序。

〔5〕庙祝:庙观中管香火的道士。

〔6〕"官清"二句:宋元俗语,见《事林广记》前集卷九《居官警语》。庙主肥,如作"庙祝肥",似更切合剧中人身份。

〔7〕五云乡:五色彩云聚合的地方,喻仙境。

〔8〕百二十行:泛指社会上各种行业。宋元时多称"一百二十行",后转为"三百六十行"。

〔9〕头香:在神灵前所烧的第一炷香,表示特别地心诚。

〔10〕断头香:断折的线香或棒香。迷信者认为烧了断头香,就是对神佛的不敬,要受到离散的严惩。

〔11〕暖堂:冬季于屋内生火收容乞丐的处所。

〔12〕海上方:海外求来的仙方。

〔13〕稳情取:十拿九稳,管准。

〔14〕打在你头直上:指遭雷电所击。

〔15〕糟糠:指共患难的妻子。

第 四 折

（店小二上，诗云）不是自家没主顾，争奈酒酸长似醋，这回若是又酸香，不如放倒望竿做豆腐。自家店小二的便是。开开门面，挑起望子，看有甚么人来！（正末同旦儿上，云）婆婆，俺烧罢香也，回家去来。（旦儿云）老的，俺和你行动些儿咱。（正末唱）

【越调斗鹌鹑】赛五岳灵神，为一人圣慈。总四海神州[1]，受千年祭祀；护百二山河，掌七十四司。献香钱，火醮纸，积善的长生，造恶的便死。

【紫花儿序】一个那颜回短命[2]，一个那盗跖延年[3]，一个那伯道无儿[4]。人都道威灵有验，正直无私。现如今神祠，东岱岳新添一个速报司[5]。大刚来祸无虚至[6]，只要你恶事休行，择其这善者从之。

（旦儿做心疼科，正末云）婆婆，你做甚么？（旦儿云）老的也，我一阵急心疼，你那里讨一杯儿酒来我吃。（正末云）你害急心疼，我去那酒店里讨一钟酒去咱。哥哥，俺这婆婆害急心疼，有酒么，教化一钟儿？（店小二云）老人家，你那婆婆害急心疼呵，对门那一家儿有这急心疼的药，施舍与人，你问他讨一服去。（正末云）是真个。俺去对门讨一服儿急心疼药去来。（同旦儿下）（店小二云）大清早起，利市也不曾发；这两个老的就来教化酒吃，被我支他对门讨药去了。便心疼杀他，也不干我事。

我自前后执料去也。(下)(陈德甫上,云)自家陈德甫的便是。过日月好疾也,自从贾老员外买了那个小的,今经可早二十年光景了。老员外一生悭吝苦克,今亡逝已过。那小的长立成人,比他父亲在日,家私越增添了。他父亲在日,人都叫他做钱舍。如今那小的仗义疏财,比老员外甚是不同,人都叫他做小员外。老夫一向在他家上些帐目。这几年间精神老惫,只得辞了馆,开着一个小小药铺,施舍些急心疼的药;虽则普济贫人,然也有病好的,酬谢我些药钱,我老夫也不敢辞,好将来做药本。今日铺里闲坐,看有甚么人来?(正末同旦儿上,见科,云)先生可怜见,我那婆婆害急心疼,说先生施的好药,老汉不揣[7],求一服儿咱。(做揖科,陈德甫云)老人家免礼。有有有,我这一服药与你那婆婆吃了,登时间就好。则要你与我传名,我叫做陈德甫。(正末云)多谢了。先生叫做陈德甫,陈德甫,婆婆,这陈德甫名儿好熟也!(旦儿云)老的,咱卖孩儿时做保人的,不是陈德甫?(正末云)是真个。我过去认他波。(做认科云)陈德甫先生,原来你也这般老了也。(陈德甫云)这老儿就来诈熟也。(正末唱)

【小桃红】你这般雪盔白发鬓如丝。(陈德甫云)你说的是几时的话?(正末唱)我说的是二十年前事。(陈德甫云)兀那老的,你那里人氏,姓甚名谁?(正末唱)你问我姓甚名谁那里人氏,(陈德甫云)你因何认的老夫来?(正末唱)说起来痛嗟咨,常言道闻钟始觉山藏寺,这搭儿里曾卖了一个小厮。(陈德甫云)你莫不是卖儿子的周秀才么?(正末唱)我常记的你个恩人名字。(陈德甫云)你还记的我赍发你那两贯钱么?(正末唱)我怎敢便忘了你那周急济贫时。

(陈德甫云)秀才,你欢喜咱。你那孩儿贾长寿,如今长立成人了也。(正末云)贾员外好么?(陈德甫云)老员外亡化过了也。(正末云)死的好,死的好!打俺孩儿的那妇人有么?(陈德甫云)那婆婆又早些死了也。

(正末云)死的好,死的好。(唱)

【鬼三台】则他这庞居士,世做的亏心事,恨不把穷民勒死!满口假慈悲,可曾有半文儿布施!(带云)想他两贯钞强买俺孩儿时节,还要与俺算饭钱哩。(唱)空掌着精金响钞百万资,偏没个寸男尺女为继嗣。俺倒不如郭巨埋儿,也强似明达卖子[8]。

(云)陈先生,俺那长寿孩儿好么?(陈德甫云)贾员外的万贯家财,都是你的孩儿贾长寿掌把着,人皆叫他做小员外哩。(正末云)陈先生可怜见,着俺那孩儿来厮见一面,可也好也?(陈德甫云)你要见他,待我寻他去。(小末上,云)自家贾长寿的便是。自从泰安山烧香回来,父亲亡逝过了,如今营葬已毕,无甚么事,去望陈德甫叔叔走一遭。(做撞见科,云)叔叔,我一径来望你也。(陈德甫云)小员外,你欢喜咱。(小末云)俺喜从何来?(陈德甫云)我老实的说与你知,你当初原不是贾老员外的儿子;你父亲是周秀才,偶然打员外家经过,我是保见人,将你卖与那员外为儿。你今日长立成人,现有你的一双父母在这里,要与你相见。我说兀的做甚?二十年来把你瞒,老夫说着尚心酸。可怜你生身父母饥寒死,直与陌路旁人做一般。(做见科,云)则这两个,便是你的父亲母亲,你拜他咱。(小末做认科,云)这是我父亲母亲?住住住,泰安神州,我打的不是你来!(正末云)婆婆,泰安神州打俺的,不是这厮么?(旦儿云)俺认的,他正叫做钱舍哩。(正末唱)

【调笑令】俺待和这厮,厮揪的见官司〔9〕。不俫〔10〕,俺只问你这般殴打亲爷甚意思?无非倚恃着钱神把俺相轻视。(小末云)俺实是不认的你。(正末云)喋声。到今日呵,(唱)可早知一家无二,父子们厮见非同造次。(带云)婆婆,(唱)想他也只是个忤逆的孩儿。

(陈德甫云)端的是怎生来?老人家请息怒。(正末云)我告他去。(陈德甫云)小员外,似此怎了也?(小末云)叔叔,你不知道,我在泰安神州打了他来。他如今要告我去,我如今与他些东西,买嘱他罢。(陈德甫云)与他甚么东西?(小末出砌末科,云)我与他一匣子金银,只买一个不言语。(陈德甫云)怎么买个不言语?(小末云)他若不告我,我便将这一匣子金银都与他;若告我,我拼的把这金银官府上下打点使用,我也不见的便输与他。(陈德甫云)小员外,你放心,我和他说去。

（见正末云）老人家,你见这一匣子金银么？那小员外要与你买个不言语。（正末云）怎生是买个不言语？（陈德甫云）你若是不告他呵,把这匣金银与你；你若告他呵,将这金银去官府上下打点使用,他也没事。两桩儿随你自拣去。（正末云）婆婆,孩儿在泰安神州打俺时节,他也不认的俺。（旦儿云）你个爱钱的老弟子孩儿。（正末云）将钥匙来开了这锁,待我看这银子咱。（做看惊科,云）这银子上凿着周奉记。周奉记,可不原是俺家的来！（陈德甫云）怎生是你家的？（正末云）俺祖公公正叫周奉记哩。（唱）

【幺篇】猛觑了这字,是俺正明师[11]。想祖上流传到此时,是儿孙合着俺儿孙使,若不沙怎题着公公名氏！（带云）贾员外,贾员外,（唱）亏了他二十年用心把钥匙,也则是看守俺祖上的金赀。

（店小二上,云）闻得小员外认着了他亲爷亲娘,我去看咱。（做见科,云）老人家,你那婆婆害急心疼,可好了么？（正末云）多谢哥哥,俺婆婆好了也。想起二十年前,曾在你店里,你不舍与我三钟儿酒吃么！（店小二云）小子没记性,这远年的帐都忘了也。（正末云）孩儿,你依着我者:陈德甫先生二十年前曾为你赍发俺两贯钞,俺如今将这两个银子谢他。（陈德甫云）我则是两贯钞,怎好换你两个银子？那贾老员外一生爱钱,也不曾赚得这等厚利,这个我老夫绝不敢当。（正末唱）

357

【天净沙】若不是陈先生肯把恩施,俺周荣祖争些儿雪里停尸。则这两贯钞俺念兹在兹[12],常恐怕报不得你故人之赐,又何须苦苦推辞。

(陈德甫云)多谢了老员外。(正末云)卖酒的哥哥,我当日吃了你三钟酒,今日还你这一个银子。(店小二云)这个小子也不敢受。(正末唱)

【秃厮儿】论你个小本钱茶坊酒肆,有甚么大度量仗义轻施,你也则可怜俺饥寒穷路不自支。如今这银一个,酬谢你酒三卮,也见俺的情私。

(店小二云)这等,小子收了,多谢老员外。(正末云)孩儿,这多馀的银子,你与我都散与那贫难无倚的,可是为何?这二十年来俺骂的那财主每多了也。(唱)

【圣药王】为甚么骂这厮,骂那厮,他道俺贫儿到底做贫儿。又谁知彼一时,此一时,这家私原是俺家私,相对喜孜孜。

(小末云)父亲,您孩儿都依你便了。(旦儿云)俺一家儿同到泰安神州回香去来[13]。(正末唱)

【收尾】这的是贫穷富贵皆轮至。(做笑科)(陈德甫云)老员外,你笑甚的来?(正末云)俺不笑别的,(唱)笑则笑贾员外一文不使,单为这口衔垫背几文钱[14],险送了拽布拖麻孝顺子[15]。

(灵派侯上,云)周荣祖,你如今省悟了么?这二十年光景,你可都看见了也?(正末同众拜伏科,云)是那方神圣降临?愚民不知,乞赐指示。(灵派侯云)吾神乃灵派侯是也。你一行人都跪者,听吾神分付:(词云)想为人禀命生于世,但做事不可瞒天地。贫与富前定不能移,笑愚夫枉使欺心计。周秀才卖子受艰难,贾员外悭吝贪财贿;若不是陈德甫仔细说分明,怎能勾周奉记父子重相会。(同下)

题目　穷秀才卖嫡亲儿男
正名　看钱奴买冤家债主

〔1〕四海神州:指中国大地。古代以为中国四外皆为海,海内为中国,海外为外国。四海,意同天下。神州,中国之代称。

〔2〕颜回短命:孔子弟子颜回以德行著称,仅活了三十一岁,意为好人不长寿。参见《窦娥冤》第三折注释〔4〕。

〔3〕盗跖延年:《史记·伯夷列传》说盗跖"聚众数千人,横行天下,竟以寿终。"参见《窦娥冤》第三折注释〔4〕。

〔4〕伯道无儿:东晋邓攸,字伯道。因避石勒之乱,携子、侄逃难;中途,不能两全,因抛掉自己的亲生之子,保住了侄儿。见《晋书》本传。

〔5〕速报司:掌现时报应诸事。见《潇湘雨》第二折注释〔26〕。

〔6〕大刚来:总之。

〔7〕不揣:不知进退。

〔8〕明达卖子:唐五代以来民间流传的二十四孝之一。略云隋刘明达,于荒年夫妇携老母幼子沿路乞讨,所得食物每被孩儿吃去,老母日渐消瘦。无奈,将孩儿卖与王将军,其妻肝肠寸断,割奶身亡。敦煌变文《孝子传》有此故事残文。元王实甫有《明达卖子》杂剧,今佚。

〔9〕厮揪(wǒ 我):拉扯。

〔10〕不俫:语气词,无义。

359

〔11〕正明师:证明人。

〔12〕念兹在兹:念念不忘。兹,此。

〔13〕回香:在神前许愿后的还愿香。

〔14〕口衔垫背几文钱:旧时入殓的程序之一,指放在死者口内和棺内殉葬的铜钱。

〔15〕拽布拖麻:孝子所穿的丧服。

纪君祥

纪君祥,大都(今北京)人。生平不详,与郑廷玉、李寿卿同时,元前期杂剧作家。所作杂剧六种,《驴皮记》、《曹伯明错勘赃》、《韩湘子三度韩退之》、《信安王断复贩茶船》四种已佚;《陈文图悟道松阴梦》存佚曲一套;流传者仅《赵氏孤儿大报仇》一种。纪君祥的作品,虽然不及关汉卿、郑廷玉诸家那样的富赡,但他的名气,却远远超过了同时代其他杂剧作家,就是因为他写出了《赵氏孤儿》那样的"列之于世界大悲剧中亦无愧色"的不朽的作品。

赵氏孤儿大报仇[1]

楔 子

(净扮屠岸贾领卒子上,诗云)人无害虎心,虎有伤人意;当时不尽情,过后空淘气。某乃晋国大将屠岸贾是也。俺主灵公在位,文武千员,其信任的只有一文一武:文者是赵盾,武者即某矣。俺二人文武不和,常有伤害赵盾之心,争奈不能入手。那赵盾儿子唤做赵朔,现为灵公驸马。某也曾遣一勇士鉏麑[2],仗着短刀越墙而过,要刺杀赵盾,谁想钼麂触树而死。那赵盾为劝农出到郊外,见一饿夫在桑树下垂死,将酒饭赐他饱餐了一顿,其人不辞而去。后来西戎国进贡一犬,呼曰神獒[3],灵公赐与某家。自从得了那个神獒,便有了害赵盾之计,将神獒锁在净房中,三五日不与饮食,于后花园中扎下一个草人,紫袍玉带,象简乌靴,与赵盾一般打扮;草人腹中悬一付羊心肺,某牵出神獒来,将赵盾紫袍剖开,着神獒饱餐一顿,依旧锁入净房中。又饿了三五日,复行牵出那神獒,扑着便咬,剖开紫袍,将羊心肺又饱餐一顿。如此试验百日,度其可用。某因入见灵公,只说今时不忠不孝之人,甚有欺君之意。灵公一闻其言,不胜大恼,便向某索问其人。某言西戎国进来的神獒,性最灵异,他便认的。灵公大喜,说当初尧舜之时,有獬豸能触邪人[4],谁想我晋国有此神獒,今在何处?某牵上那神獒去。其时赵盾紫袍玉带,正立在灵公坐榻之边。神獒见了,扑着他便咬。灵公言:屠岸贾你放了神獒,兀的不是谗臣也!某放了神獒,赶着赵盾绕殿而走。争奈傍边恼了一人,乃是殿前太尉提弥明[5],一瓜槌打倒神獒;一手揪住脑勺皮,一手扳住下嗑子,只一劈将那神獒分为两半。赵盾出的殿门,便寻他原乘的驷马车。某已使人将驷马摘了二马,双轮去了一轮。上的车来,不能前去。傍边转过一个壮士,一臂扶轮,一手策马,逢山开路,救出赵盾去了。你道其人是谁?就是那桑树下饿夫灵辄[6]。某在灵公跟前说过,将赵盾三百口满门良贱,诛尽杀绝。只有赵朔与公主在府中,为他是个驸马,不好擅杀。某想剪草除根,萌芽不发,乃诈传灵公的命,差一使臣将着三般朝典[7],是弓弦、药酒、短刀,着赵朔服那一般朝典身亡。某已分付他疾去早来,回我的话。(诗云)三百家属已灭门,只有赵朔一亲人;不论那般朝典死,便教剪草尽除根。(下)(冲末扮赵朔,同旦公主上)(赵朔云)小官赵朔,官拜都尉之职。谁想屠岸贾与我父文武不和,搬弄灵公,将俺三百口满门良贱,诛尽杀绝了也。公主,你听我遗言,你如今腹怀有孕,若是你添个女儿,更无话说;若是个小厮儿呵,我就腹中与他个小名,唤做赵氏孤儿。待他长立成人,与俺父母雪冤报仇也。(旦儿哭科,云)兀的不痛杀我也!(外扮使命,领从人上,云)小官奉主公的命,将三般朝典是弓弦、药酒、短刀,赐与驸马赵朔,随他服那一般朝典,取速而亡,然后将公主囚禁府中。小官不敢久停久住,即刻传命走一遭去。可来到他府门首也。(见科,云)赵朔跪者,听主公的命。为你一家不忠不孝,欺公坏法,将您满门良贱,尽行诛戮,尚有馀辜。姑念赵朔有一脉之亲[8],不忍加诛,特赐三般朝典,随意取一而死。其公主囚禁在府,断绝亲疏,不许往来。兀那赵朔,圣命不可违慢,你早早自尽者!(赵朔云)公主,似此可怎了也!(唱)

【仙吕赏花时】枉了我报主的忠良一旦休,只他那蠹国的奸臣权在手；他平白地使机谋,将俺云阳市斩首,兀的是出气力的下场头。

（旦儿云）天那,可怜害的俺一家死无葬身之地也！（赵朔唱）

【幺篇】落不的身埋在故丘。（云）公主,我嘱咐你的说话,你牢记者！（旦儿云）妾身知道了也！（赵朔唱）分付了腮边两泪流,俺一句一回愁；待孩儿他年长后,着与俺这三百口,可兀的报冤仇。（死科,下）

（旦儿云）驸马！则被你痛杀我也！（下）（使命云）赵朔用短刀身亡了也。公主已囚在府中,小官须回主公的话去来。（诗云）西戎当日进神獒,赵家百口命难逃；可怜公主犹囚禁,赵朔能无决短刀！（下）

〔1〕《赵氏孤儿》：这是一部悲壮动人的历史剧。它不是一般的冤冤相报的复仇剧,正如王国维所说："剧中虽有恶人交构其间,而其蹈汤赴火者,仍出于其主人翁之意志"（《宋元戏曲考》）。这就是说,它敢于面对惨淡的人生,敢于如实的描写,敢于把人生最有价值的东西撕毁给人们看,因而充分显示出悲剧的震撼人心的力量。围绕搜孤、救孤的殊死斗争,剧本通过展现矛盾冲突,成功地塑造了一系列义无反顾的、舍己救人的崇高的悲剧人物形象；情节曲折紧凑,而最有讽刺意味的是,让杀人的凶手亲手把他所要除掉的孤儿扶养成人,最后又被孤儿杀死。这样的结尾,富有浓郁的讽刺色彩。现据《元曲选》本校注,个别地方则据元刊本和《酹江集》本校正。

〔2〕钼麑(chú ní 除尼)：春秋时晋国勇士,晋灵公使刺杀赵盾,时天色尚早,赵盾已端坐盛服待朝,乃知其为贤臣,不忍下手,自触庭槐而死。

〔3〕獒(áo 熬):巨形恶犬。

〔4〕獬豸(xiè zhì 谢至):兽名。汉杨孚《异物志》:"北荒之中有兽,名獬豸,一角,性别曲直。见人斗,触不直者;闻人争,咋不正者。"

〔5〕提弥明:据《左传》:晋灵公使恶犬逐赵盾,为提弥明所扑杀。

〔6〕灵辄:曾因饥饿,困于桑树之下,得赵盾之食。后为晋灵公武士,灵公伏甲欲害赵盾,灵辄倒戈相助。

〔7〕朝典:封建君主把逼大臣自杀说成是朝廷对他的恩典。

〔8〕一脉之亲:这里指皇室之亲。

第 一 折

(屠岸贾上,云)某屠岸贾,只为公主怕他添了个小厮儿,久以后成人长大,他不是我的仇人?我已将公主囚在府中,这些时该分娩了。怎么差去的人去了许久,还不见来回报?(卒子上,报科,云)报的元帅得知:公主囚在府中,添了个小厮儿,唤做赵氏孤儿哩。(屠岸贾云)是真个,唤做赵氏孤儿?等一月满足,杀这小厮也不为迟。令人传我的号令去,着下将军韩厥[1],把住府门,不搜进去的;只搜出来的。若有盗出赵氏孤儿者,全家处斩,九族不留。一壁与我张挂榜文,遍告诸将,休得违误,自取其罪。(词云)不争晋公主怀孕在身,产孤儿是我仇人;待满月钢刀铡死,才称我削草除根。(下)(旦儿抱徕儿上,诗云)天下人烦恼,都在我心头;犹如秋夜雨,一点一声愁。妾身晋室公主,被奸臣屠岸贾将俺赵家满门良贱,诛尽杀绝。今日所生一子,记的驸马临亡之时,曾有遗言:若是添个小厮儿,唤做赵氏孤儿,待他久后成人长大,与父母雪冤报仇。天那!怎能够将这孩儿送出的这府门去,可也好也?我想起来,目下再无亲人,只有俺家门下程婴[2],在家属上无他的名字,我如今只等程婴来时,我自有个主意。(外扮程婴,背药箱上,云)自家程婴是也,原是个草泽医人,向在驸马府门下,蒙他十分优待,与常人不同。可奈屠岸贾贼臣将赵家满门良贱,诛尽杀绝,幸得家属上无有我的名字。如今公主囚在府中,是我每日传茶送饭。那公主眼下虽然生的一个小厮,取名赵氏孤儿;等他长立成人,与父母报仇雪冤;只怕出不得屠贼之手,也是枉然。闻得公主呼唤,想是产后要什么汤药,须索走一遭去。可早来到府门首也。不必报复,径自过去。(程婴见科,云)公主呼唤程婴,有何事?(旦儿云)俺赵家一门,好死的苦楚也!程婴,唤你来别无甚事,我如今添了个孩儿,他父临亡之时,取下他一个小名,唤做赵氏孤儿。程婴,你一向在俺赵家门下走动,也不曾歹看承你,你怎生将这个孩儿掩藏出去?久后成人长大,与他赵氏报仇。(程婴云)公主,你还不知道,屠岸贾贼臣闻知你产下赵氏孤儿,四城门张挂榜文,但有掩藏孤儿的,全家处斩,九族不留。我怎么掩藏的他出去?(旦儿云)程婴!(诗云)可不道遇急思亲戚,临危托故人;你若是救出亲生子,便是俺赵家留得这条根。(做跪科,云)程婴,你则可怜见俺赵家三百口,都在这孩儿身上哩!(程婴云)公主请起,假若是我掩藏出小舍人去,屠岸贾得知,问你要赵氏孤儿,你说道:我与了程婴也。俺一家儿便死了也罢,这小舍人休想是活的。(旦儿云)罢!罢!罢!程婴,我教你去的放心。(诗云)程婴心下且休慌,听吾说罢泪千行;他父亲身在刀头死,(做拿裙带缢死科,云)罢!罢!罢!为母的也相随一命亡。(下)(程婴云)谁想公主自缢死了也。我不敢久停久住,打开这药箱,将小舍人放在里面,再将些生药遮住身子。天也!可怜见赵家三百馀口,诛尽杀绝,只有一点点孩儿。我如今救的他出去,你便有福,我便成功;若是搜将出来呵,你便身亡,俺一家儿都也性命不保。(诗云)程婴心下自裁划,赵家门户实堪哀;只要你出的九重帅府连环寨,便是脱却天罗地网灾。(下)(正末扮韩厥,领卒子上,云)某下将军韩厥是也。佐于屠岸贾麾下,着某把守公主的府门。可是为何,只因公主生下一子,唤做赵氏孤儿,恐怕有人递盗将去,着某在府门上,搜出来时,将他全家处斩,九族不留。小校,将公主府门把的严整者。嗨!屠岸贾,都似你这般损坏忠良,几时是了也呵!(唱)

【仙吕点绛唇】列国纷纷,莫强于晋[3]。才安稳,怎有这屠岸贾贼臣?他则把忠孝的公卿损。

【混江龙】不甫能风调雨顺太平年,宠用着这般人。忠孝的在市曹中斩首,奸佞的在帅府内安身。现如今全作威来全作福,还说甚半由君也半由臣。他他他,把爪和牙布满在朝门,但违拗的早一个个诛夷尽。多咱是人间恶煞,可什么阃外将军[4]!

(云)我想屠岸贾与赵盾两家儿结下这等深仇,几时可解也!(唱)

【油葫芦】他待要剪草防芽绝祸根,使着俺把府门。俺也是于家为国旧时臣[5]。那一个藏孤儿的便不合将他隐,这一个杀孤儿的你可也心何忍。(带云)屠岸贾,你好狠也。(唱)有一日怒了上苍,恼了下民,怎不怕沸腾腾万口争谈论,天也显着个青脸儿不饶人[6]。

【天下乐】却不道远在儿孙近在身[7],哎,你个贼也波臣,和赵盾,岂可二十载同僚没些儿义分。便兴心使歹心,指贤人作歹人。他两个细评论,还是那个狠。

(云)令人,门首觑者,看有什么人出府门来,报复某家知道。(卒子云)理会的。(程婴做慌走上,云)我抱着这药箱,里面有赵氏孤儿。天也可怜,喜的韩厥将军把住府门,他须是我老相公抬举来的。若是撞的出去,我与小舍人性命都得活也。(做出门科)(正末云)小校,拿回那抱药箱儿的人来。你是什么人?(程婴云)我是个草泽医人,姓程,是程婴。(正末云)你在那里去来?(程婴云)我在公主府内煎汤下药来。(正末云)你下甚么药?(程婴云)下了个益母汤。(正末)你这箱儿里面甚么物件?(程婴云)都是生药。(正末云)是甚么生药?(程婴云)都是桔梗、甘草、薄荷。(正末云)可有什么夹带?(程婴云)并无夹带。(正末云)这等你去。(程婴做走,正末叫科,云)程婴回来,这箱儿里面是甚么物件?(程婴云)都是生药。(正末云)可有什么夹带?(程婴云)并无夹带。(正末云)你去!(程婴做走,正末叫科,云)程婴回来。你这其中必有暗昧。我着你去呵,似弩箭离弦;叫你回来呵,便似毡上拖毛[8]。程婴,你则道我不认的你哩!(唱)

【河西后庭花】你本是赵盾家堂上宾,我须是屠岸贾门下人。你便藏着那未满月麒麟种[9],(带云)程婴你见么?(唱)怎出的这不通风虎豹屯。我不是下将军,也不将你来盘问。(云)程婴,我想你多曾受赵家恩来!(程婴云)是。知恩报恩,何必要说。(正末唱)你道是既知恩合报恩,只怕你要脱身难脱身。前和后把住门,地和天那处奔?若拿回审个真,将孤儿往报闻,生不能,死有准。

(云)小校靠后,唤您便来;不唤您休来。(卒子云)理会的。(正末做揭箱子见科,云)程婴,你道是桔梗、甘草、薄荷,我可搜出人参来也[10]!(程婴做慌,跪伏科)(正末唱)

【金盏儿】见孤儿额颅上汗津津,口角头乳食喷,骨碌碌睁一双小眼儿将咱认,悄促促箱儿里似把声吞,紧绑绑难展足,窄狭狭怎翻身。他正是成人不自在,自在不成人。

(程婴词云)告大人停嗔息怒,听小人从头分诉:想赵盾晋室贤臣,屠岸贾心生嫉妒。遣神獒扑害忠良,出朝门脱身逃去;驾单轮灵辄报恩,入深山不知何处。奈灵公听信谗言,任屠贼横行独步;赐驸马伏剑身亡,灭九族都无活路。将公主囚禁冷宫,那里讨亲人照顾。遵遗嘱唤做孤儿,子共母不能完聚;才分娩一命归阴,着程婴将他掩护。久以后长立成人,与赵家看守坟墓。肯分的遇着将军,满望你拔刀相助;若再剪除了这点萌芽,可不断送他灭门绝户?(正末云)程婴,我若把这孤儿献将出去,可不是一身富贵?但我韩厥是一个顶天立地的男儿,怎肯做这般勾当!(唱)

【醉中天】我若是献出去图荣进,却不道利自己损别人。可怜他三百口亲丁尽不存,着谁来雪这终天恨?(带云)那屠岸贾若见这孤儿呵,(唱)怕不就连皮带筋,捻成齑粉。我可也没来由立这样没眼的功勋。

　　(云)程婴,你抱的这孤儿出去。若屠岸贾问呵,我自与你回话。(程婴云)索谢了将军。(做抱箱儿走出,又回,跪科)(正末云)程婴,我说放你去,难道要你?可快出去!(程婴云)索谢了将军。(做走,又回,跪科)(正末云)程婴,你怎生又回来?(唱)

【金盏儿】敢猜着我调假不为真,那知道蕙叹惜芝焚[11];去不去我几回家将伊尽[12],可怎生到门前兜的又回身?(带云)程婴,(唱)你既没包身胆,谁着你强做保孤人?可不道忠臣不怕死,怕死不忠臣。

370

（程婴云）将军，我若出的这府门去，你报与屠岸贾知道，别差将军赶来拿住我程婴，这个孤儿万无活理。罢！罢！罢！将军，你拿将程婴去，请功受赏；我与赵氏孤儿，情愿一处身亡便了！（正末云）程婴，你好去的不放心也！（唱）

【醉扶归】你为赵氏存遗胤[13]，我于屠贼有何亲？却待要乔做人情遣众军，打一个回风阵[14]！你又忠我可也又信，你若肯舍残生，我也愿把这头来刎。

【青歌儿】端的是一言一言难尽。（带云）程婴，（唱）你也忒眼内眼内无珍。将孤儿好去深山深处隐，那其间教训成人，演武修文；重掌三军，拿住贼臣；碎首分身，报答亡魂，也不负了我和你硬踩着是非门，担危困。

（云）程婴，你去的放心者。（唱）

【赚煞尾】能可在我身儿上讨明白，怎肯向贼子行捱推问！猛拚着撞阶基图个自尽，便留不得香名万古闻，也好伴钮麂共做忠魂。你你你要殷勤，照觑晨昏，他须是赵氏门中一命根。直等待他年长进，才说与从前话本[15]，是必教报仇人，休忘了我这大恩人。（自刎下）

（程婴云）呀！韩将军自刎了也！则怕军校得知，报与屠岸贾知道，怎生是好？我抱着孤儿须索逃命去来。（诗云）韩将军果是忠良，为孤儿自刎身亡；我如今放心前去，太平庄再做商量。（下）

〔1〕下将军：春秋时各诸侯大国，都设上、中、下三军。下将军，指挥

371

下军的将领。

〔2〕门下:这里指寄食权贵家的客人。

〔3〕列国纷纷,莫强于晋:"晋国,天下莫强焉。"见《孟子·梁惠王》(上)。按:这是梁惠王对孟子所说的话,本指魏国。这里是借用。

〔4〕阃(kǔn捆)外将军:指有军事职务的官员。《史记·张释之冯唐列传》:"阃以内者,寡人制之;阃以外者,将军制之。"阃外,城门以外。

〔5〕于家为国:即为国为家。于、为,互文见义。

〔6〕显着个青脸儿不饶人:显,元刊本作"腆",挺着、板着的意思,于义更长。

〔7〕远在儿孙近在身:宋元俗语,是说作了坏事迟早必有报应。

〔8〕毡上拖毛:或作"毛里拖毡"。比喻行步迟缓,犹疑不前。

〔9〕麒麟种:指贵人之子。

〔10〕人参:双关。谐音"人身",指孤儿。

〔11〕蕙叹惜芝焚:物伤其类的意思。蕙和芝都是香草。

〔12〕尽:听凭,放任。这里是"让"的意思。

〔13〕遗胤:后代。

〔14〕"却待要"二句:承上文,是说自己何必假作人情,遣开众军,回头又来拿你请赏呢!

〔15〕话本:宋元时称说书人所用的底本为话本。这里引申为故事。

第 二 折

(屠岸贾领卒子上,云)事不关心,关心者乱。某屠岸贾,只为公主生下一个小的,唤作赵氏孤儿。我差下将军韩厥把住府门,搜检奸细;一面张挂榜文,若有掩藏赵氏孤儿者,全家处斩,九族不留。怕那赵氏孤儿会飞上天去！怎么这早晚还不见送到孤儿？使我放心不下。令人，与我门外觑者。（卒子报科，云）报元帅，祸事到了也！（屠岸贾云）祸从何来？（卒子云）公主在府中将裙带自缢而死。把府门的韩厥将军也自刎身亡了也。（屠岸贾云）韩厥为何自刎了？必然走了赵氏孤儿。怎生是好？眉头一皱，计上心来。我如今不免诈传灵公的命，把晋国内但是半岁之下，一月之上，新添的小厮，都与我拘刷将来，见一个剁三剑，其中必然有赵氏孤儿。可不除了我这腹心之害？令人，与我张挂榜文，着晋国内但是半岁之下，一月之上，新添的小厮，都拘刷到我帅府中来听令。违者全家处斩，九族不留。（诗云）我拘刷尽晋国婴孩，料孤儿没处藏埋；一任他金枝玉叶，难逃我剑下之灾。（下）（正末扮公孙杵臼，领家童上，云）老夫公孙杵臼是也，在晋灵公位下为中大夫之职。只因年纪高大，见屠岸贾专权，老夫掌不得王事，罢职归农，苦庄三顷地，扶手一张锄[1]，住在这吕吕太平庄上[2]。往常我夜眠斗帐听寒角[3]，如今斜倚柴门数雁行。倒大来悠哉也呵！（唱）

【南吕一枝花】兀的不屈沉杀大丈夫，损坏了真梁栋。被那些腌臜屠狗辈，欺负俺慷慨钓鳌翁[4]。正遇着不道的灵公，偏贼子加恩宠，着贤人受困穷。若不是急流中将脚步抽回，险些儿闹市里把头皮断送。

【梁州第七】他他他，在元帅府扬威也那耀勇；我我我，在太平庄罢职归农。再休想鹓班豹尾相随从[5]。他如今高官一品,位极三公;户封八县,禄享千钟。见不平处有眼如蒙,听咒骂处有耳如聋。他他他,只将那会谄谀的着列鼎重裀[6],害忠良的便加官请俸,耗国家的都叙爵论功。他他他,只贪着目前受用,全不省爬的高来可也跌的来肿,怎如俺守田园学耕种? 早跳出伤人饿虎丛,倒大来从容。

(程婴上,云)程婴,你好慌也!小舍人,你好险也!屠岸贾,你好狠也!我程婴虽然担着个死,撞出城来,闻的那屠岸贾见说走了赵氏孤儿,要将晋国内半岁之下一月之上小孩儿每,都拘摄到元帅府里。不问是孤儿不是孤儿,他一个个亲手剁作三段。我将的这小舍人送到那厢去好? 有了,我想吕吕太平庄上公孙杵臼,他与赵盾是一殿之臣,最相交厚。他如今罢职归农。那老宰辅是个忠直的人,那里堪可掩藏。我如今来到庄上,就在这芭棚下放下这药箱。小舍人,你且权时歇息咱,我见了公孙杵臼便来看你。家童报复去,道有程婴求见。(家童报科,云)有程婴在于门首。(正末云)道有请。(家童云)请进。(正末见科,云)程婴,你来有何事? (程婴云)在下见老宰辅在这太平庄上,特来相访。(正末云)自从我罢官之后,众宰辅每好么? (程婴云)嗨! 这不比老宰辅为官时节,如今屠岸贾专权,较往常都不同了也。(正末云)也该着众宰辅每劝谏劝谏。(程婴云)老宰辅,这等贼臣自古有之,便是那唐虞之世,也还有四凶

哩[7]！（正末唱）

【隔尾】你道是古来多被奸臣弄，便是圣世何尝没四凶，谁似这万人恨千人嫌一人重。他不廉不公，不孝不忠，单只会把赵盾全家杀的个绝了种。

（程婴云）老宰辅，幸得皇天有眼，赵氏还未绝种哩！（正末云）他家满门良贱三百余口，诛尽杀绝，便是驸马也被三般朝典短刀自刎了，公主也将裙带缢死了，还有什么种在那里？（程婴云）那前项的事，老宰辅都已知道，不必说了。近日公主囚禁府中，生下一子，唤做孤儿。这不是赵家是那家的种？但恐屠岸贾得知，又要杀坏，若杀了这一个小的，可不将赵家真绝了种也！（正末云）如今这孤儿却在那里？不知可有人救的出来么？（程婴云）老宰辅既有这点见怜之意，在下敢不实说。公主临亡时，将这孤儿交付与了程婴，着好生照觑他，待到成人长大，与父母报仇雪恨。我程婴抱的这孤儿出门，被韩厥将军要拿的去报与屠岸贾。是程婴数说了一场，那韩厥将军放我出了府门，自刎而亡。如今将的这孤儿无处掩藏，我特来投奔老宰辅。我想宰辅与赵盾原是一殿之臣，必然交厚，怎生可怜见救这个孤儿咱！（正末云）那孤儿今在何处？（程婴云）现在芭棚下哩！（正末云）休惊谎着孤儿，你快抱的来。（程婴做取箱开看科，云）谢天地，小舍人还睡着哩。（正末接科）（唱）

【牧羊关】这孩儿未生时绝了亲戚，怀着时灭了祖宗，便长成人也则是少吉多凶。他父亲斩首在云阳,他娘呵囚在禁中。那里是有血性的白衣相[8],则是个无恩念的黑头虫[9]。(程婴云)赵氏一家,全靠着这小舍人,要他报仇哩。(正末唱)你道他是个报父母的真男子;我道来,则是个妨爷娘的小业种[10]。

(程婴云)老宰辅不知,那屠岸贾为走了赵氏孤儿,普国内小的都拘刷将来,要伤害性命。老宰辅,我如今将赵氏孤儿偷藏在老宰辅跟前,一者报赵驸马平日优待之恩,二者要救普国小儿之命。念程婴年近四旬有五,所生一子,未经满月。待假妆做赵氏孤儿,等老宰辅告首与屠岸贾去,只说程婴藏着孤儿,把俺父子二人,一处身死;老宰辅慢慢的抬举的孤儿成人长大,与他父母报仇,可不好也?(正末云)程婴,你如今多大年纪了?(程婴云)在下四十五岁了。(正末云)这小的算着二十年呵,方报的父母仇恨。你再着二十年,也只是六十五岁;我再着二十年呵,可不九十岁了?其时存亡未知,怎么还与赵家报的仇?程婴,你肯舍的你孩儿,倒将来交付与我,你自首告屠岸贾处,说道太平庄上公孙杵臼藏着赵氏孤儿。那屠岸贾领兵校来拿住,我和你亲儿一处而死。你将的赵氏孤儿抬举成人,与他父母报仇,方才是个长策。(程婴云)老宰辅,是则是,怎么难为的你老宰辅?你则将我的孩儿假妆做赵氏孤儿,报与屠岸贾去,等俺父子二人一处而死吧。(正末云)程婴,我一言已

定,再不必多疑了。(唱)

【红芍药】须二十年酬报的主人公,恁时节才称心胸,只怕我迟疾死后一场空。(程婴云)老宰辅,你精神还强健哩。(正末唱)我精神比往日难同,闪下这小孩童怎见功?你急切里老不的形容,正好替赵家出力做先锋。(带云)程婴,你只依着我便了。(唱)我委实的捱不彻暮鼓晨钟[11]。

(程婴云)老宰辅,你好好的在家,我程婴不识进退,平白地将着这愁布袋连累你老宰辅,以此放心不下。(正末云)程婴,你说那里话?我是七十岁的人,死是常事,也不争这早晚。(唱)

【菩萨梁州】向这傀儡棚中,鼓笛搬弄,只当做场短梦[12]。猛回头早老尽英雄。有恩不报怎相逢,见义不为非为勇。(程婴云)老宰辅既应承了,休要失信。(正末唱)言而无信言何用。(程婴云)老宰辅,你若存的赵氏孤儿,当名标青史,万古留芳。(正末唱)也不索把咱来厮陪奉[13],大丈夫何愁一命终;况兼我白发鬅松。

(程婴云)老宰辅,还有一件。若是屠岸贾拿住老宰辅,你怎熬的这三推六问,少不得指攀我程婴下来。俺父子两个死是分内,只可惜赵氏孤儿,终归一死,可不把你老宰辅干累了也。(正末云)程婴,你也说的是。我想那屠岸贾与赵驸马呵,(唱)

【三煞】这两家做下敌头重。但要访的孤儿有影踪,必然把太平庄上兵围拥,铁桶般密不通风。(云)那屠岸贾拿住了我,高声喝道:老匹夫,岂不见三日前出下榜文,偏是你藏下赵氏孤儿,与俺作对,请波请波!(唱)则说老匹夫请先入瓮[14],也须知榜揭处天都动;偏你这罢职归田一老农,公然敢剔蝎撩蜂[15]。

【二煞】他把绷扒吊拷般般用,情节根由细细穷;那其间枯皮朽骨难禁痛,少不得从实攀供,可知道你个程婴怕恐。(带云)程婴,你放心者。(唱)我从来一诺似千金重,便将我送上刀山与剑峰,断不做有始无终。

  (云)程婴,你则放心前去,抬举的这孤儿成人长大,与他父母报仇雪恨。老夫一死,何足道哉。(唱)

【煞尾】凭着赵家枝叶千年永,晋国山河百二雄[16]。显耀英材统军众,威压诸邦尽伏拱;遍拜公卿诉苦衷。祸难当初起下宫[17],可怜三百口亲丁饮剑锋;刚留得孤苦伶仃一小童,巴到今朝袭父封。提起冤仇泪如涌,要请甚旗牌下九重[18],早拿出奸臣帅府中,断首分骸祭祖宗,九族全诛不宽纵。恁时节才不负你冒死存孤报主公,便是我也甘心儿葬近要离路旁塚[19]。(下)

  (程婴云)事势急了,我依旧将这孤儿抱的我家去,将我的孩儿送到太平庄上来。(诗云)甘将自己亲生子,偷换他家赵氏孤;这本程婴义分应该得,只可惜遗累公孙老大夫。(下)

[1] 苫(shān 杉)庄三顷地,扶手一张锄:二句元曲中多用于官员受贬谪后的处分之语。如元刊本《薛仁贵》第一折张士贵冒功被拆穿后,

〔金盏儿〕曲:"(带云)张士贵,(唱)你将取刨庄(刨种)三顷地,扶手一张锄。"明传奇《金貂记》附刊本《敬德不伏老》第一折,尉迟恭打李道宗后,被贬去职田庄"做个庶民百姓,苦耕三顷地,持着一张犁。"准此,"苦庄"二字,或为"苦种"之误。

〔2〕吕吕太平庄上:"吕吕"二字误,待校。南戏《赵氏孤儿记》作"十五里太平庄上"。

〔3〕斗帐:形如覆斗的小帐。《古诗为焦仲卿妻作》:"红罗复斗帐,四角垂香囊。"

〔4〕钓鳌翁:比喻志向高远有大本领的人。参见《单刀会》第二折注释〔2〕。

〔5〕鹓班豹尾:鹓班,鹓鸟飞行有序,比喻官员排班上朝。豹尾,朝廷仪仗上的装饰。参见《陈抟高卧》第三折注〔9〕。

〔6〕列鼎重裀:本意指吃饭时摆列着一行行食器,坐卧时垫着一张张锦褥,引申意为豪华富贵。

〔7〕"便是那"二句:传说虞舜时有四种恶兽,即浑敦、穷奇、梼杌、饕餮(tāo tiè 滔帖),后以为凶恶人的称号。见《左传·文公十八年》。

〔8〕血性:原作"血腥",据元刊本改。

〔9〕黑头虫:喻忘恩负义者。民间传说,黑头虫和黄口鹉,都是吃父母的虫鸟,故有这样的比喻。

〔10〕妨:害杀,害死。或作"防杀"。《小张屠》第一折〔金盏儿〕曲:"可怜见俺忤逆子,则怕防杀俺七十娘。"

〔11〕暮鼓晨钟:佛寺中早晚报时的钟鼓。这里指岁月推移,循环不已。

〔12〕"问傀儡棚中"三句:感叹人生如戏场,不过是一幕短剧。

〔13〕陪奉:奉承,献殷勤。也作"倍奉"。《董西厢》卷六〔双调芰荷香〕曲:"起来叉手,着言倍奉。"

〔14〕请先入瓮:即进入圈套、先受拷打的意思。用唐代酷吏来俊臣、周兴故事。来俊臣奉命逮治周兴,却先假意向周请教使犯人招供的办法。周说:烧红大瓮,让犯人爬进去,他就不敢不招。来俊臣如法炮制,并对他说:"有内状推兄,请兄入此瓮。"周惶恐伏罪。此处用唐例说春秋事,似不妥,乃剧作家用典之误。

〔15〕剔蝎撩蜂:喻惹是招非,无端取祸。

〔16〕山河百二雄:谓江山险固,二万兵可敌百万之众。

〔17〕祸难当初起下宫:指晋灵公当初于宫中起绛霄楼,在楼上以弹弓射行人取乐,赵盾切谏,屠岸贾进谗,因有赵家满门被抄之祸。

〔18〕旗牌:传令官。

〔19〕要离:春秋时吴国勇士。为了帮助公子光刺杀庆忌,不惜自断左臂,取得接近庆忌的机会。伺机刺杀后,自己也伏剑而死。

第 三 折

(屠岸贾领卒子上,云)兀的不走了赵氏孤儿也!某已曾张挂榜文,限三日之内,不将孤儿出首,即将晋国内小儿但是半岁以下,一月以上,都拘刷到我帅府中,尽行诛戮。令人,门首觑者,若有首告之人,报复某家知道。(程婴上,云)自家程婴是也,昨日将我的孩儿送与公孙杵臼去了;我今日到屠岸贾跟前首告去来。令人,报复去,道有了赵氏孤儿也。(卒子云)你则在这里,等我报复去。(报科,云)报的元帅得知,有人来报赵氏孤儿有了也。(屠岸贾云)在那里?(卒子云)现在门首哩。(屠岸贾云)着他过来。(卒子云)着过来。(做见科,屠岸贾云)兀那厮,你是何人？（程婴云）小人是个草泽医士程婴。（屠岸贾云）赵氏孤儿今在何处？（程婴云）在吕吕太平庄上,公孙杵臼家藏着哩。（屠岸贾云）你怎生知道来？（程婴云）小人与公孙杵臼曾有一面之交,我去探望他,谁想卧房中锦绷绣褥上躺着一个小孩儿[1]。我想公孙杵臼年纪七十,从来没儿没女,这个是那里来的？我说道：这小的莫非是赵氏孤儿么？只见他登时变色,不能答应。以此知孤儿在公孙杵臼家里。（屠岸贾云）咄！你这匹夫,你怎瞒的过我。你和公孙杵臼往日无仇,近日无冤,你因何告他藏着赵氏孤儿？你敢是知情么！说的是,万事全休；说的不是,令人,磨的剑快,先杀了这个匹夫者。（程婴云）告元帅暂息雷霆之怒,略罢虎狼之威,听小人诉说一遍咱。我小人与公孙杵臼原无仇隙,只因元帅传下榜文,要将普国内小儿拘刷到帅府,尽行杀坏。我一来为救普国内小儿之命；二来小人四旬有五,近生一子,尚未满月。元帅军令,不敢不献出来,可不小人也绝后了？我想有了赵氏孤儿,便不损坏一国生灵,连小人的孩儿也得无事,所以出首。（诗云）告大人暂停嗔怒,这便是首告缘故；虽然救普国生灵,其实怕程家绝户。（屠岸贾笑科,云）哦！是了。公孙杵臼原与赵盾一殿之臣,可知有这事来。令人,则今日点就本部下人马,同程婴到太平庄上,拿公孙杵臼走一遭去。（同下）（正末公孙杵臼上,云）老夫公

381

孙杵臼是也。想昨日与程婴商议救赵氏孤儿一事,今日他到屠岸贾府中首告去了。这早晚屠岸贾这厮必然来也呵!(唱)

【双调新水令】我则见荡征尘飞过小溪桥,多管是损忠良贼徒来到。齐臻臻摆着士卒,明晃晃列着枪刀。眼见的我死在今朝,更避甚痛笞掠。

(屠岸贾同程婴领卒子上,云)来到这吕吕太平庄上也。令人,与我围了太平庄者。程婴,那里是公孙杵臼宅院?(程婴云)则这个便是。(屠岸贾云)拿过那老匹夫来。公孙杵臼,你知罪么?(正末云)我不知罪。(屠岸贾云)我知你个老匹夫和赵盾是一殿之臣。你怎敢掩藏着赵氏孤儿!(正末云)老元帅,我有熊心豹胆?怎敢掩藏着赵氏孤儿!(屠岸贾云)不打不招。令人,与我拣大棒子着实打者。(卒子做打科)(正末唱)

【驻马听】想着我罢职辞朝,曾与赵盾名为刎颈交[2]。(云)这事是谁见来?(屠岸贾云)现有程婴首告着你哩。(正末唱)是那个埋情出告[3],原来这程婴舌是斩身刀。(云)你杀了赵家满门良贱三百余口,则剩下这孩儿,你又要伤他性命。(唱)你正是狂风偏纵扑天雕,严霜故打枯根草。不争把孤儿又杀坏了,可着他三百口冤仇甚人来报。

(屠岸贾云)老匹夫,你把孤儿藏在那里?快招出来,免受刑法。(正末云)我有甚么孤儿藏在那里?谁见来?(屠岸贾云)你不招?令人,与我采下去,着实打者。

（做打科）（屠岸贾云）这老匹夫赖肉顽皮不肯招承,可恼,可恼。程婴,这原是你出首的,就着你替我行杖者。（程婴云）元帅,小人是个草泽医士,撮药尚然腕弱,怎生的杖？（屠岸贾云）程婴,你不行杖,敢怕指攀出你么？（程婴云）元帅,小人行杖便了。（做拿杖子科）（屠岸贾云）程婴,我见你把棍子拣了又拣,只拣着那细棍子,敢怕打的他疼了,要指攀下你来。（程婴云）我就拿大棍子打者。（屠岸贾云）住者。你头里只拣着那细棍子打,如今你却拿起大棍子来,三两下打死了呵,你就做的个死无招对。（程婴云）着我拿细棍子又不是,拿大棍子又不是,好着我两下做人难也。（屠岸贾云）程婴,你只拿着那中等棍子打。公孙杵曰老匹夫,你可知道行杖的就是程婴么？（程婴行杖科,云）快招了者！（三科了[4]）（正末云）哎哟！打了这一日,不似这几棍子打的我疼,是谁打我来？（屠岸贾云）是程婴打你来。（正末云）程婴,你划的打我那？（程婴云）元帅,打的这老头儿兀的不胡说哩。（正末唱）

【雁儿落】是那一个实丕丕将着粗棍敲？打的来痛杀杀精皮掉。我和你狠程婴有甚的仇？却教我老公孙受这般虐。

（程婴云）快招了者。（正末云）我招,我招。（唱）

【得胜令】打的我无缝可能逃,有口屈成招。莫不是那孤儿他知道,故意的把咱家指定了。（程婴做慌科）（正末唱）我委实的难熬,尚兀自强着牙根儿闹；暗地里偷瞧,只见他早谎

383

的腿脡儿摇[5]。

（程婴云）你快招吧，省得打杀你。（正末云）有，有，有。
（唱）

【水仙子】俺二人商议要救这小儿曹。（屠岸贾云）可知道指攀下来也。你说二人，一个是你了，那一个是谁？你实说将出来，我饶你的性命。（正末云）你要我说那一个，我说，我说。（唱）哎！一句话来到我舌尖上却咽了。（屠岸贾云）程婴，这桩事敢有你么？（程婴云）兀那老头儿，你休妄指平人。（正末云）程婴，你慌怎么？（唱）我怎生把你程婴道，似这般有上梢无下梢[6]。（屠岸贾云）你头里说两个，你怎生这一会儿可说无了？（正末唱）只被你打的来不知一个颠倒。（屠岸贾云）你还不说，我就打死你个老匹夫。（正末唱）遮莫便打的我皮都绽，肉尽销，休想我有半个字儿攀着。

（卒子抱俫儿上科，云）元帅爷贺喜，土洞中搜出个赵氏孤儿来了也。（屠岸贾笑科，云）将那小的拿近前来，我亲自下手，剁做三段。兀那老匹夫，你道无有赵氏孤儿，这个是谁？（正末唱）

【川拨棹】你当日演神獒，把忠臣来扑咬。逼的他走死荒郊，刎死钢刀，缢死裙腰，将三百口全家老小尽行诛剿。并没那半个儿剩落，还不厌你心苗[7]。

（屠岸贾云）我见了这孤儿，就不由我不恼也。（正末唱）

【七弟兄】我只见他左瞧、右瞧、怒咆哮，火不腾改变了狰狞貌,按狮蛮拽札起锦征袍[8],把龙泉扯离出沙鱼鞘。

（屠岸贾怒云）我拔出这剑来。一剑,两剑,三剑。（程婴做惊疼科,屠岸贾云）把这一个小业种剁了三剑,兀的不称了我平生所愿也。（正末唱）

【梅花酒】呀！见孩儿卧血泊,那一个哭哭号号,这一个怨怨焦焦,连我也战战摇摇。直恁般歹做作,只除是没天道。呀！想孩儿离褥草[9],到今日恰十朝,刀下处怎耽饶,空生长枉劬劳,还说甚要防老[10]。

【收江南】呀！兀的不是家富小儿骄。（程婴掩泪科）（正末唱）见程婴心似热油浇,泪珠儿不敢对人抛,背地里揾了。没来由割舍的亲生骨肉吃三刀。

（云）屠岸贾那贼,你试觑者。上有天哩,怎肯饶过的你,我死打甚么不紧！（唱）

【鸳鸯煞】我七旬死后偏何老,这孩儿一岁死后偏何小[11]。俺两个一处身亡,落的个万代名标。我嘱咐你个后死的程婴,休别了横亡的赵朔[12]。畅道是光阴过去的疾,冤仇报复的早。将那厮万剐千刀,切莫要轻轻的素放了[13]。

（正末撞科,云）我撞阶基,觅个死处。（下）（卒子报科,云）公孙杵臼撞阶基身死了也。（屠岸贾笑科,云）那老匹夫既然撞死,可也罢了。（做笑科,云）程婴,这一桩里多亏了你；若不是你呵,如何杀的赵氏孤儿？（程婴云）元帅,小人原与赵氏无仇,一来救普国内众生；二来小人跟前也有个孩儿,未曾满月。若不搜的那赵氏孤儿出来,我这孩儿也无活的人也。(屠岸贾云)程婴,你是我心腹的人,不如只在我家中做个门客,抬举你那孩儿成人长大。在你跟前习文,送在我跟前演武。我偌大年纪了,后来我的官位,也等你的孩儿讨个应袭,你意下如何?(程婴云)多谢元帅抬举。(屠岸贾诗云)则为朝纲中独显赵盾,不由我心中生忿;如今削除了这点萌芽,方才是永无后衅。(同下)

〔1〕绷:束负小儿用的宽布幅。
〔2〕刎颈交:可以同生死共患难的朋友。
〔3〕埋情:即昧情,昧了良心。
〔4〕三科了:演员重复表演了三次同样的动作。
〔5〕腿脡儿:腿肚子。
〔6〕有上梢无下梢:宋元俗语,有始无终、有头无尾的意思。
〔7〕厌:满足。
〔8〕狮蛮:指饰有狮子蛮王图样的宝带。
〔9〕褥草:产妇临产时所用的草席,草垫。
〔10〕防老:养儿防老,积谷防饥,是民间谚语。
〔11〕偏何小:"何"字,原作"知",据上句语义改。
〔12〕休别了:不要背弃、辜负的意思。
〔13〕素放:白白放过。

第 四 折

(屠岸贾领卒子上,云)某,屠岸贾。自从杀了赵氏孤儿,可早二十年光景也。有程婴的孩儿,因为过继与我,唤做屠成。教的他十八般武艺,无有不拈,无有不会。这孩儿弓马倒强似我,就着我这孩儿的威力,早晚定计,弑了灵公,夺了晋国,可将我的官位都与孩儿做了,方是平生愿足。适才孩儿往教场中演习弓马去了,等他来时,再做商议。(下)(程婴拿手卷上[1],诗云)日月催人老,光阴趱少年;心中无限事,未敢尽明言。过日月好疾也!自到屠府中,今经二十年光景,抬举的我那孩儿二十岁,官名唤做程勃。我跟前习文,屠岸贾跟前习武,甚有机谋,熟娴弓马。那屠岸贾将我的孩儿十分见喜,他岂知就里的事。只是一件,连我这孩儿心下也还是懵懵懂懂的。老夫今年六十五岁,倘或有些好歹呵,着谁人说与孩儿知道,替他赵氏报仇。以此踌躇展转,昼夜无眠。我如今将从前屈死的忠臣良将,画成一个手卷,倘若孩儿问老夫呵,我一桩桩剖说前事,这孩儿必然与父母报仇也。我且在书房中闷坐着,只等孩儿到来,自有个理会。(正末扮程勃上,云)某,程勃是也。这壁厢爹爹是程婴;那壁厢爹爹可是屠岸贾。我白日演武,到晚习文。如今在教场中回来,见我这壁厢爹爹走一遭去也呵。(唱)

【中吕粉蝶儿】引着些本部下军卒,提起来杀人心半星不惧[2]。每日家习演兵书。凭着我,快相持,能对垒,直使的诸邦降伏。俺父亲英勇谁如,我拚着个尽心儿扶助。

387

【醉春风】我则待扶明主晋灵公,助贤臣屠岸贾。凭着我能文善武万人敌,俺父亲将我来许,许。可不道马壮人强,父慈子孝,怕甚么主忧臣辱。

(程婴云)我展开这手卷。好可怜也!单为这赵氏孤儿,送了多少贤臣烈士,连我的孩儿也在这里面身死了也。(正末云)令人,接了马者。这壁厢爹爹在那里?(卒子云)在书房中看书哩。(正末云)令人报复去。(卒子报科,云)有程勃来了也。(程婴云)着他过来。(卒子云)着过去。(正末做见科,云)这壁厢爹爹,您孩儿教场中回来了也。(程婴云)你吃饭去。(正末云)我出的这门来。想俺这壁厢爹爹,每日见我心中喜欢,今日见我来心中可甚烦恼,垂泪不止。不知主着何意?我过去问他。谁欺负着你来?对您孩儿说,我不道的饶了他哩[3]。(程婴云)我便与你说呵,也与你父亲母亲做不的主,你只吃饭去。(程婴做掩泪科)(正末云)兀的不傒幸杀我也!(唱)

【迎仙客】因甚的掩泪珠?(程婴做吁气科)(正末唱)气长吁?我恰才叉定手向前来紧趋伏[4]。(带云)则俺见这壁厢爹爹呵,(唱)懒支支恶心烦,勃腾腾生忿怒。(带云)是什么人敢欺负你来?(唱)我这里低首踌躇。(带云)既然没的人欺负你呵,(唱)那里是话不投机处。

(程婴)程勃,你在书房中看书,我往后堂中去去再来。(做遗手卷虚下)(正末云)哦,原来遗下一个手卷在此。

388

可是甚的文书？待我展开看咱。(做看科,云)好是奇怪,那个穿红的拽着恶犬,扑着个穿紫的;又有个拿瓜锤的打死了那恶犬。这一个手扶着一辆车,又是没半边车轮的。这一个自家撞死槐树之下。可是甚么故事？又不写出个姓名,教我那里知道！(唱)

【红绣鞋】画着的是青鸦鸦几株桑树,闹炒炒一簇田夫。这一个可磕擦紧扶定一轮车[5]。有一个将瓜锤亲手举,有一个触槐树早身殂,又一个恶犬儿只向着这穿紫的频去扑。

(云)待我再看来。这一个将军前面摆着弓弦、药酒、短刀三件,却将短刀自刎死了。怎么这一个将军也引剑自刎而死？又有个医人手扶着药箱儿跪着,这一个妇人抱着个小孩儿,却像要交付医人的意思。呀！原来这妇人也将裙带自缢死了,好可怜人也！(唱)

【石榴花】我只见这一个身着锦襜褕[6],手引着弓弦药酒短刀诛。怎又有个将军自刎血模糊？这一个扶着药箱儿跪伏,这一个抱着小孩儿交付。可怜穿珠带玉良家妇,他将着裙带儿缢死何辜。好着我沉吟半晌无分诉,这画的是傒幸杀我也闷葫芦。

(云)我仔细看来。那穿红的也好狠哩,又将一个白须老儿打的好苦也。(唱)

【斗鹌鹑】我则见这穿红的匹夫,将着这白须的来殴辱;兀的不恼乱我的心肠,气填我这肺腑。(带云)这一家儿若与我关亲呵,(唱)我可也不杀了贼臣不是丈夫,我可便敢与他做主。这血泊中躺的不知是那个亲丁？这市曹中杀的也不知是谁家上祖？

（云）到底只是不明白,须待俺这壁厢爹爹出来,问明这桩事,可也免的疑惑。（程婴上,云）程勃,我久听多时了也。（正末云）这壁厢爹爹可说与您孩儿知道。（程婴云）程勃,你要我说这桩故事,倒也和你关亲哩。（正末云）你则明明白白的说与您孩儿咱。（程婴云）程勃,你听者,这桩故事好长哩。当初那穿红的和这穿紫的,原是一殿之臣,争奈两个文武不和,因此做下对头,已非一日。那穿红的想道：先下手为强,后下手遭殃。暗地遣一刺客,唤做钼麑,藏着短刀,越墙而过,要刺杀这穿紫的。谁想这穿紫的老宰辅,每夜烧香,祷告天地,专一片报国之心,无半点于家之意。那人道：我若刺了这个老宰辅,我便是逆天行事,断然不可；若回去见那穿红的,少不得是死。罢,罢,罢。（诗云）他手携利刃暗藏埋,因见忠良却悔来；方知公道明如日,此夜钼麑自触槐。（正末云）这个触槐而死的是钼麑么？（程婴云）可知是哩。这个穿紫的为春间劝农出到郊外,可在桑树下见一壮士,仰面张口而卧。穿紫的问其缘故,那壮士言：某乃是灵辄,因每顿吃一斗米的饭,大主人家养活不过。将我赶逐出来；欲待摘他桑椹子吃,又道我偷他的。因此仰面而卧,等那桑椹子掉在口中便吃；掉不在口中,宁可饿死,不受人耻辱。穿紫的说：此烈士也。遂将酒食赐与饿夫。饱餐了一顿,不辞而去;这穿紫的并无嗔怒之心。程勃,这见得老宰辅的德量处。(诗云)为乘春令劝耕初,巡遍郊原日未晡;壶浆箪食因谁下[7],刚济桑间一饿夫。(正末云)哦,这桑树下饿夫唤做灵辄。(程婴云)程勃,你紧记者。又一日,西戎国贡进神獒。是一只狗,身高四尺者,其名为獒。晋灵公将神獒赐与那穿红的。正要谋害这穿紫的,即于后园中扎一草人,与穿紫的一般打扮,将草人腹中悬一付羊心肺,将神獒饿了五七日;然后剖开草人腹中,饱餐一顿。如此演成百日,去向灵公说道:如今朝中岂无不忠不孝的人,怀着欺君之意。灵公问道:其人安在?那穿红的说:前者赐与臣的神獒,便能认的。那穿红的牵上神獒去,这穿紫的正立于殿上;那神獒认着是草人,向前便扑。赶的这穿紫的绕殿而走。旁边恼了一人,乃是殿前太尉提弥明,举起金瓜,打倒神獒,用手揪住脑勺皮,则一劈劈为两半。(诗云)贼臣奸计有千条,逼的忠良没处逃;殿前自有英雄汉,早将毒手劈神獒。(正末云)这只恶犬,唤做神獒;打死这恶犬的,是提弥明。(程婴云)是。那老宰辅出的殿门,正待上车,岂知被那穿红的把他那驷马车四马摘了二马,双轮摘了一轮,不能前去。旁边转过壮士,一臂扶轮,一手策马;磨衣见皮,磨皮见肉,磨肉见筋,磨筋见骨,磨骨见髓。捧毂推轮[8],逃往野外。你道这个是何人?可就是桑间饿夫灵辄者是也。(诗云)

紫衣逃难出宫门,驷马双轮摘一轮;却是灵辄强扶归野外,报取桑间一饭恩。(正末云)您孩儿记的,原来就是仰卧于桑树下的那个灵辄。(程婴云)是。(正末云)这壁厢爹爹,这个穿红的那厮好狠也!他叫什么名氏?(程婴云)程勃,我忘了他姓名也。(正末云)这个穿紫的,可是姓甚么?(程婴云)这个穿紫的,姓赵,是赵盾丞相。他和你也关亲哩。(正末云)您孩儿听的说有个赵盾丞相,倒也不曾挂意。(程婴云)程勃,我今番说与你呵,你则紧紧记者。(正末云)那手卷上还有哩,你可再说与您孩儿听咱。(程婴云)那个穿红的,把这赵盾家三百口满门良贱诛尽杀绝了。只有一子赵朔,是个驸马。那穿红的诈传灵公的命,将三般朝典赐他,却是弓弦、药酒、短刀,要他凭着取一件自尽。其时公主腹怀有孕,赵朔遗言:我若死后,你添的个小厮儿呵,可名赵氏孤儿,与俺三百口报仇。谁想赵朔短刀刎死,那穿红的将公主囚禁府中,生下赵氏孤儿。那穿红的得知,早差下将军韩厥,把住府门,专防有人藏了孤儿出去。这公主有个门下心腹的人,唤做草泽医士程婴。(正末云)这壁厢爹爹,你敢就是他么?(程婴云)天下有多少同名同姓的人,他另是一个程婴。这公主将孤儿交付了那个程婴,就将裙带自缢而死。那程婴抱着这孤儿,来到府门上,撞见韩厥将军,搜出孤儿来;被程婴说了两句,谁想韩厥将军也拔剑自刎了。(诗云)那医人全无怕惧,将孤儿私藏出去;正撞见忠义将军,甘身死不教拿住。(正末云)这将军为赵氏孤儿,自刎身亡了,是个好男子。我记着他唤做韩厥。(程婴云)是,是,是。正是韩厥。谁想那穿红的得知,将晋国内半岁之下一月之上小孩儿每,都拘刷到他府来,每人剁做三剑。必然杀了赵氏孤儿。(正末做怒科,云)那穿红的好狠也!(程婴云)可知他狠哩。谁想这程婴也生的个孩儿,尚未满月,假妆做赵氏孤儿,送到吕吕太平庄上公孙杵臼跟前。(正末云)那公孙杵臼却是何人?(程婴云)这个老宰辅,和赵盾是一殿之臣。程婴对他说道:老宰辅,你收着这赵氏孤儿,去报与穿红的,道程婴藏着孤儿,将俺父子一处身死。你抬举的孤儿成人长大,与他父母报仇,有何不可?公孙杵臼说道:我如今年迈了也。程婴,你舍的你这孩儿,假妆做赵氏孤儿,藏在老夫跟前;你报与穿红的去,我与你孩儿一处身亡。你藏着孤儿,日后与他父母报仇才是。(正末云)他那个程婴肯舍他那孩儿么?(程婴云)他的性命也要舍哩,量他那孩儿打甚么不紧。他将自己的孩儿假妆做了孤儿,送与公孙杵臼处。报与那穿红的得悉,将公孙杵臼三推六问,吊拷绷扒。追出那假的赵氏孤儿来,剁做三剑;公孙杵臼自家撞阶而死。这桩事经今二十年光景了也!这赵氏孤儿现今长成二十岁,不能与父母报仇,说兀的做甚?(诗云)他一貌堂堂七尺躯,学成文武待何如;乘车祖父归何

393

处,满门良贱尽遭诛。冷宫老母悬梁缢,法场亲父引刀殂;冤恨至今犹未报,枉做人间大丈夫。(正末云)你说了这一日,您孩儿如睡里梦里,只不省的。(程婴云)原来你还不知哩!如今那穿红的正是奸臣屠岸贾,赵盾是你公公,赵朔是你父亲,公主是你母亲。(诗云)我如今一一说到底,你划地不知头共尾;我是存孤弃子老程婴,兀的赵氏孤儿便是你。(正末云)原来赵氏孤儿正是我,兀的不气杀我也!(正末做倒,程婴扶科,云)小主人苏醒者。(正末云)兀的不痛杀我也!(唱)

【普天乐】听的你说从初,才使我知缘故;空长了我这二十年的岁月,生了我这七尺的身躯。原来自刎的是父亲,自缢的咱老母。说到凄凉伤心处,便是那铁石人也放声啼哭。我拚着生擒那个老匹夫,只要他偿还俺一朝的臣宰,更和那合宅的家属。

(云)你不说呵,您孩儿怎生知道。爹爹请坐,受您孩儿几拜。(正末拜科,程婴云)今日成就了你赵家枝叶,送的俺一家儿剪草除根了也。(做哭科)(正末唱)

【上小楼】若不是爹爹照觑,把你孩儿抬举,可不的二十年前早撄锋刃,久丧沟渠。恨只恨屠岸贾那匹夫,寻根拔树。险送的俺一家儿灭门绝户。

【幺篇】他他他把俺一姓戮,我我我也还他九族屠。(程婴云)小主人,你休大惊小怪的,恐怕屠贼知道。(正末云)我和他一不做二不休。(唱)那怕他牵着神獒,拥着家兵,使着权术。你只看这一个那一个都是为谁而卒,岂可我做儿的倒安然如故。

（云）爹爹放心,到明日我先见过了主公,和那满朝的卿相,亲自杀那贼去。（唱）

【耍孩儿】到明朝若与仇人遇,我迎头儿把他当住;也不须别用军和卒,只将咱猿臂轻舒,早提翻玉勒雕鞍辔,扯下金花皂盖车,死狗似拖将去。我只问他人心安在,天理何如？

【二煞】谁着你使英雄忒使过,做冤仇能做毒[9],少不的一还一报无虚误。你当初屈勘公孙老,今日犹存赵氏孤。再休想咱容恕,我将他轻轻掷下,慢慢开除[10]。

【一煞】摘了他斗来大印一颗,剥了他花来簇几套服;把麻绳背绑在将军柱,把铁钳拔出他斓斑舌;把锥子生跳他贼眼珠,把尖刀细剐他浑身肉,把钢锤敲残他骨髓,把铜铡切掉他头颅。

【煞尾】尚兀自勃腾腾怒怎消,黑沈沈怨未复。也只为二十年的逆子妄认他人父,到今日三百口的冤魂,方才家自有主。（下）

（程婴云）到明日小主人必然擒拿这老贼,我须随后接应去来。（下）

〔1〕手卷:只能卷舒而不能悬挂的书画长卷。

〔2〕半星不惧:半点不怕。

〔3〕不道的:不会,不至于。

〔4〕趋伏:急步上前。

395

〔5〕可磕擦:即咔擦擦,拟声词。

〔6〕襜褕(chān yú 搀于):一种短衣便服。

〔7〕壶浆箪(dān 单)食:壶里盛着酒浆,小筐里放着食物。箪,圆形竹器。

〔8〕毂(gǔ谷):车轮中心贯入车轴的圆木。

〔9〕能做毒:做得这样的毒狠。能,也作"恁",意为如此,这样。

〔10〕开除:收拾,处置。

第 五 折

(外扮魏绛,领张千上,云)小官乃晋国上卿魏绛是也[1]。方今悼公在位,有屠岸贾专权,将赵盾满门良贱尽皆杀绝。谁想赵朔门下有个程婴,掩藏了赵氏孤儿,今经二十年光景。改名程勃。今早奏知主公,要擒拿屠岸贾,雪父之仇。奉主公的命,道屠岸贾兵权太重,诚恐一时激变,着程勃暗暗的自行捉获。仍将他阖门良贱,韶龀不留[2];成功之后,另加封赏。小官不敢轻泄,须亲对程勃传命去来。(诗云)忠臣受屠戮,沉冤二十年;今朝取奸贼,方知冤报冤。(下)(正末蹋马仗剑上[3],云)某,程勃,今早奏知主公,擒拿屠岸贾,报父祖之仇。这老贼是好无礼也呵。(唱)

【正宫端正好】也不索列兵卒,排军将,动着些阔剑长枪;我今日报仇舍命诛奸党,总是他命尽也合身丧。

【滚绣球】只在这闹街坊,弄一场。我和他决无轻放,恰便似虎扑绵羊。我可也不索慌,不索忙,早把手脚儿十分打当[4],看那厮怎做提防。我将这二十年积下冤仇报,三百口亡来性命偿,我便死也何妨。

（云）我只在这闹市中等候着,那老贼敢待来也。（屠岸贾领卒子上,云）今日在元帅府回还私宅中去。令人,摆开头踏[5],慢慢的行者。（正末云）兀的不是那老贼来了也。（唱）

【倘秀才】你看那雄赳赳头踏数行,闹攘攘跟随的在两厢。你看他腆着胸脯,装些儿势况。我这里骤马如流水,掣剑似秋霜,向前来赌当[6]。

（屠岸贾云）屠成,你来做甚么？（正末云）兀那老贼,我不是屠成,则我是赵氏孤儿。二十年前你将俺三百口满门良贱,诛尽杀绝。我今日擒拿你个老匹夫,报俺家的冤仇也。（屠岸贾云）谁这般道来？（正末云）是程婴道来。（屠岸贾云）这孩子手脚来的,不中,我只是走的干净。（正末云）你这贼,走那里去？（唱）

【笑和尚】我我我尽威风八面扬,你你你怎挣闽怎拦挡[7]？早早早谑的他魂飘荡,休休休再口强。是是是不商量,来来来可匹塔的提离了鞍桥上[8]。

（正末做拿住科,程婴慌上,云）则怕小主人有失,我随后接应去。谢天地,小主人拿住屠岸贾了也。（正末云）令人,将这匹夫执缚定了,见主公去来。（同下）（魏绛同张千上,云）小官魏绛的便是。今有程勃擒拿屠岸

397

贾去了。令人,门首觑者,若来时,报复某知道。(正末同程婴拿屠岸贾上,正末云)父亲,俺和你同见主公去来。(见科,云)老宰辅,可怜俺家三百口沉冤,今日拿住了屠岸贾也。(魏绛云)拿将过来。兀那屠岸贾,你这损害忠良的奸贼,今被程勃拿来,有何理说。(屠岸贾云)我成则为王,败则为虏。事已至此,惟求早死而已。(正末云)老宰辅与程勃做主咱!(魏绛云)屠岸贾,你今日要早死,我偏要你慢死。令人,与我将这贼钉上木驴,细细的剐上三千刀,皮肉都尽,方才断首开膛,休着他死的早了。(正末唱)

【脱布衫】将那厮钉木驴推上云阳,休便要断首开膛;直剁的他做一堝儿肉酱[9],也消不得俺满怀惆怅。

(程婴云)小主人,你今日报了冤仇,复了本姓,则可怜老汉一家儿皆无所靠也!(正末唱)

【小梁州】谁肯舍了亲儿把别姓藏?似你这恩德难忘。我待请个丹青妙手不寻常,传着你真容相,侍奉在俺家堂。

(程婴云)我有什么恩德在那里,劳小主人这等费心?(正末唱)

【幺篇】你则那三年乳哺曾无旷,可不胜怀担十月时光;幸今朝出万死身无恙,便日夕里焚香供养,也报不的你养爷娘[10]。

(魏绛云)程婴、程勃,你两个望阙跪者,听主公的命。(词云)则为屠岸贾损害忠良,百般地挠乱朝纲;将赵盾满门良贱,都一朝无罪遭殃。那其间颇多仗义,岂真谓天道微茫;幸孤儿能偿积怨,把奸臣身首分张。可复姓赐名赵武,袭父祖列爵卿行。韩厥后仍为上将,给程婴十顷田庄。老公孙立碑造墓,弥明辈概与褒扬。普国内从今更始[11],同瞻仰主德无疆。(程婴、正末谢恩科,正末唱)

【黄钟尾】谢君恩普国多沾降,把奸贼全家尽灭亡。赐孤儿改名望[12],袭父祖拜卿相;忠义士各褒奖,是军官还职掌,是穷民与收养;已死丧给封葬,现生存受爵赏。这恩临似天广,端为谁敢虚让。誓捐生在战场,着邻邦并归向。落的个史册上标名,留与后人讲。

题目　公孙杵臼耻勘问;

正名　赵氏孤儿大报仇。

〔1〕上卿:周代官制,最尊贵的诸侯臣称卿,有上卿、下卿之分,上卿在平时是仅次于国君的最高行政官。

〔2〕韶龀(tiáo chèn 条趁):指儿童。男孩八岁换牙叫韶,女孩七岁换牙叫龀。

〔3〕蹻(xǐ 喜)马:指舞台上演员作跨马的姿势上场。

〔4〕打当:打点、安排。

〔5〕头踏:古代官员出行时在前开路的仪仗。

〔6〕赌当:截堵,对付。

〔7〕挣囲(chuài 踹):挣扎。

〔8〕可匹塔的:一下子,形容干净利落。

〔9〕一埚儿:一锅儿。

〔10〕养爷娘:偏义复词,这里指义父。又即养育之恩之意。
〔11〕更始:革新。
〔12〕名望:门望,声望。

康进之

康进之，棣州（今山东惠民）人。元代前期杂剧家，生平事迹不详。明初贾仲明〔凌波仙曲〕吊康进之云："编集《鬼簿》治安时，收得贤人康进之，偕朋携友莺花市。编《老收心》李黑厮，《负荆》是小斧头儿。行于世，写上纸，费骚人和曲填词。"可能是一般的书会才人。所作杂剧，除《梁山泊李逵负荆》外，《黑旋风老收心》已佚，故本事不详。

梁山泊李逵负荆[1]

第 一 折

（冲末扮宋江，同外扮吴学究，净扮鲁智深，领卒子上。宋江诗云）涧水潺潺绕寨门，野花斜插渗青巾[2]。杏黄旗上七个字，替天行道救生民。某，姓宋名江，字公明，绰号顺天呼保义者是也[3]。曾为郓州郓城县把笔司吏，因带酒杀了阎婆惜，迭配江州牢城。路经这梁山过，遇见晁盖哥哥，救某上山。后哥哥三打祝家庄身亡，众兄弟推某为首领。某聚三十六大伙，七十二小伙，半垓来的小偻儸[4]，威镇山东，令行河北。某喜的是两个节令：清明三月三，重阳九月九。如今遇这清明三月三，放众弟兄下山，上坟祭扫。三日已了，都要上山，若违令者，必当斩首。（诗云）俺威令谁人不怕，只放你三日严假；若违了半个时辰，上山来决无干罢。（下）（老王林上）（云）曲律竿头悬草稕[5]，绿杨影里拨琵琶。高阳公子休空过[6]，不比寻常卖酒家。老汉姓王名林，在这杏花庄居住，开着一个小酒务儿[7]，做些生意。嫡亲的三口儿家属：婆婆早年亡化过了，只有一个女孩儿，年长十八岁，唤做满堂娇，未曾许聘他人。俺这里靠着这梁山较近，但是山上头领，都在俺家买酒吃。今日烧的旋锅儿热着[8]，看有什么人来。（净扮宋刚，丑扮鲁智恩上）（宋刚云）柴又不贵，米又不贵。两个油嘴，正是一对。某乃宋刚，这个兄弟叫做鲁智恩。俺与这梁山泊较近，俺两个则是假名托姓，我便认做宋江，兄弟便认做鲁智深。来到这杏花庄老王林家，买一钟酒吃。（见王林科，云）老王林，有酒么？（王林云）哥哥，有酒有酒，家里请坐。（宋刚云）打五百长钱酒来[9]。老王林，你认得我两人么？（王林云）我老汉眼花，不认的哥哥们。（宋刚云）俺便是宋江，这个兄弟便是鲁智深。俺那山上头领，多有来你这里打搅，若有欺负你的，你上梁山来告我，我与你做主。（王林云）你山上头领，都是替天行道的好汉，并没有这事。只是老汉不认的太仆[10]，休怪休怪。

早知太仆来到,只合远接;接待不及,勿令见罪。老汉在这里,多亏了头领哥哥,照顾老汉。(做递酒科,云)太仆,请满饮此杯。(宋刚饮科)(王林云)再将酒来。(鲁智恩饮酒科,云)哥哥,好酒。(宋刚云)老王,你家里还有什么人?(王林云)老汉家中并无甚么人,有个女孩儿,唤做满堂娇,年长一十八岁,未曾许聘他人。老汉别无甚么孝顺,着孩儿出来,与太仆递钟酒儿,也表老汉一点心。(宋刚云)既是闺女,不要他出来罢。(鲁智恩云)哥哥怕什么?着他出来。(王林云)满堂娇孩儿,你出来。(旦儿扮满堂娇,云)父亲唤我做什么?(王林云)孩儿,你不知道,如今有梁山上宋公明,亲身在此,你出来递他一钟儿酒。(旦儿云)父亲,则怕不中么?(王林云)不妨事。(旦儿做见科)(宋刚云)我一生怕闻脂粉气,靠后些!(王林云)孩儿,与二位太仆递一钟儿酒。(旦做递酒科)(宋刚云)我也递老王一钟酒。(做与王林酒科)(宋刚云)你这老人家,这衣服怎么破了?把我这红绢褡膊与你补这破处[11]。(老王林接衣科)(鲁智恩云)你还不知道,才此这杯酒是肯酒[12],这褡膊是红定[13],把你这女孩儿与俺宋公明哥哥做压寨夫人[14]。只借你女孩儿去三日,第四日便送来还你。俺回山去也。(领旦下)(王林云)老汉眼睛一对,臂膊一双,只看着这个女孩儿,似这般可怎么了也!(做哭科)(正末扮李逵做带醉上,云)吃酒不醉,不如醒也。俺,梁山泊上山儿李逵的便是。人见我生得黑,起个绰号,叫俺做黑旋风。奉宋公明哥哥将令,放俺三日假限,踏青赏玩。不免下山,去老王林家,再买几壶酒,吃个烂醉也呵。(唱)

【仙吕点绛唇】饮兴难酬,醉魂依旧。寻村酒,恰问罢王留[15]。(云)俺问王留道,那里有酒?那厮不说便走,俺喝道,走那里去?被俺赶上,一把揪住张口毛[16],恰待要打,那王留道,休打休打,爹爹,有。(唱)王留道,兀那里人家有。

【混江龙】可正是清明时候,却言风雨替花愁[17]。和风渐起,暮雨初收。俺则见杨柳半藏沽酒市,桃花深映钓鱼舟。更和这碧粼粼春水波纹绉,有往来社燕[18],远近沙鸥。

(云)人道我梁山泊无有景致,俺打那厮的嘴!(唱)

【醉中天】俺这里雾锁着青山秀,烟罩定绿杨洲。(云)那桃树上一个黄莺儿,将那桃花瓣儿咯啊咯[19]啊,咯的下来,落在水中,是好看也。我曾听的谁说来,我试想咱:哦!想起来了也,俺学究哥哥道来。(唱)他道是"轻薄桃花逐水流"[20]。(云)俺绰起这桃花瓣儿来[21],我试看咱。好红红的桃花瓣儿!(做笑科,云)你看我好黑指头也!(唱)恰便是粉衬的这胭脂透。(云)可惜了你这瓣儿,俺放你趁那一般的瓣儿去。我与你赶,与你赶,贪赶桃花瓣儿,(唱)早来到这草桥店垂杨的渡口。(云)不中,则怕误了俺哥哥的将令,我索回去也。(唱)待不吃呵,又被这酒旗儿将我来相迤逗[22]。他他他,舞东风在曲律竿头。

（云）兀那王林,有酒么？不则这般白吃你的,与你一抄碎金子[23],与你做酒钱。（王林做揣科[24],云）要他那碎金子做什么？（正末笑科,云）他口里说不要,可揣在怀里。老王,将酒来。（王林云）有酒,有酒。（做筛酒科）（正末云）我吃这酒在肚里,则是翻也翻的;不吃,更待干罢。（唱）

【油葫芦】往常时"酒债寻常行处有"[25],十欠着九。（带云）老王也,（唱）则你这杏花庄压尽他谢家楼[26]。你与我便熟油般造下春醅酒,你与我花羔般煮下肥羊肉。一壁厢肉又熟,一壁厢酒正笃[27],抵多少锦封未拆香先透[28],我则待乘兴饮两三瓯。

【天下乐】可正是一盏能消万种愁[29]。（云）老王也,咱吃了这酒呵,（唱）把烦恼都也波丢[30],都丢在脑背后,这些时吃一个没了休。（带云）我醉了呵,（唱）遮莫我倒在路边[31],遮莫我卧在瓮头。（做吐科,云）老王哝[32],（唱）直醉的来在这搭里呕。

（云）老王,这酒寒,快旋热酒来。（王林云）老汉知道。（做换酒科,哭云）我那满堂娇儿也！（正末云）快醅热酒来。（王林又哭云）我那满堂娇儿也！（正末云）老王,我不曾与你酒钱来？你怎么这般烦恼？（王林云）哥哥,不干你事,我自有撇不下的烦恼哩,你则吃酒。（正末唱）

405

【赏花时】咱两个尊前语话投,今日呵,为什么将咱伴不瞅[33]?(王林云)你不知道,我自嫁我的女孩儿,为此着恼。(正末唱)哎!你个呆老子,畅好是忒挡搜[34]。(云)比似你这般烦恼,休嫁他不的。(王林哭科,云)哎哟!我那满堂娇儿也!(正末唱)你何不养着他,到苍颜皓首[35]?(云)你晓得世上有三不留么?(王林云)哥,是那三不留?(正末云)蚕老不中留,人老不中留,(唱)呆老子,常言道:女大不中留。

(云)我问你,那女孩儿嫁了个甚么人?(王林云)哥,我那女孩儿嫁人,我怎么烦恼?则是悔气,被一个贼汉夺将去了。(正末做打科,云)你道是贼汉,是我夺了你女孩儿来?(唱)

【金盏儿】我这里猛睁眸[36],他那里巧舌头,是非只为多开口。但半星儿虚谬,恼翻我,怎干休?一把火将你那草团瓢烧成为腐炭[37],盛酒瓮摔做碎瓷瓯。(带云)绰起俺两把板斧来,(唱)砍折你那蟠根桑枣树,活杀你那阔角水黄牛。

(云)兀那老王,你说的是,万事皆休;说的不是,我不道的饶你哩。(王林云)太仆停嗔息怒,听老汉慢慢的说与你听。有两个人来吃酒,他说:我一个是宋江,一个是鲁智深。老汉便道:正是梁山泊上太仆,我无甚孝顺,我只一个十八岁女孩儿,叫做满堂娇,着他出来拜见,与太仆递一杯儿酒,也表老汉的一点心。我叫出我那女孩儿来,与那宋江、鲁智深递了三杯酒,那宋江也回递了我三钟酒，他又把红褡膊揣在我怀里。那鲁智深说：这三钟酒是肯酒，这红褡膊是红定；俺宋江哥哥有一百八个头领，单只少一个人哩。你将这十八岁的满堂娇，与俺哥哥做个压寨夫人，则今日好日辰，俺两个便上梁山泊去也。许我三日之后，便送女孩儿来家。他两个说罢，就将女孩儿领去了。老汉偌大年纪，眼睛一对，臂膊一双，则觑着我那女孩儿。他平白地把我女孩儿强抢将去，哥，教我怎么不烦恼？（正末云）有什么见证？（王林云）有红绢褡膊，便是见证。（正末云）我待不信来，那个士大夫有这东西？老王，你做下一瓮好酒，宰下一个好牛犊儿，只等三日之后，我轻轻的把着手儿，送将你那满堂娇儿来家，你意下如何？（王林云）哥，你若送将我那女孩儿来家，老汉莫要说一瓮酒，一个牛犊儿，便杀身也报答大恩不尽。（正末唱）

【赚煞】管着你目下见仇人，则不要口似无梁斗[38]，一句句言如劈竹。（带云）宋江咳，（唱）不争你这一度风流，倒出了一度丑。誓今番泼水难收。到那里问缘由，怎敢便信口胡诌[39]？则要你肚囊里揣着状本熟[40]。不要你将无来作有，则要你依前来依后[41]。（云）我如今回去，见俺宋公明，数说他这罪过，就着他辞了三十六大伙，七十二小伙，半垓来小偻儸，同着鲁智深，一径离了山寨，到你庄上。那时节，我若叫你出来，你可休似乌龟一般缩了头，再也不肯出来。（王林云）老汉若不见他，万事休论；我若见了他，我认的他两个，

407

恨不得咬掉他一块肉来,我怎么肯不出见他?(正末云)老王,兀的不是俺宋江哥哥?他道没也。老儿,俺斗你耍哩。(唱)你可也休翻做了镴枪头[42]。(下)

(王林云)李逵哥哥去了,我也收拾过铺面,专等三日之后,送满堂娇孩儿来家。满堂娇孩儿,则被你痛杀我也!(下)

〔1〕《李逵负荆》:元杂剧中有关水浒戏的剧目约三十馀种,现存十馀种,本剧是最出色的一种。这是一个歌颂性的喜剧,写李逵的淳朴、粗豪、憨直、鲁莽,形象多姿多态,入木三分,几呼之欲出。其间,对李逵的某些性格弱点,甚至是缺点,虽然也有几分讽刺,但着力处还在于歌颂,还在于表现其正义无邪、嫉恶如仇、热爱梁山而又勇于改过的高贵品质。在这里,对缺点的渲染,不过是为了更显明地表现其本质的优点,是铺垫、对比等艺术技巧的运用。可以看出,《李逵负荆》绝非一般浅薄的喜剧,尽管它也采用了误会这个传统的喜剧手法。它的喜剧色彩,不是外加的,而是人物性格的自然流露;加之主题严肃,思想深刻,是古典喜剧中少见的珍品。现据《元曲选》本校注,个别地方参校《酹江集》本。

〔2〕渗青巾:一种染成青色的头巾。

〔3〕呼保义:宋江绰号呼保义,亦见于《宣和遗事》。保义,宋代武官中有保义郎,徽宗时位列武职官级中的第四十九阶,相当于巡检一类的小官。

〔4〕半垓(gāi 该):极言人数之多。古代十兆谓之经,十经谓之垓。

〔5〕曲律竿头悬草稕(zhùn 准去声):曲律,弯曲不直。草稕,缚草为圈。竹竿上悬挂草圈,是农村小酒店的标志,是酒帘、酒幌子一类的东西。

〔6〕高阳公子:即高阳酒徒。《史记·郦生陆贾列传》说:刘邦初起兵,高阳郦食其求见,刘邦以为他是儒生,不肯接见;郦食其大叫:"我是高阳酒徒,不是儒者。"刘邦便立刻见他。这里泛指酒客。高阳,古郡名,在今河南杞县。

〔7〕小酒务儿:小酒店。

〔8〕旋锅儿:烫酒的锅子,俗称酒川子。

〔9〕长钱:足钱。古时以八十或九十个钱当一百的叫短钱,十足一百的叫长钱。

〔10〕太仆:古代官名,掌皇帝的舆马和马政。这里作对绿林好汉的尊称。

〔11〕褡膊:一种长方形的袋子,中间开口,两头可盛钱物,多系于腰间。

〔12〕肯酒:即允亲酒,女方吃了男方的酒,表示亲事已定。

〔13〕红定:订婚时,男方送给女方的花红礼物。

〔14〕压寨夫人:小说戏曲中用以称山寨好汉的妻子。

〔15〕王留:元剧中对农村男子所用的泛名,诸如张三、李四等。

〔16〕张口毛:指胡子。

〔17〕风雨替花愁:用金代词人赵秉文《青杏儿》"风雨替花愁。风雨罢,花也应休"原句。

〔18〕社燕:古时在立春、立秋之时祭祀土神的日子称社日,而燕子常于此时北飞、南去,故称社燕。

〔19〕啗(dàn 淡):啄。

〔20〕"轻薄"句:原为杜甫《漫兴九首》之五"颠狂柳絮随风去,轻薄桃花逐水流"诗句,这里用来描写春景。

〔21〕绰起:抄起,拿起。

〔22〕迤(yǐ 以)逗:勾引、惹得。

〔23〕一抄:一把。

〔24〕揣:放进衣袋里。原本作"采泪",依《酹江集》本校改。

〔25〕酒债寻常行处有:用唐杜甫《曲江二首》之二"酒债寻常行处有,人生七十古来稀"诗句。寻常行处,一般所到之处。

〔26〕谢家楼:唐时长安有名的酒楼,后泛指有名酒馆。

〔27〕筲(chōu 抽):漉酒的竹器,这里是漉酒的意思。

〔28〕锦封未拆香先透:是说酒香直透酒器的封泥而出,形容酒味之美。

〔29〕一盏能消万种愁:用唐翁绶《咏酒》"百年莫惜千回醉,一盏能消万古愁"。诗句"万种",原作"万古"。参见《单刀会》第二折注释〔17〕。

〔30〕都也波丢:即都丢。也波,衬字,无义。

〔31〕遮莫:不管,无论。

〔32〕唻:语尾助词,如"哩、呵"。

〔33〕佯不瞅:假装不予理睬。

〔34〕忒挡搜:过于古怪,固执。

〔35〕苍颜皓首:本指面色衰老,满头白发,此即年岁大。

〔36〕眸(móu 谋):眼珠。这里指眼睛。

〔37〕草团瓢:茅草屋。团瓢,或作"团标"、"团焦"。

〔38〕无梁斗:歇后语,提不起。斗,是古代盛酒的容器,上有提梁,可以持拿。没有提梁的斗自然提不起。这里是说话不算数之意。

〔39〕胡啽:胡说。

〔40〕状本:诉讼状,告状的本子。

〔41〕依前依后:前后一致,不要改口。

〔42〕镴枪头:镴为铅锡合金,似银,极软。用来作枪头,中看不中用。

第 二 折

（宋江同吴学究、鲁智深领卒子上）（宋江诗云）旗帜无非人血染,灯油尽是脑浆熬。鸦衔肝肺扎煞尾,狗啃骷髅抖搜毛[1]。某乃宋江是也。因清明节令,放众头领下山踏青赏玩去了。今日可早三日光景也,在那聚义堂上,三通鼓罢,都要来齐。小偻儸,寨门首覷者,看是那一个先来。（卒子云）理会得。（正末上,云）自家李山儿的便是。将着这红褡膊,见宋江走一遭来。（唱）

【正宫端正好】抖搜着黑精神,扎煞开黄髭髯[2],则今番不许收拾[3]。俺可也磨拳擦掌,行行里,按不住莽撞心头气。

【滚绣球】宋江哎,这是甚所为,甚道理?不知他主着何意,激的我怒气如雷。可不道他是谁,我是谁。俺两个半生来岂有些嫌隙,到今日却做了日月交食[4]。不争几句闲言语,我则怕恶识多年旧面皮,展转猜疑。

（云）小偻儸报复去,道我李山儿来了也。（卒子做报科,云）喏,报的哥哥得知,有李山儿来了也。（宋江云）着他过来。（卒子云）着过去。（做见科）（正末云）学究哥哥,喏!帽儿光光,今日做个新郎;袖儿窄窄,今日做个娇客。俺宋公明在那里?请出来和俺拜两拜。俺有些零碎金银在这里,送与嫂嫂做拜见钱[5]。（宋江云）这厮好无礼也!与学究哥哥施礼,不与我施礼。这厮胡言乱语的,有甚么说话。（正末唱）

【倘秀才】哎！你个刎颈的知交庆喜[6]。（宋江云）庆什么喜？（正末唱）则你那压寨的夫人在那里？（指鲁智深科，云）秃驴，你做的好事来！（唱）打干净球儿不道的走了你[7]。（宋江云）怎么？智深兄弟，也有你那？（正末唱）强赌当[8]，硬支持，要见个到底。

（宋江云）山儿，你下山去，有什么事，何不就明对我说？（正末做恼不言语科）（宋江云）山儿，既然不好和我说，你就对学究哥哥跟前说波。（正末唱）

【滚绣球】俺哥哥要娶妻，这秃厮会做媒。（宋江云）智深兄弟，说你曾做什么媒来。（鲁智深云）你看这厮，到山下去噇了多少酒[9]，醉的来似踩不杀的老鼠一般，知他支支的说甚么哩。（正末唱）原来个梁山泊有天无日，（做拔斧斫旗科）（唱）就恨不斫倒这一面黄旗！（众做夺斧科）（宋江云）你这铁牛，有甚么事，也不查个明白，就提起板斧来，要斫倒我杏黄旗，是何道理？（学究云）山儿，你也忒口快心直哩！（正末唱）你道我忒口快，忒心直，还待要献勤出力。（做喊科，云）众兄弟们，都来！（宋江云）都来做甚么？（正末唱）则不如做个会六亲庆喜的筵席。（宋江云）做甚么筵席？（正末唱）走不了你个撮合山师父唐三藏[10]，更和这新女婿郎君，哎，你个柳盗跖[11]，看那个便宜。

（宋江云）山儿，你下山，在那里吃酒，遇着甚人？想必说我些甚么，你从头儿说，则要说的明白。（正末唱）

【倘秀才】不争你抢了他花朵般青春艳质，这其间抛闪杀那草桥店白头老的。（宋江云）这事其中必有暗昧。（正末唱）这桩事分明甚暗昧，生割舍，痛悲凄。（带云）宋江咪，（唱）他其实怨你。

（宋江云）原来是老王林的女孩儿，说我抢将来了。休道不是我，便是我抢将来，那老子可是喜欢也是烦恼？你说我试听。（正末唱）

【叨叨令】那老儿，一会家便哭啼啼在那茅店里，（带云）觑着山寨，宋江，好恨也！（唱）他这般急张拘诸的立[12]。那老儿，一会家便怒吽吽在那柴门外[13]，（带云）哭道，我那满堂娇儿也！（唱）他这般乞留曲律的气[14]。（宋江云）他怎生烦恼那？（正末唱）那老儿，一会家便闷沉沉在那酒瓮边，（带云）那老儿，拿起瓢来，揭开蒲墩[15]，舀一瓢冷酒来汨汨的咽了[16]。（唱）他这般迷留没乱的醉[17]。那老儿，托着一片席头，便慢腾腾放在土坑上，（带云）他出的门来，看一看，又不见来，哭道，我那满堂娇儿也！（唱）他这般壹留兀渌的睡[18]。似这般过不的也么哥，似这般过不的也么哥。（宋江云）这厮怎的？（正末唱）他道俺梁山泊水不甜人不义！

（宋江云）学究兄弟，想必有那依草附木，冒着俺家名姓，做这等事的，也不可知。只是山儿也该讨个显证，才得分晓。（正末云）有有有，这红褡膊不是显证？（宋江云）山儿，我今日和你打个赌赛。若是我抢将他女孩儿来，输我这六阳会首[19]；若不是我，你输些甚么？（正

413

末云)哥,你与我赌头?罢,您兄弟摆一席酒。(宋江云)摆一席酒倒好了,你须要配得上我的。(正末云)罢罢罢,哥,倘若不是你,我情愿纳这颗牛头。(宋江云)既如此,立下军状,学究兄弟收着。(正末云)难道花和尚就饶了他?(鲁智深云)我这光头不赌他罢,省得你叫不利市。(做立状科)(正末唱)

【一煞】则为你两头白面搬兴废[20],转背言词说是非。这厮敢狗行狼心,虎头蛇尾。不是我节外生枝,囊里盛锥[21]。谁要你夺人爱女,逞己风流,被咱都知。(宋江云)你看黑牛这村沙样势那[22]。(正末唱)休怪我村沙样势,平地上起孤堆[23]。

(宋江云)若不是我呵,我不道的饶了你哩!(正末唱)
【黄钟尾】那怕你指天画地能瞒鬼,步线行针待哄谁[24]。又不是不精细,又不是不伶俐。(宋江云)我和你就下山去。(正末唱)下山寨,到那里,李山儿,共质对,认的真,觑的实,割你头,塞你嘴。(宋江云)这铁牛怎敢无礼?(正末唱)非铁牛敢无礼,既赌赛,怎翻悔?莫说这三十六英雄,一个个都是弟兄辈。(云)众兄弟每,都来听着!(宋江云)你着他听什么?(正末云)俺如今和宋江、鲁智深同到那杏花庄上,只等那老王林道出一个是字儿,你那做媒的花和尚,休要怪我,一斧分开两个瓢,谁着你拐了一十八岁满堂娇!单把宋江一个留将下,待我亲手伏侍哥哥这一遭。(宋江云)你怎生伏侍我?(正末云)我伏侍你!我伏侍你!一只手揪住衣领,一只手㩐住腰带,滴留扑摔个一字[25];阔脚板踏住胸脯,举起我那板斧来,觑着脖子上,可叉!(唱)便跳出你那七代先灵,也将我来劝不得。(下)

(宋江云)山儿去了也,小偻罗备两匹马来,某和智深兄弟,亲下山寨,与老王林质对去走一遭。(诗云)老王林出乖露丑,李山儿将没做有。如今去杏花庄前,看谁输六阳魁首。(同下)

〔1〕"鸦衔"二句:扎煞,张开。抖搜,振动。

〔2〕髭髯(zī h 资力):胡子。

〔3〕不许收拾:不能罢手,不和解。

〔4〕日月交食:以日月相蚀比喻冤家对头。

〔5〕拜见钱:见面钱。元叶子奇《草木子》记当日官场之送礼曰:"所属始参曰拜见钱。"

〔6〕刎颈的知交:可以同生死共患难的朋友。刎颈,以性命相许的意思。

〔7〕打干净球儿:以踢球的利落劲比喻干了坏事而又推得一干二净。

〔8〕赌当:即堵当。应付、对付的意思。

〔9〕噇(chuáng 床):拼命的喝(酒)。

〔10〕撮合山师父唐三藏:撮合山,媒人。唐三藏,唐玄奘。这里指鲁智深。

〔11〕柳盗跖:据传春秋时贤人柳下惠的弟弟名跖,聚众抗暴,被统治者目为盗贼。这里指宋江。

〔12〕急张拘诸:当如《薛仁贵》第三折作"急獐拘猪",慌乱急迫的

样子。参见《虎头牌》第一折注释〔13〕。

〔13〕怒吽(hōng 轰)吽:即怒哄哄,怒气冲天的样子。

〔14〕乞留曲律:本意为弯弯曲曲。这里形容气喘不止。

〔15〕蒲墩:盖酒缸的蒲包。

〔16〕汩(gǔ)汩:咕嘟咕嘟,大口喝酒的声音。

〔17〕迷留没乱:恍惚昏乱。

〔18〕壹留兀渌:也作"咿哩乌芦、一六兀剌",睡不安稳时所发出的声音。

〔19〕六阳会首:也作"六阳魁首",指头。中医认为手、足各三阳之脉,总会于头,故有此称。

〔20〕两头白面搬兴废:作面食时,不时把面块两头合拢揉搓。这里是两面拨弄是非的意思。

〔21〕"节外"二句:存心找岔,强要出头。

〔22〕村沙:粗野的架势。

〔23〕平地上起孤堆:即平地起风波。孤堆,土堆。

〔24〕步线行针:指裁缝衣服的技巧。这里是缜密安排的意思。

〔25〕滴留扑:摔倒在地的声音。

第 三 折

(王林做哭上,云)我那满堂娇儿也,则被你想杀我也!老汉王林,被那两个贼汉将我那女孩儿抢将去了,今日又是三日也。昨天有那李逵哥哥,去梁山上寻那宋江、鲁智深,要来对证这一桩事哩。老汉如今收拾下些茶饭,等候则个。(做哭科,云)我那满堂娇儿,说道今日第三日,送他来家,不知来也是不来,则被你想杀我也!(宋江同智深、正末上)(宋江云)智深兄弟,咱行动些。你看那山儿,俺在头里走,他可在后面;俺在后面走,他可在前面:敢怕我两个逃走了那?(正末云)你也等我一等波,听见到丈人家去,你好喜欢也。(宋江云)智深兄弟,你看他那厮迷言迷语的[1],到那里认的不是,山儿,我不道的饶了你哩!(正末唱)

【商调集贤宾】过的这翠巍巍一带山崖脚,遥望见滴溜溜的酒旗招。想悲欢不同昨夜,论真假只在今朝。(云)花和尚,你也小脚儿,这般走不动。多则是做媒的心虚,不敢走哩。(鲁智深云)你看这厮!(正末唱)鲁智深似窟里拔蛇[2]。(云)宋公明,你也行动些儿。你只是拐了人家女儿,害羞也,不敢走哩。(宋江云)你看他波!(正末唱)宋公明似毡上拖毛[3]。则俺那周琼姬,你可甚么王子乔[4],玉人在何处吹箫[5]。我不合蹬翻了莺燕友,拆散了这凤鸾交。

　　(云)我今日同你两个,来这杏花庄上呵,(唱)

【逍遥乐】倒做了逢山开道。(鲁智深云)山儿,我还要你遇水搭桥哩。(正末唱)你休得顺水推船,偏不许我过河拆桥。(宋江做前走科)(正末唱)当不的他纳胯挪腰[6]。(宋江云)山儿,你不记得上山时,认俺做哥哥,也曾有八拜之交哩。(正末唱)哥也!你只说在先时,有八拜之交;原来是花木瓜儿外看好[7],不由咱不回头儿暗笑。待和你争甚么头角,辩甚的衷肠,惜甚的皮毛。

417

（云）这是老王林门首。哥也，你莫言语，等我去唤门。（宋江云）我知道。（李逵叫门科）老王，老王，开门来！（王林做打盹）（正末又叫科）（云）老王，开门来！我将你那女孩儿送来了也。（王林做惊醒科，云）真个来了！我开开这门。（做抱正末科，云）我那满堂娇儿也！呸！原来不是。（正末唱）

【醋葫芦】这老儿外名唤做半槽，就里带着一杓[8]。是则是去了你那一十八岁这个满堂娇，更做你家年纪老。（云）俺叫了两三声不开门，第三声道，送将你那满堂娇女孩儿来了。他开开门，搂着俺那黑脖子，叫道，我那满堂娇儿也。（唱）老儿也，似这般烦恼的无颠无倒，越惹你揉眵抹泪哭嚎啕[9]。

（云）哥也，进家里来坐着。（宋江、鲁智深做入坐科）（正末云）他是一个老人家，你可休谎他。我如今着他认你也，老王，你过去认波。（王林云）老汉正要认他哩。（宋江云）兀那老子，你近前来，我就是宋江。我与你说，那个夺将你那女孩儿去，则要你认的是者。我与山儿赌着六阳会首哩。（正末云）老王，你认去，可正是他么？（王林做认科，云）不是他，不是他。（宋江云）可如何？（正末云）哥也，你等他好好认咱，怎么先睁着眼吓他这一吓，他还敢认你那？兀的老王，只为你那女孩儿，俺弟兄两个赌着头哩。老王，兀那个不是你那女婿，拐了满堂娇孩儿的宋江？（王林做再认摇头科，云）不

是,不是。(宋江云)可何如?(正末唱)

【幺篇】你则合低头就坐来,谁着你睁睛先去瞧;则你个宋公明威势怎生豪,刚一瞅,早将他魂灵吓掉了。这便是你替天行道,则俺那无情板斧肯担饶!

(云)老王,你来。兀那秃厮便是做媒的鲁智深,你再去认咱。(鲁智深云)你快认来。(王林做再认科,云)不是,不是。那两个:一个是青眼儿长子,如今这个是黑矮的;那一个是稀头发腊梨[10],如今这个是剃头发的和尚。不是,不是。(鲁智深云)山儿,我可是哩?(正末云)你这秃厮,由他自认,你先吆喝一声怎么?(唱)

【幺篇】谁不知你是镇关西鲁智深[11],离五台山才落草。便在黑影中摸索也应着,只被你爆雷似一声先谎倒。那呆老子怕不知名号。(带云)适才间他也待认来,(唱)只见他摇头侧脑费量度[12]。

(宋江云)既然认的不是,智深兄弟,我们先回山去,等铁牛自来支对。(正末云)老王,我的儿,你再认去。(王林云)哥,我说不是他,就不是他了,教我再认怎的?(正末做打王林科)(王林云)可怜见,打杀老汉也!(正末唱)

【后庭花】打这老子没肚皮揽泻药[13],偏不的我敦葫芦摔马杓[14]。(宋江云)小偻罗,将马来,俺与鲁家兄弟先回去也。(正末云)你道是兄弟每将马来,先回山寨上去;我道,哥也,你再坐一坐,等那老子再细认波。(唱)哥哥道备马来还山寨。(带云)哎,哥也,羞的你兄弟,(唱)恰便似牵驴上板桥[15]。恼的我怒难消,踹扁了盛浆铁落[16],辘轳上截井索,芭棚下瀽副槽[17]。掷碎了舀酒瓢,砍折了切菜刀。

【双雁儿】就恨不一把火,刮刮拶拶烧了你这草团瓢[18]。将人来险中倒[19],气得咱一似那鲫鱼跳。可不道家有老敬老,家有小敬小。

(宋江云)智深兄弟,咱和你回山寨去。(诗云)堪笑山儿忒慕古[20],无事空将头共赌。早早回来山寨中,舒出脖子受板斧。(同鲁智深下)(正末做叹科,云)嗨!这的是山儿不是了也!(唱)

【浪里来煞】方信道人心未易知,灯台不自照。从今后开眼见个低高。没来由共哥哥赌赛着,使不的三家来便厮靠[21],则这三寸舌是俺斩身刀。(下)

(王林云)李逵哥哥去了也。他今日果然领将两个人来着我认,道是也不是。原来一个是真宋江,一个是真鲁智深,都不是拐我女孩儿的。不知被那两个天杀的,拐了我满堂娇儿去。则被你想杀我也!(宋刚做打嚏,同鲁智恩、旦儿上,云)打嚏耳朵热,一定有人说。可早来到杏花庄也。我那泰山在那里[22]?我每原许三日之后,送你女孩儿回家,如今来了也。(王林做相见抱旦哭科,云)我那满堂娇儿也!(宋刚云)泰山,我可不说谎,准准三日,送你令爱还家。(王林云)多谢太仆抬举!老汉只是家寒,急切里不曾备的喜酒,且到我女儿房里吃一杯淡酒去。待明日宰个小小鸡儿请你。(鲁智恩云)老王,我那山寨上有的是羊酒,我教小偻罗赶二三十个肥羊,抬四五十担好酒送你。(王林云)多谢太仆!只是老汉没的谢媒红送你,惶恐杀人也!(宋刚云)俺们且到夫人房里去吃酒来。(下)(王林云)这两个贼汉,原来不是梁山泊上头领。他拐了我女孩儿,左右弄做破罐子,倒也罢了。只可惜那李逵哥哥,一片热心,赌着头来,这须不是耍处。我如今将酒冷一碗,热一碗,劝那两个贼汉吃的烂醉。到晚间,等他睡了,我悄悄蓦上梁山,报与宋公明知道,搭救李逵,有何不可。(诗云)做甚么老王林夜走梁山道,也则为李山儿恩义须当报。但愁他一涌性杀了假宋江,连累我满堂娇要带前夫孝。(下)

〔1〕迷言迷语:胡言乱语。

〔2〕窟里拔蛇:蛇入洞时,虽倒拽其尾,亦难拔出。这里形容举步艰难的样子。

〔3〕毡上拖毛:比喻行动困难。

〔4〕"周琼姬"二句:乔,应作"高"。宋王迥,字子高,传说与仙女周琼姬相爱,共游芙蓉城仙境,凡百馀日而返。

〔5〕玉人在何处吹箫:古代神话,萧史善吹箫,娶秦穆公女儿弄玉为妻,教弄玉吹箫作凤鸣,引来凤凰,两人跨之升天而去。见汉刘向《列仙传》。这里是说宋江把满堂娇到底藏到哪儿去了。

〔6〕纳胯挪腰:装腔作势,摆臭架子。

〔7〕花木瓜:花木瓜的果实,好看不好吃。

〔8〕"半槽"二句：形容酒量大，喝了半槽，又加一杓。此指老头喝得迷迷糊糊的样子。

〔9〕揉眵（chī 吃）抹泪：擦眼泪。眵，眼屎。

〔10〕稀头发腊梨：头发稀疏，如经霜之梨。

〔11〕镇关西：鲁智深出家前原在关西做提辖，故称。见《水浒全传》。

〔12〕量度：揣测，忖度。

〔13〕没肚皮揽泻药：肚子不好还要吃泻药。比喻没有把握，还要惹事。

〔14〕敦葫芦摔马杓：用力摔打器物以出气。葫芦、马杓，盛酒和舀水的工具，泛指家中器物。

〔15〕牵驴上板桥：歇后语，进退两难，下不了台。

〔16〕铁落：即铁制的酒盏，上面镌镂金银为饰，俗名凿落。旧注多误为酒漏斗，实非。

〔17〕灒（jiǎn 剪）副槽：灒，倾倒，泼掉。副槽，疑为酒槽一类的器物。

〔18〕刮刮拶（zā 匝）拶：形容着火的声音。

〔19〕险中倒：险些儿气倒。《梧桐雨》第四折〔滚绣球〕曲一："险些儿把我气冲倒。"

〔20〕慕古：食古不化，引申为糊涂。

〔21〕使不得三家来便厮靠：疑为使不得三家对质，只好靠边。

〔22〕泰山：即岳父。

第 四 折

（宋江同吴学究、鲁智深领卒子上，云）某乃宋江是也。

学究兄弟,颇奈李山儿无礼,我和他打下赌赛,到那里果然认的不是我。与鲁家兄弟,先回来了。只等山儿来时,便当斩首。小偻儸,蹅着山岗望着[1],这早晚山儿敢待来也。(正末做负荆上,云)黑旋风,你好是没来由也!为着别人,输了自己。我今日无计所奈,砍了这一束荆杖,负在背上,回山寨见俺公明哥哥去也呵。(唱)

【双调新水令】这一场烦恼可也奔人来,没来由共哥哥赌赛。袒下我这红纳袄[2],跌绽我这旧皮鞋。心下量猜:(带云)到山寨上,哥哥不打,则要头,(唱)怎发付脖项上这一块?

【驻马听】有心待不顾形骸,(带云)这碧湛湛石崖,不得底的深涧,我待跳下去,休说一个,便是十个黑旋风,也不见了。(唱)两三番自投碧湛崖。敬临山寨,行一步如上吓魂台[3]。我死后,墓顶头谁定远乡牌[4],灵位边谁咒生天界?怎擘划[5],但得个完全尸首,便是十分采。

【搅筝琶】我来到辕门外[6],见小校雁行排。(带云)往常时我来呵,(唱)他这般退后趋前;(带云)怎么今日的,(唱)他将我佯呆不采。(做偷瞧科,云)哦!原来是俺宋公明哥哥和众兄弟,都升堂了也。(唱)他对着那有期会的众英才[7],一个个稳坐抬颏[8]。我说的明白,道莽撞的廉颇请罪来[9],死也应该。

(见科)(宋江云)山儿,你来了也,你背着甚么哩?(正末云)哥哥,恁兄弟山涧直下砍了一束荆杖,告哥哥打几下。您兄弟一时间没见识,做这等的事来。(唱)

【沉醉东风】呼保义哥哥见责,我李山儿情愿餐柴。第一来看着咱兄弟情,第二来少欠他脓血债[10]。休道您兄弟不伏烧埋[11],由你便直打到梨花月上来,若不打,这顽皮不改。

（宋江云）我原与你赌头,不曾赌打。小偻儸,将李山儿踹下聚义堂,斩首报来。（正末云）学究哥,你劝一劝儿。智深哥,你也劝一劝儿。（学究同鲁智深劝科）（宋江云）这是军状,我不打他,则要他那颗头！（正末云）哥,你道甚么哩？（宋江云）我不打你,则要你那颗头。（正末云）哥哥,你真的不肯打？打一下,是一下疼；那杀的,只是一刀,倒不疼哩。（宋江云）我不打你。（正末云）不打？谢了哥哥也！（做走科）（宋江云）你走那里去？（正末云）哥哥道是不打我。（宋江云）我和你打赌赛,我则要你那六阳会首。（正末云）罢罢罢,他杀不如自杀,借哥哥剑来,待我自刎而亡。（宋江云）也罢,小偻儸将剑来递与他。（正末做接剑科,云）这剑可不原是我的。想当日跟着哥哥打围猎射,在那官道旁边,众人都看见一条大蟒蛇拦路,我走到跟前,并无蟒蛇,可是一口太阿宝剑。我得了这剑,献与俺哥哥悬带。数日前,我曾听得支楞楞的剑响,想杀别人,不想道杀害自己也。（唱）

【步步娇】则听得宝剑声鸣,使我心惊骇,端的个风团快[12]。似这般好器械,一柞来铜钱[13],恰便似砍麻秸。（带云）想您兄弟十载相依,那般恩义,都也不消说了。（唱）还说甚旧情怀,早砍取我半壁天灵盖。

（王林冲上叫科,云）刀下留人！告太仆,那个贼汉送将我那女孩儿来了,我将他两个灌醉在家里,一径的来报知太仆,与老汉做主咱。（宋江云）山儿,我如今放你去,若拿得这两个棍徒,将功折罪;若拿不得,二罪俱罚;你敢去么？（正末做笑科,云）这是揉着我山儿的痒处,管教他瓮中捉鳖,手到拿来。（学究云）虽然如此,他有两副鞍马,你一个如何拿的他住？万一被他走了,可不输了我梁山泊上的气概。鲁家兄弟,你帮山儿同走一遭。（鲁智深云）那山儿开口便骂我秃厮会做媒,两次三番,要那王林认我,是甚主意？他如今有本事,自去拿那两个,我鲁智深决不帮他。（学究云）你只看聚义两个字,不要因这小忿,坏了大体面。（宋江云）这也说的是。智深兄弟,你就同他去,拿那两个顶名冒姓的贼汉来。（鲁智深云）既是哥哥分付,您兄弟敢不同去。（同下）（宋刚、鲁智恩上,云）好酒,俺们昨夜都醉了也。今早日高三丈,还不见泰山出来,敢是也醉倒了。（正末同鲁智深、王林上,云）贼汉！你泰山不在这里？（做见就打科）（宋刚云）兀那大汉,你也通个名姓,怎么动手便打。（正末云）你要问俺名姓,若说出来,直谑的你尿流屁滚。我就是梁山泊上黑爹爹李逵,这个哥哥是真正花和尚鲁智深。（做打科,唱）

【乔牌儿】你顶着鬼名儿会使乖,到今日当天败。谁许这满堂娇压你那莺花寨[14],也不是我黑爹爹忒性歹。

（宋刚云）这是真命强盗,我们打他不过,走走走!（做走科）（正末云）这厮走那里去?（做追上再打科）（唱）

【殿前欢】我打你这吃敲材[15],直着你皮残骨断肉都开。那怕你会飞腾,就透出青霄外,早则是手到拿来。你你你,好一个鲁智深不吃斋,好一个呼保义能贪色,如今去亲身对证休嗔怪。须不是我倚强凌弱,还是你自揽祸招灾。

（做拿住二贼科）（正末云）这贼早拿住了也。（王林同旦儿做拜科）（鲁智深云）兀那老头儿不要拜,明日你同女儿到山寨来,拜谢宋头领便了。（同正末押二贼下）（王林云）他们拿这两个贼汉去了也,今日才出的俺那一口臭气。我儿,等待明日牵羊担酒,亲上梁山去,拜谢宋江头领走一遭。（旦儿做打战科,王林云）我儿,不要苦,这样贼汉,有甚么好处,等我慢慢的拣一个好的嫁他便了。（同下）（宋江同吴学究领卒子上,云）学究兄弟,怎生李山儿同鲁智深到杏花庄去了许久,还不见来。俺山上该差人接应他么。（学究云）这两个贼子到的那里!不必差人接应,只早晚敢待来也。（卒子做报科,云）喏,报的哥哥得知,两位头领得胜回来了也。（正末同鲁智深押二贼上,云）那两个贼汉擒拿在此,请哥哥发落。（宋江云）好宋江!好鲁智深!你怎么假名冒姓,坏我家的名目?小偻儸,将他绑在那花标树上[16],取这两副心肝,与咱配酒。枭他首级,悬挂通衢警众[17]。

（卒子云）理会的。（拿二贼下）（正末唱）

【离亭宴煞】蓼儿洼里开宴待，花标树下肥羊宰，酒尽呵挤当再买。涎邓邓眼睛剜[18]，滴屑屑手脚卸[19]，磣可可心肝摘。饿虎口中将脆骨夺，骊龙颔下把明珠摘[20]，生担他一场利害。（带云）智深哥哥，（唱）我也则要洗清你这强打挣的执柯人[21]，（带云）公明哥哥，（唱）出脱你这干风情的画眉客[22]。

（宋江云）今日就聚义堂上，设下赏功宴席，与李山儿、鲁智深庆喜者。（诗云）宋公明行道替天，众英雄聚义林泉。李山儿拔刀相助，老王林父子团圆。

　　题目　杏花庄王林告状
　　正名　梁山泊李逵负荆

〔1〕蹅(chǎ 衩)着：踩着。

〔2〕袒(tǎn 坦)下：指脱去上衣，裸露上体。

〔3〕吓魂台：即迷信传说中地狱之望乡台。

〔4〕远乡牌：死于外乡的人坟上所树的木牌，上书姓名、籍贯、生死之年，以便亲人搬取。

〔5〕擘划：摆布，安排。

〔6〕辕门：军营之门。

〔7〕有期会：定期聚会。

〔8〕抬颏(hái 孩)：也作"台孩"、"胎胲"。扬起下巴，气宇轩昂的样子。

〔9〕廉颇：战国时赵国名将，自以功高，耻居蔺相如下，数欲侮之，相如辄避之。后自知其过，内袒负荆，因宾客至相如之府谢罪。见《史记·

廉颇蔺相如列传》)。

〔10〕脓血债:这里指犯了该打的过失。

〔11〕不伏烧埋:不伏判决,不认罪。参见《虎头牌》第四折注释〔4〕。

〔12〕风团快:像旋风一样的飞快,形容宝剑的锋利。

〔13〕一柞(zhǎ眨)铜钱:一柞高的铜钱。一柞,拇指和食指伸直之间的距离。

〔14〕莺花寨:本指风月处所,这里指贼人的山寨。

〔15〕吃敲材:犹言该死的贼。元代杖杀叫敲,又口语读贼如才。

〔16〕花标树:行刑的柱子。

〔17〕通衢(qú渠):大道,官路。

〔18〕涎邓邓:痴眉呆眼,吓呆的样子。

〔19〕滴屑屑:形容害怕打战的神态。

〔20〕"骊龙"句:传说骊龙颔下有明珠,只有在它睡着时才可摘取。这里比喻做一件冒风险的事情。

〔21〕执柯人:媒人。

〔22〕画眉客:汉时张敞为妻子画眉,这里指新郎。

石君宝

石君宝,平阳(今山西临汾)人。生平事迹不详。平阳为元杂剧前期中心之一,出现过众多的杂剧作家,如于伯渊、赵公辅、狄君厚、李行甫等。生活在这样一个戏曲繁荣的环境里,耳濡目染,自然所得不少。君宝所作杂剧凡十种,现尚存《鲁大夫秋胡戏妻》、《李亚仙花酒曲江池》、《诸宫调风月紫云亭》三种。贾仲明吊词说他:"共吴昌龄幺末(杂剧别名)相齐。"可见其在杂剧作家中的地位。

鲁大夫秋胡戏妻[1]

第 一 折

(老旦扮卜儿,同正末扮秋胡上,卜儿诗云)花有重开日,人无再少年。休道黄金贵,安乐最值钱。老身刘氏,自夫主亡逝已过,止有这个孩儿,唤做秋胡。如今有这罗大户的女儿,唤做梅英,嫁与俺孩儿为妻。昨日晚间过门,今日俺安排些酒果,谢俺那亲家。孩儿也,你去请将丈人丈母来者。(秋胡云)这早晚丈人丈母敢待来也。(净扮罗大户同搽旦上,罗诗云)人家七子保团圆,偏是吾家只半边[2]。(搽旦诗云)虽然没甚房奁送,倒也落的三朝吃喜筵。(罗云)老汉罗大户的便是。这是我的婆婆。我有个女孩儿,唤做梅英,嫁与秋胡为妻。昨日过门,今日亲家请俺两口儿吃酒,须索走一遭去。可早到他门首。秋胡,俺两口儿来了也。(秋胡云)报的母亲得知,有丈人丈母来了也。(卜儿云)道有请。(秋胡云)请进。(见科)(卜儿云)亲家请坐,酒果已备,孩儿把盏者。(秋胡递酒科,云)岳父岳母,满饮一杯。(罗、搽旦饮科,云)孩儿的喜酒,我吃,我吃。(卜儿云)孩儿,唤出梅英媳妇儿来者。(秋胡唤科)(正旦扮梅英同媒婆上,云)婆婆,奶奶唤我做甚么哪?(媒婆云)姐姐,唤你谢亲哩。(正旦云)我羞答答的,怎生去得?(媒婆云)姐姐,男婚女聘,古之常礼,有甚么羞!(正旦唱)

【仙吕点绛唇】男女成人,父娘教训。当年分,结下婚姻。则要的厮敬爱相和顺。

(媒婆云)姐姐,我听的人说,你从小儿攻书写字,我却不知。姐姐试说一遍,与我听咱。(正旦唱)

【混江龙】曾把《毛诗》来讲论,那《关雎》为首正人伦[3];因此上,儿求了媳妇,女聘了郎君。琴瑟和调花烛夜,凤凰匹配洞房春,好教我懒临广坐,怕见双亲;羞低粉脸,推整罗裙。也则为俺妇人家,一世儿都是裙带头这个衣食分[4],虽然道人人不免,终觉的分外羞人。

(媒婆云)姐姐,你当初只该拣取一个财主,好吃好穿,

一生受用；似秋老娘家这等穷苦艰难,你嫁他怎的?(正旦云)婆婆,这是甚的言语也!(唱)

【油葫芦】至如他釜有蛛丝甑有尘[5],这的是我命运。想着那古来的将相出寒门,则俺这夫妻现受着齑盐困[6],就似他那蛟龙未得风雷信。你看他是白屋客[7],我道他是黄阁臣[8]。自从他那问亲时,一见了我心先顺,咱人这贫无本,富无根。

(媒婆云)姐姐,如今秋胡又无钱,又无功名。姐姐,你别嫁一个有钱的,也还不迟哩。(正旦唱)

【天下乐】咱人腹内无珍一世贫,你着我改嫁他也波人,则不如先受窘。可曾见做夫人自小里便出身。盖世间有的是女娘,普天下少什么议论,那一个胎胞儿里做县君[9]?

(媒婆云)姐姐,你过去见你父亲母亲者。(做见拜科,云)奶奶,唤你孩儿,有何分付?(卜儿云)媳妇儿,唤你出来,与你父亲母亲递一杯酒。(正旦云)理会的。婆婆将酒来。(递酒科,云)父亲母亲,满饮一杯。(罗、搽旦云)好好好!喜酒儿吃干了也。(卜儿云)孩儿,你慢慢的劝酒,等你父亲母亲宽饮几杯。(外扮勾军人上,云)上命官差,事不由己。自家勾军的便是。今奉上司差遣,着我勾秋胡当军,走一遭去。可早来到鲁家庄也。秋胡在家么?(秋胡见科)(勾军人云)秋胡,我奉上司钧旨,你是一名正军[10],着我来勾你当军去。(做套绳子科)(秋胡云)哥哥且住,待我与母亲说知。(秋胡见卜科,云)母亲,有勾军的奉上司钧旨,在于门首,唤你孩儿当军去。(卜儿云)孩儿,似此可怎了也!(正旦云)婆婆,为甚么这等吵闹?(媒婆云)如今勾你秋胡当军去哩!(正旦云)秋胡,似此怎生是了也!(唱)

【村里迓鼓】都则为一宵的恩爱,揣与我这满怀愁闷。他去了正身,只是俺婆妇每谁怜谁问?我回避了座上客,心间事,着我一言难尽。不争他见我为着那人,耽着贫窭,揾着泪痕,休也着人道女孩儿家直恁般意亲。

(媒婆云)今日方才三日,正吃喜酒儿,勾军的来了。娘呵,我媒婆还不曾得一些儿花红钱钞哩[11]!(正旦唱)

【元和令】他守青灯受苦辛,吃黄齑捱穷困。指望他玉堂金马做朝臣,原来这秀才每当正军。我想着儒人颠倒不如人[12],早难道文章好立身。

(勾军人云)秋胡,快着!文书上期限,一日也耽迟不得的。(秋胡云)哥哥,略待一时儿波。(正旦唱)

【上马娇】王留他情性狠,伴哥他实是村,这牛表共牛筋[13],则见他恶噷噷轮着粗桑棍。这厮每狠,端的便打杀瑞麒麟。

(卜儿云)孩儿娶亲,才得三日光景,划的便勾他当军去,着谁人养活老身?兀的不痛杀我也!(正旦唱)

【游四门】适才个筵前杯酒叙殷勤,又则待仗剑学从军。想着俺昨宵结发谐秦晋,向鸳鸯被不曾温,今日个亲、亲送出旧柴门。

【胜葫芦】还说甚玉臂相交印粉痕,你可便卧甲地生鳞[14]。

须知道离乱之时武胜文。飒人头似滚,噙热血相喷[15],这就是你能报国,会邀勋。

(秋胡云)梅英,我当军去也。你在家好生侍奉母亲,只要你十分孝顺者。(卜儿云)孩儿,你去则去,你勤勤的稍个书信来,着我知道。(正旦唱)

【后庭花】不甫能就三合天地婚[16],避孤虚日月轮[17],望十载功名志,感一朝雨露恩。把翠眉颦,莫不我成亲的时分,下车来冲着岁君[18],拜先灵背了影神[19]?早新妇儿遭恶运,送的他上边庭,离当村。

【柳叶儿】眼见的有家来难奔,畅好是短局促燕尔新婚。莫不我尽今生寡凤孤鸾运,你可也曾量忖,问山人[20],怎生的不拣择个吉日良辰!

(卜儿云)孩儿,你去罢,则要你一路上小心在意,频寄个书信回来,休着我忧心也。(秋胡云)你孩儿理会的,母亲保重将息。(正旦唱)

【赚煞】似这等天阔雁书稀,人远龙荒近[21],教我阁着泪对别酒一樽。遥望见客舍青青柳色新[22],第一程水馆山村。(云)秋胡。(秋胡云)有。(正旦唱)早不由人,和他身上关亲。(云)我想夜来过门,今日当军去。(唱)却正是一夜夫妻百夜恩,破题儿劳他梦魂[23]。赤紧的禁咱愁恨,则索安排下和泪待黄昏。(同媒婆下)

(秋胡云)岳父岳母,好看觑我母亲和妻子梅英者,我当军去也。(罗、搽旦云)这也是你家的本分,我女孩儿的悔气。你去罢。(秋胡做拜别科,云)勾军的哥哥,咱和你同去。(诗云)莫怨文齐福不齐,娶妻三日却分离。军中若把文章用,管取峥嵘衣锦归。(同勾军下)(罗、搽旦云)秋胡当军去了也。亲家母,俺回家去来。(卜儿云)亲家母,孩儿去了,不好留的你,多慢了也。(诗云)本意相留非是假,争奈秋胡勾去当兵甲。(罗、搽旦诗云)明年若不到家来,难道教我孩儿活守寡?(同下)

〔1〕《秋胡戏妻》:本事出于汉代刘向的《列女传》,到唐代的《秋胡变文》,已发展为篇幅较长的俗讲故事,在民间流传。杂剧《秋胡戏妻》融入更多的金元现实生活内容,加写了李大户逼亲、抢亲,和破落财主罗大户为了摆脱债务,不惜卖女逼嫁等情节,从而大大丰富了女主人公梅英甘贫守志、抗暴拒金、"整顿妻纲"的思想内涵,人物形象也更为鲜明具体。剧本情节剪裁得体,风格朴实无华,语言纯是白描,但泼辣犀利,为人物增色不少。故事结尾,丈夫归来,阖家团聚,自是喜事;然而久盼归来的丈夫,却是如此轻薄无行,岂能不悲!悲喜两难,啼笑皆非,这样的结尾,倒也是别有意味的。今据《元曲选》本校注。

〔2〕"人家七子"二句:七子,多指五男二女,家丁兴旺的意思。宋孟元老《东京梦华录》卷五记孕妇临产前,母家送银盆或彩画盆,盛粟杆一束,"上插花朵及通草、帖罗、五男二女花样",用以催生。半边,一作"半壁",指女婿。古代称女婿为半子。

〔3〕"曾把"二句:《毛诗》,即《诗经》,因相传毛亨著《毛诗故训传》解说《诗经》而得名。《关雎》,《诗经》的第一篇,是歌咏男女恋爱的诗篇。

〔4〕裙带头这个衣食分:本意释为妇女穿裙系带。引申为出嫁之

后,就得恪守妇道。

〔5〕釜有蛛丝甑有尘:釜,炊具,锅的一种。甑,蒸煮的炊器。釜有蛛丝,甑中生尘,说明断炊已久,生活贫困。

〔6〕齑(jī基)盐:齑,碎咸菜。吃饭时只有咸菜和盐下饭,喻生活贫困。

〔7〕白屋:茅草房子,穷人所居。

〔8〕黄阁:指官家。参见《陈抟高卧》第二折注〔8〕。

〔9〕县君:古代五品官员的母、妻,可封为县君。

〔10〕正军:元代征兵,贫寒之家,二三户合出一名,出兵的称正军户,其馀的叫贴军户。

〔11〕花红钱钞:这里指赏给媒人的喜钱。

〔12〕儒人颠倒不如人:元代读书人很少有出身的机会,地位很低,所以有这样的谚语。

〔13〕"王留"三句:王留、伴哥、牛表、牛筋,元杂剧中常用的农村少年男子的代名,多含贬义。

〔14〕卧甲地生鳞:形容军士就地而卧的辛苦情景。《三国志平话》卷上:"枕弓沙印月,卧甲地生鳞。"

〔15〕"飐人头"二句:形容战斗场面激烈的情况。元刊本《气英布》第二折〔梁州第七〕作"提人头厮摔,噆热血相喷。"

〔16〕三合天地婚:三合,未详。天地婚,谓天造地设的婚姻,指美满的姻缘。

〔17〕孤虚:即空亡。据说这种日子结婚不利。参见《陈抟高卧》第一折注释〔26〕。

〔18〕岁君:即太岁,木星。古人迷信认为太岁是凶煞,不可冲犯。

〔19〕影神:指祖先的神像。

〔20〕山人:指算卦先生。

〔21〕龙荒:泛指北方荒漠之地。龙,匈奴祭天之所叫龙城。

〔22〕客舍青青柳色新:用唐王维《送元二使安西》诗句。

〔23〕破题儿:古代诗赋,开首几句点明题意,叫破题。这里是开始、起头的意思。

第 二 折

(净扮李大户上,诗云)段段田苗接远村,太公庄上弄猢狲。农家只得锄铇力,凉酸酒儿喝一盆[1]。自家李大户的便是。家中有钱财,有粮食,有田土,有金银,有宝钞;则少一个标标致致的老婆。单是这件,好生没兴。我在这本村里做着个大户,四村上下人家,都是少欠我钱钞粮食的;倒被他笑我空有钱,无个好媳妇,怎么吃的他过[2]!我这村里有一个老的,唤做罗大户,他原是个财主有钱来,如今他穷了,问我借了些粮食,至今不曾还我。他有一个女儿,唤做梅英,尽生的十分好,嫁与秋胡为妻。如今秋胡当军去了,十年不回来。我如今叫将那罗大户来,则说秋胡死了,把他女儿与我做媳妇;那旧时少我四十石粮食,我也饶了他,还再与他些财礼钱;那老子是个穷汉,必然肯许。我早间着人唤他去了,这早晚敢待来也。(罗上,诗云)人道财主叫,便是福星照;我也做过财主来,如何今日听人叫?老汉罗大户的便是。自从秋胡当军去了,可早十年光景也。老汉少李大户四十石粮食,不曾还他;今日李大户唤我,毕竟是这桩事要紧。且去看他有甚说话？无人在此，我自过去。（见科，云）大户唤老汉有甚么事？（李云）兀那老的，我唤将你来，有桩事和你说。你的那女婿秋胡当军去，吃豆腐泻死了。（罗云）谁这般说来？（李云）我听的人说。（罗云）呀！似这般怎了也！（李云）老的，你休烦恼。我问你，你这女婿死了，如今你那女儿年纪幼小，他怎么守的那寡？你把你那女儿改嫁了我吧。（罗云）大户，你说的是何言语？（李云）你若不肯，你少我四十石粮食，我官府中告下来，我就追杀你！你若把女儿与了我呵，我的四十石粮食，都也饶了；我再下些花红羊酒财礼钱，你意下如何？（罗云）大户，容咱慢慢的商议。我便肯了，则怕俺妈妈不肯。（李云）这容易，你如今先将花红财礼去，则要你两个做个计较，等他接了红定[3]，我便牵羊担酒，随后来也。（罗云）我知道。大户，你慢慢的来，我将这红定先去也。（做出门科，云）我肯了，我妈妈有甚么不肯；我如今就将红定先交与亲家母去来。（下）（李云）那老子许了我也，愁他女儿不改嫁与我！如今将着羊酒表里[4]，取梅英去。待他到我家中，扢搭帮放番他[5]，就做营生，何等有趣！正是：洞房花烛夜，金榜挂搥槌[6]。（下）（卜儿上，云）老身刘氏，乃是秋胡的母亲。自从孩儿当军去了，可早十年光景，音信皆无；多亏了我那媳妇儿与人家缝联补绽，洗衣刮裳，养蚕择茧，养活着老身。我这几日身子不快，怎么连不连的眼跳[7]，不知有甚事来? 且只静坐,听他便了。(罗上,云)老汉罗大户。如今到这鲁家庄上,若见了那亲家母时,我自有个主意也。不要人报复,我自过去。(见科,云)亲家母,你这几时好么?(卜儿云)亲家请坐,今日甚风吹的到此?(罗云)亲家母,我为令郎久不回家,我一径的来望你,与你散闷。这里有酒,我递三杯。(卜儿云)多谢亲家! 我那里吃的这酒。(罗递酒三杯科,云)亲家母吃了酒也。还有这一块儿红绢,与我女儿做件衣服儿。(卜儿云)亲家,这般定害你;等秋胡来家呵,着他拜谢亲家的厚意也。(接红科,罗做捆手笑云)了,了,了!(卜儿云)亲家,甚么了了了?(罗云)亲家,这酒和红都不是我的,都是本村李大户的。恰才这三钟酒,是肯酒;这块红,是红定。秋胡已死了也,如今李大户要娶梅英,他自家牵羊担酒来也,我先回去。(诗云)这是李家大户使机谋,谁着你可将他聘礼收,不如早把梅英来改嫁,免的经官告府出场羞。(下)(卜儿云)这老子好无礼也! 他走的去了,你着我见媳妇儿呵,我怎么开言! 媳妇儿那里?(正旦上,云)妾身梅英是也。自从秋胡去了,不觉十年光景;我与人家担好水换恶水,养活着俺奶奶。这几日我奶奶身子有些不快,我恰才在蚕房中来,我可看奶奶去咱。秋胡也,知你几时还家也呵!(唱)

【正宫端正好】想着俺只一夜短恩情,空叹了千万声长吁气,枉教人道村里夫妻[8]。撇下个寿高娘,又被着疾病缠身体,他每日家则是卧枕着床睡。

（云）有人道："梅英也,请一个太医看治你那奶奶。"——你可怕不说的是也。（唱）

【滚绣球】怕不待要请太医看脉息,着甚么做药钱调治？赤紧的当村里都是些打当的牙槌[9]。我这几日告天地,愿他的子母每早些儿欢会。常言道,媳妇是壁上泥皮[10]。则愿的白头娘,早晚迟疾可;（带云）天呵！（唱）则俺那青春子[11],何年可便甚日回？信断音稀！

（见卜儿科,云）奶奶,吃些粥儿波。（卜儿云）媳妇儿,可则一件,虽然秋胡不在家,你是个年小的女娘家,你可梳一梳头,等那货郎儿过来,你买些胭脂粉搽搽脸,你也打扮打扮;似这般蓬头垢面,着人家笑你也。（正旦唱）

【呆骨朵】奶奶道,你妇人家穿一套儿新衣袂,我可也直恁般不识一个好弱也那高低。（带云）秋胡呵！（唱）他去了那五载十年,阻隔着那千山万水。早则俺那婆娘家无依倚,更合着这子母每无笆壁[12]。（卜儿云）媳妇儿,你只待敦葫芦摔马杓哩[13]。（正旦唱）媳妇儿怎敢是敦葫芦摔马杓？（云）奶奶道,等货郎儿过来,买些胭脂粉搽搽。我梅英道,秋胡去了十年,穿的无,吃的无。（唱）奶奶也,谁有那闲钱来补笊篱[14]！

（李大户同罗、搽旦领鼓乐上,李云）我如今娶媳妇儿去来！洞房花烛夜,金榜挂擂槌。（正旦云）有奶奶,门首吹打响,敢是赛牛王社的[15]？待你媳妇看一看咱。

（卜儿云）媳妇儿，你看去波。（正旦做出门见科，云）我道是谁，原来是爹爹和妈妈。你那里去来？（罗云）与你招女婿来。（正旦云）爹爹，与谁招女婿？（罗云）与你招女婿。（正旦云）是甚么言语？与我招女婿！（唱）

【倘秀才】你将着羊酒呵，领着一伙鼓笛。我今日有丈夫呵，你怎么又招与我个女婿？更则道你庄家每葫芦提没见识[16]。（罗云）孩儿，秋胡死了也。如今李大户要娶你哩。（正旦唱）我既为了张郎妇，又着我做李郎妻，那里取这般道理！

（搽旦云）孩儿也，可不道顺父母言，呼为大孝。你嫁了他也罢。（正旦唱）

【滚绣球】我如今嫁的鸡，一处飞，也是你爷娘家匹配，贫和富是您孩儿裙带头衣食。从早起，到晚夕，上下唇并不曾粘着水米，甚的是足食丰衣？则我那脊梁上寒噤，是捱过这三冬冷；肚皮里凄凉，是我旧忍过的饥，休想道半点儿差迟。

（罗云）你休只管闹，你家婆婆接了红定也。（正旦云）这等事？我问俺奶奶去。（见卜儿科，云）奶奶，想秋胡去了十年光景，我与人家担好水换恶水，养活着奶奶；你怎么把梅英又嫁与别人？要我这性命做甚么？我不如寻个死去吧！（卜儿云）媳妇儿，这也不干我事，是你父亲强揣与我红定，是他卖了你也。（卜儿做哭科）（正旦唱）

【脱布衫】他那里哭哭啼啼，我这里切切悲悲。（做出门科，

440

唱）爹爹也，全不怕九故十亲笑耻[17]。（罗云）我待和你婆婆平分财礼钱哩。（正旦唱）则待要停分了两下的财礼。

（罗云）孩儿也，你嫁了他，等我也落得他些酒肉吃。（正旦唱）

【醉太平】爹爹也，大古里不曾吃那些酒食。（搽旦云）孩儿，俺也要做个筵席哩。（正旦唱）奶奶也，只恁般好做那筵席。（李云）小娘子不要多言，你看我这个模样，可也不丑。（做嘴脸，被正旦打科，唱）把这厮劈头劈脸泼拳捶，向前来，我可便挝挠了你这面皮[18]。（带云）这等清平世界，浪荡乾坤，（唱）你怎敢把良人家妇女公调戏！（做见卜儿科，唱）哎呀！这是明明的欺负俺高堂老母无存济。（罗云）嚷这许多做甚么？你这生忿忤逆的小贱人！（正旦唱）倒骂我做生忿忤逆，在爷娘面上不依随。爹爹也，你可便只恁般下的？

（李云）兀那小娘子，你休闹，我也不辱没着你。岂不闻鸾凰只许鸾凰配，鸳鸯只许鸳鸯对。（正旦唱）

【叨叨令】你道是鸾凰则许鸾凰配，鸳鸯则许鸳鸯对。庄家做尽庄家势，（鼓乐响，正旦做怒科，云）你等还不去呵，（唱）留着你那村里鼓儿则向村里擂。（李云）小娘子，你靠前来，似我这般有铜钱的，村里再没两个。（正旦唱）其实我便觑不上也波哥，其实我便觑不上也波哥。我道你有铜钱，则不如抱着铜钱睡！

（罗云）兀那小贱人，比及你受穷，不如嫁了李大户，也得个好日子。（正旦唱）

【煞尾】爹爹也,怎使这洞房花烛拖刀计?(李云)我这模样,可也不丑。(正旦唱)我则骂你闹市云阳吃剑贼,牛表牛筋是你亲戚,大户乡头是你相识。哎!不晓事庄家甚官位?这时分俺男儿在那里:他或是皂盖雕轮绣幕围[19],玉辔金鞍骏马骑,两行公人排列齐,水罐银盆摆的直[20],斗来大黄金肘后随[21],箔来大元戎帅字旗[22];回想他亲娘今年七十岁,早来到土长根生旧乡地,恁时节母子夫妻得完备,我说你个驴马村夫为仇气,那一个日头儿知他是近的谁[23],狼虎般公人每拿下伊。(带云)他道:谁迤逗俺浑家来?谁欺负俺母亲来?(做推李倒科,唱)我可也不道轻轻的便素放了你。(同卜儿下)

(李云)甚么意思,娶也不曾娶的,我倒吃他抢白了这一场,又吃这一跌,我更待干罢!(诗云)只为洞房花烛惹心焦,险被金榜擂槌打断腰。(罗、搽旦诗云)这也是你李家大户无缘法,非关是我女儿忒煞会妆么。(同下)

〔1〕"段段田苗"四句:元杂剧中老农常用的上场诗。猢狲,猴子。农村多称小孩子为小猢狲。第四句原作"答谢天公雨露恩"。这里是打诨,故易以趣语。

〔2〕吃的他过:即受得这口气。

〔3〕红定:订婚物。参见《李逵负荆》第一折注释〔13〕。

〔4〕表里:衣料。

〔5〕扢搭帮:形容声响。这里借喻动作的干脆、利索。

〔6〕"洞房"二句:宋时当人自鸣得意时常咏此二句,第二句原作

"金榜挂名时",这里为了打诨取笑,改作"挂擂槌"。参见《潇湘雨》第二折注释〔14〕。

〔7〕连不连:即不停地。不字语助,无义。

〔8〕村里夫妻:歇后语,又作"庄家夫妻",一步不厮离的意思。见《墨娥小录》卷三十四《中原市语》。

〔9〕打当的牙槌:滥竽充数的江湖医生。打当,随便应付的意思。牙槌,即衙推,衙门中的推官。宋元时期多用以称呼医生。

〔10〕壁上泥皮:封建社会轻视妇女的说法。墙上泥皮掉了还可再涂一层,比喻妻子去后还可续娶。

〔11〕青春子:年青的郎君,丈夫。

〔12〕无笆壁:也作"无巴鼻",没有依靠的意思。

〔13〕敦葫芦摔马杓:因气忿而摔打东西。葫芦、马杓,都是厨房舀水的工具。

〔14〕闲钱补笊篱:比喻做不急之务。笊篱,用竹篾编成的漏勺。

〔15〕赛牛王社:旧时北方农村,于每岁开春后,举行祭赛牛王的活动。牛王,神名。

〔16〕更则道:一作"更做到",即使、纵使的意思。

〔17〕九故十亲:泛指亲朋好友。

〔18〕挝挠:抓。

〔19〕皂盖雕轮绣幕围:形容官员所乘的华贵的车子。皂盖,黑色的伞盖。雕轮,雕花的车子。绣幕:绣花的帷幕。

〔20〕水罐银盆:即水瓶和面盆,官员出行时为仪仗所持。

〔21〕斗来大黄金肘后随:即做了高官,佩带的金印。《晋书·周顗传》:"今年杀诸贼奴,取金印如斗大系肘。"

〔22〕箔:帘子。

〔23〕知他是近的谁:是说官高位显,谁也不敢和他接近。

443

第 三 折

（秋胡冠带上，云）小官秋胡是也。自当军去，见了元帅，道我通文达武，甚是见喜，在他麾下，累立奇功，官加中大夫之职。小官诉说，离家十年，有老母在堂，久缺侍养，乞赐给假还家。谢得鲁昭公可怜[1]，赐小官黄金一饼，以充膳母之资。如今衣锦荣归，见母亲走一遭去。（诗云）想当日哭啼啼远去从军，今日个笑吟吟荣转家门。捧着这赤资资赐黄金奉母，安慰了我那娇滴滴年少夫人。（下）（卜儿上，云）老身秋胡的母亲。自从孩儿去了，音信皆无。前日又吃我亲家气了一场，多亏我媳妇儿有那贞烈的心，不肯嫁人。若是他肯了呵，老身可着谁人侍养？媳妇儿今日早桑园里采桑去了。想他这等勤劳，也则为我老人家来。只愿的我死后，依旧做他媳妇，也似这般侍养他，方才报的他也。天气困人，我且去歇息咱。（下）（正旦提桑篮上，云）采桑去波。（唱）

【中吕粉蝶儿】自从我嫁的秋胡，入门来不成一个活路[2]，莫不我五行中合见这鳏寡孤独[3]？受饥寒，捱冻馁，又被我爷娘家欺负。早则是生计萧疏，更值着没收成，歉年时序。

【醉春风】俺只见野树一天云，错认做江村三月雨[4]。也不知是谁人激恼那天公，着俺庄家每受的来苦，苦。说甚么万种恩情，刚只是一宵缱绻，早分开了百年夫妇。

（云）可来到桑园里也。（唱）

【普天乐】放下我这采桑篮,我拣着这鲜桑树。只见那浓阴冉冉,翠锦哎模糊[5]。冲开他这叶底烟,荡散了些梢头露。(做采桑科,唱)我本是摘茧缫丝庄家妇,倒做了个拈花弄柳的人物。我只怕淹的蚕饥[6],那里管采的叶败,攀的枝枯。

(云)我这一会儿热了也,脱下我这衣服来,我试晾一晾咱。(做晒衣服科)(秋胡换便衣上,云)小官秋胡。来到这里,离着我家不远,我更改了这衣服。兀的不是我家桑园!这桑树都长成了也。我近前去,这桑园门怎么开着?我试看咱。(做见正旦科,云)一个好女人也!背身儿立着,不见他那面皮,则见他那后影儿,白的是那脖颈,黑的是那头发;可怎生得他回头,我看他一看,可也好那。哦!待我着四句诗嘲拨他[7],他必然回头也。(做吟科,诗云)二八谁家女,提篮去采桑。罗衣挂枝上,风动满园香。可怎么不听的?待我再吟。(又吟科)(正旦回身取衣服做见,云)我在这里采桑,他是何人,却走到园子里面来,着我穿衣服不迭。(秋胡做揖科,云)小娘子,支揖。(正旦惊还礼科,唱)

【满庭芳】我慌还一个庄家万福[8]。(秋胡云)不敢!小娘子。(正旦唱)他不是闲游的浪子,多敢是一个取应的名儒。我见他便躬着身,插着手,陪言语。你既读那孔圣之书,(秋胡云)小娘子,有凉浆儿,觅些与小生吃波。(正旦唱)我是个采桑养蚕妇女,休猜做锄田送饭村姑。(秋胡云)这里也无人,小娘子,你近前来,我与你做个女婿,怕做甚么?(正旦怒科,唱)他酪子里丢抹娘一句[9],怎人模人样,做出这等不君子待何如?

（秋胡云）小娘子,左右这里无人,我央及你咱。力田不如见少年,采桑不如嫁贵郎[10],你随顺了我吧。（正旦云）这厮好无礼也!（唱）

【上小楼】你待要谐比翼,你也曾听杜宇[11],他那里口口声声,撺掇先生不如归去。（秋胡云）你须是养蚕的女人,怎么比那杜宇?（正旦唱）你道是不比俺那养蚕处,好将伊留住;则俺那蚕老了,到那里怎生发付?

（秋胡背云）不动一动手也不中。（做扯正旦科,云）小娘子,你随顺了我吧。（正旦做推科,云）靠后!（唱）

【十二月】兀的是谁家一个匹夫?畅好是胆大心粗!眼脑儿涎涎邓邓[12],手脚儿扯扯也那捽捽。（秋胡云）你飞也飞不出这桑园门去。（正旦唱）是他便拦住我还家去路,我则索大叫波高呼。

（做叫科,云）沙三,王留,伴哥儿,都来也波!（秋胡云）小娘子休要叫!（正旦唱）

【尧民歌】桑园里只待强逼做欢娱,諕的我手儿脚儿滴羞蹀躞战笃速[13]。他便相偎相抱扯衣服,一来一往当拦住。当也波初,则道是峨冠士大夫[14],原来是个不晓事的乔男女。

（秋胡背云）且慢者,这女子不肯,怎生是了?我随身有一饼黄金,是鲁君赐与我侍养老母的,母亲可也不知。常言道,财动人心,我把这一饼黄金与了这女子,他好歹随顺了我。(做取砌末,见正旦科,云)兀那小娘子,你肯随顺了我,我与你这一饼黄金。(正旦背云)这弟子孩儿无礼也!他如今将出一饼黄金来,我则除是恁般。兀那厮,你早说有黄金不的?你过这壁儿来,我过那壁儿看人去。(秋胡云)他肯了也。你看人去。(正旦做出门科,云)兀那禽兽,你听者!可不道男子见其金易其过,女子见其金不敢坏其志[15]。那禽兽见人不肯,将出黄金来,你道黄金这般好用的!(唱)

【耍孩儿】可不道书中有女颜如玉[16]。(秋胡云)呀!倒吃了他一个酱瓜儿[17]!(正旦唱)你将着金,要买人尤云殢雨,却不道黄金散尽为收书[18]。哎!你个富家郎,惯使珍珠,倚仗着囊中有钞多声势,岂不闻财上分明大丈夫?不由咱生嗔怒,我骂你个沐猴冠冕,牛马襟裾[19]!

(秋胡云)小娘子,你不肯,我跟你家里去,成就这门亲事,可不好也?(正旦唱)

【二煞】俺那牛屋里怎成得美眷姻,鸦窠里怎生着鸾凤雏,蚕茧纸难写姻缘簿,短桑科长不出连枝树,沤麻坑养不活比目鱼,辘轴上也打不出那连环玉[20]。似你这伤风败俗,怕不的地灭天诛。

(秋胡云)小娘子休这等说,你若还不肯呵,我如今一不做二不休,拚的打死你也。(正旦云)你要打谁?(秋胡云)我打你。(正旦唱)

【三煞】你瞅我一瞅,黶了你那额颅[21];扯我一扯,削了你那

447

手足;你汤我一汤,拷了你那腰截骨;掐我一掐,我着你三千里外该流递[22];搂我一搂,我着你十字阶头便上木驴。哎!吃万剐的遭刑律!我又不曾掀了你家坟墓,我又不曾杀了你家眷属。

(秋胡云)这婆娘好无礼也!你不肯便罢了,怎么这般骂我?(正旦提桑篮科,唱)

【尾煞】这厮睁着眼,觑我骂那死尸;腆着脸,看我咒他上祖。谁着你桑园里,戏弄人家良人妇!便跳出你那七代先灵[23],也做不的主。(下)

(秋胡云)我吃他骂了这一顿,我将着这饼黄金,回家侍养老母去也。(诗云)一见了美貌娉婷,不由的我便动情。用言语将他调戏,倒被他骂我七代先灵。(下)

〔1〕鲁昭公:春秋时鲁国国君。

〔2〕入门来不成一个活路:指结婚以后一直生活困难。

〔3〕五行:金、木、水、火、土。古代星相家的迷信说法,认为人的命运分属五行,五行相生或相克,关系着人一生命运的好坏。

〔4〕"俺只见"二句:写农民久旱盼雨的急切心情。

〔5〕"浓阴冉冉"二句:形容桑树枝叶长得茂密可爱。翠锦,指桑叶。

〔6〕淹的:这里是"耽误"的意思。

〔7〕嘲拨:嘲戏、逗引。

〔8〕万福:唐宋时妇女见人行礼时,口称万福,后为妇女行礼之代称。

〔9〕酪子里丢抹娘一句:猛然间说出一句羞辱人的话。酪子里,突

然。丢抹,羞辱。

〔10〕"力田"二句:出汉刘向《列女传》卷五"秋胡子妻"条,原作"力田不如逢丰年,力桑不如见国卿。"

〔11〕杜宇:即杜鹃鸟,传为蜀望帝的魂魄所变,叫声如人语"不如归去"。

〔12〕眼脑儿涎涎邓邓:两眼贼溜溜的。眼脑,一作"眼老",即眼睛。涎涎邓邓,贪婪、诡媚的样子。

〔13〕滴羞跌躞(dié xiè 蝶屑):也作"滴羞跌屑",手足战栗、颤抖的样子。

〔14〕峨冠士大夫:峨冠博带,即高帽阔带,是古代士大夫的妆束。

〔15〕"可不道"二句:出处待考。首句"过"字疑误。两句意为:男子见钱容易失其守,女子见钱不敢坏其节。

〔16〕书中有女颜如玉:旧传宋真宗《劝学文》中有"书中自有黄金屋,书中自有颜如玉"等句。

〔17〕倒吃了他一个酱瓜儿:意思是倒被他奚落一场、酱瓜儿,不解。

〔18〕黄金散尽为收书:传为吕洞宾《书沈东老壁》诗:"白酒酿来缘好客,黄金散去为收书。"见宋叶梦得《避暑录话》。

〔19〕沐猴冠冕,牛马襟裾:猕猴戴帽子,牛马穿衣衫,即衣冠禽兽的意思。

〔20〕辘轴:即辘轳,北方农村中汲取井水的装置,架于井上,轴上绕绳,两端各系水桶,搅动时一上一下,井水自出。

〔21〕黥(qíng 擎):古代肉刑之一,用刀将字刺刻在犯人面颊上,涂墨。

〔22〕流递:即流配,将犯人流放于边远之地。

〔23〕先灵:祖先。

第 四 折

（卜儿上，诗云）朝随日出采柔桑，采到将中不满筐[1]。方信遍身罗绮者，从来不是养蚕娘[2]。老身秋胡的母亲便是。我媳妇儿采桑去了。这早晚怎生不见回家也！（秋胡冠带引祗从上，云）小官秋胡。来到此间，正是自家门首，不免径入。母亲，你孩儿回来了也。（卜儿惊问云）官人是谁？（秋胡云）则你孩儿，便是秋胡。（卜儿云）孩儿，你得了官也！则被你想杀老身也！（秋胡送金科，云）母亲，你孩儿得了官，现做中大夫之职，鲁君着我衣锦还乡，赐一饼黄金，奉养老母。（卜儿云）孩儿，这数年索是辛苦也。（秋胡云）母亲，梅英那里去了？（卜儿悲科，云）孩儿，你去了十年光景，若不是你这媳妇儿养活我呵，这其间饿杀老身多时也。今日梅英到桑园里采桑去了。（秋胡云）母亲，梅英那里去了？（卜儿云）他采桑去了。这早晚敢待来也。（秋胡云）嗨！适才桑园里逗的那个女人，敢是我媳妇么？他若回来时，我自有个主意。（正旦慌上，云）走，走，走！（唱）

【双调新水令】若不是江村四月正农忙，扯住那吃敲才决无轻放。第一来怕鸦飞天道黑[3]，第二来又则怕蚕老麦焦黄[4]。满目柔桑，一片林庄，急切里没个邻里街坊，我则怕人见，甚勾当。

（云）俺家又不是会首大户[5]，怎么门前拴着一匹马？我把这桑篮儿放在蚕房里，我试看咱。这弟子孩儿无礼也，他桑园里逗引我，见我不肯，他公然赶到我家里来也。（唱）

【甜水令】这厮便倚强凌弱，心粗胆大，怎敢来俺庄上？不由的忿气夯胸膛[6]。我这里便破步撩衣，走向前来，揎住罗裳，咱两个明有官防[7]。

（做扯秋胡科）（卜儿云）媳妇儿，你休扯他。他是秋胡，来家了也。（正旦放手科，唱）

【折桂令】呀！原来你曾参衣锦也还乡。（做出门叫秋胡科，云）秋胡，你来！（秋胡云）梅英，你唤我做甚么？（正旦云）你曾逗人家女人来么？（秋胡背云）我决撒了也[8]！则除是这般。梅英，我几曾逗人来？（正旦唱）谁着你戏弄人家妻儿，迤逗人家婆娘！据着你那愚滥荒唐[9]，你怎消的那乌靴象简，紫绶金章？你博的个享富贵朝中栋梁，（带云）我怎生养活你母亲十年光景也！（唱）你可不辱没杀受贫穷堂上糟糠。我捱尽凄凉，熬尽情肠，怎知道为一夜的情肠，却教我受了那半世儿凄凉！

（卜儿云）媳妇儿，你来。（正旦同秋胡见卜科）（卜儿云）媳妇儿，鲁君赐我孩儿一饼黄金，侍养老身。这十年间多亏了你，将这黄金我酬谢你，收了者。（正旦云）奶奶，媳妇儿不敢要，留着与奶奶打簪儿戴。（做出门科，云）秋胡，你来！（秋胡云）你又唤我做甚么？（正旦唱）

【乔牌儿】你做贼也呵,我可拿住了赃。哎!你个水晶塔便休强[10],这的是鲁公宣赐与个头厅相,着还家来侍奉你娘。

(云)假若这黄金,若是别人家妇女呵!(唱)

【豆叶黄】接了黄金,随顺了你才郎,也不怕高堂饿杀了你那亲娘。福至心灵,才高语壮,须记的有女怀春诗一章[11]。我和你细细斟量,可不道要我桑中,送咱淇上[12]。

(云)秋胡,你可曾逗人家妇人来么?(秋胡云)你好多心也!(正旦唱)

【川拨棹】那佳人可承当?(做拿桑篮科,唱)不俫,我提篮去采桑。空着我埋怨爹娘,选拣东床,相貌堂堂,自一夜花烛洞房,怎提防这一场。

【殿前欢】你只待金殿里锁鸳鸯,我将那好花输与你个富家郎。耽着饥每日在长街上,乞些儿剩饭凉浆,你与我休离书纸半张。(秋胡云)你怎么问我讨休书来?(正旦唱)早插个明白状,也留与傍人做个话儿讲,道女慕贞节,男效才良[13]。

(卜儿云)秋胡,你为甚么这般吵闹?(秋胡云)母亲,梅英不肯认我哩!(卜儿云)媳妇儿,你为甚么不认秋胡那?(正旦云)秋胡,你听者:贞心一片似冰清,郎赠黄金妾不应;假使当时陪笑话,半生谁信守孤灯!秋胡,将休书来,将休书来!(秋胡云)梅英,你差矣!我将着五花官诰,驷马高车,你便是夫人县君,怎忍的便索休离去了也?(正旦唱)

【雁儿落】谁将这五花官诰汤？谁将这霞帔金冠望？（带云）便有呵，（唱）我也则牢收箱柜中，怎敢便穿在咱身躯上。

【得胜令】呀！又则怕风动满园香。（李大户同罗、搽旦、杂当上，李云）他受了我红定，倒被他抢白一场，难道便罢了？我如今带领了许多狼仆，抢亲去也！（罗、搽旦云）今日是个好日辰，我和你抢他娘去。（做见科，云）兀的不是我女儿梅英？（正旦唱）走将来雪上更加霜。早是俺这钓鳌客咱不认，哎！你个使牛郎休更想[14]。（秋胡喝云）兀那厮，你来我家里做甚么？（李惊云）呀！原来他做了官，不是军了也！我闻知你衣锦荣归，特来贺喜。（罗、搽旦云）呸！这等，你说他死了也。（李云）他不死，倒是我死。（秋胡云）原来那厮假捏流言，夺人妻女。左右，与我拿下，送到钜野县去[15]，问他一个重重罪名。（祗从做缚科）（李云）这也不是我的主意，就是你的岳翁、岳母，欠了我四十担粮食，将他女儿转卖与我的。（秋胡云）这等，一发可恶。明明是广放私债，逼勒卖女了。左右，你去与县官说知，着重责四十板，枷号三个月[16]，罚谷一千石，备济饥民，毋得轻纵者！（祗从云）理会的。（李云）一心妄想洞房春，谁料金榜擂槌有正身。（罗、搽旦云）我们也没嘴脸在这里，不如只做送李大户到县去，暗地溜了。（诗云）如今且学乌龟法，只是缩了头来不见人。（同下）（卜儿云）媳妇儿，你若不肯认我孩儿呵，我寻个死处。（正旦唱）谑的我慌忙则这小鹿儿在心头撞，有的来商也波量。（云）奶奶，我认了秋胡也。（卜儿云）媳妇儿,你认了秋胡,我也不寻死了。(正旦云)罢罢罢!(唱)则是俺那婆娘家不气长[17]!

(卜儿云)媳妇儿,你既认了,可去改换梳洗,和秋胡孩儿两个拜见咱。(正旦下,改扮上,同秋胡先拜卜儿,次对拜科)(正旦唱)

【鸳鸯煞】若不为慈亲年老谁供养,争些个夫妻恩断无承望。从今后卸下荆钗,改换梳妆。畅道百岁荣华,两人共享。非是我假乖张,做出这乔模样;也则要整顿我妻纲[18],不比那秦氏罗敷,单说得他一会儿夫婿的谎[19]。

(秋胡云)天下喜事,无过子母完备,夫妇谐和。便当杀羊造酒,做个庆喜筵席。(词云)想当日刚赴佳期,被勾军蓦地分离。苦伤心抛妻弃母,早十年物换星移。幸时来得成功业,着锦衣脱去戎衣。荷君恩赐金一饼,为高堂供膳甘肥。到桑园糟糠相遇,强求欢假作痴迷。守贞烈端然无改,真堪与青史标题。至今人过距野寻他故老,犹能说鲁秋胡调戏其妻。

  题目 贞烈妇梅英守志
  正名 鲁大夫秋胡戏妻

〔1〕将中:将近中午。
〔2〕"方信"二句:出宋张俞《蚕妇》诗:"昨日入城市,归来泪满巾。遍身罗绮者,不是养蚕人。"
〔3〕鸦飞天道黑:乌鸦归巢,天色已晚。天道,天气,天色。
〔4〕蚕老麦焦黄:蚕老麦黄,正是农村最忙的季节。

〔5〕会首:农村里迎神赛会的管事人。

〔6〕夯(hāng 杭阴平):气塞,气堵。

〔7〕官防:见官府,打官司。

〔8〕决撒:败露,被揭穿。

〔9〕愚滥:愚蠢,行为不检。

〔10〕水晶塔:外表通彻透亮,而内里闭塞不通。比喻人外表聪明,心里糊涂。塔,梵语译音为浮图;浮图谐音糊涂,故有这样的比喻。

〔11〕有女怀春诗一章:指《诗经·召南·野有死麕》:"有女怀春,吉士诱之。"写一男子引诱美丽女子,女子亦与之相会的故事。

〔12〕要我桑中,送咱淇上:《诗经·鄘风·桑中》:"期我乎桑中,要我乎上宫,送我乎淇之上矣。"写男女相约相会之情。桑中、上宫、淇上,都是他们约会的地方。

〔13〕"女慕贞洁"二语:是说女的要贞洁,男的要有才能。出《千字文》,参见《墙头马上》第三折注释〔29〕。

〔14〕使牛郎:即庄家汉。指李大户。

〔15〕钜野县:即今山东巨野。

〔16〕枷号:带枷示众的刑罚,又叫枷示。号,宣示其罪状。

〔17〕不气长:不争气,气短。

〔18〕妻纲:封建社会中的三纲之一,即夫为妻纲。这里反用其意,意为立起妻子做人的志气。

〔19〕"秦氏罗敷"二句:罗敷,古乐府诗《陌上桑》中的女主人公,她出外采桑,被太守调戏,她说:"使君自有妇,罗敷自有夫。"并故意夸说自己的夫婿的外貌和官职而拒绝了太守。

孟汉卿

孟汉卿,亳(bó 泊)州(今属安徽)人。元前期杂剧家,生平不详。所作杂剧虽仅《张孔目智勘魔合罗》一种,然由此名噪一时,为人们所推许。明初,贾仲明吊词评此剧曰:"运□节,意脉精,有〔黄钟〕、〔商调〕新声。喧燕赵,响玉京,广做多行。"可见其受到社会欢迎的热烈程度。

张孔目智勘魔合罗[1]

楔 子

(冲末扮李彦实引净李文道上)(诗云)月过十五光明少,人到中年万事休。儿孙自有儿孙福,莫为儿孙作马牛[2]。老汉姓李,名彦实。在这河南府录事司醋务巷住坐[3]。嫡亲的五口儿家属:这个是孩儿李文道,还有个侄儿李德昌,侄儿媳妇刘玉娘,侄儿跟前有个小厮,叫做佛留。侄儿如今要往南昌做买卖去,说今日来辞我,怎生这早晚还不见来?(正末扮李德昌同旦、俫上,云)自家李德昌是也。这个是我浑家刘玉娘,这个是我孩儿佛留。我开着个绒线铺。这对门是我叔父李彦实,有个兄弟唤做李文道,乃是医士。我在这长街市上算了一卦,道我有一百日灾难,千里之外可避。我今一来躲灾,二来往南昌做些买卖。大嫂,咱三口儿辞叔父去来。(旦云)咱去来波。(正末做见李彦实科,云)叔父,你孩儿去南昌做买卖,就避灾难。今日是好日辰,特来拜辞叔父。(李彦实云)孩儿,你去则去,路上小心者。(正末向李文道云)兄弟,好看觑家中。(李文道云)哥哥,早些儿回来。(正末云)叔父,您孩儿今日便索长行也。(做出门科,旦云)李大,你今日做买卖去,我有句话敢说么!(正末云)有何说?(旦云)小叔叔时常调戏我。(正末怒云)噤声!我在家时不说,及至今日临行,说这等言语!大嫂,再也休提,你则好看家中,小心在意者。(唱)

【仙吕赏花时】则为你叔嫂从来情性乖,我因此上将伊曾劝解。(旦悲科云)你去了,我怎了也!(正末唱)你可便省烦恼,莫伤怀。你则照管这家私里外,(带云)别的不打紧,(唱)你是必好觑当小婴孩[4]。

(旦云)这个我自知道,则要你挣闆者。(正末唱)

【幺篇】则俺这男子为人须挣闆,我向这外府他乡做买卖。(旦云)你则是早些回来。(正末唱)休则管泪盈腮,多不到一年半载,但得些利便回来。(同旦下)

(李彦实云)李文道,你哥哥做买卖去了,你无事休到嫂嫂家去。我若知道,不道的饶了你哩。(诗云)正是叔

457

嫂从来要避嫌,况他男儿为客去江南;你若无事到他家里去,我一准拿来打十三[5]。(同下)

〔1〕《魔合罗》:是剧名,也是破案的关键。本剧围绕着刻画人物,来展开剧情和矛盾的解决,魔合罗这个名字在剧本中先后出现二十馀次。写魔合罗主要是为了写人,写人又紧紧抓住魔合罗,尤以第四折〔叫声〕、〔醉春风〕、〔滚绣球〕、〔倘秀才〕、〔蛮姑儿〕诸曲尤为出色。剧情曲折,丝丝入扣,人物生动,语言朴质而又饶有情趣,是元代公案剧中少有的佳作。魔合罗,出于梵语,又作磨喝罗、摩诃罗,是一种用土木或玉石雕塑的小偶人,农历七月七日供养,用于乞巧。元杜仁杰〔集贤宾〕《七夕》散套:"把几个摩诃罗摆起,齐拜礼,端的是塑得可嬉。"现据《元曲选》本校注,并以他本参校。

〔2〕"月过"四句:宋元戏曲常语,见于关汉卿《蝴蝶梦》楔子。后两句出北宋道士徐守信《绝句》,儿孙福,原作"儿孙计"。

〔3〕河南府录事司:河南府,即今河南洛阳。录事司,官署名。元代于路府治所,置录事司,以掌城中户民之事,正八品。见《元史·百官志》(七)。

〔4〕觑当:照管,看护。

〔5〕打十三:宋代刑法,徒刑有五,徒一年者杖脊十三;又杖刑有五,杖六十者,折臀杖十三。后来泛称挨打为"打十三"。

第 一 折

(旦上云)妾身刘玉娘是也。有丈夫李德昌贩南昌买卖去了。今日无甚事,我开开这绒线铺,看有甚么人来。(李文道上,云)自家李文道便是。开着个生药铺,人顺口都叫我做赛卢医。有我哥哥李德昌做买卖去了,则有俺嫂嫂在家,我一心看上他;争奈俺父亲教我不要往他家去。如今瞒着父亲,推看他去,就调戏他。肯不肯,不折了本。来到门首也,我自过去。(见旦科,云)嫂嫂,自从哥哥去后,不曾来望得你。(旦云)你哥哥不在家,你来怎么?(李云)我来望你,吃盅茶,有甚么事。(旦云)这厮来的意思不好,我叫父亲去。父亲!(李彦实上,云)是谁叫我?(旦云)是您孩儿。(李彦实云)孩儿,你叫我怎的?(旦云)小叔叔来房里调戏我来,因此与父亲说。(李彦实见科,云)你又来这里怎的?(做打文道下)(李彦实云)若那厮再来,你则叫我,不道的饶了他哩。我打那弟子孩儿去。(下)(旦云)似这般,几时是了!我收了这铺儿。李德昌,你几时来家?兀的不痛杀我也!(下)(正末挑担上,云)是好大雨也呵!(唱)

【仙吕点绛唇】七月才初,孟秋时序犹存暑[1]。穿着这单布衣服,怎避这悬麻雨?

【混江龙】连阴不住,荒郊一望水模糊。我则见雨迷了山岫,云锁了青虚[2]。(带云)这雨大不大?(唱)云气深如倒悬着东大海,雨势大似翻合了洞庭湖。好教我满眼儿没处寻归路,黑暗暗云迷四野,白茫茫水淹长途。

(云)这雨越下的大了也!(唱)

【油葫芦】恰便似画出潇湘水墨图,淋的我湿渌渌,更那堪吉丢古堆波浪渲城渠[3]。你看他吸留忽刺水流乞留曲律路[4]，更和这失留疏刺风摆希留急了树[5]。怎当他乞纽忽浓的泥[6]，更和他匹丢扑搭的淤[7]。我与你便急章拘诸慢行的赤留出律去[8]，我则索滴羞跌屑整身躯[9]。

【天下乐】百忙里鞋儿断了乳[10]，好着我难行。也是我穷对付，扯将这蒲包上苘麻且系住[11]。淋的我头怎抬，走的我脚怎舒，好着我眼巴巴无是处。

（云）远远的一座古庙，我且向庙中避雨咱。（放担科）

（云）我放下这担儿。原来是五道将军庙[12]；多年倒塌了，好是凄凉也。（唱）

【醉中天】折供桌撑着门户，野荒草遍阶除。（云）五道将军爷爷：自家李德昌便是。做买卖回来，望爷爷保护咱。（唱）我这里捻土焚香画地炉[13]，我拜罢也忙瞻顾，多谢神灵祐护。望爷爷金鞭指路[14]，则愿无灾殃早到乡闾。

（云）一场好大雨也！衣服行李尽都湿了，我脱下这衣服来试晒咱。（唱）

【醉扶归】我这里扭我这单布裤，晒我这湿衣服。（云）怎生这般漏？哦！原来是这屋宇坍塌了，所以这般漏。我试看这行李咱。（唱）我则怕盖行李的油单有漏处，我与你须索从头觑。（云）且喜得都不曾湿。嗨，可怎生这等漏得紧？（唱）奇怪这两三番揩不干我这额颅。（云）可是为甚么？呆汉，你慌怎的？（唱）可忘了将我这湿渌渌头巾去。

（云）我脱下这衣服来晒咱。（做脱衣科）我出这庙门看

天色咱。(做出门科)哎呀! 我这一会增寒发热起来,可怎了也!(唱)

【一半儿】恰便是小鹿儿扑扑地撞我胸脯,火块似烘烘烧我肺腑。(云)敢是我这身体不洁净,触犯神灵? 望金鞭指路,圣手遮拦!(唱)莫不是腥臊臭秽把你这神道触?(云)李德昌,你差了也! 既为神灵,怎见俺众生过犯。(唱)我可也重思虑,(带云)我猜着这病也。(唱)多敢是一半儿因风一半儿雨。

(云)可怎生得一个人来寄信与我浑家,教他来看我也好。我且歇息咱。(外扮高山挑担子上,云)呵呀! 好大雨也! 来到这五道将军庙躲躲雨咱。(做放下担儿科,云)老汉高山是也。龙门镇人氏[15],嫡亲的两口儿,有个婆婆。每年家赶这七月七,入城来卖一担魔合罗。刚出的这门,四下里布起云来,则是盆倾瓮溉相似。早是我那婆子着我拿着两块油单纸,不是都坏了。我试看咱,谢天地,不曾坏了一个。这个鼓儿是我衣饭碗儿,着了雨皮松了也;我摇一摇,还响哩。(正末云)兀的不有人来也! 惭愧!(唱)

【金盏花】淋的来不寻俗,猛听得早眉舒,那里这等不朗朗摇动蛇皮鼓? 我出门来观觑,他能迭落,快铺谋[16];他有那关头的镊钗子[17],压鬓的骨头梳,他有那乞巧的泥媳妇[18],消夜的闷葫芦[19]。

(正末做捵过揖,云)老的,祗揖。(高山云)阿呀! 有鬼

461

也!(正末云)我不是鬼,我是人。(高山云)你是人,做这短见勾当。先叫我一声,我便知道是人,你猛可里搠将过来唱喏。多年古庙,前后没人,早是我也,若是第二个,不諕杀了?(高山挞土科,正末云)你待怎么?(高山云)惊了我凶子哩[20]。(正末云)老的,小人也是货郎儿。老的,你进来坐一坐咱。(高山云)老汉与你坐一坐。你勒着手帕做甚么?(正末云)老的,我在这庙里避雨,脱的衣服早了,冒了些风寒。老的,你如今那里去?(高山云)我往城里做买卖去。(正末云)老的,怎生与我寄个信去咱。(高山云)哥哥,我有三桩戒愿:一不与人家作媒,二不与人家做保,三不与人家寄信。(正末云)自家河南府在城醋务巷居住,小人姓李,名德昌,嫡亲的三口儿;浑家刘玉娘,孩儿佛留。小人往南昌做买卖去,如今利增百倍也。(高山起身云)住住住!(出门看科,云)这里有避雨的,都来一搭儿说话咱!有也无?(入见正末云)有你这等人!谁问你?说出这个话来!倘或有人听的,图了你财,致了你命,不干生受了一场。你知道我是甚么人?便好道:画虎画皮难画骨,知人知面不知心。(正末云)这那里便有贼。老的,我如今感了风寒,一卧不起,只望老的你便寄个信与俺浑家,教他来看我。若不肯寄信去,我有些好歹,就是老的误了我性命。(高山云)那个央人的到会放刁!我今日破了戒,我则寄你这一个信。你在那里住坐?有什么门面

铺席？两邻对门是甚么人家？说的我知道，你则将息你那病症。（正末唱）

【后庭花】俺家里有一遭新板闼[21]，住两间高瓦屋；隔壁儿是个熟食店，对门儿是个生药局。怕老的若有不知处[22]，你则问那里是李德昌家绒线铺，街坊每他都道与。

（高山云）我知道了，你放心。（正末云）老的，在心者，是必走一遭去。（唱）

【赚煞】你是必记心怀，你可也休疑虑。不是我嘱咐了重还嘱咐，争奈自己耽疾难动举。你教他借马寻驴莫踌躇。争奈纸笔全无，怎写平安两字书[23]？老的，只要你莫阻，说与俺看家拙妇，教他早些来把我这病人扶。（下）

（高山云）出的这庙门来，住了雨也。则今日往城里卖魔合罗，就与李德昌寄信走一遭去。（下）

〔1〕孟秋：秋季的第一个月，即农历七月。

〔2〕青虚：青天，青空。

〔3〕吉丢古堆：拟声词，大水汇聚，波浪冲击的声音。

〔4〕吸留忽剌：即希哩哗啦，野水纵横乱流的声音。

〔5〕"更和这"句：失留疏剌，风声。希留急了，树枝摇晃摆动的样子。

〔6〕乞纽忽浓：在稀泥中行走的滑步声。

〔7〕匹丢朴搭：在淤泥中行走的拨步声。

〔8〕赤留出律：滑步兼急走的声音。

〔9〕滴羞跌屑：慌乱颤抖的样子。本剧第二折〔喜迁莺〕曲："迭屑屑魂飞胆落"，义同。参见《秋胡戏妻》第三折注释〔13〕。

〔10〕乳:草鞋上穿绳子的内外两耳叫乳。

〔11〕苘(qǐng 请)麻:麻类植物的一种,用以织布或搓绳。

〔12〕五道将军:传说五道将军是东岳部下神将,掌管世人生死之事,故为人们所敬奉。

〔13〕捻土焚香画地炉:仓促之间,只好捻土为香,画地为炉,向神灵祈求保护。

〔14〕金鞭指路:元曲中常与"圣手遮拦"连用,请求神灵指引,逢凶化吉。

〔15〕龙门镇:《金史·地理》(中):河南府洛阳县有龙门镇。

〔16〕能迭落,快铺谋:指买卖做的很灵活,价格上能跌能落,招揽顾主能用心机。迭落,即跌落。铺谋,使用计谋。

〔17〕镴(là 蜡)钗子:用铅、锡合金所制的钗子。

〔18〕泥媳妇:魔合罗的一种,用泥塑的女孩儿。

〔19〕闷葫芦:玩具。

〔20〕囟(xìn 信)子:囟门儿。小儿囟门未长合前,受惊后大人抓点土在上面擦一擦,俗谓可以压惊。

〔21〕板闼:或作"板搭",即铺板门。

〔22〕不知处:原作"不是处",据元刊本改。

〔23〕平安两字书:指报平安的家书。

第 二 折

(李文道上,云)自家李文道。今日无甚事,我且到这药铺门前觑者,看有甚么人来。(高山上,云)老汉高山是也。来到这河南府城里,不知那里是醋务巷?我放下这担儿,试问人咱。(见李文道科,云)哥哥,敢问那里是醋务巷？（李文道云）你问他怎的？（高山云）这里有个李德昌，他去南昌做买卖回来，利增百倍；如今在城南五道将军庙里染病，教我与他家寄个信。（李文道背云）好了，则除是这般[1]！（回云）老的，这是小醋务巷，还有大醋务巷。你投东往西行，投南往北走，转过一个弯儿，门前有株大槐树，高房子，红油门儿，绿油窗儿，门上挂着斑竹帘儿，帘儿下卧着个哈叭狗儿，则那便是李德昌家。（高山云）谢了哥哥。（做挑担行科）好哥哥说与我："投东往西行，投南往北走，转过弯儿，门前一株大槐树，高房子，红油门儿，绿油窗儿，挂着斑竹帘儿，帘儿下卧着个哈叭狗儿。"假若走了那哈叭狗儿，我那里寻去？（下）（李文道云）便好道人有所愿，天必从之。他如今得病了，我也不着嫂嫂知道，我将这服毒药走到城外药杀他。那其间，老婆也是我的，钱物也是我的，凭着我一片好心，天也与我半碗饭吃。（下）（旦同俫儿上，云）妾身刘玉娘。自从丈夫李德昌南昌做买卖去了，音信皆无。今日开开这铺儿，看有甚么人来。（高山上，云）走杀我也！把那贼弟子孩儿，他说道还有个大醋务巷，那里不走过来！（放下担科，云）我把那精驴贼丑生弟子孩儿！原来则这个醋务巷，着我沿城走了一遭，左右则在这里。（旦出门见科，云）兀那老子，好不晓事，人家做买卖去处，你当着门做甚么？（高山云）你看我的造物[2]！头里着个弟子孩儿哄的我走了一日，如今又遭

465

这婆娘抢白我！哎！你也怨你自己,当初不与李德昌寄信,可也没这场勾当。(旦云)兀那老的,你那里见李德昌来？请家里吃茶波。(高山云)搅了你家买卖。(旦云)老的,你那里见李德昌来？(高山云)嫂子敢是刘玉娘？(旦云)则我便是。(高山云)这小的敢是佛留？(旦云)正是。老的,你怎么知道？(高山云)嫂嫂,如今李德昌利增百倍,在城外五道将军庙里染病,你快寻个头口取他去！(旦云)多多亏了老的！等李德昌来家,慢慢的拜谢你老人家。(俫儿上,云)奶奶,我要个魔合罗儿。(旦打俫科,云)小弟子孩儿！咱家买菜的钱也无,那得钱来？(高山云)你休打孩儿,我与他一个魔合罗儿,你牢牢收着,不要坏了,底下有我的名子,道是"高山塑"。你父亲来家呵,见了这魔合罗,我寄信不寄信,久后做个大证见哩。(下)(旦云)谁想李德昌在五道将军庙染病,我将孩儿寄在邻舍家,锁了门户,借个头口,去看李德昌走一遭去来。(下)(正末抱病上)自从南昌回来,感了风寒病症,一卧不起。我央高山寄信去,教我浑家来看我,怎生这早晚不见来？李德昌,这的是时也,命也,运也,信不虚也呵！(唱)

【黄钟醉花阴】干着我贩卖南昌利钱好,急回来又早病魔缠着。盼家门咫尺似天遥。好教我这会儿心焦,按不住小鹿儿拘拘地跳。端的是最难熬,只一阵头疼险些就劈破了。

【喜迁莺】教谁来医疗,奈无人古庙萧萧。量度[3],又怕有歹人来到,不由人心中添懊恼,不由人不泪雨抛。迭屑屑魂飞胆落,朴速速内颤身摇。

【出队子】似这般无颠无倒,越教人厮窨约。一会家阴阴的腹痛似锥挑[4],一会家烘烘的发热似火烧,一会家撒撒的增寒似水浇[5]。

（云）大嫂,你在那里也呵!（唱）

【刮地风】悬望妻儿音信杳,急煎煎心痒难揉[6]。（云）我出庙门望一望波。（唱）我这里慢腾腾行出灵神庙,举目偷瞧。我与你恰下涩道[7],立在檐梢,觉昏沉刚挣揣把门倚靠。我则道十分紧闭着,原来是不插拴牢。靠着时呀的门开了,滴留扑仰剌叉吃一交[8]。

【四门子】这的是严霜偏打枯根草,哎哟!正跌着我这残病腰。一会家疼,一会家焦,想钱财莫不无福消。一会家疼,一会家焦,我将这神灵祷告。

（李文道慌上）来到这庙也,哥哥在那里?（正末见科）（唱）

【古水仙子】呀呀呀猛见了,嗨嗨嗨谑的我悠悠魂魄消。将将将纸钱来忙遮,把把把泥神来紧靠,慌慌慌我这里掩映着[9]。（李文道云）我来望哥哥,受你兄弟两拜。（正末唱）他他他走将来展脚舒腰,我我我向前来仔细观了相貌。是是是我兄弟间别身安乐,请请请免拜波李文道。

（云）兄弟,我自从南昌回来,感了风寒病症,不能还家。你嫂嫂在那里?（李文道云）嫂嫂便来也。哥哥,你这病

467

几日了？（正末唱）

【寨儿令】也不昨宵,则是今朝,被风寒暑湿吹着[10]。(李文道云)我与哥哥把脉咱。(做把脉科,云)哥哥,我知道这病也,我就带将药来了。(做调药与正末吃科)(正末云)兄弟且住,等你嫂嫂来我吃。(李文道云)不要等他,你吃了就好了。(正末咽科)(唱)我咽下去有似热油浇,烘烘的烧五脏,火火的燎三焦[11],(带云)兄弟也,(唱)这的敢不是风寒药?

【神仗儿】他将那水调,我灕的咽了[12],不觉忽的昏迷,他把我丕的来药倒。烟生七窍,冰浸四稍。谁承望笑里藏刀,眼见的丧荒郊。

（做倒科）（李文道云）药倒了也,我收拾了东西,回家中去来。（下）（正末唱）

【节节高】这厮好损人利己,不合天道！钱物又不多,要时分明要,怎生下得教哥哥身夭？更做道钱心重,情分少,枉辱没杀分金管鲍[13]。

【者剌古】身躯被病执缚,难走难逃；咽喉被药把捉,难叫难号。托青天暗表,望灵神早报。行善得善,行恶得恶。天呵！莫不是今年灾祸招！

【挂金索】我则道调理风寒,谁想他暗里藏毒药。他如今致命图财,我正是自养着家生哨[14]。疑怪来时不将着亲嫂嫂,万代人传,倒惹的关张笑[15]。

【尾】所有金珠共财宝,一星星不剩分毫,他紧紧的将马儿驮去了。

（卧桌下）（旦上，云）可早来到也。下的这头口，进的这庙来，怎生不见李大？原来在这供桌底下，病重了也。（做扶正末科）李大，你骑上头口，咱家去来。（下）（旦随慌上，云）谁想李大到的家中，七窍迸流鲜血死了也！须索与小叔叔说知，做一个计较。（做唤李文道科，云）小叔叔。（李文道上，云）这妇人害怕，叫我哩。嫂嫂，你叫我怎的？（旦云）你哥哥来家也。（李文道云）请哥哥出来。（旦云）李大到的家中，七窍流血死了也。（李文道云）死了？哥哥也，有甚么难见处？哥哥做买卖去了，你家里有奸夫，见哥哥回来，你与奸夫通谋，药杀俺哥哥也！（旦云）我是儿女夫妻，怎下得便药杀他？（李文道云）俺哥哥已死了，你可要官休？私休？（旦云）怎生是官休？私休？（李文道云）官休，我告到官司，教你与我哥哥偿命；私休，你与我做老婆便了。（旦云）你是甚么言语！我宁死也不与你做老婆！（李文道云）我和你见官去。（旦云）我情愿见官去。李大，则被你痛杀我也！（拖旦下）（净扮孤引张千上）（诗云）我做官人单爱钞，不问原被都只要。若是上司来刷卷，厅上打的鸡儿叫。小官是河南府的县令是也。今日坐起早衙，张千，看有告状的，着他进来。（张千云）理会的。（李文道同旦上，云）你寻思波。（旦云）我只和你见官去！（李文道云）我和你见官去来。冤屈也！（孤云）拿过来。（张千云）当面。（孤做跪科）（张千云）相公，他是告状的,怎生跪着他?(孤云)你不知道,但来告的,都是衣食父母。(张千喝旦跪科)(孤云)你两个告甚么?(李文道云)小人是本处人氏,嫡亲的五口儿。这个是我嫂嫂,小人是李文道。有个哥哥李德昌,去南昌做买卖,回来利增百倍,当日来家,嫂嫂养着奸夫,合毒药杀死亲夫。大人可怜见,与小人做主咱!(孤云)我问你,你哥哥死了么?(李文道云)死了。(孤云)死了罢,又告甚么?(张千云)大人,你与他整理。(孤云)我那里会整理?你与我去请外郎来。(张千云)外郎安在?(丑扮令史上)(诗云)官人清似水,外郎白如面;水面打一和,糊涂成一片。小人是萧令史。正在司房里攒造文书,只听得一片声叫我,料着又是官人整理不下甚么词讼,我去见来。(令史见犯人科,云)这厮,我那里曾见他来?哦!这厮是那赛卢医,我昨日在他门首,借条板凳也借不出来,今日他也来到我这衙门里。张千,拿下去打着者。(张拿科,李做舒三个指头科,云)令史,我与你这个。(令史云)你那两个指头瘸?(李文道云)哥哥,你整理这桩事。(令史云)我知道,休言语。你告甚么?原告是谁?(李文道云)小人是原告。(令史云)你是原告,说你那词因来。(李文道云)小人是本处人氏,是李文道。有个哥哥是李德昌,去南昌做买卖,利增百倍还家;俺嫂嫂有奸夫,合毒药药杀俺哥哥。令史,与我做主咱!(令史云)是实么?画了字者。张千,拿过那妇人来。兀那妇人,你怎生药杀丈夫?从实招来!(旦云)大人可怜见,小妇人是刘玉娘。俺男儿是李德昌,南昌做买卖回来,在城外五道将军庙中染病,妾身寻了个头口,直至庙中,问着不言语,取到家中,七窍迸流鲜血,蓦然气绝而死。妾身唤小叔叔来问他,小叔叔说妾身有奸夫。妾身是儿女夫妻,怎下的药杀男儿!大人,妾身并无奸夫。(令史云)不打也不招。张千,与我打着者。(张千打科)(令史云)你招了罢。(旦云)小妇人并无奸夫。(令史云)不打不招!张千,与我打着者!(张千又打科)(旦云)住住住,我待不招来,我那里受的这等拷打?我且含糊招了罢,是我药杀俺男儿来。(孤云)你休招,招了就是死的了也。(令史云)他既招了,将枷来枷了,下在死囚牢中去。(孤云)张千,取枷来,上了枷者。(张千云)枷上了,下在牢中去。(旦云)天那,谁人与我做主也呵!(下)(孤云)令史,恰才那人舒着手,与了你几个银子?你对我实说。(令史云)不瞒你说,与了五个银子。(孤云)你须分两个与我。(同下)

〔1〕则除是这般:原本无,据古名家本补。

〔2〕造物:即造化、命运、运气的意思。

〔3〕量度:思量,忖度。《董西厢》卷二〔长寿仙衮〕:"恁时悔也应迟,贤家试自心量度。"

〔4〕阴阴的:即隐隐的,暗暗的。

〔5〕撒撒的:一下一下的。

471

〔6〕心痒难揉(náo挠):心绪烦乱,不知如何是好。揉,这里音义同"挠"。《哭存孝》第四折〔水仙子〕曲:"一会家迷留没乱倒,天那,痛煞煞的心痒难挠。"

〔7〕涩(sè色)道:刻有纹路的石阶,行路时不易滑倒。

〔8〕仰剌叉:仰面跌倒。

〔9〕掩映:隐蔽。

〔10〕风寒暑湿:中医以风、寒、暑、湿、燥、火为"六淫",即得病的六种根源。这里是偏义复词,主要指风。

〔11〕三焦:中医术语,以胃的上口,胃腔,膀胱上口,谓上中下三焦。

〔12〕漷(guō郭):音义同"啯",拟声词。

〔13〕分金管鲍:春秋时齐国管仲与鲍叔牙交情甚好,管仲曾说:"生我者父母,知我者鲍子也。"二人经商得利,管仲多取,鲍叔牙不以为贪,知其贫也。见《史记·管晏列传》。

〔14〕家生哨:家贼。家生,奴婢所生子女,仍在主人家为奴作婢,叫家生孩儿。哨,或作"哨子"、"哨厮",指流氓、无赖之徒。

〔15〕关张:指刘备、关羽、张飞桃园结义故事。

第 三 折

(外扮府尹引张千上)(诗云)滥官肥马紫丝缰,猾吏春衫簌地长。稼穑不知谁坏却,可教风雨损农桑[1]。老夫完颜女直人氏。完颜者姓王,普察姓李。老夫自幼读书,后来习武。为俺祖父多有功勋,因此上子孙累辈承袭,为官为将。这河南府官浊吏弊,往往陷害良民;圣人亲笔点差老夫为府尹,因老夫除邪秉正,敕赐势剑金牌,先斩后奏。老夫上任三个日头,今日升厅,坐起早衙,怎生不见掌案当该司吏[2]?(张千云)当该司吏,大人呼唤。(令史上,云)来了!来了!(见科)(府尹云)你是司吏?(令史云)小的是。(府尹云)兀那厮,你听者:圣人为你这河南府官浊吏弊,敕赐老夫势剑金牌,先斩后奏。若你那文卷有半点差错,着势剑金牌,先斩你那驴头!有合金押的文书[3],拿来我金押。(令史云)有有有,就把这一宗文卷大人看。(府尹看科,云)这是那一起?(令史云)这是刘玉娘药死亲夫,招状是实,则要大人判个斩字。(府尹云)刘玉娘因奸药死丈夫,这是犯十恶的罪,为何前官手里不就结绝了?(令史云)则等大人到来。(府尹云)待报的囚人在那里[4]?(令史云)见在死囚牢中。(府尹云)取来,我再审问。(令史云)张千,去牢中提出刘玉娘来。(张千云)理会的。(旦上,云)哥哥唤我做甚么?(张千云)你见大人去。(令史云)兀那妇人,如今新官到任,问你,休说甚么;你若胡说了,我就打死你!张千,押上厅去。(张千云)犯妇当面。(旦跪科)(府尹云)则这个是那待报的女囚?(令史云)则他便是。(府尹云)兀那女囚,你是刘玉娘?你怎生因奸药死丈夫?恐怕前官枉错了,你有不尽的言词,从实说来,我与你做主咱。(旦云)小妇人无有词因。(府尹云)既他囚人口里无有词因,则管问他怎么?将笔来,我判个斩字,押出市曹,杀坏了者。(张千押旦

473

出科)(旦云)天也！谁人与我做主也呵！(正末扮张鼎上,云)自家姓张,名鼎,字平叔,在这河南府做着个六案都孔目,掌管六房事务[5]。奉相公台旨,教我劝农已回。今日升厅坐衙,有几宗合金押的文书,相公行金押去。我想这为吏的扭曲作直,舞文弄法,只这一管笔上,送了多少人也呵！(唱)

【商调集贤宾】这些时,曹司里有些勾当,我这里因金押离了司房[6]。我如今身耽受公私利害,笔尖注生死存亡。详察这生分女作歹为非；更和这忤逆男随波逐浪。我可又奉官人委付将六案掌,有公事怎敢仓皇；则听的冬冬传击鼓,偌偌报揖箱。

【逍遥乐】我则抬头观望,官长升厅,静悄悄有如听讲[7]。我索整顿了衣裳,正行中举目参详：见雄纠纠公人如虎狼,推拥着个得罪的婆娘。则见他愁眉泪眼,带锁披枷：莫不是竞土争桑？

(云)则见禀墙外[8],一个待报的犯妇,不知为甚么,好是凄惨也呵！(唱)

【金菊香】我则见湿浸浸血污了旧衣裳,多应是碜可可的耽着新棒疮。更那堪死囚枷压伏的驼了脊梁。他把这粉颈舒长,伤心处泪汪汪。

(云)你看那受刑的妇人,必然冤枉,带着枷锁,眼泪不住点儿流下。古人云：存乎人者莫良于眸子,眸子不能掩其恶[9]。又云：观其言而察其行,审其罪而定其政。

（唱）

【醋葫芦】我孜孜的觑了一会,明明的观了半晌。我见他不行中把心事暗包藏[10]。婆娘家怎生遭这般冤屈网,偏惹得带枷吃棒。休休休,道不的自己枉着忙。

【幺篇】我这里慢慢的转过两廊,迟迟的行至禀堂;他那里哭啼啼口内诉衷肠,我待两三番推阻不问当[11]。(张千云)刘玉娘,你告这个孔目哥哥,他与你做主。(旦扯住正末衣科,云)哥哥,救我咱!(正末唱)他紧拽定衣服不放,不由咱不与你做商量。

(云)张千,把那妇人唤至跟前,我问他。(张千云)刘玉娘,近前来。(旦跪科)(正末云)兀那妇人,说你那词因我听咱。(旦诉词云)哥哥停嗔息怒,听妾身从头分诉。李德昌本为躲灾,贩南昌多有钱物。他来到庙中困歇,不承望感的病促。到家中七窍内迸流鲜血,知他是怎生服毒。进入门当下身亡,慌的我去叫小叔叔。他道我暗地里养着奸夫,将毒药药的亲夫身故。不明白拖到官司,吃棍棒打拷无数。我是个妇人家,怎熬这六问三推,葫芦提屈画了招伏。我须是李德昌结角儿夫妻[12],怎下的胡行乱做。小叔叔李文道暗使计谋,我委实的衔冤负屈!(正末云)兀那妇人,我替你相公行说去。说准呵,你休欢喜;说不准呵,休烦恼。张千,且留人者。(张千云)理会的。(末见科,云)大人,小人是张鼎,替大人下乡劝农已回,听的大人升厅坐衙,有几宗合金押文书,请相公金押。(府尹云)这个便是六案都孔目张鼎,这人是个能吏。有甚么合禀的事,你说。(正末递文书科)(府尹云)这是甚么文书?(正末唱)

【金菊香】这的是打家劫盗勘完的赃,这个是犯界茶盐取定的详[13],这公事正该咱一地方。这个是新下到的符样[14],这个是官差纳送远仓粮。

(府尹云)这宗是甚么文卷?(正末唱)

【醋葫芦】这的是沿河道便盖桥,这的是随州城新置仓,这的是王首和那陈立赖人田庄,这的是张千殴打李万伤。(带云)怕官人不信呵,(唱)勾将来对词供状。这的是王阿张数次骂街坊。

(府尹云)再无了文卷也?(正末云)相公,再无了。(府尹云)都着有司发落去。张鼎,与你十个免帖[15],放你十日休假;假满之后,再来办事。(正末云)谢了相公!(做出门科)(张千云)孔目哥哥,这件事曾说来么?(正末云)我可忘了也。(唱)

【幺篇】又不是公事忙,不由咱心绪穰[16]。若有那大公事,失误了惹下灾殃。这些儿事务,你早不记想,早难道贵人多忘。张千啊,且教他暂时停待莫慌张。

(云)我只禀事,忘了,我再向大人行说去。(张千云)哥哥可怜见,与他说一声。(正末再见科)(府尹云)张鼎,你又来说甚么?(正末云)大人,恰才出的衙门,只见禀墙外有个受刑妇人,在那里声冤叫屈。知道的是他贪生怕死,不知道的,则道俺衙门中错断了公事。相公,试寻思波。(府尹云)这桩事是前官断定,萧令史该房。(正末云)萧令史,我须是六案都孔目;这是人命重事,怎生不教我知道?(令史云)你下乡劝农去了,难道你一年不回,我则管等着你?(正末云)将状子来我看。(令史云)你看状子。(正末看科,云)"供状人刘玉娘,见年三十五岁,系河南府在城录事司当差民户。有夫李德昌,将带资本课银一十锭,贩南昌买卖。前去一年,并无音信。至七月内,有不知姓名男子一个来寄信,说夫李德昌在五道将军庙中染病,不能动止。玉娘听言,慌速雇了头口,直至城南庙中,扶策到家,入门气绝,七窍迸流鲜血。玉娘即时报与小叔叔李文道,有小叔叔说玉娘与奸夫同谋,合毒药药杀丈夫。所供是实,并无虚捏。"相公,这状子不中使。(令史云)买不的东西,可知不中使。(正末云)四下里无墙壁〔17〕。(令史云)相公在露天坐衙哩。(正末云)上面都是窟笼〔18〕。(令史云)都是老鼠咬破的。(正末云)相公不信呵,听张鼎慢慢说一遍。(府尹云)你说我听。(正末云)"供状人刘玉娘,年三十五岁,系河南府在城录事司当差民户。有夫李德昌,将带资本课银一十锭,贩南昌买卖。"这十锭银,可是官收了?苦主收了?(令史云)不曾收。(正末云)这个也罢。"前去一年,并无音信。于七月内有不知姓名男子,前来寄信。"相公,这寄信人多大年纪?曾勾到官不

477

曾？（令史云）不曾勾他。（正末云）这个不曾勾到官，怎么问得？又道："夫主李德昌，在五道将军庙中染病，不能动止。玉娘听说，慌速雇了头口，到于城南庙中，扶策到家，入门气绝，七窍迸流鲜血。玉娘即时报与小叔叔李文道，小叔叔说玉娘与奸夫同谋。"相公，这奸夫姓张？姓李？姓赵？姓王？曾勾到官不曾？（令史云）若无奸夫，就是我。（正末云）"合毒药药杀丈夫。"相公，这毒药在谁家合来？这服药好歹有个着落。（令史云）若无人合这药，也就是我。（正末云）相公，你想波：银子又无，寄信人又无，奸夫又无，合毒药人又无，谋合人又无；这一行人都无，可怎生便杀了这妇人？（府尹云）萧令史，张鼎说这文案不中使。（令史云）张孔目，你也多管，干你甚么事？（正末云）萧令史，我与你说，人命事关天关地，非同小可。古人云：系狱之囚，日胜三秋。外则身苦，内则心忧。或笞或杖，或徒或流。掌刑君子，当以审求。赏罚国之大柄，喜怒人之常情；勿因喜而增赏，勿以怒而加刑。喜而增赏，犹恐追悔；怒而加刑，人命何辜？这的是霜降始知节妇苦，雪飞方表窦娥冤[19]。（唱）

【幺篇】早是这为官的性忒刚，则你这为吏的见不长，则这一桩公事总荒唐。那寄信人怎好不细访，更少这奸夫招状；（带云）相公，你想波。（唱）可怎生葫芦提推拥他上云阳？

（令史云）大人，张鼎骂你葫芦提也！（府尹云）张鼎，是谁葫芦提？（令史云）张鼎说大人葫芦提！（府尹云）张鼎，是谁葫芦提？（正末跪科）小人怎敢？（府尹云）张鼎，这刘玉娘因奸杀夫，是前官断定的文案，差错是萧令史该管，你怎生说老夫葫芦提？我理任三日，就说我葫芦提，这以前，须不是我在这里为官。兀那厮，近前来，这桩事就吩咐与你，三日便要问成；问不成呵，我不道的饶了你哩！哎！（词云）你个无端的贼吏奸猾，将老夫一谜里欺压[20]。刘玉娘因奸杀夫，须则是前官问罢。你道是文卷差迟，你道是其中有诈：合毒药是李四张三？养奸夫是赵二王大？寄信人何姓何名？谋合人或多或寡？不由俺官长施行，则随你曹司掌把。你对谁行大叫高呼，公然的没些惧怕。我吩咐你这宗文卷，更限着三日严假；则要你审问推详，使不着舞文弄法。你问的成呵，我与你写表章，骑驿马，呈都省，奏圣人，重重的赐赏封官；问不成呵，将你个赛隋何，欺陆贾[21]，挺曹司[22]，翻旧案，赤瓦不剌海猢狲头[23]，尝我那明晃晃势剑铜铡！（下）（令史云）左右你的头硬，便试一试铜铡，也不妨事。（诗云）得好休时不肯休，偏要立限当官决死囚。正是是非只为多开口，烦恼皆因强出头。（下）（正末云）张鼎，这是你的不是了也！（唱）

【后庭花】揽这场不分明的腌勾当，今日将平人来无事讲。你早则得福也萧司吏，则被你送了人也刘玉娘。我这里自斟量：则俺那官人要个明降[24]，这杀人的要见伤，做贼的要见

479

赃,犯奸的要见双。一行人,怎问当?

【双雁儿】多则是没来由,葫芦提打关防[25]。待推辞,早承向。眼见得三日时光如反掌,教我待不慌来怎不慌,待不忙来怎不忙?

（云）张千,将刘玉娘下在死囚牢中去。（张千云）理会的。（正末唱）

【浪里来煞】那刘玉娘罪责虚,萧令史口诤强[26],我把那衔冤负屈是非场。离家枉死李德昌,知他来怎生身丧,我直教平人无事罪人偿。（下）

〔1〕"稼穑"二句:承上文,谓农桑之事早已被滥官猾吏所坏,不须再教风雨来吹打。可教,哪教。

〔2〕掌案当该司吏:指该日值班的主管文案的吏员。

〔3〕金押:在公文上亲笔签名。

〔4〕待报:法律术语。州县衙门判处死刑的犯人,必须级级申报朝廷,等待审批后,才可处决。待报,等待批准。

〔5〕"六案都孔目"二句:州县衙门吏员分礼、吏、户、兵、刑、工六房（也叫六案）办事,都孔目,管稽核诸房文簿等事,因事无大小,皆经其手,故称都孔目。

〔6〕司房:吏员办公的地方。

〔7〕听讲:听老僧讲经说法。

〔8〕禀墙:即屏墙、照壁。

〔9〕"存乎人者"二句:见《孟子·离娄》（上）。存,观察。眸子,眼睛,眼珠。

〔10〕不行:原作"不平",据元刊本改。

〔11〕问当：即问，理会。当，语助无义。

〔12〕绾（wǎn 碗）角儿夫妻：指结发夫妻，原配夫妻。

〔13〕详：公文的一种，即详文，下级向上级陈报请示的文书。

〔14〕符样：古代朝廷用以传达命令的凭证，以竹、木或金属制成。上书文字，剖分为二，各存其一，使用时合之以验真假。

〔15〕免帖：假条。

〔16〕穰：忙乱。

〔17〕四下里无墙壁：比喻没有可靠的凭据。

〔18〕窟笼：破绽，漏洞。

〔19〕霜降始知节妇苦，雪飞方表窦娥冤：二句出《古名家杂剧》本《窦娥冤》第三折〔尾声〕，"节妇苦"，原作"说邹衍"。

〔20〕一谜里：一味地。

〔21〕"将你个"二句：隋何、陆贾，皆汉初有名的辩士。

〔22〕挺：顶嘴，挺撞。

〔23〕赤瓦不剌海：敲杀，女真语。这里是该打的意思。参见《丽春堂》第二折注释〔20〕。

〔24〕明降：明白的裁决。

〔25〕打关防：即打官司，指牵扯到诉讼中去。《董西厢》卷八〔哨遍缠令〕："您死后教人打官防，我寻思着甚来由。"

〔26〕口净强：嘴巴硬，死不认错。

第 四 折

（正末上，云）自家张鼎是也。奉相公台旨，与我三日假限，若问成呵，有赏；问不成呵，教我替刘玉娘偿命。张鼎，这是你的不是了也！（唱）

【中吕粉蝶儿】投至我勘问出强贼,早忧愁的寸肠粉碎。闷恹恹废寝忘食,你教我怎研穷[1],难决断,这其间详细。索用心机,要搜寻百谋千计。

【醉春风】我好意儿劝他家,将一个恶头儿揣与自己。原来口是祸之门,张鼎也,你今日个悔,悔!则要你那万法皆明,出脱的众人无事[2],全在你寸心不昧。

　　(云)张千,押过那刘玉娘来。(张千云)理会的。犯妇当面。(旦跪科)(正末唱)

【叫声】虎狼似恶公人,可扑鲁拥推、拥推、阶前跪[3]。我则见喑着气,吞着声,把头低。

　　(云)张千,且疏了他那枷者。(张千云)理会的。(做卸枷科,旦起身拜云)谢了孔目!我改日送烧饼盒儿来。(做走科)(正末云)那里去?你去了呵,我替你男儿偿命那!(旦云)我则道饶了我来。(正末云)兀那妇人,你说你那词因来。若说的是呵,万事罢论;若说的不是呵,张千,准备下大棒子者。(唱)

【喜春来】你道是衔冤负屈吃尽亏,则你这致命图财本是谁。直打的皮开肉绽悔时迟,不是我强罗织[4],早说了是便宜。

　　(旦云)孔目哥哥,打死孩儿,也则是屈招了。(正末唱)

【红绣鞋】我领了严假限一朝两日;你恰才支吾到数次十回,又惹场六问共三推。听了你一篇话,全无有半星实,我跟前怎过得?

【迎仙客】比及下梢指,先浸了麻槌[5],行杖的腕头加气力。

直打得紫连青,青间赤,枉惹得棍棒临逼,待悔如何悔!

（旦云）便打杀我,则是屈招了也。（正末唱）

【白鹤子】你道是便死呵则是屈,硬抵对不招实。（带云）我不问你别的,（唱）则问你出城时,主何心;则他那入门死,因何意?

（云）兀那妇人,我问你:（唱）

【幺篇】莫不他同买卖是新伴当?（旦云）我不知道。（正末唱）莫不是原茶酒旧相知?他可也怎生来寄家书,因甚上通消息?

（旦云）孔目哥哥,我忘了那个人也。（正末云）你近前来,我打与你个模样儿。（旦云）日子久了,我忘了也。（正末唱）

【幺篇】那厮身材是长共短?肌肉儿瘦和肥?他可是面皮黑,面皮黄?他可是有髭髯、无髭髯?

（旦云）我想起些儿也。（正末云）惭愧!圣人道:"视其所以,观其所由,察其所安,人焉廋哉[6]?"（唱）

【幺篇】投至得推详出贼下落,搜寻的案完备;兀的不熬煎的我鬓斑白,烦恼的我心肠碎!

（云）兀那妇人!（唱）

【幺篇】莫不是身居在小巷东,家住在大街西?他可是甚坊曲,甚庄村?何姓字,何名讳?

（云）我再问你咱。（唱）

【幺篇】莫不是买油面为节食?莫不是裁段疋作秋衣?我问

你为何事离宅院？有甚干来城内？

（云）张千，明日是甚日？（张千云）明日是七月七。（旦云）孔目哥哥，我想起来也！当年正是七月七，有一个卖魔合罗的寄信来；又与了我一个魔合罗儿。（正末云）兀那妇人，你那魔合罗有也无？如今在那里？（旦云）如今在俺家堂阁板儿上放着哩。（正末云）张千，与我取将来。（张千云）理会得。（做行科，云）我出的这门来，到这醋务巷问人来，这是刘玉娘家里，我开开这门，家堂阁板上有个魔合罗，我拿着去。出的这门，来到衙门也。孔目哥哥，兀的不是个魔合罗儿！（正末云）是好一个魔合罗儿也！张千，装香来。魔合罗，是谁图财致命？李德昌怎生入门就死了？你对我说咱。（唱）

【叫声】你曾把愚痴的小孩提教诲，教诲的心聪慧，若把这冤屈事，说与勘官知；

【醉春风】不强似你教幼女演裁缝，劝佳人学绣刺。要分别那不明白的重刑名，魔合罗，全在你，你。若出脱了这妇衔冤，我教人将你享祭，煞强如小儿博戏。

（云）魔合罗，你说波，可怎不言语？想当日狗有展草之恩[7]，马有垂缰之报[8]：禽兽尚然如此，何况你乎？你既教人拨火烧香，你何不通灵显圣？可怜负屈衔冤鬼，你指出图财致命人。（唱）

【滚绣球】我与你曲湾湾画翠眉，宽绰绰穿绛衣，明晃晃凤冠霞帔，妆严的你这样何为[9]？你若是到七月七，那其间乞巧的,将你做一家儿燕喜[10];你可便显神通,百事依随。比及你露十指玉笋穿针线,你怎不启一点朱唇说是非,教万代人知。

(云)魔合罗,是谁杀了李德昌来?你对我说咱!(唱)
【倘秀才】枉塑你似观音像仪,怎无那半点儿慈悲面皮?空着我盘问你,你将我不应对,我彻上下、细观窥,到底。

(正末做见字科,云)有了也!(唱)
【蛮姑儿】我则道在那壁,原来在这里。谁想这底座儿下包藏着杀人贼。呼左右,上阶基,谁把高山认的?

(云)张千,你认的高山么?(张千云)我认的。(正末云)你与我一步一棍打将来。(张千云)理会的。我出的衙门来,试看咱。(高山上,云)我去城里讨魔合罗钱去咱。(张千做拿科,云)快走,衙门里等你哩。(高山云)哎呀!打杀我也!(做见跪科)(正末云)你便是那高山?(高山云)是便是,不知犯甚罪,被这厮流水似打将来?(正末云)兀那老子,你曾与人寄信来么?(高山云)老汉自小有三戒:一不做媒,二不做保,三不寄信。我不曾与人寄信。(正末云)着这老子画了字者。(高山云)我不曾寄信,教我画什么字?(正末云)兀那老子,这魔合罗是谁塑的?(高山云)是我塑的。(正末云)着那妇人出来。(旦见高云)老的,你认的我么?(高山云)姐姐,你敢是刘玉娘?你那李德昌好么?(旦云)李德昌死了也!(高山云)死了也?到是一个好人

485

来。(正末云)可不道你不曾寄信?(高山云)我则寄了这一遭儿。(正末云)兀那老子,你怎生图财致命了李德昌?你从实招来!(高山诉词云)听我老汉一一说真实,孔目哥哥自思忆。去年时遇七月七,来到城里觅衣食。行到城南五道庙,慌忙合掌去参谒。忽然有个李德昌,正在庙中染病疾。哭哭啼啼相烦我,因此替他传信息。一生破戒只这遭,谁想回家救不得。老汉担里无过魔合罗,并没一点砒霜一寸铁;怎把走村串疃货郎儿,屈勘做了图财致命杀人贼!(正末云)兀那老子,你与我实诉者。(高山云)正面儿的头戴凤翅盔,身穿锁子甲,手里仗着剑。左壁厢一个戴黑楼兜子,身穿着绿襕,手拿着一管笔,挟着个纸簿子。右壁厢一个青脸撩牙,朱红头发,手拿着狼牙棒。(正末云)那个不是泥的!(高山云)你叫我实塑。(正末云)张千,与我打这老子。(张千做打科)(正末唱)

【快活三】魔合罗是你塑的,这高山是你名讳;今日个并赃拿贼更推谁[11]?你划地硬抵着头皮儿对。

【鲍老儿】须是你药杀他男儿,又带累他妻。呀!你畅好会使拖刀计。漾一个瓦块儿在虚空里[12],怎生住的?呀!到了呵须按实田地。不要你狂言诈语,花唇巧舌,信口支持;则要你依头缕当[13],分星劈两[14],责状招实。

(高山云)孔目哥哥,休道招状;我等身图也敢画与你[15]。(做画字科)(正末云)兀那老子,你近前来,我

问你波。(唱)

【鬼三台】你和他,从头里,传消息,沿路上曾撞着谁?(高山云)我不曾撞着人。(正末云)兀那老子,比及你见刘玉娘呵,城中先见谁来?(高山云)我想起来了!我入的城来,撒了一胞尿。(正末云)谁问你这个来?(高山云)我入城时,曾问人来,那人家门首吊着个龟盖。(正末云)敢是鳖壳?(高山云)直这等鳖杀我也!他那门前,又有个石船。(正末云)敢是石碾子?(高山云)若是碾着,骨头都粉碎了。我见里面坐着个人,那厮是个兽医。(正末云)敢是个太医?(高山云)是个兽医。(正末云)怎生认的他是兽医?(高山云)既不是兽医,怎生做出这驴马的勾当?他叫做甚么赛卢医。(正末云)刘玉娘,你认的赛卢医么?(旦云)他就是我小叔叔。(正末云)你叔嫂可和睦么?(旦云)俺不和睦。(正末唱)听言罢,闷渐消,添欢喜。这官司才是实。呼左右,问端的,这医人与谁相识?

(云)张千,将这老子打上八十,为他不应塑魔合罗,打着者!(张千打科,云)六十,七十,八十,抢出去!(高山云)哥哥为甚么打我这八十?(张千云)为你不应塑魔合罗。(高山云)塑魔合罗打了八十,若塑个金刚,就割下头来?(下)(正末云)张千,将刘玉娘提在一壁,你与我唤将赛卢医来。(张千云)我出的这衙门来,这个门儿就是。赛卢医在家么?(李文道上,云)谁唤哩?我开门看咱。哥哥,叫我怎的?(张千云)我是衙门张千,孔目哥哥相请。(李文道云)咱和你去来。(张千云)到也,我先过去。(报科)赛卢医来了也。(正末云)着他进来。(见科)(李文道云)孔目哥哥,叫我有何事?(正末云)老相公夫人染病,这是五两银子,权当药资,休嫌少。(李文道云)要什么药?(正末唱)

【剔银灯】他又不是多年旧积,则是些冷物重伤了脾胃。则你那建中汤[16],我想也堪医治。你则是加些附子当归。(李文道云)我随身带着药,拿与老夫人吃去。(张千云)将来,我送去。(做送药回科)(正末与张千做耳喑科,云)张千,你看老夫人吃药如何?(张千云)理会的。(下)(随上,云)孔目哥哥,老夫人吃了药,七窍迸流鲜血死了也!(正末云)赛卢医,你听得吗?老夫人吃下药,七窍迸流鲜血死了也。(李文道慌科,云)孔目哥哥,救我咱!(正末云)我如今出脱你,你家里有甚么人?(李文道云)我有个老子。(正末云)多大年纪了?(李文道云)俺老子八十岁了。(正末云)老不加刑,则是罚赎[17]。赛卢医,你若舍的你老子,我便出脱的你;你若舍不的呵,出脱不的你。(李文道云)谢了哥哥!(正末云)我如今说与你:我便道:"赛卢医。"你说:"小的。"我便道:"谁合毒药来?"你便道:"是俺老子来。"我便道:"谁生情造意来?"你便道:"是俺老子来。"我便道:"谁拿银子来?"你便道:"是俺老子来。"我便道:"不是你么?"你便道:"并不干小的事。"你这般说,才出脱的你。(李文道云)谢了哥哥!(正末云)张千,你着他司房里去。你与我一步一棍,打将那老子来者。(唱)那老子我亲身的问他是实,(带云)张千,(唱)你只道见有人当官来告执。

【蔓青菜】你说道是新刷卷的张司吏,一径的将你紧勾追,教我火速来唤你。但若有分毫不遵依,你将他拖向囚牢内。

(张千云)我出的这门来,老李在家么?(李彦实上,云)是谁唤我哩?(张千云)衙门里唤你哩。(李彦实云)我和你去来。(李老做见正末科,云)唤老汉有甚么事?(正末云)兀那老子,有人告着你哩。(李彦实云)是谁告我?老汉有甚罪过?(正末云)是你孩儿李文道告你,你不信,须认的他声音也。(唱)

【穷河西】谁向官中指攀着伊,是你那孝子曾参赛卢医。又不是恰才新认义,须是你亲侄。哎!老丑生,无端忒下的!

(李彦实云)我不信,李文道在那里。(正末云)你不信,听我叫。赛卢医!(李文道云)小的有。(正末云)谁合毒药来?(李文道云)是俺父亲来。(正末云)谁主情造意来?(李文道云)是俺父亲来。(正末云)谁拿银子来?(李文道云)是俺父亲来。(正末云)都是谁来?(李文道云)并不干我事,都是俺父亲来。(正末云)兀那老子,快快从实招来。(李彦实云)哥哥,这都是他做的事,怎么推在我老子身上?(正末云)既是他,你画了字者。(李老画字科)(张千云)他画了字也,我开开这门。(李老打文道科,云)药杀哥哥也是你,谋取财物也是你,强逼嫂嫂私休也是你。都是你来!都是你来!(李文道云)不是;我招的是药杀夫人的事。(李彦实云)呀!我可将药杀哥哥的事都招了也!(李文道云)招了,咱死也!老弟子孩儿!(正末唱)

【柳青娘】只着这些儿见识,瞒过这老无知。却不你千悔万悔,泼水在地怎收拾。谎的个黄甘甘脸儿如地皮[18]。可不道一言既出,便有驷马难追。已招伏,怎改易,要承抵。

【道和】方知端的,知端的,虚事不能实。忒跷蹊,教俺教俺难根缉,教俺教俺耽干系,使心机,啜赚出是和非[19]。难支吾,难支对,难分说,难分细。那些那些咱欢喜,咱伶俐,一行人个个服情罪。若非若非有天理,这当堂假限刚三日,可不的势剑倒是咱先吃!

(云)一行人休少了一个,跟我见相公去来。(府尹上,云)张鼎,问的事如何?(正末云)问成了也。请相公下断。(府尹云)这桩事老夫已明知了也,一行人听我下断:本处官吏不才,杖一百永不叙用。李彦实主家不正,杖八十,年老罚钞赎罪。刘玉娘屈受拷讯,请敕旌表门庭。李文道谋杀兄长,押赴市曹处斩。老夫分三个月俸钱,重赏张鼎。(词云)奉圣旨赐赏迁升,张孔目执掌刑名。刘玉娘供明无事,守家私旌表门庭。泼无徒败伦伤化,押市曹正法严刑。(旦拜谢科,云)感谢相公!(正末唱)

【煞尾】想兄弟情亲如手足,怎下的生心将兄命亏?我将杀人贼斩首在云阳内,还报的这衔冤负屈鬼。

  题目 李文道毒药摆哥哥
     萧令史暗里得钱多
  正名 高老儿屈下河南府
     张平叔智勘魔合罗

〔1〕研穷:细研穷究,详细审问的意思。
〔2〕出脱:开脱罪名。
〔3〕可扑鲁:拟声词。这里是一下子跪倒在地的声音。
〔4〕罗织:虚构罪名,陷害无辜。
〔5〕"比及"二句:拶(zǎn昝)指、麻槌,都是酷刑。拶指,用圆木五根,各长七寸,贯以绳索,夹住犯人手指,急速收紧,使人苦痛难忍。麻槌,套头的脑箍。郑廷玉《后庭花》杂剧第二折〔哭皇天〕曲:"又不曾麻槌下脑箍,你怎么口声的就招伏。"
〔6〕"视其所以"四句:见《论语·为政》。意为观察他的行为,考察他的历史,审度他的志向,那么,这个人就无法隐蔽了。廋(sōu 搜),隐匿。
〔7〕狗有展草之恩:传说三国时,李信纯有犬曰黑龙。一日,李酒醉卧草地上,火起,犬跳进附近的水沟里,沾湿全身,把水洒在草上。如是来回奔跑洒水,李信纯终于被救,而犬却疲累而死。
〔8〕马有垂缰之报:前秦苻坚为慕容冲所袭,骑马逃走,不慎坠入涧中;其马跪于涧边,垂下缰绳,苻坚援缰而出,终于脱险。见南朝宋刘敬叔《异苑》。
〔9〕妆严:即严妆,盛妆打扮。

〔10〕燕喜:欢乐,喜悦。

〔11〕并赃拿贼:即人赃两获,无可推脱。

〔12〕漾:上抛。

〔13〕依头缕当:缕当,"理当"的音转。依头缕当,即从头到尾,一一理顺。

〔14〕分星劈两:即星星两两,都要分辨清楚,仔细衡量。

〔15〕等身图:和身体长度相等的图像。

〔16〕建中汤:中药汤剂名,有补虚散寒,温建脾胃的作用。

〔17〕罚赎:即赎刑,用交纳罚金的办法,来代替应处的刑罚。

〔18〕黄甘甘:即黄干干,脸色焦黄的样子。

〔19〕啜赚:逗引、哄骗。